KB064485

죄의식과
부끄러움

죄의식과 부끄러움

ⓒ 서영채, 2017

초판 1쇄 인쇄일 2017년 11월 25일
초판 1쇄 발행일 2017년 11월 30일

지은이   서영채
펴낸이   배문성
디자인   서채홍
편집   권나명
마케팅   김영란

펴낸곳   나무플러스나무
출판등록   제2012-000158호
주소   경기도 고양시 일산서구 송포로 447번길 79-8(가좌동)
전화   031-922-5049
팩스   031-922-5047
전자우편   likeastone@hanmail.net

ISBN 978-89-98529-16-1 93800

* 나무나무출판사는 나무플러스나무의 출판브랜드입니다.
* 이 책의 판권은 지은이와 나무플러스나무에 있습니다.
* 이 책 내용을 재사용하려면 반드시 출판사와 지은이의 동의를 받아야 합니다.
* 책값은 뒤표지에 있습니다.
* 이 도서의 국립중앙도서관 출판예정도서목록(CIP)은 서지정보유통지원시스템 홈페이지
  (http://seoji.nl.go.kr)와 국가자료공동목록시스템(http://www.nl.go.kr/kolisnet)에서
  이용하실 수 있습니다.(CIP제어번호: CIP2017031211)

* 이 책은 서울대학교 인문대학의 '2014년 인문학 총서 출간 지원 사업'의 지원을 받았습니다.

한국출판문화산업진흥원 2017년 우수 출판콘텐츠 제작 지원 사업 선정작입니다.

죄의식과
부끄러움

현대소설 백년, 한국인의 마음을 본다

서영채 지음

나무나무 출판사

책머리에

2014년 봄의 참사가 일어난 후, 경악과 충격의 짧은 순간이 지나자 온 나라가 죄의식과 부끄러움의 왕국이 되었다. 동네 성당 건물 이마에 "미안합니다"라고 쓰인 노란색 플래카드가 나붙었다. 서울시청 청사 건물에도 똑같은 내용의 플래카드가 붙어 있었다. 매일 아침 성당 앞을 지날 때마다 그 플래카드가 중얼거리는 소리를 나는 듣곤 했다. "미안하다, 얘들아, 미안하다."

해가 바뀌고 플래카드는 내려졌지만, 거기에 있던 글자들이 사라진 것은 아니었다. 사람들의 가슴이나 가방에 붙은 노란 리본이 여기저기서 중얼거리는 것을 나는 들을 수 있었다. "미안하다, 얘들아, 내가 면목이 없다." "나도 면목이 없다." "나도 그렇다." 그리고 또 한 해가 바뀌고 가을이 되자, 사람들의 마음속으로 가라앉은 말들이 다른 모습으로 솟아나왔다. 이번에는 중얼거림이 아니라 함성이었다. 광장에 모인 사람들이 입을 모아 외쳤다. "이게 나라냐!" 그러자 세상이 바뀌고 기적처럼 2017년이 왔다.

2017년은 한국문학사에서도 특별한 해이다. 이광수의 『무정』이 발표된 지 백 년째 되는 해이기 때문이다. 『무정』은 한국 최초의 근대장편으로 일컬어지는 작품이니, 『무정』이 백 년이라면 한국 근대소설의 역사가 백 년에 이른 셈이다. 한국소설 백 년이 특별하게 다가오는 것은, 백 년이라는 점도 있지만 그것이 2017년 대통령 탄핵의 역사성과 겹쳐 있기 때문이다. 그 둘의 겹침은 물론 우연이지만, 그럼에도 그런 우연조차 간단하지 않음은, 둘 모두 식민지 근대성으로부터의 탈출을 보여주는 중요한 지표를 내장하고 있기 때문이다.

그런데 식민지 근대성이라고? 그것은 너무나 낡은 말이 아닌가?

박근혜의 탄핵은 많은 사람들이 느끼는 것처럼, 그가 봉인을 해제했던 박정희 시대의 망령의 퇴치(그 덕에, 정치적 타협 과정에서 제대로 규명되지 않았던 5·18의 역사마저 새롭게 정리되고 있다. 죽은 망령만이 아니라 살아 있는 망령까지 잡혀가는 셈이니, 퇴마사의 입장에서 보자면 고마운 일이 아닐 수 없다)를 뜻하지만, 그것이 지닌 좀더 큰 의미는 뒤로 한발 물러서야 보이는 봉우리와도 같다. 한국에서 백 년 넘게 끌어온 식민지 근대성의 종말, 한국에서 이루어진 근대적 주체 형성의 역사가 마침내 도달한 정점을 뜻한다는 것이다. 주권과 주체의 일치가 드디어 이루어지는 순간에 이르렀다고 해도 좋겠다.

물론 청산 대상으로서의 식민지 근대성이, 직접적 식민지 상태나 정치·경제적 속박 상태만을 뜻하는 것은 아니다. 식민지 근대성이 그런 뜻이라면 현재 시점에서는 우스운 것이 아닐 수 없다. 지구적

규모의 기제를 지닌 세계체제 자체가 국제적 상호 의존의 네트워크 속에서 작동하고 있기 때문이다. 게다가 경제 발전에 성공한 중국은 이제 미국과 함께 명백한 G2 체제를 이루고 있다. 19세기 이후로 세계사가 지켜보아온, 서에서 동으로의 일방적 힘의 흐름은 이미 지난 시대의 일이 되었다는 것이다.

그럼에도 식민지 근대성에 대해 말하는 것은 무엇 때문인가. 일차적으로는 근대성 자체가 지닌 자기 식민화의 힘에 주목해야 하기 때문이고, 또한 식민지 경험과 일그러진 근대화 과정을 겪어온 한국의 역사적 특수성 때문이기도 하다. 한국소설 백 년을 살펴보는 곳에서 특히 강조되어야 할 것은 후자의 문제이다.

마음의 차원에서 볼 때 식민지 근대성의 무엇보다 큰 특징은, 자아 이상 혹은 자기 발전의 모델이 외부에 있다는 점이다. 그래서 그 안에 갇힌 사람들은 끝없이 원본과 복사본의 차이를 점검하려 하고, 외부와 타자의 시선에 민감하게 반응한다. 현실적 주권을 자기 손에 쥐고 있음에도 오히려 그것을 인정하지 않으려 함으로써 스스로의 마음을 노예화한다. 주체가 자기 주권을 외면하고 있는 상태야말로 식민지 근대성의 마지막 모습이겠거니와, 그 선을 넘어서면, 자기 외부에 어떤 모델도 상정하지 않은 채 스스로에 대한 성찰을 통해 자기 길을 찾아가야 하는 단계에 도달한다. 그 마지막 선을 우리는 올해 2017년에 넘어선 것이 아닌가 한다.

지난 가을부터 올해 봄까지 광화문 광장에서 벌어진 거대한 촛불 집회는, 상징적 주권자인 국민과 현실 속의 그 대표자, 그리고 진짜 정치적 주체인 시민이 합일되는 장면을 보여준 매우 특별한 사건이다. 평화롭고 아름답게 절차를 지켜가면서, 최고 권력자를 파면하여 감옥에 보낸 2017년의 사건에 대해서는, 마땅히 밖에서 따올 이름도 모델도 없다. 한국 고유의 촛불집회일 뿐이다.

이 책에 있는 글의 일부를 쓸 때 나는 촛불의 행렬 속에 있었다. 촛불집회가 열리는 광화문 광장은 이중적 의미에서 거대한 장례식장이었다. 슬픔과 분노가 뒤섞인 그 공간에서 나는, 2014년 4월 16일 세월호 참사가 일어났을 때 이미 박근혜의 탄핵은 이뤄졌다는 사실을 확인할 수 있었다. 2017년 3월 10일의 탄핵 판결은 그것을 다시 한번 확인하는 절차였을 뿐이다. 광장을 메운 수많은 촛불 속에서 외치고 응시하는 사람 중 하나가 되어, 스스로가 시민 주체로 거듭나고 있음을 깨달은 것이 나 혼자만은 아니었을 것이다. 촛불집회는 애도와 결별의 공간이자 동시에, 새로운 탄생의 공간이기도 했다.

주권 없는 주체들과 더불어 지난 백 년을 통과해오면서, 한국소설은 그들의 일그러진 마음을 기록해왔다. 어느 순간 죄와 책임의 일치라는 기적적인 순간을 맞기도 하고, 또 어느 순간 스스로를 주권자로 인식하게 된다. 한국소설 백 년은, 그 쉽지 않은 단련 과정을 거치면서 스스로를 한 공동체의 시민 주체로 받아들이게 된 마음의 역사이다. 그리고 이 책은 그 한 자락을 들여다본 시선의 기록이다.

언제나처럼 글이 끝이 보일 때 비로소 나는 내가 무슨 말을 하고

자 했는지를 깨닫는다. 깨달음은 너무 늦게 온다. 이미 발표된 글을 버리고 다시 쓰는 일은 불가능하여 가능한 수준에서 손질해놓았다. 첫 세 장에 붙은 보론이 그 결과이다. 그리고 책 전체의 얼개를 서장에 요약해두었다. 그것은 바쁜 독자만이 아니라, 나 자신을 위한 것이기도 했다. 서장을 쓰면서 내가 하고 싶어했던 말이 무엇이었는지를 좀더 분명하게 알 수 있었기 때문이다. 원고에서 군더더기를 제거해준 편집자 권나명 씨를 만난 것이, 내게는 가혹한 일이었으나 이 책으로서는 행운이 아닐 수 없다.

이 책을 마련하는 데 결정적인 것은 배문성 선배의 도움이다. 수년 전, 그는 이 책 원고의 일부를 읽고 책으로 만들자는 고마운 제안을 해주었다. 그 이후로 지금까지 그의 독려가 없었다면 이 책은 불가능했다. '당비'의 동지들과의 공부는 지난 10년간 내 생각의 원천이었다. 그들이 있어 내 눈과 손가락이 부지런해질 수 있었다. 김홍중 형은 요긴한 일본 책 제목을 알려주었고, 사이토 아유미 교수는 찾기 힘든 책을 구해주었다. 학교를 옮긴 후 함께하게 된 산보와 대화는 큰 기쁨이자 행운이었다. 이분들의 도움으로 이 책이 이루어졌다. 감사의 말씀 드린다.

2017년 11월 서영채

차례

한국인의 백년 과업

네 개의 관문

사람은 실패와 좌절을 통해 성장한다. 좌절이 반드시 성장으로 이어지는 것은 아니고 또 꼭 성장 같은 것이 있어야 하는 것도 아니다. 하지만 어떻든 성장이라는 것이 있다면 거기에는 실패의 기억이 없을 수 없다. 20세기 험난했던 역사를 거쳐온 한국 사람들은 어땠을까.

지난 백 년 동안 한국인들이 함께 통과해야 했던 네 개의 관문이 있다. 국권 상실, 한국전쟁, 경제적 빈곤, 정치적 미숙성. 20세기 한국인이라는 하나의 인격체를 상정한다면, 그는 이 네 개의 관문을 뚫고 나가기 위해 때로는 피를 흘리고 고통을 받으며, 적지 않은 마음의 상처를 입었다. 그리고 21세기가 된 현재까지도 그 상처는 여전히 몸과 마음속에서 말을 하고 있다. 아직도 치유를 위한 시간이 더 필요한 셈이다.

관문을 모두 통과하고 나면 우리는 비로소 마지막 괴물을 만난다. 가장 무서운 적은 언제나 내부에 있는 법이다. 최후의 괴물을 대면하는 순간은, 우리가 20세기 한국이라는 역사적 특수성 바깥에 나와 있음을 확인히는 순간이기도 하다. 자본주의 세계체제를 통과해야 할 관문으로 느끼는 것이 한국인만일 수는 없다.

네 개의 관문을 통과하며 받은 고통과 상처는 한국인의 마음에 어떤 흔적을 남겼는가. 그런 상처 입음은 어떻게 한국인들에게 주체 형성의 계기가 되었는가. 이 책은 지난 백 년 동안 발표되어온 아홉 작가의 소설에 대한 분석으로 되어 있거니와, 이 두 질문이 책 전체를 묶어주는 두 개의 고리이다.

20세기 한국인의 마음

본격적인 논의에 앞서 적시해두어야 할 것이 있다. 20세기 한국인이 함께 감당해야 했던 과제에 대해 말하는 것으로 글을 시작하였지만, 이 책은 한국인의 특성이나 본질 같은 것과는 아무런 상관이 없다는 것이다. 한국 문화의 본질이 어떠하다는 식의 명제들, 그러니까 한국인이나 한국 같은 집단 주어로 만들어지는 명제들을 나는 별로 신뢰하지 않는다. 그런 주장들은 대부분이 자기 의견을 강조하기 위해 특정 시기나 계층의 특정 단면을 강조한 것이기 쉽기 때문이다. 좀더 나아가면, 특정 집단의 불변의 실체를 가정하는 논리 구성은 그 자체가 비정합적이기도 하다.

이를테면 1920년대의 한국인은 게으르고 일하기 싫어한다는 평가를 받았으나(대표적인 것이 이 시기 이광수의 논설들이다), 산업화가 시작된 이래로 한국인은 일만 하고 쉴 줄 몰라 문제라는 지적이 제기된다. 불과 50, 60여 년을 사이에 두고 한국인의 특성에 관한 극단적으로 상반되는 주장이 서로 맞서 있는 셈이다. 이런저런 설명이 가능하겠으나 여기에서 적시되어야 할 가장 중요한 것은, 두 편의 상반되는 주장 모두가 일반적 차원에서 진위를 논할 수 없는 명제라는 사실이다. 특정 시기 특정 지역 사람들이 보이는 성향 같은 것은 있을 수 있지만, 한국인의 보편적인 특성 같은 것은 있기 어렵다. 한국인이라는 개념도 보편적인 것이 될 수가 없는데, 그 특성은 더 말할 나위가 없다. 보편 명제가 될 수 없는 문장들이 진리의 탈을 쓴 채, 특정 집단에 의해 날조된 편견이나 인종주의 같은 이데올로기적 헛소리에 동원되는 것은 심각한 문제를 낳는다. 특정 지역민이나 국민, 동서양의 대비, 양성 간이나 인종 간의 차이를 논할 때 이런 사이비 논리의 위험성은 더욱 두드러진다.

집단을 대상으로 하는 사유에서는, 틀 자체가 허위인 논리보다 오히려 통찰력 있는 비유 쪽이 대개 좀더 신뢰할 만하다. 사람은 강물 같은 것이어서, 강이 이루어지는 모양에 따라 빨라지고 느려지며 탁해지고 맑아진다는 톨스토이의 비유 같은 것이 그러하다. 이런 비유는 논리를 가장한 명제 형식들보다 사리에 맞고 유연하며, 집단적 편견을 배제할 수 있다는 점에서 윤리적으로도 바람직하다. 톨스토이의 비유가 지닌 논리 구성 역시 문제가 없는 것은 아니다. 역사성이나 환경 같은 요인에 지나치게 기대버림으로써, 사람됨의 좀더 근본적인 차원으로 접근하는 것을 막아버릴 우려가 있다는 것이다. 그럼에도 이데올로기적 편견이 초래하는 현실적 위험과 비극성을 생각한다면, 톨스토이의 견해 쪽이 훨씬 더 나은 선택지임은 두말할 나위가 없겠다.

그런데 20세기 한국인들이 다 함께 경험했던 고통과 그것을 통한 주체 형성에 대해 쓰겠다는 자리에서 이런 이야기를 꺼내는 것은 무엇 때문인가. 이 책의 차례를 훑어본 독자라면 아마도 짐작할 수 있을 것이다. 지금 나는 한국인을 주어로 하여 한국인의 마음에 관해 글을 쓰고 있지만, 이 책에서 말하는 한국인의 마음이란 지난 백여 년 동안 구체적 사건들과의 만남 속에서 만들어진 역사적 산물이다. 변함없는 실체로서 한국적 심성 같은 것이 있는지 잘 모르겠으나, 설사 있다 하더라도 나로서는 확인할 수가 없다. 이 책에서 쓰는 한국인의 마음이라는 말은, 20세기 전반기에는 일제의 식민지 통치를 겪었고 광복 후 분단과 내전을 통해 현재는 한반도의 남쪽 지역에서 살고 있는 사람들 다수가 공유하는 심정과 정서와 생각을 뜻한다.

20세기 초반에서 근 백 년에 이르는 시간 동안 발표된 문학작품들, 그리고 그 안에 들어 있는 죄의식과 부끄러움, 분노와 원한, 복수심 같은 매우 강렬한 정념이 이 책에서 다뤄지는 구체적 대상이다. 이들은 크게 다섯 개의 시간대로 나뉘어 있다. 국권 상실의 상처를 지닌 일제강점기, 분단과 전쟁의 치명적 상처로 인해 신음하던 한국전쟁 앞뒤의 시기, 경제적 빈곤과 정치적 미숙성으로 고통받던 정치적 압제기, 격렬했던 민주화 운동기, 그리고 현재이다. 더러 겹치기도 하는 이 다섯 시기는 기본적으로, 경술국치, 한국전쟁, 4·19 및 5·16, 광주항쟁, 세월호 참사 등의 굵직한 역사적 사건으로 규정되는 시간의 단위들이다. 현재 한국인의 마음은 이런 구체적 계기 속에서 생겨나고 자라왔다. 그런 마음의 자리에 대한 추적은 한국에서 근대성이 형성되는 시점에까지 치고 올라갈 수 있거니와, 그 같은 현실과 역사성이 없다면 한국인의 마음을 논하는 것은 큰 의미가 없다. 적어도 이 책에서는 그러하다.

문학, 마음의 연대기

나는 지금 20세기 한국인이 경험해야 했던 역사성의 문제를 강조하고 있지만, 다른 것이 아니라 마음을 문제삼는 한, 역사성은 어디까지나 계기에 지나지 않는다는 사실 역시 강조되어야 하겠다. 지난 백 년 한반도의 시간을 통과해간 마음의 연대기에서 중요한 것은 역사적인 것으로서의 사건이 아니라, 그 사건이 사람들의 마음에 남긴 흔적으로서의 정서적 경험이며 그 밑바닥에 축적되어온 집단 기억이다. 그것은 한 시대가 산출한 모든 문자 행위의 바탕에서 꿈틀거린다. 바닥에 가라앉고 덧씌워져 보통 방법으로는 잘 보이지 않는 것들이기에, 집단 기억이라는 말보다는 집단 무의식이라 함이 더 합당할 수도 있겠다.

이 같은 논의의 장에서 문학작품들이 초점의 대상이 될 수 있는 것은, 그런 무의식적 집단 기억과 정서적 경험들이 저장된 매체라는 점 때문이다. 백여 년에 걸쳐 문학작품들에 저장된 그 기억들의 연대기는 역사이면서 또한 역사가 아니다. 한 사회의 공적 기억 속에 보존되어 있는 사건의 역사가 아니라, 그 옆에 있던 이런저런 다양한 마음의 역사라는 점에서 그러하다. 그리고 시간의 단락들을 지나는 마음의 흐름 역시, 사건의 연대기가 아니라 서로 다른 경험과 기억의 올들이 동아줄처럼 꼬여 있는 집단 기억과 무의식의 연대기라는 점에서, 역사가 아니면서 또한 역사이다. 바로 그런 것들을 끄집어내는 것이 문학이다.

따라서 이 책은, 중요한 작가들의 작품을 시대순으로 다루고 있음에도 기왕의 소설사적 서술과는 조금 거리가 있다. 대개 예술작품에 관한 역사적 저술이라면 걸작이나 문제작들의 연대기를 기본으로 삼는다. 문학사를 쓸 때에도 사정은 마찬가지이다. 그러나 이 책은 20세기 한국인들에 의해 행해져온 주체 형성의 역사에 집중한다는 점에서, 그리고 정서적 경험의 흔적을 추적하여 그것을 만들어낸 마음의 좀더 깊은 지층에 이르려 한다는 점에서, 과거에 대한 기술이라 하더라도 역사적이라기보다는 고고학적 저술에 가깝다. 본래 사람의 마음만 해도 여러 켜라서 그럴 여지가 많거니와, 한 시대의 마음이라면 그 축적된 두께가 더 말할 나위가 없겠다.

자기 시대의 마음속에서 이야기를 끌어내는 작가는, 공수받는 무당이나 신탁받는 신관과도 같다. 작가가 그런 역할을 원한다는 것이 아니라, 그들 개인의 의지와 무관하게 그런 결과를 낳는다는 뜻이다. 이광수 같은 작가는 소설가이기 전에 지식인이자 우국지사였다. 최인훈, 이청준, 임철우 같은 작가는 자신의 창작 활동이 사회에 대해 발언하는 중요한 통로이기를 원했고, 더러는 그런 뜻을 직접 밝히기도 했다. 다른 힘에 몸을 내어주는 미메시스의 기술자가 아니라 자기 판단과 의지로 사회에 개입하는 작가이기를, 곧 무당이 아니라 지식인이기를 원했다는 것이다. 그럼에도 그들의 그런 의지와 무관하게, 오히려 지식인이고자 했던 의지조차도 한 시대의 마음을 표현하는 매체가 된다. 다른 무엇보다도 그들의 작품이 그것을 보여준다.

이 책에서 문학작품은 작가의 몸을 통해 포착된 그 시대 마음의 메시지로 다뤄진다. 그것을 산출해낸 당시의 용암처럼 열렬한 마음은 장르의 형식과 문자화의 절차를 거치면서 식고 비틀려 돌처럼 굳어진다. 문학작품은 마음이 식으면서 이루어진 지층을 간직하고 있다. 20세기 한국인의 마음이 아름다운 터치로 가득 찬 화판 같은 것이라면 문학 속에 자리잡기는 힘들었을 것이다. 문학 속에 포착된 비틀리고 일그러진 마음의 모습은 사건과 경험의 격렬함을 암시한다. 그런 작품들과 대면하면서 우리가 확인할 수 있는 것은 뜨거운 액체의 돌이 아니라 굳은 표면일 뿐이므로, 그 속내를 제대로 알기 위해서는 파고들어가는 수밖에 없다. 그것을 분석해내는 것이 이 책에서 내가 스스로에게 부여한 과제이다.

텍스트의 증상

문학작품을 두고 나는 굳어버린 액체 바위 같은 것이라고 했지만, 그것은 단지 굳어 있을 뿐 아니라 여러 방향에서 가해지는 압력으로 뒤틀리고 일그러져 있기도 하다. 그렇게 엇갈린 단층들이 만들어내는 틈은 작품의 표면에도 노출되어 있다. 그것을 이 책에서 나는 증상이라고 부른다. 문학 텍스트들은 증상을 통해 말을 건네고, 나는 그런 증상을 읽음으로써 그 뒤에 있는 마음을 발견한다. 그것을 텍스트의 마음이라고 하면 너무 신비적이고, 텍스트를 만들어낸 마음이라고 하면 너무 기계적이다.

증상이란 말 그대로 유기체의 신체가 정상 상태가 아님을 가리키는 신호이다. 또한 증상은 그 뒤에 무언가 보통 때와는 다른 것, 정상적이지 않은 어떤 힘이 작동하고 있음을 알려주는 지표이다. 문학작품도 사람의 신체처럼 그런 증상이 있다는 것인가. 서사의 논리가 지닌 비정합적인 지점, 곧 서사의 표면에 생긴 균열 지점 같은 것이 문학 텍스트의 증상이다. 텍스트의 증상은 실금처럼 미세하거나 후미진 곳에 감추어져 잘 보이지 않기도 하고, 너무나 크고 자연스러운 모습이라서 오히려 알아채기 어려운 때도 있다. 어떤 것이든 증상은 작품 속을 흐르는 마음의 힘이 휘감겨 고이는 장소이다. 증상은 정서를 보존하고 공급하는 저장고로서 작품에 생동성을 부여하고 그것의 고유성을 만들어준다. 그래서 증상이 곧 작품이라고 말할 수도 있겠다.

문학 텍스트의 증상이, 단지 이상해 보이는 곳을 뜻한다면 별문제가 아닐 수도 있다. 신이 만든 것도 완벽하지 않은데 사람이 만든 것이 완벽할 수는 없다. 논리적 결함이나 느낌이 이상한 곳도 있을 수 있다. 이런 서사적 구김이나 비틀림은 때에 따라 의도적으로 삽입된 것일 수도 있다. 그러니까 텍스트에 이런저런 결함은 없는 것이 아니라 있는 것이 당연하다. 표현의 수준에서건 서사의 수준에서건, 문학 텍스트가 일그러지거나 구겨지지 않기란 불가능에 가깝다. 이런 점에서 본다면, 문학작품이란 그 자체가 자기만의 고유한 불균질함이나 과잉을 핵심으로 품고 있다고 해도 좋겠다. 문학작품이란 기본적으로 현실의 재현물이며, 작가 고유의 상상력과 해당 장르의 문법이 개입한다고 해도 현실은 현실이다. 우리가 함께 살아가는 바로 그 현실이 구겨져 있는데 문학작품이 구겨지지 않을 수 없다.

물론 사람들은 자기가 몸담고 있는 현실을 자연스럽다고 생각하면서 살아간다. 익숙하기 때문이다. 하지만 한발만 멈춰서 바라보면 그럴 수 없는 것이 또한 우리의 현실 세계이다. 사람들이 함께하는 공동 삶의 세계도, 미지의 우주도, 그리고 자기 자신도 그러하다. 문학이 현실을 재현한다는 것은 바로 독자로 하여금 한번 멈춰 서서, 자기 두 눈을 세상 밖으로 퉁겨 보내, 지구를 처음 방문하는 에일리언의 눈으로 자기가 사는 세계를 보게 하는 것이다. 그것은 집 밖에서 창문을 통해 자기 방 안을 들여다볼 때 느껴지는, 낯익으면서도 낯선 기묘한 경험을 제공한다. 그러니까 삶의 세계가 문학작품 속에서 재현됨으로써 반성적 시선의 대상이 되면, 자연스럽다고 생각했던 것이 그렇지 않게 되고, 나아가 균질하지 않은 세계가 자기 본래 모습을 노출하게 되는 것이다. 그런 점에서, 문학 텍스트가 지닌 과잉은 문학의 것이 아니라 세계 자체의 것이다.

그런데 문제는 그런 구겨짐과 비틀림이 단순한 것이 아닐 때 생겨난다. 거기에서 어떤 경향성이나 질서가 보인다든지 그런 일그러짐과 어긋남이 구성적이거나 필연적일 때, 그래서 그것이 다른 세계로 통하는 현관문 역할을 할 때, 그때 그것은 비로소 우리에게 말을 건네는 증상이 된다. 그러니까 증상은 텍스트에 존재하는 그런 과잉이 우리에게 중요한 신호로 다가올 때 생겨난다. 누군가가 잘못한 것이 없는데도 스스로를 죄인으로 느낀다면 그것은 세계의 과잉이지만, 그런 사람과 그 행위가 그 시대 사람들에게 의미 있는 것으로 다가갈 때 혹은 그 의미가 지금 우리에게도 유효할 때 그것은 증상이 된다. 요컨대 텍스트의 증상은 문학작품이 지닌 과잉과 그것을 의미 있게 받아들이는 독자 사이에서 만들어지는 것이며, 따라서 유동적이다.

그런 점에서 보자면 이 책의 구성 또한 증상적이다. 전체 열 개의 장 중에서 이광수와 이청준에게 각각 두 장과 세 장이 할당되어 있다. 두 작가에 관한 것이 책의 절반 가까이를 이룬다. 문학사적 비중이나 균형을 고려한다면 그럴 수는 없다. 이런 구도는 내게 말을 건넨 증상들의 비중에 따른 것이고 그 결과로, 문학사의 시선으로 보자면 불균형을 초래했다.

텍스트의 증상을 파헤치고 들어가면 지하 세계로 가는 문이 열린다. 거기에서는 그 텍스트의 고유성만이 아니라 그것을 산출해낸 한 시대의 정신과 마음의 고유성이 함께 작동하고 있다. 언어예술로서의 문학은 오랜 시간 많은 사람의 사랑을 받아왔다. 시대정신의 수호자 역할을 하기도 하고 사람들의 마음을 대변하기도 하며, 남다른 표현으로 사람들의 경탄을 사기도 한다. 하지만 이 책에서 문학작품은 그런 대상 너머에 있다. 자기 안에 특이한 증상을 품고 있는 구겨진 평면이고, 그 존재 자체가 증상인 대상이다.

주권 없는 주체의 과잉윤리

『무정』, 『재생』, 『유정』의 작가 이광수에서 시작하여, 최인훈, 이청준, 임철우, 신경숙, 김경욱, 한강, 성석제, 이해경에 이르기까지, 이 책에서 다루는 작가들을 시대순으로 늘어놓으면 마음의 흐름이 보여주는 방향성이 드러난다. 이광수의 세계는 매우 강렬하고 그로테스크한 에너지로 충만해 있다. 이런 에너지는 뒤로 갈수록 제자리를 찾으며 안정된다. 에너지 자체의 준위가 떨어진다기보다는 혼란스러움의 정도가 약해진다고 해야 하겠다. 구체적으로는, 이광수에게서 보이는 매우 기이한 형태의 죄의식이 좀더 완화된 형태의 부끄러움으로, 그리고 종국에는 공동체에 대한 부채의식과 시민으로서의 책임감으로 변해간다. 주권 없는 주체의 과잉윤리가 시민 주체의 책임윤리로 바뀌어가는 것이다.

그 이유를 따져본다면 어떤 대답이 가능할까. 작가 개인의 성향 탓이라고 하기는 어렵다. 다양한 형태의 과잉윤리를 보여주는 이광수와 최인훈, 이청준은 현대 한국문학의 고전들을 써낸 작가들이며, 그런 점에서 그들의 작품이 지닌 개성은 그들 자신의 것이면서 또한 한 시대의 마음에 의해 선택된 것이기도 하다. 그러므로 이광수, 최인훈, 이청준에게서 드러나는 과잉윤리의 세계는 그들이 자기 시대의 마음과 얼마나 강렬하게 부딪쳤는지를 보여주는 지표이기도 하다.

증상의 강렬함이라는 점에서는 이들 중에서도 이광수가 단연 압도적이다. 『유정』의 주인공은 자기가 짓지도 않은 죄에 대해 책임지겠다며 죽음을 향해 나아간다. 자기가 속한 사회에서 떨어져 나와 거친 자연 속으로 들어간 그는 마침내 자기 죄를 발견한다. 없는 죄를 만들어내는 것이니 발견이라기보다는 발명이라 함이 더 적절할 수도 있다. 책임이 먼저 있고 그 책임감의 빈자리를 채워줄 죄행의 내용이 나중에 생겨나는 것이다. 또한 『재생』의 주인공은 강렬한 자기 처벌의 의지를 보여주며 그것은 결국 자기 목적적 희생이라는 매우 독특한 경지에 도달한다. 어떤 대의나 누군가를 위한 희생이 아니라, 희생하는 것 자체가 목적이 되는 것은, 죽음 충동의 개념처럼 그로테스크하기조차 하다. 이들의 생각과 행위는 윤리적이되 너무나 윤리적이고, 그래서 증상적이다.

이에 비해 『광장』에서 최인훈이 보여주는 것은 냉정하고 차가운 윤리적 과잉이다. 그 앞에 놓인 것은 전쟁으로까지 비화된 남북 분단이라는 상황이다. 이 격렬한 대립의 와중에서 『광장』의 주인공은 남북 모두를 거부한 채 제3국을 선택하고, 뒤이어 자살한다. 그가 왜 죽어야 하는가. 최인훈은 잃어버린 사랑 때문이라고 했으나, 소설 속에는 죽음에 이를 만한 사랑의 흔적이 없다. 냉소적인 주인공에게는 애당초 사랑에 대한 갈구조차 없었다. 최인훈은 여러 차례 개작을 시도하면서 제대로 된 자살의 원인을 마련하고자 하나 문제는 결국 해결되지 않는다. 이런 점에서, 『광장』의 최인훈 역시, 목숨건 책임의 자리는 정해놓고 그것을 채울 만한 이유를 찾는 이광수와 다르지 않다. 자기 처벌로 표현되는 책임이, 이광수에게서는 뜨거운 인물들의 너무나 뜨거운 행위로 표현되는 데 반해, 최인훈에게서는 냉정한 인물의 차가운 서사적 결말로 귀결된다는 점에서 다를 뿐이다.

이광수와 최인훈이 그려낸 세계의 인물들은 모두 불행한 운명에 맞닥뜨린 것이나 다름없다. 문제는 그 운명에 어떻게 대처하느냐이다. 식민지에서 태어나 주권 없는 존재로 살아야 하는 사람과, 자기 땅에서 엄청난 규모의 전쟁이 벌어져 자기 피를 흘렸는데도 그 전쟁의 주체일 수 없는 사람들이 있다. 이광수와 최인훈의 주인공들은 모두 주권 없는 주체의 상황에, 그러니까 상황 자체의 압도성 때문에 옴짝달싹할 수 없게 된 셈이다. 그런 사람들이 제대로 사람 노릇을 하면서 살려면 어떻게 해야 하는가. 사람으로서는 불가능하다는 것이 현실의 대답이다.

하지만 그것이 불가능하다는 것을 알고 있음에도 불구하고 그것

을 포기할 수 없다는 것이, 주체로 살고자 하는 사람의 아이러니이
다. 게다가 주체의 자리를 포기하는 것은 소설이라는 장르 자체의
윤리가 용납할 수 없는 것이기도 하다. 근대의 서사시로서 소설은
자기 삶의 주인으로 살고자 하는 사람들의 이야기이기 때문이다. 이
광수와 최인훈의 소설도 예외일 수 없다. 그래서 문제가 된다. 이 작
가들이 포착해내는 이야기는, 불가능한 선택을 향해 나아가는 사람
들의 이야기가 되는 것이다. 불가능한 선택을 한 사람은 이미 사람
이 아니라, 신이나 좀비나 유령이다. 그것을 현실 속의 이야기로 만
들려 하는 순간, 서사에 그 어떤 뒤집어짐과 일그러짐이 생겨나는
것은 필연적이다.

　주체의 자리를 향한 열망의 눈으로 보자면, 일제강점기도 한국전
쟁기도 모두 사람 목숨이 걸려 있는 전쟁터의 시간들이다. 주권 없
는 주체를 만드는 현실(국권 상실 상태와 자기 땅에서 벌어진 남의 전쟁)
은, 그런 현실 자체를 전면적으로 부인하지 않는 한 그 땅에서 발붙
이고 살아야 하는 사람들에게는 윤리적 진퇴양난이 아닐 수 없다.
한두 개인의 힘으로 극복되기 힘들다는 것이다. 그러니 그것을 받아
들이는 것이 쉬울 수는 없다. 그런 세계가 만들어내는 기이한 에너
지에 둘러싸인 인물들이니 그들의 마음이 날뛰지 않을 수 없고, 그
런 사람들이 만들어내는 서사이니 구겨지지 않을 수 없다.

　이에 비하면 이청준의 세계는, 이들과 동일하게 과잉윤리로 충만
해 있으나 그 양상은 좀더 순화된 모습으로 드러난다. 한국전쟁의
트라우마에 대해서도 이청준은 매우 좁은 죄의 장소를 찾아내고 거

기에서 주체의 영역을 확보한다. 주체로서 책임의 자리는 어차피 정해져 있으니 중요한 것은 그것의 제대로 된 내용을 찾아내는 것이다. 이광수의 인물은 자기가 죄인이라고 외치면서도 제대로 된 죄의 내용을 댈 수 없었고, 최인훈의 인물은 역사적 주체로서는 불가능한 선택을 한 대가로 극단적인 자기 처벌에 이르게 된다. 그런데 이청준의 인물은 번듯한 죄의 내용을 찾아낸다. 그것을 위해 이청준은 한국전쟁을 전쟁 일반의 상황으로 옮겨놓고 거기에서 벌어지는 평범한 사람의 비겁함을 포착한다. 그럴 경우, 그 비겁자는 가해자일 수 있어서 자기 고유의 죄와 책임 영역이 생겨나고, 그것이 주체의 출현을 가능케 한다. 이처럼 한국전쟁을, 그것이 지닌 세계사적 구도에서 끄집어내어 전쟁 일반으로 치환하는 것이, 한국전쟁이라는 민족적 트라우마를 소화해내는 이청준의 방식이다.

이청준의 윤리적 과잉이 제대로 작동하는 것은 자신의 가난과 시대적 빈곤을 그려내는 작품에서이다. 한 개인의 입장에서 보자면, 가난한 집안이나 빈곤한 시대 같은 태생의 문제는 자기가 회피할 수 없는 것이다. 그런데 그런 출신 때문에 수모를 당하고 수치심을 느낀다면 그것은 누구의 책임인가. 이 질문은 가난을 역설적 대상으로 만든다. 그것을 부끄러워하면 진짜 부끄러운 것이 되고 그 앞에서 당당할 수 있다면 제대로 당당해지는 것이 가난이다. 그런 점에서 가난은 수치심과 자긍심을 동시에 키워내는 밭이다. 하지만 현실에서는 사정이 조금 다르다. 가난이 자긍심의 근거가 되는 것은 자수성가한 사람의 회고 같은 데서나 가능하다. 보통 사람에게 가난에 대한 부끄러움은 윤리적 함정일 수밖에 없다. 가난한 자기 처지에 대한 부끄러움이 생겨나고, 그런 자기 모습을 부끄러워하는 이중의 부끄러움이 곧 그것이다. 그것은 열등감과도 같아서 그것을 의식하는 순간에야 비로소 문제가 되는 것이지만, 현실에서 그런 함정을 피하기란 쉽지 않다.

경제적 빈곤 상태가 만들어내는 이 같은 마음의 역설은, 이청준이라는 한 개인의 문제만이 아니라, 분단과 전쟁으로 황폐화된 나라에서, 외국의 원조를 받아서야 생존이 유지될 정도의 절대 빈곤 속에서 살아야 했던 사람들 모두의 문제였다. 이청준이라는 작가는 그 세대의 대표 단수로서 말을 하고 있는 셈인데, 소설 속에서 그는 가난한 탓에 당했던 수모를 자책의 방식으로 받아들임으로써 자기 책임으로 돌린다. 자기 탓이 아닌 것을 자기 탓으로 돌리는 행위는 전형적인 과잉윤리의 산물이며, 그런 점에서 그는 이광수나 최인훈과 동일한 윤리적 수준에 있다. 경제적 빈곤 앞의 이청준은, 식민지의 신민인 이광수나 분단 상황의 최인훈과 마찬가지로, 한 개인이 감당할 수 없는 수준의 문제, 한 세대가 자기 탓이 아닌 것을 자기 책임으로 떠안아야 하는 문제에 직면해 있는 셈이다.

국권 상실과 분단, 절대 빈곤은 모두 자기 뜻과는 무관하게 불행한 유산으로 주어진 것이다. 이광수와 최인훈과 이청준, 이 세 명의 작가가 보여주는 과잉윤리는 이 세 가지 관문을 통과하려는 집단적 의지의 산물이다. 그로 인해 그들이 느끼는 고통이 그들 탓은 아니지만, 그렇다고 그것을 자기 책임으로 떠안지 않으면 주체의 자리도 생겨날 수 없다.

이들의 역설적 처지는, 원죄를 운명으로 받아들여야 하는 사람의 경우와도 같다. 죄 없는 사람에게 원죄라는 개념은 터무니없다. 반대로, 이미 죄를 지어버린 사람에게 원죄는 형벌이 아니라 오히려 구원일 수 있다. 세 명의 작가가 보여주는 과잉윤리는, 원죄를 자기 몸 안에 등록하기 위해 자기 안에서 죄의 흔적을 찾아내는 행위나 다름없다. 이들의 행위는, 주어진 운명과 현실 앞에서 어떤 역설을 감내하더라도 놓칠 수 없는 단 하나의 것이 주체의 자리라는 사실을 말해준다. 주권이 없는 상태에서 발휘되는, 주체의 자리를 향한 의지가 과잉윤리라는 역설의 생산자인 셈이다.

시민 주체의 책임윤리

20세기 한국인이 감당해야 했던 네 번째 트라우마, 국가의 정치적 미성숙이 초래하는 고통이 다른 셋과 다른 점은, 그것이 죄와 책임의 일치를 만들어낸다는 것이다. 여기에서는 불행한 유산 같은 것이 문제가 되지 않으며, 따라서 책임윤리는 있어도 과잉윤리는 있기 어렵다. 모자람은 있어도 넘침은 없는 것이 책임윤리의 영역이다. 그리고 그 영역을 넘어서면 우리는 비로소 좀더 근본적인 괴물과 대적하게 된다.

자기가 누릴 권리와 책임의 주체이고자 하는 시민에게 정치적 압제의 문제는 자신의 현실 속에서 실시간으로 작동한다. 그런 점에서 그것은, 식민지 상태나 국가적 빈곤과는 달리 앞 세대가 물려준 불행한 유산 같은 것일 수 없다. 유신체제 같은 폭압적 권력 구조가 이미 주어진 조건이라 해도, 거기에 제대로 저항하지 못함으로써 생겨나는 마음의 짐은 온전히 자기 자신이, 현재의 조건 속에서 짊어져야 하는 것이다.

또한 주권자로서 자신의 권리와 존엄성을 지키려는 시민은 빈곤 극복에 나선 경제주체와는 다른 윤리적 위상을 지니고 있다. 가난에서 벗어나기 위해 필요한 것은 번듯한 생존을 향한 강한 열망이고, 경제 발전을 향해 나아가려 하는 성과지상주의자에게 도덕성은 여차하면 배제되어도 좋은 것이다. 이에 반해 주권을 지키려는 시민의 의지는, 올바름과 공평함이라는 윤리-정치적 힘을 동력으로 삼는다. 그 힘은 종종 실정법이나 현실 권력(이것은 이미 과거의 자기 자신의 모습이다)의 제한을 넘어서 시민 공동체의 책임윤리를 향해 나아가곤 한다.

20세기 한국 주체 형성의 역사에서 죄와 책임이 일치하는 기적 같은 장면은 임철우에 의해 포착된다. 그는 1980년 광주항쟁의 현장에 있었고, 거기에서 살아남았으며, 그리고 작가가 된다. 그가 이루어낸 문학 세계는, 그 이력에 나란히 병치된 이 세 가지 사실을 다음과 같이 인과적으로 재배치한다. 그가 작가가 된 것은 광주항쟁의 현장에 있었고 거기에서 살아남았기 때문이다. 여기에서 두 가지 원인을 합하면 죄의식의 영역이 생겨난다. 광주의 현장에서 살아남았다는 것은 누군가에게 빚을 졌음을 뜻한다. 그 빚은 물론 '살아남은 자'로서의 마음과 윤리가 만들어낸 것이다. 자신의 내면을 들여다보면서 자기에게 다가온 사건을 윤리적으로 재배치하는 순간 그는 시민이 되고, 그의 소설 쓰기는 작가로서의 작업이면서 동시에 시민으로서의 정치적 행위가 된다. 광주의 진실을 모르고 있던 사람이나 애써 모른 척하고 있던 사람도 모두, 비극의 참상이 알려지기 시작하면서부터는 임철우처럼 광주에서 '살아남은 자'가 된다. 광주항쟁은 그로부터 10년 전 전태일의 죽음과 34년 후 세월호 참사가 그랬듯이, 사람들에게 고르게 죄의식과 부채감의 세례를 베푼다. 그 세례 속에서 시민 주체가 탄생한다.

　위에서 나는 죄와 책임의 일치를 두고 기적 같다고 표현했지만, 자기 직업의 한계 내에서 공동체-정치를 수행하는 공적 존재로서의 시민 자체가 기적의 산물이라 해야 하겠다. 시민이란 생명체가 지닌 원리적 수준의 이기주의 혹은 자기 보존 본능을 벗어남으로써 생겨난 것이기 때문이다. 작가건 회사원이건 공무원이건, 시민 주체가 되는 것은 하나하나가 모두 기적이다. 그 사람이 시민으로서의 행위를 하려 하는 순간, 그는 자기 안에 있는 그 기적을 실현하는 중인 것이다. 시민으로서의 주체는 스스로를 공동체에 빚진 사람으로 규정한다. 그 빚을 갚고자 어떤 행위를 할 때 그 행위의 주체는 윤리-정치적 의미에서의 시민 주체이며 그 행위의 바탕에는 공동체 차원의 책임윤리가 있다.

　『백년여관』에서 임철우가 그려내는 것은 역사적 사건에 빚진 사람들의 이야기이며 그 핵심에는 광주항쟁이 있다. 미친 국가의 폭력에 맞서 시민으로서의 권리를 수호하다 희생당한 사람들의 죽음이 자기의 죽음을 대신한 것으로 느낄 때, 그래서 다른 무엇으로 갚기 어려운 자신의 빚으로 느낄 때, '두 죽음 사이의 공간'이 열린다. 그 공간 속에 있는 사람에게, 희생자들의 죽음은 이미 와버렸고 자신의 죽음은 아직 오지 않았다. 죄의식과 부채감으로 채워진 공간의 윤리적 힘이 시민 주체를 탄생시킨다. 임철우라는 작가도, 그가 기리고자 했던 사람들도 모두 그 공간에서 태어난다. 부채를 청산하기 위해 그들이 무엇을 했는지는 그 뒤의 그들의 행적이, 이를테면 임철우에게서는 그가 작가가 되어 써낸 소설들이 보여준다.

한번 열린 '두 죽음 사이의 공간'은 쉽게 닫히지 않는다. 많은 시민들이 마음속에 지니고 있는 것이라서 그렇고, 또 그 공간의 존재를 부정하려는 사람들이 있어서도 그렇다. 뒤의 이유는 개탄스러운 일이지만, 그것이 시민 주체를 배양해내는 현실적 힘이기도 하다는 것은 역사가 보여주는 역설이다. 김경욱과 이해경은, 광주항쟁 이후 30여 년이 지났는데도 소설의 주인공들로 하여금 광주의 복수에 나서게 했다. 아직도 '두 죽음 사이의 공간'이 입을 벌리고 있는 탓이다. '광주 학살'의 범죄자들을 향한 뒤늦은 복수는 물론 실패할 수밖에 없다. 두 개의 서사 모두 판타지가 아닌 소설의 세계에서 전개되기 때문이다. 그러나 실패한 것은 소설에서의 복수일 뿐이고, 진짜 복수는 다른 차원에서 이루어진다. 『야구란 무엇인가』와 『사슴 사냥꾼의 당겨지지 않은 방아쇠』라는 소설의 존재 자체가 그것이다. 광주항쟁에서 죽은 한 소년에게 바쳐진 한강의 소설 『소년이 온다』에서 이것은 다시 한번 확인된다. 광주항쟁의 고통스러운 기억에 대해 임철우는 증언하고, 김경욱, 이해경, 한강은 반복적으로 재현하고 표현한다. 사건이 아니라 고통의 재현.

이들의 소설에서 공통적으로 울려 나오는 목소리는 단 하나의 문장으로 되어 있다. '너희를 결코 잊지 않겠다'가 그것이다. 참회 없는 용서가 그리스도의 차원에서 이루어질 수 있는 보편윤리의 것이라면, 시민 차원의 책임윤리는 공동체의 범죄자들과 희생자들을 잊지 않는 것, 역사와 사건을 기억하는 행위 속에서 구현된다. 그 같은 기억 행위가, 공동체의 범죄자들을 향한 시민의 복수이고 또한 희생자들을 위한 애도의 제의이다. 광주항쟁의 희생과 상처를 다룬, 임철우·김경욱·이해경·한강의 소설이 종국적으로 수행하는 것이 바로 그것이다. 이들이 수행하는, '살아남은 자'로서의 부채를 공동체에 되갚는 행위는, 지향성 없는 잠재력으로서의 추상적 주체를 시민이라는 윤리-정치적 주체로 거듭나게 한다.

성공서사와 바보서사, 그 밑의 원한

네 개의 관문을 통과하고 나면 비로소 나타나는 괴물이 있다. 우리 시대 최고 서사로서의 성공서사가 그것이다. 모든 관문을 통과한 다음에 나타났다고 했으나, 그 괴물은 어딘가에 숨어 있다 갑자기 등장한 최후의 악당 같은 존재가 아니다. 네 개의 관문을 통과하는 동안 그 괴물은 언제나 우리와 함께 있었다. 매력적인 모습에 도덕적 품성까지 갖춰 누구도 그 괴물의 정체를 알아차리기 힘들었을 뿐이다.

성공서사는 자수성가한 사람의 이야기를 바탕으로 삼는다. 어려운 환경에서 태어나 남다른 성실성과 창의력으로 마침내 성공에 이른다는 이야기는 멋지고 감동적이기조차 하다. 그 멋짐과 감동은 어려움을 이겨낸 주인공과 그런 결과를 낳게 한 사회체제가 결합함으로써 만들어진다. '멋진 데다 감동적이기까지 한데 대체 무엇이 문제라는 것인가. 게임의 룰이 공정하고 경쟁이 정당하기만 하다면, 현실과의 대결에서 승리하여 마침내 목표에 도달한 이야기는 아름다운 것이 아닌가. 게다가 강자가 승리하여 살아남는 것은 진화론이 보여주는 자연의 근본원리에 해당하는 것이 아닌가.' 이런 반문에 반박하기 어렵게 느껴진다면, 그것은 우리가 이미 자본주의의 거대한 신체 내부에, 자유경쟁과 등가교환의 원리가 제2의 자연이 되어 있는 근대성의 내부자로 거주하고 있기 때문이라고 해야 한다.

성공서사는 자유롭고 공정한 경쟁에서 승리한 사람의 서사라는 점에서, 자본주의 세계체제의 최고 서사가 된다. 자유 시장과 기회 균등, 공정거래를 이상으로 하는 자본제적 모더니티의 마음과 삶의 플롯을 표상하는 데 그보다 더 나은 서사 형태는 찾기 힘들다. 어느 시대의 것이든 그 시대의 최고 서사는 당대 사람의 눈으로 보자면 이상적이고 도덕적이다. 중세에는 자기 본분을 지키는 사람의 이야기가 그러하고, 고대에는 어려움을 뚫고 공동체를 수호하는 사람의 이야기가 그러하다. 근대 세계의 성공서사는 일상적 궤도에서 벗어나 창업에 성공한 기업가를 모델로 한다. 그들이 표상하는 단호함, 현명함, 독창성, 절제력 등의 미덕은, 성공한 기업가의 것이면서 또한 우리 시대의 시선이 포착해내는, 시대를 초월한 영웅의 미덕이기도 하다. 이런 점에서 근대의 기업가는 곧 건국 서사시의 고대 영웅과 일치한다.

그러나 성공서사를 향한 이러한 시선은 어디까지나, 그런 성공 구조를 받아들인 사람의 것일 뿐이다. 눈을 성공서사의 외부로 돌릴 수 있다면 사정은 판이하게 달라진다. 일단 경쟁과 성공이라는 틀 자체의 사명함이 사라지게 되고, 그 정당성이 흔들리기 시작하면 공정한 경쟁의 이상도 동요하지 않을 수 없다. 그리하여 경쟁 자체가 옳지 않은 것이 된다면, 공정 경쟁은 기껏해야 '좋은 사기꾼'에 지나지 않는 것이 된다. 게다가 우리가 사는 현실은, 기울어지지 않은 운동장이 가상에 불과한 것임을 끝없이 일깨워준다.

물론 경쟁이 없다면 운동장도 필요 없어서, 기울어진 운동장이라는 것도 있을 수 없다. 그렇다면, 경쟁이라는 것 자체가 운동장을 기울게 한다고, 경쟁이 있는 한 기울지 않은 운동장은 존재할 수 없다고 할 수도 있지 않을까. 곧바로 그렇게 단언하는 것은 비약이겠지만, 기울지 않은 운동장은 없을 뿐 아니라 경쟁 강도가 세고 성공 보상이 클수록 운동장의 기울기는 더욱 커진다는 것을 우리는 경험으로 알고 있다. 게다가 무엇보다도 문제적인 것은, 운동장에 진입하기 위해서는 간단치 않은 윤리적 비용을 치러야 한다는 것이다. 그 것이 지금 우리 시대의 현실이거니와, 2008년 금융위기 이후 세계 는 더욱 빠른 속도로 양극화 사회를 넘어 99대 1의 극단적 격차 사 회로 나아가고 있다. 세계는 이제 근대를 넘고 세습 귀족들의 새로 운 중세를 넘어서, 새로운 고대 노예제 사회가 되어간다.

사정이 그러하니, 자본주의 군주들의 화려한 성공의 발자취 밑에 는 원한이 질척이지 않을 수 없다. 경쟁에서 탈락한 사람들이 표출 하는 분노는 경쟁이 불공정할수록 커지지만, 일그러진 마음으로서 의 원한은 오히려 경쟁이 공정한 것으로 느껴질 때 극에 달한다. 자 신의 실패를 온전히 자기 탓으로 돌릴 수밖에 없을 때 생겨나는 강 렬한 자책의 에너지 때문이기도 하고, 거기에 더하여, 보상 체계의 부조리함에 대한 불만이 그런 자책의 강렬함에 덮여버린 탓이기도 하다. 그러니까 성공한 사람의 발밑에 고여 있는 원한은, 분노와 자 책과 억압의 에너지가 합성된 결과인 셈이다. 대놓고 하는 불평과 그것조차 자기 탓으로 돌리는 착함, 그리고 그 착함에 억눌려 몸의 차원에서 작동할 수밖에 없는 자폐적인 힘이 합해져서, 보이지 않는 원한의 늪이 만들어지는 것이다.

하지만 성공서사를 진정한 괴물로 만드는 것은, 성공서사가 그런 원한의 질척임과는 전혀 무관하다는 사실이다. 성공서사는 성공한 주인공의 시선에 의해 깨끗하게 위생 처리된 것이어서, 거기에는 패 배한 자들도 제대로 알지 못하는 원한의 질척임이나 끈적임이 들어 설 여지가 없다. 적을 퇴치하는 피의 역사 같은 것은 고대의 영웅들

에게나 해당할 뿐이다. 자본주의 시대의 성공서사는, 주인공이 자기
발이 피에 젖어 있음을 모르거나 모른 척이라도 해야 비로소 가능
해진다. 그런 사실이 성공서사를 진정한 괴물로, 아름답고 착한 악
당으로 만든다.

　1995년의 신경숙은 성공서사 밑에 깔려 있는 죄의식과 원한의
늪을 예민하게 감지해낸다. 『외딴방』의 작가가 혹독한 자기 검증을
통해 끄집어내는 것은, 어린 시절 미성년 여성 노동자로서 겪었던
고된 기억과 행하게 되었던 부끄럽고 민망한 행동들, 그리고 스스로
상처의 핵심으로 지목하는 가슴 아픈 사건이다. 그런데 그 과정에서
신경숙이 자신도 의식하지 못한 채 독자를 끌고 들어가는 곳은 성
공서사의 한복판, 우리가 종국에 마주하게 될 괴물의 성채 내부이
다. 착하게 생긴 괴물이 깔아둔 아름다운 양탄자는 질척이는 원한
으로 젖어 있다. 그곳은, 특별히 어떤 행동을 해서가 아니라 그 자리
에 들어와 있는 것만으로도, 그러니까 자유경쟁 사회의 시민으로 사
는 것만으로도 죄가 되는 자리이다. 신경숙의 텍스트에서 그 발밑을
적시는 원한은, 남성-근대성에 의해 농락당하면서도 그것을 당연한
것으로 받아들여야 했던 여성 신체의 히스테리로 표상된다.

　신경숙과 그 세대 여성 작가들은, 성취에 목마른 한국인의 정신
이 근대성의 이상을 향해 나아가기 위해 무참히 버려버렸던 몸의
원한에 공명하기 시작했던 셈이다. 일찍이 이광수에게서 그 원한은,
남성 주인공들의 기이한 자기 처벌 의지로 구현되었거니와, 신경숙
에게서도 텍스트가 지닌 증상의 원천이 된다. 『외딴방』의 작가가 마

침내 도달하게 되는 것은, 죄도 부끄러움도 아닌 바로 그 원한의 영역, 근대성과 결합되었던 성공서사의 이면이다.

성공서사의 괴물성은, 『투명인간』(2014)의 성석제에 이르면, 바보서사와 맞세워짐으로써 좀더 분명하게 드러난다. 『외딴방』과 『투명인간』 사이에 놓인 19년의 시간 속에는 한국이 겪어야 했던 1997년 말의 국가부도 위기와 2008년 세계적 수준의 금융위기가 가로놓여 있다. 금융자본이 현실 세계의 지배자라는 사실이 밝혀진 후로, 더 이상 은폐할 필요가 없어 자신의 알몸을 드러낸 성공서사는 아름답지 않고 착할 수도 없다. 성석제가 그려내는 바보의 이야기는 그런 세계의 일그러진 모습을 포착해냄으로써 자유경쟁의 이상을 상대화한다. 성공서사의 매력을 모르는 바보에게 자유경쟁은, 여러 선택지 중 하나일 뿐 아름다운 이상 같은 것일 수 없다. 바보서사는 그와 같은 방식으로, 성공서사의 외부가 존재할 수 있음을 상기시킨다. 운동장 바깥이 있음을 확인하는 것만으로도 운동장 안의 경쟁 강도는 떨어지고 그 결과로 운동장은 덜 기울게 된다.

또한 바보서사는 등가교환이 유일한 선택지가 아님을 일깨워줌으로써 무상 증여라는 질서의 존재를 실감할 수 있게 해준다. 지구상의 모든 것들은 대가 없이 쏟아지는 태양 에너지의 산물이다. 그것으로부터 생겨나 그것을 먹고 산다. 그런 점에서 지구상의 모든 존재의 본성은 잉여일 뿐이다. 교환이 아니라 증여의 원리를 보여주는 성석제의 바보서사가 그 자명한 사실을 상기시키는 것이다.

식민지 근대성

성공서사의 괴물성이 거리낌 없이 제 모습을 드러내면 우리는, 이제 더 이상 관문 너머는 존재하지 않으며, 우리가 뒤좇아야 할 모델도, 이른바 '선진국'도 존재하지 않는다는 사실을 알게 된다. 스스로 모델이 되고 모델이 될 거리를 찾으며 스스로의 힘으로 가야 한다. 한번 지나왔는데도 다시 앞을 가로막는 정치적 미숙함은 수시로 문제가 된다. 앞에서 말한 대로, 시민 주체에게 자기 주권을 지키는 일은 언제나 현재형이며 실시간이기 때문이다. 우리에게 그 사실은 2014년 세월호 참사가 통절하게 일깨워주었다. 시민 주체의 탄생을 보여주는 소설들이 기본적으로 장례나 제례의 형식을 취하고 있다는 것은, 이런 점에서 보자면 우연일 수 없다. 임철우, 신경숙, 성석제는 물론이고, 『소년이 온다』의 한강도, 김경욱과 이해경도 마찬가지이다. 그들은 모두 매듭짓지 못한 치명적인 죽음을 기억함으로써 자신을 '두 죽음 사이의 공간'에 가둔다. 공동체의 수준에서 보자면 그 같은 기억의 제의는 지속적으로 반복된다. 또 시민이 스스로를 주체로 유지하기 위해서는 마땅히 그래야 한다. 그것을 잊는 순간 새로운 죽음이 생겨난다.

지난 백 년 동안 한국인이 통과해야 했던 네 관문은, 그 관문을 통과하고 나서 보자면 단 하나의 이름으로 통칭될 수 있겠다. 식민지 근대성이 그것이다. 마지막 관문을 통과하는 순간 깨닫게 되는 것은 근대성 자체가 자기-식민화의 산물이라는 사실, 곧 근대성은 식민지에서만이 아니라 제국주의 본국에서도 외부자라는 사실이다. 근대성에 의해 식민화된 것은 일제 치하의 경성이나 광복 후의 서울만이 아니라 도쿄도 마찬가지일뿐더러, 런던과 뉴욕도 사정은 다르지 않다는 것이다. 근대성 자체의 원천이 하나가 아님에 대한 깨달음이란, 그것을 넘어서는 방식이 하나가 아님을 깨닫는 순간 생겨난 것이다. 자본과 근대성의 한계가 자기 자신이듯, 이제 우리의 한계도 우리 자신이라는 사실을, 2016년 가을에서 2017년 봄, 우리를 사로잡은 촛불의 경험이 웅변하고 있다.

주체가 된다는 것

마지막으로, 주체 형성에 관여하는 마음의 기제에 대해 간략히 살펴보는 것으로 서장을 마무리하자. 여기에서 문제가 되는 것은, 부끄러움과 죄의식, 원한, 분노같이 마음을 이루는 정념의 작동 방식이다.

지난 백 년 동안 한국인의 관문 통과 경험이 그 자체로 주체 형성 과정이기도 했음은 이미 언급한 바 있다. 여기에서 주체로서의 자기 규정은 최소한 세 가지 윤리적 층위로 구성된다. 가장 표층에는 한국 근현대사가 당면했던 특수성의 층위가 있고, 그 밑에는 자본제적 근대라는 일반성의 층위, 그리고 가장 깊은 곳에는 인류의 공동생활이라는 형식 자체가 지니는 보편성의 층위가 있다. 주체의 마음을 이루

는 정념의 발생에 관해서는, 보편성의 셋째 층위에서 발원하여, 일반
성과 특수성의 층위를 통과하면서 구체적 뼈와 살을 얻는다고 할 수
있겠다. 혹은, 현실 속에서 촉발된 정념들이 자기 기원을 찾아 밑으
로 내려가면서 원천으로 이어진다고 설명하는 것도 가능해 보인다.
어떻게 설명하든 마음을 만드는 정념의 작동은, 시공간의 제약을 넘
어서는 보편성과, 시간적 제약을 지닌 일반성, 그리고 시공간적 제약
을 함께 지닌 특수성, 이 셋의 상호작용의 산물이라 할 수 있겠다.

　사람됨에 관한 보편성의 층위에서 말한다면, 사람은 누구나 자기
자신과의 불일치로 인해 괴로워하는 동물이다. 괴로움의 깊이나 강
도, 그로 인해 일그러진 마음의 모양새는 다를 수 있다. 하지만 그
런 괴로움 자체가 없는 사람은 있기 어렵다. 동물을 사람으로 만드
는 바로 그 괴로움의 원천에는, '너는 어떻게 사람다운 사람이 될 것
이냐'라는 질문이 있다. 보통의 괴로움이라면 피해버리면 그만일 터
이나 이 경우는 그럴 수 없다. 그 괴로움 속에 사람됨의 최저 수준과
삶의 보람이 있기 때문이다. 그 보람이 없어도 목숨을 보존할 수는
있겠지만, 그렇게 유지되는 삶은 좀비와 다를 바 없어서 살아 숨 쉬
는 것이 무의미해진다. 그래서 아무리 괴롭더라도 삶의 보람 속으로
기를 쓰고 달려들려 하는 것이, 공동생활을 하며 살아가는 인간 존
재의 역설이다

　죄의식과 부끄러움은, 보편적 사람됨의 '괴로운 보람'을 만들어내
는 대표적인 기제이다. 단순하게 말한다면, 죄의식은 해서는 안 될
짓을 했을 때, 그리고 부끄러움은 해야 할 것을 제대로 하지 못했을

때 생겨난다. 죄의식과 부끄러움은 모두, 내면화된 권위자나 당위적 규범과 연관되어 있다. 프로이트의 용어를 빌려 말한다면, 죄의식은 금지 명령을 내리는 초자아의 작용이고, 부끄러움은 자기의 목표 지점을 정해주는 자아 이상(ego-ideal)의 결과물이다.[1] 또한 죄의식은 내면화된 타자의 목소리와, 그리고 부끄러움은 내면화된 타자의 시선과 연관된다.[2] 금지를 위반한 결과인 죄의식에서는 선악의 관념이, 그리고 자아 이상에 대한 채워지지 못한 요청의 결과인 부끄러움에서는 능력의 우열이 작동한다.[3] 그런 점에서 죄의식은 배신자의 불안감과, 부끄러움은 열등감과 유사하다. 죄의식도 부끄러움도 주체에게는 모두, 자아 형성의 출발점이라는 의미를 지닌다.

이 책에서 죄의식과 부끄러움이 특별한 조명의 대상이 되는 것은, 이 둘이 주체의 형성과 관련되어 있기 때문이다. 죄와 주체 형성의 연관성은, '아담은 죄를 짓는 순간 사람이 된다'라는 문장으로 간명하게 표현될 수 있겠다. 초자아의 금지 명령을 어기지 않은 아담은, 낙원에서 편안할 수는 있겠지만 스스로의 의지도 자발성도 없다는 점에서 인형이나 다를 바 없다. 동물적 본능이라는 안정된 흐름 바깥을 향하여, 내면화된 권위자의 명령을 어기고 궤도를 이탈한

---

1   죄/부끄러움을 초자아/자아이상과 연결시킨 것은 피어스의 논리에 따른다. Gerhart Piers & Milton B. Singer, *Shame and Guilt: Psychoanalytic and a Cultural Study*, Springfield IL: Chales C. Thomas 1953.

2   이러한 구분은 라캉에게서 선명하며 피어스에게서도 나타난다. 지젝, 『라캉 카페』, 조형준 옮김, 새물결 2013, 10장.

3   사쿠타는 피어스의 이론을 발전시켜 선악/우열로 구분했다. 作田啓一, 『恥の文化再考』, 筑摩書房 1967 및 『価値の社会学』, 岩波書店 1972.

별처럼 나아갈 때, 그는 비로소 어른이 되고 인간 주체가 된다. 모든
행위는 죄를 낳는다는 헤겔의 말도 이런 사정을 가리킨다(무언가를
했는데도 그것이 죄가 아니라면, 그 사람은 행위의 주체가 아니거나 아무런 행
위도 하지 않은 셈이 된다).[4] 그것이 주체를 만드는 행위의 윤리적 구조
이자, 주체 형성에 필연적인 위반의 필요성이다.

주체로서 한 사람이 지닌 고유성은, 궤도 이탈의 결과로 생긴 자
기 자신과의 불일치를 어떻게 메우려 하느냐에 따라 만들어진다. 그
래서 주체 형성 과정에서 중요한 것은 책임의 문제이다. 이 지점에
서 죄의식과 부끄러움은 하나로 연결된다. 죄의식은 위반 과정에 대
한 후회와 처벌에 대한 불안의 산물이고, 부끄러움은 간극을 채우지
못하고 있는 자신의 현재 상태에 대한 좌절감이다. 자기 안에서 불
일치의 간극을 발견한 주체의 현재 시점에서 보자면, 죄의식은 과거
쪽에 그리고 부끄러움은 미래 쪽에 치우친 정념이다. 주체의 자기
구성에서 중요한 것이 책임의 영역을 찾아내고 그것을 채우고자 하
는 의지라면, 따라서 이런 대목에서 좀더 크게 힘을 쓰는 것은 부끄
러움 쪽이라 해야 하겠다. 이 과정에서, 과거의 사건에 대한 후회로
서의 죄의식은, 윤리적 능력의 부족이라는 부끄러움의 언어로 번역
되어 그 영역 안으로 흡수될 수 있다.

이런 점에서 보자면, 한국인이 백년 과업을 수행하는 동안 좀더
크게 위력을 발휘한 것이 부끄러움이었음은 당연해 보인다. 개인에

---

4   찰스 테일러, 『헤겔』, 정대성 옮김, 그린비 2014, 324쪽.

게서도 그렇지만 공동체의 차원에서도, 강한 성취 지향성 아래에는 강한 부끄러움이 존재하고 있기 때문이다. 위에서 언급했던 주체 구성의 세 층위에서 보자면, 가장 현저하게 드러나는 것이 한국 근현대사의 특수성이며, 부끄러움은 바로 이 층위에 있다. 그리고 죄의식은 그 밑, 자본제적 근대라는 일반성의 층위에서 성공서사의 그림자와 함께 조용히 움직인다. 성취 지향성이라는 것 자체가 문제시되면 그 죄의식은 좀더 분명해진다. 그리고 마지막 보편성의 층위는 앞 절에서 언급했던 원한이 거주하는 곳이다. 그곳은 보통의 방법으로는 드러나지 않는 무의식의 영역이라고 해야 할 것이다. 거기에서 원한은, 부끄러움과 죄의식이 휘발되고 남은 찌꺼기인 양 존재하고 있다. 반대로, 매우 강렬한 형태의 부끄러움과 죄의식에는 원한이 함께 작동하고 있다고 해도 좋겠다. 사람됨 자체에 대한 회의나 탈(脫)인간의 수준에서 진행될 마음에 관한 논의는 여기에서 가능할 것이나, 그것은 한국소설 백 년이 지난 이후의 일, 앞으로의 문제일 것이다.

그리고 마지막으로 분노는, 이 셋이 스스로를 드러내는 방식이다. 분노의 힘은 자기 자신을 향할 수도 외부를 향할 수도 있거니와, 부끄러움과 죄의식과 원한이 그 원료가 된다. 한 사람의 주체 속에 세 개의 윤리적 층위가 포개져 있듯이, 하나의 분노 속에는 그 세 개의 정념이 층을 이루고 있다고 할 수 있겠다. 세월호 희생자들을 향한 사람들의 마음속에서도, 또한 박근혜 퇴진을 외쳤던 사람들의 마음속에서도, 서로 얽힌 저 네 개의 정념을 확인하게 되는 것은 그것이 꼭 나 자신의 마음이었기 때문만은 아니다.

보론: 죄의식과 부끄러움

이 책에서 나는 죄의식과 부끄러움을, 주체 형성에 관여하는 중 요한 기제로 사용했다. 이것은 크게 세 개의 이론적 거점을 지닌다.

먼저, 죄의식과 문명 발생 과정을 연관시켰던 프로이트와 그에 뒤이은 라캉의 정신분석학적 성과가 있다. 『토템과 터부』에서 프로 이트는 오이디푸스 시나리오와 관련지어 문명의 발생 과정을 다루 면서, 부친 살해에 대한 공동의 죄의식을 문명 발생의 핵심적 요소 로 지적했다. 이때 오이디푸스 시나리오는 개체의 발생이 아니라 인 류 문명 발생의 차원에서 작용한다. 이러한 점은 만년의 저작인 『문 명 속의 불만』에서, "문명이 더욱 발달하면, 죄책감은 개인이 참을 수 없는 수준까지 도달하게 될 것이다"[5]라는 말로 확인된다. 이에 관한 라캉의 논리는, 프로이트의 이런 논의를 바탕으로 '상징적 거 세'라는 개념으로 특화된다. 라캉은 인간 개체가 언어를 습득하여 공동체로 진입하는 과정에서 필연적으로 상징적 거세를 겪는다고 한다. 이때 상징적 거세란 자기가 속한 공동체가 지닌 금지의 체계 를 익히는 것이며, 그런 점에서 프로이트가 언급했던, 터부를 통해 공동체의 기본 규율을 만들고 그것을 준수하는 것과 다르지 않다. 이에 대해 지젝은 '나는 죄를 지었다, 그러므로 나는 존재한다'라는

---

5   프로이트, 『문명 속의 불만』, 김석희 옮김, 열린책들 1997, 326쪽. 여기에서 프로이트는 죄책감 (Schuldgefühl)이라는 단어를 쓰고 있으나, 의미는 죄의식(Schuldbewusstsein)과 다르지 않다.

라캉 판본의 코기토를 통해 죄의식과 주체의 관계를 적시했다.[6] 어기에서 지적되는 죄의식은 주체 형성의 일반적 조건에 해당되는 것으로서, 상징계로의 진입 과정에서 필연적으로 거쳐야 하는 호명의 절차 자체에 내재적이다.

둘째, 칸트에서 헤겔에 이르는 철학적 전통이 있다. 『실천이성비판』에서 칸트가 수립한 도덕법칙의 무(無)내용성은 널리 알려져 있다. 하지만 그 무내용성은 그 자체가 윤리적 주체의 자유가 개입할 수 있는 지반이 된다. 이것은 개체의 자유와 자연의 인과적 필연성을 동시에 인정하는 칸트의 세 번째 이율배반에서 현저하다. 칸트는 윤리적 주체에 대해 "자유로 행위하는 원인(frei handelnde Ursache)"[7] 이라고 표현했거니와, 인과라는 필연성의 사슬만 존재한다면 거기에는 그 어떤 자유도 주체성의 영역도 있을 수 없다. 윤리적 주체가 자신의 자유를 확인하는 것은 그가 죄의식을 느낄 때이다. 어떤 행위가 궁극적으로 자기 의지에 의한 자유로운 선택이었음을 자기 자신에게 확증해주는 것이 죄의식이며, 그런 점에서 그 자유는 칸트가 '심리학적 자유'라고 말한 착각(고기 굽는 태엽 기계가 느낀다고 상상될 법한 자유)과 거리가 멀다. 세계의 법칙성이라는 필연성의 빽빽한 그물 속에서 주체가 자유로운 존재임을 확인할 수 있게 해주는 것이 죄의식이라는 것은 역설적이다. 하지만 미래의 시선을 끌어당겨 자기 행동을 판단하고 규율할 수 있을 때 그 판단과 행위는 윤리적 주

---

6   지젝, 『그들은 자기가 하는 일을 알지 못하나이다』, 박정수 옮김, 인간사랑 2004, 287쪽.

7   칸트, 『실천이성비판』, 최재희 옮김, 박영사 1975/2003, 53쪽.

체의 자율성의 영역에 등재될 수 있다. 이러한 생각은 인륜성 형성
에서의 악의 필연성과 행위가 잉태하는 죄의 불가피성에 대한 헤겔
의 논의로 이어진다. 어떤 것이든, 윤리적 인간(이것은 곧 공동체 속의
한 개인이 된다는 것을 뜻한다)이 스스로를 주체로 만드는 데에서 죄와
책임의 상보적 관계가 필수적임을 말하고 있다.

  셋째, 죄와 부끄러움의 상호 관계에 관한 논의들이 있다. 이러한
논의는 위의 것들에 비하면 비교적 최근의 것들로서, 죄와 부끄러
움을 각각 프로이트적 초자아와 자아 이상에 연결한 것이 설득력을
지닌다.[8] 프로이트의 논리 속에서 초자아와 죄의식을 결합하는 것
은 매우 두드러지지만, 자아 이상은 그 개념 자체가 상대적으로 유
동적이었으며, 그것을 부끄러움과 결합시킨 것은 찾아보기 어렵다.
피어스는 그 둘을 연관지음으로써 두 기제의 쌍을 맞춰냈다. 사리를
따지자면, 부끄러움이 상대적으로 범위가 넓기 때문에 그 안에 죄의
식을 수용할 수 있다. 둘 사이의 관계가 문제적으로 부각된 것은, 인
류학자 루스 베네딕트의 『국화와 칼』에 등장하는 죄와 수치의 구분
방식 때문이다.[9] 그가 설정한 '서양의 내면적 죄 문화 대 일본의 외
면적 수치 문화'라는 틀이 단순할 뿐 아니라 비논리적이라는 것은,
이제는 세세히 말할 필요가 없어 보인다. 이 둘의 차이에 대해 일본
에서 논의가 활발하고 정치해진 것은 당연한 일이겠다. 사회학자 사
쿠타 게이치(作田啓一)는 부끄러움을 내적인 사치(私恥)와 외적인 공

---

8   둘을 구분한 시도로는 각주 1의 피어스와 싱어의 책이 있다.
9   루스 베네딕트, 『국화와 칼』, 김윤식·오인석 옮김, 을유문화사 1991, 10장.

치(公恥)로, 그리고 부끄러움(하지[恥])과 수치(슈치[羞恥])로 구분하기도 했다.[10] 또한 그는 모리구치 켄지(森口兼二)를 빌려, 내적 제재의 두 가지 유형으로, 규율 기능을 가진 선악 규준과 비교 기능을 가진 우열 규준을 구별하고, 죄의식을 전자에, 그리고 부끄러움을 후자에 연결시켰다. 이리한 구분은, 금지하는 초자아보다 장려하는 자아 이상 쪽이 인격의 발전만이 아니라 국가의 발전에 바람직하다는 논리로 연결될 수 있다. 부끄러움과 수치(여기에서 수치는 한자의 말뜻을 그대로 사용한 것으로, 公恥와 가깝다)의 구분은 지나친 면이 있지만, 이런 논리는 경청하고 숙고할 만해 보인다.

---

10 作田啓一, 『恥の文化再考』, 筑摩書房 1967 및 『価値の社會学』, 岩波書店 1972. 전자의 구분은 앞 책에, 후자의 구분은 뒷 책에 있다. 후자는 전자를 보완하여 다시 쓴 글이다.

제1부

식민지 근대의 주체와 열망

제1장 죄의식, 원한, 근대성
이광수 소설의 주인공들

이광수는 한국에서 근대문학이 형성되던 시기의 거인이다. 20대의 그는 새로운 문학적 흐름을 만들어낸 인기 작가이자 유망한 청년 지식인이었다. 2·8독립선언서를 쓰고 상하이로 망명하여 임시정부 수립에 참여했을 때는 명망 있는 우국지사로 우러름을 받았다. 하지만 일제 말기의 대일 협력 행적으로 광복 후에는 '민족 배신자'라는 손가락질의 대상이 되었다.

식민지가 된 땅에서 산출되었던 그의 글의 많은 부분은, 영욕이 극단적으로 교차하는 삶의 이력만큼이나 강렬한 아이러니의 힘을 내장하고 있다. 한국소설사의 출발점에 놓여 있는 장편 『무정』(1917)을 비롯하여 『재생』(1925), 『유정』(1933), 『사랑』(1938) 등에 이르기까지, 그의 대표작으로 평가받아온 소설들은 서로 충돌하는 상반된 힘의 알력으로 꿈틀거리고 있다. 그중에서도 특히 증상적인 것은 맥락 없이 표현되고 있는 죄의식이다. 이 점은 특히 『유정』에서 현저한데,

이것을 증상적이라 할 수 있는 것은 근대적 주체되기를 향한 갈망과 그 불가능성이 바로 그 지점에 응축되어 있기 때문이다.

죄의식의 문제는 단지 이광수나 한국에 국한되는 것이 아니라, 한편으로는 문명 일반의 탄생과 연관된 주체 형성의 과정에 연결되고, 다른 한편으로는 해일처럼 밀어닥친 근대의 몰윤리성을 매개로 하여 일본문학과의 비교사적 맥락으로 이어질 수도 있다. 뒤의 문제는 특히 일본 근대문학의 개척자 격인 나쓰메 소세키(夏目漱石)와 대조함으로써 좀더 분명해질 수 있는데, 이 문제는 뒤로 미뤄두고,[1] 먼저 이광수에게서 이런 죄의식이 어떻게 드러났는지, 그것은 또한 그 밑에 다른 어떤 정념들을 은폐하고 있는지 살펴보자.

죄와 책임의 불일치

이광수의 소설 속에 죄의식은 차고 넘친다. 그의 주요 인물들은 모두, 자기가 한 일이나 하게 될 일을, 혹은 다른 사람이 한 일과 할 일을 죄의식이라는 틀로 바라본다고 해도 그리 지나친 표현은 아니다. 죄에 대한 이광수의 예민한 감수성은 원숙기의 장편 『사랑』의 다음 대목에서 절정에 이른다.

---

1 이광수의 『유정』과 비교될 수 있는 소세키의 『마음』에 대한 상세한 내용과 분석은 보론에 수록해둔다.

총 맞은 노루가 뛰어가면 가는 대루 길에 피가 흐르는 모양으루 죄 있는 사람이 지나간 자욱에는 어디나 죄의 자최를 남기는 것이요. 사십 여 년 살아온 내 자최를 돌아보면 끊임없는 죄의 흔적이요, 한없는 시간과 공간을 두고 돌아온 내 자최에는 검은 죄의 흔적이 끝없이 뚜렷이 이어 닿아왔고 또 지금두 새로운 검은 흔적을 만들구 있는 것이요.[2]

그런데 문제는, 이와 같은 죄의식은 무차별적이어서 책임의 자리가 들어서기 어렵다는 점이다. 죄란 책임에 의해 보충되는 순간에만 문제적인 것일 수 있다. 『사랑』에서의 죄는 모든 인간이라면 어쩔 수 없이 행하게 되는 일반적인 것을 뜻한다. 누구에게든 죄가 없을 수 없으므로, 거꾸로 한 특정한 인물의 특정한 죄는 대단한 것이 아니게 된다. 보편적 죄의 무차별성 속에서 죄의 개별성과 고유성이 사라져버리는 것이다. 위의 인용은 『사랑』의 중심인물 안빈이 아내에게 말하는 죄의식의 표현이거니와, 이런 죄의식이 그것에 대한 책임으로서의 어떤 행위를 부른다면 그것은 절대적 금욕의 실천일 것이다. 그것은 제한도 제약도 없는 금욕이어서 탈속적인 무언가이다. 어떤 특정한 행위로도 보충할 수 없는 죄라면, 게다가 불가피한 것으로 예정된 죄라면, 그것은 어떤 속죄 행위로도 씻을 수 없는 무한 책임의 죄이거나 죄의식 없이 홀로 존재하는 무죄성으로서의 죄일 수밖에 없다.

---

2   『이광수 전집 8』, 삼중당 1973, 149~50쪽. 이하 『이광수 전집』은 삼중당판을 가리킨다.

죄에 대한 이와 같은 감수성의 측면에서 볼 때, 이광수의 장편들에서 드러나는 죄의 문제는 크게 두 가지로 나뉜다. 하나는 남성 주인공들의 죄의식에 관한 것이고, 다른 하나는 그 인물에 의해 포착되는 상대방들의 죄에 관한 것이다. 후자에 대해서는 의식의 수준에서 죄를 논하기는 어렵다. 대개 여성인 이들은 어떤 구체적인 행위로서 죄를 짓고 그에 따라 응징을 당하거나 참회를 하기 때문이다. 이들에 대한 이광수의 태도는 매우 냉정하고 가혹하다. 『재생』의 순영처럼 비극적인 죽음을 맞거나, 『흙』(1933)에서 철로에 몸을 던져 자살을 시도한 정선처럼 목숨은 건지더라도 다리 하나쯤은 내놓아야 된다. 그렇다면 전자의 죄, 남성 주인공들의 죄에 대해서는 어떠한가. 우리가 죄의식에 대해 논한다면 이들에 대해서여야 할 것이다. 소설 속에서 그 내면의 드라마가 소상하게 공개되는 인물은 바로 이들이기 때문이다.

　남성들의 죄에서 가장 특징적인 것은 죄와 책임 사이의 거리가 멀다는 점이다. 위에서 언급한 『사랑』에서의 안빈도 그렇지만, 『유정』의 남성 주인공 최석의 수준은 남다르다. 그가 보여주는 것은 '죄 없는 참회', '죄 없는 책임'의 대표적인 경우이다. 그를 그런 자리에 있게 만든 사연은 다음과 같이 간추릴 수 있다.

　최석은 죽은 친구가 남긴 딸 남정임을 여덟 살 때부터 거두어서 키운다. 정임은 예쁘고 재능 있는 재원으로 자랐으나, 아내는 둘 사이를 오해하고 정임을 질투한다. 아내의 히스테리로 인해 최석은 자식 같은 젊은 여성 남정임과 불륜한 관계라는 오명을 뒤집어쓴다.

실제로 최석은 그 자신이 부끄러워할 만한 어떤 행동도 한 적이 없다. 그럼에도 그는 죄를 뒤집어쓰고 홀로 죽을 자리를 찾아 시베리아로 떠난다. 여기에서 우리는 묻지 않을 수 없다. 그는 무엇 때문에 죄 없는 책임의 자리에 서고자 하는가.

그 이유를 따지기 전에 먼저, 이런 사실 자체만으로도 『유정』은 『사랑』과 정반대의 양상을 띤다는 점부터 지적해두어야 하겠다. '책임 없는 죄'가 '죄 없는 책임'의 형태로 뒤집힌 채 나타나는 것이다. 『사랑』에서 예민한 윤리적 감수성에 의해 포착된 세계를 보여주고 있다면, 『유정』에서는 그 안에서 윤리적 주체가 취해야 할 모습을 개념화하고 있는 것이라 할 수 있다. 그럼에도, 죄의 무한성과 책임의 무한성이라는 이 둘의 모습은, 개념적으로는 정반대이면서도 기형적으로 일그러진 것이라는 점에서는 동일한 차원에 있다. 이런 기형성은 낯설지 않다. 종교성의 차원에서 작동하는 그로테스크함이 그 배경으로 깔려 있기 때문이다. 『사랑』에서 현저한 것은 인과응보라는 불교적 사유이고, 『유정』의 최석은 죄 없이 처형당한 신성으로서의 예수를 연상시킨다.

'고통받는 무죄성'

최석이 상기시켜주는 '고통받는 무죄성'이란 신이 떠난 시대의 윤리가 감내해야 할 아이러니이다. 도덕적으로 선한 삶을 살았지만 그 선행에 대하여 전혀 보상받지 못할뿐더러 현세적 비참이 그 결과로 돌아올 수도 있다는 것, 이것을 칸트는 덕과 복의 불일치로서 실천이성의 이율배반이라고 했다.[3] 이에 대한 칸트의 처방은 순수이성의 영역에서 추방당했던 신을 실천적 규범으로서 다시 불러오는 것이었다. 즉, 미덕과 행복의 일치를 현세적 수준에서 구해서는 안 된다는 것이 그의 논리였다.[4] 신의 실존을 전제한 이런 대안의 한계는 자명하다.

그런데 고통받는 무죄성에서 한발 더 나아간 곳에 존재하는, 고통받는 신성이란 어떤 것인가. 착한 인간이 고통을 받는 것도 아이러니가 아닐 수 없는데, 절대선의 정화인 신이 고통을 받고 있다면, 그렇다면 이것은 그 자체로 이율배반일 뿐만 아니라 그로테스크하고 우스꽝스러운 것이 아닌가. 전능자인 신이 인간을 상대로 연극을 하는 것인가. 그렇다면 그것은 무엇 때문인가. 헤겔주의자의 자리에서 지젝은, 믿는 사람들의 마음속에서 생겨나는 신성한 정신(the Holy Spirit)이 그 질문에 대한 대답일 것이라고 했다. 여기에서, 고통받는 신으로서의 그리스도라는 기이한 괴물성(Ungeheures)은 신자들의 공동체를 하나로 엮어주는 강렬한 파토스이자 억센 수행적 힘으

---

3 칸트, 『실천이성비판』, 최재희 옮김, 박영사 1975/2003, 126쪽.

4 칸트가 말하는 도덕법 속에는, 도덕성과 그것에 비례하는 행복 사이에 필연적 연관은 존재할 수 없다. 그러므로 최고선이 가능하기 위해서는 그 둘 사이의 필연적 연관성의 근거로서, "자연과 구별된 '전체 자연의 원인'의 생존이 요청된다"고 칸트는 썼다. 그것이 신의 실존에 대한 요청이며, 이는 영혼 불멸이라는 첫 번째 요청에 이은, 순수한 실천이성의 두 번째 요청에 해당한다. 인용은 『실천이성비판』, 137쪽.

로 존재한다.[5] 요컨대 그리스도라는 괴물성을 도입한 신의 우스꽝스러운 연극은 주관성에 의해 제약된 객관적 신성, 즉 절대적 신성을 위함이었다는 것이다.

『유정』에서 '죄 없는 책임'을 실천하는 최석은, 바로 그 그리스도의 자리를 차지하고 있다. 이광수의 다른 장편들에 나타나는 남성 초점인물들, 이를테면 『흙』의 허숭이나 『재생』의 신봉구 등도 마찬가지이다. 도덕적으로 고결한 이 남성들은 모두 누명을 쓰면서도, 곧 죄 없이 책임져야 하는 자리에 몰리면서도 적극적으로 벗어나려 하지 않는다. 그들은 흡사 서사시의 주인공들이 자기 존재의 안전을 절대적 힘에 맡기듯이, 어떤 절대적인 힘을 믿고 있는 것처럼 보인다. 그들이 소설 속에서 그런 믿음을 가지고 있었는지 혹은 그런 믿음을 드러냈는지와 무관하게, 그들의 행동 자체가 흡사 그런 믿음을 지니고 있는 듯 보이게 하는 것이다. 요컨대 그들은 반드시 누명이 벗겨지리라는 결과를 알고 있는 사람처럼 행동하는 것이다.

물론 소설 속에서 실제로 그들의 누명은 적절한 시점에 벗겨지고 그 순간 그들이 확보하게 되는 도덕적 광휘는, 그동안 그들이 감당해야 했던 오해와 비난의 강도에 비례하여 더욱 빛나게 된다. '죄 없는 책임'의 자리를 위해 목숨까지 버리는 최석에게서 그런 광휘는 최고조에 이르는데, 그것은 어떤 관점에서 보자면 우스꽝스럽기 짝이 없다. 죄도 없는데 왜 책임을 져야 하는가. 죄가 있는지 여부와

5   Slavoj Žižec & John Milbank, *The Monstrosity of Christ: paradox or dialectic?* Cambridge, MA: MIT Press 2009, pp.73~82.

무관하게 자진하여 책임의 자리로 찾아가고자 하는 행동의 기이함과 우스꽝스러움을, 우리는 이광수의 서사들이 지닌 가장 큰 증상이라고 해도 좋겠다.

그렇다면 이광수는 왜 그런 우스꽝스러운 연극을 연출해야 했을까. 그리스도가 지닌 괴물성이 그에 대한 대답의 자리에 놓여 있다. 한바탕의 비극을 연출함으로써 그 비극의 에너지로 사람들의 마음속에서 다시 태어나는 신성, 곧 '광대-괴물-그리스도'라는 기이한 신성이 그 앞에 우람한 모델로 존재한다. 죄 없는 책임의 자리를 고수하기 위해 죽음조차 불사하는 최석의 행위의 의미에 대해, 그의 친구이자 소설의 화자는 "조선 사람"인 "여러분"에게 말한다. 그 내용이라야 최석의 무죄함을 석명하는 수준이다. 소설의 마지막 문장은 "여러분은 최석과 정임에게 대한 이 기록을 믿고 그 두 사람에게 대한 오해를 풀라"(91쪽)이다. 하지만 이런 말이 무엇을 겨냥하는지는 매우 분명하다. 그것은 곧 주인공 최석과 소설의 화자가 공유하고 있는 마음이 원하는 것, 그들을 창조해낸 이광수가 원하는 것, 즉 일제 치하의 조선이라는 공동체의 정신적 고양이다.

그러므로 최석으로 하여금 어이없는 일에 목숨을 걸어 스스로를 절대윤리의 화신으로 변신케 하는 것, 최석이 스스로 괴물되기를 자처하는 것은 최석의 수준에서는 따질 수 없는 일이다. 그 이유는 그런 광대-괴물을 창조한 이광수에게, 식민지 민족주의자 이광수에게 물어야 한다.

죄의식과 원한

이광수에게는, 그의 첫 장편『무정』을 통해 보자면 두 개의 길이 예비되어 있었다고 할 수 있다. 가해자인 이형식의 길과 피해자인 박영채의 길이 곧 그것이다.『무정』의 말미에서, 이 두 사람이 같은 기차에 타고 있음을 서로 알게 되는 순간, 두 인물은 모두 비정상적이고 격렬한 마음의 상태에 돌입한다. 다른 여자와 약혼한 이형식에게 다가오는 것은 "칼날같이 날카롭게" 가슴을 쑤시는 죄의식이고, 반대로 죽음에서 살아 나온 박영채에게서 솟아나는 것은 세상을 향한 "원통"함이다.[6] 여기에서 선명하게 대립하는 것은 이형식의 죄의식과 박영채의 원한이다. 이 중 이광수가 어떤 길을 선택했는지는 물론 그 뒤의 그의 행로에서 잘 드러나 있다.

이광수의 남성 인물들이 무언가 구체적으로 책임져야 할 죄가 있다면 그것은 이형식의 마음속에서 잠시 나타났다가 사라져버린 것, 박영채로 표상되는 전통적 가치의 세계에 대한 부채감이라 해야 한다. 만약 이형식이 자신의 능동적 의지로 박영채의 세계를 극복한 것이라면 사정이 달랐을 것이다. 그렇다면 이형식은 고아일 이유가 없었을 것이고, 고리타분한 아버지나 나쁜 형제들과의 싸움에 임해야 했었을 것이다. 그러나 이광수의 소설 속에서 이형식은, 아버지도 형제도 없는 고아이자 무참하게 능욕당한 여성의 정혼자로서 그

---

6   『이광수 전집 1』, 178~9쪽.

어떤 능동자의 위치를 지니지 못할 처지이다. 게다가 그는 박영채가 끔찍한 운명 속으로 사라져가는 것을 수수방관했고 게다가 그 불행에 편승하여 이익을 취했다. 따라서 이형식이 감당해야 할 죄의식은 바로 이런 사실, 정혼자의 상처를 제대로 보듬지 않았을뿐더러 오히려 능욕당한 박영채로 인해 그 자신이 이익을 얻게 되었다는 사실에서 기인한다. 이광수의 남성 주인공들에게 책임을 요구할 어떤 구체적인 죄가 등장한다면 그 핵심에 놓인 것은 바로 이것이다.

그것은 이광수에게만이 아니라 식민지 근대주의자들에게 일종의 원죄라고 해야 하겠다. 그럼에도 불구하고 그 속죄의 방식이 박영채와의 결합이라면 이형식으로서는 받아들일 수 없다. 이형식이 이광수와 함께 발을 딛고 있는 근대주의자라는 자리가 그것을 허용할 수 없기 때문이다. 이광수의 소설 속에서 죄의 자리가 비어 있는 것, 그러면서도 책임에 대한 강렬한 요구가 존재한다는 사실은, 바로 이러한 점을 감안할 때 비로소 이해할 수 있게 된다.

『유정』의 최석은 책임의 자리를 향해 나서기 전까지는 무죄했다. 그는 단지 오해를 받았을 뿐이고 그로 인해 졸지에 오명을 덮어쓰게 되었다. 그런데 그는 그 오명의 자리를 벗어나려 하지 않았고 오히려 스스로를 사회로부터 격리시킴으로써 비어 있는 죄의 자리에 대한 책임을 지고자 했다. 그러자 기적처럼 죄가 생겨났다. 그는 시베리아 벌판에서 비로소 뜨겁게 타오르는 자신의 죄를 발견한다.

아아 무서운 하룻밤이었다. 나는 지난 하룻밤을 누를 수 없는 애욕의 불길에 탔다. 나는 내 주먹으로 내 가슴을 두드리고 머리를 벽에 부딪쳤다. 나는 주먹으로 담벽을 두드려 손등이 터져서 피가 흘렀다. 나는 내 머리카락을 쥐어뜯었다. 나는 수없이 발을 굴렀다. 나는 이 무서운 유혹을 이기려고 내 몸을 아프게 하였다. 나는 견디다 못하여 문을 박차고 뛰어나갔다. 밖에는 달이 있고 눈이 있었다. 그러나 눈은 핏빛이요, 달은 찌그러진 것 같았다. 나는 눈속으로 달음박질쳤다. 달을 따라서 엎드러지며 자빠지며 달음질쳤다. 나는 소리를 질렀다. 나는 미친 사람 같았다.[7]

이 인용문은 시베리아에서 최석이 자신의 욕망과 싸우는 장면을 스스로 술회한 대목이다. 기이한 장면이 아닐 수 없다. 그는 지금 무엇과 싸우고 있는가. 물론 그는 그것을 정임에 대한 애욕의 불길이라고 불렀다. 하지만 그것은 눈 쌓인 시베리아의 고적감이 그에게 만들어준 환영이라 해야 한다. 그가 피를 흘리며 싸우고 있는 진짜 대상은 자신의 무죄성이라고 해야 마땅할 것이기 때문이다. 말을 바꾸면, 이 그로테스크한 장면에서 드러나는 것은, 최석이 보여주는 자신의 유죄성에 대한 강렬한 욕망, 자기 존재의 죄됨에 대한 강렬한 욕망이다. 그리고 그것은 죽음에 대한 욕망으로 이어진다. 자기가 감당해야 할 책임의 자리가 이미 정해져 있기 때문에 그것을 만들어내는 죄의 자리가 비어서는 안 된다. 책임지는 자리에 서고자

7　『이광수 전집 8』, 86쪽.

하는 강렬한 열망이 텅 빈 죄에게 내실과 내용을 요구하는 것이다.

이 기이한 장면을 구성하는 내적 논리는 이러할 것이다. 죄 없이는 책임도 없고, 책임 없이는 주체의 자리도 확보되지 않는다. 주체의 자리를 확보하기 위해 최석은 자신의 목숨을 바쳐야 한다. 여기에서 문제는 최석의 죄라는 것이, 소세키의 『마음』의 주인공인 '선생님'처럼 한 개인의 내면에 관한 것이 아니라 여러 사람의 명예와 관련된 것이라는 점이다. 그것은 곧 공동체가 그들에게 부여해준 윤리적 자리에 관한 것이고, 나아가서는 공동체 자체의 윤리적 기율에 관한 것이기도 하다. 최석이 무엇인가를 위해 목숨을 걸었고 자신을 희생양으로 바치고 있다면, 그것은 곧 자신의 희생으로 다시 세워질 공동체의 윤리적 기율일 것이다. 그는 제단에 바쳐진 희생양이면서 동시에 그 제사를 주관하는 제관이기도 하다.

주체가 되기 위해 죄를 필요로 하는 이런 도착적 상황은 그 자체로 기이한 것이 아닐 수 없다. 하지만 그런 희생 제의에 내재된 의도나 효과를 감안하면 이해할 수 없는 것도 아니다. 공개적인 자기희생(최석은 최후에 임하는 심정을 편지로 남긴다)은 십자가에 달린 그리스도의 경우와 같은 기적을 만들어낸다. 『유정』에서 그것은, 객관적인 것(혹은 객관적이라고 사람들이 생각하는 것)으로서의 민족-공동체와, 사람들의 마음속에 존재하는 주관적 내용으로서의 민족 개념 사이에서 이루어지는 화해라고 할 수 있겠다.

자기희생의 숭고한 환상 속에서 태어나는 어떤 대단한 것, 이광수와 최석이 함께 그것의 도래를 절실하게 원하는 어떤 대단한 것

이 거기에 존재하고 있다. 그것을 우리는 절대 주체로서의 민족이
라고 부를 수 있겠다. 텅 빈 껍데기일 뿐인 객관성도 아니고, 낱낱이
흩어져 일관된 내용이 없는 주관성도 아닌 것, 하나의 객관적 정신
이되 모든 사람들의 주관 속에서 꿈틀거리며 움직이는, 생동하는 객
관성으로서의 절대성, 그들이 기대하는 민족이라는 이름의 집단 주
체는 바로 그런 자리에서 생성될 수 있다.

　이렇게 '죄 없는 책임'이라는 기이함 속에서 최석이 보여주는 행
동은, 흡사 십자가를 향해 나아간 신(혹은 신의 아들)의 경우가 그렇
듯, 그 죽음 뒤에서 생겨날 절대 주체의 탄생을 위한 것이라는 전제
아래 놓일 때 비로소 이해할 수 있는 것이 된다. 여기에서 중요한 것
은 물론, 죽음도 명예도 윤리도 아닌, 민족이라는 이름으로 불릴 수
있는 집단 주체의 존재이다.

　이광수가 선택한 이 같은 죄의식의 길에는, 『무정』의 박영채를 통
해 순간적으로 터져 나온 것 같은 원한은 존재하기 어렵다. 박영채
의 원한은, 폭력적으로 도래한 근대성에 대해 전통 세계가 지닌 분
노의 굴절된 표현이다. 그 분노의 대상이 일제의 조선 침략으로 표
상되는 근대성인 한, 이광수의 서사 속에서 그런 원한이 자기 자리
를 지니기는 쉽지 않다. 그것이 가능하기 위해서는 이광수가 바탕을
둔 근대성의 표상 공간 바깥으로 벗어나야 한다. 이를테면 강경애의
『인간 문제』처럼 근대에 대항하는 새로운 이념에서 자신의 대안적
근거를 찾거나, 전후의 장용학이나 손창섭처럼 근대성 비판의 새로
운 지평 속에서 오히려 근대성에 대한 보복의 가능성을 찾아낼 수

있을 때, 그 원한은 비로소 번듯하게 표상 가능한 것으로 등장할 수 있게 된다.

이광수가 원한이 아니라 죄의식의 길을 선택한 것은, 식민지의 지식인으로서 그가 지녔던 자기 제한 때문이었다고 해야 할 것이다. 주체일 수 없는 최악의 상황에서 주체성을 견지하고자 하는 일이란, 괴물로 변신하는 자신의 모습을 감수해야 함을 뜻한다. 그것은 흡사, 십자가에서 매달려 고통받는 예수를 바라보고 있는 신, 곧 자신의 고통을 응시하고 있는 신의 경우와도 같다. 자기희생이라는 것은, 작중인물이 아니라 작가 이광수의 차원에서 보자면 일종의 포즈이자 형식일 수밖에 없다. 무엇을 위한 희생인지보다 희생이라는 행위 자체의 윤리성이 우선한다는 점에서 그러하다. 그러나 여기에서 강조되어야 할 것은, 그 희생의 형식 자체가 지닌 내용성이다. 민족이라는 절대 가치에 도달하기 위해서는, 우선 이기적인 존재로서의 개인 주체를 넘어설 것이 요구되기 때문이다. 하지만 형식은 텅 빈 그릇에 불과할 뿐이고 그 안의 내용이 중요하다고 생각하는 사람에게 그것은 일종의 괴물적인 것이 아닐 수 없으며, 또한 이광수의 『유정』과 『사랑』 같은 소설들은 그런 괴물성이 탄생하는 장면들을 담아낸 기괴하거나 우스꽝스러운 소설일 수밖에 없다. 여기에서 강조되어야 할 또 다른 것은, 그런 괴물성이 죄의식 자체의 속성이라는 사실이다. 이를테면 소세키의 『마음』도 동일한 차원에 놓여 있다. 다만 그 괴물성의 지향점이 다를 뿐이다.

『유정』과 『마음』

이광수의 『유정』과 나쓰메 소세키의 『마음』의 주인공은 공히 편지를 남긴다. 둘 모두 매우 긴 유서이다. 『유정』에서 최석이 남긴 편지의 일차적 수신자는 친구이지만 사실상의 수신자는 그가 속한 공동체의 성원 전체이다. 말하자면 최석의 발언은 객석을 향한 대형 방백이자 공동체를 향한 웅변인 셈이다. 이와는 반대로 『마음』에서 '선생님'은 오로지 자신만이 알고 있는 비밀을, 그 사건과 관계도 없는 청년 한 사람에게 털어놓는다. 그 비밀과 관계가 있는 사람은 자기 아내뿐인데 청년은 그의 비밀을 자기 아내에게 누설할 이유가 없다. 따라서 그의 고백은 실제로 유일한 수신자를 대상으로 하는 것, 즉 『유정』에서와는 반대로 단 한 사람의 닫힌 수신자를 대상으로 하는 것이다. 요컨대 '선생님'은 세상을 떠나려는 마당에 혼자 가지고 갈 수도 있는 비밀을 사건과 무관한 한 청년에게 속속들이 밝히는 셈이다. 그렇다면 그것은 무엇 때문일까. 열린 수신자를 대상으로 하는 『유정』에서는 당연한 것일 테지만, 닫힌 수신자를 대상으로 하는 『마음』의 고백도 타자의 응시를 염두에 두었기 때문은 아닐까.

정신분석학의 용어로 말하자면 죄의식은 초자아의 작용이며, 그것은 일차적으로 실패한 호명의 결과로 간주된다.[8] 타자를 통해 주체가 받아들인 법이 있다. 주체는 언제나 그 법의 시선 속에서 생각

---

8   호명과 죄의식의 이중적 관계에 대해서는, 지젝, 『그들은 자기가 하는 일을 알지 못하나이다』, 박정수 옮김, 인간사랑 2004, 91쪽.

하고 행동한다. 그런데 주체가 그 타자의 요구에 제대로 부응하지 못했다. 초자아의 죄의식은 바로 그런 실패의 결과로 출현한다는 것이다. '선생님'이 느낀 죄의식은 일차적으로 이에 해당할 것이다. 그는 친구를 속였고 그 결과로 친구가 죽는다. 그로 인해 초자아가 움직이고 죄의식이 생겨난다.

여기에서 한발 더 나아가면, 상징적 동일시로서의 호명 행위 자체가 지닌 죄, 타자의 부름을 받고 거기에 응답한 원초적 행위로서의 죄를 생각할 수 있다. 타자의 법을 받아들인다는 것은 금지의 체계를 받아들이는 것이며, 그 체계에 의해 구획된 공간 도처에는 죄의식의 자리가 존재한다. 타자의 부름에 제대로 응답했는지 여부가 문제가 아니라, 응답했다는 사실 자체가 문제가 되는 것이다. 그런 응답 행위 자체가 타자의 존재를 승인하는 것이며 또한 자기 욕망을 스스로 제약하는 것이기 때문이다. 물론 초자아의 호명은 그 자체가 언제나 충족 불가능한 것이어서 필연적으로 실패하는 주체를 만들어낼 수밖에 없다는 점을 감안한다면, 이 두 번째의 죄, 즉 호명 행위 자체에 내재한 죄는 실패한 호명으로서의 첫 번째 죄의 바탕이 된다. 하지만 이 두 차원을 계기적인 것으로 구분했을 때, 죄의식이 발생하는 이 두 번째 지점은, '죄 없는 책임'을 떠맡는 이광수의 기이한 경우를 사유할 수 있게 해준다.

그런데 『유정』의 최석은 과연 무죄한가. 이처럼, '과연 무죄한가'라는 식의 질문은 실정법이나 현실적 관습 너머의 죄됨을 겨냥하는 것이어서, 그 앞에 서면 그 어떤 주체도 위축될 수밖에 없다. 그것은 마음속에서부터 울려 나오는 초자아의 외설적 질문이기 때문이다.
앞에서 우리는 최석의 행위를 죄 없이도 책임을 떠맡은 대표적인
사례로 들었다. 죄행이 어떤 능동적인 행위에 의해 구성된다면 최석
의 무죄성을 우리는 수긍할 수밖에 없다. 그는 실제로 아무 짓도 하
지 않았다. 『마음』의 '선생님'이 했던 속임수 같은 것은 없었다는 것
이다. 즉, 타자의 부름에 제대로 응답했다고 주장할 수도 있는 경우
이겠다.

　하지만 초자아의 죄의식은 능동적으로뿐 아니라 수동적으로도
구성될 수 있다. 마땅히 해야 할 어떤 것을 하지 않았을 때, 윤리적
차원에서 그것은 무언가를 능동적으로 한 것과 다르지 않다. 이 점
에 관해서라면, 최석은 자유롭다고 할 수 없다. 그가 남편과 아버지
로서 해야 할 일을 다했다고 보기는 어렵다. 그것을 다하는 일, 즉
초자아의 호명에 완벽하게 응답하는 일이란 아무리 노력한다고 해
도 주체에게는 불가능하기 때문이다. 그것이 곧 초자아의 호명이 지
닌 외설성이다.

　최석을 죽음으로 몰아간 것은, 겉으로 드러난 그의 주장과는 무
관하게 바로 이런 차원에서 작동하는 그의 회한일 수도 있다. 그러
나 우리는 여기에서 한발 더 나아가야 한다. 최석의 죄의식을 논할
때 정작 문제삼아야 할 것은, 타자의 호명 자체를 받아들였다는 것,
그 불가능성을 자신의 윤리적 구성 요건으로 받아들였다는 것 자체
이다. 그것은 작중인물 최석이 아니라 작가 이광수의 차원에서 논해
야 할 것이다.

이광수 소설의 맥락에서 보자면, 『유정』의 최석은 『무정』의 이형식이 있던 바로 그 자리에 서 있다. 그 자리는, 거기에 서 있다는 것 자체만으로도 죄가 되는 자리이다. 그 자리의 진짜 주인은 최석이나 이형식이 아니라, 원한으로 가득 차 있는 박영채이기 때문이다. 『무정』이라는 소설 전체에서 주인공 이형식의 위상은 두 번의 변화를 겪는다. 이형식은 박영채가 사라진 후 소설의 정신적 중심으로부터 이탈하고 삼랑진 홍수 사건으로 복귀한다. 그가 다시 중심인물로 부각되는 것은, 바뀌어버린 세상에 대한 박영채의 원한을 새로운 이상주의적 열정으로 고양시킬 수 있었기 때문이다. 그렇다고 하여 박영채의 원한이 사라졌다고 할 수는 없다. 식민지 근대성이 직접적 현실로 유지되고 있는 한 그것은 언제나 터져 나올 준비가 되어 있는 밑지층을 이루고 있기 때문이다. 이형식은 바로 그 위태로운 이상주의자의 자리에 서 있으며, 최석이 서 있는 곳도 바로 그곳이다.

그 자리는 몸의 차원에서 작동하는 박영채의 원한이, 이형식이 받아들인 상징 질서에 의해 덧씌워져 있는 자리이며, 조선을 침략한 일제에 의해 개진된 세계상, 즉 제국주의적 근대성의 모럴을 자기의 법으로 받아들인 사람이 자기 발밑에서 꿈틀거리는 거대한 원한을 느끼는 자리이기도 하다. 그러므로 그 자리에 서는 일이란, 근대성의 호명 행위 그 자체에 내재된 죄를 받아들이는 것이고, 그 부름에 응답하는 바로 그 순간 생겨나는 초자아의 외설적 개입을 승인하는 것이다.

그 죄의식은 무의식적이지만 그래서 더 강력하고 원초적이다.

『유정』의 최석에 의해 강하게 표현되는 죄에 대한 욕망은, 까닭 모를 불행 속에서 차라리 자기에게 죄가 있었기를 원했던 욥의 절규와 유사한 차원에 있다. 자기에게 다가온 불행과 재난이 모두 불가피한 것이라면, 자신의 책임이라고 명료하게 인정할 수 있는 죄의 존재가, 무의식적으로 작동하는 더 큰 차원의 죄의식에 대한 효과적인 방어일 수 있기 때문이다. 그래서 시베리아에서 최석은 자기 마음을 뒤져 애욕이라는 죄를 만들어내고, 일인극을 하듯 그 허깨비와 싸워 그것을 극복함으로써 윤리적 주체로서 세상을 떠날 수 있었던 셈이다.

이런 차원에 설 때에야 비로소, 『사랑』에서의 안빈이 보여주는 저 놀라운 죄에 대한 감수성도 이해할 수 있게 된다. 자기가 걸어온 길 도처에서 죄를 발견하는 주체의 시선이란, 죄에서 죄로 이어지는 전이의 사슬을 따라 죄의 다양성들의 표면만 스쳐지나가는 관조적 주체의 시선에 해당하는 것이다. 그런 점에서 그것은 그 배후에 있는 진짜 죄, 감당하기 어려운 죄의 실재에 대한 회피의 산물이다.

다른 한편으로, 최석이나 안빈 같은 인물들의 이와 같은 행위와 생각 속에서 우리는 윤리성 자체에 내재하는 과잉을 발견하게 된다. 이 점은 『마음』의 '선생님'에게서도 마찬가지이다. 친구 K의 자살이 전적으로 그의 탓은 아니다. 그럼에도 그것을 자기 책임으로 받아들이는 행위에는 윤리성을 산출하는 과잉이 내재해 있으며, 역사적 사건인 '노기 대장의 순사'는 그런 과잉의 대표적 표상이다.

그것은 근대적 주체가 버리고 온 전통적 귀족 윤리의 효과이며 그런 과잉이 윤리성을 만든다. 과잉윤리라는 점에서 보자면, 이들의 자살은 모두 연극에 해당된다. 최석의 자살이 민족이라는 관객을 대상으로 한 연극이라면, '선생님'의 자살은 단 한 명의 관객을 대상으로 한 것이다. 단 한 명의 관객으로 충분한 것은, 그 유일한 관객의 시선이 그 자체로 절대적 존재의 시선, 즉 그가 받아들인 모럴의 체계, 큰타자의 응시의 대리물이기 때문이다. 큰타자의 응시 앞에 자기를 맡기는 순간, 그들의 행위가 지닌, 그들의 죄의식이 지닌 잉여가 창출된다. 그 잉여가 텍스트의 증상들을 만들어낸다. 최석은 왜 죄도 없이 죽는가, 혹은 '선생님'은 왜 그만한 일로 죽는가라는 질문들이 그런 증상의 자리에 놓여 있다.

소세키와 이광수가 보여주는 증상의 차이는 분명하다. 근대성의 모럴에 관한 한 소세키는 주인의 자리에 있다. 그래서 '선생님'은 단 한 명의 관객만으로도 충분하다. 주인은 그 어떤 세계 앞에서든 단독자로 설 수 있으므로 구태여 집단 주체를 향해 나아가야 할 이유가 없다. 하지만 식민지 근대성 속에서 주체이고자 하는 이광수는 근대성의 노예의 자리에 있다. 게다가 그 자리는, 노예이면서도 자신의 노예 상태를 인정할 수 없는 존재에게 마련된 기이한 자리이다. 최석은 '무죄한 죄인'으로 죽어감으로써, 자신의 연극을 관람하는 사람들 모두에게 죄의식을 나누어준다. 그것은 흡사 주체성의 세례를 베푸는 일과도 같다. 죄의식을 지니는 것, 그것은 곧 상징적 거세를 받아들이는 것이고 그럼으로써 비로소 주체는 탄생한다. 최석에 의해 표현되는 죄에 대한 욕망은 곧 자신의 주체됨에 대한 욕망이되, 그때의 주체성은 민족이라는 이름으로 상정된 집단 주체의 것이다. 그 점에서 이광수는 소세키와 구별된다.

하지만 이런 차이는 어디까지나 둘을 맞세워놓았을 때에만 유의미하다는 점이 또한 강조되어야 하겠다. 위에서 지적한 것처럼, 인물들의 자살 행위가 지닌 연극성이라는 점에서는 이광수뿐 아니라 소세키도 동일한 지평 위에 있다. 둘의 차이는 그들이 연출하는 무대가 어떤 시선에 의해 마련되었느냐에 따라 생겨날 뿐이다. 죄의식의 극장에 불이 켜지는 날이 온다면, 비로소 객석의 어둠 속에 자리잡은 힘들이 드러날 수 있을 것이나 우리 자신도 그 극장에 함께 있는 처지로 그것을 기대하기는 어려운 노릇이다. 우리는 다만 『무정』의 박영채에 의해 잠시 드러난 원한의 모습과, 또 소세키의 『문』 같은 작품에서 드러난 우울한 정념 등을 통해 어둠 뒤의 시선을 추정해볼 수 있을 뿐이겠다.

근대성과 원한

지금까지 논의해온 것처럼, 이광수와 소세키의 차이는 특히 『유정』과 『마음』의 대비에서 두드러진다. 소세키는 실패한 호명으로서의 죄의식에, 그리고 이광수는 호명 자체에 내재된 죄의식에 해당한다. 이 차이는 일차적으로 두 작가가 지닌 위상의 차이에 상응한다. 외부자로서 근대성을 받아들이되, 그것을 주인의 입장에서 받아들인 경우와 노예의 입장에서 강요받은 경우의 차이가 그것이다. 이광수는 주체가 되기 위해 죄를 필요로 하는 도착적 상황을 그려내고 있는 점이 인상적인데, 그것은 자신의 노예성을 인정할 수 없는, 식민지 근대의 주체가 처한 기묘한 지점을 보여준다.

그것은 근대성의 처참한 피해지이면서도 민족계몽주의자로서 근대성의 지평 자체를 벗어날 수 없었던 이광수의 특이한 위치에서 비롯되었지만, 그 바탕에는 주권 없는 주체로서 식민지 근대성을 견뎌야 했던 한국인들의 마음이 놓여 있다. 이를 감안한다면, 이광수의 작품에 등장하는 강렬한 자학적 에너지, 외부로의 탈출구를 찾지 못한 채 내향화된 원한의 강도를 이해할 수 있게 된다. 여기서 원한은 원통하게 능욕당하고 죽을 수도 없었던 박영채의 것이며, 자기 학대의 에너지는 그런 박영채를 껴안을 수 없었던 『무정』의 주인공 이형식의 것이다. 그리고 그 원한은 이광수의 작품 전체를 일그러뜨린다. 윤리적 얼룩으로 가득한 그의 작품 자체가 그 증거라 해도 좋겠다.

주체적 윤리의 발생이라는 점에서 보자면, 소세키와 이광수는 모두 과도한 책임을 떠안음으로써 윤리성을 만들어낸다는 점에서 동일한 지평 위에 있다. 소세키가 보여주는 실패한 호명으로서의 죄의식(이것은 죄보다 부끄러움에 가깝다)은, 호명의 메커니즘 자체에 내재된 이광수식의 죄의식을 바탕에 깔고 있다. 둘의 차이는 그들의 죄의식이 어떤 타자의 응시에 의한 것인지에 따라 구분될 뿐인데, 이광수에게서 과잉윤리가 좀더 일그러지고 기괴한 모습으로 드러나는 것은, 그가 상상했던 타자의 시선이 한 개인이 아니라 집단이라는 주체의 것이기 때문이다. 그것은 그가 처한 식민지적 상황에 기인한 것이며, 그로 인해 근대적 주체의 원한이 좀더 날카롭고 강하게 움직였던 탓이라고 하겠다.

물론 이런 차이조차 정도의 문제일 뿐이다. 내향화된 원한이야말로 죄의식의 원천이라고 소리 높였던 것은 『도덕의 계보』에서의 니체였다. 『무정』에서 슬쩍 모습을 보였던 박영채의 원한(근대성에 의해 처참하게 압살당한 전통윤리가, 이광수에 의해 주창된 민족계몽이라는 이상화된 형태, 즉 몰윤리적 공리주의에 대하여 품고 있는 원한)은 적어도 이광수의 세계 속에는 자기 자리를 지닐 수 없다. 그러므로 그것이 표현된다면 박영채에게서처럼 기적처럼 순간적으로 출현했다 사라지거나 귀환하는, 억압된 것의 일그러지고 기괴한 모습으로 그렇게 될 수밖에 없다. 니체가 칸트의 정언명령 속에서 억압된 잔인성의 면모를 발견한 것처럼,[9] 우리도 이광수의 남성 주인공들의 추상같이 엄격한 도덕성 속에서, 억압의 문지방을 넘어서려 꿈틀거리는 박영채의 원한의 에너지를 발견할 수 있다.

이런 점에 관해서라면 소세키도 다르지 않다. 『마음』의 증상인 K의 자살에 포함된 원한의 이미지는 서사의 얼룩에 해당된다. 우리는 그 얼룩 속에서 희미하게나마, 근대 세계를 구성하는 속물성에 대해 전통윤리가 지닌 분노와 원한[10]을 확인할 수 있다. 그 원한에 대

---

9   니체, 『도덕의 계보』, 박준택 옮김, 박영사 1981, 71쪽.

해 소세키의 차원을 넘어 말한다면, 후타바테이 시메이(二葉亭四迷)
의 『뜬 구름』(1887)과 오자키 고요(尾崎紅葉)의 『금색야차』(1897) 등
에서 물질적 부를 좇는 여성에게 배신당한 순진한 남성들의 원한을
적시할 수 있다.[11] 압살당한 주인 담론의 윤리를 표현하는 데는 배
신당한 남성들의 사례가 좀더 적절하겠지만, 후타바테이 시메이의
세계로부터 거의 30년이 지난 소세키의 『마음』의 세계에서는 이미,
여성에게 배신당한 남성의 이미지는 더 이상 유효하지 않게 되었다.
그리고 이 점에서는 『무정』도 마찬가지이다.

  이렇듯 배신은 더 이상, 남성적 주인도덕의 전도된 상으로서의
여성적 악덕이 아니며, 성별로부터 중립화되는 순간 남성 주인공에
의해서도 구현될 수 있는 영역이 된다. 그것은 곧 근대성의 모럴이
내면화된 정도를 보여준다. 그런 세계 속에서 우리를 놀라게 할 원
한의 등장은, 매우 작지만 강렬한 얼룩으로 드러나고 있는 셈이다.
이것이 좀더 뚜렷하게 출현하는 것을 보기 위해서는 신경숙으로 대
표되는 1990년대의 마음을 기다려야 한다.

---

10 이 원한은 노예로 전락한 주인의 것이라는 점에서, 앞의 책에서 니체가 말했던 원한과는 구분된
다. 니체의 원한은 세계에 대한 노예적인 반응이었으며 죄의식 역시 마찬가지이다. 이 글에서는 죄의식
과 원한을 기본적으로 주인과 노예의 정념으로 구분하여 썼다. 근대성의 세계가 해방된 속물과 주인으
로 군림하는 노예들의 것이라면, 지난 시대의 주인들은 도태될 수밖에 없는 노예의 위상을 지닌다. 여
기에서 원한이라는 말은 노예로 전락해버린 주인들의 정념을 가리키기 위해 사용된다.

11 여성을 배신한 남성을 다룬 『무정』은 정반대이다. 이들의 문제는 다음 장에서 다룬다.

보론 : 나쓰메 소세키의 『마음』의 증상과 죄의식

죄의식들

한국문학 연구자의 입장에서 볼 때, 근대 초기 일본소설들에서 흥미롭게 다가오는 현상 중 하나는 뚜렷한 죄의식의 존재이다. 이 점은 특히 나쓰메 소세키, 시마자키 도손, 시가 나오야 등의 장편에서 두드러지는데, 이것을 하나의 현상으로 간주한다면 우리는 다음과 같은 질문 하나를 만나게 된다. 왜 죄의식이었을까. 그리고 자연스럽게 뒤이어지는 질문이 있다. 같은 시기 한국소설은 어떠했을까. 이런 질문에 대한 대답은 최소한 다음 두 가지 방향에서 개진될 수 있다.

첫째, 서사 작품에서 드러나는 다양한 형태의 죄의식들은 근대적 주체의 형성이라는 맥락으로 연결될 수 있다. 이런 접속은 정신분석학과 윤리적 주체에 대한 사유에 바탕을 둔다. 정신분석학에서 죄의식은 상징적 거세의 결과로서 주체의 형성과 밀접하게 연관된다. 이것은 개인의 차원의 문제이기도 하지만 집단적인 것으로서의 문명의 발생과 연관된 문제이기도 하다. 또한, 주체의 형성과 죄의식의 연관은 윤리적 주체에 관한 칸트의 사유에서 절정에 달했다. 여기에서 그 죄의식과 그것에 대한 책임감은, 윤리적 주체로서의 인간에게 주어진 자유의 현실성에 대한 일종의 시금석 역할을 한다. 이런 사유의 바탕 위에 한국과 일본의 근대 초기 소설들을 올려놓는다면, 우리는 거기에서 근대적 주체 형성의 내러티브를 찾아낼 수 있다. 이 같은 과정을 거쳐 우리가 종국적으로 문제삼고자 하는 것은, 20세기로 넘어가는 시기에 난폭한 외부자의 형태로 다가왔던 근대성에 맞서, 한국과 일본은 어떻게 스스로의 정체성을 형성해 나갔는지를 따져보는 일이다.

둘째, 죄의식과 관련된 근대 초기 일본의 서사의 존재는 한국의 경우에 대한 '반영적 규정'에 해당된다. 이런 점에서 일본의 서사들에서 등장하는 죄의식이라는 틀을 가지고 한국의 서사에 접근해보려는 시도는 단순한 비교나 영향 관계를 따지는 수준을 넘어선다. 죄의식과 주체 형성의 드라마가 연관되어 있다는 전제가 부정되지 않는다면, 둘 사이에서 드러나는 죄의식의 양상의 차이는 곧 주체의 자기 인식의 차이로 연장될 수 있을 것이기 때문이다. 이것은 좀더 심층적인 시각과 성찰이 필요한 문제이거니와, 상당한 시차(메이지유신과 갑오개혁의 차이를 따진다면 약 30년, 정부 수립을 따진다면 약 70년, 민족국가의 형성을 따진다면 시차는 아직도 확정되지 않았다)를 두고 서로 매우 다른 방식으로 근대성의 행정에 진입한 두 나라(혹은 진입한 한 나라와 진입해가는 또 한 나라)의 서사가 어떻게 다른가는, 한국문학 연구자에게는 자기 자신을 바라볼 수 있는 외부자의 시선 하나를 확보해줄 수 있는 것이기에 그 자체로 계시적이다. 이러한 관심은 나아가, 근대성의 도래라는 엄청난 충격에 직면한 동아시아가 어떻게 자기 정체성을 형성했으며, 그 구성원들 각각은 어떻게 다른 길을 걸었는지, 그리고 새로운 시대의 지적 지도는 어떻게 다른 방식으로 재편되었는지를 따져볼 수 있는 하나의 시금석을 제공해줄 수 있으리라는 기대를 갖게 한다.

죄의식의 문제가 매우 선명하게 드러나는 근대 초기의 일본의 소설은, 시마자키 도손(島崎藤村, 1872~1943)의 『파계』(1906), 나쓰메 소세키(夏木漱石, 1867~1908)의 『마음』(1914), 시가 나오야(志賀直哉, 1883~1971)의 『암야행로』(1938) 등이다. 『파계』는 백정 출신 젊은이의 커밍아웃을 다루고 있는 것으로서, 고백소설이라는 자연주의적 측면과 근대성의 잉여로서의 신분 문제라는 사회소설적 측면을 지니고 있다. 『암야행로』는 자신의 의지와는 무관하게 죄의 틀 속으로 들어가버린 사람의 이야기로서, 운명적인 죄의 문제를 어떻게 소화해내는지가 문제의 핵심이 된다. 『마음』에서 문제가 되는 것은 한 사람의 잘못으로 생겨난 모종의 사건과 그에 대한 책임의 문제라는 점에서, 죄의식에 관한 한 일반적이고 표준적인 정황이 다루어진다.

이 소설들 옆에 놓을 수 있는 한국소설들을 거명해볼 수 있겠다. 먼저, 『마음』 옆에는 이광수의 장편 『유정』과 『사랑』 등이 놓일 수 있겠다. 표준적인 죄의 문제를 다루고 있다는 점에서 그러하다. 『암야행로』 옆에는 장용학의 『원형의 전설』과 손창섭의 『신의 희작』이, 그리고 『파계』 옆에는 황순원의 『일월』이나 염상섭의 초기 중단편들이 놓일 수 있겠다. 일단 이런 쌍들은, 소재적 유사성이나 문학사적 맥락, 또는 근대적 주체 형성의 드라마에서 등장하는 정념의 문제 등에서 함께 묶일 수 있겠다. 이들을 함께 다루는 것은 좀더 넓은

지면을 필요로 하므로, 본문 1장에서는 일단 소세키와 이광수를 겹쳐놓는 일에 집중했다. 이 둘은 공히, 신분이나 운명 같은 것이 아니라 한 개인의 윤리의 차원으로 박두해온 한계 상황에 인물들이 어떻게 대처하는지를 다루고 있다. 물론 작가가 즐겨 그려내는 페르소나의 특성 자체로 보자면, 냉소적이고 개인주의적인 소세키의 인물들은 열정적인 이광수의 인물들과는 거리가 있고, 오히려 염상섭의 냉정하고 이지적인 인물들 쪽에 훨씬 가깝다.[12] 앞에서 충분히 서술하지 못한 『마음』의 문제성에 대해 써둔다.

『마음』의 증상

『마음』(1914)은 나쓰메 소세키의 원숙기에 발표된 장편으로서, 전기 3부작(『산시로』, 『그 후』, 『문』)과 후기 3부작(『춘분 지날 때까지』, 『행인』, 『마음』)으로 불리는 일련의 작품들 중 마지막 자리를 차지하고 있다. 『마음』의 골격을 보자면, 전체가 3부로 구성되어 있고[13] 내용은 크게 두 단락으로 구분된다. 대학생인 1인칭 화자가 들려주는 나와 '선생님'의 이야기(1, 2부)가 전반부이고, 자신의 젊은 날을 다루고

---

12 이런 맥락의 비교는 졸고, 「둘째아들의 서사: 염상섭, 소세키, 루쉰」(『민족문학사연구』 51, 2013)에서 개진해두었다.

13 1부 '나와 선생'(36장), 2부 '양친과 나'(18장), 3부 '선생과 유서'(56장). 텍스트는 『마음』, 서석연 옮김, 범우사 1990이며, 인용문은 본문에 쪽수만 밝힌다.

있는 '선생님'의 유서(3부)가 후반부이다. 전반부는 후반부의 이야기를 도입하기 위한 액자 구실을 하고, 실제로 소설의 중심을 이루는 것은 후반부의 이야기이다. 죄와 책임의 문제 역시 여기에서 발생한다. 그리고 이 후반부의 '선생님'의 유서는 다시 두 단락으로 나뉜다. 첫째, 어린 나이에 부모를 잃은 후 재산 정리 과정에서 숙부에게 배신당하는 이야기, 둘째, 친구 K와의 사이에서 벌어지는 배신과 참회의 이야기이다. 첫째 이야기는 간단하고 둘째 이야기는 복잡하다. 핵심적인 문제는 이 둘째 단락에서 등장한다.

첫째 이야기를 간추려보자. 외아들인 '선생님'은 중학생 때 10대의 나이로 부모를 여읜다. 유산 관리 등을 맡은 숙부는 자기 딸과 '선생님'을 결혼시키려 했고, 그것이 뜻대로 되지 않자 그를 매정하게 대한다. 어린 '선생님'은 그런 숙부로 인해 적지 않은 재정적 손해를 보고 고향을 빠져나온다. 그래도 여전히 그에게는 대학생 혼자 살림하기에 부족하지 않은 재산이 있다.

둘째 이야기는 이후의 하숙집 이야기이다. 문제는 여기에서 시작된다. 대학생이었던 '선생님'은 여유 있는 집에 하숙을 든다. 경우 바르고 빈틈없는 성격의 군인 미망인과 아름다운 무남독녀가 있는 집이다. 데릴사위가 필요한 안정된 집과 돈 있는 대학생 고아라면 피차에 잘 어울리는 사이다. 문제는 그가 친구 K를 그 집에 들이면서부터 시작된다. K의 이력도 예사롭지 않다. 그는 승려의 차남으로 중학생 때 의사 집에 양자로 들어갔다. K의 양부모는 의사가 되어 가업을 이어주기를 바랐으나 K는 그 길을 가지 않았다. 결국 양부모는 분노하여 학비를 대지 않겠다고 했고, 친부모도 양부모 편을 들었다. 의지가 강한 K는 두 집으로부터 모두 의절당한 채 혼자 힘으로 대학 생활을 하고 있다. '선생님'은 그런 K를 억지로 자기 하숙집으로 끌고 온다. 하숙집 여주인은 당연히 반대한다. 쓸 만한 사윗감이 이미 있는데, 사태가 복잡해지는 것은 여주인 입장에서 좋을 리가 없다.

　누구나 예상할 수 있듯이, 아름다운 하숙집 딸을 두고 두 젊은이 사이에서 분란이 생겨난다. 점점 가까워지는 하숙집 딸과 친구의 모습을 보며 '선생님'은 의심과 질투에 휩싸인다. 그런 그에게 K가 갑자기 여자에 대한 애정을 고백한다. '선생님'은 여자를 마음속에 품고 있었지만 아직 그 마음을 고백이나 청혼으로 공식화하지는 않은 상태이다. 그런데 K가 먼저 자기 마음을 '선생님'에게 털어놓아버린 것이다. 다급해진 '선생님'은 친구 모르게 하숙집 여주인의 결혼 승낙을 받아내고, 나중에 그 사실을 알게 된 K는 덜컥 자살해버린다. 물론 K가 자살한 진짜 이유는 오로지 '선생님'만이 안다. 지금은 아내가 된 하숙집 딸도, 그사이 세상을 떠난 하숙집 여주인도 몰랐다. 그 후로 짧지 않은 시간 동안 '선생님'은 이 비밀스러운 죄의식을 혼자 안은 채로, 살아 있는 시체와도 같은 삶을 살아왔다. 그는 이 사실을 대학생인 화자에게 보내는 편지에다 털어놓는다. 그리고 메이지 왕을 따라 순사한 노기 대장처럼 자기도 죽겠다고 쓴다. 당신이 편지를 읽는 순간 이미 자기는 이 세상 사람이 아닐 것이라고.

　이런 줄거리 속에는 매우 뚜렷한 증상이 있다. 무엇보다도, 자살이라는 K의 행동이 이상해 보인다. 그는 의지와 자존심이 강한 인물로, 자신의 욕망 앞에서는 누구에게도 양보하지 않았고 그것을 위해서는 양부모는 물론이고 친아버지와 의절을 감수할 정도였다. 그런 의지란 타고난 윤리적 견결함이나 무언가를 향한 강한 성취욕으로부터 비롯된 것이겠다. 어떻든 간에, 모든 인륜적 관계의 청산조차 무릅쓸 만큼 무언가 강한 것이 그의 삶을 당기고 있었던 것은 분명하다 해도 좋겠다. 그렇지 않고서는 양부모 및 친아버지와의 관계를 저렇게 간결하게 정리해버리기는 쉽지 않을 것이기 때문이다. 그런 K가 여자 문제 때문에, 혹은 친구와의 관계 때문에 자살을 했다고 했다. 그것도 자기에게 도움의 손길을 뻗친 친구에게 여봐란듯이, 경동맥을 절단한 채 피투성이 시체가 되어 나타났다는 것이다.

물론 K에 관한 이런 이야기는 '선생님'의 관점에서 재현된 것이기에, 그가 자살한 진짜 이유가 무엇인지 독자로서는 알 수 없다. 하지만 진짜 이유나 그것의 존재와는 무관하게, K는 기본적으로 자살과는 거리가 있는 성격이라 함이 좀더 설득력이 있겠다. 그는 강한 자존심과 단호한 실행력을 가진 데다, 그런 그의 성격은 자기 욕망의 선택 앞에서 두드러지게 드러났었다. 그가 그처럼 욕망의 윤리(이때 욕망은 당위적 속성을 지니고 있다. 그 당위가 한 개인의 영역에 국한된 것일지라도)에 대해서 비타협적인 인물이라면, 오히려 자살과는 반대 방향으로 갔어야 옳지 않을까 싶다. 물론 자살이라는 설정의 타당성이 있는지 없는지 쉽게 단정할 수는 없겠으나, 어떻든 그렇게 쉽게 목숨을 버린 K의 행동이 쉬이 납득할 수 있는 것은 아니다.

'선생님'의 입장에서 이 사태를 기술해보면 어떨까. 자기보다 지적으로 뛰어나고 의지도 훨씬 강해 보이는 친구가 있다. 동향의 친구인데 대학까지 동창이다. 그런 친구가 경제적으로 곤란에 빠졌다. 아직은 어리고 또 착한 성품의 '선생님'이기에, 도움을 주겠다고 생각하는 것은 자연스러운 일이겠다. 자기보다 나은 친구에게 경제적 도움을 주는 것은 열등감을 도덕적 자부심으로 상쇄하는 것이기도 하다. 그런데 그 도움이 친구를 자기 하숙으로 끌어들이는 것이라면 어땠을까. 친구를 하숙으로 데려오는 일이 단순한 숙식의 문제만은 아니다. 거기에는 여자가 걸려 있다. '선생님'은 아직 하숙집 딸에게 청혼도 고백도 하지 않은 상태였다. 물론 외부자의 시선으로 보자면 '선생님'과 하숙집 모녀의 관계는 이미 예정되어 있는 것이나 다름없다. 하지만 순결하고 어린 청년인 '선생님'이 그런 이치를 쉽게 알기는 어렵다. 그럼에도 자기와 경쟁 관계에 들어갈 가능성이 없지 않은 친구 K를, 자기 하숙집에 끌어들이는 것은 그래서 자연스러워 보이지는 않는다.

물론 '선생님'은 어리석을 수 있는 나이여서, 자기보다 나은 친구 앞에서 우쭐대고 싶은 그 또래의 마음이 있을 수 있다. 하지만 청년기 남성이 지닌 동물적 수컷으로서의 자기 영역에 대한 경계심은 그보다 훨씬 더 강하고 원초적이다. 친구를 끌어들이는 순간 그는 어떤 방식으로든 젊은 수컷으로서의 경계 표시를 해야 했다. 친구가 오해하지 않게, 그래서 이상한 갈등이 생겨나지 않게. 아무리 착한 주인공이라 하더라도, 이런 예민한 대목을 그냥 넘어간 것 역시 납득하기는 쉽지 않다.

그럼에도 불구하고 K의 자살을 둘러싼 이런 일들이 전혀 개연성이 없는 일이라고 하기는 어렵다. 여기에서 문제삼아야 하는 것은 그런 설정의 설득력이나 현실성 여부가 아니다. 그와 같은 서사적 설정을 감행한 소세키의 마음, 그의 소설에서 구현되고 있는 그 어떤 힘이 문제적이다. 『마음』에서 K의 자살을 둘러싼 정황들을 증상이라고 한다면 바로 그 힘을 염두에 두고 있기 때문이다.

윤리적 영웅주의

소세키는 대체 무슨 생각으로 이런 시나리오를 만들어냈을까. 다양한 답이 있을 수 있겠으나, 죄의식이라는 항목 자체를 그 핵심으로 삼아야 하겠다. 서사의 증상들에서 이상해 보이는 외관을 걷어내 버리고 나면 가장 분명하게 드러나는 것은 죄의식의 존재이다. 이것은 물론 '선생님'의 입장에서 본 것이다. 자기가 친구를 상대로 천박한 짓을 했다는 부끄러움, 그리고 그것이 친구를 죽음으로 몰고 갔다고 생각하는 '선생님'의 자책감이 무엇보다 선명하다. 그렇다면 두 개의 자살이 이런 부끄러움과 죄의식을 재현하기 위해 동원되었다고 한다면 어떨까. K와 '선생님'의 자살(물론 '선생님'이 실제로 자살했는지는 소설 속에서 확인되지 않았으나 작중에서 묘사된 '선생님'의 성격으로 보아 자살을 결행했을 가능성이 더 커 보인다)이 죄의식과 그것의 해소를 위해 동원된 것은 아닐까.

 K의 자살은 앞에서 지적한 대로 모순적이다. 한편으로는 자기 징벌적인 속성을 지니고 있고 또 한편으로는 복수의 느낌도 짙다. 일단 K는 경우가 바르지 않았다. 곤경에 빠진 자기에게 친구가 도움을 주었다. 그 옆에는 아름답고 젊은 미혼 여성이 있었다. 그렇다면 일단 친구와 여성의 관계를 주목하고 주의 깊게 살폈어야 했다. 그것이 자기를 불러준 친구에 대한 도리일 것이다. 그는 그런 점을 살피지 않았고 결과적으로 친구의 여자를 집적거린 민망한 꼴이 되어 버렸다. 이런 점을 고려한다면 K의 자살은 일종의 자기 처벌에 가깝다. 하지만 이 과정에서 친구인 '선생님'은 속임수를 썼다. K는 자기 마음을 보여주었는데, '선생님'은 그것을 감추고 뒷공작을 했다. 물론 뒷공작을 했다는 것은 '선생님'만 아는 것이지만, 똑똑한 K가 그런 분위기를 모를 수는 없다. 특별한 내용이 없는 유서를 보면, 그의 죽음은 염세와 비관, 자기 처벌로서의 자살에 가깝지만, 미닫이문 하나 건너 친구 방 문간에서 경동맥을 자른 채 피투성이로 죽어 버린 자살의 형태를 보면, 친구와 세상에 대한 복수나 저주의 느낌도 짙다.

 서사의 전체 흐름에서 보자면 K의 자살은 일종의 동기이고 전제이다. 그러니 자세히 캐묻지 않아도 된다. 독자들이 심문해야 할 상대는 소설의 주인공인 '선생님'이다. 젊은 날 그가 한 어떤 비겁한 짓 때문에 친구가 자살을 했다. 이에 대해 '선생님'은 어디까지 어떻게 책임을 져야 하는가. '선생님'은 그 대답이 자살이라고 했다. 그것이 그토록 대단한 잘못인가.

자기 친구가 경우도 없이, 자기가 점찍은 여자에게 마음이 있노라고 말했을 때 바로 사정을 밝힐 수 있었다면 문제가 커지지는 않았을 수도 있다. 어쨌거나 '선생님'으로서는 실기를 해버렸다. 아마도 당황했기 때문일 것이다. 어쨌거나 '선생님'은 친구 K와 달리 자기 욕망의 윤리에 충실하지 못했다. 그리고 사태가 심각해지자, 잔꾀를 써서 하숙집 여주인과 독대하여 청혼을 했고 마침내 뜻하던 바를 이뤘다. 친구는 자기에게 본심을 밝혔는데 자신은 그것을 숨긴 채 잔꾀를 써서 상대의 배후를 습격한 셈이다. 그것을 '선생님'은 위계라고 생각하고 있는 것이다.

하지만 그 사태를 바깥에서 보면, 약간의 민망함이 개입되어 있는 것은 사실이지만 '선생님'이 그 집에 하숙을 들어가면서부터 예정되었던 일이 이뤄졌을 뿐이다. 그런 정황을 확인한 K라면, 피차 어색하지 않게 그 자리를 피해주는 것이 도움을 받은 친구로서의 도리였을 것이다. 그런데 K는 덜컥 자살해버렸다. 그의 죽음이 온통 '선생님'의 책임인가. K가 자살했기 때문에 자기도 자살해야 한다는 것인가. 눈에는 눈이라는 것인가. 이것도 납득하기 쉽지는 않다. 특히 그들이 토대해 있는 근대사회의 모럴이라는 점에서는.

그것은 어떤 시대적인 분위기, 일왕 메이지의 죽음과 그에 뒤이어진 노기 대장의 순사라는 사회적 사건의 파장 때문이라 생각할 수 있겠다. 특히 노기 대장의 죽음이 환기시킨 강렬한 윤리적 동력이 있다. 그것은 말할 것도 없이 명예를 지상의 척도로 삼는 전통 시

대의 귀족 윤리(이를 라캉의 용어를 빌려 '주인 담론'의 윤리라 부르자[14])이
다. 노기라는 군인은 35년 전 전장에서 군기를 빼앗긴 지휘관이었
다. 그때 죽어야 했으나 죽을 기회를 놓쳐 죽지 못했다고 생각한다.
이제 왕이 죽었으니 따라 죽겠다는 것이고, 실제로 왕이 죽고 한 달
후 순사를 감행했다. 생명을 최고의 가치로 생각하는 근대성의 시선
으로 보자면, 왕을 따라 죽는다는 것은 이해하기 어렵다. 그로테스
크하거나 우스꽝스럽기조차 하다. 하지만 그런 기이함 속에는 목숨
보다 중한 가치가 존재하는 세계의 위광, '주인 담론'의 위엄이 있음
을 부정하기 어렵다. 그것이 발하는 빛은, 주체의 생존을 최우선 과
제로 삼는 근대성의 모럴이라는 짙은 어둠이 있어 경이로운 광채로
다가오는 것이다.

　　바로 그 빛 속에서, '선생님'은 여태껏 아내 때문에 미뤄왔던 자살
을 결행하겠다고 한다. 이제는 때가 왔다고, 아내에게는 아무런 충
격도 가지 않게 급사로 위장해 자살하겠다고 한다. 그런데 왜 하필
지금 이 순간이어야 하는가. 그는 "노기 대장이 죽은 이유를 내가 잘
모르듯이 당신도 내가 자살하는 이유를 납득할 수 없겠지만, 그것은
서로 다른 시대를 살아온 사람들의 생각의 차이니 어쩔 도리가 없
는 것입니다. 아니, 각 개인의 성격 차이라고 하는 편이 옳을지도 모
릅니다."(233쪽)라고 한다. 이것은 그러나 사실이 아니다. 그는 노기
가 왜 순사를 했는지 잘 알고 있다. 머리로 이해하지 못했을 수는 있

14　주인 담론의 윤리에 관해서는 알렌카 주판치치, 『실재의 윤리』, 이성민 옮김, 도서출판b 2004,
23~4쪽.

지만 이미 마음은 알고 있다. 노기 대장의 순사 소식이 담긴 호외를 들고 아내에게 정신없이 외쳐대던 그의 모습(3부 56회)이 그것을 증거한다. 그런데도 그는 그것을 이해하지 못한다고 말하고 있다. 하지만 그런 진술이 의도적 거짓이라고 보기는 힘들다. 그는 지금 목숨 걸고 유서를 쓰고 있기 때문이다. 그러므로 그것은 착각이나 오인 같은 비의도적인 거짓이라고 봄이 온당하겠다. 그렇다면 그는 자기 몸이 이해하고 있는 것을, 스스로 이해가 되지 않는다고 생각하고 있는 것이다. 즉, 그는 자기가 알고 있음을 몰랐던 셈이다.

　그가 '알고 있음을 몰랐던' 것에 대해 좀더 상세하게 말해보자. 여기에서 그가 이해하지 못한 채 받아들인 것은 노기 대장이 느낀 죄의식의 강도, 그리고 그것을 털어내는 방식으로서의 자기 처벌이다. 그가 이해하지 못한다고 생각하고 있는 것은 노기 대장의 죄의식의 내용에 해당한다. 대체 어떤 숨겨진 일이 있었기에 죽음에 이를 죄의식을 느껴야 하는지를 '선생님'은 모를 수 있다. 그것은 마치 『마음』의 독자가, 그만한 일에 죽음으로 갚아야 할 정도의 죄의식을 느끼는 '선생님'의 내면을 납득할 수 없는 것과 마찬가지다. 그래서 '선생님'은 대학생 화자를 소환하여 당신은 이해할 수 없을 것이라고 말하는 것이기도 하겠다.

　여기에서 중요한 것은 죄의식의 동기나 내용이 아니다. 중요한 것은 부끄러움과 자책으로 구성된 죄의식 그 자체이고, 또한 자살로 되갚아져야 한다고 느끼는 죄의식의 강도이다. 그리고 독자의 입장에서 보자면 어떤 사람이 죽음으로 갚아야 할 정도의 죄의식을 느낀다는 점 자체, 즉 죄의식의 주체 자체가 소설에 전면적으로 부각되어 있다는 사실이다.

이런 점에서, 소세키의 두 편의 3부작이 나란히 죄의식으로 귀결된다는 점은 심장한 의미를 지닌다. 죄의식의 이 같은 등장은 소세키의 후기작들을 관통하는 중심적인 증상이라 할 수도 있을 정도인데, 여기에서 고려되어야 할 것은 그 작가가 다른 사람도 아닌 소세키라는 점이다. 그가 일본문학의 근대성의 초입에 우뚝 서 있는 거인 같은 존재임은 따로 강조할 필요 없겠다. 따라서 그의 세계의 한 정점에 죄의식이 놓여 있다는 것은, 일본의 근대성의 초입에 죄의식이 대문처럼 버티고 있는 모양새라 해도 좋지 않을까. 그렇다면 우리는 어떤 죄의식이냐가 아니라 왜 죄의식인가를 물어야 한다.

죄의식이라는 관점에서 보자면, 후기 3부작의 마지막 작품 『마음』(1914)은 전기 3부작의 마지막 작품 『문』(1910)을 고쳐 쓴 것이라 할 수도 있다. 서사의 설정에서 외견상 유사점이 뚜렷하기 때문이다. 두 남자 주인공은 모두 재산 처리 과정에서 숙부에게서 실망을 맛보았고, 무엇보다도 아내 때문에 친구를 배신했다는 죄의식으로 깊은 상처를 가지고 있다. 그로 인해 그들은 음지의 삶을 산다. 『문』의 주인공은 하급 공무원으로 살아가는 처지니 그래도 나은 편이지만, 『마음』의 주인공은 모든 사회적 연을 끊고 좀비와 같이 살아가는 처지니 상태가 심각하다.

전자에서는 배신당한 친구가 그래도 살아 움직이고 있기에 상대적으로 자책의 강도가 덜한 데 비해, 후자에서는 친구가 자살해버린

탓에 충격이 훨씬 크다. 결말의 대조 역시 두드러진다. 『문』의 주인
공은 그런 상처를 안고 그냥 산다. 그것이 삶이라는 태도로, 사회적
차원의 상징적 거세를 통해 순치된 것 같은 소시민의 모습으로. 그
래서 『문』은 드라마틱한 사건 없이 수채화 같은 서사로 채워진다. 그
러나 『마음』의 '선생님'은 다르다. 그는 자신의 죄행에 책임지기 위
해 자살을 선택함으로써 전통 윤리의 핵심을 향해 나아간다. 이런
차이는 아마도, 시적인 순간으로서의 '노기 대장의 순사'가 『문』과
『마음』 사이에 가로놓여 있기 때문이라 해야 할 것이다. 말을 바꾸자
면, 우울한 소시민의 일상을 그린 『문』이 '노기 대장의 순사'로 대표
되는 윤리적 영웅주의를 만나는 순간 『마음』이 된다고 할 수 있겠다.

　여기에서 중요한 것은 주체의 책임이 어떻게 구현되었는지가 아
니라, 왜 죄의식과 부끄러움이 근대성으로 가는 길목에 저렇게 뚜
렷한 모습으로 자리잡고 있느냐이다. 이 점은 죄와 책임의 문제가
소세키에게서보다 훨씬 더 일그러지고 예각화된 모습으로 제시되
어 있는 이광수의 텍스트와 함께 놓았을 때 좀더 분명해진다. 근대
성의 윤리는 생존주의와 공리주의로 대표되는 몰윤리의 세계이다.
그것은 명예와 위신을 근간으로 하는 전통윤리의 세계와 대척점에
있다. 전자의 세계에서 후자는 기이한 과잉윤리의 표상이 된다. 근
대로의 전환기 한일 소설사의 입구에 버티고 선 과잉윤리의 세계
는 해일처럼 밀어닥친 근대성의 몰윤리를 표상하는 음화의 의미를
지닌다. 소세키와 이광수의 소설들이 그러했다.

제2장 길 잃은 과잉윤리

이광수식 자기희생의 구조

이광수의 기이한 정념

이광수의 소설에는 전체를 관류하는 기이한 정념이 있다. 서사의 차원에서 보자면 그 정념은 인물들에 대한 도덕적 가혹함으로 표현된다. 그 가혹함은 일상적인 윤리 감각을 훌쩍 넘어서는 것이어서 기이하게 다가온다. 그것은 때로 『유정』(1933)에서처럼 소설의 중심인물이나 『흙』(1933)에서처럼 주변인물을 향하기도 하고, 『사랑』(1938)에서처럼 소설 속의 모든 인물을 향해 무차별적으로 퍼부어지기도 하다. 이 같은 양상은 특히 1920년대 이후에 발표된 이광수의 소설에서 현저하다. 이런 기이한 정념, 이런 가혹함은 어디에서 유래한 것인가.

이와 같은 의문으로 이광수의 세계 전체를 조망해보면 가장 눈에 띄는 것이 『재생』(1925)이라는 장편이다. 거기에는 매우 특이한 역전의 드라마가 내장되어 있다. 『재생』이라는 텍스트 자체만 보자면 이런 특이성은 잘 드러나지 않는다. 도덕성에 대한 비타협적 추구가 1920년대의 환멸스러운 현실과 얽혀 매우 기이한 에너지를 뿜어내는, 약간 이상해 보이는, 또 그래서 매력적일 수도 있는 소설 한 편이 있을 뿐이다. 『재생』이라는 텍스트의 독특함은 그 전신 격인 텍스트들과 함께 놓일 때 비로소 명료해진다. 여기에는 다음 두 개의 맥락이 구성될 수 있다.

첫째, 『무정』(1917)과의 대조에서 생기는 맥락이 있다. 이 둘의 차이는 1919년을 전후한 이광수의 사상적 변화와 상응하는 것으로서, 두 편의 서사 구성을 맞세워놓으면 피해와 가해가 역전됨으로써 생겨나는 특이한 전도의 공간이 모습을 드러낸다. 향후 이광수의 소설에서 핵심적인 에토스로 정착하게 되는 자기희생이라는 틀의 원형이 바로 그곳에서 조형된다. 그것은 식민지 근대성을 특징짓는 주권 없는 주체성의 윤리적 형태이다.

둘째, 오자키 고요(尾崎紅葉)의 『금색야차』(및 그 번안본인 조중환의 『장한몽』)와의 대조에서 형성되는 맥락이다. 이광수 소설의 흐름 속에서 본 『재생』의 한 특징은 그 서사적 현실이 자본제적 근대 일반과 접속되어 있다는 점이다. '민족적 현실'의 특수성이 아니라 '근대적 현실'의 보편성이 『재생』에서는 더 우선적인 규정이다. 돈과 사랑의 이분법이 현실적 위력으로 등장한다는 점, 그러면서도 『무정』과는 반대로 남성 주인공이 선택당하는 위치에 놓여 있다는 점에서, 『재생』은 『금색야차』와 서사적 틀을 공유한다. 하지만 여기에서 문제삼고자 하는 것은 그런 동일성이 아니라 그로부터 어떻게 벗어나느냐에서 드러나는 차별성이다. 하나가 자본제적 충동의 언어로 말하고 있다면, 다른 하나는 특이한 과잉윤리의 언어로 서사를 엮어나간다. 그 바탕에는 주체일 수 없는 처지임에도 주체이고자 하는 강렬한 의지가 놓여 있다.

이광수의 『재생』이라는 소설에 주목하고자 하는 것은 이 때문이다. 여기에서 핵심적인 것은 자기희생이라는 이광수의 에토스가 형성되는 과정과 그것의 내적 논리이다. 이것은 단지 『재생』이라는 소설 한 편이나 이광수라는 한 개인에게 국한된 문제가 아니다. 이광수는 식민지에서 추구할 수 있는 근대성의 한 극점을 대변하는 인물이다. 『재생』 이후 그의 서사가 보여주는 기이할 정도로 가혹한 도덕주의는 그 자체로 하나의 증상이라 할 만하다. 여기에서 방점이 찍혀야 할 단어는 도덕주의가 아니라 가혹함이다. 『재생』의 주인공 신봉구가 보여주는 기이한 도덕주의를 보자. 그는 자기가 '쥘리앵 소렐'(『적과 흑』)일 수 없음을 깨달은 '이형식'(『무정』)이지만, 그렇다고 해서 '강이치'(『금색야차』)의 상태에 머물 수 있는 것도 아니다. 식민지 근대의 주체에게는 그런 자리조차 허용될 수 없기 때문이다. 그 진퇴양난의 정념은 주체되기를 향한 열망의 뜨거움으로, 또한 가혹한 도덕주의의 형태로 분출한다. 여기에서 가혹함이란 이광수식 도덕주의의 잉여이자 외부로 흘러넘쳐버린 본질이다. 이를 분석함으로써 이 글에서 조명하고자 하는 것은, 주체의 자리를 향한 식민지 근대성의 뜨거운 열망이며 그것이 스스로를 표현하는 방식이다.

위의 두 맥락은 바로 이 지점으로 수렴된다.

『재생』의 특별한 위치

이광수의 세계 속에서 장편 『재생』은 특별한 위치에 놓여 있다. 『재생』이 나온 것은 이광수의 삶이 커다란 분기점을 지났을 때이다. 1921년 4월 상하이에서 귀국한 후로 이광수가 쓴 첫 번째 본격적 장편이 『재생』이다. 이광수는 이 소설을 '장백산인(長白山人)'이라는 필명으로 『동아일보』에 연재한다.[1] 그런데 이 글의 필자 '장백산인'은 그해 『동아일보』에 연재한 논설 「민족적 경륜」으로 사회적 물의를 일으킨 장본인이기도 했다. 그 사건은 기본적으로, 상하이로부터 이광수의 돌연한 귀국이 만들어냈던 사회적 파장의 연장에 있다. 망명지에서 돌아오면서도 투옥되지 않았던 탓에 그는 변절자라는 소리를 들어야 했고, 자기 민족에게 매우 가혹한 잣대를 들이댄 논설 「민족개조론」(1922)으로 인해 일종의 사회적 금치산자 취급을 받기도 했다.

---

1   이에 앞서, 이광수는 같은 필명으로 두 편의 장편을 『동아일보』에 연재한 적이 있다. 안창호를 모델로 한 『선도자』(1923), 서양인 신부와 조선인 노비의 이야기를 다룬 『금십자가』(1924)가 그것이었다. 하지만 둘 모두 미완으로 끝났다. 『재생』의 연재 직전에 발표된 작가의 말에서 '장백산인'은, "나는 『선도자』를 중편까지만 쓰다가 경무국의 불인가로 중지하고 『금십자가』를 쓰다가 사정으로 중지하였다. 『금십자가』를 계속하려 하였으나 『재생』을 쓰기로 하였다. 그것이 쓰고 싶었기 때문이다."(『동아일보』, 1924. 11. 8)라고 썼다. 그러니까 『선도자』는 타의에 의해, 『금십자가』는 자의적으로 중단한 것으로 보인다.

인촌 김성수의 『동아일보』는 그런 이광수에게 주어진 새로운 발판이었다. 그런데 그곳에서조차 일시 퇴사하지 않을 수 없게 되었던 것이 1924년 초의 일이다. 「민족개조론」과 논리적 플랫폼을 공유하고 있는 「민족적 경륜」이라는 논설 때문이었다. 장편 『재생』은 바로 그해 말, 1924년 11월 9일부터 연재되기 시작한다. 그리고 『재생』의 연재를 마친 직후 곧바로 시작한 소설이 『춘향전』이거니와, 이 소설에서부터는 다시 '춘원'이라는 『무정』 시절의 필명을 사용하기 시작한다.[2] 그러니까 이광수의 이력을 놓고 볼 때 『재생』은 작가로서의 일종의 야심적인 재기작이었던 셈이다.

하지만 장편 『재생』을 문제적인 작품으로 만드는 것이, 이광수의 이력과 연관된 이런 사정만은 아니다. 이광수의 소설들이 만들어내는 전체적인 흐름을 감안할 때, 『재생』은 커다란 변화를 표상하고 있다는 점에서 특기할 만하다. 그리고 그 변화는 단지 소설만이 아니라 이광수의 사상에서 나타난 큰 흐름의 변화와 나란히 놓여 있기도 하다.

이광수는 1919년 3·1운동을 전후하여 커다란 사상적 전회를 보여준다. 그 변화의 한복판에 놓여 있는 계기가 안창호와의 만남이었음은 이미 잘 알려져 있다.[3] 2·8독립선언서를 쓰고 도쿄에서 상하이로 망명한 이광수는 임시정부에서 도산 안창호를 만나 흥사단 단

---

2   물론 이후에도 '장백산인'이라는 필명을 버린 것은 아니다. 『춘향전』이 연재되던 중간에 『동아일보』에 연재된 평론 「문예쇄담」(1925. 11. 2~12. 5)은 '장백산인'의 이름으로 발표되었다.

3   김윤식, 「이광수와 그의 시대」 2권, 한길사 1986, 10쪽.

원이 되었다. 그 만남이 얼마나 대단한 것이었는지는 그 전후로 현격하게 달라진 글의 논리가 웅변한다. 상하이로 가기 전에 이광수는 사회진화론의 논리를 내세우는 현실주의자였으나, 그곳에서 돌아온 후는 덕성과 정신적 가치를 앞세우는 모럴리스트가 되어 있었다. 그 전이나 후나 민족주의자였다는 점은 강조할 필요가 없겠다. 그에게 민족주의는 전 생애를 통틀어 변치 않는 정신적 상수였기 때문이다. 바뀐 것은 그 실천 방략이나 구체적 지침에 관한 것이되, 그것이 180도로 바뀌었다는 점이 이색적이다.

이런 사실이 가장 상징적으로 드러나는 것이 두 편의 논설 「위선(爲先) 수(獸)가 되고 연후(然後)에 인(人)이 되라」(1917)와 「상쟁(相爭)의 세계(世界)에서 상애(相愛)의 세계(世界)로」(1922)의 간극이다.[4] 두 글은 일단 제목 자체의 대조가 선명하다. 로마가 망한 원인을 놓고도, 앞에서는 물질적 현실을 도외시한 채 헛되이 도덕심만 창궐하여 그렇게 되었다고 했고, 뒤에서는 물질적 부강만 추구하여 도덕심의 쇠퇴를 돌보지 않은 것이 원인이라고 했다. 이러한 대조는, 이광수의 변화가 얼마나 급격한 것이었는지를 웅변한다. 이와 같은 시각의 변화가 조선의 현실에 대한 진단과 처방의 변화로 이어지는 것은 필연적인 수순이겠다.

두 편의 장편 『무정』과 『재생』 사이에서 생겨난 변화는 두 논설이 상징적으로 보여주는 생각의 변화와 나란히 놓여 있다. 외견상으로

---

4   자세한 것은 졸저, 『아첨의 영웅주의』, 소명 2011, 372~9쪽.

두 장편은 흡사한 구조를 지닌 것처럼 보인다. 둘 모두 남녀의 이합에 관한 삼각관계가 서사를 추동하는 근본적인 힘이라는 점에서 그러하다. 하지만 이것은 순간적인 착시일 뿐, 조금만 들여다보면 두 소설의 서사적 동력은 정반대의 벡터를 지니고 있음을 알 수 있다. 그 차이는 너무나 현격하여 『무정』을 새로 쓴 것이 『재생』이라 해야 할 정도이다.

삼각관계에서 중요한 것은 누가 선택권을 가지고 있느냐이다. 『무정』에서는 남자 주인공 이형식이 선택권자이지만, 『재생』에서는 여자 주인공 김순영이 선택권자이다. 『무정』에서는 남자가 여자를 배신하고 『재생』에서는 여자가 남자를 배신한다. 이런 점에서 보자면, 『재생』은 『무정』을 정확하게 뒤집어놓은 구도이다. 『무정』과 『재생』은 서로의 거울상으로서, 손을 내밀어도 악수할 수 없을 만큼 절묘하게 대칭을 이루고 있는 셈이다. 이런 전도된 구성이야말로 『재생』을 주목할 만한 텍스트로 만든다. 여기에는 몇 가지 이유가 있다.

이런 방식의 전도는 20세기 한국문학사의 문제적 인물 이광수의 것이기에 일단은 주목의 대상이 된다. 이광수는 20세기 한국이 감당해야 했던 식민지 근대성의 대표적인 문학적 표현이다. 이광수의 세계에서 일어난 의미 있는 변화라면 그 자체로 중요하게 다루어질 수밖에 없다. 그럼에도 여기에서 강조되어야 할 것은 이런 변화 자체만은 아니다. 여기에서는 이런 질문이 필요할 것이다. 대체 왜 이런 일이 벌어진 것일까. 이 질문은 일단 작가 이광수를 향한 것이겠지만, 궁극적으로는 이광수의 손을 빌려 이런 일이 벌어지게 만든 힘을 향한 것이다. 식민지 근대의 마음이 문제가 된다는 것이다.

『재생』이라는 텍스트와 시대정신의 관계를 문제삼을 때 가장 먼저 주목되는 것이 있다. 『재생』이라는 텍스트에 담긴 매우 독특한 힘, 난데없이 출현하는 자기희생의 모럴이 그것이다. 이 자기희생의 모럴은 서사의 직접적인 맥락과는 무관하게 출현하고, 그러면서도 주인공의 의지의 형태로 작동함으로써 이야기의 끝에 이르기까지 매우 집요하게 관철된다. 『재생』의 서사를 움직이는 힘이 삼각관계라는 사실은 독자라면 누구라도 금방 알 수 있다. 소설의 중심을 차지한 시선의 주체는 남자 주인공 신봉구이다. 해피엔드가 아닌 애정서사 속에서 남자 주인공은 두 개의 선택지를 갖는다. 버리거나 버림받거나. 가해자(배신자)와 피해자(배신당하는 자)의 갈림길에서 『재생』의 주인공은 후자의 길을 간다.

신봉구는 벼락을 맞은 것처럼, 한 여성에게 농락당했음을 깨닫는다. 이런 경우를 당한 남성이라면 또다시 몇 가지 가능한 행동을 생각할 수 있다. 자기가 받은 고통이 부당하다고 생각한다면 합당한 방식으로 되돌려주는 것(복수), 불의의 사고라 생각한다면 말없이 잊어주는 것(회피), 자기가 당한 배신이 이해할 만하다면 눈감아주는 것(용서) 등이 그것이겠다. 그런데 『재생』의 남자 주인공은 복수도 회피도 용서도 아닌 다른 길을 간다. 자기희생의 길이 그것이다. 서사 전체로 보자면 이것은 매우 기이한 일이 아닐 수 없다. 신봉구는 실로 복수를 향해 가고자 했는데, 정작 가게 된 길은 자기희생의 길이었던 것이다.

대체 이광수의 마음속에서는 무슨 일이 벌어졌던 것일까. 『재생』 이라는 소설을 통해 이광수의 마음을 만들어낸 힘은 대체 무엇을 원했던 것일까. 자기희생이라는 이 기묘한 주체성의 구조에 접근해 보기 위해, 일단 『재생』의 증상으로부터 시작해보자.

『재생』의 증상

『재생』의 남자 주인공 신봉구는 두 번에 걸쳐 일대 변신을 한다. 첫 번째 변신은 이해할 수 있는 것이지만, 두 번째 변신은 기이하다. 서사의 표면적인 내용만으로는 이해하기 어렵다. 그래서 이를 『재생』이라는 텍스트의 증상이라 할 수 있다.

소설의 출발점은 이렇다. 1919년의 만세 사건 때 나랏일을 위해 뛰어다니다가 감옥살이를 한 청년 지사가 있다. 2년 8개월 동안 옥 중에 있다 밖에 나오니 그사이 세상이 바뀌어버렸다. 뜨겁던 우국의 젊은 열정들은 간 곳이 없고, 금전과 출세를 위해 뛰어다니는 청년 남녀들은 환멸스럽기 그지없다. 중요한 것은 실상이 어떠한지가 아니라 출옥한 청년 지사가 그렇게 느끼고 있다는 사실이다. 그가 감옥 생활을 하면서 그리워했던 젊은 여성도 마찬가지이다. 민족적 대의에 헌신하던 과거의 모습은 사라진 지 오래다. 그런 것이 있다고 생각한 것이 남성의 판타지거나 착각일 수도 있다. 어쨌거나, 아름다운 용모의 그 젊은 여성은, 심지어 자기를 애정의 저울추에 달아이리저리 견주다가 결국 중년 부자의 첩실이 되어버린다. 사랑하는 사람에게 배신당한 것도 문제이지만, 그 상처가 돈 때문에 생긴 것이라는 점이 더 문제다. 상처받은 이 남성은 어떻게 할 것인가.

청년 지사 신봉구의 첫 번째 변신은 이 순간 이루어진다. 당대의 미녀 김순영에게 버림받은 신봉구는 인천의 미두점에 취직한다. 돈을 벌어 복수를 하겠다는 일념 때문이었다. 그는 김순영에게 버림받은 것이 돈 때문이라고 생각했던 것이다. 미두취인점이란 곡물 시세를 거래하는 시장이자 그 거래를 통해 수익을 취하는 투자신탁 금융회사이다. 이런 종류의 금융회사란, 물론 금융회사 자체가 그렇지만, 오로지 교환가치와 신용으로만 구성된 순수 상품을 거래한다는 점에서 자본주의 시장 질서의 심장부에 해당하는 곳이다. 돈의 세계에 대한 복수를 꾀하고자 했다면 신봉구는 그 핵심을 제대로 찾아간 셈이다. 신봉구는 취직을 하면서 3년 동안 300만 원을 모으겠다고 결심한다. 신봉구가 취직한 미두취인점 사장이 30만 원 때문에 목숨을 잃었으니, 그 열 배가 되는 돈은 결코 작은 돈이 아니다(『허생전』을 쓴 직후였기에 이광수에게 돈벌이가 손쉽게 느껴졌을 수는 있다). 성실하고 능력 있는 신봉구는 사장의 신임을 얻고 그 자신도 투자를 통해 돈을 모아간다. 모든 것은 순조로웠다. 복수가 돈 모으기였다면 그 복수는 성공할 수 있을 듯 보인다. 하지만 그 와중에 갑작스러운 사고가 생기고 그 순간 신봉구의 두 번째 변신이 시도된다. 이 두 번째 경우는 이해하기 쉽지 않다.

신봉구를 신뢰하여 사윗감으로까지 대접했던 사장 김연오가 돌

연한 총격 사건으로 사망한다. 아무 상관이 없는 신봉구가 누명을
뒤집어쓴다. 단순한 살인이 아니라 총격에 의한 살인강도 사건은 예
삿일이 아니다. 식민지에서 총이 개입되면 정치적인 사건이 되기 때
문이다. 미두점에 취직하면서 신봉구는 변성명을 했었고 이미 3·1
운동으로 인한 정치적 전과도 있는 몸이다. 게다가 수중에 거액을
지니고 있다. 이런 연유로 신봉구는 유력한 용의자가 되지만, 살인
혐의 같은 것은 독자에게 어떤 추리소설적인 흥미도 주지 않는다.
진범이 누구인지는 독자도 신봉구도 이미 알고 있기 때문이다. '무
장독립단'과 연계되어 있는 사장의 아들 경훈이 이미 아버지의 금고
에서 돈을 빼내기 위해 호시탐탐하였고 뜻대로 되지 않자 신봉구를
총으로 위협하기도 했었다. 그러니까 신봉구의 누명은 매우 쉽게 벗
을 수 있는 것이다. 수사관들에게 말 한마디만 하면 그것으로 끝이
다. 그런데도 신봉구는 요지부동으로 자기에게 쓰인 살인 누명을 벗
으려 하지 않는다. 법정에서도 마찬가지다. 묵비권을 행사하면서 사
형 판결이 내려질 때까지 입을 열지 않는다. 심지어는 초심을 끝으
로 항소도 포기해버린다. 그는 스스로 죽음을 향해 가고자 하는 것
이다. 대체 무엇 때문인가. 신봉구는 김경훈에게 어떤 신세도 진 적
이 없다. 그런 그가 왜 김경훈을 대신하여 살인죄를 지고자 하는가.

　신봉구는 사형 판결을 받지만, 결국 진범이 잡혀 무죄로 방면된
다. 그리고 이 과정이 『재생』 서사의 정점에 해당된다. 법정에서 두
여성이 헌신적으로 증언하는 대목, 그리고 감옥 속에서 신봉구가 자
기 심문을 하는 대목 등은 이광수로서는 득의의 장면일 것이다. 자

신의 명예가 치명적으로 훼손되는 것을 감수하고 증언하는 두 여성
은 자기가 사랑하는 사람을 위해, 혹은 자기 잘못을 속죄하기 위해
그러는 것이므로 이해할 수 있는 수준이다. 어쨌거나 무고한 사람을
위한 증언이기 때문이다. 하지만 제 아버지를 죽인 김경훈을 대신하
여, 자기가 저지르지도 않은 살인죄를 뒤집어쓰고자 하는 신봉구는
상식적으로는 이해할 수 있는 수준을 넘어서 있다. 대체 무엇 때문
인가.『재생』의 증상이라 할 수 있는 것은 바로 이 지점이다.

　이에 대해『재생』은 신봉구의 내면을 통해 다음 네 가지 이유를
들고 있다. 그런데 이 넷은 흡사 서로 상충되지만 궁극적으로는 단
하나의 목표를 향하고 있다. 자기 처벌이 그것이다.

　㉮ 봉구는 직각으로 자기가 도저히 이 죄를 벗어날 수 없는 것같이
깨달았다. 지금까지 주소와 성명을 속인 것이며, 몸에 이십만 원이나 되
는 돈을 지닌 것이며, 또 경주라는 천치에 가까운 여자를 '유혹'한 것이
며, 또 봉구가 일찍 만세 사건에 상해와 통신하는 것을 맡았던 전과자인
것과, 근래 ○○단이 무기를 가지고 횡행하여 경상도에서 부자 하나가
그 손에 죽은 것을 다 주워 모으면 봉구는 의심할 수 없는 진범이었다.
이것은 경찰서 형사계 주임의 머리 속에나 또는 검사의 머리 속에나 또
는 신문을 보는 모든 사람의 머리 속에 꼭 같이 난 생각이요, 달하여진
결론이다.(124쪽)

　㉯ 봉구는 이것이 ○○단원이 경훈을 시켜서 한 일인 줄로 분명히 안

다. 자기가 만일 경훈이가 자기를 요리 집으로 불러 이야기하던 것을 말만 하면 경훈은 반드시 붙들려 들어올 것이요, 붙들려 들어와서 두어 번 얻어맞기만 하면 곧 있는 데로 내어불 것은 정한 일이다. 봉구는 차마 그 못생긴 경훈을 죽을 곳에 몰아넣을 수는 없었다.(같은 곳)

⒁ '죽는 것을 내가 무서워함인가?' 하고 밤에 봉구는 자리에 누워서 홀로 생각해보았다. 꼭 그런 것도 아니언마는 진정할 수가 없어 마음이 설레고 모든 것이 슬펐다.

이놈의 세상에 오래 살면 무엇을 하나, 나는 이미 모든 희망을 잃어버린 사람이 아닌가. 사랑하던 사람에게는 배반함을 당하고, 하려던 공부도 중도에 내어버리고, 오직 돈이나 모아서 나를 배반한 순영과 순영을 빼앗아간 백윤희에게 한번 시원하게 원수나 갚아보리라 하던 것이 나의 유일한 희망이 아니었던가. 나라를 위한다던가, 세상을 위한다던가 하는 생각은 봉구가 인천으로 내려갈 때에 벌써 한강 속에다가 다 집어넣어버린 것이다. 예수에게 대한 믿음조차 다 내어버리고 술과 담배도 배우고 도적질이나 다름이 없이 알던 미두까지 하지 아니하였던가.(147쪽)

⒂ "너는 주인의 딸이 어리석은 것을 기화로 여겨서 그를 유혹하여 주인의 재산을 손에 넣을 흉계를 품고 있었지?" 할 때에도 "아니요!" 하고 힘 있게 대답할 권리가 없었다. 그러한 질문을 당할 때마다 봉구의 등에는 진실로 땀이 흘렀고 얼굴에도 죄 없는 사람이 가지는 자신 있는 빛이 없었다. 비록 봉구가 가장 지사인 듯이 가장 강경한 듯이 가장

용기 있는 듯이, 아무런 말을 물어도 나는 대답 아니할 테요. 나는 당신네에게는 재판을 아니 받기로 작정한 사람이요, 또 당신네에게 재판을 받을 의무도 없는 사람이요!" 하고 큰소리를 하였으나 그것도 가만히 생각하여보면 크로포트킨의 자서전에서 얻은 크로포트킨의 뷔인 흉내에 지나지 못하였다. 만일 자기가 법관의 심문에 대답하였다 하며 그것은 오직 한마디, "네! 과연 그랬읍니다."가 있었을 뿐일 것이다. "아아! 나는 죄인이다. 죽어서 마땅한 맘의 죄인이다." 하고 봉구는 떨었다.(148쪽)

이 넷을 요약하자면, 자기가 죄를 뒤집어써야 하는 이유를 두고, ㉮는 신봉구가 자기에게 씌워진 혐의가 벗기 어려움을 알기 때문, ㉯는 진범이 김경훈임을 차마 발설할 수 없기 때문, ㉰는 사람이 배신당해 자포자기한 마음 때문이라고 한다. 그리고 ㉱는 자기를 심판하겠다는 식민지의 법정을 인정할 수 없다는 생각과, 또한 자기가 진짜 죄인이라는 생각이 뒤섞여 있다.

이 네 가지 이유는 신봉구의 자기 심문 과정에서 시간순으로 생겨난 것으로서, ㉮에서 ㉱에 이르기까지 앞의 것은 뒤의 것에 의해 차근차근 부정된다. 이런 양상은 프로이트가 『꿈의 해석』에서 인유한 '빌린 주전자' 우화와도 같다. 왜 멀쩡한 주전자를 빌려갔다가 망가진 주전자를 돌려주느냐는 비난에 주전자를 빌려간 사람은 세 가지 변명을 했다. 첫째, '자기가 돌려줄 때는 멀쩡했다', 둘째, '빌려올 때부터 구멍이 나 있었다', 셋째, '자기는 주전자를 빌린 적이 없다.'[5]

이것은 프로이트가 무의식 특유의 표현 방식과 그 집요함을 지적하기 위해 든 예이거니와, 서로 모순되는 이런 항변들이 지목하는 것은 단 하나, 자신의 무죄함이다.

『재생』에서도 마찬가지이다. 신봉구의 상충하는 자기 심문이 향하는 곳은 단 하나의 목표 지점, 곧 자기희생의 형태로 나타나는 자기 처벌에의 의지이다. 이유는 어째도 상관없다. 어쩔 수 없어서, 혹은 차마 그럴 수 없어서, 혹은 아무래도 상관없기 때문에, 혹은 내가 실상은 아니지만 마음으로는 죄를 지은 사람이니까. 그 이유야 어쨌든 나는 사형 판결을 받아야 한다는 것, 그것이 신봉구의 다양한 표현들 이면에 존재하고 있는 단 하나의 비타협적인 주장이다. 자기 처벌에 대한 신봉구의 이러한 열망은 대단히 기이한 것이 아닐 수 없다. 이 대목을 『재생』의 증상이라 부를 수 있는 것은 이런 까닭이다.

『무정』과 『재생』 사이의 거리

『재생』의 이와 같은 증상은 자연스럽게 그 유래와 원천에 대해 묻게 한다. 신봉구가 보여주는 이 대단한 자기 학대의 에너지, 자기 처벌에 대한 집요한 의지는 대체 어디에서 나온 것일까. 이런 의문을 가진 채 그 후에 이광수가 써낸 장편들을 조망해보면, 『흙』, 『유정』,

---

5   Sigmund Freud, *The Standard Edition IV* (1958), 192쪽.

『애욕의 피안』,『이차돈의 사』,『사랑』,『원효대사』 등에서 자기 학대의 충동과 의지를 지닌 다수의 인물들을 만나게 된다. 심지어『원효대사』의 주인공은 자기 처벌에의 의지를 고취하기 위해 내키지도 않는 파계를 감행하기도 한다.『재생』은 이광수의 후기 소설들에서 본격화되는 자기 처벌에의 의지가 출발하는 지점에 놓여 있다. 그래서『재생』에는 이후의 소설로 이어지거나 이후에 본격화되는 모티프나 관념들이 잠재해 있다. 이를테면 사형 판결을 받고 감옥에 갇혀 있던 신봉구가 다소 엉뚱한 방식으로 자살을 시도하는 대목을 예시해볼 수 있겠다.

> 진실로 봉구에게는 죽음이라는 것이 그렇게 무섭지를 아니하고 도리어 어서 죽어버리고 싶었다. 그래서 봉구는 죽을 자리나 없나 하고 방안을 돌아보기도 하고, 스토아 철학자 모양으로 한참 동안 얼굴에 핏줄이 일어서기까지 숨을 막아보기도 하였다.(153쪽)

이런 형태의 매우 독특한 자살 기도는 12년 후『애욕의 피안』의 남성 인물 강영호에 의해 다시 한번 반복되고 이번에는 성공한다. 아주 특별한 형태의 자기 처벌이, 비록 소설 속에서이지만 12년 만에 성공한 셈이다. 물론 여기에서 중요한 것은 성공이냐 실패냐가 아니라 자기 처벌에 대한 의지가『재생』이후로『원효대사』에 이르기까지 조금도 변함없이 지속되고 있다는 사실이다. 요컨대 자기 처벌에의 의지라는 증상은 단지『재생』만의 것이 아니라 이광수의 것이기도 한 셈이다.

증상은 그 뒤에 무언가가 있음을 알려주는 은유이면서 동시에 주체의 고유성이 숨 쉬는 곳이다.[6] 자기희생의 틀로 귀결되는 자기 처벌에의 의지야말로 『재생』의 『재생』다움에 해당되며, 나아가 이광수다움의 한 형태가 된다. 조금 단순하게 말한다면, 『재생』 이후에 등장하는 이광수의 주요 인물들은 스스로를 희생의 제물로 내놓을 수 있는 자리를 열망한다. 『유정』처럼 서사가 단단한 경우는 어렵게 그 자리를 찾고, 『애욕의 피안』처럼 서사가 무른 경우는 손쉽게 자기희생의 방법을 발견한다. 이런 손쉬움은 담론의 일방통행을 가능케 하는 것이어서, 아직 생겨나지도 않은 죄를 짓지 않기 위해 스스로 목숨을 버리는, 『애욕의 피안』의 강영호 같은 매우 기이하고 일그러진 인물의 이야기를 만들어내기도 한다.

그러니까 이광수와 그의 중심인물들에게 서사가 얼마나 일그러졌는지는 그다지 큰 문제가 아니다. 이광수의 중심인물들은 그 어떤 대의를 위해서라면 자기 목숨 정도는 언제든 내놓을 준비가 되어 있다. 그들이 결코 포기하려 하지 않는 것은 목숨이 아니라 희생자의 자리이다. 그들은 말하자면 희생자가 되지 못하는 것만 빼고 무엇이든 희생할 준비가 되어 있다. 『사랑』의 여주인공 석순옥

---

6   라캉의 논리에 따르면, 주체는 증상으로 인해 괴로워하면서도 집요하게 증상에 매달린다. 그것을 포기하는 것은 스스로의 정체성을 포기하는 것이기 때문이다. 이런 까닭에 라캉은, 은유로서의 증상(symptom)이라는 개념으로부터 한발 더 나아가, 향락(jouissance)의 차원에 존재하는 것으로서 증환(sinthome)이라는 개념을 고안해야 했다. 증환은 스스로 사라지기를 거부하는 증상, 진짜 증상이다. 지젝, 『이데올로기라는 숭고한 대상』, 이수련 옮김, 인간사랑 2001, 103~36쪽.

의 삶이 대표적이다. 그래서 그들의 마음은, 금욕적 이상을 실천하는 수도승의 골격을 지니고 있다.

『재생』의 증상이 지닌 특성은, 그것과 대칭 구조를 이루는 『무정』을 겹쳐놓으면 훨씬 선명하게 드러난다. 이런 점이 강조되어야 하는 것은 그것이 단지 『재생』이라는 소설 한 편에 국한되는 문제가 아니기 때문이다. 이광수의 사유 구조 전체와 연관되어 있는 것, 또한 이광수로 대표되는 식민지 근대 지식인의 사유 체계 일반의 문제로까지 연결될 수 있는 것이 바로 그 자기희생의 문제이다. 뒤에 좀더 자세히 기술하겠지만, 『무정』과 『재생』의 서사 구성의 차이는 식민지 근대가 겪어야 하는 주체 형성의 드라마와 관련되어 있다. 이 둘은 정반대되는 서사적 방향성을 띠고 있거니와, 그 세목을 살펴보면 둘의 차이가 지닌 의미가 좀더 분명하게 드러난다.

『무정』에서 이형식을 중심으로 형성되는 삼각관계는 전통과 근대의 대립을 표상한다. 이형식 앞에 놓인 두 개의 선택 항은 단지 아름다운 두 여성인 것만이 아니라, 각각의 아버지가 표상하는 서로 다른 두 개의 길, 진사의 길과 장로의 길이었다. 이광수가 의도적으로 이런 설정을 했는지는 중요하지 않다. 중요한 것은, 이광수의 의도와는 상관없이, 삼각관계의 선택지가 된 두 항이 전통과 근대의 대립으로 읽힐 수밖에 없었다는 점, 게다가 전통이 자기 안에서 자라난 근대적 힘에 의해 극복되는 방식이 아니라 엉뚱한 외부적 힘에 의해 무참하게 유린된다는 점, 그 해소 방식이 당대의 현실을 상기시키는 상징으로 받아들여졌다는 점[7] 등이다. 그러니까 『무정』의

삼각관계와 그 해소 방식에는, 당시의 독자들이 직관적으로 알고 있
었듯이, 식민지로 전락한 대한제국의 운명이 상징적으로 스며 있으
며, 이런 점에서 『무정』의 서사 구성은 당시의 한국이 당면해야 했
던 역사적 현실에 대한 반영태의 의미를 지닌다. 이것은 물론 이광
수의 의도와는 무관한 것으로, 그의 소설 중에서도 『무정』만이 지닌
특별한 지위이자 의미이기도 하다. 이런 점에서, 『무정』의 존재는
고아 출신의 작가 이광수에게 베풀어진 시대정신의 특별한 은총과
도 같았던 셈이다.

  이에 비해 『재생』의 삼각관계는 한국 근대사의 특수성이 아니라
자본제적 근대성 일반의 에토스를 반영하고 있다. 여기에서 문제가
되는 것은 특수성이 아니라 일반성이다. 젊은 미인 김순영 앞에 있
는 두 선택 항은 중년의 부자 백윤희와, 뜻은 있지만 가난한 청년 신
봉구이다. 돈으로 인해 촉발되는 애정 갈등은 이미 조중환의 번안소
설 『장한몽』(1913)에 의해 대중적으로 널리 알려졌고, 또 그 너머에
는 『장한몽』의 원작인 오자키 고요(尾崎紅葉)의 『금색야차』(1902)가
있었다. 유혹에 약한 여성 심순애(오미야)가 정혼자 이수일(강이치)을
버리고 돈 많은 김중배(도미야마)에게 간다는 이야기가 그것이다.[8]

---

7   유서를 남기고 사라진 박영채를 향해, 『무정』이 연재되던 『매일신보』의 독자들이 보여주었던 뜨
거웠던 반응이 그런 수용 방식을 대표적으로 보여준다. 독자들의 반응에 대해 김동인의 다음과 같이 썼
다. "아직 죽지 않았다. 『매일신보』 연독자(連讀者)는 열광했다. 독자는 영채의 죽음을 바라지 안했다.
작자는 영채라는 여인을 한 개 낡은 전형의 여성으로 조소를 하려는 의도로 이 소설을 출발시켰지만 독
자의 온 동정은 영채에게 모여 있었다." 「춘원 연구」, 『김동인 전집』 16, 조선일보사 1988, 53쪽.
8   자세한 것은 보론을 참조.

이들이 토대하고 있는 삼각관계의 서사는 쉽게, '돈이냐 사랑이냐'의 표어로 통속화될 수 있다. 여기에서 통속성은 이런 삼각관계 자체가 아니라 그것을 다루는 방식, 곧 돈과 사랑 사이의 배타적 이분법 속에 있다. 그런 이분법에는, 돈의 논리를 배제할 때에만 사랑의 진정성이 확보될 수 있다는 식의 매우 통속화된 낭만적 사랑의 문법이 숨어 있다. 여기에서도 문제가 되는 것은, 사랑/성/결혼의 삼위일체로서의 낭만적 사랑이 아니라 그것의 통속적인 판본이다.

왜 이런 논리가 통속적인가. 현실에서 돈과 사랑은 배타적 선택지가 되기 힘들다. 돈은 단지 물질적 부를 뜻하는 것만이 아니라, 자유 시장을 삶의 중심으로 삼는 세계에서 타자의 인정, 사회적 인정을 뜻하기도 하기 때문이다. 그러므로 돈은 명예이자 지위이고 성공의 지표이기도 하다. 돈은 그 실상과는 무관하게 그런 상징의 맥락 속에 존재하고 있다는 것이다. 『재생』과 『금색야차』의 여주인공들은 돈 많은 남성의 매력에 속수무책으로 빠져버린다. 그것을 남성의 매력이 아니라 돈의 매력이라고 판단할 때 통속성은 시작된다. 이때 통속성이란 생각의 지나친 단순함을 지칭하는 것으로, 사랑의 갈등을 둘러싼 사태는 기본적으로 감정의 문제이기에 그렇게 단순할 수는 없다. 게다가 화폐가 사회적 인정의 중심 상징일 때, 화폐로 계량되는 가치와 그 나머지의 이분법이 자본제적 에토스의 기축이라는 것은 엄연한 현실이기도 하다. 다만 그 가치를 물질적인 것으로 단순화하는 통속적 해석이 문제라는 것이다. 『재생』과 『금색야차』에서도 사정은 마찬가지이다. 그래서 문제는 삼각관계라는 설정이 아

니라 그것을 해소하는 방식이다. 이런 점에서『재생』은 그보다 20여
년 앞서 나온『금색야차』와 동일한 차원에 있다.

위에서 언급한 대로,『무정』은 일제에 의해 국권을 상실한 한국적
상황의 특수성을 포착해낸 것임에 비해『재생』은 자본제적 서사 일
반에 기대고 있다(돈과 사랑의 이분법은 수많은 서사들에서 현재까지 다양
한 방식으로 되풀이된다). 하지만 여기에서 중요한 것은,『재생』이 그런
서사에 기대고 있다는 사실을 강조하는 것이 아니라 그것이 어떻게
이광수 특유의 방식으로 변용되는지를 포착하는 것이다. 이광수 특
유의 의미 산출 기제도 바로 그런 양상을 분석함으로써 도출될 수
있다.『무정』의 후반부에 등장하는 영채의 부활이, "이제는 영채의
말을 좀 하자. 영채는 과연 대동강의 푸른 물결을 헤치고 용궁의 객
이 되었는가."(149쪽)와 같이『심청전』이라는 텍스트를 저본으로 하
여 고안되었듯이,『재생』의 서사는 명백하게『금색야차』에 대한 대
타(對他)의식에 의해 만들어진다. 이를테면 신봉구가 김순영에 대한
복수를 다짐하는 장면에서 "'강이치'가 왜 그렇게만 '오미야'에게 원
수를 갚았나, 왜 더욱더욱 철저하게 통쾌하게 시원하게 갚지를 아
니했나 하였다."(97쪽)라고 말하는 대목은, 그 의미로 보자면『무정』
에서와 다를 바 없다. 이전까지가『금색야차』, 즉 자본주의적 근대
성 일반으로부터 차용해온 밑그림이었다면, 이제부터는 이광수 고
유의 덧그림이 그려진다. 신봉구는 어떻게 복수할 것인가. 여기에서
작동하는 것이 이광수 특유의 자기희생의 이데올로기이다.『무정』
에서 박영채의 부활을 위해 민족계몽주의라는 이데올로기가 작동

되기 시작했던 것과 마찬가지 방식이다.

『무정』의 서사가 죽음으로 가는 박영채를 살려냈던 방법은 매우 간단했다. 뜻 있는 청춘들에게 민족의 미래와 그 안에서 자기가 해야 할 일의 전망을 보여줌으로써, 곧 집단 주체의 대의에 주목하게 함으로써 개인의 아픔을 덮어버릴 수 있었다. 하지만 그로부터 7년이 지난 『재생』의 서사적 현실 속에서는 그런 이상주의가 통용되기 어려워졌다. 『무정』의 주인공 이형식은 부잣집 딸 김선형과 약혼하고 미국 유학을 갔지만, 『재생』의 김 박사는 이미 미국 유학에서 돌아와 있다. 김 박사의 일상은, 『무정』의 중심인물 이형식이 가장 형편없었을 때의 모습과 일치한다. 이는 두 소설에 니오는 다음 장면들을 병치하는 것으로 충분할 것이다.

사랑스러운 선형과 한 차를 타고 같이 미국에 가서 한 집에 있어서 한 학교에서 공부할 수가 있다. 아아, 얼마나 즐거울는지. 그리고 공부를 마치고 나서는 선형과 팔을 곁들고 한 데로 한 차로 본국에 돌아와서 만인의 부러워함과 치하함을 받을 수가 있다. 아아, 얼마나 즐거울는지. 그리고 경치도 좋고 깨끗한 집에 피아노 놓고 바이올린 걸고 선형과 같이 살 것이다. 늘 사랑하면서 늘 즐겁게—아아, 얼마나 기쁠는지.(『무정』, 146쪽)

김에게는 다른 야심이 있었다. 그의 오직 하나인 야심은 아름다운 아내로 더불어 경치 좋은 곳에서 집이나 잘 짓고 피아노 소리나 들으면서

살아가는 것이다. '스위이트 호움'—이것이 김의 유일한 야심이다. 이
야심을 달한 뒤에 그에게는 명예의 야심이 있다. 어디를 가든지 누구라
고 자기를 알아주고 대접해주기를 바란다. 이 때문에 그는 미국도 갔고,
공부도 했고, 학위도 얻었다. 자기만 한 얼굴과 재산에 그만한 학위만
얻어가지고 본국에 돌아오면 자기의 '스위이트 호움'의 목적은 여반장
으로 달할 것을 믿었다.(『재생』, 200쪽)

『재생』이 포착한 세계는, 신봉구처럼 감옥살이를 하고 나온 한 작
중인물(김순영의 오빠 김순흥)의 표현을 빌리자면 "소화기와 생식기의
세상"(178면)이다. 이런 세상을 뚫고 나가기 위해서는 『무정』의 세계
가 박영채를 설득했던 이상주의적 열정만으로는 힘에 부친다. 게다
가 『재생』의 신봉구는 『무정』의 이형식과 달리, 선택당하는 수동적
인 자리에 있다. 그가 설사 무슨 생각을 가지고 무엇을 실천하려 해
도 그것은 어디까지나 선택당하는 존재로서만 그럴 수 있을 뿐이다.
　자기희생이라는 난데없는 드라마가 출현하는 것은 바로 이런 자
리에서이다. 수동적일 수밖에 없었던 피해자가 능동적인 주체로 탄
생하는 것, 더 나아가서는 오히려 가해자가 되고 그럼으로써 양심의
가책이나 죄의식을 토로할 수 있는 것은, 바로 이와 같은 자기희생
의 제의를 통해서이다.

『재생』의 자기희생의 구조

『재생』의 신봉구는 여자에게 배신당한 피해자이다. 피해자는 행위를 하는 사람이 아니라 행위를 당하는 사람이기 때문에 주체일수 없다. 능동이 아니라 수동의 자리, 행위자가 아니라 반응자의 자리에 놓인 존재이기 때문이다. 이런 점에서 『재생』의 신봉구는 『무정』의 이형식과 정확하게 반대편에 자리해 있다. 하지만 이런 위상은 오직 출발점의 문제일 뿐이다. 이형식이 그렇듯, 신봉구 역시 '민족계몽주의자' 이광수의 분신이다. 그러므로 신봉구 역시 주체의 자리는 결코 양보할 수 없다. 그렇다면 주체일 수 없는 피해자가 어떻게 주체가 되는가. 『재생』의 이광수가 연출하는 자기희생의 마술이 그것을 가능케 한다. 여기에서 피해자는 주체가 될 뿐만 아니라 한발 더 나아가, 집단 주체의 모델이 된다.[9] 이러한 양상은 식민지의 현실에 대한 이광수의 새로운 자각의 산물로서, 1919년 3월을 분기점으로 저쪽에서 이쪽으로 넘어오면서 생긴 일이다.

『재생』의 삼각관계는 3·1운동 전에 발표된 『무정』과 다르다. 의리를 돌보지 않고 출세를 향해 나아가는 『무정』의 이형식은 『적과흑』(1830)의 모델과 일치한다.[10] 이형식은 쥘리앵 소렐의 길을 택함

---

9   이것은 『흙』과 『유정』, 『사랑』 같은 소설에서 좀더 분명하게 표현된다. 오해와 그것의 해소 방식을 통해 공동체에서의 발언권을 얻는 형식이 그 핵심에 있다. 이에 관한 자세한 것은 졸저, 『사랑의 문법: 이광수, 염상섭, 이상』, 민음사 2004, 2장 4절 참조.

10   자세한 것은 졸고, 「텍스트의 귀환: 〈무정〉 〈적과 흑〉 〈금색야차〉를 통해 본 텍스트 생산의 주체와 연구의 윤리」, 『한국현대문학연구』 33, 2011. 4, 3장 참조.

네 소설의 서사 구성과 남성 주인공의 위치

『무정』과『적과 흑』

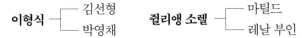

이형식 ── 김선형 / 박영채   **쥘리앵 소렐** ── 마틸드 / 레날 부인

『재생』과『금색야차』

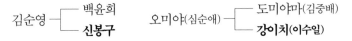

김순영 ── 백윤희 / **신봉구**   오미야(심순애) ── 도미야마(김중배) / **강이치(이수일)**

으로써 배신자가 되었지만, 그런 형태의 배신이란 자신의 욕망을 향해 나아가고자 하는 주체가 어떤 형식으로든 감당할 수밖에 없는 윤리적 부하일 뿐이다.『무정』의 이러한 선택은 1917년의 이광수가 자기 스스로를 어떤 전망 속에 위치시켰는지를 상징적으로 보여준다. 그는 식민지 지식인이기에 앞서 근대주의자였고, 그것을 위해서라면 도덕적 문제도 무릅쓸 수밖에 없다고 했다. 사람이 되기 전에 먼저 자기 본능에 충실한 동물이 되어야 한다는 1917년의 이광수의 주장에 이런 생각이 직서되어 있다.『무정』의 근대주의가 지닌 강력한 구동력은, 엄청난 치욕과 고통을 겪어야 했던 박영채까지 몰아세워가며 이상적인 근대 세계를 향해 나아가게 할 수 있었다. 하지만 그런 힘의 강렬함 속에서 박영채의 원한, 제대로 된 통로를 찾지 못한 채 거대한 폭력적 힘에 묻혀버린 여성적 고통의 억압된 형태가

생겨난다.[11]

제아무리 근대주의를 주창한다 하더라도 『무정』의 세계상이 직면할 수밖에 없는 한계는 자명하다. 근대주의의 입장에 서는 한 근대성의 몰(沒)윤리성 같은 것은 어쩔 수 없는 일이라 해야 할 것이다. 그것은 그들이 근대인으로 살아가기 위해 감당해야 하고 또 감당할 수밖에 없는 것이다. 하지만 식민지 상태라는 현실은 그들을 규정하고 있는 좀더 직접적이고 근본적인 규정이다. 그러니까 자기가 모더니티의 아들이라는 생각은 식민지의 유학생들의 마음을 스쳐가는 순간적인 착각에 불과하다. 근대성의 선을 따라 나아간다 해도 결국 직면해야 하는 것은, 자기가 근대의 자유 시민이 아니라 제국의 포로이자 노예에 불과하다는 냉정한 현실이다. 이것은 근대를 향해 나아가고자 하는 그들의 논리가 감당할 수 없는 한계 지점이 된다. 근대를 향해 가는 길이 일본제국주의의 이상을 향해 가는 길로 통한다면, 그것은 주체의 자유가 아니라 예속을 향해 가는 길이기 때문이다.

『재생』의 출발점은 바로 이 지점이다. 신봉구가 가해자가 아니라 피해자의 자리에 놓여 있는 것은 이치로 보면 너무나 당연하다. 근대주의자의 입장에 선다면 가해자여야 하고 식민지인의 입장에 선다면 피해자여야 한다. 두 남성 인물이 지닌 서로 다른 정서가 그 뒤

---

11 사후적 관점에서 볼 때, 당시의 이광수에게 주어진 두 개의 선택지는 죄의식과 원한이었다. 하지만 식민지의 근대주의자가 원한의 길을 갈 수는 없다. 그것은 무정부주의자가 된 신채호에게 어울리는 길이다. 주체가 되기 위해서는 억지로라도 만들어내야 하는 것이 죄의식이다. 이것은 1장에서 논했다.

에 이어진다. 『적과 흑』의 쥘리앵 소렐의 죄의식과 『금색야차』의 강이치의 원한(분노, 복수심)이 그것이다. 신봉구가 어느 쪽인지는 분명하다. 말하자면 1919년이라는 분기점을 넘어오면서 근대주의자 이형식은 식민지인 신봉구가 된 셈인데, 그러니까 신봉구는 자기가 쥘리앵 소렐이리는 착각에서 깨어난 이형식, 모더니티의 적자가 아니라 식민지의 비(非)시민권자임을 깨닫게 된 이형식이고, 그에게 마땅한 정서는 죄의식이 아니라 원한인 것이다.

물론 이것은 텍스트의 이면에서 벌어지는 드라마이거니와, 『재생』에서 신봉구는 강이치의 처지에 한 층을 더하여 이중적인 피해자의 지위를 감당해야 한다. 그는 근대라는 마성적 힘의 피해자이면서 또한 제국주의의 피해자이기도 한 것이다. 전자는 서사의 표면에 전면적으로 드러나 있지만, 후자는 이광수의 소설 속에서 표현되기 어렵다. 그는 제국의 감시 아래 있는 포로 신세이기 때문이다. 그러므로 강이치처럼 스스로를 학대함으로써 배신한 여성에게 복수하는 정도로는 부족하다. 극단적 자기 학대를 연출함으로써 상대를 괴롭히는 피해자의 복수는, 근대성에 대한 저항은 될 수 있어도 식민성에 대한 저항이 되기는 어렵다. 그것이 복수가 되려면 자신에 대한 상대의 애정이 전제되어야 하는데, 근대가 전통을 사랑할 수는 있어도 제국이 식민지를 사랑하기는 힘들기 때문이다.

전통에 대한 근대의 사랑은, 어른이 되기 위해 결별할 수밖에 없지만 가끔씩은 퇴행을 통해 돌아가고 싶어하는 유년에 대한 정서와 유사하다. 이에 비해 식민지에 대한 제국의 사랑은, 그런 것이 존재한다면 먹이에 대한 맹수의 사랑으로서만, 자기가 살기 위해서는 노동자와 소비자를 완전히 죽여서는 안 된다는 자본가의 논리로서만 그럴 뿐이다.

신봉구가 보여주는 자기희생의 모럴은 바로 이 지점에서 가동되기 시작한다. 그러니까 강이치의 자학이 한계에 도달하는 지점에서 자기희생이라는 관념이 진수하는 것이다. 이 남성들에게 피해자의 지위란 싸움에서의 패배자의 지위와 동일하다. 하지만 자기희생자는 패배자의 자리에 미리 가 있는 매우 특이한 존재이다. 이 같은 자발적 패배자란 승부 자체를 무효화하는 존재이기에, 승자-가해자로 자처하는 사람에게는 심대한 타격이 아닐 수 없다. 승부를 보기도 전에 미리 패배자의 자리에 가 있겠다는 사람은 승부나 게임 자체를 무화시켜버리기 때문이다. 그러니까 여기에서 자기희생이 어떤 의미를 지니는지도 명료해진다. 피해자가 능동적이고 자발적인 피해자로, 즉 자기희생자로 변신함으로써 가해자와 동등하거나 그보다 우월한 위치에 서고자 하는 것, 곧 주체의 자리에 서고자 하는 것, 나아가 자기희생이 지닌 도덕적 에너지의 힘으로 오히려 적극적인 행위자의 자리에 서고자 하는 것, 그리하여 종국적인 승자-공격자-참회자가 되고자 하는 것이 곧 자기희생의 의미인 것이다.

그런데 『재생』에서 자기희생의 틀이 엉뚱한 맥락에서 등장한다는 점이 문제이다. 게다가 이 엉뚱함은 도덕적 잔인성과 연결되어 있다. 신봉구의 자기희생은 김순영이 아닌 다른 인물을 향하고 있는 것으로서, 그가 김순영에게 당한 피해와는 아무런 관련이 없다.

유일한 관련성은 신봉구의 높은 도덕적 수준이 김순영에게 더욱 큰 양심의 가책이 된다는 정도이다. 그런데도 왜 신봉구는 자기희생자이기를 고수하는가. 이런 관점에서 볼 때 주목되는 것은 신봉구의 자기희생이 서사 속에서 놓인 자리이다. 즉, 강이치가 보여준 고리대금업자의 신체의 자리, 곧 자본제적 충동의 자리에 신봉구의 자기희생이 놓여 있다는 점이다. 그곳은 피해자로서 신봉구가 지녀야 할, 가해자에 대한 원한과 분노와 복수심이 있어야 할 자리이다.

『금색야차』를 보자면, 자본제적 현실의 위력은 강이치가 지녔던 복수의 에너지를 흡수해버린다. 물론 그는 오미야를 용서할 수 없다고 했지만, 그것은 어디까지나 겉으로 드러난 주장일 뿐이다. 스스로 고리대금업자라는 내용적 죄인을 자처함으로써, 즉 스스로의 도덕적 지위를 오미야와 같은 수준으로 설정하고 고수함으로써, 강이치는 자신의 의지와는 무관하게 오미야를 실질적으로 용서한 셈이 되어버린다. 마귀에게 복수하기 위해 마귀가 되고자 했으나 한발 더 나아가 사탄이 되어버린 꼴이다(고리대금업자가 거짓말쟁이보다는 덜하다고 강이치는 주장하지만 그것은 논리적으로만 그럴 뿐이다).

하지만 『재생』의 신봉구는 맥락 없는 자기희생을 선택함으로써 오히려 반대 방향으로 나아간다. 당초에 그가 선택한 미두취인점의 삶은 강이치의 고리대금업자로서의 삶보다 도덕적 부하가 훨씬 덜하다. 그가 자포자기식 복수를 향해 나아간 것은 맞지만 강이치 수준의 '짐승'이 된 것은 아닌 것이다. 게다가 그는 결정적 순간에 예수 수준의 자기희생으로까지, 자발적이고 순정한 형태의 자기 처벌

의지를 드러내는 차원에까지 스스로를 끌어올린다. 그러면서도 신봉구는 김순영을 끝까지 용서하지 않는다. 이 점에서 둘은 대조적이다. 마귀와 맞닥뜨리자 강이치는 그들의 왕인 사탄이 되고자 했고 신봉구는 반대로 예수가 되고자 했던 셈이다. 그런데 이 예수는 매우 특이하다. 나와 무관한 사람을 위해 죽을 수도 있고 또 누구든 용서할 수 있으나, 단 한 사람만은 결코 용서하지 못한다는 점에서.

　용서하지 않는다고 말하면서도 내용적으로는 용서한 강이치와는 정반대로, 겉으로는 용서한다고 말하면서 내용적으로는 요지부동으로 용서하지 않았던 것이 신봉구이다. 김순영은 기혼자로서의 자기 명예를 포기하면서까지 신봉구를 위해 법정에서 증언을 했고 그로 인해 결국 백윤희의 집을 나오게 되었다. 그런 정도라면 진정한 참회의 실천이라 해도 좋을 것이다. 그런데도 신봉구는 끝까지 용서하지 않는다. 병들고 갈 곳 없어 처참한 지경으로까지 전락해버린 김순영이 신봉구 곁에 머물 수 없었던 것도 그 때문이었다. 신봉구가 김순영을 뜨겁게 용서하는 것, 그와 함께 자신의 냉정함을 격렬하게 뉘우치는 것, 스스로를 죄인으로 규정하는 것은 오로지 김순영이 시체로 나타났을 때뿐이다. 이때 그의 참회는 반대로 너무 뜨거워서 흡사 그 참회의 순간을 위해 김순영을 잔인하게 학대한 것이 아닌가 싶을 정도이다. 그러니까 이것이 복수라면, 강이치와는 달리 신봉구는 제대로 된 복수를 한 셈이다.

　이런 결연함과 가혹함과 잔인성이 어디에서 비롯되었는지에 대해서도 이제는 말할 수 있겠다. 과연 김순영이 신봉구에게 그렇게 큰 잘못을 했는가. 이 점에서도 『재생』은 『금색야차』와 차이가 난다. 강이치와 오미야는 한집에서 기거했던 사이로, 단순히 정혼한 정도가 아니라 실질적으로는 부부 사이라 해도 무방한 정도였다. 하지만 김순영에 대한 신봉구의 애정은 일방적인 것이었다. 신봉구가 감옥에 있는 2년 8개월 동안 김순영과는 아무런 교류가 없었다. 신봉구 혼자서 김순영에 대한 마음을 키웠을 뿐이다. 그것은 신봉구가 감옥에 가기 전에도 마찬가지였다. 그들은 공적인 삶을 함께했던 동지 수준 이상은 아니었다. 김순영의 잘못이라면 출옥하여 자기 앞에 나타난 신봉구를 잠시 희롱했고 처녀성을 묻는 신봉구의 어이없는 질문에 거짓으로 답을 했다는 정도이다.

김순영이 저지른 잘못으로 치자면, 신봉구가 아니라 백윤희에게 저지른 것이 훨씬 더 크다. 김순영은 신봉구의 아이를 가졌다는 사실을 밝히지 않은 채 백윤희에게 시집갔다. 비록 첩의 신분이기는 했을지라도 사정은 다르지 않다. 이런 점을 고려한다면, 김순영에 대한 신봉구의 단호함과 잔인성은, 그가 법정과 감옥에서 보여주었던 자기 처벌에 대한 비타협적 의지만큼이나 이해하기 어렵다. 그것은 텍스트 외부에서 가동되는 순수하고 기계적인 의지가 아니고는 설명하기 어려워 보인다. 요컨대 그 잔인성은 작가 이광수 자신의 것, 텍스트의 관점에서 보자면 외부에서 밀어닥친 초자아의 잔인성이라 해야 한다.

자기희생의 의미

이광수의 소설들이 만들어내는 맥락에서 보자면, 신봉구가 놓인 피해자의 자리는 무엇보다도 『무정』의 박영채가 있던 원한의 자리라는 사실을 상기하는 것이 중요할 것이다. 박영채는 자신의 정혼자 앞에서 정조를 유린당하고 자살을 선택할 수밖에 없었던 비참한 운명의 인물이다. 『무정』의 서사는 그런 박영채를 설득하여 죽음의 의지로부터 살려낸다. 그러나 박영채의 슬픔과 죽음(이 죽음은 물론 상징적인 것이다)이 제대로 된 애도 과정을 거쳤는가. 누가 박영채의 슬픔을 제대로 슬퍼했는가.

이런 질문의 의미는, 부일 귀족과 매판적 지식인에 의해 수행된 박영채의 치욕적인 제거 과정이 대한제국의 운명과 겹쳐져 있다는 사실을 염두에 둘 때 분명해진다. 근대성의 세계로 진입하는 데 실패한 나라의 여성들의 운명은, 그 나라의 가장 고귀한 신분의 여성이 맞이했던 처참한 운명으로 대표된다. 자기 집에서 외국의 낭인들의 손에 의해 무참하게 도륙당한 명성황후의 운명이 그것이다. 한 나라 최고의 여성이 그런 꼴을 당하는 순간 그 나라의 모든 남성들은 허수아비가 된다. 을미사변 직후 시행된 단발령에 대한 조선국 남성들의 저항은 그런 허수아비 자리에 대한 거부였던 셈이지만, 그럼에도 이미 마련된 그 자리가 물러질 수는 없다. 그들은 이미 허수아비이기 때문이다. 『무정』의 경우도 마찬가지이다.

그러니까 『무정』의 마지막 장에서 식민지의 청년 남녀가 계몽주의의 축제를 벌일 때 민족 계몽이라는 집단적 열광에 가려 보이지 않던 것은, 제대로 된 애도의 제의를 치르지 못한 채, 배신자들의 열광 아래로 억압됨으로써 생겨난 박영채의 운명, 그 원한이었다. 그 바탕에는 명성황후의 죽음이 놓여 있다. 요컨대 『무정』의 계몽주의자들은 명성황후의 무덤 위에서 축제를 벌인 셈이다. 신봉구가 발을 디딘 피해자의 자리 역시 박영채의 원한이 놓인 바로 그 자리이다. 그들은 공히 근대의 에토스에 의해 피해자로 전락한 존재들이다.

이런 시각으로, 『재생』에서 전개되는 황금만능주의의 공간을 들여다본다면 많은 것들을 이해할 수 있게 된다. 근대화라는 대의 아래 말도 제대로 하지 못한 채 억압당해야 했던 박영채의 분노, 치욕적인 모습으로 시민권을 박탈당한 전통적 질서의 원한이 불을 뿜는 공간이 바로 그곳이기 때문이다. 단순한 피해자였던 신봉구가 자발적 희생자라는 매우 특이한 모습으로 새롭게 태어날 수 있었던 것도, 그가 바로 그런 공간 속에 있었기 때문이라 해야 할 것이다. 그가 보여주는 자기희생의 모럴은 아무런 맥락이 없는 것이어서 흡사 그 자체가 목적인 희생처럼 기이하게 다가온다. '예술을 위한 예술'이라면 몰라도 '희생을 위한 희생'은 상상하기 어려운 개념이다. 그래서 그것은 그 자신을 피해자로 만들어버린 세계에 대해 그 세계의 타자가 안간힘으로 감행하는 저항이 될 수 있다.

하지만 바로 그 근대의 타자 자리에 놓인 인물, 전통적 질서의 소산이었으나 높은 도덕적 수준을 지녔기에 기림을 받아야 마땅한 인물은, 신봉구가 아니라 『무정』의 박영채이다. 그러니까 『재생』의 남자 주인공 신봉구가 보여주는 엉뚱함과 괴물스러움, 그의 행위와 태도를 규정하는 가혹함과 잔인성은, 사실은 그가 박영채의 원한이 도사리고 있는 자리에서 움직이고 있기 때문이라고 해야 할 것이다. 말하자면 신봉구의 괴물성, 즉 『재생』이라는 텍스트의 증상은 제대로 애도되지 않은 채 억눌려 있던 박영채의 분노가 원한의 형태로 귀환하면서 뿜어낸 에너지 때문에 생겨난 셈이다.

『재생』은 이와 같은 전도의 형식 속에서, 매우 위악적인 인물들과 자기희생을 향해 나아가는 기이한 에너지로 가득한 소설이다. 이 소설에 내재되어 있는 신파의 정서는, 그 속에 원한의 에너지를 담고 있다. 이광수의 대표적인 장편소설의 흐름 속에서 남성 주체의 모습은 가해자(『무정』)에서 피해자(『재생』)로, 그리고 다시 자기희생자(『유정』, 『사랑』, 『원효대사』) 등으로 변해간다. 이것은 1917년의 이광수를 통해 솟아나왔던 배신자 남성(배신한다는 것은 위반하고 욕망한다는 것의 애정서사적 표현이다)이라는 근대적 주체의 틀이 일종의 환상이었음을 상기시켜주는 여성적 원한(국권 상실의 분노와 식민지라는 현실) 탓이라 해야 할 것이다. 일그러진 모습으로 귀환하는 원한의 에너지를 남성 주체의 허약한 죄의식이 견디지 못한 탓이었다는 것이다.

이광수의 남성 페르소나는 위선적 '속물'보다는 그로테스크한 '괴물' 쪽에 훨씬 가깝거니와, 이것 역시 능욕당한 전통 질서의 원한으로 인해 일그러져버린 서사의 투영이다. 후기 소설로 갈수록 그들에게서 뿜어져 나오는 것은, 자기 처벌을 향한 기이한 의지이다. 이러한 흐름 속에서 『재생』은, 수동적인 입장에 놓일 수밖에 없었던 피해자가 자기희생자로 변신함으로써 능동적 주체의 자리에 서는 모습을 보여준다. 그런 희생의 행위에 대해 제대로 된 서사적 맥락을 제공하지 않고 있다는 점이 『재생』이라는 텍스트의 증상이며, 그래서 그것은 오히려 이광수 자신도 의식적으로 재현할 수 없었던 자기희생의 논리에 대해 많은 것을 말하고 있다.

그 이유에 대해서라면 이제 어렵지 않게 대답할 수 있겠다. 식민지의 근대주의자가 필연적으로 당면할 수밖에 없는 운명, 주권 없는 주체의 틀이 다른 무엇보다 압도적이기 때문이다. 거기에서 자기희생이란, 이미 죽은 몸이 일어나 자기 죽음을 다시 한번 반복하는 것처럼 기이하지만, 그런 기이함이란 또한 그 자체가 절박함의 다른 모습임이 지적되어야 할 것이다.

자기희생의 과잉윤리

『재생』이라는 텍스트는 작가로서의 이광수의 생애에서 하나의 분기점에 있다는 점에서 주목할 만하지만, 더욱 중요한 것은 『재생』이라는 텍스트에서 비로소 자기희생의 모럴이 드러나기 시작했다는 사실이다. 그것은 피해자와 가해자의 역전이라는 드라마에 의해 조형되는 것으로서, 피해자의 지위에 있을 수밖에 없는 존재가 능동적 주체의 자리를 차지하고자 하는, 또한 식민지적 집단 주체의 이상적 모델이 되고자 하는 의지의 산물이다. 이런 형태의 에토스는

1919년 이후에 발표된 이광수 소설의 이념적 기둥으로 자리잡는다. 『재생』은 그런 흐름의 첫머리에 놓인 작품이라는 점에서 특별한 의미가 있다. 『재생』을 『무정』 및 『금색야차』와의 사이에서 생겨나는 두 개의 맥락 및 그 교차점에 위치시킬 때 비로소 우리는 자기희생의 모럴이 만들어지는 과정과 원인을 조망할 수 있게 된다. 그 한가운데 놓여 있는 것은 원한으로 인해 일그러져버린 기이한 죄의식의 공간이다. 그것은 제대로 애도되지 못한 전통의 죽음이 식민지적 근대에 행한 복수의 산물이며, 따라서 그것은 무언가 유의미한 행위를 하고자 하는 식민지의 근대주의자가 감당할 수밖에 없는 운명의 서사적 표현이기도 하다.

맥락은 의미를, 의미는 사실을 생산한다. 그 앞에 놓여 있는 것이, 증상으로 얼룩진 이광수의 텍스트와 같은 것이라면 더 말할 나위가 없겠다. 거기에서 우리가 또 다른 맥락을 찾아낼 수 있다면, 그것은 또 다른 괴물 텍스트를 생산할 수 있을 것이다. 그 괴물성의 핵심에 우리 자신의 모습이 놓여 있으리라는 것은 충분히 추론할 수 있는 일이거니와, 여기에서 '우리'란 일제 치하를 집단 기억으로 가진 네이션(nation)의 성원일 수도 혹은 근대를 자기 시대로 간주하는 사람일 수도, 혹은 둘 다일 수도 있다. 그런 사람들에게라면 이광수는 매우 기이하면서도 매력적인 거울이다. 허공에서 쏟아지는 타자의 응시 속에서, 그로 인해 생겨난 자기 반영성의 구조 속에서 살아가야 하는 존재가 바로 그/우리들이기 때문이다.

보론: 『금색야차』와 『장한몽』,
고리대금업자의 소명 의식과 자본주의의 신체

『재생』과 『금색야차』는, 깨끗하고 순수한 젊은 청년이 여성에게 배신당하고 복수를 위해 돈을 벌러 나서는 이야기라는 점에서 동일한 서사적 설정을 지니고 있다. 『장한몽』(1913)은 『금색야차』(1902)를 번안한 작품이니 말할 것도 없다. 그러니까 서사의 큰 골격에서 보자면 셋은 모두 한 소설이라 해도 좋을 것이다. 문제는 이들이 갈라지는 지점이다. 그곳에서는 각각의 텍스트가 자기 고유의 언어로 말을 한다.

『장한몽』은 거의 번역에 가깝지만 한국 독자들을 위한 번안의 형태를 취하기 때문에 인물과 공간적 배경 등이 일본에서 한국으로 바뀌었다. 하자마 강이치, 오미야, 도미야마 다다쓰구 등의 인물이 이수일, 심순애, 김중배 등이 되고, 아타미 해변의 이별이 평양 대동강에서의 이별로 변하는 식이다. 또 일본에서의 가루타 게임이 한국에서의 윷놀이로 바뀌는 등 세태 풍속의 묘사에도 변화가 있다. 그런데 이 둘이 현격한 차이를 보이는 것은 결말 부분이다.

『장한몽』의 이수일은 심순애의 목숨 건 참회에 결국 그녀를 용서하고, 둘의 재결합이라는 해피엔드에 도달한다. 반면 원작 『금색야차』는 다르다. 오미야가 후회하고 참회하는 것은 마찬가지이지만, 강이치의 용서는 끝내 이루어지지 않은 채 소설은 마무리된다. 미완

이라고 하지만 그것이 꼭 미완으로 간주되어야 할 이유는 없다. 텍
스트의 문면을 보면 강이치는 이미 마음으로는 용서했을 가능성이
크다. 하지만 그것은 그가 공식적으로 오미야를 용서하고 받아들이
는 자리에 서는 것과는 전혀 다른 일이다. 그렇게 된다면 그것은 전
혀 다른 작품이 될 것이다.

　『금색야차』와 『장한몽』의 결말의 차이는, 양국의 문학사에서 이
두 텍스트가 놓인 위상의 차이와 궤를 같이한다. 둘은 모두 자국에
서 대중적인 인기를 얻었던 것으로, 공히 신파극의 인기 레퍼토리에
오를 만큼 대중극의 형태로 사랑받음으로써 더욱 유명해졌다.[12] 그
럼에도 이 둘이 지닌 문학사적 위상의 차이는 매우 현격하다. 『금색
야차』는 요미우리신문에 연재되면서 공전의 관심과 인기를 모았던
작품이면서도 단순히 대중적이기만 한 것은 아니어서 문학사적으
로 보자면 정전(正典)의 계보에 들어갈 수 있는 것으로 평가된다.[13]
이에 비해 『장한몽』은 번안소설이기도 했지만 그 수준이 대중적인
읽을거리에 가깝다. 비슷한 시기에 나온 작품들로 말하자면, 『장한
몽』은 이인직의 『혈의 누』나 『귀의성』보다는 이해조나 최찬식의 대
중소설에 가깝다. 그런 만큼 두 작품이 지닌 서사의 핍진성이나 밀
도도 차이가 날 수밖에 없다.

12　최원식, 「장한몽과 위안으로서의 문학」, 『민족문학의 논리』, 창작과비평사 1982, 71~3쪽;
유민영, 「〈금색야차〉와 〈장한몽〉」, 『금색야차』, 서석연 옮김, 범우사 1992, 395~9쪽.
13　예를 들자면, 메이지 문학사를 쓴 나카무라 미쓰오는, 오자키 고요와 고다 로한에게 메이지 중반
기의 한 절을 할애했다. 그리고 『금색야차』는 오자키 고요의 대표작이다. 나카무라 미쓰오, 『일본 메이
지 문학사』, 고재석 외 옮김, 동국대출판부 2001, 2장 2절.

이 두 소설에서, 본래의 정혼자를 버리고 새로운 남성과 결혼한 여성들은 후회를 한다. 그런데 그 후회를 표현하는 방식은 서로 다르다. 『금색야차』의 설정이 현실적이라면 『장한몽』의 설정은 장르적이다. 오미야는 결혼 후 도미야마와의 사이에서 생긴 아이가 죽자 남편과의 사이에서 회임을 피하는 방식으로 자신의 참회를 표현한다. 우연한 기회에 강이치를 다시 만나게 되면서 오미야의 후회는 극에 달하고, 이후로 용서를 비는 편지를 보내고 또 강이치를 찾아가고 하지만, 강이치는 꿈쩍하지 않는다. 강이치가 오미야를 용서하는 것은 오로지 꿈속에서일 뿐 현실에서는 요지부동으로 용서하지 않는 사람의 자리를 고수하며 그런 상태로 소설은 끝난다.

이에 비해 『장한몽』의 해피엔드는 전통적인 대중서사의 문법에 충실하다. 심순애는 결혼 직후부터 남편 김중배와의 동침을 거부하는 것으로 자신의 후회를 표현한다. 심순애의 후회는 너무 빠르고 결연하다. 결혼은 했으면서도 곁을 주지 않는 아내로 인해 남편 김중배는 기생집을 떠돌고, 마침내 취중임을 빙자해 아내인 심순애를 억지로 범하게 된다. 결혼한 채로 '수절'했던 심순애는 '정절을 잃은' 데 충격을 받고 자살을 결행한다. 대동강에서 투신하였으나 하필 이수일과 절친한 친구의 배에 떨어지고, 심순애의 진심을 알게 된 이수일이 순애를 용서하여 마침내는 서로 재결합한다는 식이다. 이런 줄거리라면, 『무정』에서 이광수가 비웃듯이 "대동강에 빠지려 할 때 어떤 귀인의 건짐이 되어"(149쪽) 운운했던 대목과 정확하게 들어맞는 것이 아닐 수 없다.

그렇다면『금색야차』의 오미야는 자살하지 않았는가. 오미야가 자살에 성공한 장면은 오로지 강이치의 꿈속에만 등장할 뿐이다. 오미야는 결혼 후 6년 동안 자신의 선택을 후회해왔고 또 열 통이 넘는 편지를 강이치에게 보내며 뉘우치는 마음을 표현하기도 했지만 자살을 시도하지는 않는다. 그런데 오미야는 그렇게 후회할 일을 왜 저질렀던 것일까. 이에 대한 오미야의 대답은 매우 간명하다. 그런 것이 보통 사람의 마음이라는 것이다. 오미야가 속수무책으로 도미야마의 매력에 끌려갔던 것은 실수였다는 것이고, 그렇게 실수하고 또 그 실수에 책임지며 사는 것이 인생이 아니냐는 것, 그것이『금색야차』의 밑바탕에 마련되어 있는 대답이다. 물론 그것은 작중인물들에 의해 표현되는 극적인 줄거리와는 무관하게 그러하다.

『금색야차』의 이와 같은 면모는 그 자체가 이 작품이 기반을 두고 있는 현실성의 척도가 된다. 이런 면모가 오미야뿐 아니라 서사의 다른 요소들과 다른 인물들에게까지 고루 스며들어 있다는 사실은 그러므로 당연한 일이다. 배신당한 사랑의 복수를 위해 고리대금업자의 길을 간 강이치의 경우도 마찬가지이다. 소설의 전면에 부각된 것은 강이치의 복수심과 자학의 드라마이다. 하지만 그 배면에 있는 힘에 대해 묻는다면 답은 쉽지 않다. 삶의 현실성이라는 문제가 걸려 있기 때문이다. 이 점에 대해서는 좀더 기술할 필요가 있다.

강이치는 어려서 고아가 되어 오미야의 집에 식객처럼 얹혀살고 있었다. 은혜를 주고받았던 부모들 사이의 관계로 인해 그럴 수 있었다 하더라도 강이치 자신의 입장은 또 다를 수밖에 없다. 게다가 오미야가 다른 남자를 선택한 마당에 강이치가 그 집에 계속 남아 있을 수는 없는 일이다. 오미야의 아버지는 강이치에게 계속 집에 머물며 학업을 지속하기를 권했지만 강이치로서는 그 제안을 받아들일 수 없다. 또, 후원자의 집에서 나온 강이치가 학자금도 끊기고 또 자포자기한 심정에 고리대금업자의 길을 가는 것도, 하필 고리대금업이어야 했는지에 대해서는 이론의 여지가 있지만 어쨌거나 납득할 수는 있다. 하지만 고리대금업자로서 살아가면서 폭행을 당하는 등 험한 꼴을 보고도, 스스로 그 일 자체를 그리 떳떳하게 생각하지 않으면서도 그 일을 계속하는 것은 이상한 일이다. 더욱이, 오륙 년의 성실한 고리대금업자 생활로 상당한 부를 축적했음에도 불구하고, 검소하고 금욕적인 고리대금업자의 삶을 지속하는 강이치의 모습은 매우 이상하다.

그렇다면 그것은 무엇 때문일까. 학창 시절 강이치의 절친한 친구였던 아라오도 그것이 궁금했고 그래서 그에게 물었다. 돈을 벌자면 다른 일을 할 수도 있는 것 아니냐고. 이에 대해 강이치는, 목숨을 끊을 수 없었던 자신의 나약함 때문이라고, 혹은 자기는 이미 죽은 몸이나 다름없으니 그렇게 생각해달라고 답했다. 하지만 이런 것은 전형적인 회피에 다름 아니며 진짜 대답일 수 없음은 자명하다. 강이치가 고리대금업을 계속하는 이유로서 소설 속에서 찾을 수 있는 유일한 근거는, 고리대금업을 하는 강이치가 사랑을 배신한 오미야보다는 도덕적 우위에 있다는 것, 즉 그의 선택이 일종의 도덕적 알레고리로서 기능하고 있다는 점이다. 오미야가 참회를 한다는 말에 강이치는 이렇게 답했었다.

> "그녀가 사람이 되었다고? 불가능한 일이다! 나는 고리를 탐내는 짐
> 승이지만 남을 기만하는 일은 하지 않아. 처음부터 고리라고 선언하면
> 서 빌려주는 것이니 싫으면 빌리지 않으면 되는 거야. 사람을 속이면서
> 빌려주는 것은 아니다. 미야와 같은 짐승이 어찌 다시 사람이 될 수 있
> 겠는가?"(258쪽)

이런 대답에서 현저한 것은 여전히 실연의 상처로 괴로워하고 있
는 한 남자의 마음이다. 그러니까 강이치가 고리대금업을 계속하는
것이란 사랑하는 사람의 시선을 의식한 일종의 자해 같은 것으로서,
자기를 망가뜨림으로써, 시체의 삶, 좀비의 삶을 살아줌으로써 사
랑하는 사람을 괴롭혀 그에게 복수하겠다는 유치한 마음과 같은 것
이다. 물론 이런 생각 자체는 아직도 여전히 두 사람 사이의 감정의
선이 유지되고 있는 한에서만 의미가 있는 것이며, 이런 점에서 강
이치의 자학은 사랑의 상처로 괴로워하는 사람의 것 이상도 이하도
아니다.

하지만 고리대금업이 과연 '짐승'의 일인가. 돈 욕심에 눈이 어두
운 것이 신의를 지키지 않은 것보다 고작해야 조금 나은 정도라는
것인가. 이 점에 대해 『금색야차』의 세계는 이미 대답을 마련해두
고 있었다. 고리대금업자의 소명 의식이 그것이다. 강이치는 자기가
섬겼던 고리대금업자 와니부치 다다유키가 화재로 죽고 난 후 그의

후계자가 된다. 다다유키는 고리대를 썼다가 패가망신한 사람의 원한 때문에 그런 비참한 최후를 맞는다. 하지만 화재 속에서도 금고는 살아남았고 거기에는 돈을 빌려간 사람의 장부와 계약서 등이 있다. 그것을 물려받은 사람이 강이치이다. 강이치가 다다유키에게 물려받은 것은 단지 자본과 영업술만은 아니다. 그 바탕에는 무엇보다도 다다유키가 지녔던 고리대금업자의 소명 의식이 있었다. 다다유키가 학자인 아들로부터 고리대금업을 그만두라는 질책성 항의를 받았을 때 이렇게 말했다.

"······ 잘 들어라, 실업가의 정신은 오로지 돈이야. 세상 사람들도 돈 외에는 욕심이 없어. 그만큼 사람들이 탐내는 게 돈이다, ······ 넌 네게 필요한 최소한의 돈만 있으면 그 이상 바랄 게 없다고 했지? 바로 그게 학자의 생각이다. ······ 넌 내게 그렇게 돈을 모아서 뭘 하려는 거냐고 궁금해했지만 내가 특별히 뭘 하는 것은 아니야. 돈은 그저 많을수록 기분 좋은 거지. 말하자면 돈 모으는 일이 무척 재미있기 때문이다. 네가 공부를 하는 것이 재미있듯이 나는 돈이 생기는 것이 재미있는 거야. 너더러 책 읽는 것을 적당히 해라, 제구실을 하게 됐으면 그 이상 바랄 게 없지 않느냐고 말한다면 너는 뭐라고 대답하겠느냐? 넌 내가 하는 일을 부정하다는 둥 추잡하다는 둥 하고 말하지만 돈을 버는 데 군자의 도리를 행하는 장사가 어디 있단 말이냐? 우리가 고리를 빌려준다, 그래 고리는 고리지, 그럼 왜 고리냐, 그건 저당물이 없기 때문이다. ······ 무저당으로 빌려주니까 이자가 높다, 그것을 다 알고 빌려가는 거야. 그게

왜 부정하다는 거냐? …… 고리대금업자를 부정하다고 한다면 그렇게
부정한 고리대금업자를 만든 사회가 정말 부정한 거지. …… 쌍방이 합
의하여 대차하고 그것으로 돈을 버는 게 부정이라면 모든 장사는 부정
이 아니겠니? 학자의 눈에는 돈벌이를 하는 자는 모두 부정한 짓을 하
는 것으로 비치는 거지."(167쪽)

위 인용은 고리대금업의 소명 의식에 대해 말하는 다다유키의 긴
변설의 일부이거니와, 고리대금업에 관한 그의 생각은 그 자체가 자
유 시장을 토대로 하는 싸늘한 자본주의의 핵심을 찌르고 있다. 합
법적인 계약과 자유로운 등가교환에 입각한 것이며, 무엇보다 신용
이라는 단 하나의 절차만을 통해 순수한 형태의 이익을 추구하고자
하는 것이라는 점에서, 고리대금업은 자본주의 정신의 정수에 해당
한다. 사용가치를 생산한다는 외관이나 공동체의 복리를 증진한다
는 명분 같은 거추장스러운 윤리적 육체들을 모두 제거해버린, 너무
나 순수하고 순결한 자본(화폐의 자기 증식)의 형태이기 때문에 흡사
왜상(歪像)처럼 기이하고 일그러져 보이는 것이 고리대 자본이다.
그러니까 일그러진 것으로서의 왜상이야말로 본질의 진정한 모습
인 것이다.
　이런 점을 염두에 둔다면, 강이치가 고리대금업을 흡사 짐승의
일처럼 말하면서도 그 일을 그만두지 못하는 것은, 논리적으로 그
만두어야 할 이유가 없기 때문이라고 함이 더 타당할 것이다. 오미
야와 자기를 비교하면서 강이치가 드러낸 생각들에는 이미 이와 같

은 다다유키의 신조가 배어 있거니와, 『금색야차』의 세 번째 속편인 '신(新)속편'에는 강이치의 다음과 같은 말이 있다.

　　"고맙군. 그러나 나는 3할의 이자를 미리 떼고 3개월 기한으로 빌려 주고 기한이 넘으면 이중으로 이자를 받는 폭리를 취하고 있기 때문에, 남에게 어떤 은혜를 베풀어 그것을 미끼로 돈벌이를 하는 그런 번거로운 짓을 할 필요가 없지. 그러니 결코 걱정은 하지 말게. …… 이렇게 말하면 내 직업이 직업인 만큼 마귀가 염불이라도 하는 것이 아닐까 하고 더욱더 수상하게 생각할지도 모르지―아니, 틀림없이 그렇게 생각하고 있을 거야. 유감스런 일이지!"(377쪽)

　이 대목은 소설의 말미에서 강이치가 자신의 선행에 감사해하는 한 젊은 남녀에게 하는 말이다. 이런 지점에 이르면 강이치가 고리대금업을 떠나지 못하고 있는 이유는 매우 선명해진다. 강이치에게 그것은 자본주의적 현실을 살아가는 자신의 삶의 일부일 뿐이다. 물론 '짐승'이나 '마귀' 같은 용어로 자신의 현재 상태를 부정적으로 말하고 있기는 하다. 하지만 그 말은 겉치레일 뿐인 것, 자본제 속에서 자기 능력을 팔아 먹을거리를 마련하는 모든 '자칭 속물'들의 겸사에 해당한다.

　그리고 강이치의 이러한 태도는 작가 오자키 고요와 공유하는 것이기도 하다. 그가 자신의 인물들에게 부여한 이름 자체가 비유적인 의미를 지니고 있다. 고리대금업자 와니부치 다다유키(鰐淵直行)의 이름도 마찬가지이다. 악어의 연못으로 곧바로 가고 있다는 의미는 역설적인 현실을 담고 있다. 뜻 자체로 보자면, 다다유키라는 사람이 악어의 연못을 향해 가는 것으로 읽히지만, 한번 더 살펴보면 고리대금업자로서 다다유키 자신이 이미 악어이며, 나아가서는 자본제적 일상 세계 자체가 악어들의 연못에 다름 아니다. 그러니까 이 소설의 작가 오자키 고요 자신으로 말하자면, 그의 작가로서의 영혼은 강이치의 편을 들고 있지만 작가의 신체는 오히려 자기 세계의 리얼리티를 포착하고 있는 오미야 편에 있다고 해야 할 것이다.

　이런 사정은 강이치도 마찬가지이다. 그 안에는 두 가지 모습이 함께 있다. 오미야의 신의 없음에 대해 복수하고자 하는 강이치의 낭만적인 영혼이 한 편에 있다면, 자기 삶의 현실을 논리적으로 반박할 수 없는, 고리대금업자의 신체가 표상하는 현실주의가 다른 한 편에 있다. 그러니까 강이치가 이 소설에서 그 무엇과 싸움을 벌이고 있다면, 그것은 배반한 오미야나 오미야로 하여금 배반하게 만든 세상과의 싸움이라기보다는 오히려 자기 내부에서 벌어지는 영혼과 신체의 싸움, 혹은 '주체의 욕망'과 '주체 너머의 충동'의 싸움이라 함이 더 적절할 것이다. 그리고 욕망과 충동 간의 이 싸움을 팽팽하게 이끌어 나감으로써, 오자키 고요의 작가로서의 문제의식은 충분히 증명되었다 해도 좋을 것이다.

　『금색야차』의 마지막에는 강이치가 경험하는 기이한 신비주의가 놓여 있다. 강이치는 꿈에서 보았던 대상과 장소를 현실에서 만나게 되는 초자연적인 경험을 하게 되는데, 그와 나란히 놓여 있는 것이

사랑에 목숨을 거는 한 젊은 남녀의 이야기이다. 그 순정한 낭만성
이야말로 악어 연못과도 같은 현실의 부록일 것이며, 현실의 악마성
이 지니고 있는 합리성의 타자로서, 그것이 식민화할 수 없는 잉여
이자 균열로서, 예외자로서, 논리의 틀 밖으로 삐져 나올 수밖에 없
는 부분이라고 해야 할 것이다.

　이런 요소가 『금색야차』의 마지막에 놓여 있다는 것은 어떻게 이
해할 수 있을까. 『금색야차』가 자신의 의지와는 무관하게 포획해버
린 현실성, 악어 연못 같은 현실성, 더욱이 당당한 합리성의 힘을 지
니고 있어 반박하기조차 어려운 현실성의 위력이 너무나 압도적이
었기 때문이라고 해야 하지 않을까.

　반면에 『장한몽』의 해피엔드는 너무나 쉽게 그 현실성을 부정하
고 통속적인 대중 장르로 회귀해버린다. 이는 작가 정신이나 문단의
성숙성의 차이 때문이라 할 수도 있겠지만, 그 궁극적 원천은 근대
로의 이행기에 있던 두 나라 간 자본제적 근대성의 시차(時差)라 해
야 할 것이다.

제2부

전쟁과 분단을 주체화하기

제3장 목숨 건 책임의 자리

최인훈과『광장』의 증상

최인훈에 관한 두 개의 과제

20세기 후반의 한국소설사에서 최인훈의 위치가 지닌 독특성은 전후세대의 막내이면서 동시에 한글세대의 맏이라는 점에 있다. 이것은 단순히 1936년이라는 그의 출생 연도나 1959년이라는 등단 연도를 가지고 하는 말이 아니다. 최인훈의 소설 세계는 장용학적인 것과 김승옥적인 것을 모두 포함하고 있다. 그의 소설은, 한편으로 한국전쟁이라는 거대한 외상적 실체를 회피할 수 없는 것으로 받아들이면서, 또 한편으로는 어떤 대표 단수의 자리에서가 아니라 개체의 단독성의 자리에서 그것과 마주 서 있다. 최인훈의 서사 세계를 들여다보는 것은 이런 점에서, 한 시대의 마음이 어떻게 장용학적인 것에서 김승옥적인 것으로 이행해가는지, 그리고 한국전쟁이라는 직접적 외상으로부터 어떻게 새로운 주체화의 가능성이 모색되는

지를 규명하는 일에 해당한다.

여기에서 핵심적인 제재는『광장』(1960)의 주인공 이명준의 자살에 포함되어 있는 이중적인 죄의식이다. 이 제재에 대한 순차적인 접근은 종국적으로 다음과 같은 하나의 질문으로 수렴된다.『광장』의 이명준은 왜 자살했는가. 그 대답에 도달하기 위해서는 장용학을 우회할 수 없고, 또 그로부터 나오는 길에서는 김승옥을 만나지 않을 수 없다.

알레고리와 환멸

최인훈의 세계가 지닌 특성은 그 앞뒤에 장용학과 김승옥을 놓았을 때 좀더 분명해진다. 최인훈은 장용학과 겹치는 부분이 있고, 또 김승옥과도 그러하다. 하지만 그의 앞뒤에 위치한 장용학과 김승옥이 그렇다고 말하기는 어려워 보인다. 이 셋을 나란히 세워두면, 이들이 선이 만들어내는 흐름이 포착될 수 있다. 김승옥 위에 이청준과 서정인을 포개놓으면 그것은 더욱 선명해진다.

장용학은 일본어로 고등교육까지 받았던 세대이고,[1] 그보다 정확하게 스무 살 아래인 김승옥은 해방 이후에 학교에 들어가 한글로만 교육을 받았던 세대에 속한다. 그리고 1936년생 최인훈은 그 중간 어디쯤에 있다(나이로 보자면 장용학보다 김승옥 쪽에 훨씬 가깝지만, 대학 입학 연도인 1952년을 기준으로 하면 중간쯤에 해당된다). 이들의 서사 속에 변화의 흐름이 감지되는 것은 그러므로 지극히 당연할 것이며, 문제는 그 변화를 어떻게 논리화할 수 있는가이다. 현실에 대한 윤리적 감각의 차이에 대해 접근해보는 것이 하나의 방책일 수 있는 것은, 한글세대가 보여주는 새로운 주체화 양상이 주목할 만하기 때문이다. 여기에서 문제가 되는 것은 죄의식이다.

장용학과 최인훈의 차이는 그들의 장편 『원형의 전설』(1962)과 『광장』(1960)을 비교할 때 예각화될 수 있다. 이 두 장편이 발표된 시간적 순서는 작가들이 문학사에 등장한 순서와 뒤바뀌어 있다. 하지만 각각의 서사가 바탕하고 있는 정신의 특성은 자기 세대의 한 전형을 보여준다.

서사적 설정이라는 점에서만 보자면 두 소설은 매우 닮아 있다. 분단과 한국전쟁 전후를 배경으로 하여 남과 북을 오간 한 남자의 운명에 대한 이야기라는 점에서 그러하다. 그럼에도 주인공의 삶을 형상화하는 기술 방식은 현저하게 차이가 난다. 그것은 이야기를 바라보는 시선이 어느 곳에 있느냐의 차이다.

---

1 장용학은 1921년생으로, 통상적인 경우라면 20대였던 1940년대에 문학 활동을 시작해야 했다. 하지만 두 차례의 전쟁(그는 와세다 대학 재학 중 학병으로 전쟁에 나갔다)으로 인해 그가 본격적으로 작품 활동을 시작한 것은 휴전 이후부터이다. 지각한 신인으로서 그가 지녔던 세대적 자의식은 특필할 만하다. 백철과 김동리로 대표되는 기성들에 대해, 그리고 이전의 한국문학의 전통에 대해 그는 단호한 단절감을 표명한다. 기성들이 시골에서 서울로 올라와 문학을 하고 있는 것이라면, 자기들은 "'세계'에서 돌아와 문학 수업을 하고 있는 것"이라고 쓴다. 그것이 그의 자부심의 근거이되, 여기에서 그가 말하는 세계란 일본어로 구성된 세계문학의 세계를 뜻하는 것으로 이해할 수 있겠다. 위의 인용은 장용학, 「감상적 발언」, 『문학예술』, 1956. 9, 171쪽.

『원형의 전설』의 화자는 모든 것을 알고 있는 신과도 같은 위치에 있다. 현생 인류의 세계는 이미 핵전쟁으로 망했고, 새로운 인류의 삶이 시작되었다. 소설의 화자는 고대의 기이한 삶을 바라보듯이, 1950년을 전후한 한 한국인의 삶을 바라본다. 그러니 그것은 이상한 것일 수밖에 없다. 근친상간이라는, 그 자체로는 매우 강렬한 모티프가 세 번씩이나 등장함에도 불구하고, 서사 속에서는 그것들이 비유적 장치 이상의 기능을 하지 못하는 것도 그 때문이겠다.[2] 소설 속에서 그것은 당대의 역사와 연관되어 있다. 자유와 평등이라는 모더니티의 남매 사이에 폭력적인 근친상간이 있었고 그로 인해 이상한 아이가 태어났다는 것, 그것이 곧 1950년대 한반도의 정치 지형이자 한국전쟁이라는 것, 그리고 그 사건은 결국 또 다른 비극으로 끝나게 된다는 것 등이 서사의 골격이다.

이런 거대한 알레고리적 설정과, 게다가 사건의 시말과 그 의미까지 속속들이 알고 있는 작중화자가 무성영화의 변사처럼 자리잡고 있어, 소설은 흡사 서사시와도 같은 양상으로 전개된다. 복잡다기한 사건들로 인해 서사의 굴곡은 매우 뚜렷하지만, 소설의 중심 인물들은 자신의 존재를 뒤흔들어버릴 진정한 위험은 알지 못한다.

---

2   주인공 이장의 부모의 남매 간 근친상간과 이장과 안지야의 이복남매 간 근친상간은 서사의 출발점과 결말을 이루는 비유적인 의미를 지니고 있다. 이에 비해 소설의 초두에(시간순의 줄거리로 보자면 중간에) 등장하는 털보와 윤희의 부녀 간 근친상간은 비유적인 것이 아니다. 앞의 두 사건을 끌어내기 위해 서사적 마중물 역할로 설정된 것이라 생각할 수는 있다. 이 문제는 별도의 논의가 필요해 보인다. 이 장의 논의를 위해서는 일단, 세 번째 근친상간이 두 개의 근친상간(앞의 것은 근친 강간이고 뒤의 것은 근친 화간이다) 사이에 기이한 모습으로 놓여 있음을 지적하는 것으로 충분할 것이다.

근친상간이라는 모티프가 비유적으로만 작동하는 것도 그 때문이다. 그들은 그저 자기에게 주어진 길을, 설사 그 길이 비극적인 종말로 연결되어 있을지라도 묵묵히 갈 뿐이다. 마치 자기에게 주어진 배역을 충실하게 수행하는 연극배우들처럼. 그래서 주인공 이장이 자신의 운명에 복수라도 하는 양 감행하는 근친상간과 부친 살해, 거기에 뒤이어지는 운명비극적인 종말도, 그런 요소들 자체의 무게와는 무관하게 마치 무대에서 상연되는 과장된 연극 장면처럼 다가오는 것이다. 주인공 이장은 운명이 만들어준 길을 따라 북으로 가서 자기 존재의 기원을 보았고, 남파 공작원이 되어 원죄의 기원을 찾아가는 것으로 생을 마친다.

　그런 그의 운명은 종국적으로, 미래의 하늘에서 우스꽝스러운 지상적 삶의 모습을 내려다보고 있는 시선에 의해 포착된다. 신의 시선에는 감정이 있을 수 없지만, 그 자리에 신이 아니라 사람의 눈이 자리잡는다면 슬픔이 어리지 않을 수 없다. 그것을 우리는, 감정 없는 신의 자리에 사람의 눈을 끼워본 사람의 이름을 따서 스피노자적 시선의 비애라고 부를 수 있겠다.

　이와는 달리 『광장』의 서사를 포착하는 시선은 철학도인 대학생 이명준의 눈높이에 맞추어져 있다. 소설 속에서 이명준은 카메라의 눈이 되어 남북 양쪽의 풍경을 담아낸다. 남쪽에 고아처럼 홀로 남은 이명준은 철학도로서 행복할 수 있었지만, 북쪽을 선택한 유력 인사인 아버지라는 존재로 인해 남쪽에서의 정상적인 삶이 불가능해진다. 그러니 그가 밀항을 해서 월북한 것은 자발적인 것이라기보다 추방당한 것에 가깝다. 하지만 북쪽에서의 삶도 견디기 힘든 것은 마찬가지이다. 어린 여자와 함께 사는 아버지와 가족 관계를 회복하는 것도 어려운 일이고, 철학도인 그에게 사상의 자유가 제약되는 것은 무엇보다 견딜 수 없다. 전쟁 포로가 되어 결국 남과 북을 모두 거부한 채 중립국으로 가다 자살하는 것으로 마감하는 그의 삶의 여정은 어떨까. 이 소설 역시, 한 개인의 문제적 행동보다는 운명 자체의 행로가 압도적이다.

『광장』의 서사적 틀은 예정된 환멸의 여로를 보여준다는 점에서 염상섭의 중편소설 『만세전』(1922)과 동일한 형태를 지닌다. 남에서 북으로 이어지는 이명준의 여로는 도쿄에서 서울로 이어지는 이인화의 그것과 흡사하다. 그들에게 그 길은 너무나 익숙한 것이라는 점에서 그러하다. 구태여 걷지 않아도 훤히 알 수 있는 길이기에, 그것은 머릿속의 길이나 마음속의 길이나 매한가지다. 소설 속에서 그들은 먼 길을 걸었지만, 그 길의 의미라는 차원에서 보자면 이인화는 도쿄의 하숙방에서 한 발도 움직이지 않았고, 또 이명준은 서울의 자기 방에서 한 편의 백일몽 속을 거닐었다 해도 좋을 정도이다. 거기에서 그들이 맞닥뜨리게 될 것은 익숙한 현실과 그 안에 예비된 환멸이다. 그런 환멸의 여로 혹은 관념의 길을 소설로 만들어주는 것은 무엇인가. 『만세전』에서는 경험적인 디테일이라면, 『광장』에서는 이념에 관한 담론 혹은 사랑의 서사이다. 『만세전』의 이인화가 부관연락선과 기차에서, 그리고 일본과 한국의 여러 기착지에서 만나게 된 사람들, 일본인 인신매매범, 기생, 조선인 갓 장수, 칼 차고 교실에 들어가는 형 등이 보여주는 현실성은 그대로 서사적 울림이 되어 소설 속으로 반향된다. 이에 비해 『광장』의 이명준의 길은, 일본 유학생들의 길이었던 이인화의 그것과는 달리 실제로 존재하지는 않는 환상의 길이다. 그러므로 거기에는 『만세전』에서와 같은 일상적 삶의 디테일 같은 것이 있기 어렵다. 식민지의 현실이라는 정치하면서도 묵직한 세목들이 있던 그 자리를, 최인훈은 무엇으로 채워 넣었는가. 남과 북에서 만난 두 여성과의 이야기, 그리고 무엇보다도 남북의 정치 현실과 이념에 관한 사유와 담론이 놓여 있다.

『광장』은 이처럼 관념의 길 위에서 만들어지는 환멸의 서사가 소설의 기둥이 되어 있다. 그리고 그런 점에서, 알레고리적 서사의 비애를 바탕에 깔고 있는 『원형의 전설』과 구분된다. 한심한 인간들의 세계를 내려다보고 있는, 그러나 거기에 개입할 수 없는 무능한 신의 시선은 알레고리의 서사로 표현되고, 환멸의 서사는 그 시선을 맞받고 있는 인간의 시선에 의해 구성된다.

그런데 이 둘의 특이한 공통점은, 혼란기의 상황을 그리고 있음에도 개인의 윤리적 감각이 충분히 드러나지 않는다는 점이다. 그런 점이 기이하다 할 만큼 현저하게 드러나는 것은 물론 『원형의 전설』에서이다. 『원형의 전설』에는 무려 세 개의 근친상간이 벌어지고 있는데도 죄의식이 없다. 죄행은 넘치는데 거기에 합당한 죄의식이 없는 것이다. 세 개의 근친상간에 연루된 세 명의 인물 모두가 그러하다. 누이를 건드린 사람도 딸을 임신시킨 사람도 모두 그 사실을 부정하거나 회피하거나 은폐하려고 할 뿐, 후회하거나 스스로 책임을 지는 태도를 보이지 않는다. 그러니 거기에는 죄의식도 있을 수 없다(이것은 물론 작품 속에서 표현되고 있지 않다는 것이다). 자신의 죄행을 부정하는 사람에게 죄의식의 표현은 불가능한 것이다.

주인공 이장도 마찬가지이다. 그가 감행하는 세 번째 근친상간은 상대와 합의된 것이지만 그럼에도 일종의 자폭적인 것이어서, 죄행이라기보다는 신화적 차원의 위반이나 새로운 법을 세우기 위한 초석적 폭력에 가깝다. 죄의식이란 죄행 이후에 생겨나는 것이므로, 목숨을 걸고 위반을 감행한 사람에게 그것을 요구할 수는 없는 일이다. 이런 양상은 일차적으로, 위에서 지적한 대로『원형의 전설』의 서사의 골격이 지닌 알레고리적 성격 때문이라 할 것인데, 그러나 그것은 근본적인 대답이 될 수 없다. 좀더 근본적으로는 왜 알레고리인지를 물어야 할 것이기 때문이다.

이런 질문의 방식은『광장』에도 해당된다.『원형의 전설』만큼 현저하지는 않지만『광장』에도 기이하다고 생각될 만한 죄의식 부재의 지점, 몰(沒)윤리의 지점이 있다(이에 대해서는 뒤에 상술할 것이다). 물론 이것도 단순하게 설명될 수 있다. 주인공 이명준은 환멸의 서사 속에서 카메라 역할을 하고 있었고, 카메라에게는 죄의식이 있을 수 없다는 식으로. 그러나 이것 역시 근본적인 대답은 되기 어렵다. 왜 이명준이 카메라 역할만 담당해야 했는지, 그리고 어떻게 카메라가 자살을 결행하는지에 대해 말해야 할 것이기 때문이다.

단적으로 말하자면, 장용학과 최인훈의 소설들이 대상으로 삼은 한국전쟁의 외상적 성격, 그것을 서사화하는 일의 곤혹스러움에 대해 언급해야 할 것이다. 장용학은 이미 「요한시집」(1953)에서 등장인물의 입을 빌려, "내 살이 뜯겨 나가고 내 피가 흘러내린 이 전쟁은 과연 내 전쟁이었던가?"[3]라고 말했다. 이러한 진술은, 거제도 포로수용소에서 벌어지는 포로들 간의 전쟁은 진짜 자기들의 전쟁임을 강조하기 위함이었으나, 그 사정이야 어떻든 그것은 한국인들에게 다가온 한국전쟁의 외상적 성격의 핵심을 가리키고 있다. 동족 간의 내전으로 많은 사람들이 피를 흘렸음에도 불구하고 그것이 우리 자신의 전쟁이 아니라는 것, 우리 땅에서 벌어진 "세계사(世界史)의 2대조류(二大潮流)가 부딪친 전쟁(戰爭)"[4]으로 인해 우리 피를 흘려야 했다는 것, 우리는 그 피의 현장에서조차 꼭두각시였다는 것, 전쟁의 상처를 상징화해야 하는 한국인들에게 치명적인 것은 바로 이러한 생각과 느낌이다. 처절한 자기 비하라는 심리적 현실을 감당해야 하는 것이다. 수많은 인명이 희생당한 대규모의 국제적인 전쟁이 우리 땅에서 벌어졌다는 것이 아니라, 우리가 그 싸움에서 허수아비에 불과했다는 생각과 느낌이 문제가 되는 것이다.

그러므로 한국전쟁과 분단 상황이 중심적인 문제가 되는 한, 한 개인이 주체로서 져야 할 죄와 책임의 문제가 그 안에 들어설 여지가 많지 않다. 한국전쟁의 성격 자체가 대리전의 양상을 지닌 것으로서, 곧 내부에서 진행된 것임에도 그 근본 원인은 외부에 있는 것

3   장용학, 「요한시집」, 「한국소설문학대계」 29, 동아출판사 1995, 326쪽.
4   장용학, 「감상적 발언」, 「문학예술」, 1956. 9, 174쪽.

으로서 받아들여졌기 때문이다. 비난받아야 할 것이 있다면 그것은
자신이 상속받은, 그리고 자신도 그 일부인 무력함일 것이다. 『원형
의 전설』과 『광장』에 이렇다 할 죄의식이 등장하지 않는 것도 그 때
문이라 해야 할 것이다.

　하지만 분단과 전쟁은, 비록 그것들이 근본적인 규정성에 해당한
다 하더라도, 작가의 입장에서 보자면 어디까지나 외적인 것에 지나
지 않는다. 좀더 핵심적인 문제는 그것을 포착하고 자기 것으로 받
아들이는 방식이며, 우리가 유의해야 할 차이는 그런 대목에서 드러
난다. 그 차이를 논리화하는 것이 중요한 일이다.

『광장』의 증상

　이 두 소설은 모두 주인공의 죽음으로 끝난다. 『광장』의 이명준은
확인되지는 않았으나 거의 확실한 자살이고, 『원형의 전설』의 이장
은 자살적인 행위에 뒤이어지는 죽음이어서 실질적인 자살이다.

　이장의 죽음은 아버지에 대한 복수의 의미도 있지만 최종적으로
는 주어진 운명의 마지막 퍼즐을 끼워 맞추는 것에 가깝다. 그런 점
에서 이장의 자살은 한국전쟁이라는 우스꽝스러운 비극에 바치는
일종의 제의이고, 이장이라는 인물의 관점에서 보자면 운명이라는
무대에서 행하는 연기에 해당한다. 그러므로 여기에서 한 개인의 윤
리적 의식을 잡아내기는 힘들다. 서사의 틀 자체가 그렇다는 것이다.

　하지만 『광장』에서는 조금 양상이 다르다. 한국전쟁이 지닌 위압적인 의미의 틀 속으로 개인적인 윤리의 영역이 개입해 들어간다. 그것은 미리 준비된 것이 아니라 사건 뒤에 덧붙여지는 부가적인 방식이다. 그것이 이명준의 자살이라는 매우 독특한 증상을 만들어낸다. 이것이 이명준의 죄의식의 문제를 따져볼 수 있는, 나아가 최인훈 소설의 독특한 세대적 위상을 살펴볼 수 있는 포인트가 된다. 이것에 대한 접근은 다음과 같은 질문에 대답함으로써 이루어질 수 있을 것이다. 이명준의 자살이 왜 증상적인가.

　『광장』의 이명준은 남북 대결의 구도 속에서 중립국을 선택했다. 그리고 자살이 뒤이어진다. 그런데 왜 자살이었을까. 그는 대체 왜 자살을 기도한 것일까. 그 이유를 추론하기에 앞서, 자살 자체의 의미에 대해 기술해보자. 단적으로 말한다면 그것은 자기에게 주어진 현실에 대한 강력한 부정으로서의 이중부정이다. 다음과 같은 이유에서 그러하다.

　이명준이 중립국을 선택한 것은 일단 한반도의 어느 지역에서도 시민권자로 살기를 원하지 않았다는 것이며, 그것은 또한 그 안에서 스스로 주체됨을 인정할 수 없었던 전쟁과 분단이라는 상황을 부정하는 것이기도 하다. 그렇다면 그것으로 족한 것이 아닌가. 다른 땅에서 다른 체제와 이념의 시민권자로서 살면 되는 것이 아닌가. 외관상으로 보자면 이명준의 자살은 이런 자신의 선택에 대한 부정이며, 따라서 그것은 이중부정의 의미를 지닌다. 그렇다면 그것은 저 최초의 상태, 둘 중 하나를 선택해야 하는 상태로 돌아가겠다는 말인가. 그러나 그럴 수는 없다. 그에게는 자신의 선택을 철회할 수 있는 현실적인 길이 없지 않았기 때문이다. 돌아갈 길이 있기 때문에 그것이 자살의 이유가 될 수는 없는 것이다.

그렇다면 그 이중부정의 의미는 무엇인가. 그의 두 번째 부정은 첫 번째 부정을 넘어서는 더욱더 강력한 부정, 목숨을 건 부정에 해당된다. 요컨대 중립국으로의 이주라는 최초의 선택을 부정하는 것으로서 자살이 뜻하는 것은, 남북 중 하나를 택하는 일은, 곧 남과 북을 그 상태로 그냥 내버려두는 일은 죽어도 할 수 없다는 것이다. 그러니까 결과로부터 거꾸로 보자면, 그에게는 중립국을 선택하는 것 자체가 이미 죽음을 선택하는 행위, 곧 자살적인 행위였던 셈이다. 말하자면 그는 제3국행 배에 오르는 순간 이미 죽은 목숨이었고, 배를 타고 가는 동안 그는 단지 결행만 유예된 자살자, 곧 살아 있는 시체나 다름없었다.

그런 점에서 이명준의 선택은, 외관 자체로만 보자면 포로수용소 철조망 말뚝에 목을 매고 죽은 「요한시집」의 누혜의 자살과 같은 모양새이다. 일단 남북 간의 양자택일을 거부했다는 점, 그리고 한 사람의 자유로운 개인으로서가 아니라 납득할 수 없는 전쟁을 바라보는 한국인의 대표 단수로서 사고하고 행동한 것이라는 점에서 그러하다. 따라서 그의 행위는 또한 『원형의 전설』의 이장의 자살과도 동일한 위상을 가진다. 이장도 남과 북 어느 쪽도 선택하지 않았다는 점에서 그러하다. 하지만 그 모든 외적 유사성에도 불구하고, 여기에서 강조되어야 할 것은, 사태들이 지닌 의미의 외적 유사성이 아니라 그 의미를 서사 속에 배치하는 시선의 차이이다. 둘은 모두 분단 상황에 대한 거부라는 점에서는 동일하지만, 각각을 포착해내는 시선의 성격은 정반대이다.

　　장용학의 시선은 우연히 한국인이 되어 분단과 전쟁을 경험한 코스모폴리탄(cosmopolitan)의 것이다. 요컨대 그는 한국인이 아니라 근대적 인간 일반의 차원에서 사태를 바라보고 포착하고 있다. 「요한시집」의 누혜의 유서에서 볼 수 있듯이, 장용학에게 한국전쟁보다 문제적인 것은 "현대"라는 모순에 찬 시대와 인간에 대한 이율배반적 규정이다. 한국전쟁은 그 부조리를 드러내주는 하나의 현상에 불과하다. 이와 반대로, 사태를 바라보는 최인훈의 관점은 이명준이라는 한 특별한 개인에게, 개별자로서의 한 인물에게 맞춰져 있다. 즉,『광장』은 이명준이라는 한 개인이 져야 할 몫의 책임의 관점에서 전쟁과 분단이라는 사태를 그려내고 있다. 이런 전제 위에서, 한국인 일반이 져야 할 책임은 이명준의 자살이라는 한 개인의 행위를 통해 사후적으로 보충된다.

　　요컨대 똑같은 전쟁과 분단이지만, 장용학(누혜와 이장)이 부정하는 것은 한국전쟁이라는 우발적 상황을 통해 표현된 근대인 일반의 상황임에 비해, 최인훈(이명준)이 부정하는 것은 한 개인의 진정성을 압살해버린 분단이라는 상황의 특수성인 것이다. 하나가 모더니티 일반에 귀속되는 것이라면, 다른 하나는 분단과 전쟁이라는 한국적 특수성의 산물이다.

　　『원형의 전설』에서 이장의 죽음이 어색하지 않은 것은 앞에서 지적한 대로 서사의 틀 자체가 알레고리적이기 때문이다. 그래서 이장이라는 인물이 원죄처럼 짊어져야 할 폭력적 운명 앞에서 당황해하는 인간으로서, 곧 황당한 역사 상황 속에서 어쩔 줄 몰라 하는 한국인 일반의 표상으로서, 이상하고 비현실적인 행동을 하는 것은 이상하지 않다. 소설의 틀 자체가 그러하기 때문이다. 그러나 『광장』은 알레고리가 아니라 리얼리즘의 틀을 갖추고 있다. 그러므로 이명준의 자살은 소설 안에서 설명될 수 있어야 한다. 왜 이명준은 아무런 흔적도 유서도 남기지 않은 채, 타자의 시선으로부터 완벽하게 몸을 숨긴 채 조용히 사라져갔는가. 이 대목을 설득력 있게 제시하는 것은 쉽지 않는 일이다. 여러 판본을 거치며 수정을 거듭했던 작가 자신의 고심이 담긴 대목이기도 했다.[5]

일반적으로 한 사람이 자살한다면 그것은 견딜 수 없는 고통과 절망 때문이거나, 용서할 수 없는 자신의 행위에 대한 자기 처벌의 결과일 것이다. 이명준의 경우는 무엇 때문인가. 최인훈이 이명준의 내면을 통해 제시한 것은, 고통이나 절망의 문제가 아니라 책임의 문제이다. 한 인물의 의식의 수준에서 조성되는 윤리의 문제라는 것

---

5 최인훈은 『최인훈 전집』(문학과지성사 1976)에 수록된 판본에 이르기까지 다섯 차례에 걸쳐 『광장』을 개작한다. 그중에서도 특히 이명준이 자살하는 장면에서 두 마리 갈매기의 비유와 관련하여 세 차례의 중요한 변화가 일어난다. 신구문화사판에서는 두 마리 갈매기가 윤애와 은혜 두 여성을 상징하는 것으로 되어 있고, 이들이 없는 땅을 선택할 수 없기 때문에 중립국행을 포기하는 것으로 되어 있다. 민음사판에서는 그것이 좀더 확실하게 강조되었고, 문학과지성사판에서는 두 마리 갈매기가 은혜와 그 뱃속에 있던 딸의 상징으로 바뀐다. 개작 과정에 대해서는 김현, 「사랑의 재확인: 『광장』의 개작에 대하여」, 최인훈, 『광장/구운몽』(문학과지성사 1976/1992), 284~7쪽과 특히 한기, 「『광장』의 원형성, 대화적 역사성, 그리고 현재성」, 『전환기의 사회와 문학』, 문학과지성사 1991, 197~246쪽에 자세하다.

이다. 따라서 여기에서 중요한 것은 주체로서의 책임이라는 요소를 그의 자살 행위 속에서 어떻게 확인할 수 있느냐인데, 전체 서사를 통해 이명준의 책임으로는 다음 두 가지가 지적될 수 있겠다. 첫째는, 동거하던 남쪽의 여성 윤애를 말없이 떠나 월북해버린 것, 둘째는, 그가 사랑했던 북쪽의 여성 은혜와 그 뱃속에 있던 아이의 죽음을 막지 못한 것이다.

첫째 항목은 그가 전적으로 책임감을 느껴야 할 일이지만 사안 자체가 무거운 것은 아니고, 둘째는 사안은 매우 무겁지만 그가 져야 할 책임의 양은 유동적이다. 은혜는 간호병이 되어 이명준을 찾아 낙동강 전선까지 왔고 거기에서 전사한다. 전쟁 탓이라고 한다면 그의 책임은 없는 것이고, 어떻든 사랑하는 사람을 지키지 못한 것이 문제라고 생각한다면 모든 것이 그의 책임이다. 그러므로 이런 대목이야말로 최인훈의 윤리적 감각이 드러나는 곳일 텐데, 소설에서는 이 대목이 공백으로 처리되어 있다. 낙동강 전선에서 재회한 두 사람의 이야기는 상세하지만, 은혜의 죽음에 대한 묘사는 소략하기 짝이 없다. 명준은 두 사람이 밀회하는 장소에서 기다렸으나 은혜는 오지 못했고, 이에 대해 어떤 묘사도 없이 "전사한 것이다"(148쪽)라는 중립적인 작중화자의 너무나 건조한 문장만이 은혜의 죽음을 알려주고 있다.

인도양에 이르러 자살을 결행한 이명준의 죽음에는, 이런 일에 대한 자책감과 죄의식이 얼마나 포함되어 있을까. 하나 분명한 것은 작가 최인훈이, 두 마리의 갈매기의 비유를 들어 이명준의 자살의 동기에 그것을 애써 포함시키려 했다는 점이다. 그러나 이같이 처리된 윤리의 문제는 소설 자체에 구성적인 것이라고 보기 힘들다. 만약 그랬다면 비유 같은 것이 아니라 구체적인 사건을 통해 서사 속으로 용해되었어야 했을 것이다. 은혜라는 여성의 존재 없이는 어떤 삶도 무의미해질 정도의 절실함 같은 것, 그 사랑의 상실이 곧바로 죽음을 의미할 정도의 뜨거운 이야기가 있어야 했다는 것이다. 하지만 『광장』의 서사가 그것을 마련하고 있다고 보기는 어렵다.

   그러니까 최인훈은 비유나 상징으로 처리될 수 있는 것이 아님에도 불구하고, 비유와 상징을 통해서라도 자살의 이유를, 즉 어떤 죄의식이나 절망감으로 표현되는 윤리성을 이끌어내기 위해 애를 썼다는 것인데, 그렇다면 이런 대목이야말로 『광장』이라는 소설의 서사가 지닌 논리적 결여를 보여주는 곳이라 해야 하겠다. 요컨대 그곳은 텍스트의 증상이 드러나는 지점이고, 따라서 최인훈의 윤리적 감각이 도출될 수 있는 대목이기도 하겠다. 최인훈의 서사가 지닌 그 같은 기획은 한국전쟁의 폭력성을, 사후에 보충되는 윤리적 감각으로 포획하려는 시도, 곧 외상적 상황에 틈을 만들어 한 개인이 감당해야 할 죄책의 자리를 확보하려는 윤리적 주체화의 시도이기 때문이다.

   결과적으로 최인훈은 갈매기 두 마리를 이명준에게 보내 그로 하여금 떠맡지 않아도 될 것에 대한 책임을 떠맡겼고, 이명준은 그것을 사랑(혹은 의리)의 이름으로 받아들인다. 세상에 나오지도 않았던 딸(이명준과 은혜는 뱃속의 아이가 딸임을 확신하고 있었다. 그러나 어떻게?)까지 그 자리로 소환한 것은, 이명준이 감당해야 할 죄책을 강화하기 위한 것으로 이해할 수 있다. 아무런 책임도 없는 곳에서 자기 책임의 자리를 만들어내는 것은, 스스로 죄의 자리를 향해 가는 것이고 자신의 무죄성을 헤집어 죄를 찾아내는 것이며, 바로 그 순간은 주체화의 서사가 시작되는 시점이 된다. 그런데 바로 그와 같은 주체화의 형식은, 죄인의 자리에 미리 가서 죄의 내용을 갈구했던 이광수의 『유정』(1933)의 주인공이 필사적으로 확보하려 했던 것이고, 또한 이청준이 시도한 주체화의 틀이기도 하다.[6] 이념의 광신도 욕망의 허무도 택할 수 없었던 이명준을 위한 호명의 형식으로서, 최인훈은 사랑이라는 단어를 끌어온다. 하지만 여기에서 사랑은 아무런 뜻이 없는 말이다. 최인훈과 이명준에게 중요한 것은 주체화의 형식으로서의 윤리성이기 때문에 그 구체적인 내용이 무엇인지는 중요하지 않다. 그런 점에서, 아무런 뜻이 없으면서도 또한 어떤 뜻도 될 수 있는 사랑이라는 말, 곧 기의 없는 기표로서의 사랑은 주인 기표(master-signifier)가 되기 위한 최선의 대안일 것이다. 이 단어는 이청준이 『당신들의 천국』에 서사적 난국을 봉합할 단어로 동원하는 말이기도 하거니와(이것은 제6장에서 상술한다), 바로 그런 주체화의 형식이, 새로운 문학 세대가 새로운 주체화의 서사를 시작했다는 상징이 된다.

최인훈은 바로 이런 지점에서 장용학의 세계와 결정적으로 구분

---

6   각각, 이 책의 1장과 4장을 참조.

된다. 장용학은 모순에 찬 "현대"와 인간의 실존이라는 개념으로 전쟁이라는 외상을 싸안으려 했다. 코스모폴리탄의 시선으로 전쟁을 포착하면 그 안에서 벌어지는 네이션 차원의 일에는 신경 쓸 필요가 없다. 문제가 되는 것은 한국이 아니라 "현대"이며, 또 인간이라는 개념 자체에 내재해 있는 역설적 운명(그는 이것을 '인간과 인간적人間的의 불일치'라 불렀거니와 그것은 인간의 실존과 본질의 불일치를 뜻한다)이기 때문이다. "현대"와 인간이라는 개념의 포괄적인 규정력이 있기 때문에 한국전쟁이라는 민족적 외상은 그것의 한 부분으로 안정된 자리를 잡는 것이다.

그러나 최인훈은 바로 장용학이 포괄적으로 감싸 안았던 것의 내부에서 움직여야 하고, 남의 것이었던 전쟁을 나의 것으로 만들 수 있는 또 다른 상징화의 방식을 찾아내야 한다. 그것은 새로운 방식의 주체화를 모색하는 일에 다름 아니다. 그것을 새로운 세대의 윤리적 감각의 탄생이라고 할 수 있을 터인데, 그 구체적 모습은 전쟁의 압도성이 서사의 전면에서 물러나고 난 다음에 선명해진다. 최인훈에게서는 『회색인』이 그러하거니와, 그와 같은 사실은 뒤이어 등장한 김승옥과 이청준의 문학에서 좀더 뚜렷하게 부각된다.

『광장』의 주체화 방식

최인훈의 소설이 하나의 경계 지점에 놓여 있다고 한다면 바로 그러한 점 때문이다. 광복에서 분단과 한국전쟁으로 이어지는 역사를 겪어온 사람들에게 가장 큰 문제 중 하나는 스스로의 주인됨을 확보하는 일이다. 마른하늘의 날벼락으로 시작하여 그것으로 끝나는 장용학의 서사의 그로테스크함은, 역사의 폭력성을 갑작스럽게 대면하게 된 사람들의 마음을 반영하고 있다. 그것은 자기들이 관여할 수 없는 운명이나 원죄와도 같은 것이어서, 외부로부터 밀어닥친 폭력적인 힘 앞에서 그들은 옴짝달싹할 수 없게 되어버린다. 최인훈 앞에 놓인 과제는 역사로부터 생겨난 그런 집단적 외상을 어떻게 다시 새로운 상징 질서 속으로 재배치할 것인지가 된다. 더 정확하게 말하자면, 그것이 작가로서 스스로 짊어진 과제였음을 최인훈의 소설들이 보여주고 있는 것이다.

외상적 현실을 서사적으로 상징화하는 방식은, 원죄를 자기가 책임져야 할 죄의 영역으로 받아들이는 기제와 흡사하다. 거기에서 핵심적인 것은 주체성의 모럴이며, 그 구체적 기제로서의 죄의식과 책임이다. 자기 행위가 개입되지 않은 죄를 어떻게 자기 책임으로 받아들일 수 있는가. 그런 일을 가능하게 하는 한 방식은, 원죄 위에 자신의 죄를 덧씌움으로써, 곧 원죄로 버티고 있는 거대한 죄행을 개인적인 수준에서 반복함으로써 스스로가 그 이중의 죄행의 담당자가 되는 일이다. 그것은 자신의 죄행으로 원죄의 빈자리를 채우는 것이고, 원죄의 시선으로 자신의 죄행을 발견하는 것이며, 그럼으로써 원죄를 자기 몫으로 받아들이는 것이다. 그것이 주체화가 시작되는 순간이다. 죄를 짓는 순간, 좀더 정확하게는 자신의 행위를 죄행으로 발견하는 순간, 그 사람은 비로소 그 세계의 주체가 된다. 죄를 짓는다는 것은 정해진 틀로부터 벗어나는 것이며, 그것을 죄행으로 느낀다 함은 자신의 그런 위반이 다른 어떤 힘이 아니라 자신의 의지에서 비롯되었음을 승인하는 것이기 때문이다. 죄를 짓고 그 결과를 자기 것으로 받아들임으로써, 신의 소유물이기만 했던 아담이 비로소 인간이 되는 것과 같은 이치이다.

최인훈이 장용학과 구분되는 세대의 작가로서 맞닥뜨려야 했던 과제는, 바로 이와 같은 새로운 주체화의 과정을 어떻게 수행할 수 있는지의 문제이다. 『광장』이라는 소설을 문제적인 것으로 만드는 핵심적인 요소도 바로 그것이라 해야 할 것이다.

『광장』의 서사의 선은 단순하게 축약하자면, 포로 석방 절차에서 제3국을 선택한 이명준이 자기가 죽어야 할 이유를 발견하는 과정이다. 인도행 배에서 그와 함께 여행했던(그가 그렇게 생각했던) 두 마리 갈매기의 의미를 이명준이 깨닫게 되는 과정이라고 말해도 마찬가지가 된다. 그 과정이란 곧 이명준이 자신의 죄의식과 자기가 져야 할 책임의 몫을 발견하게 되는 과정이며, 또한 이명준이 자신의 주체됨을 확인하는 과정이기도 하다. 이것이 지닌 중요성에 비하면, 남북을 오가며 전개되는 이데올로기적 현실에 대한 비판 같은 요소들은 부차적이다. 서사의 논리가 완결되는 지점에서 거꾸로 보자면, 그의 죽음은 이미 정해져 있는 것이다. 단지 문제는 그가 왜 죽어야 하는지, 그가 왜 자기 자신에게 사형선고를 내려야 하는지에 대해 스스로 납득할 수 있는 이유를 찾아내는 일이다.

여러 차례의 개작을 거치면서 최인훈은, 처음에는 두 여성에게 의리를 지켜야 한다는 것이 이유라고 했고, 나중에는 한 여성과 그 뱃속에 있던 아이 때문이라고 말하고 있지만, 그 어느 쪽도 이미 중립국을 선택하고 배에 오른 그의 자살을 설명해주기는 쉽지 않다. 오히려 앞에서 지적한 대로, 이명준이 중립국행을 선택하는 순간 이미 죽은 목숨이었다고 하는 쪽이 좀더 설득력이 있다. 그가 중립국행 배에 오르는 순간 이미 죽은 사람이었던 것은, 그가 불가능한 선택을 했기 때문이다.

그가 행복을 갈망하는 보통 사람으로 자기 자신을 위치시킨다면, 전쟁의 참화로 얼룩진 갈등과 대립의 땅을 떠나는 것은 가능할뿐더러 합리적인 선택이다. 여기에서 내셔널리티는 아무것도 아니다. 한국 사람이라는 것이 아무런 문제가 되지 않는 것이다. 하지만 그가 자기 자신을, '빼앗긴 국권을 자기 힘으로 찾지 못했고 제 나라의 분단과 내전을 막지 못했던 민족의 한 사람'으로서 정위한다면, 중립국행은 불가능한 선택이다. 어떤 방식으로건 자기 땅에서 버티며 민족의 재통합과 좋은 나라 만들기에 진력하는 것이 그런 사람에게는 유일한 대안이다. 여기에서는 내셔널리티가 문제가 된다. 그는 한국 사람으로서 생각하고 행동한다. 따라서 이런 조건에서라면, 자기 땅을 임시로 떠날 수는 있겠지만(이것은 떠나는 것이 아니다), 중립국행 같은 의절이나 도피를 선택할(이것은 떠나는 것이다) 수는 없다는 것이다. 이명준이 둘 중 어느 쪽이었는지는 자명하다. 이것은 자살이라는 그의 행위가 거꾸로 보여주고 있는 것이 아닌가.

이런 견지에서 볼 때 그의 자살은, 자신의 선택이 불가능한 것이었음을 뒤늦게 알게 된 사람이 할 수 있는 유일한 행위이며, 자신이 선택한 불가능성을 완성하는 것에 해당한다. 그것이야말로 그의 자살의 진정한 의미이자 이유인 셈이다. 뒤집어 말하면, 그것은 또한 이명준 자신이 세계주의적 욕망의 주체가 아니라 내셔널리즘의 영역에 뿌리를 내리고 있는 주체임을 방증한다. 물론 이런 판단은 그가 지닌 의식의 수준에서가 아니라 무의식의 수준에서, 즉 자살을 선택하는 바로 그 행위 자체의 수준에서 도출할 수 있는 것이다.

소설 속에 노출되어 있는 의식의 수준에서 말한다면, 이명준은 사랑의 소중함이라는 저 공허한 명제를 동원하여, 자신이 죽어야 할 이유를 주조해내고 있는 것이라고 해야 한다. 사랑의 상실이 자살의 진짜 이유일 수 없음은 자명하다. 그것이 진짜 이유일 수 있기 위해서는, 개인의 고유성이 수면 위로 올라와 말을 하는 특별한 정서적 경험이 『광장』의 사랑이라는 틀 속에 채워져 있어야 한다. 더욱이 여기에서의 사랑은 보통의 사랑도 아니고 죽을 수밖에 없는 이유로서의 목숨 건 사랑이다. 그런 정서적 경험 없이 치명적 사랑에 대해 말한다는 것은, 그것이 『광장』의 증상임을 스스로 노출시키고 있는 것에 다름 아니다.

요컨대 최인훈이 만들어낸 이명준의 자리, 곧 중립국을 선택하고 자살로써 그 선택의 최종적 실행을 스스로 저지한 사람의 자리는, 한국인이라는 대표 단수의 자리이면서 동시에 윤애와 은혜를 사랑했던(혹은 사랑했노라고 생각하고 스스로에게 주장하는) 이명준이라는 한 특별한 사람의 자리이기도 하다. 그리고 이런 사실은 최인훈이 문학사에서 어떤 위치에 있는지를 보여주는 것이기도 하다. 단순하게 말한다면, 한국에 사는 현대인의 자리는 장용학의 것이고 이명준이라는 특이한 사람의 자리는 김승옥의 것이다. 따라서 『광장』의 최인훈에게는 그것이 겹쳐 있는 셈이다. 좀더 구체적으로 『광장』의 최인훈은, 장용학으로 대표되는 세계에서 김승옥으로 대표되는 영혼의 모습으로 살고 있는 것이다. 여기에서 세계는 무의식의 수준에 존재하는 물질화된 마음이고, 영혼은 그 존재의 소망이자 자아 이상에 해당할 것이다.

장용학과 김승옥 사이의 최인훈

세 작가의 소설에 나타나는 인물의 자기규정을 정리해보자면 다음과 같다. 장용학의 경우는 '현대인'이고, 최인훈의 경우는 '한국인',[7] 그리고 김승옥의 경우는 '개인'이다. 이 셋은 나란히 놓일 때 보편자/특수자/개별자라는 헤겔의 3항조를 이룬다. 장용학의 세계 속에는 개체성이 존재하기 어렵고(어디 사는 누구나 현대의 모순에 직면

---

7   『원형의 전설』에서 현저한 것은 "현대는"으로 시작되는 문장들("현대는 생이 눈을 뜨는 시대", "현대는 원시림" 등)이고 무엇보다도 앞에서 지적한 것처럼 이장이라는 인물의 설정 자체가 현대성 일반의 모순(자유와 평등의 기묘한 결합)을 포함하고 있다. 이에 비해 최인훈의 『회색인』에서 중심이 되는 담론은 한국이나 그 고유의 것이 주어로 등장하는 문장("한국인은 ……", "한국 시는 ……", "한국 문화는 ……", "엽전은 ……" 등)이다.

한다), 최인훈에게서는 개체성이 한국적인 것으로서 존재하며(한국 고유의 경험을 통해 개인이 된다), 김승옥의 소설에서는 개체성이 그 자체로서 숨을 쉰다(현대인이나 한국인이라는 것이 큰 문제가 되지 않는다. 당연한 것으로 자기 안에 들어와 있기 때문이다). 김승옥이 등단작 「생명연습」(1962)과 「서울, 1964년 겨울」(1965) 등의 단편들에서 그려냈던 것은 이른바 '자기 세계'(이것은 「생명연습」의 용어이다)에 대한 의식과 자각을 가진 청년들이다. 그들에게 문제가 되는 것은 현대인도 한국인도 아니다. 자기 자신만의 독특성을 가진 단독자로서의 개인이 그들의 자기규정에 해당한다.

「서울, 1964년 겨울」의 포장마차 장면에서 두 20대 청년이 연출하는 언어유희는 그들이 지니고 있는 권태의 에너지를 보여준다. 그것은 최인훈의 '그레이구락부'의 사람들이 가지고 있는 에너지와 같은 종류의 것이지만, 그 표현 방식은 훨씬 더 소극적이고 나른하여 권태 자체의 속성에 부합하는 측면이 있다. 그런데 그것이야말로 그들이 세상의 주인임을 태연하게 보여주는 상징이라고 하면 어떨까. 권태는 세상의 주인(진짜 주인일 수도, 상상적이거나 상징적인 주인일 수도 있다)만이 누릴 수 있는 것, 노예나 하인에게는 주어질 수 없는 마음의 상태이기 때문이다(만약 권태를 느끼는 노예가 있다면 그는 이미 노예가 아닌 것이다). 이런 뜻에서 권태는 그 마음의 주인이 주인의 자리에 있음을 가리키는 하나의 지표이다. 그러나 최인훈에게서는 이런 에너지가 「그레이구락부 전말기」(1959)에서 볼 수 있듯이 마음껏 발휘될 수 없다. 그들을 사로잡고 있는 현실의 질곡이 너무나 거대하

기 때문이다. 물론 그 현실은 최인훈 앞에만 있는 현실이다. 「서울,
1964년 겨울」에서 20대의 대학원생은 30대의 이방인의 죽음에 대
해 이해할 수 없다는 자세를 취하는 정도이지만, 「그레이구락부 전
말기」에서 현실의 가혹함은 권태의 유희를 일거에 척결할 만큼 강
력하다. 이런 차이가 외적 현실 자체의 차이를 뜻하는 것은 물론 아
니다. 두 작품의 상거는 6년에 불과하고 그런 점에서 그 둘은 같은
시공간에 놓여 있다 해도 무방하다. 그 질곡은 요컨대 최인훈이 스
스로의 서사에 채워놓은 것이며, 그의 서사가 설정한 자기 한계의
표지라 해야 할 것이다.

　　최인훈의 세계의 특성을 보여주는 적실한 예로, 『회색인』의 주인
공 독고준을 들 수 있다. 1958년의 대학 2학년생 독고준은 전쟁 중
이던 1950년에 단신으로 월남했다. 이른바 1·4후퇴 때의 일이다.
북쪽의 W시에서 살던 어린 날의 그는 폭격기의 공습을 피해 방공
호로 대피했다가 젊은 여성의 품에 안긴 적이 있다. 그녀의 품에서
받았던 느낌은, 너무나 가슴 벅찬 희열감이라서 오히려 공포스럽게
다가오는 어떤 것이다. 전쟁과 폭격은 그에게 바로 그 순간의 희열
감, 자기만의 비밀스러운 향락과 연관되어 있다. 그는 금지된 쾌락
의 지점에 허락 없이 접근한다는 생각으로 인해 죄의식에 휩싸이기
도 한다. 폭격이 시작되면 그는 이불을 뒤집어쓴다. 식구들은 그가
비행기를 무서워하기 때문에 그런 것이라고 생각한다. 그러나 정작
그가 무서워했던 것은 다른 것이다.

캄캄한 이불 속에 하얀 얼굴이 보였다. 따뜻한 팔. 뜨거운 뺨. 살냄새. 그것들은 누님의 것과 같으면서 달랐다. 집의 사람들은 그가 이불을 뒤 집어쓸 때마다 폭음이 무서운 때문이라고만 생각했다. 그러나 이불 속 의 어둠은 그 방공호의 암흑을 되살려주었다. 집 사람들은 비행기 소리 가 지나간 다음이면 으레 그의 이불을 벗기려고 했다. 안간힘을 쓰는 그 의 노력을 그들은 가시지 않은 무서움 때문이라고만 생각했다. 그런 오 해가 또한 그에게 죄의식을 갖게 하였다. 이렇게 해서 그의 경우에도 섹 스는 죄의 비밀의 무대에서 시작했던 것이다. 그것은 두려움임에는 틀 림없었다. 그러나 찢어지는 쇠뭉치에 대한 것이 아니라, 부드러운 살의 공포였다는 것을 가족들이 알 리 없었다.[8]

독고준에게 전쟁은 매우 개인적인 차원의 죄의식 체험과 연관되 어 있다. 이 체험 앞에서 그는 현대인이나 한국인이 아니라 그저 특 별한 경험을 한 적이 있는 남자 독고준일 뿐이다. 그러나 거기에 월 남민으로서의 특별한 정황이 덧씌워져야 최인훈의 인물이 된다. 이 북에서 살다가 남쪽에 있는 아버지를 찾아 단신으로 월남하여 이제 는 고아처럼 살고 있는 대학생이라는 그의 처지는, 폭격이라는 특별 한 상황으로 인해 성적 감정에 눈뜨고 그로 인해 죄의식을 갖게 된 독고준이라는 개인을 바깥에서 둘러싸고 있는 좀더 큰 규정성이 된 다. 죄의식의 계기가 된 전쟁과 폭격은, 한국전쟁이 아니라 태평양

---

8   최인훈, 「회색인」, 『한국소설문학대계』 42, 동아출판사 1995, 217~8쪽.

전쟁이나 다른 어떤 전쟁의 것이라 해도 상관없지만, 월남민으로서의 독고준을 규정하는 전쟁과 분단의 의미는 한국이라는 고유명사와 결합해야 제대로 가동된다. 그래서 독고준이라는 인물, 나아가 이명준이라는 인물을 규정하는 힘은 바로 이 두 요소의 상호작용이라 해야 하겠다. 한쪽에는 장용학이, 다른 한쪽에는 김승옥이 있는 것이다. 이런 점에서는 이명준이나 독고준만이 아니라 「그레이구락부 전말기」의 현도 마찬가지이다.

최인훈의 인물들은 장용학적인 세계를 벗어나버리면 바로 김승옥과 이청준의 인물이 된다. 김승옥의 등단작 「생명연습」(1962)이나 이청준의 등단작 「퇴원」(1965)에 등장하는, 성과 관련된 은밀한 죄의식의 세계는, 독고준의 방공호 사건과 동일한 차원에 있다. 최인훈에게는 있지만 그들에게는 없는 것, 그것은 곧 폭격으로 상징되는 전쟁 체험의 직접성이다. 물론 그것은 단지 소설 속 사건이나 작가의 체험 같은 수준이 아니라 서사 전체를 바라보는 시선, 작가의 의식의 문제와 연관되어 있다. 그것은 최인훈의 세계에 내재된 장용학적인 세계의 인력으로 인해 만들어진다. 4·19에 대해 발언할 때에도 최인훈은 외부자의 시선으로 발언한다.[9] 자신이 4·19의 한복판에 있음을 보여주는 김승옥의 단편 「그와 나」와는 매우 대조적이다. 최인

---

[9]　그의 산문 「세계인」의 다음과 같은 구절이 대표적이다. "4월은 인간이기를 원하는 한국인의 고향이 되었다. …… 4월의 아이들은 인생을 살기를 원한 최초의 한국인이었다. 그들과 더불어 새 시대가 시작되었다. '자기'가 되고자 결심한 인간, 정치로부터의 소외를 행동으로 극복한 인간만이 살 자격이 있으며 저 위대한 서양인들과 어깨를 겨루고 '세계인'이 될 힘을 가졌다." 최인훈, 「세계인」, 『유토피아의 꿈』, 문학과지성사 1980/1992, 85쪽.

훈은 외부에서 4·19를 예찬하는 데 비해, 김승옥은 혁명의 한복판에서 아이러니를 구사하고 있다. 4·19 같은 숭고한 영역에 대해 아이러니를 구사할 수 있는 것은 혁명의 주체로서의 자신감 때문이다. 그런 김승옥의 눈으로 볼 때 장용학의 일그러진 세계는, 마치 「서울, 1964년 겨울」의 30대 사내처럼 받아들이기 어려운 외부성이다.

하지만 최인훈은 바로 그 세계를 안고 가야 한다. 그것은 월남민이자 이산민이라는 그의 이력이 만들어낸 것일 수도 있겠지만(이것 역시 장용학과 공유하는 점이다[10]), 그런 발생론적 설명보다 중요한 것은, 20세기 후반 한국소설사의 흐름 속에 최인훈이 종국적으로 만들어낸 새로운 주체화의 지점이다. 『광장』에서 이명준이 행한 자기 처벌이 이를 대표한다. 그는 죄가 없는 곳에서 죄책의 자리, 주체로서의 책임의 자리를 만들어냈다. 그것은 자신의 죄를 발명하는 것임과 동시에 자기가 물려받은 죄를 자기 것으로 승인하는 것이기도 하다.

이명준은 말하자면 자기가 져야 할 책임을 깨달음과 동시에 20세기 한국인이 조상에게서 물려받은 죄, 1920년대의 이광수가 자기 비하의 극단에 서서 외쳤던 죄를 묵묵히 자기 것으로 받아들이고 있다. 여기에서 중요한 것은, 현실의 실패를 자기 책임으로 받아들이는 것, 그것을 책임지는 자리에 서는 것이다. 그러니까 자살의 이유는 아무래도 상관없다. 사랑 때문이든, 의리나 절망이나 고통 때문이든 상관없다. 다만, 자기 땅을 떠나는 것만은 불가능한 것

---

10 두 사람은 모두 함경북도 태생의 월남민이다. 장용학은 부령 태생으로 1947년 청진에서 월남했고, 또 최인훈은 회령 태생으로 1950년 원산에서 월남했다.

이다. 그 과정이 서사 내부의 논리에 의한 것이 아니라 외발적인 것
으로 보인다는 점이 『광장』이라는 텍스트의 증상이다. 포로수용소
에서 중립국을 선택하고 그런 자기 선택을 부정하는 특이한 형태
의 자기 처벌이 바로 그 증상의 자리에 있다. 그것은 '죄 없는 책임'
의 자리가 지닌 기이함의 산물이거니와, 그 증상의 기이함은 거꾸
로 우리에게 말하고 있다. 이명준에게도 최인훈에게도 새로운 주체
화의 요구가 얼마나 절박한 것이었는가를.

최인훈이 놓여 있는 자리

지금까지 최인훈의 소설에 등장하는 주체화의 방식을 살펴보았
다. 이 논의의 핵심에 놓인 것은 『광장』의 증상으로서의 이명준의
자살이다. 그것은 단지 『광장』이라는 한 중요한 텍스트의 증상일 뿐
아니라 최인훈이라는 작가가 만들어낸 세계의 증상이며, 나아가서
는 한국 전후세대의 문학과 한글세대의 문학이 겹쳐지는 자리에서
생겨난 증상이라 해도 좋을 것이다.

1959년에 등단한 최인훈의 참신성은 그가 도입한 지적 세련성의
세계에서 기인한다. 그것은 개인과 사회 사이에 존재하는 지적 관조
와 유희의 공간으로서, 대학생으로 대표되는 청년 지식인들의 정신
세계를 함축하고 있으며, 그에 뒤이은 이른바 한글세대 작가들의 출
현에 의해 열릴 서사의 공간을 예고하는 것이었다. 또한 그것은 전

쟁이 끝난 후 새로운 안정을 향해 나아가는 시대의 성격을 반영하
는 것이어서 그 자체로 주목할 만한 가치가 있다. 그러나 최인훈에
게 그것은 「그레이구락부 전말기」에서 드러나듯이 아름답지만 깨
지기 쉬운 것이다. 이는 전후세대의 막내이자 한글세대의 맏이로서
그가 자리한 독특한 위치로 인한 것, 즉 소설가로서 그가 포착해낸
새로운 주체화의 요구로 인한 것이다. 그것은 최인훈이 감당해야 했
던, 자기 앞에 놓인 시대의 압력이라고 할 수도 있을 터인데, 이 점
이 상징적으로 표현되어 있는 인물이 『광장』의 이명준이다.

　『광장』에서 문제가 되는 것은, 중립국을 선택한 이명준이 자살을
함으로써 자신의 선택을 다시 부정해버린다는 사실이다. 바로 그것
이 앞 세대의 대표 격인 장용학과 최인훈이 결정적으로 구분되는 지
점이다. 장용학이 전쟁과 분단이라는 외상을 인간 일반의 실존이라
는 견지에서 상징화하려 했음에 비해, 최인훈은 그것을 한 개인이 한
국인으로서 느끼는 죄의식으로 받아들이고자 했다. 그런 죄의식의
중심 표상인 이명준의 자살은 서사적 합리성의 수준에서 행해지는
것이 아니라는 점에서, 무의식의 차원에서 행해지는 주체화의 시도
라 할 수 있다. 그는 자신의 행위 속에서 책임의 영역을 발명해냄으
로써, 즉 원죄를 개인적 수준에서 재차 반복함으로써 스스로 죄의식
의 담지자가 되고 그럼으로써 주체화에 성공한다. 이런 과정을 거쳐
최인훈의 서사는 새로운 주체화의 요구에 대한 하나의 응답이 된다.

　그리고 그것은 이내 한글세대의 작가들에 의해 다변화된다. 최인
훈을 넘어서는 순간 죄의식은, 김승옥의 소설이 그러하듯이 한 개인

의 내면의 차원에서 작동하게 되며, 그것이 우선적인 힘으로 자리잡을 때 이청준의 「병신과 머저리」(1966)에서처럼 전쟁이라는 외상도 한 개인의 윤리적 진정성의 차원으로 수용될 수 있게 된다. 어떻게 하는 게 옳은지는 모르겠으나 어떻든 우리가 지고 가야 한다는 것, 그것은 온전히 우리 몫이어야 한다는 명제가, 주체 형성사의 분기점으로서, 『광장』의 서사 속에서 울려 나오는 소리인 것이다.

보론: 회색 지대와 대학생

전후 신세대로서의 최인훈의 감각

최인훈의 등단작 「GREY구락부 전말기」[11]의 참신함은, 같은 시대의 작품들과 나란히 놓일 때, 이를테면 『한국 전후 문제작품집』 같은 앤솔로지 속에 놓일 때 좀더 분명하게 부각될 수 있다. 이 책에는 1960년이라는 시점에서 본, '해방 이후 15년간의 문제작' 21편이 수록되어 있다.[12] 등단한 지 채 1년이 되지 않은 최인훈의 데뷔작 「그

---

11   최인훈은 「GREY俱樂部 顚末記」(1959. 10)와 「라울전」(1959. 12) 두 편이 안수길의 추천으로 월간 『자유문학』에 실림으로써 등단했다. 이하에서 본문을 인용할 때, 문장부호는 현대 표기법에 맞게 고쳤으며 한자 그대로 노출된 것은 병음으로 표기했다.

레이구락부 전말기」가 그중 한 자리를 차지하고 있는 것은 이채로운 일이다. 1936년생인 최인훈은, 등단의 순서야 말할 것도 없지만 나이로도 가장 어린 축에 속한다. 가장 연배가 위인 작가들, 장용학(1921년생)이나 손창섭(1922년생), 이범선(1920년생), 전광용(1919년생) 등 40대 작가들과 비교하자면 15년에서 20년 어린 신인이 그 자리에 끼어 있는 셈이다.

물론 그 신선함이라는 것이 단지 이런 것이라면 대단할 것은 없다. 그것은 어떤 신인 작가나 작품이 처음 세상에 나오는 순간 한번쯤은 받아볼 수 있는 스포트라이트 같은 것이다. 또 최인훈이 당시 촉망받는 신예였다면 이런 정도가 그리 대단한 것이라 할 수도 없을 것이다. 어쨌거나 그의 등단작을 두고 신선했다고 한다면 단순히 그런 차원만을 뜻하는 것은 아니다. 그의 등장의 신선함은, 「그레이구락부 전말기」라는 작품 자체가 지향하는 어떤 역설적인 지점, 매우 적극적으로 표출되는 비활동성에 대한 주장처럼 역설적인 세련성이 만들어지는 지점에서 비롯된다.

그것은 먼저 이 단편의 제목에서, 제목 그 자체의 부조화와 그로부터 생겨나는 기묘한 울림에서부터 포착될 수 있다. 회색을 뜻하는

---

12 『한국 전후 문제작품집』(신구문화사 1963)은 백철, 안수길, 최정희, 이어령, 4인을 편집위원으로 하여 1960년에 기획되었다(머리말이 1960년에 씌어진 것으로 되어 있다). 수록작은 장용학의 「요한시집」을 필두로, 박연희의 「증인」, 손창섭의 「유실몽」, 최상규의 「포인트」, 김광식의 「213호 주택」, 정한숙의 「고가」, 서기원의 「암사지도」, 한무숙의 「감정이 있는 심연」, 선우휘의 「불꽃」, 송병수의 「쑈리 킴」, 박경리의 「불신시대」, 오상원의 「모반」, 오영수의 「명암」, 유주현의 「장씨일가」, 전광용의 「사수」, 이호철의 「파열구」, 이범선의 「오발탄」, 하근찬의 「흰 종이 수염」, 최인훈의 「GREY俱樂部 顚末記」, 김동립의 「대중관리」, 강신재의 「젊은 느티나무」 등 21편이다.

영어 알파벳 표기와 클럽의 일본식 음차 표기인 '구락부(俱樂部)'라는 단어가 결합된 모습이 그것인데, 이런 어휘와 표기의 선택은 일차적으로, 일제강점기에 태어나 해방 공간과 한국전쟁을 거치며 성장해온 최인훈 세대의 이력과 지적 배경을 암시해준다. 영어로 표현된 회색과 일본어식으로 표기된 클럽(일본식 발음 '쿠라부'가 아니라 한국식으로 '구락부'이다)의 이러한 조합은, 그 자체의 의미도 그렇지만 서사와 결합될 때 그 혼종성과 무국적성이 좀더 강하게 드러난다. 내전을 겪고 난 후의 젊은 영혼들의 세계에 존재하는 무정부주의적 색채와 자유주의적 분위기(물론 이런 요소들은 기본적으로 심미적 차원에서 움직이고 있다)가 흘러나오는 것이다.

왜 회색 클럽인가. 회색의 의미를 알아채는 것은 작품 속으로 들어가지 않더라도 어려운 일이 아니다. "모든 이론은 회색이며 푸른 것은 삶의 황금 나무이다"라는 『파우스트』의 유명한 구절은 이론과 실천에 관한 마르크스-레닌주의적 명제로서 널리 회자되어온 것이다. 또한 최인훈 자신이 『회색인』(1964)과 같은 소설에서 강조했던, 헤겔로 대표되는 서구의 관념철학을 가리키는 대표적인 상징이 바로 그 회색의 세계이다. 말하자면 구체적인 삶의 형상으로서 녹색의 자연이 한 편에 있다면, 생명 없는 추상성의 공간, 수도원의 금욕이나 순수 논리의 형해들의 세계로서 회색 지대가 그 반대편에 있는 것이겠다. 그런데 그런 공간을 지향하는 의지로서의 '그레이구락부' 혹은 회색 클럽이라는 것은 대체 무슨 말인가. 그것은 아름다운 정오의 자연을 마다하고 자진하여 자정의 시체실을 택하려는 것이나 다름없지 않은가.

   그것은 일차적으로 세상의 흐름에 역행하고자 하는 젊은이다운 치기와 발랄함의 표현이라고 해야 할 것이다. 푸르른 삶의 세계를 그리워하거나 욕심내는 일이 젊은이들의 몫일 수는 없다. 그들은 이미 그 세계 속에 있기 때문이다. 그런 욕망은 그것을 잃어버린 주체에게, 연구실이라는 무채색 세계 속에서 기진해버린 늙은 파우스트에게 어울린다. 좀더 나아간다면, 감각과 욕망이 생동하는 삶의 현장을 원하기로는, 혁명적 실천을 의욕하는 레닌도 마찬가지며, 또한 시장을 통해 이윤을 생산해야 하는 자본가는 말할 것도 없다. 약동하는 삶의 현장을 욕심낸다는 점에 관한 한, 회의에 빠진 학자와 혁명가와 자본가는 모두 동일한 위상을 지니고 있다.

   따라서 그와 반대로 회색의 세계를 동경하는 것이 어떤 의미를 지니는지 역시 자명하다 할 수 있지 않을까. 회색 지대에 거주하기를 원한다는 것, 미네르바의 올빼미(이것은 '그레이구락부'의 상징이었다)이기를 동경한다는 것은 거꾸로, 그들이 삶이라는 저 황금 나무의 질서(그것은 진정한 생명이라는 대의일 수도, 생존에 대한 욕구이거나 생활이라는 단순한 감각일 수도 있다)에 질려 있다는 것, 시장의 감각과 혁명의 대의에 지쳐 있다는 것, 혹은 관념과 추상 세계에 대한 갈증으로 목말라한다는 것을 뜻할 수 있겠다. 하루바삐 늙어버리기를 원하는 것은 아직 늙음을 제대로 맛보지 못한 사람의 것이다. 회색 지대를 동경하고 그것에 대한 지향성을 실천에 옮길 수 있다는 것은, 현실의 세계로 나아가지 않은(혹은 않을 수 있는) 사람의 특권인 것이다.

「그레이구락부 전말기」에서도 마찬가지다. 마음에 들지 않는 세계와 단절하여 자기들만의 세계를 만들고자 했던 사람들은 젊은 지식인들, 곧 1959년의 대학생들이다. 그들이 '그레이구락부'를 통해 얻고자 했던 것이 무엇인지도 충분히 짐작할 수 있다. 청년기의 영혼들이 원하는 것이야 언제나 정해져 있는 것이 아닌가. 구체적 내용은 시대나 지역에 따라 또는 이런저런 상황에 따라 달라지겠지만, 젊은 욕망들이 차지하고 있는 공간의 순도와 밀도는 어느 곳에서나 그 사회의 심장에 해당되는 것이리라. 절대 자유에 대한 갈망이 만들어내는 욕망의 순도를 잃어버리는 순간, 영혼은 청년에서 기성이 된다.

'그레이구락부'의 주인공들이 만들고자 했던 것은, 개인의 자유로움이 보장될 수 있는 우정과 친밀성의 작은 공동체였다. 사적 친밀성으로서의 우정이 공적 대의를 대체하고, 관계 지향적인 공동체가 목표 지향적인 사회를 대체한 공간이 곧 그것이겠다. 그런 점에서 그것은, 헬레니즘 시대의 에피큐리언(epicurean, 에피쿠로스 추종자)들이나 위진 시대의 죽림칠현 같은 사람들이 꿈꾸고 만들어냈던 세계와 겹쳐진다. 에피큐리언들이 만든 정원이나 칠현들이 거주했던 죽림은 모두 선택적으로 폐쇄적인 공간, 즉 바깥의 시선으로 볼 때는 반(半)투명성의 유대로 드러나는 공간이었다. 그런 공간은 세상으로부터의 탈주와 격리를 적극적으로 감행함으로써만 만들어질 수 있다.

최인훈의 소설에서 '그레이'와 '구락부'라는 두 단어가 하나로 엮일 수 있었던 까닭도 거기에 있다. '그레이'라는 개념은 '구락부' 외에 다른 짝을 찾기 어렵다. 국가나 민족이나 회사 같은 것이 '그레이'

의 짝일 수는 없는 것이다. 위의 책 말미의, 작가의 육성을 위해 마련된 자리에 최인훈이 실은 글의 제목은 「구락부고(俱樂部考)」이다. 제목으로 짐작할 수 있듯이, 이 글에서 그가 강조한 것은 '구락부'라는 개념과 그 의미에 관한 것이다. 그의 문장은 이렇게 시작한다.

'구락부(俱樂部)'란 물건은 문명사회의 사치품에 속한다고 나는 생각한다. …… 단체의 거인적인 구속성을 부정하고 개별적인 주체 의식이 가능한 최대한도로 보장돼[되]어 있다는 것, 바로 이런 사실 때문에 '구락부'는 개별자로서의 인간과 사회인으로서의 인간 사이에 자리잡은 중간항이라 여겨진다.[13]

그가 왜 이런 공간을 강조하고 있는지 역시 어렵지 않게 이해할 수 있다. 한 편에는 사적 친밀성의 공간이 있고 다른 한 편에는 공적 대의의 공간이 있다. 이 둘의 대립은 개인/사회, 가족/국가, 고향/도시, 특수/보편 등의 대립항으로 변주될 수 있거니와, 어느 쪽에서도 자신의 정주처를 발견하지 못하는 영혼들이 있다는 것, 그가 말하는 '구락부'가 바로 그런 영혼들을 위한 공간이리라는 것이다.

이런 대립 구도는 그의 출세작이기도 했던 『광장』(1961)에서 널리 알려진 밀실/광장의 이분법으로 쉽게 연결되거니와, 그 주인공 이명준 역시 어디에서도 머물 곳을 찾지 못한 영혼이다. 그 같은 영

13 『한국 전후 문제작품집』, 433쪽.

혼들을 위한 공간이 그가 개념화한 '구락부'라면, 그 양립하는 두 항의 사이 공간이자 점이지대와 같은 곳이며, 그래서 그 색깔은 회색일 수밖에 없겠다. 최인훈은 그 글의 마지막 문장을 이렇게 끝냈다. "이래서 나는 메트로폴리스의 한복판에 'GREY구락부'란 고도(孤島)를 띠[떼]워보았다. 과대망상증 환자와 진부한 온갖 전체주의자들과 스노브들에 대한 청결(淸潔)한 반항으로서."[14] 여기에서 그가 맞서고자 하는 상대들은, 궁극적으로 사적 친밀성과 공적 대의라는 대립 구조 속에 얌전하게 등록된 존재들이며, 이에 반해 그가 그리고자 했던 회색 클럽이란 그 이분법에 대한 저항을 통해서, 그것에 대한 '청결한 반항'을 통해서 만들어질 수 있는 어떤 것이 된다. 그리고 이런 생각에 관한 한, 「그레이구락부 전말기」에 등장하는 작중인물들과 작가 최인훈은 구별되지 않는다. 요컨대 최인훈이 저렇게 당당한 어조로 그 존재근거를 설파하고 있는 회색 클럽은, 작중인물들만의 것이 아니라 24세의 청년 작가 최인훈의 것이기도 했다.

「그레이구락부 전말기」는 그와 같은 제3의 공간, 특수성의 공간, 개인의 고유성과 사회의 전체성이 그 어느 쪽도 전일적인 힘을 행사할 수 없으며 어느 쪽으로부터도 배제될 수 없는 바로 그러한 공간이 얼마나 매력적이고 아름다운지, 그러나 그와 동시에 그것은 또한 얼마나 연약하고 깨지기 쉬운지를 보여준다. 깨지기 쉬운 아름다움이란 물론 청춘 그 자체의 속성이기도 하거니와, 주인공 현이 '그

14　같은 책, 434쪽.

레이부락부'의 취지를 들었을 때 환호작약했던 것은 그 자체로, 현
의 영혼의 순도를 가리키는 지표가 된다. 그들은 지적이고 세련된,
무엇보다도 행위를 경멸하고 관조를 사랑하는 에피쿠로스적 자유
의 정원을 만들고자 했고, 그것을 비밀결사로 유지함으로써 속물스
러운 세계로부터 스스로를 격리시키고자 했다.

　「그레이구락부 전말기」의 신선함은 바로 이러한 회색 지대에 대
한 갈망을 포착해낸 데 있다고 해야 할 것이다. 장용학과 손창섭, 이
범선 등에 의해 대표되는 전후문학의 공간, 상처 입은 사람들의 비
명으로 얼룩진 비참과 심각과 침중의 공간을 곁에 세워놓으면 그
새로움은 좀더 두드러지게 드러난다. 물론 그 정원은 외부의 현실
권력에 의해 비참하게 일그러질 수밖에 없는 임시적인 곳이지만, 그
일그러짐조차 또 다른 역설적 경쾌함에 의해 감싸질 수 있다. 이 소
설의 세계에서는 현실의 비참보다 그것을 포착하는 영혼의 경쾌함
이 좀더 큰 힘을 발휘하고 있기 때문이다. 그 힘은, 최인훈의 작품에
의해서야 비로소 그 고유한 모습으로 포착되고 뒤이어 김승옥, 이청
준, 서정인 등에 의해 풍부한 표현을 얻는 것, 곧 대학생과 지식 청
년으로 대표되는 회색 지대의 주체, 그리고 그들이 교유하고 움직이
며 만들어내는 공간이 지닌 위력에, 혹은 그들이 출현함으로써 비로
소 위력적인 것으로 등장한 회색 지대의 위력에 근거한 것이라 해
야 하겠다.

회색 지대의 세련성과 대학생의 출현

「그레이구락부 전말기」에 감각적으로 그려진 회색 지대는 아름답지만, 아름다운 것들이 자주 그렇듯 상처에 취약하다. 그것이 비밀결사의 형태로 유지되어야 했던 것은 그 때문일 것이다. 이 소설에서의 회색 클럽 역시 무너지는 것은 돌연하고 어이없다. 그것을 무너뜨린 것은 단 하나의 질문이다. '너희들은 무엇을 하고 있느냐.'

이런 질문은 그 형태 자체가 권위자의 질문의 한 전형이다. 정신분석학자들은 그 권위자의 이름을 초자아라 부르거니와, 그로부터 나오는 질문은 질문받는 당사자를 피심문자로 만든다. 그 질문 앞에 서면 어떤 말도, 심지어는 침묵조차 변명이 되고, 또한 변명은 행동을 잠재적 죄행으로 만든다. 사람을 위축시키고 불안하게 하며 전전긍긍하게 만드는 질문, 그것이 곧 모든 것을 폭로케 하는 초자아의 질문이다. 물론 어떤 개인에게도 초자아는 질문을 던지는 역할만 할 뿐 대답에는 관심이 없다. 초자아는 눈과 입은 있어도 귀는 없기 때문이다. 게다가 질문자가 원하는 것은 대답의 내용이 아니라 그 질문을 대하는 사람이 취해야 할 마땅한 태도이다. 소설 속에서 '그레이구락부'의 비밀 당원들에게 이 질문을 던졌던 사람은 대학생들의 동태를 주시하던 경찰이었다.

만약 이런 질문이 정상적인, 그러니까 물리적 폭력이 없는 상태에서 다가왔다면 그들은 어떤 대답을 했을까. 비밀결사라는 형식 자체가 이미 그 대답에 해당한다. '아, 그건 비밀입니다.' 혹은 '당신 알

바 아니요.' 그것은 초자아의 질문에 무시와 경멸로 반응하는 것이 거니와, 이런 식의 대답은 이미 '비밀결사'라는 형식의 선택적 폐쇄성(장난스러운 객기에 속하면서도 전적으로 장난이라고 치부해버릴 수는 없는) 속에 이미 예비되어 있다. 그러므로 그런 대답이 초래할 운명 역시 그 안에 내재해 있는 것이나 다름없다. 질문하는 사람은 언제나 권력자이다(자기가 권력자임을 모르는 수줍은 권력자도 있고, 자기가 권력자라 착각하고 있는 상상적 권력자도 있다). 질문은 대답에 대한 요구이되, 그것은 그럴 만한 권한이 있는 사람에게만 해당되는 것이다. 그러므로 합당한 대답이 돌아오지 않을 때 그 권력은 어떻게든 말을 한다. 그러니까 피심문자의 입장에서 보자면, 질문에 대한 대답의 방식을 선택하는 것은 자유로울 수 있으나, 그로 인한 권력의 반응을 자기 몫으로 감수하는 것 역시 불가피한 일이다. 죽림칠현의 일원이었던 완적과 혜강은 권력자들의 요구에 무시와 냉대로 응답했다. 그로 인해 혜강은 처형당했고, 완적은 주정뱅이라는 외관에 자신을 가두고서야 간신히 목숨을 부지할 수 있었다.

「그레이구락부 전말기」의 주인공 현은 폭력적인 형사의 심문 앞에서 무력해진 자신을 발견한다. 무엇을 하고 있었느냐는 형사의 질문에 그로서는 가장 참혹한 대답을 할 수밖에 없다. "전혀, 네, 오햅니다. 우린 그저 모여서 철학이나 문학에 대한 잡담을 하고 소일한다는 것뿐, 집이 너르고 하여 같은 집에서 자주 만났다는 데 지나지 않고, 무슨 목적이 있었다든가 한 것이 아닙니다."[15] 그러니까 현은, 자기들이 그저 놀고 있었을 뿐이라고, 그저 어린아이들이었을 뿐이

라고, 비밀결사라는 것도 그저 장난이었을 뿐이라고 말하고 있는 것
이다. 그렇게 말하면서 참을 수 없는 굴욕감을 느끼는 것은 당연한
일이지만, 그 마음의 실상이 어떠한지는 중요하지 않다. 자신들의
아름다운 정원에 대해 심문자에게 그런 식으로 표현할 수밖에 없었
다는 것, 자기 입에서 튀어나온 저 굴욕스러운 단어들의 연쇄를 심
문자 앞에서 그 자신이 듣고 있어야 했다는 것이 중요하다. 자기의
본심이 무엇이냐에 상관없이 그런 굴욕적인 자세를 취해야 한다는
것이 그에게는 치명적인 것이다. 최인훈은 앞에서 '그레이구락부'
를, 미친 사람들과 속물 같은 세상에 대한 "청결한 반항"이라 표현했
지만, 반항의 자세가 흐트러지는 순간은 그 자체로 청결성이 깨지는
순간이기도 하다. 여기에서 중요한 것은 청결함이고, 그래서 그것은
형용사로 표현되고 있지만, 그 본질은 반항이라는 명사의 외관이 유
지되는 순간에만 존립할 수 있기 때문이다.

　게다가 현으로서 가장 참을 수 없는 것은, 형사 앞에서의 자신의
진술이 임시방편으로 둘러댄 것이 아니라 가감 없는 사실로 다가왔
다는 점, 다른 사람이 아니라 자기 자신에게 그러했다는 점이다. 그
것의 사실성이 환기시켜주는 것은, 그들이 구현하고자 했던 불온성
이 사실은 가짜 불온성에 불과했다는 점, 폭력적인 국가권력 앞에
서는 어린아이들의 장난으로 판명될 무력하고 허약한 것에 불과했
다는 점이다. 심문자가 제시한 사실성이라는 필터에 걸러지는 순간,

15　최인훈, 「그레이구락부 전말기」, 『한국소설문학대계』 42, 동아출판사 1995, 498쪽.

'그레이구락부'를 둘러싸고 있던 놀라운 분위기, 신선한 치기와 삶
의 의욕을 약동하게 했던 정결한 행복감, 현에게 구원처럼 다가왔던
아우라가 흔적도 없이 사라져버린다는 것, 그것이 문제이다.

　'그레이구락부'의 남자 당원 넷은 똑같은 심문을 받았고, 그들은
모두 자신의 행위를 '비속한 사실의 체'로 걸러냄으로써 그들의 회
색 클럽이 국가를 전복하고자 하는 불온한 단체가 아님을 설명해야
했다. 초자아의 시선 앞에서 행해지는 이 같은 자기부정의 치욕은
비밀의 정원의 담장을 무너뜨리며 탱크처럼 쳐들어온다. 그로 인해
정원은 단번에 황폐화되고, 청춘기의 연애 감정만이 짓밟힌 꽃들의
잔향처럼 그 폐허를 맴돈다.

　최인훈의 젊은 주인공들의 관점에서 보자면, 세계와 정신이 아무
리 황폐화된다 하더라도 사랑이 있다면 그것으로 삶의 이유는 충분
하다. 「그레이구락부 전말기」뿐 아니라 『광장』이나 『회색인』 같은
장편에서도 사정은 동일한 방식으로 드러난다. 어떤 싸움이건 그것
은 주체로서의 위신을 둘러싼 것이라는 헤겔의 언명을 수긍한다면,
그리고 남근으로서의 자신의 지위를 타자로부터 확인받음으로써
그 위신이 획득되는 것이라면, 이 남성 주인공들에게 그 위신을 선
사할 수 있는 존재는 맞서 싸우는 적수가 아니라 그것을 지켜보는
제3의 시선의 담당자, 곧 여성 주인공들이다.

　이를테면 『광장』의 이명준이 자살하기 직전에 떠올렸던 환상, 즉
낙동강 전선에서 죽은 애인과 그 뱃속에 있던 아이의 모습은 그에
게 삶의 이유이자 동시에 삶을 버려야 할 이유가 된다. 그가 왜 자살

을 해야 했는지는 앞에서 충분히 서술했으니, 이 맥락에서 중요한 것은 서사적 코다(coda)로서 사랑이 소환되었다는 사실이다. 그것이 지닐 수 있는 비유적 의미를 감안하더라도 사정은 마찬가지이다.

『회색인』의 대학생 독고준의 경우는 어떨까. 이 소설 역시 마지막에 한 여성의 방으로 들어가는 장면으로 끝나거니와, 그가 동인으로 참여했던 '갇힌 세대'가 '그레이구락부'와 달리 소설에서 차지하는 비중이 현저하게 떨어지는 것은 단지 장편소설이기 때문만은 아니다. 결정적인 것은 그 안에 키티 같은 존재가 없기 때문이라 해야 한다. '갇힌 세대'의 동인들이 당대의 역사와 현실에 대해 주고받는 거창한 담론들은, 비록 서로 다른 의견이 있다 할지라도 격렬한 대결 구도로 전개되지는 않는다. 그것은 사실상 동일한 목소리가 입만 바꾼 것에 불과한 것이라 해도 무방하다(이를테면 동인들 사이에서의 대립은 주인공이자 소설가 지망생 독고준과 경주 출신의 정치학도 김학 사이에서 벌어지곤 하는데, 이 둘의 대립은 대결의 국면까지 나아가지는 못한다). 그들 사이에는, 갑작스러운 키스 상대가 되었다가 화가인 친구의 누드모델이 되기도 하는 「그레이구락부 전말기」의 키티와 같은 여성, 남성들이 자기 존재의 의미를 기탁할 제3의 시선이 존재하지 않기 때문이라 해야 할 것이다. 그래서 그들 사이에 진검 승부라 할 만한 논리의 대결은 성립될 수 없다.[16]

연애 감정이 합당한 의장 없이 소설 속으로 직접 드러나는 것은, 최인훈의 세계에서는 있을 수 없는 일이다. 그것은 최인훈의 소설 세계가 유지하고자 하는 미학적 범절에 맞지 않는다. 「그레이구락

부 전말기」의 마지막 대목에서도 최인훈은 이야기를 한번 더 비틀
어놓음으로써 회색 지대의 포즈를 지켜주고자 했다. '그레이구락부'
가 사실은 무정부주의 테러리즘을 실천하는 조직이었다고 거짓 고
백을 했던 현의 마지막 연극은 일차적으로 키티와 독자들을 위한
것이었겠으나, 그런 포즈는 무엇보다, 무참해진 주인공 현 자신을
위한 것이라 해야 한다. 회색 지대에서 중요한 것은, 사태의 비틀림
과 그것이 초래하는 의미의 유동을 통해 확보될 수 있는 지적 세련
성이다. 그런 비틀림을 거친 후에라야 연애 감정도 서사적 세련성
의 한 부분으로 안착할 수 있게 된다. 즉, 지적 세련성이라는 고급스
러운 의장을 갖출 때에야 비로소 연애 감정은 최인훈의 서사 세계
에서 당당한 시민권자로서 입성할 수 있게 되는 것이다. 그 같은 과
정이 없다면 연애는 그저 통속적이거나 수준 낮은 것이 된다. 그러
니까 서사의 말미에 다소곳하게 자리잡고 있는 연애 감정으로부터
서사를 거꾸로 조망한다면, 세련된 연애 감정이야말로 서사의 핵심
이며 그 나머지, '그레이구락부' 운운했던 것들은 모두 바로 이 연애
감정의 세련성에 봉사하는 어떤 것, 연애 감정의 직접적 출현을 제

---

16 주인공 독고준의 고향에 대한 기억이 방공호에서 이루어졌던 한 여성과의 만남을 핵자로 하여 구
성된다면, 서울에 사는 대학생으로서의 삶의 핵심에 놓여 있는 것은 젊고 매력적인 여성 화가 이유정과
의 만남이다. 고아가 된 월남민으로서 어떻게든 학비를 마련하며 생존해가는 것도, 또 인간의 도리를
지키지 않은 자(매부라 불리는 현호성)에게 복수함으로써 정의로움을 구현하는 일도, 이 여성들과의 만
남이 지닌 서사적 비중에 비하면 부차적이다. 그러므로 소설의 마지막이 이유정의 방문을 열고 들어가
는 것으로 설정되는 것은 자연스러운 일이다. 그럼에도 이 두 여성은 독고준과 김학의 세계인 '갇힌 세
대'와는 무관하다. 그래서 그 둘 사이에, 논리나 세계관의 목숨 건 대결 같은 것은 존재할 수 없으며, 단
지 주인공 독고준의 생활의 일부로서 맺어지는 매우 느슨한 관계만이 존재할 뿐이다.

어하기 위해 동원된 서사적 의장이자 맥거핀(MacGuffin, 작품 줄거리에는 영향을 주지 않지만 관객의 시선을 의도적으로 묶어둠으로써 공포감이나 의문을 자아내게 만드는 영화 구성상의 장치)이 되는 셈이다.

소설이 기본적으로 사적 감정생활을 다루는 매체라는 점을 감안한다면, 최인훈의 소설들이 지닌 이런 구도는 당연한 것이라 할 수 있다. 최인훈의 등단작이 보여주는 독특함은 그런 사랑의 서사에 담긴 세련성에 있다. 이 경우의 세련성이란 애정이 지적 세계를 통과해 나온 것이라는 것을 뜻한다. 그 세계를 거치지 않은 애정이란 원초적이거나 토속적일 수는 있으나 이지적인 젊은이들의 감각에 맞는 세련된 것일 수는 없다. 최인훈에게서 볼 수 있는 것은, 사랑의 아련한 감정이 대학생의 지적인 삶을 통해 걸러짐으로써 그런 세련성이 확보될 수 있었다는 점이다.

요컨대, 한국전쟁이 끝나고 사회 전체가 새로운 균형점을 향해 나아가는 시대에 대학생들의 연애 감정이 최인훈의 소설을 통해 본격적으로 서사화되기 시작했다는 것인데, 여기에서 방점을 찍어야 할 것은 물론 연애가 아니라 대학생이라는 단어이다. 문제가 되는 것은 연애 일반이 아니라 소설 속에 포착된 대학생의 삶과 대학생의 정서로서의 연애 감정이다. 즉, 연애 감정이 문제가 되는 것은, 그것이 대학생다움의 고갱이나 핵자 같은 것으로서 지적 활동과 감정생활의 핵심을 이루고 있기 때문이다.

그런데 왜 대학이라는 공간이 문제가 되는가. 조금 과장되게 말하자면 한국의 근대문학사는 최인훈의 작품들에 이르러 비로소 대학이라는 회색 지대를 포착해낼 수 있게 되었기 때문이다. 20세기 전반기 식민지의 지식인 대중들에게 대학이라는 공간은 소설이라는 매체의 배경이 되기에는 너무나 이질적인 곳이었다. 식민지의 대학이란 기본적으로 제국의 관료 배출과 어떻게든 연관되어 있기 때문이다. 반면에 식민지의 문학이란 어떻게든 내셔널리티를 만들고 옹립하기 위한 반제(反帝)적 실천의 문제와 결부되지 않을 수 없다. 그러므로 '제대로 된 문학' 혹은 소설이 지향하는 이념적 가치는, 대학생이 아니라 대학을 마치지 않은 사람들, 대학을 가지 못했거나 거부했거나 거기에서 떨려 나온 사람들에 의해 표상된다. 대학을 나온 사람들이 그런 이념의 건설자일 수는 있지만, 보통 사람으로서의 감정과 생활의 세목을 드러내야 하는 소설의 주인공이 되기는 어렵다. 20세기 전반기에 이렇다 할 대학생 소설을 찾아보기 어려운 이유는 그 때문일 것이다. 한국문학사에서 대학생의 삶이 소설에서 본격적으로 표현되기 시작하는 것은, 광복과 한국전쟁이라는 혼돈의 시기를 거쳐 최인훈이 대표하는 새로운 세대의 정념의 공간으로 접어든 후의 일이다. 그러니까 그것은 그 자체로 작은 일이 아니거니와, 회색 지대로서의 대학이 지니는 의미를 감안하면 더욱 그렇다.

대학이라는 공간 자체의 의미에 대해서는, 나쓰메 소세키의 장편 『산시로』(1908)가 맞춤한 대답을 마련해놓고 있다. 구마모토에서 전문학교를 마친 산시로가 도쿄의 대학에 진학한다. 그는 시골에서 올라온 청년 학생이 겪을 법한 일들을 경험한다. 새로운 공간에서 새로운 사람들을 만나고, 또 사랑에 빠지고 그러면서도 어찌하지 못한 채 사랑하는 사람을 바라만 보는 등등의 일이다. 그런 산시로 앞에는 세 개의 세계가 펼쳐져 있다. 하나는 자기가 떠나온 고향과 가족들의 세계이고, 다른 하나는 눈앞에 펼쳐진 대도회의 화려한 세계, 그리고 그 두 세계 너머에는 특이성의 공간으로서 대학이 있다. 그것은 대학 구내의 연못을 들여다볼 때 그가 느꼈던 아득함과 고요함, 그리고 외로움으로 표상된다. 도서관의 열람실과 서가의 먼지, 연구에 몰두해 있는 사람들의 분위기가 거기에 덧붙여진다. 그것이 곧 회색 지대의 표정이거니와, 이는 고향으로 표상되는 전통적 질서 (이것을 그는 메이지 15년 이전의 향기라고 표현한다. 이는 곧 근대 이전의 세계가 지닌 분위기를 뜻한다[17])와 다름은 물론이지만, 또한 담장 밖에 있는 도회의 질서, 곧 근대적 삶 일반의 기율과도 구분된다.

『산시로』의 이런 구도에 적실하게 드러나듯이, 대학이라는 공간은 그 자체가 하나의 점이지대이다. 세 가지 점에서 그러하다. 첫째, 한 개인의 정신적·현실적 성숙 과정에서 미성년과 성년 사이에 놓인 공간이라는 점에서 그러하다. 지난 1백여 년 동안 교육 수준이 추세적으로 향상됨으로써 대학은 점차 지식인의 공간에서 청년의 공간으로 바뀌어왔다. 그럼에도 지식인과 청년이 만나는 공간에는, 청년 지식인이라는 애매한 표현 자체가 그렇듯이 성숙과 미숙의 특이한 혼재성이 잠재해 있으며, 그런 점에서는 정도의 차이는 있을지언정 그 성격 자체는 여일하다고 하겠다.

17　나쓰메 소세키, 『산시로』, 최재철 옮김, 한국외국어대학교출판부 2005/2010, 75쪽.

둘째, 대도회와 고향 사이의 점이지대라는 의미를 지닌다. 라캉의 용어를 빌려 말하자면 도회는 상징적 공간이고, 고향은 상상적 공간, 대학은 실재적 공간이다. 고향을 떠난 사람들이 그리워하는 고향은 그들의 마음속에만 있는 착각이다. 그곳으로 돌아가서 확인하는 것은 고향의 부재이다. 그러니까 고향으로 가는 길은 차단되어 있는 셈인데, 좀더 정확하게는 고향을 떠나는 순간 생겨나는 고향이라는 관념은 이미 그 자체가 고향의 부재를 함축하고 있다고 해야 할 것이다. 그 반대편에서 비(非)고향적인 것에 의해 만들어지는 사회적 공간, 타인의 시선으로 구성되는 공간이 도회이다. 대학은 이 둘 사이의 특이한 점이지대이다. 도회이면서 동시에 고향인 곳, 고향이 자신의 비(非)고향성을 드러내는 공간이자 또한 도회가 자신의 도회성을 서먹서먹하게 생각하는 공간이 또한 그곳이다. 상상적 공간과 상징적 공간이, 고향과 도회가 자기 자신을 기이하게 일그러뜨리면서 자신의 본모습을 드러내는 실재의 공간이 곧 대학이다.

셋째, 대학은 전통과 근대 사이의 점이지대이기도 하다. 이 점은 특히 근대성을 외부로부터의 난폭한 침입자로 경험했던 동아시아에 특히 현저하다. 해방의 공간이자 또한 새로운 질곡이 만들어지는 공간으로서, 둘 사이의 팽팽한 힘겨루기가 정치나 윤리의 형태로 이루어지지만 사회 전체의 시선으로 보자면 관조와 성찰의 대상이 되는 실험실과도 같은 공간, 현실적 실천이 아니라 이념이나 이상이 주조되는 회색의 공간, 그곳이 곧 대학이다.

『광장』이나 『회색인』이 그려내는 공간이 바로 그 회색 지대로서

의 대학이다. 『광장』의 이명준은 남과 북을 떠돌고 한국전쟁을 겪어
냈으나, 시종일관 사태의 관조자로서 그랬고 그런 점에서 정확하게
대학생 자리, 즉 저 회색인의 자리를 벗어나지 않았다. 그런 태도에
관한 한, 중립국을 택하고 인도양의 바다에 뛰어드는 순간까지 그는
일관성을 유지했다고 할 수 있다. 『회색인』의 독고준은 말할 것도
없다. 1958년으로 설정된 시점에서 혁명과 행동의 당위성을 주장
하는 친구 김학에 맞서 그는 관조자의 자리를 고수하고자 했다. 그
것이 학생의 자리라는 것이었다(4·19혁명 후에 씌어진 소설의 주인공임
에도 독고준은 그런 자리를 지키고자 했다. 그들은 아직 몰랐지만 작가 최인훈
은 이미 5·16의 존재 또한 알고 있었기 때문이기도 할 것이다). 하지만 어떻
든 이들이 서로 다른 입장을 가지고 있으면서도 결국 합의하게 되
는 지점은, "나는 학생이구나"(456쪽)라는 자각이다. 그것은 물론 최
인훈이 '그레이구락부'의 '발당 선언'에서부터 견지해왔던 태도, 비
활동성을 적극적으로 선택하는 사람들이 지닌 역설적 활기와 연관
되어 있다.

　최인훈의 소설이 활성화시킨 대학생들의 공간이 단순히 물리적
공간을 뜻하는 것이 아님은 물론이다. 우리가 회색 지대라고 명명했
던 것은, '그레이구락부'가 그렇듯 양쪽 세계의 질서를 밀어냄으로
써 확보해낸 정신의 공간이다. 그것은 '움직이는 성'과도 같은 것이
어서, 실천의 논리(이념적 실천만이 아니라 관료적 실천이나 상업적 실천도
있다)를 거부하면서도 다른 한편으로는 원초적 세계로 돌아가는 것
을 선택하지 않을 때, 반성과 성찰의 자리에서 매우 적극적인 관조

자로서 실천의 세계에 들러붙어 있고자 할 때, 그런 회색인들이 정신의 뿌리를 내려둘 수 있는 영역이라 할 것이다.

앞에서 언급한 대로, 한국 현대소설사에서 그 회색의 공간은 최인훈을 기다려 비로소 본격화된다. 나쓰메 소세키와의 상거를 따지면 물경 50여 년이다. 그것은 20세기 후반의 한국에서 문학의 고유성 혹은 문학다움이라 할 만한 것이 재출발하는 세기를 이루는 것이라 해도 좋겠다. 최인훈의 인물들이 보여주는 관조적 태도의 한계는 그것 자체로 인정되어야 할 것이다. 하지만 한 시대의 과잉 행동의 지점을 짚어내고 그로부터 한발 떨어진 곳에서 그것을 바라보는 일은, 구체적 삶의 윤리적 감각에 대한 포착자로서 문학 고유의 일이라 할 수 있다. 최인훈에 의해 본격적으로 형상화되기 시작한 회색 지대는 그런 일을 위한 공간일 것이며, 이는 그를 필두로 하여 1960년대를 통해 족출한 새로운 문학 세대가 포괄적으로 공유하는 서사윤리의 바탕이 된다.

제4장 가해자의 자리를 향한 열망

한국전쟁을 주체화하는 이청준의 방식

「병신과 머저리」(1966)는 이청준의 초기작들 중에서도 특별히 주목할 만한 가치가 있다. 한국전쟁이라는 트라우마적 사건을 받아들이는 중요한 방식 중 하나를 보여준다는 점에 그러하다. 이 단편에서 특히 눈길을 끄는 것은 세 명의 낙오병에 관한 삽화이다. 이 삽화는 소설 전체를 끌어가는 중요한 모티프를 내장하고 있어서 이채로운데, 특히 강렬한 윤리적 문제를 제기하고 있다는 점, 그리고 특이한 서사적 비틀림을 자신의 증상으로 지니고 있다는 점이 강조되어야 할 것이다. 또 그런 비틀림이 단순히 삽화나 이 단편의 수준에 그치는 것이 아니라 이청준의 소설 세계 전체와 연관되는 맥락의 연결선을 지니고 있다면, 그것은 특필할 만한 가치가 있겠다. 또한 그 선을 타고 나아가는 것이 우리로 하여금 이청준의 세대에 의해 수행되었던 주체 형성의 드라마를 만나게 한다면, 이 두 소설에 나타나는 서사의 증상들은 20세기 후반 한국의 정신사적 문제성의 하나

를 보여주는 것이기도 하겠다.

「병신과 머저리」와 낙오병 삽화의 문제성

「병신과 머저리」[1]의 줄거리는 형제를 두 주인공으로 하는 병렬 서사로 구성된다. 형은 의사이고 동생은 화가이다. 소설에서 1인칭 화자로 등장하는 동생에게 맡겨진 임무는, 자기 애인을 책임지지 못한 채 그 여자가 의사와 결혼하여 자기를 떠나는 모습을 지켜보는 것이다. 그리고 그런 처지의 동생 앞에 문제적 인물인 형이 있다. 그는 한국전쟁 때 의무병으로 참전한 경력이 있는 개업의이다. 최근 형의 수술을 받은 소녀 환자가 목숨을 잃어 문제가 생긴다. 객관적으로 소생 가능성이 희박했고 수술 자체도 성공률이 높지 않은 경우였다. 그러니까 나쁜 결과에 크게 책임감을 느끼거나 자책하지 않아도 되는데도, 형은 소녀의 죽음 이후 심하게 절망스러워한다. 병원 일을 등한히 하다 마침내는 중단하고, 평소와는 달리 과음을 하며 또 방에 틀어박혀 소설을 쓴다. 실연을 향해 나아가는 화가 동생이 그런 형을 지켜보고, 형이 쓰고 있는 소설을 몰래 따라 읽는다. 그 과정이 소설의 기둥 줄거리가 된다.

---

1   「병신과 머저리」는 『창작과비평』 1966년 가을호에 발표되었다. 『병신과 머저리』(문학과지성사 2010)에 수록된 것을 텍스트로 삼아 인용은 본문에 쪽수만 표시한다. 또한 문장부호는 현대 표기법에 맞게 고쳤으며, 한자 그대로 노출된 것은 병음으로 표기한다.

서사적 긴장의 핵심은 형의 과거 이야기를 다룬 삽화 속에서 펼쳐진다. 이 삽화는 형이 쓰고 있는 이른바 '소설' 속에 등장한다. 소설이라고 부르기는 하지만 자전이라 하는 편이 좀더 정확하다. 등장인물은 셋이다. 의무병이었던 형, 그리고 야수 같은 군인 오관모 이등중사, 전쟁터에서 부상당한 김 일병. 이들이 속한 부대는 9·28수복 이후 북진을 거듭하여 강계 근처에 도달한다. 압록강에 다다르기 직전 중국군의 참전으로 다시 퇴각해야 했다. 전투 중에 팔을 잃은 김 일병과 그를 간호하던 형은 퇴각선을 지키지 못하여 낙오하게 된다. 은신처에서 그들은 또 다른 낙오병 오관모를 만난다. 오관모는 정찰을 나갔다가 부대로부터 떨어져버려 낙오병이 되었다. 그러니까 심각한 부상을 입은 병사와 착해빠진 의무병, 그리고 야수 같은 성격의 전투병, 이렇게 셋이 적진에 고립된 셈이다. 이 지점에서 '소설'은 중단되어 있다.

이야기의 결말은, 좀더 정확하게는 그 결말의 일부는 소설의 초두에 이미 공개되어 있는 것이나 다름없다. 형은 적진을 뚫고 탈출에 성공하여 의사 생활을 하고 있다. 게다가 형은 관찰자인 동생에게 이 사건에 대해 취중 실언처럼 흘린 적이 있다. 자기가 동료를 죽인 덕에 살아 도망칠 수 있었다고. 하지만 형의 소설을 몰래 읽어가던 동생은 궁금해진다. 대체 어떤 일이 벌어진 것일까. 어떤 상처가 있었기에 형이 저토록 괴로워하는 것일까. 이런 궁금증은 소설을 따라 읽는 독자도 마찬가지로 가지게 된다. 여기에서 이들의 운명에 관한 세 가지 판본의 서사가 나온다. 나오는 순서대로 하자면, ① 동생의 서사, ② 형의 서사, ③ 독자(혹은 작가)의 서사.

이 세 개의 서사는 서로 배타적이다. 형식논리로만 보자면 셋 중 하나만 사실일 수 있다. 그러니까 최종 진실의 자리를 두고 세 판본의 서사가 소설 속에서 경합을 하는 셈인데, 서로를 밀어내며 중첩되는 서사들의 이런 긴장이 소설을 이끌어가는 힘이 된다. 그것은 일차적으로 서사적 긴박감을 만들기 위한 드라마투르기(Dramaturgie, 연출법)의 문제이지만, 한 개인의 윤리적 실존 문제가 걸려 있다는 점에서 단순한 드라마투르기의 차원을 넘어선다. 또한 거기에서 만들어지는 윤리성의 기제는 한국전쟁을 체험한 세대들이 전쟁의 상처를 상징화하는 마음의 한 요충에 놓여 있다.

경합하는 세 개의 서사

셋 중 가장 먼저 나오는 것은 동생이 만든 서사①이다. 동생은 미완성인 형의 소설과 원고지를 가져와 자기가 그 뒷이야기를 만들어버린다. 형이 김 일병을 죽이고 낙오지에서 벗어난다는 시나리오이다.

동생이 이런 만행을 저지른 데는 물론 이유가 있다. 그는 지금 자기를 떠나가는 한 여자의 눈길을 애써 외면하는 중이다. 그 여자는 심지어 자기에게 손을 내밀기조차 했다. 그럼에도 그것을 바라보지 않고 있다. 그런 마음이 형의 소설에 투사되었고, 그 이야기가 어떤 식으로든 완결되는 모양을 보지 않으면 자기 일을 할 수 없게 되어 버렸다. 이 같은 정황의 압박감이 동생으로 하여금 서사①을 만들게 했다. 그것은 형에게 읽히기 위한 것이면서 또한 자기 자신을 비난 하기 위한 서사이기도 하다.

동생의 서사①에 대한 형의 반응은 차갑기 그지없다. 형은 매우 절제된 모습이지만 동생의 나약함에 분노와 경멸의 감정을 숨기지 않는다. 그리고 뒤이어 형이 만든 서사②가 나온다.

형은 동생이 써놓은 부분을 버리고 마침내 자기만의 서사를 완성 한다. 눈이 내리던 날 골짜기로부터 산을 올라온 오관모가 김 일병 을 데리고 동굴 밖으로 나간다. 둘은 눈 위에 검은 발자국을 남기고 내려간다. 총소리가 난다. 그 소리를 견딜 수 없던 형은 격정적으로 발자국을 따라 내려간다. 오관모를 만난 형은 분노에 차서 그에게 총을 쏜다. 이 장면은 좀더 낭만적으로 극화되어 있다. 서로 엎드려 총을 겨누고 방아쇠를 당기지만 형이 살고 오관모는 죽는 것, 결투 에서 이긴 형이 오관모의 시체를 향해 탄창이 빌 때까지 총질을 함 으로써 자신의 노여움을 표현하는 것으로 되어 있다.

형의 서사②를 읽는 사람은 물론 이 단편의 1인칭 화자인 동생이 다. 그러니까 동생의 시각은 곧 독자들의 시각이기도 하며, 감정선 역시 둘이 같이 간다. 이 시선에서 보면 형은 나약했지만 윤리적 영 웅이 된다. 약간의 의구심이 남아 있는 것은 어쩔 수 없다. 형의 서 사가 지나치게 낭만적이라는 느낌이 한 편에 있고, 또 한 편에는 김 일병의 운명에 관한 아직 분명해지지 않은 의아함이 남아 있다(왜 형은 김 일병을 살리려고 노력하지 않았을까). 이런 점이 분명해지는 것은 서사③에서이다. 이를 위해서는 하나의 절차가 더 필요하다. 죽은 오관모가 되살아나야 한다.

동생이 형의 소설을 읽고서 감탄하고 있던 저녁에 형은 외출에서 돌아온다. 형은 술에 취했고 매우 화가 나 있다. 그리고 마치 홧김에 그러는 듯이 소설 원고를 태워버린다. 물론 그 순간에도 그답게 절제와 냉정을 유지한다(이는 영웅을 우러러보는 동생의 시선이 포착해낸 모습이기 때문이다). 소설 원고를 태우는 이유에 대해 형은 자조하듯이 말한다. 오관모를 만났다고. 소설을 사실로 믿고 있던, 그래서 이제는 형의 아픔을 이해할 수 있다고 생각했던 동생은 어리둥절해질 수밖에 없다. 어떻게 된 일인가. 이 대목은 선명하지 않다. 오관모를 만났다고 주장하는 형이 취해 있고, 또 그가 만났다고 주장하는 사람이 오관모인지 아닌지도 불투명하게 뭉개놓았기 때문이다.

형의 진술은 어디까지나 취한 사람의 말에 불과한 것으로 설정되어 있다. 그래서 취중 진담일 수도 있지만, 어쨌거나 앞뒤가 맞지 않기 쉽다는 것이다. 따라서 사태의 진상은 독자 자신이 추정해볼 수밖에 없다. 이것은 주어진 요소들을 가지고 객관적으로 추론해볼 수 있는 것으로서, 그 추론의 자리에는 독자만이 아니라 작가 자신도 있다. 그런 틀 자체가 작가 자신의 배치라는 점을 간과해서는 안 된다. 그래서 이 세 번째 서사를 독자(혹은 작가)의 서사③이라 부를 수 있다.

세 사람의 성격을 고려한다면 동생의 서사①도, 형의 서사②도

현실적 설득력을 지니기 어렵다. '참새가슴을 가진 의무병'인 형이 서사①에서처럼 김 일병을 쏘아 죽이거나 서사②에서처럼 야수 같은 전투 요원 오관모와의 대결에서 이겼다고 하는 것은 비현실적이다. 가장 현실적이고 일관성 있는 서사는, '오관모가 김 일병을 죽이고(그들이 사라진 후 골짜기에서 총소리가 들려오고), 홀로 동굴에 남아 죄의식과 두려움에 떨던 형이 혼자서 동굴에서 도망쳐 탈출해왔다' 혹은 '오관모가 김 일병을 데리고 사라진 직후 김 일병의 최후도 확인하지 않은 채 형이 혼자서 도망쳐왔다'라는 줄거리이겠다. 둘 모두 의미는 마찬가지다. 형은 겁쟁이에 도망자이며, 그런 형이 오관모를 죽였다는 것은 낭만적인 허구일 수밖에 없다.[2] 이것이 객관적으로 추정해볼 수 있는 이야기로서 서사③이다.

「병신과 머저리」의 중심 삽화 속에는 이 세 판본의 서사가 중첩되어 있다. 서사①은 동생이 만든 바로크적 자학 판본, 서사②는 형이 만든 낭만적 응징 판본, 서사③은 독자(=작가)에게 남겨진 현실적 판본이다. 셋은 서로 경합하는 것처럼 보이지만 찬찬히 줄거리를 좇아가는 독자라면 결국 서사③의 현실적 판본에 이르게 되고 그 경합이 끝나면서 소설은 마무리된다.

그런데 문제는 이 세 판본의 서사 모두에 근본적 비틀림이 있다

---

2   이와 관련하여 김지미는, 형이 만난 사람이 진짜 오관모인지 여부와 무관하게 "오관모의 생존 가능성에 대해 형이 의심 없이 받아들일 수 있다는 사실 자체가 형이 쓴 소설의 진실성을 부정하는 것"이라고 적절하게 지적했다. 김지미, 「한국전쟁 체험의 문화적 생산: 「병신과 머저리」와 「장군의 수염」의 매체 전환 과정을 중심으로」, 『대중서사연구』 19, 2013. 6, 83쪽.

는 사실이다. 그것은 세 개의 서사가 만들어내는 경합의 드라마에
가려 잘 보이지 않는 지점에, 그러니까 무대의 배경 너머에 존재하
는 비틀림이다. 그것은 텍스트의 표면이 아니라 이면에, 텍스트의
무의식이라 할 만한 층위에서 형성되는 것으로서, 김 일병이라는 기
이한 존재로부터 말미암는다. 그것이 문제가 된다.

과잉윤리 뒤의 몰윤리

「병신과 머저리」의 중심 삽화가 지닌 서사적 비틀림에 접근하기
위해서는 일단 텍스트 자체의 논리적 결함부터 따져보아야 한다. 경
합하는 세 개의 서사에는 공히 두 가지 의문점이 있다. 둘 모두 김
일병의 죽음과 관련된다.

먼저 문제가 되는 것은 김 일병을 죽이겠다는 오관모의 주장이
지닌 비논리성이다. 그는 입을 덜기 위해 쓸모없는 김 일병을 죽이
겠다고 했다. 전선은 그들을 지나쳐 남쪽으로 내려갔고 겨울이 오고
있는데 식량이 부족하다는 이유였다. 그런데 이런 주장은 낙오한 그
들이 은신처에서 월동을 한다고 했을 때나 타당한 말이다. 이 소설
에서 김 일병을 죽이고 그들이 한 일은 동굴에서 은신하며 월동하
는 것이 아니라 적진을 뚫고 탈출하는 것이다. 은신이 아니라 탈출
은 예상할 수 있는 일이다. 북쪽의 추운 산에서 식량 마련도 없이 한
겨울을 나는 것은 탈출하는 것보다 생존 가능성이 크지 않다. 그런

데도 오관모는 김 일병을 죽이겠다고 한다. 탈출이 유력한 생존 전략이라면 구태여 김 일병을 죽여야 할 이유가 없다. 김 일병은 다리가 아니라 팔이 잘리는 부상을 당했고 응급 지혈로 생사의 위기는 넘겼다. 걸을 수 있으면 같이 탈출하거나, 부상이 심해 움직일 수 없다면(정말로 '쓸모가 없다'면) 가까운 인가 근처로 데려다 놓거나, 그마저 귀찮아할 정도의 인성과 동료애라면 그냥 동굴에 버려두고 오면 그뿐이다. 그런데도 오관모는 죽이겠다고 했다. 이것은 좀 이상하지 않은가. 이것이 우리가 지적할 수 있는 첫 번째 의문점이다.

하지만 더욱 이상한 것은 이 소설 「병신과 머저리」에서 문제가 되는 사람, 이 세 사람에 관한 '소설'을 쓰고 있는 사람, 즉 의무병인 형이다. 그는 오관모와는 달리 정상적인 인물이고 또한 의무병이어서 김 일병을 살려야 한다는 책임을 갖는 것이 당연해 보인다. 오관모가 제 앞가림을 못하는 사람의 입을 덜겠다는 이유로 김 일병을 죽이겠다고 했을 때 형은 왜 말리지 않았는가. 최소한 설득하거나 말리는 척이라도 해야 하지 않았을까. 더구나 자기가 쓴 '소설'인데 그런 흔적들이 나와야 정상이 아닌가. 오히려 형은 자기가 쓴 '소설'에서 김 일병의 죽음을 당연한 것으로 여기고 있다. 이것이 이 서사의 두 번째 의문점이다.

그렇다면 이제는 왜 그런 문제가 생겨났는지를 물어야 할 것이다. 그럼으로써 우리는 종국적으로 제기해야 할 의문점을 확인할 수 있다. 형의 이른바 '소설'에서 묘사된 이런 장면을 보자(여기에서 이 장면은 작가 이청준이 아니라 형이 그려낸 장면이라고 해야 한다. 이청준은 형에게 손을 빌려주었을 뿐이다). 첫눈이 오는 날, 그러니까 오관모가 김 일병을 죽이겠다고 형에게 말했던 날, 사건이 벌어지기 직전의 장면이다.

어둠이 차오르기 시작한 골짜기 아래서 가물가물 관모가 올라오고 있었다. 긴장 때문에 사지가 마비되어오는 것 같았다. 나는 후닥닥 김 일병 쪽으로 가서 그의 눈을 들여다보았다. 그 눈동자는 천정의 어느 한 점에 고정되어 있었으나 시신경은 이미 작용을 멈춰버린 것 같았다. 그 눈은 시신경의 활동보다 먼저 그의 안이 텅 비어버린 것을 말해주고 있을 뿐이었다. 가끔씩 눈꺼풀이 내려와서 그 눈알을 씻고 올라가는 것이 그가 아직 살아 있다는 유일한 증거였다.

"눈이 오고 있다, 김 일병."

나는 부드러운 목소리로 아무렇지 않게 말하고 나서 다시 그 김 일병의 눈을 들여다보았다. 그 눈에는 아무런 표정도 스치지 않았다.

"김 일병, 눈이 오고 있어."

나는 좀더 큰 소리로 말했으나 김 일병의 표정이 여전히 변하지 않는 것을 보고는 문득 손을 놀려 김 일병의 상처에 처맨 천을 풀었다. 말라붙은 피고름에 헝겊이 빳빳하게 엉겨 있었다. 그것을 풀어내자 나는 흠칫 놀라 숨을 들이쉬었다. 상처 벽이 흙 벼랑처럼 무너져가고 있었다. 나는 다시 김 일병의 눈을 보았다. 아 그런데 김 일병은 나의 말을 알아들은 것일까. 아니면 아까 분위기가 말해준 모든 것을 이미 알아차리고 자신의 가장 깊은 곳으로 잠겨 들어가 마지막 생명의 소리에 귀를 기울이고 있었던 것일까. 뜻밖에도 그의 눈에 맑은 액체가 가득 차올라 있었다. 그리고 그것을 밀어내지 않으려는 듯이 눈꺼풀이 오래 동작을 그치고 있었다. 그 눈물을 되삼켜버린 듯 그의 눈이 다시 건조해졌다. 눈동자가 뜻 없이 천장의 한 점을 응시하고 있었다.

　　그때 나는 김 일병이 죽어도 좋다고 생각했다.(193~4쪽)

이 장면은 위에서 말했던 세 판본의 서사가 나뉘기 직전, 각 서사의 분기점에 해당하는 장면이다. 이 장면이 지나가면, 서사①에서는 '내'가 김 일병을 죽일 것이고, 서사②에서는 오관모가 김 일병을 죽일 것이며, 서사③에서는 오관모가 김 일병을 죽이는 총소리를 들으며(혹은 오관모가 김 일병을 끌고 나가자) '나'는 도망치기 시작할 것이다. 그런데 이 세 개의 서사는 모두 김 일병의 죽음을 자명한 전제로 삼고 있다. 인용문에 드러난 묘사가 그 근거이다.

　요컨대 서사가 분기점에 도달하기 전에 형은 이미 김 일병을 죽은 사람으로 취급하고 있었던 것이다. "그때 나는 김 일병이 죽어도 좋다고 생각했다"라는 인용문의 마지막 문장이 이를 선명하게 보여준다. 하지만 이것이 타당한 판단일 수 없음은 분명해 보인다. 팔의 상처가 심해지고 있다는 이유만으로 눈앞에 닥친 죽음에 그를 던져 넣을 수는 없는 것이 아닌가. 그런데도 '소설'의 작자인 형은, 그러니까 사건이 발생한 지 이제 15년이 흐른 시점에서조차, 너무나 당연해 보이는 이런 이치를 외면하고 있다. 김 일병의 생명은 이제 끝난 것처럼, 그의 죽음은 불가항력적이라는 듯이, 김 일병은 결국 누군가의 손에 죽을 수밖에 없는 것처럼 그려내고 있는 것이다.

김 일병의 죽음을 당연시하는 것은 이 중심 삽화의 저자인 형만이 아니라, 서사①의 저자인 동생도, 서사③의 저자인 이청준도 마찬가지이다. 동생은 서사①에서 심지어 자기 손으로 김 일병을 쏘기까지 했다. 그럼으로써 그는 자기가 '참새가슴'이 아니라는 사실을 입증했을 수는 있지만, 김 일병은 발목이 부러져서 총으로 쏘아 죽일 수밖에 없는 서부 영화 속의 말이 아니라 다만 팔을 다친 부상병일 뿐이다. 형의 '소설'을 품고 있는 「병신과 머저리」의 작가 이청준은 한술 더 뜬다. 그는 김 일병의 죽음을 당연한 전제로 설정하고 있을 뿐 아니라, 그 전제의 비논리성을 외면하고 있다. 중요한 것은 김 일병을 죽인 손의 주인공이 누구인지의 문제이고, 김 일병이 과연 죽어야 하는 존재인지에 대해서는 아무런 생각이 없는 것처럼 서사를 배치해놓았다. 요컨대 이 삽화에서 김 일병은 죽기 전에 미리 죽어 있는 매우 특별한 존재이며, 이것이야말로 「병신과 머저리」의 서사가 지닌 증상의 핵심이라고 해야 하겠다.

김 일병의 죽음을 둘러싼 두 개의 서사적 결함은 김 일병의 죽음을 당연시하는 서사적 전제로부터 비롯된다. 그런 전제는 일종의 서사적 착시로서 이청준의 무의식이 만들어낸 작품이라 해야 하겠다. 그것을 무의식적이라 할 수 있는 것은, 작가 자신조차 그런 착시에 빠져 있음을 깨닫지 못하고 있기 때문이다. 그것이 어떤 집단적 의지의 산물이라면 그 의지조차 무의식적인 것이다. 한 세대가 집단적으로 지니고 있어 당연한 것으로 간주되는 정신적 힘의 산물이라는 의미에서 그러하다. 이런 이야기가 가능하기 위해서는 좀더 많은 예증이나 논리가 필요하겠으나, 일단 여기에서는, 지금까지 논의해온 형의 의식 속에서 발견되는 과잉윤리와 몰윤리의 결합 형태에 주목해보자. 그것이 서사적 착시를 만들어내는 기제이다.

형이 동생의 서사①을 비웃을 수 있었던 것은 김 일병의 죽음에 그 자신의 손을 내주지는 않았다는 사실에 바탕한다. 그것은 그가 지닌 자긍심의 최소 근거이다. 서사①에 대해 냉소적이었던 그의 반응 자체가 그 증거이다. 그리고 김 일병의 죽음에 대한 형의 이런 태도는, 자기가 목숨을 구하는 데 실패한 소녀가 어차피 살려내기 힘든 환자였다는 사실과 나란히 놓여 있다. 소녀의 죽음에 형은 큰 책임감을 느끼지 않아도 되는 처지이다. 김 일병의 죽음에 대한 책임에서도 마찬가지이다. 오관모라는 야수적인 악당이 암흑의 핵심으로 버티고 있어 형은 상대적으로 홀가분한 상태이다. 그런데도 형은 일상을 영위하기 어려울 만큼 정신적 타격을 받고, 스스로 무거운 책임의 자리를 자처한다.

바로 이런 이유로, 형의 이런 행동은 일종의 과잉윤리 혹은 윤리적 포즈라고 간주할 수밖에 없게 된다. 자기가 감당해야 할 몫보다 훨씬 많은 책임을 자처하고 나섰다는 점에서, 다른 사람들은 말할 것도 없고 무엇보다 자기 자신의 시선 앞에 그런 모습으로 나섰다는 점에서 그러하다. 그리고 그런 식의 윤리적 과잉은 어김없이 몰윤리를 자신의 그림자로 동반한다. 여기에서는 김 일병의 죽음을 별다른 근거도 없이 자명한 것으로 취급했다는 것, 곧 김 일병의 목숨을 구하기 위해 어떤 적극적 행위도 하지 않았다는 것이 곧 그것이겠다. 무거운 책임감이라는 과잉윤리의 커다란 몸체가, 정작 스스로 책임져야 할 것을 외면하고 있는 몰윤리를 가리고 있는 것이다.

왜 그런 일이 벌어졌는가를 묻는다면 간명하게 답할 수 있다. 형이 원하는 것은 제대로 책임지는 자리인데, 그가 책임지겠다고 나서는 것은 언제나 자기가 진짜로 책임져야 할 몫 이상이어야 한다. 그래야 다른 누구에게가 아니라 자기 자신에게 낯이 선다. 그것이 윤리적 주체화의 방식이 지닌 원초적 한계로서, 필연적인 것(운명적이고 불가피한 것)을 자신의 책임으로 받아들이는 주체화의 방식이 지닐 수밖에 없는 증상이다. 그리고 이것이 우리가 이 텍스트의 증상으로 지적해야 할 진정한 의문점이다.

가해자의 자리에 대한 의지

김 일병의 죽음을 자명한 것으로 전제하는 서사적 구도 속에서 확인되는 것은 단 하나의 의지이다. 가해자의 자리에 서고자 하는 의지가 그것이다. 그 의지는 동생과 형의 것이자 동시에 이청준의 것이기도 하다. 서사 속에서 그것은 세 가지 형태로 드러난다. 동생의 서사①이 말하고 있는 것은 '나는 '참새가슴'이 아니다'이다. 형의 서사②가 말하는 것은 '나는 책임을 진다'이고, 독자의 서사③이 말하는 것은 '나는 죄를 지었다'이다. 이를 종합하면 '나는 용감하고 책임을 지고 죄를 지은 존재이다'가 된다. 이 같은 병렬적인 나열은

다음과 같이 직렬적인 인과로 바꾸어놓을 수 있다. '나는 용감하게
죄를 짓고 책임을 지는 존재이다' 혹은 '나는 죄를 짓고 용감하게 책
임을 지는 존재이다' 혹은 '나는 죄를 짓고 책임을 지는 용감한 존재
이다.' 술어의 시제와 단어 간의 인과 연쇄를 변형하면 좀더 많은 문
장들이 만들어질 수 있으나, 여기서 중요한 것은 이 문장들이 모두
하나의 동일한 힘을 원천으로 지니고 있다는 점이다. 가해자의 자리
에 서고자 하는 의지가 그것이다. 그것은 죄인의 자리에 서고자 하
는 의지이기도 하다.

　이런 점을 고려한다면, 「병신과 머저리」의 윤리적 진리는 동생의
서사①에 의해 표현된다고 해야 한다. 동생은 의무병인 형으로 변신
하여 부상병인 김 일병을 쏘아 죽였다. 여기에서는 오관모의 존재
도, 탈출이라는 결과도 중요하지 않다. 동생은, 김 일병을 죽인 후의
이야기에 대해서는 잘 알지도 못하고 관심도 없다는 식으로 내버려
두었다. 김 일병의 살해 현장에 오관모가 등장하느냐 마느냐도 관심
의 대상이 아니었다. 오관모의 존재는 자기가 '참새가슴'이 아니라
는 사실을 확인해줄 유일한 존재인데도 그랬다. 서사①에서 뚜렷한
것은 자신의 손으로 김 일병을 죽이겠다는 의지이다. 동생은 형이
만들어놓은 분기점 이전 서사의 사실성을 조금도 의심하지 않은 채
자명한 것으로 받아들인다. 왜 동생은 김 일병을 살릴 수 있는지에
대해 조금도 생각하지 않은 것일까. 김 일병 살해라는 적극적인 위
반 행위에 대한 의지, 곧 주체의 능동성에 대한 의지가 너무나 강렬
하고 폭력적으로 솟아나오고 있기 때문이라고 해야 하지 않을까.

그런데 바로 그 난폭한 의지야말로, 이청준의 명시적인 의도와는 무관하게 만들어지는 「병신과 머저리」의 진정한 주제라 할 만한 것이 아닐까. 자기가 한 일이 잘못이었음을 깨닫고 거기에 대해 제대로 된 책임을 지는 것이야말로 윤리적 차원에서 한 사람을 주체로 만드는 핵심적인 기제이다. 여기에서 중요한 것은 뉘우칠 것이 있어야 한다는 것, 즉 어떤 위반 행위가 과거에 있었어야 한다는 것이다. 그래야 뉘우칠 수 있고 책임질 수 있다.

이를 뒤집어 과거의 시선으로 보자면, 내가 장차 뉘우치게 될 행위를 현재의 내가 저지르는 것은 필수적이다. 그것은 에덴에서 선악과를 베어 물기 시작한 아담이 자기 자신에게 '말하지 못한 것'이겠다. 그것은 의식이 아니라 무의식 차원에서 이루어지는 정신적 과정이기 때문이다. 만약 그런 의식이 아담의 머리에서 작동하고 있었다면 행위의 성립 자체가 어려워진다. 뉘우침조차 없어지게 되기 때문이다. 우리가 이런 수준까지 문제삼는 것은, 바로 이런 마음의 움직임 속에 한국전쟁이라는 집단적 트라우마를 치유하는 이청준 특유의 방식이 존재하기 때문이다. 바보도 아니고 뻔뻔스럽지도 않은 인간이 될 수 있는 방식.

서사①에 대해 형이 그토록 분노했던 진짜 이유도, 이런 관점에서 보면 제대로 이해할 수 있게 된다. 텍스트 표면은 동생의 비겁한 행위에 대한 경멸감 때문이라고 말한다. 하지만 형이 분노한 진짜 이유는, 자기가 숨기고 싶었던 사태의 윤리적 진실이 동생에 의해 백일하에 노출되어버렸기 때문이라고 해야 하지 않을까. 그것은 다

름 아닌, 김 일병을 죽인 것이 바로 '나'라는 사실이다. 그것이 사태
의 진상이다. 이것은 심각한 일이다. 자기가 진짜 가해자라면, 가해
자가 아니면서 가해자의 자리에 서고자 한다는 식의 윤리적 포즈가
불가능해지기 때문이다.

　이런 점에서 보자면, 형의 서사②는 동생의 서사①에 의해 갑작
스럽게 드러나버린 진실을 가리기 위해 급조된 것이라고 보아야 한
다. 오관모의 손으로 김 일병을 죽이게 하고 형은 그런 오관모와 결
투하여 응징한다는 매우 낭만적 서사가 얼마나 우스꽝스러운지는
형 자신이 이미 잘 알고 있다. 외출에서 돌아온 형이 자기가 쓴 그
'소설'을 불태워버린 것은 술에 취해서라거나 오관모를 만났다거나
해서가 아니라 바로 그 때문이라고, 자기 자신의 윤리적 진리를 들
켜버렸기 때문이라고 해야 한다. 다른 누구에게가 아니라 바로 자
기 자신에게. 그리고 형은 자기가 만든 서사②의 우스꽝스러움을 자
기 서사의 유일한 독자인 동생에게 밝힌다. 살아 있는 오관모를 만
났다고. 정말 만났다는 것인가? 그것은 자기도 알 수 없다고, 어쨌거
나 만난 것 같다고. 그렇게 진상을 흐리는 것만이 자신의 윤리적 진
리와 대면하는 것을 회피할 수 있는, 좀더 정확하게 말하자면 그것
과 대면하는 장면을 동생(자기 '소설'의 유일한 독자, 곧 타자이자 세계 전
체)에게 들키지 않을 수 있는 유일한 방법이었을 것이다.

　이런 과정을 통해 「병신과 머저리」의 독자들은 서사③에 도달하
게 된다. 앞에서 언급한 대로 서사③이 셋 중 가장 현실적이고 개연
성이 높다. 서사③은 서사①과 서사②의 부정을 통해 만들어진다.

여기에서 중요한 것은, '나'는 살아 있고 '내'가 살렸어야 했던 김 일병은 죽었다는 사실이다. 따라서 이 단계에서는 김 일병이 누구의 손에 죽었는지 같은 것은 더 이상 문제가 되지 않는다. 혹은 김 일병이 진짜로 죽었는지 같은 것도 마찬가지다. 그런 것은 어차피 확인될 수 없는 것이다. 그렇다면 여기에서 중요한 것은 무엇인가. 사건의 진상이 어땠는지에 상관없이, '나'는 김 일병의 죽음에 책임이 있다는 것, '내'가 그렇게 느끼고 있다는 것, 그것이 중요하다. 그것이 사실이든 아니든 상관없이, 오로지 그 명제만이 형의 마음이 느끼고 있는 진실이다. 그리고 그 진실은, 동생이 "화풀이라도 하는 마음으로" 만들어놓은 서사①에 의해 생생하게 표현되어 있다. 다른 누가 아니라 바로 '내'가, '나'의 총으로, 오관모보다 먼저 김 일병에게 죽음을 선물했다고. 어차피 김 일병은 죽을 수밖에 없었기 때문에 '내'가 그렇게 했다고 비겁하게 변명까지 하면서.

  그것이 우리가 네 번째로 확인하게 되는 서사의 윤리적 진실이다. 그것을 서사④라고 한다면, 그것은 서사①과 동일한 명젯값을 지닌 셈이 된다. 서사①은 망상 속의 현실, 서사④는 심리적 현실이라는 차이가 있을 뿐이다. 하지만 네 개의 서사를 아울러 본다면 이런 차이를 구분하는 것은 큰 의미가 없어 보인다. 네 개의 서사는 결국 단 하나의 의지, 가해자의 자리에 서고자 하는 의지로 귀속되기 때문이다. 스스로 죄인의 자리에 나아가 죄의식이라는 형틀에 자기 몸을 묶은 채 괴로움을 당하고자 하는, 의식적인 것이라고는 생각할 수 없는 매우 기이한 의지가 거기에 있다. 그리고 이 의지에 관한 한,

형은 물론이고 그런 형을 부러워하는 동생도, 그리고 그런 인물들을 움직이게 한 이청준도, 또한 그의 소설에 마음이 움직였던 그 시대 독자들(「병신과 머저리」는 12회 동인문학상 수상작이다)도 예외가 아니다.

그렇다면 이런 기이한 의지의 존재를 어떻게 이해해야 할까. 이 의지를 바탕으로 만들어진 공간은 서사적 인과의 비틀림과 윤리적 착종이 혼재하는 특이한 곳이다. 거기에서는 인물들이 엉뚱한 주장을 하기도 하고, 책임질 필요가 없는 것을 책임지겠다고 나서면서 정작 책임져야 할 것은 외면하기도 한다. 그런 결과로 과잉윤리와 몰윤리가 뒤섞이며 기묘한 분위기가 만들어진다. 이런 분위기 속에서, 김 일병을 둘러싼 네 개의 서사가 입을 모아 우리에게 들려주는 모순적이고 이율배반적인 문장들이 있다. '내가 김 일병을 죽이지 못했지만 죽였다' 혹은 '김 일병의 죽음은 필연적이고 불가피한 것이었지만 그것은 전적으로 내 책임이다'와 같은 문장들. 이런 가운데서도 절대 흔들릴 수 없는 두 개의 핵심적인 전제는, 김 일병의 죽음과 나의 책임이다. 이 두 개의 전제가, 필연적이고 불가피한 것을 자기 책임으로 받아들이는 주체화의 논리의 바탕이 된다.

과잉윤리와 원죄의 메커니즘

이러한 과잉윤리의 기제는 어떤 사람이 원죄를 자기 자신의 것으로 받아들이는 과정과 흡사하다. 전쟁이 끝난 시점에서 거꾸로 바라

본다면, 김 일병의 죽음은 이미 벌어진 일(실제로건 자기 마음속에서건)
이고 주체에게 남겨진 것은 그것을 어떤 방식으로건 수습하는 일이
다.「병신과 머저리」라는 텍스트는 이렇게 말한다. '내가 그를 죽인
것은 아니지만 내가 죽인 것으로 받아들여야 한다.' 나 스스로가 가
해자의 자리에 서 있어야 한다는 것이다. 그것은 거역할 수 없이 폭
력적으로 밀어닥친 어떤 흐름 속에서 스스로의 주체됨을 유지하고
자 하는 사람이 필사적으로 만들어내는 요청이자 주장에 다름 아니
다. 그것은 자기 책임이 아닌 것을 자기 책임으로 인정하는 것이라
는 점에서 자기 안에 원죄가 있음을 인정하는 논리와 동일한 구조
를 지닌다.

　그런데 자기 것이 아닌 원죄를 자기 것으로 받아들이는 이 같은
논리는, 겉으로는 윤리적 영웅주의처럼 보이지만 그 이면에는 몰윤
리의 지점이 감추어져 있다. 이것 역시 원죄가 생겨나는 시점이 아
니라 그것을 받아들이는 주체의 관점에서 보아야 제대로 보인다.

　누구나 느낄 수 있듯이, 주체의 입장에서 볼 때 원죄라는 개념은
난데없이 날아온 터무니없는 액수의 청구서와도 같다. 자기가 범하
지도 않은 잘못을 책임지라는 이상한 요구이기 때문이다. 그래서 그
것은 비정상적인 상상력이나 신화의 산물로 여겨지기도 한다. 그런
데 문제는, 주체가 자기 안에서 꿈틀거리는 위반에 대한 욕망을 느
낄 때, 더 나아가 자기 행위가 만들어낸 결과로서의 위반 앞에 서게
될 때이다. 그런 입장에서 보자면 원죄라는 틀이 있다는 것이 오히
려 다행스러운 일이다. '사람은 모두 날 때부터 죄를 지닌 존재'라

는 원죄의 설정은, 아무런 죄도 짓지 않은 어린아이에게는 폭력적일 수 있지만 이미 죄를 지어버린 어른에게는 반대로 정상참작의 근거가 되기 때문이다. 요컨대 원죄라는 틀에는 자기 죄의 원인을 원초적 위반자 아담에게 돌리는 책임 전가와 그에 따르는 운명적 불가피성이라는 책임 회피의 요소가 섞여 있다는 것이다. 따라서 원죄를 자기 것으로 받아들이는 사람은 과잉윤리를 통해 주체가 되는 것처럼, 즉 자기 책임보다 많은 것을 짊어지는 윤리적 영웅처럼 보이지만, 사실은 자기가 책임져야 할 것을 다른 존재의 탓으로 전가하거나 회피하는 몰윤리를 자신의 그림자로 지니게 된다.

원죄를 둘러싸고 만들어지는 기이한 윤리적 분위기는 이와 같은 과잉윤리와 몰윤리가 착종한 결과물이다. 물론 윤리적 책임이라는 것 자체가 정확하게 획정될 수 없는 것이며, 책임을 지는 일이 윤리적일 수 있기 위해서는 그것이 자기 몫 이상이어야 한다. 윤리적 주체화의 틀에서 보자면, 원죄가 지닌 이런 기괴함도 납득할 수 있다. 그 기괴함은 그런 방식의 주체 형성 자체에 내장된 것이라 할 수 있기 때문이다. 그러나 그것이 구체적 서사의 수준으로 옮겨지면 양상이 달라진다. 신앙이나 윤리적 이상을 동원하여 가까스로 메워낸 논리적 비틀림과 간극이 서사적 논리의 수준에서는 고스란히 노출되어버리기 때문이다.

에덴의 아담과 선악과라는 동화적인 이야기의 허점(먹어서는 안 될 것이 왜 낙원에 있는가, 그렇다면 그곳은 부실한 낙원, 비(非)낙원이 아닌가)은 말할 것도 없으며, 지금까지 살펴온 대로 요령부득의 서사적 비틀림을 지닌 낙오병 삽화 역시 그 전형적인 예를 드러내준다. 위에서 언급한 두 개의 논리적 허점이나, 무엇보다도 김 일병이라는 인물, 입이 아니라 팔을 다쳤을 뿐인데도 함께 있는 동료들에게 한마디도 하지 않고 아직 죽지 않았는데도 이미 죽어 있는 것처럼 취급되는 매우 특이한 인물의 설정이 바로 그런 예증들이다. 이 점에서는 김 일병의 맞은편에 절대악처럼 설정되어 있는 오관모도 마찬가지이겠다. 그들이 그렇게 모순적이거나 예외적인 인물들이 되는 것은 아담이나 에덴의 뱀처럼 신화적 캐릭터들이기 때문이다. 이들은 논리(원죄의 개념)와 서사(원죄 발생의 이야기)가 부딪칠 때 생겨나는 파열의 흔적들이며, 그런 점을 분명하게 드러내 보여주는 것이 미메시스로서의 서사가 지닌 힘이다.

그런데 김 일병이라는 특이한 존재와 그를 둘러싼 상황을 하나의 비유로 받아들인다면, 즉 20세기 한국의 내셔널리티 혹은 한국전쟁 정도의 스케일에서 받아들인다면, 그러한 서사적 비틀림들은 성립 가능할 뿐 아니라 오히려 비틀려 있어서 더욱 강력하게 자기 모습을 드러내는 명제로 정립될 수 있다. 이 소설에서 나타나는 가해자의 자리를 향한 의지는 한국전쟁이라는 외상적 사건 앞에 서 있는 주체의 과잉윤리의 산물이다. 그리고 그것은 트라우마의 원천을 필연적인 운명으로 돌리고자 하는 무의식적 의도를 이면에 감추고 있다. 그것이 몰윤리의 차원이다. 이 둘이 결합함으로써 결과적으로 만들어지는 것은, '불가피하고 운명적인 외상적 사건으로서의 한국전쟁'(김 일병의 죽음은 내 탓이 아니다, 오관모 탓이다, 뱀 탓이고 하와 탓이고 당신이 만들어놓은 선악과 탓이다)을 자기 책임으로 떠안으려는(실제로 그것은 나와 내 부모와 조부모 들의 책임이다) 영웅적인(비겁한) 윤리적 주체(非非주체)의 탄생이고, 그 핵심에 놓인 것이 죄의식이다. 논리의 차원에서 그것은 이율배반적이고 기형적이지만, 서사의 차원에서는 그 기형성이 당위적 명제로서 위력을 발휘한다.

「병신과 머저리」를 쓴 1960년대 중반의 청년 작가 이청준의 시선으로 보자면 그 역설적 명제는 매우 절실하고 요긴한 주체화의 거점이 된다. 왜냐하면 그가 선택한 소설이라는 형식 앞에 놓인 매우 중요하고 우선적인 과제는 한국전쟁과 분단 영속화라는 네이션의 상처를 어떻게 수습하는가였기 때문이며, 어떤 식으로건 그 문제를 해결하는 것은 단지 그의 소설만이 아니라 한국전쟁 이후에 그와 시대적 호흡을 함께했던 사람들(이청준은 자기 세대를 "체험 세대"라고 부른다) 전체에게 주어진 과제라 할 것이기 때문이다. 그가 죄의식을 느끼고 있을 때, 전쟁은 남의 것이 아니라 자기 자신의 것이 되고 그때 그는 비로소 자기 트라우마 위에서 주체가 된다.

한국전쟁의 트라우마를 무대화하기

논리가 여기에 이르면 우리는 「병신과 머저리」에 병렬적으로 존재하는 형과 동생의 서사를 하나로 겹쳐놓을 수 있게 된다. 그리고 그 위에 다시 작가 이청준을 포개놓을 수 있다. 이런 일 역시 주어진 텍스트의 표면적 구성을 넘어서야 가능해진다. 소설 속에서 형과 동생의 서사는 매우 이질적인 것으로, 흡사 서로 반대되는 것처럼 대조적으로 배치되어 있기 때문이다. 무엇보다도 소설의 제목 자체가 그것을 암시하고 있다. 한 사람은 어딘가를 다친 '병신'이고 다른 한 사람은 다친 데도 없으면서 엄살을 피우고 있는 '머저리'라는 것이다. 이런 구도는 소설의 내용 속에서 풍부하게 확인된다. 그런데도 형과 동생의 서사가 일치한다고 할 수 있는가. 설사 그렇다고 하더라도, 그런 층위까지 들어가 분석해야 할 이유는 또 무엇인가.

이에 대한 대답은 이렇게 정리될 수 있다. 형과 동생의 서사는 윤리적 진실의 수준에서는 완벽하게 일치한다는 것, 그리고 이들이 공유하는 서사의 틀은 한국전쟁의 트라우마를 상징화하는 유력한 방식의 하나가 된다는 것이다.

동생은 소설 전체의 화자이고, 형은 15년 전쯤에 일어난 낙오병 사건의 화자이다. 한 사람은 한국전쟁으로 심각한 내상을 입었고, 다른 한 사람은 현재 실연을 당하는 중이다. 좀더 정확하게 말한다면 그는 스스로 실연당한 사람의 자리로 걸어 들어가는 중이다. 그러면서 그는 형이 입었던 내상의 진실을 궁금해하고 있다. 동생의 궁금증은 단순한 호기심 수준을 넘어서 있다. 김 일병의 최후를 확인하기 전에는 자기 일을 못하겠다고 할 정도이다. 그 사건이 마치 자기 일이기라도 한 것처럼. 무엇 때문일까. 이 소설에 내재한 무의식적 의지를 살펴보았다면 이제 어렵지 않게 대답할 수 있다. 그 사건은 형만이 아니라 동생 자신의 것이기도 하다고. 요컨대 그 일에 관한 한, 동생과 형은 한 몸이라는 것이다.

　텍스트의 증상 해석을 통해 도출해낼 수 있는 이런 결론과는 상관없이, 「병신과 머저리」에서 이청준은 형제 간의 선명한 대립 구도와 인상적인 세대론적 틀을 만들어낸다. 전쟁에 참여했던 형은 매우 구체적이고 아직도 아물지 않은 상처로 고통스러워하는 세대의 일원이고, 그에 비해 동생은 전쟁에 참여하지 않았고 그래서 그런 내상이 없는데도 까닭 모를 아픔에 시달리고 있는 세대에 속한다는 식이다. 이런 대립 구도에 대한 주장은, 동생을 떠나가는 여성 혜인이 상기시켜주고, 혜인의 편지를 받은 동생이 스스로의 내면 속에서 다시 한번 확인한다. 다음과 같은 대목이 대표적인 예이다.

　　나의 아픔은 어디서 온 것일까. 혜인의 말처럼 형은 6·25의 전상자이지만, 아픔만 있고 그 아픔이 오는 곳이 없는 나의 환부는 어디인가. 혜인은 아픔이 오는 곳이 없으면 아픔도 없어야 할 것처럼 말했지만, 그렇다면 지금 나는 엄살을 부리고 있다는 것인가.

　　나의 일은, 그 나의 화폭은 깨어진 거울처럼 산산조각이 나 있었다. 그것을 다시 시작하기 위하여 나는 지금까지보다 더 많은 시간을 망설이며 허비해야 할는지 모른다.

　　어쩌면 그것은 나의 힘으로는 영영 찾아내지 못하고 말 얼굴일지도 몰랐다. 나의 아픔 가운데에는 형에게처럼 명료한 얼굴이 없었다.

　(213쪽)

　소설의 마지막 부분이기도 한 이와 같은 구절에서 드러나는 것은 형과 동생의 선명한 대조이다. 「병신과 머저리」의 12회 동인문학상 수상작 선정 사실을 알리는 박스 기사에서, "6·25와 전후의, 세대가 다른 두 형제가 삶의 근거를 찾아 발버둥치는 젊은이들의 고민을 추구한 것"[3]이라는 문구가, 이런 대립 구도로 포착되는 이 소설에 대한 독자들의 인상을 가장 상징적으로 보여준다. 그런 구도를 설정한 사람이 이청준이라는 사실은 말할 것도 없다.

　그러나 이런 주장과 구도는 매력적이지만 실상에 부합하지는 않는다. 형의 절망에는 분명한 상처가 있으되 동생은 '환부 없는 아픔'을 지니고 있다는 말이 과연 옳은가. 이것 역시 매우 이상한 진술이 아닌가. 왜냐하면 현재 동생을 괴롭히는 것이 실연이라는 점은 소설 속에서 너무나 분명한 사실이기 때문이다.[4]

　「병신과 머저리」에서 형은 명백한 상처를 지니고 있고 그 상처의 존재를 드러내는 일에 거침이 없다. 그러나 여기에서 중요한 것은, 상처의 진상을 속속들이 밝히는 것이 아니라 상처가 있다는 사실을

3　『동아일보』, 1968. 3. 23.

4　물론 이렇게 반박할 수도 있겠다. 동생의 실연은 상처가 맞지만 사태의 원인이 아니라 결과라서, 형에게 김 일병 사건이 그러는 것과 같은 의미를 지닐 수는 없다고. 그것은 나름 타당하지만 정확한 지적이라고 볼 수는 없다. 이 둘의 차이는 인과적인 것이 아니라 시제일 뿐이다. 김 일병 사건은 이미 생겨난 환부이고 동생의 실연은 현재 만들어지는 중인 것이다. 이보다는 오히려, 동생의 경우를 놓고 '환부 없는 아픔'이라고 표현한 것은, 실연 같은 것은 제대로 된 상처로 취급될 수 없다는 의미로 이해되어야 한다. 이것은 실연이 상처가 아니라는 말이 아니다. 실연 같은 것은 그 세대의 '제대로 된 문학'이 포착하여 다룰 만한 문제가 아니라는 뜻이다. 바로 이런 점이야말로 이청준과 그의 세대가 가진 문학적 의식 혹은 윤리적 정체성의 핵심에 접근할 수 있는 단서일 수 있다. 이청준에게 이런 문제는 그의 '전짓불 모티프'에서 현저하게 드러난다. 이에 대한 좀더 상세한 기술은 제6장 보론에서 이루어질 것이다.

드러내는 일이다. 형이 쓰고 있는 이른바 '소설'이 그 증거이다. 상처의 진상을 밝히는 일은 또 다른 차원이다. 아직 아물지 않은 채로 남아 있는 심각한 상처를 확인하는 것은 누구에게나 두렵고 무서운 일일 수밖에 없다. 하지만 실연당한 동생의 경우는 이와 대조적이다. 동생은 위의 인용문에서 보듯이 상처의 존재 자체를 인정하려 하지 않는다. 사랑했던 여자가 자기를 떠나가는데도 붙잡지 못하고, 그러면서도 그것을 아무렇지도 않은 것으로 생각하고 싶어한다. 그런 것은 마치 상처가 아닌 것처럼, 그래서 자기는 아무런 문제도 없는 것처럼 가장한다. 환부가 없다고 스스로 말하고 있는 것이 그 증거이겠다.

그럼에도 동생이 아파하고 있다는 사실은 형의 경우와 마찬가지로 명확하다. 그 아픔의 근원, 즉 환부가 무엇인지도 또한 명확하다. 그는 지금 여자로 하여금 자기를 버리도록 만드는 중이다. 그러니까 그는 지금 자기가 마땅히 져야 할 책임을 회피하는 중이다. 혜인은 동생을 사랑하고 그가 붙잡아주기를 원한다. 결혼식 청첩장을 찍고 난 다음에도 마찬가지이다. 동생은 그 사실을 알면서도, 또 그렇게 하는 것이 옳다고 생각하면서도, 그 일을 외면하고 있다. 그런 점에서 보자면, 동생의 눈에는 상처가 보이지 않는다고 말하는 것이 맞을 수 있다. 그는 지금 상처를 외면하고 있기 때문이다. 또 이렇게 말하는 것도 가능할 것이다. 그는 지금 그런 외면을 통해 상처를 만드는 중이라고.

따라서 동생의 서사는 그 모습 그대로, 형이 만든 낙오병 삽화의 언어로 번역될 수 있다. 동생은 지금 서사의 분기점에서 오관모가 김 일병을 죽이러 골짜기를 올라오는 순간을 맞고 있다. 동생에게 인혜는 김 일병이고, 인혜의 손에 들린 청첩장은 오관모이다. 형이 오관모의 야수 같은 의지를 막지도 못하고 그러면서도 김 일병의 최후를 지시하지도 못하듯이, 동생은 인혜의 청첩장을 무효화할 능력이나 기개가 없고, 결혼식장에 갈 용기조차 없다. 형세는 모두 자기가 그럴 능력이 없다고 생각했거나 생각하는 중이다. 그런 점에서 그들은 정확하게 동일한 위상을 지닌다. 차이가 있다면, 형에게는 전쟁터에서 벌어진 목숨이 걸린 문제였고, 동생에게는 평화 시에 발생한 애정 문제라는 정도일 뿐이다. 둘 모두 자신의 무능(나약함)을 인정하고 있다.

여기에서 진정으로 문제가 되는 것은, 그들이 무능하다는 것이 아니라 자신의 무능을 자인해버렸다는 점에 있다. 즉, 자신의 무능을 핑계삼아서 마땅히 해야 할 일을 하지 않는다는 것이다. 그래서 그들은 무능할 뿐 아니라 비겁한 존재가 된다. 형은 그런 탓에 깊은 상처를 받았고, 동생은 인혜를 떠나보내며 스스로 상처받고 있다. 그리고 이런 구도를 설계한 이청준 역시, 참전하지는 않았지만 전쟁을 직접 체험한 세대의 일원으로서 바로 그 동생의 자리에 있다.

형제는 모두 마땅히 했어야 할 일을 하지 않았다는 점에서 사실상 한 몸이나 다름없다. 가해자의 자리에 서고자 하는 의지를 보여주는 이청준 역시 마찬가지이다. 전쟁에 참여했던 선배 세대를 바라보는 이청준의 시선은, 전쟁에서 입은 상처로 괴로워하는 형을 바라보는 동생의 동경 어린 시선과 크게 다르지 않다.

그러므로 우리는 거꾸로, 작가 이청준이 만들어낸 서사윤리의 틀을 다시 조망해볼 수 있다. 그의 앞에 중요한 것으로 제기되어 있는 것은 한국전쟁이라는 트라우마이다. 그에게 그 트라우마를 치유하는 방법이 중요한 것은 그가 스스로를, 전후의 한국적 상황에서 '지식인으로서의 작가'[5]로, 곧 스스로를 네이션의 대표자로 설정했기 때문이다. 그것을 어떻게 감당할 것인가. 물론 그것은 이청준만이 아니라 그와 같은 시대를 살았던 다수의 지식인 – 작가들에게 함께 주어진 것이라고 해야 하겠다. 그보다 열여덟 살이 많은 장용학(그는 전쟁에 책임을 져야 할 세대이다)도, 또한 세 살이 많은 최인훈(그는 10대 후반에 전쟁을 맞았다)도 모두 한국전쟁을 상징화하는 자기만의 방식을 보여주었다.[6]

장용학이 내놓은 답은 내 땅에서 벌어지고 내가 피를 흘렸지만 결국은 남의 전쟁이라는 것이었다. 말하자면 그것은 세계사적 대립 구도에서 생겨난 것이라서 우리가 어떻게 손을 써볼 수 없었던 불가피한 것이었고, 따라서 그에게 전쟁은 마른하늘에서 떨어진 날벼락 같은 것이었다. 『원형의 전설』의 앞뒤에 배치되어 있는 벼락의 모티프가 그것을 상징한다. 거기에서 행해지는 대를 잇는 위반은 신화적인 것이다. 그래서 죄행은 있어도 죄의식이 없다. 몇 건의 근친상간과 비극적 죽음과 비참한 결과가 있는데도, 누구도 책임지려 하

---

5   『조율사』의 주인공이 결코 놓치지 않으려 하는 것이 '지식인으로서의 작가'의 자리이다.

6   최인훈과 장용학에 관해서는 이 책의 제3장을 참조.

지 않고 아무도 죄의식으로 가슴을 치지 않는 특이한 공간이 펼쳐
지는 것이다. 모든 것은 내 탓이 아니고, 따라서 내가 책임질 것은
아무것도 없기 때문이다.

이에 비해 『광장』의 최인훈은 전쟁에 대해 져야 할 책임의 최소
수준을 보여준다. 전쟁 전에 남북을 오갔고 또 전쟁으로 인해 포로
가 되었던 주인공 이명준은 포로 석방 후 제3국을 선택했다. 그리고
그런 선택을 한 자기 자신에게 사형선고를 내렸다. 그러니까 최인훈
이 만들어놓은 이명준의 운명은, 어떻게든 분단과 전쟁이라는 상황
에 대해 스스로 책임지지고자 한다는, 어떻게 하는 것이 옳은지는
모르겠으나 어떻든 그것을 나의 책임으로 감싸 안아야 한다는, 그런
책임을 포기하는 것은 곧 죽음에 해당한다는 매우 강렬한 메시지를
발신하고 있다. 이것 역시 텍스트 표면의 논리를 넘어서기 때문에
텍스트의 무의식의 산물이라고 해야 할 것이다. 그런 수준에서 말한
다면, 이명준에게는 자기 처벌이라는 죄의식의 틀이 먼저 주어져 있
고 그 틀을 채워낼 죄행의 내용을 찾는 것이 문제이지만, 그는 끝내
거기에 합당한 것을 확보하지 못한 채 스스로를 증발시켜버렸다고
할 수 있겠다.

그렇다면 이청준은 어떠한가. 그는 소년 시절에 전쟁을 경험했다.
어렸으나 자기 눈앞에서 벌어지는 사태의 진상을 알고 판단할 수
있는 나이였다. 전쟁의 트라우마에 대한 이청준의 대처 방식은 「병
신과 머저리」 형제와 유사하다. 윤리적 보편성을 동원함으로써 자
기 책임의 틀과 그 내용성을 확보하는 것이 그것이다. 소설 속에서

형이 치른 전쟁(그리고 형의 '소설'을 통해 동생이 함께 치른 전쟁)은 고유명사를 지워버려도 상관없는 것이다. 그들에게 전쟁은 남북의 대결이나 한반도의 분단같이 정치적이거나 이념적 쟁점의 문제도 아니고, 피아간에서 벌어지는 전쟁 자체의 참혹함의 문제도 아니다. 아군 사이에서 벌어지는 폭력과 올바름의 문제, 그리고 무엇보다도 주체로서의 책임의 문제가 예각적으로 제기되는 현장이 곧 전쟁이다. 그리고 바로 여기에서 문제가 되는 것이 죄의식이다. 김 일병(동생에게는 인혜)을 죽인 것(떠나게 한 것)은 바로 나라는 것, 정확하게는 내가 비겁하게 자인해버린 나의 무능이라는 것이 죄의식의 내용이 된다.

전쟁이 죄의식이라는 보편윤리의 틀에 의해 자기 내부의 문제로 포착되는 순간, 그것은 다른 어느 누구의 것이 아니라 완벽하게 '나'의 것이 되고 한국전쟁이라는 트라우마는 마침내 상징화의 통로를 찾아 주체화의 행정 속으로 진입하게 된다. 이 점에서는 전쟁에서 상처 입은 형과 그렇지 않은 동생이 모두 마찬가지이다. 그들은 모두 무엇인가를 위반했고 그 위반을 책임지려 함으로써 주체가 된다. 여기에서 자기가 행한(혹은 행하지 못한) 행위(혹은 부작위)에 대해 죄의식을 갖는 것은 필수적이고, 또 그런 점에서 가해자의 자리를 지켜야 한다는 것 역시 마찬가지이다. 그러니까 그들은 단지 죄의식을 움켜쥔 채 가해자의 자리를 고수하고자 할 뿐이었지만, 그런 내적 고투가 그들에게 선물하는 것은 포획되고 길들여진 한국전쟁의 트라우마이다.

요컨대, 죄의식이 무대를 마련해놓으면 전쟁이라는 트라우마는 마음속으로 입장한다. 그리고 사람들은 자기 마음속의 무대에서 재현되는 전쟁을 직시할 수 있게 되며, 그때서야 비로소 그들은 치명적이었던 자기 경험의 주체가 된다.

가해자의 자리를 향한 '체험 세대'의 열망

「병신과 머저리」에 잠재해 있는 가해자의 자리를 향한 의지와 잇닿아 있는 것은, 지금까지 살펴온 바에 따르면 한국전쟁이라는 네이션의 트라우마라 할 수 있겠다. 그런데 그것이 왜 네이션=민족의 트라우마인가.

한국전쟁은, 남북 각각의 실정적 국가(스테이트state)의 시각으로 보면 침략자를 물리친 '자유 수호의 전쟁'이거나 완수되지 못한 '조국 통일 전쟁'이다. 그 참혹함을 경험한 개인들에게 트라우마일 수는 있어도, 양쪽 어느 편에게든 전쟁 자체가 트라우마가 될 수는 없다. 남과 북은 모두 자기가 지키고자 한 가치를 위해 싸운 주체들이기 때문이다. 두 개의 스테이트가 아니라 남과 북을 아우른 네이션의 시선으로 포착될 때 한국전쟁은 그 자체가 치명적 트라우마가 된다. 남과 북을 하나의 실체로 상상하는 시선에서 보자면 한국전쟁은 국제전이기 이전에 내전, 곧 '동족상잔의 비극'이다. 여기에는 그 어떤 승리도 승자도 있을 수 없다. 네이션의 입장에서는 오로지 상처와 비극과 패배의 고통스러운 기억뿐이다. 전쟁의 존재 자체가 이미 패배이기 때문이다.

「병신과 머저리」에 등장하는 죄의식과 가해자의 자리를 향한 의지는, 그와 같은 네이션의 트라우마를 자기 것으로 길들이고 스스로에게 수용 가능한 것으로 상징화하고자 하는 주체의 무의식적 기제가 작동한 결과라 하겠다. 그런데 이런 의지는, 그로부터 26년 후에 발표된 한 단편에 매우 직접적인 형태로 맨 얼굴을 드러낸다. 단편 「가해자의 얼굴」(1992)이 그것이다.

이 소설의 주인공 김사일은 분단과 전쟁 그리고 통일이라는 문제에 대하여 20대인 딸과 의견 대립을 빚는다. 아버지는 스스로를 '체험 세대'라고 부르며 피해자가 아니라 가해자의 자리를 고수하려 하는 반면, 1980년대 후반을 20대로 살아온 딸은 남과 북이 모두 피해자라는 마음으로 하나가 되어야 한다고 주장한다. 자기가 가해자라는 죄의식을 지닌 아버지는 「병신과 머저리」를 쓴 청년 작가 이청준과 같은 자리에 있음에 비해, 그런 아버지에 의해 포착된 '86세대'인 딸은 말하자면 흡사 장용학과도 같은 자리에 있는 셈이다. 물론 그것은 겉모습만 그럴 뿐이다. 장용학적인 주체가 자기 외부에서 들이닥친 전쟁의 직접성에 당황해 있는 상태라면, 남북이 하나가 되어 외세에 맞서야 한다는 딸 세대의 윤리 – 정치적인 논리는, 전쟁의 체험적 직접성에서 벗어나 있다. 딸의 세계는 장용학과 같은 논리적 외형을 지니되, 그 세계는 이청준의 세계 이전으로 돌아간 것이 아니라 오히려 이청준식의 주체화가 기반하고 있는 과잉윤리의 차원을 이미 지나쳐 있는 것이라고 해야 한다. 그러니까 그것이 장용학적인 것이라면, 이청준 이전의 장용학이 아니라 이청준 이후에 새롭게 생겨난 장용학적인 것이라고 해야 할 것이다. 이청준 같은 '체험 세대'가 보기에 그들은 분단의 역사나 상황에 대해 그 어떤 부채감도 부담감도 없는 것이다.

하지만 스스로 한국전쟁에 대한 '체험 세대'라고 생각하는 김사일에게, 이러한 새로운 세대의 논리는 납득할 수 없다. 전쟁과 관련하여 그 자신에게 중요한 것은 당시에 자기가 행한 잘못을 제대로 깨닫고 책임지는 일이다. 국제정치적 지형이나 이념이나 그런 것은 잘 모르겠고, 어쨌거나 그 혼란의 와중에서 자기가 제대로 챙기지 못한 사람으로서의 도리, 자기가 행한 잘못이 눈에 밟히는 것이다. 그에게 전쟁은 바로 그런 윤리적 상처들이고 그로 인해 생긴 죄의식이다. 그래서 다른 누구 탓이 아니라 그런 거대한 불행을 빚은 것은 바로 우리들 자신 탓이라는 생각, 우리가 아니라 바로 '내 탓'이라고 해야 한다는 마음이 전쟁의 상처를 치유할 수 있는 길이라고 생각한다.

주인공 김사일의 이런 생각은, 최소한 이 소설에서는 서사적으로 단단하게 뒷받침되어 있다. 전쟁 때 중학생이었던 그는 절망적인 위기에 빠진 한 청년을 도울 수 있었으나 돕지 못했다. 아직 어린 나이라 사려가 없어서 그랬다고 생각하고 싶지만, 사실은 그런 정도는 자기가 충분히 생각하고 판단할 수 있는 나이였다. 자기에게 닥칠지도 모르는 위험이 무서워서, 그러니까 약간은 본능적이고 또한 비겁하게, 절실하게 도움이 필요했던 청년의 필사적인 말을 못 알아들었고(못 알아듣는 척을 했고), 그래서 도움을 줄 수 없었다(주지 않았다).

'체험 세대'로서의 김사일에게 전쟁이란, 자기가 저질렀던 그런 윤리적 과오의 집적체이다. 자기 때문에 죽을 곳으로 떠난(그랬다고 김사일이 생각하는) 청년에게 말을 시킨다면 어떤 말이 나올지는 모르지만, 어쨌거나 김사일의 입장에서는 그러하다. 그 죄의식을 더는 일, 그것을 책임 있는 행동으로 표현하는 일(그것이 이 소설에서는 조건이 좋은 다른 집으로 이사를 가지 않고 그 집을 지키는 일이다)이 중요하다. 왜 그러한가. 일차적으로 그에게는, 그런 생각의 자리를 지키는 것이, 분단과 전쟁에 관해 더 이상의 피해와 책임 전가를 막을 수 있는 길이기 때문이다. 여기에서 한발 더 나아간다면, 자신의 윤리적 실책을 통해 전쟁을 받아들이는 것이야말로, 외부적인 것으로 다가왔던 거대한 상처로서의 한국전쟁을 주체로서 수용해내는 이청준 세대의 고유한 방식일 것이기 때문이다.

이런 방식의 윤리적 감각과 주체화의 기제를 포착해내는 데에서 이청준은 더없이 예민한 감각을 보여준다. 전쟁과 분단, 이념적 대립을 배경으로 만들어진 20세기 후반 한국의 정신적 풍토와 연관되면 이청준의 감각은 특히 더 그러하다. 그것은 그가 자신에게 부여한 작가로서의 사명, 혹은 그가 스스로 규정한 문학적인 것의 임무와 연관되어 있기 때문이겠다. 이에 관한 논의는 다음 장으로 미루거니와, 여기에서는 「병신과 머저리」라는 문제적 텍스트가 지닌 특이한 윤리적 주체화의 기제를 밝히는 정도에서 그치고자 한다.

그것은 단지 이청준이라는 한 작가의 문제가 아니라, 한국전쟁이라는 네이션 차원의 트라우마를 주체화하는 방식의 한 전형을 보여준다는 점에서 한 세대의 문제라고 할 수 있을 터인데, 그것은 지금까지 살펴온 대로, 무엇보다도 자신을 가해자의 자리에, 주동자이자 주체의 자리에 놓고자 하는 의지로서, 그리고 서사의 차원에서는 인물들의 죄의식으로 표현되고 있다.

제3부

경제적 빈곤, 부끄러움의 윤리

제5장 가난과 부끄러움의 윤리

이청준의 단편「키 작은 자유인」을 중심으로

'게 자루' 일화의 문제성

1989년에 발표된 이청준의 단편소설「키 작은 자유인」에 등장하는 매우 인상적인 일화가 있다. 이 일화에서 두드러지는 것은 그 안에 포함된 정념의 강렬함이다. 그런 강렬함의 원천에 놓여 있는 것은 윤리적 힘인데, 거기에는 몰(沒)윤리와 과잉윤리가 뒤얽혀 있다. 이청준에게 그 힘은 작가로서의 삶을 선택하는 근본적인 동력으로 자리잡고 있거니와, 이것이 단지 작가 이청준에게만 국한되는 것이 아니라 한 세대의 마음속에서 움직였던 것이라면, 곧 그 세대로 하여금 스스로를 주체로서 정립하게 한 동력이라면, 그것은 단순한 것일 수 없다. 먼저, 그 일화의 핵심적인 사건 부분을 인용해보자.

㉠ 1954년 4월 3일 오후. 고향 마을 산모퉁이의 한가한 바닷가 개펄

바닥. 어머니와 나는 썰물 진 개펄을 헤매며 게를 잡고 있었다. 나는 그해 이른 봄 광주의 한 중학교 입학시험에 합격하여 개학 날이 이틀 뒤로 다가와 있었다. 내일이면 나 혼자 고향 집과 어머니를 떠나 광주의 한 친척 집으로 더부살이를 가야 했다. 어머니는 빈손에 아이를 맡기러 보낼 수가 없어, 일테면 그 미안막이 선물로 갯가에 지천으로 나와 노니는 게라도 한 자루 잡아 보내려는 것이었다. 그 시절 어려운 시골의 봄철 살림엔 그 밖의 다른 치렛거리를 마련할 길이 없었기 때문이었다. 산비탈을 스쳐 지나가는 솔바람 소리에도 가슴이 메어오고, 먼 수평선 위를 흐르는 흰 구름덩이까지 공연히 눈물겹기만 하던 한나절, 어머니와 나는 그 막막하고 애틋하고 하염없는 심사 속에 짐짓 더 열심히 게들만 쫓고 있었다.

　그리고 이튿날, 나는 아직도 살아 바글거리는 게 자루를 짊어지고 왼종일 3백 리 버스 길에 시달리며 내 숙식을 의탁할 광주의 외사촌 누님네를 찾아갔다. 그러나 막상 그 집에까지 도착하고 보니 게 자루는 이미 아무 소용도 없는 꼴이 되어 있었다. 게 자루 따위가 변변한 선물거리가 될 수도 없는 터에, 덜컹대는 찻길에 종일 시달리다 보니, 자루 속의 게들은 이미 부스러지고 깨어져 고약스레 상한 냄새를 풍기고 있었다. 나는 그 게 자루가 그토록 초라하고 부끄러울 수가 없었다. 그것이 내 남루한 몰골이나 처지를 대신하고 있기라도 하듯이 그 외사촌네 사람들 앞의 자신이 그토록 누추하고 무참하게 느껴질 수가 없었다. 하여 그 누님이 코를 막고 당장 그 상한 게 자루를 쓰레기통에다 내다 버렸을 때, 나는 마치 그 쓰레기통 속으로 자신이 통째로 내던져 버려진 듯 비참한

심사가 되고 있었다.[1]

이 일화가 지닌 정념의 강렬함은 한 소년이 느껴야 했던 세 겹의 무참함에서 비롯된다. 대처에서 중학에 다니기 위해 고향을 떠나야 하는 소년이 있다. 가난한 집안 형편 때문에 친척 집에서 기식을 하기로 예정되어 있다. 입학 날이 코앞이라서 이제 광주에 있는 그 친척 집으로 가야 한다. 빈손으로 갈 수는 없는데 그렇다고 변변한 폐백을 마련할 처지도 못 되어 어머니와 소년이 함께 바닷가에서 게를 잡고 있는 판국이다. 그러니 그 집안의 경제 사정이 어떤지는 긴 말할 필요가 없겠다. 그런 소년의 마음속을 채우고 있는 자기 처지에 대한 열패감이 첫 번째 무참함이다.

두 번째 무참함은 게를 잡은 다음 날의 일이다. 하루 종일 버스 길에 시달리며 광주에 있는 친척 집에 도착해보니 시달린 것은 사람만이 아니었다. 자루 속의 게는 이미 부서지고 상해서 고약한 냄새까지 풍기고 있었다. 그 냄새를 맡으면서도 달리 도리가 없어 상한 게 자루를 친척 집에 들고 가는 소년의 마음, 그 냄새나는 게 자루를, 마치 꼭 그래야 하는 것처럼 들고 갔던 소년의 무능력이 두 번째의 무참함이다. 물론 이 두 번째 무참함은 첫 번째 무함함의 연장에 있고, 세 번째 무참함에 의해 사후적으로 생겨난다.

---

1   단편소설 「키 작은 자유인」은 '가위 밑 그림의 음화와 양화 5'라는 부제를 달고 있다. 『문학사상』 1989년 8월호에 발표되었고, 단행본 『키 작은 자유인』(문학과지성사 1990)에 수록되었다. 인용은 『키 작은 자유인』, 문학과지성사 2015, 148~9쪽. 앞으로 이 책의 인용은 본문에 쪽수만 밝힌다.

세 번째 무참함은 이 셋 중에서도 결정적이다. 그것은 말할 것도 없이, 소년이 들고 온 게 자루가 쓰레기통에 버려지는 장면 속에 있다. 이 세 번째 무참함은 앞의 두 개의 무참함을 만들어내고 그 존재를 확인시키는, 그러니까 두 무참함의 발견자이자 무참함의 완성자이기도 하다. 폐백 마련할 방법이 없어 게를 잡아야 하는 소년 집안의 가난도, 또한 상한 게를 버리지 못한 채 폐백이랍시고 들고 온 소년의 무능력도, 이 세 번째 무참함이 있어 비로소 누추하고 부끄럽고 무참한 것이 된다.

'게 자루' 일화의 사실성과 그 너머

이 일화가 실린 단편 「키 작은 자유인」은 작가 자신이 직접 1인칭 화자로 나오는 자전적 작품이며, 위의 일화를 포함하여 여섯 개의 주요 일화로 구성되어 있다. 이 일화들은 크게 두 종류로 구분된다. 한국전쟁으로 어려운 시절이었지만 매사에 얽매이지 않고 호방했던 사람들(김씨 영감, 규순 씨)의 이야기와, 그와 반대로 원칙에 과잉 충실하거나 오해의 포로가 되어 성마르고 강퍅하게 행동했던, 그리고 친지와 이웃 간의 신뢰를 무참하게 배반한 사람들(젊은 목사와 5학년 담임교사, 한 친척)의 이야기가 대조를 이루고 있다. 그러니까 대단한 것은 아니지만 세사에 얽매이지 않고 자유롭게 살았던 '키 작은 자유인'들과 그와 반대되는 사람들이 서로 맞서 있는 구도이다.

이런 서사적 구도 속에서, 위의 게 자루 일화는 소설의 가장 첫머리에 놓여 있다. 다른 일화들과 비교했을 때 게 자루 일화가 두드러지는 것은 그 정서적 강렬함 때문이다. 각각의 일화가 지닌 정서 자체에 관한 한, 다른 일화들은 모두 청산이 끝난 일로 기술된다. 이야기 자체는 재미있거나 통쾌하거나 혹은 답답하거나 한심하다는 느낌을 만들어내지만, 그것은 이야기 자체가 지닌 것일 뿐 그것을 바라보는 정서에 큰 부하가 걸려 있지는 않다. 과거의 일들일 뿐 아니라 정서적으로도 이미 다 끝난 일로 다뤄지기 때문이다. 하지만 게 자루 일화만은 다르다. 거기에는 현재의 시선이 만들어내는 강렬한 회한이 담겨 있다. 그것이 그 자신의 일이기 때문만도 아니다.[2] 작가 자신이, "그날의 부끄러운 게 자루는 그렇듯 누추한 내 음화성 삶의 여정에서 끝끝내 버릴 수 없는 서글픈 숙명의 짐꾸러미"(151쪽)라고 표현하고 있을 뿐만 아니라, 뒤에 언급하겠지만, 그 자신을 작가로 만든 가장 중요한 동기의 예로 언급하고 있는 것이 바로 이 일화이기도 하다. 꼭 이런 이유를 대지 않더라도, 소설 속에서 이 일화가 지닌 강렬함은 그 자체로 압도적이어서, 나머지 다섯 개의 일화들을 희미하게 만들어버릴 정도이다.

---

2   나머지 다섯 일화 중에도 자신의 체험을 다룬 이야기가 또 하나 있다. 어린 그를 곡해하고 비교육적으로 대하여 억울하게 만들었던 5학년 담임교사의 이야기가 그것이다. 담임교사의 오해로 인해 그는 누명을 썼고 억울한 일을 당했지만, 그런 억울함은 당시에 느꼈던 것일 뿐 현재의 감정으로까지 이어지지는 않는다. 이 일화를 통해 강조되는 것은 한 젊은 교사의 좁은 소견과 도량이고, 그 사건으로부터 37년이 지난 시점에서 작가는 그것을 딱해 하고 있는 정도이다. 똑같이 작가 자신의 일을 다룬 담임교사의 일화와 나란히 세워놓으면, '게 자루' 일화가 지닌 정서의 강도가 훨씬 더 선명하게 드러난다.

　이청준의 전기적 사실[3]과 견주어보면, 게 자루 일화는 거의 사실에 가까울 것으로 판단된다.[4] 이 일화가 실제로 있었던 일인지 여부만을 확인하고자 한다면, 이는 또 다른 자료를 통해 해결될 수 있다. 「키 작은 자유인」이 발표된 지 10년 후에 이청준은 이 일화를, 소설이 아닌 산문의 형식으로 다시 한번 술회해놓았다. 그는 자신을 작가의 길로 인도한 세 가지 계기를 들었다. 첫째는 한국전쟁 때 가족을 모두 잃었지만 복수할 기회를 마다한 채 산속으로 둔세의 길을 떠났던 외종형이 남긴 인상, 둘째는 젊은 나이에 결핵으로 세상을 떠난 맏형이 남겨놓은 책들, 그리고 셋째, "내게 소설을 쓰게 한 보다 크고 결정적인 동인"[5]으로 들었던 것이 그가 시골 출신이라는 사실이었고, 그 점을 선명하게 보여주는 예로 든 것이 바로 이 '게 자루' 일화이다.[6]

　하지만 일화가 사실이었다는 것보다 여기에서 좀더 크게 문제삼아야 할 것은, 「키 작은 자유인」의 설정과 스타일로 인해 일화가 사

3　이청준의 유년과 집안 사정에 관한 전기적 사실은, 정현기와의 대담 「이청준의 생애 연표를 통해 본 인문주의적 사유와 새로운 교육 문화를 위한 이야기들」, 『오마니』, 문학과의식 1999에 상세하다. 부분적으로 틀린 대목도 있어, 이청준 특집이 실린 『작가세계』 1992년 가을호에 실린 연보와 대조하여 전기적 사실의 기준으로 삼는다. 특별한 사실은 주를 달아 밝힌다.

4　전남 장흥에서 태어나 초등학교를 졸업한 이청준은 광주에서 중고등학교를 나왔다. 그는 일화가 실린 소설의 첫머리에 "1954년 4월 3일 오후"라고 날짜까지 명토 박아놓았다. 소설이 발표된 시점으로 보자면 35년 전의 일인데, 날짜까지 정확하게 밝혀놓은 것은 예사롭지 않다. 당시의 달력을 확인해보면 게를 잡던 1954년 4월 3일은 토요일이었고, 소년이 광주로 간 것은 4월 4일인 일요일, 그다음 날인 4월 5일이 월요일이다(당시 학제로는 4월이 개학이었다). 4월 3일이라는 정확한 날짜는 작가가 소설을 쓰면서 확인했을 가능성이 크지만, 매우 인상적인 날이라 작가가 기억하고 있었을 수도 있겠다.

5　「나는 왜, 어떻게 소설을 써왔나」, 『오마니』, 190쪽.

실이라는 느낌을 짙게 풍긴다는 점이다. 자전적 에피소드들의 모음
이라는 소설의 구성, 작가와 거의 구분되지 않는 1인칭 화자의 설
정, 또한 날짜와 지명 등을 분명하게 적시하고 있는 스타일 같은 것
들이 그런 분위기를 만든다. 그러니까 다른 어떤 것이 아니라 텍스
트 자체가, 이 일화의 사실성을 강력하게 주장하고 있다는 것이다.
이 점이 왜 중요하다는 것인가. 일화 자체가 아니라 그것을 바라보
고 또 묘사해내는 사람의 시선이 문제적이기 때문이다.

　'게 자루'가 버려진 사건은 객관적으로 본다면, 새로운 세계로 진
입하는 사람이 치러야 할 입사 의식 정도에 지나지 않을 수도 있다.
또 그 자리에 이청준이 아니라 다른 사람이 있었다면 그에게는 잠
시 불편하게 생각하고 넘어갈 정도의 사건이었을 수도 있다는 것이
다. 양상이 좀 특별하다고 말할 수도 있겠지만, 입사 의식 자체의 심
리적 부하를 감안한다면 그렇게 특별하지 않을 수도 있는 것이다.
그런데도 이청준은 이 사건을 일컬어, 자신이 작가가 되는 데 가장
중요한 계기가 되었다고 말한다. 한 사람의 영혼에 치명적인 영향을

6　「키 작은 자유인」에서는 풍부하고 정확하게 묘사되었던 이야기가 여기에서는 소략하게 기술된
다. "6·25전쟁 휴전 이듬해인 1954년 봄 4월 초순 어느 날, 나는 중학교 진학을 위해 처음으로 고향
마을을 떠나 광주의 한 친척 누님 댁으로 더부살이 길을 나섰다."(190쪽)라는 것이 산문 버전의 첫 문
장이다. 소설 버전에서와는 달리 날짜를 명시하고 있지 않다. 이미 10년 전에 소설로 발표했던 소재라
서 간단하게 썼을 수도 있고, 또 소설과는 달리 사실이라는 전제에서 발표되는 것이므로 구태여 사실성
을 부각하기 위해 날짜를 명기할 필요가 없기도 했을 것이다. 그 까닭이야 어떻든, 이 일화의 사실성에
관해서라면 더 이상 따져볼 여지가 없어 보인다. 요컨대 「키 작은 자유인」에 등장하는 이 일화는, 세부
사항이나 주관적 느낌 등에서 허구성이나 과장이 개입했을 가능성도 없지 않지만 큰 줄거리 자체는 작
가 이청준이 실제로 경험했던 것이라고 하는 것이 적실한 판단이겠다.

주었다는 것이다. 따라서 여기에서 중요하게 다뤄져야 할 것은 사건 자체가 아니라 그 사건을 바라보는 사람의 마음이고 또한 그것을 재현해내는 작가의 방식이다.

수모의 경험을 서사화하는 일

일화 자체가 지닌 정서적 강렬함의 장막을 걷어내고 나면, 그 뒤에서 드러나는 것은 이야기의 기묘한 윤리적 복합성이다. 그것은 이야기 자체와 그것을 바라보는 시선 사이에서 만들어진다.

단순하게 말하자면, 이 일화는 한 가난한 집안의 소년이 자기 처지로 인해 마음의 상처를 입은 이야기이다. 여기에서 가장 무참한 꼴을 당한 사람은 말할 것도 없이, 게 자루를 들고 친척 집에 간 소년이다. 일화 자체가 그의 시선으로 포착되고 그의 목소리에 의해 기술되고 있으니 이는 당연한 일이다. 하지만 객관적인 시점으로 이 일화를 바라본다면 어떨까. 여기에서 가장 부끄러워해야 할 사람은 누구인가. 여러 가지 대답이 나올 수 있을 것이다. 그러나 그중에서도 가장 적게 책임져야 할 사람이 소년이라는 점에는 별 이론의 여지가 없다.

사태의 책임을 따지자면 이런 질문으로 시작해야 하겠다. 소년에게 수모를 가한 것은 무엇/누구인가. 위에서 분류했던 세 개의 무참함과 연관지어 대답할 수 있다. 첫째는 가난, 둘째는 소년 자신의

기지 없음, 셋째는 외사촌 누이의 배려(혹은 사려) 없음. 이 세 항목
은 모두 구체적 인격으로 표현할 수 있다. 소년의 어머니, 소년 자
신, 그리고 소년의 외사촌 누이 등이다. 이 중에서도 둘째 항목인 소
년 자신의 기지 없음에 대해서는 논의할 여지가 크지 않다. 어린 나
이였고(중학교 입학을 앞둔 시기였지만, 작가 이청준은 2, 3년 늦게 정식 초등
학교를 입학했으므로, 나이만으로 치면 고등학교 입학할 나이였다[7]), 또 그 정
도의 기지 없음이 비난의 대상이 되기는 힘들다. 자기 자신의 문제
이므로 약간의 자책으로 충분할 것이다. 그렇다면 남는 것은 가난과
배려 없음이다. 이 둘에 관해 누가 책임져야 할지는 명확하다. 두 성
인 여성의 행동이나 처지를 문제삼을 수 있겠다.

　근본적인 원인으로서의 가난에 대해 책임을 느껴야 할 사람은 그
의 어머니이다. 그는 어린 아들을 부끄럽고 민망한 모습으로 남의
집에 보냈다. 물론 어머니의 입장에서도 할 말이 없을 수 없겠다. 남
편과 맏아들을 잃고 졸지에 가장이 되어버린 것이 어머니만의 책임
이라고 할 수는 없고, 그래서 똑똑한 어린 아들의 학업을 감당할 수
없을 살림 형편이 되어버린 것 역시 자기 능력으로는 어쩔 수 없었
을 수도 있다. 아무리 그렇다 해도, 아직 어린 아들을 도회로 떠나보
내는, 하루가 꼬박 걸리는 짧지 않은 버스 길에 상하기 쉽고 부서질
수 있는 게 자루를 들려 보낸 것이 사려 깊은 행동이라고 보기는 어
렵다.[8]

7　『오마니』, 133쪽.

이 사태 속에서 소년의 어머니보다 좀더 크게 책임을 느껴야 할 사람은 광주에서 소년을 맞은 외사촌 누이이다. 그 누이의 처지나 상황이 어땠는지는 잘 알 수 없지만, 어쨌거나 일단 사촌 동생을 식객으로 맞았다면 그것이 비록 고약한 냄새가 나는 것이라 하더라도, 게 자루를 소년의 눈앞에서 쓰레기통에 버린 것이 배려심 있는 행동이라고 할 수는 없다. 게 자루를 일단 폐백 대접을 하고 난 후 소년 모르게 조용히 처리하는 것이 최선이었을 것이다. 별생각 없이 그렇게 한 것이라면 사려가 없는 것이고, 알면서도 한 행동이라면 소년을 노골적으로 박대한 것이다. 물론 사촌 동생을 매우 친하고 임의롭게 생각해서, 그런 걸 뭐하러 들고 왔느냐는 식으로 그렇게 한 것일 수도 있다. 만약 그랬다면 그 마음이 소년에게 전달되었을 것이고, 그 소년의 참담함이 ㉮에서와 같이 "그 쓰레기통 속으로 자신이 통째로 내던져 버려진 듯 비참한 심사"로 표현되기는 어려웠을 것이다.

우리가 「키 작은 자유인」의 작가 이청준에게 묻고 싶은 것은 이런 것이다. 무엇 때문에 당신은 그런 비참한 이야기를 썼는가. 게 자루 사건의 한복판에 놓여 있는 것은 강렬하게 표현된 수모의 경험이다.

8　이청준의 단편 「눈길」(1973)의 어머니와 같이 절대적으로 곤궁했던 처지라고 하더라도, 아들이 아니라 어머니 자신의 눈으로 본다면 그 결과에 대해 느껴야 하는 책임의 양은 작지 않다. 집에 다니러 온 아들을 도회로 떠나보내고 난 후 홀로 마을로 돌아왔을 때, 아침 햇살 앞에서 「눈길」의 어머니가 느끼는 부끄러움이 그것이겠다. 하지만 「눈길」의 작가는 말할 것도 없이 이청준이다. 그러니까 「눈길」이 나온 1973년에 이미 그는 어머니의 마음속에 들어가 있었다는 것이다. 「키 작은 자유인」은 그로부터 16년 후에 나온다. 객관적 시선과는 무관하게, 작가 이청준이 이 건에 관한 한 어머니에게 어떤 책임 추궁도 하지 못할 처지인 셈이다.

누구 탓이었든 간에 소년 이청준은 참담한 꼴을 당했다. 그 비참한
경험을 35년 혹은 45년이 지난 후에 소설과 산문으로 쓰고 있다. 그
는 왜 이런 상처를 끄집어내고 있는가.

복수와 자책 사이의 과잉윤리

어린 시절에 이런저런 수모를 당했고 이제는 시간이 지나 그 경
험을 되돌아보며 회상의 글을 쓰는 사람이 있다고 하자. 그의 입에
서 나옴 직한 이야기라면, 작게는 복수심의 표현이고 크게는 극복의
서사, 좀더 크게는 용서의 이야기라 해야 하겠다. 그런데 그런 이야
기를 하고 있다는 사실 자체가 이미 자기 안에서 어느 정도 객관화
된 것이라는 점을 염두에 둔다면, 그 뒤에 올 서사로서의 복수란 극
복이나 용서와 그 뜻의 차원에서는 크게 다르지 않다고 해야 할 것
이다.

이를테면 복수라 하더라도, 똑같은 방식으로 갚아주는 것은 일차
원적일 뿐이다. 성공하고 출세함으로써 수모를 가했던 사람을 면구
스럽게 만들고 수모가 생겨난 상황을 무화시켜버리는 것, 좀더 나
아가 오늘 나의 성공은 당신에게 빚진 게 많다고 하는 것 등이 좀더
품위 있는 복수일 것이며, 그런 품위 있는 복수가 진심으로 행해질
때는 곧 용서에 다름 아니겠다. 그런 점에서, 극복도 그렇지만 용서
야말로 최고의 복수라 하겠다.

　이청준이 겪었던 이 사건은 한국전쟁 직후 사회 전체의 빈곤이
극에 달했던 때 생겨난 일이다. 그 후로 그가 청년 시절을 보냈던
1960년대와 경제개발의 시대를 거쳐오면서 한국인들을 사로잡았
던 중요한 심리적 동기 중 하나는 나라 전체의 빈곤 상태를 극복하
는 것, 한 개인의 차원에서 말한다면 출세에 대한 갈망과 의지였다
고 할 수 있다.[9] 이런 점을 고려한다면, 일반적인 수모담에 뒤이어
질 것은 출세해서 그 수모를 갚는 것, 혹은 내면적인 성장을 통해 그
것을 아무것도 아니었던 것으로 해소해버리는 것이 상례일 것이다.
하지만 이청준의 경우는 복수/극복/용서와는 전혀 다른 스펙트럼
을 보여준다. 앞의 인용문 ㉮에 뒤이어지는 부분을 보자.

　㉯ 하긴 그렇다. 그것은 바로 그날까지의 나 자신의 내던져짐이었음
에 다름 아니었을 터였다. 내가 고향에서 도회의 친척 집에 가져올 수
있는 것이 오직 그것뿐이었듯, 그 게 자루에는 다만 상해 못 쓰게 된 게
들만이 아니라, 남루하고 초라한 대로 내가 그때까지 고향에서 심고 가
꾸어온 나름대로의 꿈과 지혜와 사랑, 심지어는 누추하기 그지없는 가
난과 좌절, 원망과 눈물까지를 포함한 내 어린 시절의 모든 것이 담겨
있었다. 그래 그것은 내 어린 시절의 삶 전체가 무용하게 내던져 버려진
것 한가지였다. 그리고 그것은 어찌 보면 지극히 당연한 노릇이기도 하

9　'억울하면 출세하라'라는 문구는 1950년대 후반부터 유행한 말이다. 『경향신문』, 1993. 10. 6,
30면. 이 구절이 나오는 대중가요 「회전의자」가 나온 것은 1965년이고, 영화 「억울하면 출세하라」가
개봉한 것은 1969년이다.

었다. 나는 이제 그 남루한 시골살이의 껍질을 벗어던지고 보다 더 깔끔하고 강건하고 영민한 도회인의 삶을 배워 익혀 나가야 했기 때문이었다. 고향 마을에서는 누구나 그것을 동경하고 부러워했듯이, 바야흐로 내겐 그런 삶의 길이 앞에 한 때문이었다. 맵시 곱고 정갈스런 누님이 아니었더라도, 나는 상한 냄새의 게 자루와 함께 고향과 고향에서의 모든 것들을 스스로 미련 없이 내던져버렸어야 하였다. 그래서 부단히 배우고 익혀 아는 것도 많고 거둬 지닌 것도 많은 생산적 의식층으로 자라났어야 하였다. 했더라면 아마도 내 삶에는 좀더 이루고 얻는 것이 많았을는지 모른다. 이루고 얻은 것이 많지 않더라도, 마음만은 한 곳으로 값진 뜻을 좇아서 부질없는 헤매임이 적었을는지도 모른다.

하지만 내겐 아마도 그런 노력이 많이 모자랐던 모양이다. 아니면 지혜가 모자랐는지도 모른다. 나름대론 노력을 안 한 바도 아니었고 지혜를 구하지 않은 바도 아니건만, 한마디로 내게선 그 쓰레기통에 버려진 게 자루가 여태도 멀리 떠나가주질 않고 있는 것이다. 어린 시절과 함께 내던져져 썩어 없어졌어야 할 게 자루가 그 남루한 꿈과 동경의 씨앗 자루처럼, 혹은 좌절과 눈물의 요술 자루처럼 이날 입때까지 나를 계속 따라다니며 사사건건 간섭을 일삼고 있는 것이다. 그리고 그로 하여 나의 삶의 몰골은 끝없는 갈등과 무기력한 망설임 속에 형편없는 왜소화와 음성화의 길만을 걷게 해온 것이다. 도회살이 이미 40년에 가까우면서도 서울에선 늘상 임시 기류 생활 같은 어정쩡한 느낌에 고향을 종종 다시 찾아 내려가보기도 하지만, 고향에선 또 고향에서대로 오래전에 이미 떠나간 사람이 되어버린 자신을 발견하고 부끄럽고 면구스런 발

길을 되돌아서야 하는—, 그 자랑스런 도회인도, 그렇다고 고집스런 고
향지기도 될 수 없는 어정쩡한 떠돌이의 서글픈 여정 속에, 그 조심스럽
고 누추한 자유의 추억 속에.

　하고 보면 그날의 부끄러운 게 자루는 그렇듯 누추한 내 음화성 삶
의 여정에서 끝끝내 버릴 수 없는 서글픈 숙명의 짐꾸러미가 아니었던
지—(149~51쪽)

　인용문 ㉯는 이 일화 전체의 후반부에 해당한다. 여기에서 가장
현저한 정서는 자책/부끄러움/회한이다. 그 정서를 둘러싼 담론의
논리는 다음 네 단락으로 구성된다. '1) 게 자루가 버려진 것을 보는
것이 어린 내게는 커다란 충격이었다. 2) 지금 생각해보면 그것은
도회 생활을 위해서는 어차피 버려야 할 것이었다. 3) 그런데도 나
는 그것을 제대로 하지 못했다. 4) 그래서 지금껏 도회인도 못 되고
고집스러운 고향지기도 아닌 어중뜨기로 살아왔고 그것이 한탄스
럽다.' 그러니까 이 일화를 회상하는 이청준은 고향과의 단절을 제
대로 수행하지 못한 것이 잘못이라고 생각하고, 또 그런 잘못을 할
수밖에 없었던 스스로를 안타깝게 생각하고 있다는 것이다. 그러나
이것은 좀 이상하지 않은가.

　게다가 이청준의 문장 자체는 자책과 회한에 대해 말하고 있지만
그것 역시 일관성이 없다. 소년 시절의 그가 느꼈던 참담함에 대해
기술하는 ㉮의 일화와 함께 놓고 보면, 그가 말하는 자책/부끄러움/
회한을 있는 그대로 받아들이기는 어려워 보인다. 그러니까 그 자신

이 도시 생활에 제대로 적응하지 못하여 부끄러워하고 있다는 식의
언사를 곧이곧대로 받아들이기는 힘들다는 것이다. 그래서 위의 진
술을 의심하게 된다. ⑭의 이청준은 무언가를 감추거나 우회하고 있
는 것은 아닐까.

　위의 인용문 ⑭에서, 게 자루를 버렸던 외사촌 누이는 "맵시 곱고
정갈스런 누님"이라고 표현된다. 이런 표현 역시 인용문 ㉮를 생각
한다면 조금 이상해 보인다. 그 누이는 코를 막고 냄새나는 게 자루
를 쓰레기통에 버린 장본인이기 때문이다. 심지어 누이의 그런 행동
을, 자기가 마땅히 받아야 했던 교훈이었다고까지 말하는 ⑭의 표현
은, 지나치게 관용적이어서 윤리적 과잉이라 함 직하다. 과장된 포
즈 뒤에는 반드시 그것이 감추고자 하는 것이 있게 마련이다. 외사
촌 누이에 대해 이렇게 쓰고 있는 것은, ㉮의 일화에서 악역을 맡긴
것에 대한 보상 심리가 작동한 결과라고 생각하는 편이 타당하겠다.
어쨌거나 누이는 한때나마 자기를 거두어준 사람이다. 더욱이 누구
든 간에, 깔끔하고 도시적인 외사촌 누이가 표상하는 세계의 질서를
기본적으로 긍정적이고 지향해야 할 어떤 것으로 바라본다는 점에
는 큰 이의가 있기 어렵다. 다른 특별한 조건이 개입하지 않는다면,
대다수가 그럴 것이기 때문이다. 그러나 그렇다고 해서, 목전에서
게 자루를 버려버린 누이의 행동까지 수긍하는 것은 자연스럽지 못
하다.

　이청준이 진심으로 그렇게 생각했다면 게 자루 일화를 소재로 하
는 글은 쓰지 말았어야 했다. 혹은 썼다 하더라도 그 자신의 실제 체

험임을 주장하는 스타일로 쓰지는 말았어야 했다. 더욱이 산문의 형태로 한번 더 써서 그것이 사실이었음을 사람들이 확인할 수 있게 하지는 말았어야 했다.

이 세 개의 '하지 말았어야 했다'가 만들어내는 경계를 넘어서고 난 다음에는, 그가 무슨 말을 하건 그것은 모두 복수의 글쓰기, 코를 막으며 쓰레기통에 게 자루를 버렸던 외사촌 누이의 행동에 대한 복수일 수밖에 없다. 인용문 ㉰에서와 같이 아무리 누이의 고운 맵시와 정갈함을 강조한다고 해도, 또한 자책과 회한 어린 어조로 자신의 지난 삶에 대해 논평을 붙인다고 해도 글의 프레임 자체가 바뀔 수는 없다. ㉮로 시작된 서사의 규정성이 압도적이기 때문이다. ㉮가 있는 한, 이 글은 오로지 복수(=극복=용서, 이 셋은 등가물이다)를 위해 마련된 자리이기 때문이다. 그 일화가 소년 시절에 겪은 충격 경험으로 발표되었다는 사실 자체가 이미 그 같은 복수의 자리를 마련해놓고 있는 것이다.

이런 점에서 보자면 어떨까. ㉰에서의 이청준은 복수의 자리에 서 있으면서도 그것을 제대로 수행하지 못하고 있는 셈인가. 아니면 매우 우회적으로 복수를 하고 있다고 해야 하는가. 그는 이 일화가 아니라 「키 작은 자유인」이라는 소설이 끝나는 자리에서 여섯 개의 일화를 아우르면서 다시 이 게 자루 일화를 끄집어내어,

㉲ 하고 보면 옛날 내 초라하고 남루한 상광길(광주로 올라가는 길-인용자)의 게 자루는 이날까지 오래오래 내 삶을 모양짓고 이끌어온, 보잘것은

없으나마 그런대로 소중한 꿈과 진실의 씨앗, 무엇보다 내 나름의 자유
인의 모습과 그에 대한 꿈의 씨앗이 함께 깃들어온 셈이었다.(180쪽)

라고 쓴다. 복잡하고 장황한 마음의 ㈏보다는 매우 간명한 ㈐ 쪽이
훨씬 더 마음의 진실에 가까워 보인다. 이것은 작가로서의 이청준이
자신의 삶과 작품들을 통해 직접 증명해준 것이기도 하다. 그러니까
인용문 ㈐는, 이 글 자체의 성격이 복수임을 좀더 분명하게 드러내
는 대목인 셈이다.

그렇다면 ㈐의 인용문이 보여주는 자책/부끄러움/회한은 은폐나
가식인 것일까. 물론 앞에서 지적한 대로 그것은 일차적으로, 그 외
상적인 사건을 기술하면서도 주범인 누이에게 책임을 묻지 않으려
는 윤리적 관용의 소산이라 해야 할 것이다. 그러나 그것은 한 걸음
더 나아가서 조금 심하게 말하자면, 일차원적인 복수의 저열함은 피
하면서 복수는 복수대로 하고자 하는, 의도적이었든 결과적인 것이
든, 고차원적인 복수심의 산물이라 할 수도 있겠다. ㈐에서 이청준
이 무슨 호의적 논평을 하건 간에, ㈎에 등장하는 배려심 없는 누이
의 모습은 달라지지 않을 것이기 때문이다. 따라서 그것은, 이청준
이 그것을 의도했는지 여부와는 무관하게, 누이의 행위에 대한 윤리
적 관용(이것은 표면적인 것일 뿐이다)이 만들어낸 결과이며, 과잉윤리
에 따라오기 마련인 몰윤리의 모습이라 해야 하지 않을까.

물론 이 같은 과잉윤리와 몰윤리의 착종이, 이청준에게 분명하게
의식적인 것이라고 하기는 어려워 보인다. 복수심이 의식적이었다

면 ④의 서술의 기본 방향은 최소한 자책은 아닌 것으로 수정되었어야 마땅하며, 그의 글의 논리적 행보도 꼬이지 않았을 것이다. 이런 것이 분명하게 자각되지 않았기 때문에, ㉮와 ④는 그 내용 자체가 상충되는 아이러니로 충전되어 있으며 윤리적으로 복합적일 수밖에 없다. 위의 인용문 ④에서 드러나는 정서, 그러니까 ㉮의 사건이 지닌 선명함(경험 자체의 무참함)에 비하지 않더라도 그 사건에 대한 논평으로서는 매우 어울리지 않는 정서(자책과 회한)의 존재가 그런 복합성을 보여준다. 다만 여기에서 분명한 것은 자책과 부끄러움과 회한의 정서가 있다는 것인데, ④를 확인하고 나면 인용문 ④에서 말하는 것과는 달리, 그 부끄러움과 자책이 게 자루를 버리지 못한 것 때문이 아니라는 점은 확실해진다. 작가로서 살아온 이청준의 삶의 궤적이 그것을 입증하고 있다. 그렇다면 평생 게 자루를 끌고 다닌 것이 부끄럽다고 했던 ④의 말은 일종의 윤리적 포즈로 보아야 할 것이다. 그 버려진 게 자루가 자기에게는 "소중한 꿈과 진실의 씨앗"이라고 하는 ㉰의 인용문 쪽이 훨씬 더 맥락에 들어맞는다. 그것은 작가로서의 이청준의 삶이 방증하고 있는 것이기도 하다.

그래서 우리는 묻게 된다. 그런 윤리적 관용이라는 포즈를 걷어내버리면 남는 것은 자책/부끄러움/회한이라는 선명한 정서 자체인데, 이 정서마저 포즈가 아니라면, 또한 그가 느끼는 자책과 회한이 버리지 못한 게 자루 때문이 아니라면, 대체 이청준은 35년 전의 사건을 기술하면서 무엇을 자책하고 부끄러워하고 있는가. 그는 무엇 때문에 회한에 잠겨 있는 것인가.

부끄러운 부끄러움

욕망이라는 코드로 보자면, 소년 이청준이 어느 편에 서 있는지
는 자명하다. 냄새나는 게 자루가 아니라 그것을 버린 누이의 편, 부
끄럽고 민망한 시골이 아니라 세련된 도시의 편이라 함은 당연해
보인다. 그는 도회지에서 학업의 기회를 얻고자 했고,[10] 그것은 고
향에서 게를 잡는 것보다는 좀더 나은 삶의 방식을 선택하고자 했
음을 뜻한다. 다른 특별한 조건이 없다면, 남루함과 깔끔함 사이의
대립항 중에서 전자를 택할 사람은 많지 않을 것이다. 이청준도 여
기에서 예외라 하기는 어렵다.

만약 그가 전자를 택할 수 있는 매우 예외적인 강골이었다면, 버
려진 게 자루의 경험 같은 것이 정서적 충격으로 다가오지는 않았
을 것이다. 낡은 베옷을 입고도 여우 가죽 옷을 입은 사람 옆에서 태
연할 수 있었다던 공자의 제자 자로(子路)처럼, 버려진 게 자루를 놓
고도 태연자약했을 것이다. 상한 게들 사이에서 멀쩡한 게들을 골라
낼 수 있었을 것이고, 한술 더 떠서 외사촌 누이의 그런 행동을 제지

---

10 당시 이청준은 집안이 어려운 형편이었지만 광주로 진학할 생각을 했다. 당시 그의 고향 마을에
서는 초등학교를 마치고 바로 중학교에 가는 것은 일반적이지 않았다. 한 해 정도는 진학을 미루고 집
안일을 돌보는 것이 관행이었고, 더욱이 이청준은 아버지와 남자 형제들이 사망하여 집안에 남자가 드
물었던 처지라서(이 인터뷰에는 그가 집안의 유일한 남자라고 되어 있다. 이것은 기록자의 착오로 보인
다. 『작가세계』의 연보에 따르면, 이 무렵엔 5남 3녀 중 두 형제가 남았고, 살아남은 형이 사망한 것은
1966년으로 되어 있다. 「눈길」이나 『조율사』 등의 내용을 감안하면 이쪽이 정확해 보인다. 52쪽 참조)
집안에서 주저앉히고자 했다. 그런데도 팔촌 형이기도 했던 6학년 담임교사의 도움으로 광주의 명문
중학교에 진학하게 된다. 『오마니』, 132~6쪽.

하거나 그에 대해 정서적으로나마 저항할 수 있었을 것이다. 그러나
16세의 소년 이청준에게 그런 예외적인 기개를 기대하기는 어렵다.
영특하고 자존심이 강한 소년이었다고 해도, 그는 이제 막 도회지
맛을 본 한 명의 시골 아이였을 뿐이다.

그래서 그는 게 자루가 버려지는 것을 수모라고 느끼면서도 그
수모에 대해 누구를 탓하지 못한 채 혼자 부끄러워하고 있다. 그 수
모로 받은 정신적 상처를 자기 혼자서 고스란히 감당해야 한다고
생각하고 있다. ⑭의 인용에서 그는 회상하는 시점에서조차 "그날의
부끄러운 게 자루"라고, 소년이었던 과거의 자신에게 감정이입하여
말하고 있다. 35년이 지난 시점인데 그가 왜 그것을 부끄럽게 생각
해야 하는가. 게다가 그런 부끄러움이란 그 게 자루를 자기 손에 들
려 보낸 어머니를 부끄러워하는 것에 다름 아니지 않은가. 그렇다면
여기에서의 부끄러움은 그 자체로 하나의 위반이자 몰윤리가 되는
것이 아닌가.

위에서 언급한 대로, 이제 성인이 된 그가 무엇인가를 자책하고
부끄러워하고 있다면, 그러니까 35년 전의 일을 회상하며 회한에 잠
겨 있다면, 최소한 게 자루나 그로 인해 받은 수모 때문일 수는 없다.
누가 보더라도 그것은 부당한 것이었기 때문이다. 성숙한 이청준
이 진정으로 부끄러워하고 있는 것, 혹은 그로 하여금 회한에 잠기
게 한 것은 무엇이냐는 질문에 우선 이런 대답이 가능하겠다. 그가
선택한 삶이, 그 자신이 자주 사용했던 표현을 빌리자면 '소설질'이
었기 때문이라고. ⑭의 표현에 의하면 그가 "생산적 의식층"이나 "자

랑스런 도회인"이 되지 못한 때문이라고, 그러니까 자기에게 수모를 준 것들에 제대로 복수하지 못하게 한 자신의 선택 때문이라는 것이다. 그러나 이것은 앞에서도 지적했듯이, 위의 인용문 ⑭에서와 마찬가지로 이청준의 과잉윤리가 만들어낸 외관일 뿐이라고 해야 한다. 거기에, 가지 않았던 길에 대한 회한이 섞여 있는 정도라 함이 적절할 것이다.

그렇다면 겸사와 도회에 능한 이청준이 그 자신에게도 명확하게 드러내지 못하고 있는 그 부끄러움의 진짜 대상은 무엇일까. 그것은 버려진 게 자루 앞에서 부끄러워했다는 사실 자체라고 해야 할 것이다. 거기에 정서적으로 어떤 저항도 못했고, 그것을 참담한 수모로 받아들이면서도 자기 자신이나 혹은 자기 처지(그러니까 어머니와 집안) 탓으로 돌렸다는 사실, 그것이 그에게는 진짜 부끄러움이자 회한의 대상이라고 해야 한다. 그것은 일차적으로, 그동안의 나를 만들어준 자기 삶의 원천, 곧 어머니를 부끄러워한 것에 다름 아니며, 나아가 자신이 결국 선택하게 된 작가로서의 삶을 부끄러워한 것에 다름 아니다. 그런 부끄러움이란 윤리적 행위로서의 부끄러움(이것은 예의와 염치를 아는 것에서 비롯되는 부끄러움이고 여기에는 자기 인식이 동반된다)이 아니라 비윤리적인 부끄러움(세속적인 가치를 기준으로 다른 사람들과 자기를 비교하는 데서 생겨나는 당당하지 못한 부끄러움)이다. 그것은 부끄러움이지만, 부끄러워하는 순간 비로소 부끄러움이 되는 부끄러움, 비윤리적이어서 부끄러운 부끄러움이다.

논리가 여기에 이르면 우리는 이제 두 개의 부끄러움을 구별할 수 있게 된다. 첫째는 윤리적인 부끄러움으로서, 자기가 있어야 할 자리를 알고 거기에 부합하지 못하는 자신의 상태를 부끄럽게 생각하는 마음이다. 이것은 윤리적 덕목이 만들어지는 곳에서는 어디에서나 존재할 수밖에 없다. 조선 시대의 전통적인 덕목들을 대표적인 예로 들어볼 수 있겠다. '효제충신예의염치(孝弟忠信禮義廉恥)'라는 여덟 미덕[11]에서 가장 마지막에 속하는 것이면서 또한 앞에 나오는 일곱 미덕의 완성자로 존재하는 것이 부끄러움이다. 여기에서 부끄러움[恥]이란 다른 덕목들과 달리 자기 이념 없이 일종의 윤리적 검증의 형식으로 존재한다. '효제충신예의염'이라는 일곱 덕목이 구체적 실행에서 그 자체의 이상적 수준과 일치할 수 없을 때 발생하는 것이 부끄러움이다. 즉, 제대로 효도를 하지 못했을 때, 제대로 예의를 지키지 못했을 때 등등에서 생겨나는 것이 부끄러움이다. 그래서 부끄러움은 그 앞의 일곱 항목을 포괄하는 근본적인 것이다. 자기 자신의 내용을 지니지 않은 채, 구체적 내용을 가진 덕목들이 자기 자신의 이상적인 상태와 일치하는지를 검증해내는 형식적 요건이 바로 부끄러움이라는 점에서 그러하다.

윤리적 부끄러움은, 모든 덕목들의 자기 자신과의 불일치, 그 간극 속에서 비어져 나온다. 윤리적 덕목들의 이상적 상태란 보통 사람으로서는 도달하기 어려운 수준이다. 그래서 윤리적 덕목이라는 잣대를 갖다 대면 그 누구라도 부끄러움이 없을 수 없다. 그것이 곧

---

11   이 여덟 덕목은 19세기 조선에서 장르의 형태로 고정된 문자도(文字圖) 8폭 병풍에 주인공으로 등장하는 것들이기도 하다.

윤동주가 "죽는 날까지 하늘을 우러러 / 한 점 부끄럼 없기를, / 잎 새에 이는 바람에도 / 나는 괴로워했다"[12]라고 썼을 때의 바로 그 부끄러움이다.[13]

그러나 두 번째 부끄러움은 경우가 다르다. 첫 번째 부끄러움이 성찰적이고 내면적인 것이라면, 이것은 외면적이고 가식적이다. 기 독교 경전의 용어로 말하자면 외식(外飾)적이다. 그래서 이 부끄러움 은 위선적이고 속물적이다. 그것은 윤리적 덕목에 관한 내면적 성찰 의 산물이 아니라, 자기 밖에 있는 어떤 존재나 타인의 시선을 의식 함으로써 생겨난 것이라는 점에서 그러하다. 그러니까 어떤 사람이 사회적 체면을 잃었다고 느낄 때, 혹은 남들에게 감추고 싶은 자기 약점이 드러나버렸거나 다른 사람과 비교하여 자기가 처진다고 느 낄 때 생겨나는 어떤 것이다. 그래서 그것은 낡은 옷과 구멍 난 양말, 가난한 집안 형편, 숨겨왔던 무능력이나 낮은 학벌같이, 물질적 조건

---

12 윤동주, 『정본 윤동주 전집』, 문학과지성사 2004, 122쪽.

13 여기에서 한발 더 나아가면, 맹자가 "사람에게는 부끄러움이 없을 수 없다. 부끄러움이 없는 것을 부끄러워한다면 부끄러움이 없게 된다.[人不可以無恥 無恥之恥無恥矣]"(『맹자』, 盡心章句上)라고 한 역설적 대상으로서의 부끄러움을 만나게 된다. 여기에서의 역설은 개념이 아니라 실천의 차원에서 생 겨나는 것이다. 사람에게 부끄러움이 없을 수 없다는 것은 윤리적 주체에게는 당연한 말이다. 윤리적 이상이라는 잣대를 들이대면 어김없이 불일치의 간극이 출현할 수밖에 없다. 그러니까 어떤 사람이 부 끄러움을 느끼지 못한다면, 그것은 그가 성현이나 신과 같은 존재가 아닌 한에서 비윤리적인 인간이라 는 말밖에 되지 않는다. 그래서 부끄러움이 없는 상태가 되는 것을 경계하고 부끄러워한다면 그 사람은 종국에는 고도로 윤리적인 상태에, 곧 성현과 같은 상태에 가까이 가게 될 수 있으리라는 뜻이다. 따라 서 부끄러움 없음이란 매우 특이하고 역설적인 상태로서, 윤리적 이상이면서 동시에 몰윤리의 상태를 표상한다. 부끄러움에 관한 이런 논리는, 윤리적 차원의 부끄러움이 윤동주의 시에서 표현된 것처럼 자 기 자신에 대한 혹독한 성찰과 심문의 결과임을 보여준다. 부끄러움 없음을 부끄러워하고 조심할 때 비 로소 부끄러움 없음이라는 이상적 상태에 근접하게 된다는 것이다.

이나 허세 같은 것들과 결부되곤 한다. 이런 부끄러움의 요소들은, 부끄러워하면 부끄러움이 되고 부끄러워하지 않으면 아무런 부끄러움도 아니다. 그러니까 이런 부끄러움은 없어야 마땅하고, 부끄러움이 있다면 있는 것 자체가 비윤리적이 된다. 그러니까 여기에서는 부끄러워하는 것이, 당당하지 못한 태도로서의 부끄러움인 것이다.

이렇게 둘을 구분해본다면, 소년 이청준의 부끄러움이 이 두 번째에 있다는 것은 매우 자명하다. 그러나 성숙한 이청준이 그 사건을 생각하며 회한에 잠겨 있는 것은 그로부터 35년 지난 후이다. 그러니까 그가 어떤 방식으로든 자책의 분위기에 빠져들어 있다면, 그것은 게 자루를 부끄러워했던 자신을, 그것을 내다 버린 외사촌 누이와 정서적으로 공모했던 자신의 심정을 새삼스럽게 되돌이켜 생각하고 있기 때문이라고 해야 할 것이다. 성숙한 이청준에게는 35년 전 자신이 부끄러워했다는 사실 자체가 부끄러움의 대상이 되고 있는 것이다. 말하자면 회한에 잠겨 있는 이청준은 어린 날의 자신이 감당해야 했던 속물적 부끄러움을 제대로 드러내지 못하면서 부끄러워하고 있는 셈이다.

요컨대 「키 작은 자유인」의 작가로서 이청준은, 35년 전 자기가 저지른 윤리적 실책을 바라보는 중이다. 그는 자기 안에 존재하던 속물적 부끄러움을 발견하고 그것을 부끄러워하고 있는 셈인데, 그는 왜 이 순간에조차 그와 같은 자기 부끄러움의 실체를 분명하게 표현하지 못하고 있는가.

그렇다면 이제 우리가 대답을 찾아야 할 질문은 이런 것이겠다.

무엇이 그로 하여금 부끄러움의 실체를 향해 다가가지 못하게 하는가.

이런 질문이 제기되면 우리는 다시, 두 번째 부끄러움의 속물적 속성을 주목하지 않을 수 없게 된다. 첫 번째의 윤리적 부끄러움이 윤리적 주체에게는 불가피한 것이라면, 이 두 번째 속물적 부끄러움 역시 근대적 삶의 주체에게는 불가피한 것이라 해야 할 것이기 때문이다.

앞의 불가피성이 윤리적 이상의 차원에 있다면, 뒤의 것은 윤리가 실현되는 현실의 차원에 존재한다. 후자의 불가피성이 지니는 문제성은, 특히 이청준이라는 한 개인이 체험했고 또한 그의 세대가 집단적으로 체험해야 했던 국가적 차원의 절대 빈곤과 연관될 때 좀더 날카롭게 제기된다. 이청준이 제대로 응시할 수 없었던 부끄러움에 관한 의문도 그런 연관성 속에서 답변될 수 있을 것이다. 그것은 추상적인 것으로서의 모더니티가 아니라 매우 현실적인 의제로 제기된 경제개발과 근대화라는, 한 개인이 아니라 국가적 차원의 흐름 속에서 만들어지는 맥락이기 때문이다.

가난이라는 역설적 대상

속물적 부끄러움은 다른 사람들의 시선을 의식하는 데서 생겨난다. 그것을 없애고자 한다면 타자의 시선을 의식하지 않아야 하지만, 공동의 삶을 거부하지 않는 한 그것은 불가능하다. 법과 관습, 각종 제도와 관행 등 우리가 인륜성의 체계라 부를 만한 것들은 모두 추상화된 타자의 시선들이고, 무엇보다도 시장경제의 시스템 자체가 신용, 즉 사회적으로 체계화된 타자의 시선이라는 기반 위에서 작동한다. 그러니까 모든 사회적 네트워크로부터 고립을 자처하지 않는 한, 타자의 시선을 지우는 것은 그 누구에게라도 불가능하다. 그런데 문제는 그 불가피함을 있는 그대로 인정해버리면 좀더 심각한 문제가 생겨난다는 점이다.

근대적 삶의 질서를 받아들이는 한, 사람이 어느 정도의 속됨을 갖는 것은 불가피하지만, 속물되기의 불가피성을 있는 그대로 인정해버리는 것은, 곧바로 속됨의 적극적 실천으로 연결된다는 점이 문제가 된다. 불가피한 속물성은 인정할 수 있어도, 부끄러움조차 돌보지 않는 속물적 실천이 무엇을 낳는지는 자명하지 않은가. 그 자리에서 생겨나는 것은, 자신의 이중성에 대해 어떤 괴로움이나 부끄러움도 지니지 않는 비윤리적 괴물일 뿐이다.

이것이 칸트가 실천이성의 이율배반이라 명명했던 역설적 지점이다. 그러니까 윤리적 주체의 입장에서 보자면 속물적 부끄러움은 불가피한 것이기는 하지만 어떤 수준에서는 반드시 절단되어야 할 흐름 속에 있다. 그 흐름을 절단해주는 것이 윤리적 부끄러움이며, 한 사람이 윤리적 주체이고자 하는 한 그의 마음속에서 이 두 개의 부끄러움은 언제나 함께 있어야 한다. 이 둘의 결합 형태가 부끄러움에 대한 부끄러움이다. 뒤의 부끄러움은 앞의 부끄러움의 본성을 상기시킴으로써 속물이 괴물로 변하는 것을 막아주는 안전판이다.

그렇다면 이청준도 그런 경우에 해당하는 것인가. 일단은 그렇다고 해야 하겠다. 그런데 여기에서 강조되어야 할 것은 속물적 부끄러움(남부끄럽지 않게 살아보자!)이 전후 한국에서 경제개발을 향한 강력한 정신적 동력으로 작동했다는 점이다. 그것은 국가적 차원에서 구현되는 속물성이었다고 해야 할 텐데, 전후의 절대 빈곤에서 탈출하여 남부끄럽지 않게 살고자 하는 국가의 집단적 의지로 구현된다는 점에서 그러하다. 그 의지의 절박성에 비하면 다른 어떤 것도 부차적일 수밖에 없다. 남부끄럽지 않게 살고자 하는 집단적 의지 속에 있는 속물적 부끄러움은 속되고 천박하지만, 그렇다고 해서 그것을 정색하고 비난할 수는 없다. 그것은 실질적 효용을 앞세우는 공리주의(utilitarianism), 곧 윤리적 모더니티의 원초적 동력이기 때문이며, 게다가 그것은 산업화를 시작한 국가 전체의 의지라 할 만한 것이어서, 최소한 그 내부에서는 윤리적으로 비난받을 여지가 크지 않기 때문이다.

버려진 게 자루를 수치스럽게 생각했던 소년의 경우도 마찬가지일 것이다. 그는 게 자루가 내동댕이쳐진 것이 수치스러웠다고 말하지만, 그것을 따지기 전에 게 자루 자체가 이미 부끄럽고 민망한 것이다. 그것이 내버려진 것은 그것의 부끄러움을 극적으로 드러내주는 장치일 뿐이다. 그러니까 이를 인격화해서 말하자면 외사촌 누이가 밉기 전에, 그것을 들려 보낸 어머니가 더 미운 것이고, 또 그럴 수밖에 없는 어머니의 형편을 알기 때문에 그럴 수밖에 없었던 바로 그 집안의 형편이, 일찍 세상을 떠나버린 아버지와 그 아버지로 표상되는 가난과, 좀더 나아가면 전후 한국의 빈곤 상태가 가증스러운 것이다. 그렇다면 그가 누구를 비난할 수 있을 것인가. 심하게 말하자면 그런 환경에 내던져진 자신의 운명을 비난하거나, 자기 안에 자리잡고 있는 속된 부끄러움 자체를 비난해야 하는 것이 아닌가. ㉯의 인용문이 보여주는 회한과 자책은 이런 윤리적 난관의 산물이라고 해야 할 것이다.

더욱이 이청준은 자기 삶의 방식으로 문학을 선택한 사람이다. 설사 그것이 불가피한 것이라 하더라도, 문학을 선택한 그는 결코 속된 부끄러움의 편에 설 수는 없다. 어떤 방식으로건 그 속된 흐름을 절단하고, 윤리적 부끄러움을 자기 정신의 기축으로 삼아야 한다는 것이 문학을 선택한 이청준의 생각이다. 그의 초기 산문들에 드러나듯이,[14] 그에게 문학을 하는 일이란 무엇보다도, 물질적 부의 추구나 세상살이의 속됨으로부터 자기 자신을 절단해내는 일이기 때문이다. 따라서 그의 세계에서 이 둘, 즉 윤리적 결의가 드러나는 통로로서의 부끄러움과, 또한 현실적 삶에서의 불가피한 조건으로서의 속된 부끄러움은 모두 없애지 못할 것들이다. 서로 배척하지만 하나로 결합되어 있을 수밖에 없는 이 둘은, 부끄러운 부끄러움이라는, 과잉윤리와 몰윤리가 결합된 매우 기묘한 형태를 취할 수밖에 없다는 것이다.

---

14 『작가의 작은 손』(열화당 1978)의 4부에 실려 있는 글들이 대표적인 예이다.

이렇게 보면, 「키 작은 자유인」의 게 자루 일화를 이루는 세 겹의 윤리적 층위를 변별할 수 있게 된다. 첫 번째 층위는, 어린 시절의 정신적 상처가 생겨나는 순간을 포용적으로 바라보고자 하는 시선의 과잉윤리이다. 이것은 자기에게 상처를 준 누구도 원망하지 않으려 하고 모든 것을 자신의 책임으로 돌리려는 태도로 구성된다. 그것이 일종의 포즈임엔 분명하지만 단순히 가식적인 것이라고 하기도 어렵다. 여기에서 가장 큰 의지는 어린 시절 자기가 입었던 상처를 드러내는 일 자체이다. 그 상처를 만들어준 요인들을 비난하는 일 같은 것은 별로 중요하지 않은 듯한 태도를 취하는 것이 여기에서는 일종의 윤리적 완충기 역할을 하고 있기 때문이다.

두 번째 층위는, 게 자루 사건을 자전적인 사실로 서사화하는 것 자체가 지닌 몰윤리이다. 상처를 준 사람들에 대한 이해와 관용이라는 윤리적 관대함으로 포장되어 있지만 그 관대함이 오히려 복수의 칼날을 더 날카로운 것으로 만든다. 물론 이것은 의도적이거나 의식적이라기보다는, 사후적이고 결과적인 것으로서의 몰윤리라 해야 한다. 그런 몰윤리를 무릅써야 할 만큼, 혹은 그런 몰윤리를 의식하지 못할 만큼 상처의 존재를 드러내는 일이 중요했다고 할 수도 있겠다.

그리고 세 번째 층위가 있다. 그것은 부끄러운 부끄러움의 차원, 부끄러움 자체가 위반이 되는 윤리적 복합체의 차원이다. 그리고 이 차원에서 이청준의 마음이 중심으로 삼는 대상은 어머니/고향/가난이다. 그것이 현재 자신의 기원인 것은 맞지만 그렇다고 해서 그

것을 반드시 현재 자기의 긍정적 일부라고 생각해야 할 이유는 없
다. 문제는 그 기원을 자신의 일부로 받아들일 수밖에 없다고 생각
하는, 혹은 결코 놓치지 않겠다는 주체의 의식적 혹은 무의식적 의
지이다. 이 의지는 역설적이다. 그것은 자신의 몰윤리성에 대한 윤
리적 의지라는 점에서 그러하다. 좀더 정확하게 말하자면 죄의 자리
에 대한 의지이자 애착이라고 할 수 있다.

　게 자루 일화의 기묘한 윤리적 분위기는 이 같은 세 층위의 힘이
서로 다른 방향으로 작동한 결과이다. 이렇게 셋으로 나누어놓고 보
면, 이들 중 가장 근본적인 힘이 무엇인지는 명료해진다. 이청준에
게는 버리고 싶지만 버릴 수 없는 것, 그것이 어머니/고향/가난이
며, 그것이 그에게 근본적인 형태의 부끄러움과 회한을 낳는다. 그
것을 그는 원죄 같다고 표현했다.[15] 기독교적 의미에서만이 아니라
원죄적인 것은 윤리적 주체의 탄생 과정에서 필수적이다. 주체의 의
지와 무관하게 자기 안에 죄(규범의 비非충족 상태)가 이미 있음을 발
견하는 것은 삶을 제대로 살고자 하는 윤리적 의지의 출발점이 된
다는 점에서 그러하다. 그런 점에서 윤리적 주체에게 원죄는 애착의
대상이자 위로의 원천이며, 절대로 포기할 수 없는 어떤 것이다.

　이런 의미에서 이청준에게 원죄에 해당하는 것은 어머니/고향/
가난이다. 그래서 그것은 속물적 부끄러움의 원천이면서 또한 윤리
적 주체가 스스로를 정립할 수 있는 자긍심의 원천이기도 하다. 물

---

15 『오마니』, 192쪽이 대표적이다.

론 그것이 자랑스러운 것은 아니지만, 자랑스럽기는커녕 오히려 남
들에게 들키고 싶지 않은 부끄러운 것이지만, 그것을 부끄러워하는
자신을 발견하는 바로 그 순간 그는 윤리적이 된다. 오로지 그 순간
이 있어야 그는 진정으로 사람다운 사람, 자기 자신을 똑바로 바라
보는 반성적 주체가 된다. 그리고 바로 그 순간, 그는 정신의 지향성
을 가지고 실천하는 주체가 된다. 요컨대 윤리적 주체 형성 과정에
서는 부끄러움의 원천이 그대로 자긍심의 원천이 되는 것이다. 그것
은 '내 아버지는 가난하고 못났다. 그러나 나는 내 아버지가 자랑스
럽다.'라고 외치는 자식의 경우와 동일하다.

　이청준에게 가난은 이런 의미에서 부끄러움이자 동시에 자긍심
의 원천이 된다. 그 바탕에는 근대 자본주의 시대의 가난이 지닌 이
중적인 의미가 자리잡고 있다. 자본주의 사회에서 가난은 그 자체
로 남들에게 내세울 만한 것이기는 힘들다. 다수의 사람에게 현실
적 성공은 한 개인의 능력과 노력의 상징으로 간주되기 때문이다.
그러나 한 사람의 현실적 성공 혹은 비(非)가난함 속에는 어김없이
어떤 악취의 가능성과 흔적이 있다. 그것은 한 개인의 탓일 수도 혹
은 사회나 제도 자체의 탓일 수도 있다.

　그래서 현실적 성공은 남 보기에 버젓할 수도 있지만, 그로부터
윤리적 주체의 자긍심을 길어낼 수 있는 원천이기는 힘들다. 오히려
그런 것들을 모두 덜어내버리고 난 다음의 것인 가난, 그것이 있
어 비로소 주체로서의 자긍심에 눈을 뜨게 해주는 것이라는 점에서
윤리적 주체성의 원천이 된다.

　이런 점에서 가난은 이중으로 역설적 대상이다. 첫째, 주체에게 가난은 부끄러운 것이면서 또한 자긍심의 원천이 된다는 점에서 역설적이다. 이청준이 직면해야 했던 어머니/고향/가난이 정확하게 바로 그 대상의 자리에 놓여 있다. 이를테면 고향 집에 다녀오는 이야기를 다룬 그의 단편 「살아 있는 늪」(1979)은 그가 얼마나 고향과 고향 사람들의 삶의 방식에 큰 혐오감을 지니고 있는지를 보여준다. 물론 그 혐오감의 바탕에는 내팽개쳐진 듯 허름하게 사는 어머니와 그 어머니를 그런 식으로 내버려둔 자기 자신에 대한 분노가 있다. 그것은 게 자루 일화에 존재하는 심리적 저항감의 핵심이 스스로를 향해 있는 것과 마찬가지이다. 「살아 있는 늪」에 나타난 시골 사람들의 모습은, 도회 생활의 합리성과 정확함, 깔끔함과는 정반대에 있는 것, 비합리적이고 몰염치한 데다 속악하여 그로 하여금 진저리나게 하는 어떤 것이다. 그럼에도 불구하고 그는 바로 그 '고향적인 것'을 결코 버리지 못한다. 그것이 그의 자긍심의 원천이고 작가로서의 자신의 보물 상자이기 때문이다. 그것을 버린다는 것은 스스로의 주체됨을 포기하는 것이기 때문이다.

　둘째, 그에게 가난은 감추려 할 때 부끄러운 것이 된다. 그것은 또한 위의 개념을 쓰자면 부끄러운 부끄러움의 대상이다. 그러나 이런 역설은 이청준 한 사람에게만 국한된 것이 아니라 시대적이고 세대적이다. 시대적인 것이라고 했을 때에는 근대 자본주의가 규정하는 지구적 차원을 뜻하고, 또 세대적인 것이라고 한다면 식민지 시대 이후로 한국전쟁을 거쳐오면서 특정 세대가 공유했던 한국 현대사의 경험을 뜻한다. 이청준은 이런 뜻에서의 가난을 좀더 예각적으로 받아들일 수밖에 없는 상황에서 작가로서의 길을 찾았고, 그래서 그것을 다른 누구보다도 민감하게 감수하고 형상화했다. 그의 많은 작품들이 기묘한 윤리적 역설들로 채워져 있는 것은 그 때문일 것이다.

제6장 과잉윤리와 몰윤리 사이의 문학

'참기름 사건'과『당신들의 천국』

경제적 빈곤과 윤리적 주체

　자기 삶의 방식으로 문학을 선택한 4·19세대의 작가 이청준에게 가난은 역설적 대상이다. 그에게 가난은 부끄러운 것이면서 또한 자긍심의 원천이 된다는 점에서 그러하다. 부끄러워하면 바로 그 때문에 부끄러운 것이 되고, 아무렇지도 않게 여길 수 있다면 서정주의 시처럼 "가난이야 한갓 남루에 지나지 않는다."(「무등을 보며」) 그럼에도 일제강점기와 한국전쟁기를 거쳐오며 처참한 가난 속에서 성장해온 사람이 견딜 수 없는 것은, 가난 자체가 아니라 그로 인해 생기는 자긍심의 훼손이다. 궁핍도, 존중받지 못하는 것도 견디기 쉬운 것은 아니지만, 가난한 사람에게 자긍심을 잃는 것은 치명적이다.

　이청준에게 가난이 차지하는 이 같은 위상은, 그가 가난했던 고향을 빠져나와 선택했던 삶의 방식이 출세가 아니라 문학이라는 것,

그 자신이 즐겨 쓰는 용어로 말하자면 "소설질"이었다는 것과 연관
되어 있다. 작가의 삶을 선택하는 것이란, 그것도 기술자로서의 소
설 쓰기가 아니라 초기 장편 『조율사』(1967/1972)에서 드러나듯이
지식인으로서의 소설 쓰기를 선택하는 것이란, 고향으로부터 빠져
나오는 길이 아니라 오히려 고향으로 돌아가는 길을 선택했음을 뜻
한다. 요컨대 작가 되기를 향해 가는 길은, 출세를 해서 가난으로부
터 빠져나오는 것이 아니라 그 반대로, 가난의 핵심을 향해 자맥질
해 들어가는 쪽으로 이어져 있다. 그런 선택은 고향 사람들의 기대
를 배반하는 것이며, 또한 그런 마음을 가진 사람이라면 고향으로의
발길이 끊어지는 것 역시 당연하겠다.

   하지만 역설적이게도 고향과의 그런 단절이야말로 오히려 고향
의 핵심을 향해 나아가는 것, 그러니까 가난의 경험이 만들어낸 출
세의 힘으로 스스로를 추진하여 출세를 향해 가는 것이 아니라 출
세를 넘어서 나아가는 것이 된다. 그리고 그 길은 고향으로 이어져
있는 것이다. 물론 문학을 통해 되돌아가게 된 고향이라고 해도, 그
가 떠나온 바로 그 고향일 수는 없다. 그곳은 한국전쟁 때의 참혹했
던 과거가 잠복해 있고, 몰상식과 무책임이 횡행하는 곳이다. 거기
에서 빠져나와 주체가 될 수 있는 방법은 무엇인가. 피해자가 아니
라 가해자의 자리에 서는 것, 내가 책임져야 하는 것보다 더 많은 것
을 내 책임으로 돌리는 것, 자책이라는 과잉윤리의 커다란 갑옷으로
내 기억과 경험들을 감싸고 정신을 부풀려 그 갑옷에 몸을 맞춰내
는 것이 곧 그것이다.

이런 점에서 보자면, 이청준의 장편『당신들의 천국』은 매우 문제적인 텍스트이다. 일차적으로, 그의 작품 세계에서 매우 예외적인 지점에 놓여 있으면서 동시에 그의 대표작으로 지칭된다는 점에서, 또한 이청준 세대가 맞닥뜨린 가난의 역설을 무의식 차원에서 포착하고 있다는 점에서 그러하다. 이청준의 세계에서 가난은 그로부터 윤리적 주체의 형성을 가능케 하는 기본 조건에 해당한다. 그래서 그것은 결코 포기될 수 없는 윤리의 중핵이다. 그런데 그 바깥에는 가난을 극복함으로써 자긍심을 획득하자는 좀더 강력한 현실의 논리가 있다. 첫째 방향성이 이청준이 고수해온 문학적 입장이며 작가의 의지라면, 둘째 방향성은 그의 회의주의적 시각 밑에서 꿈틀거리는 현실의 의지이자 집단 무의식이다. 작가의 의지 속에는 윤리적 과잉이 넘쳐흐르고, 현실의 의지 밑에는 수단 방법 가릴 것 없이 가난으로부터 탈출하고자 하는 몰윤리가 도사리고 있는 것이다.

이청준의 문제작『당신들의 천국』은 이 같은 작가의 과잉윤리와 현실의 몰윤리 사이에 놓여 있다. 윤리적 주체의 그러한 위상은 그러나 단지 이청준만이 아니라 그의 세대가 함께 감당할 수밖에 없는 것이기도 하다.『당신들의 천국』에 다가가기 전에, 이청준과 그의 동시대 평론가들이 함께 얽혀 만들어낸 독특한 장면을 먼저 살펴보아야 하는 것은 그 때문이다.

'참기름 사건'을 둘러싼 고요한 논란: 이청준, 김현, 김윤식

이청준의 텍스트에서 가난이 지닌 시대적 혹은 세대적 맥락이 드러나는 흥미로운 대목이 있다. 이것은 이청준만이 아니라, 김현과 김윤식이라는 또 다른 거인들이 합류하여 만들어낸 장면이라는 점에서 그러하다. 먼저, 이청준이 쓴 다음 대목을 보자.

㉮ 그러나 이런 거짓이나 가짜판 현상들은 체험이나 지식의 부족에서만 빚어지는 일이 아닌 듯싶다. 그것은 와전이나 방심스런 착각, 오해들에서 비롯되는 경우도 허다하다. 참기름 이야기를 한번 더 빌리면, 연전에 애석하게 세상을 버린 고우 김현 형이 어느 글에선가 〈이모李某는 학생 시절에 지내기가 몹시 어려워, 하루는 친구네 하숙방엘 찾아갔다. 시골에서 부쳐온 한됫병짜리 참기름 병을 보고는 영양제 삼아 그걸 바닥까지 다 둘러 마신 바람에 며칠 동안 크게 곤욕을 치른 일이 있었다〉고 나도 모르는 일을 적어놓은 일이 있었다. 그러나 나는 군이 그 김현 형에게 그것이 사실이 아님을 밝히려 하거나 누구에게서 들은 이야긴가를 물어본 일이 없었다. 허물없는 친구 간에 내 어려웠던 처지를 재미있게 과장해 보이려는 것이었거니, 별다른 불편스러움이나 악의를 느낄 바가 없었기 때문이었다. 그런데 그 이야기가 나중 다른 사람의 글에서 품위 없게도 〈사실〉로 인용되는 것을 보고는 그런 일이 그리 간단치가 않음을 뒤늦게 깨닫게 되었다.[1]

이 글은 1992년 『작가세계』 이청준 특집의 '작가가 쓰는 소설론'이라는, 매우 특별한 지면에 실린 글이다. 위의 인용문 ㉮가 특히 인상적인 것은, 가난한 처지에 대한 작가의 예민한 반응이 드러나 있기 때문이다. 가난이라는 그의 '보물 상자'(거기에는 주체의 자긍심이 들어 있다)를 만져본 다른 사람들의 손길이 함께 얽혀 있어 더욱더 문제가 된다.

이 글 자체는, 위의 인용문을 제외하면 단순하고 평이한 글이다. '내 허위의식과의 싸움'이라는 제목과 같이, 허위의식을 배격하고자 하는 것이 자신의 소설 쓰기의 기본이라는 생각이 밝혀져 있다. 그가 말하는 허위의식이란 당시 사회에 만연해 있는 것이기도 하고, 또 자기 자신 안에 들어 있는 것이기도 하다. 생선회를 제대로 먹어보지도 못한 사람이 생선회에 대해 허풍을 떠는 것과, 가짜 추어탕과 가짜 참기름이 나도는 사회 풍조 등에 대한 비판으로 글이 시작되어, 위의 인용문 ㉮가 이어진다. 그러니까 이 글에서 '가짜 참기름'이라는 구절 하나만 빼버리면 인용문 ㉮가 글 안에 있어야 할 이유가 없다. 참기름이라는 단어의 환유적 고리가 이 단락의 존재근거를 억지스럽게 마련해주고 있을 뿐이다.

그런데 이청준은 왜 이렇게까지 해가면서 ㉮를 글에 삽입해 넣었을까. 까닭은 자명하다. 이 글 전체의 핵심 메시지가 바로 이 단락에 있기 때문이다. 나머지 그가 말하는 이런저런 차원의 허위의식이란

---

1 「내 허위의식과의 싸움」, 『작가세계』 1992 가을, 170~1쪽.

단순한 액자에 불과하다. 그것이 아니라면, 그의 대학 동기동창이자
문학적 동지였던 김현이, 제대로 먹어보지도 않고 생선회 맛에 대해
아는 척하는 사람과 다르지 않은 수준이 된다. 액자 안에 있는 내용,
그가 발신하고자 했던 진정한 메시지란 단 하나, '저 품위 없는 참기
름 사건'은 진실이 아니라는 것이다. 그것이야말로 높지 않은 목소
리로, 그러나 들을 만한 사람들은 모두 다 듣게 외치고 싶었던 말인
것으로 보인다. 그렇게 보지 않으면 이 글은 불과 2년 전, 이른 나이
에 타계한 그의 문학적 동지이자 친구인 김현을 고발하는 글이 되
고 만다.[2]

　이런 점에서 또 하나 흥미롭게 다가오는 것은, 이 글이 발표되고
부터 7년 후, 이청준에게 마련된 또 하나의 매우 특별한 지면에서
예의 '참기름 사건'이 한번 더 언급되고 있다는 점이다. 이청준의 갑
년을 기념하여 만들어진 책의 다음 단락을 보자.

　　㉯ 내가 그와 가까워진 것은 갓 문단에 얼굴을 내밀기 시작한 60년
대 중반쯤부터가 아니었나 기억된다. 그런데 그는 뒤에 알려진 바 위아
래 간 말트기 도사답게 서너 해 연상의 내 나이 차를 무시하고 첫 부름

2　글의 어조를 보자면 그런 느낌도 전혀 없지는 않다. 이청준의 글쓰기 자체가, 그 자신의 표현을 빌
리자면 '음험'하다. 이것은 중층적이고 여러 겹이라는 뜻이다. 그가 액자소설의 틀을 즐겨 썼던 것도 그
런 의식 구조와 무관할 수 없다. 하지만 아무리 그렇다 해도, 곡진하게 표현된 둘 사이의 우정 — 예를
들면 이청준은, "애석하게도 그가 간 마당에 나는 차마 아직 그를 보내지 못하고 있는 탓이다."(『키 작
은 자유인』, 문학과지성사 1990, 381쪽)라고 쓰고 있다 — 의 감도를 감안한다면, 의도적으로 친구의
실수를 적발하여 흠을 잡고자 한 것이라 보기는 쉽지 않다. 14년 전의 일이기는 하나 주목도가 높은 지
면에서 잘못을 수정해두고자 했던 것이 이 단락의 기본 설정이라 해야 하겠다.

부터 대뜸 '청준아, 이 이가 촌놈아!' 식으로 나왔고, 그 나이 턱이 외려 만만하고 허물이 없었던지 이후로도 계속 늘 거침없는 농조로 나를 놀리고 골려대길 좋아했다. 이름을 알 수 없는 생선찌개를 앞에 놓고 왈가왈부한 자리에선 '이가야, 넌 숭악한 장흥 해변 촌놈이 이런 생선 이름도 모르냐'는 핀잔이었고, 어쩌다 제 모르는 일을 내가 알고 있을 때면 '거, 이가가 거짓말 지어 팔아먹고 사느라 기특하게 어디서 그런 것까지 주워들어뒀구먼 하하' 하는 식의 무안을 주고서야 속이 편해지는 듯싶은 위인이었다. 더러 때나 장소 가림 없이 여러 사람 앞에 — 여러 사람 앞에선 단골 제물감으로 더욱! — 갑자기 나를 지목해 그렇듯 우스갯거리를 삼는 바람에 은근히 당혹스러워질 때마저 없지 않았다. 81년 가을 무렵 모처럼 그와 동행하게 된 외지 여행길에, 하루는 어느 박물관의 토관 앞에서 큰 소리로 '이가 너는 이담에 죽어서 이런 토관 속에나 들어가 누워야 편안하겠지야!' 하여 무덥고 피곤한 일행을 웃기는 따위(내가 어려운 20대적 어느 날 한 문우의 자취방엘 찾아갔다 시골집에서 부쳐온 참기름 한 병을 다 들이마시고 큰 고생을 했다더라는 그의 증언 또한 그런 짓궂은 우스개투 상상의 산물이 아닐는지). 심지어 그는 내 소설 이야기를 할 때도 그런 식 거친 농투를 일삼았다.[3]

이 인용문이 실린 글 역시, 그를 위해 헌정된 책에 실린 그 자신의 유일한 글이다. 그동안의 삶을 돌아보면서 감사해야 할 사람들을 그

---

3   이청준, 「이 나이의 빚꾸러미」, 권오룡 엮음, 『이청준 깊이 읽기』, 문학과지성사 1999, 47~8쪽.

는 세세히 호명한다. 마지막에 가서 부른 이름이 김현이고, 글의 가장 많은 부분이 그에게 바쳐져 있다. 그런데 이런 자리에서 또다시 예의 '참기름 사건'이 언급되고 있다. 이번에는 그저 지나가는 말인 것처럼 괄호 안에 다소곳하게 자리잡고 있다. 누군가 이청준에 대해서 알고자 한다면, 그래서 김현의 글이나 김현을 인용한 다른 어떤 글을 읽었던 사람이라면 반드시 읽음 직한 지면이, 7년 전의 『작가세계』의 특집란과 함께 이 책일 것이다. 바로 여기에서 그는 또다시 수정해두었다. '품위 없는 참기름 사건'은 없었던 일이라고, 와전이나 착각 혹은 날조의 산물이라고. 7년 전에는 정색한 채로, 이번에는 별일 아닌 듯이 가볍게.

그렇다면 이청준이 수정해두고 싶어하는 김현의 글은 무엇인가. 김현이 쓴 다음 단락에서 확인하게 된다.

㉗ 그와 대화할 때는 그러므로 오래 끈질기게 기다려야 한다. 그 기다림이 익어 좋은 냄새를 풍기기 시작할 때 그는 예의 바른 웃음을 거두고 품속에 깊숙이 간직한 비수를 슬며시 꺼내 드는 것이다. 그 비수는 양날을 가지고 있다. 한편 날은 가난의 날이며 또 한편 날은 문학의 날이다. 지독하게 고생하며 커왔으면서도 그는 가난을 코에 걸고 다니는 사람을 제일 싫어한다. 그의 가난이 얼마나 심했는지 나는 정확하게 모른다. 내 머리 속에 남아 있는 것은 그의 대학 시절의 삽화 한 토막이다. 자취를 하고 있던 그는 너무나 먹을 것이 없어 어느 날 그의 친구에게 부쳐온 참기름 한 되를 그것이 깨를 짠 것이니 영양가가 많으리라 미리

짐작하고 다 마셔버린다. 며칠 계속된 죽을 듯한 설사……. 그 가난이 그로 하여금 가난놀이를 증오하게 만든다.[4]

이 글에서 김현은, 학부 시절 이후 20년 가까이 사귀어온 대학 동기 이청준에 관한 인상으로부터 시작하여, 그때까지 발표된 그의 주요 작품들에 나타난 작가 의식에 분석적으로 접근한다. 왜 여기에서 가난 같은 것이 문제가 되는가. 그는 매우 가난했지만 가난에 대해 쓰고자 하지 않는다는 것, 가난을 명분으로 삼는 것에 오히려 분노하며, 그의 작품에서 가난은 등단작 「퇴원」에서처럼 위장병 같은 형태로 감추어져 있다는 것이 이 일화와 관련된 김현의 논리이다.[5]

따라서 위의 글에서의 참기름 일화는, 이청준의 문학적 테제를 위해 억양법적으로 동원되었기에 그렇게 큰 문제가 아닐 수도 있다. 어떤 면에서 보자면, 가난이 있어 높이 오를 수 있었던 이청준의 문학을, 그렇지 못한 김현이 부러워하는 느낌조차 없지 않다. 사정이 그러하니 이청준의 입장에서 보자면, 그것이 사실이 아니라고 해서 당장 어떻게 할 수는 없었겠다. 그런데 그로부터 14년이 지난 후에

4   이 글은 1978년에 발표되고 '이청준에 관한 세 편의 글'이라는 제목으로 1980년의 책에 수록된다. 김현, 「문학과 유토피아」, 문학과지성사 1980, 247쪽.

5   이러한 논리는, 김현이 이 글에서 말하고자 하는 핵심, 이청준의 등단작 「퇴원」을 비롯한 주요 작품들, 「당신들의 천국」, 「소문의 벽」, 「지배와 해방」 등에서 구현되고 있는 진실 추구자로서의 작가의 윤리적 면모와 연관되어 있다. 그가 추구하는 진실은, 이미 객관적인 것으로 드러나 있는 거창한 명분이나 진실에 관한 기성적 틀이 만들어낸 편견 같은 것에 있는 것이 아니라, 그런 사회적 금기(명분) 밑에서 꿈틀거리는 개인적 욕망의 작동을 함께 고려할 때 비로소 발견될 수 있다. 그것은 이청준만이 아니라, 비평가로서의 김현 자신의 문학관이 근거한 틀이기도 하다.

새삼스럽게 와전된 사실을 정정하겠다는 것은 무엇 때문인가. 일차
적으로는 인용문 ㉮의, "품위 없게도 〈사실〉로 인용되는 것을 보고"
라는 구절을 지적할 수 있겠다.

　이 구절에 주목할 때 당장 눈에 띄는 것이, 이청준의 소설론과 같
은 지면에 발표된 김윤식의 글이다. 그는 김현의 문장 중에서 예의
'참기름 사건'이 있는 인용문 ㉯를 인용한 후 그것이 김현의 규칙 위
반이었다고, 이청준과의 승부에서 지지 않기 위해 작품 바깥에 있
는 일화를 끌고 들어왔다고 쓴다.[6] 그로부터 다시 7년 후, 김윤식의
바로 이 글은 이청준의 회갑 기념 문집 『이청준 깊이 읽기』에 재수
록된다. 그러니 그때마다 이청준은 방어하지 않을 수 없었겠다.[7] 첫
번째는 정색한 목소리로, 그것은 사실이 아니라고. 두 번째는 괄호

6　김윤식, 「미백의 사상 또는 이청준의 글쓰기의 기원에 대하여」, 『작가세계』, 1992년 가을호, 68
쪽. 김윤식의 이 글은, 아홉 편으로 이루어진 이청준 특집에서 유일한 작가론이라 비중이 큰 글이다.
게다가 글을 쓴 사람이 다른 사람도 아니고 김윤식이다. 김현이 2년 전 타계하지 않았다면 그 자리에서
이청준에 대해 쓸 사람은 김윤식이 아니라 김현이었을 것이다. 이런 점은, "다만 나는 김현이 제기해놓
은 문제를 조금 부연함으로써 이 항목을 채우고자 하는데, 김현이 어딜 가고 지금 여기에 없기 때문이
다."(72쪽)라고 쓴 김윤식도 이를 의식하고 있음을 표현하고 있다. 이것은 약간의 겸사라 하지 않을 수
없다. 김윤식의 이 글은 그 자신의 표현을 빌리자면 "순종 한글세대"(60쪽)의 대표적인 작가와 평론가
의 숨바꼭질을 다루는, 그러니까 이청준과 김현이 서로 얽히며 만들어냈던 지적 역정의 드라마를 보여
주는, 거칠지만 영감 넘치는 글이기 때문이다.

7　여기에서 논하고 있는 이청준의 글 두 편과 김윤식의 글은 모두 각각 같은 지면에 실렸다. 『이청
준 깊이 읽기』 같은 경우는 대부분이 재수록되는 글이라서 작가 자신이 어떤 글이 실리는지 사전에 알
고 있었을 것이다. 7년 전 『작가세계』 이청준 특집호 같은 경우에도, 이런 특집의 경우 편집부에서 작
가에게 어떤 글이 실린다는 정도는 통지하고 상황에 따라서는 작가가 미리 수록될 글을 보기도 한다.
이청준도 김윤식의 작가론을 미리 읽고 자신의 소설론을 썼거나 내용을 덧붙인 것으로 추정된다. 그렇
게 판단해야 이청준의 글의 구성(참기름이라는 단어를 매개로 그 자신의 '참기름 사건'이 한 단락 삽입
되어 있는 모습)이 설명될 수 있다.

속에서 아무 일도 아닌 듯 조용히, 지난번 말한 걸 못 들은 사람들도 있었겠는데, 다시 말하지만 그것은 사실이 아니라고.

따라서 이 지점에서 제기되어야 할 질문은 다음과 같은 것이겠다. 이청준은 왜 이토록 '참기름 사건'에 예민하게 반응하는가. 그것이 사실이 아니기 때문이라고 말하는 정도로 부족함은 물론이다. 위의 인용문 ㉮에 잠재해 있는 이청준의 마음은 복합적이다. 자기가 품위 없는 사람이 되었는데 그냥 내버려두는 것도 참을 수 없고, 그렇다고 악의적으로 날조한 것도 아닌데 수정하겠다고 덤비는 것 역시 민망한 노릇이다. 여기에서 움직이고 있는 것은 가난이라는 매우 특이한 대상이다.

요컨대, 이청준이 그 '참기름 사건'에 대해 정색하고 제대로 말한다면 이런 내용이겠다. 나는 중학 3학년 때부터 대학 시절까지 입주 가정교사를 하며 눈치 보기로 살아야 했고, 서울에 올라와서는 잘 곳이 없어 대학의 빈 강의실에서 도둑잠을 잤던 처지[8]였던 것도 사실이다. 또 백보를 양보해서, 제아무리 호남 제일의 명문고에서 학생 대표를 했던 사람일지라도[9] 참기름을 됫병으로 먹는 것이 바보 같은 짓임을 모를 만큼 현실적 멍청이일 수도 있다. 하지만 아무리 내가 배고팠기로서니 친구의 물건에 허락도 없이 손을 댔겠느냐고. 아무리 무람없는 친구에게일지라도, 그런 행동은 내가 차마 할 수

---

8   이런 사정은 단편 「전짓불 앞의 방백」에 자세하고, 『씌어지지 않은 자서전』, 「소문의 벽」 등에서 확인된다.

9   그는 1959년 선거를 통해 선출된 광주일고의 학생회장이었다. 『오마니』, 140~2쪽.

없는 것, 상상할 수조차 없는 것이라고.

이청준의 입장에서 보자면 과거의 가난은 주어진 것이라 어쩔 수 없는 것이지만, 그로 인해 주체로서의 품위를 잃는 것은 참을 수 없는 일이다. 자연인 이청준에게 가난은 원죄처럼 어쩔 수 없는 조건이지만, 작가로서의 그에게 가난은 오히려 자신의 문학적 자양의 원천이기도 하다. 이 점은 무엇보다도 그의 걸작 「눈길」 같은 단편이 직접적으로 보여주기도 하거니와, 가난이 만들어내는 분위기나 마음으로 치자면 그의 작품 세계 전체를 감싸고 있는 것이라 해도 지나친 말은 아니다. 이청준의 텍스트에 등장하는 빈곤이란 이청준만의 것이 아니라 한 세대 혹은 한 시대를 규정하는 마음의 복판에 놓여 있는 요소이기 때문이다. 이청준의 시대를 규정하는 무엇보다도 큰 힘은 궁핍한 시대와 빈곤한 나라의 수준이며, 그런 차원의 가난함은 경제적 수준에 국한된 것이 아니라 정치적 현실이나 사람들의 마음에까지 도달해 있기도 하다. 그래서 더욱더 중요한 것이 주체로서의 품위이다.

가난만이 문제가 된다면 그에 대한 주체의 직접적 처방은 그로부터 벗어나려는 노력이다. 그 성패와는 무관하게 노력 자체가 주체성의 근거가 된다. 남다른 노력으로 자수성가한 사람에게라면, '참기름 사건' 같은 것은 오히려 훈장이겠다. 설사 그것이 잘못 알려진 것이라 해도 구태여 고치려 할 이유가 없다. 현재의 성공을 돋보이게 해주는 배경이 되기 때문이다. 그러나 작가 이청준이 선택한 길은 다르다. 그가 생각하는 문학의 길은 가난으로부터 벗어나는 것이 아니라 오히려 가난의 핵심을 향해 다가가는 길이고, 그곳에서 위기에 처한 인간됨의 기품을 끌어내는 일이다. 그래서 더욱이나 포기할 수 없는 것이 '참기름 사건'의 진실이다. 그것은 아직도 가난의 자리에 있는(혹은 가난의 자리를 지키고자 하는) 작가가 그 안에서 당당한 주체의 위의(威儀)를 유지하는 일과 관련되어 있기 때문이다. 문학을 삶의 방식으로 선택한 이청준에게, 궁핍한 시대에 자기 삶의 주인이 되는 길은 기품 있는 가난의 자리를 견지하는 것이다. '참기름 사건'을 둘러싼 이청준 혼자만의 매우 고요한 논란은, 그것이 그에게 얼마나 절실한 것이었는지를 보여준다.

김현과 김윤식이 멈춰버린 장소

1992년과 1999년의 이청준에게 '참기름 사건'의 사실성을 해명하는 것이 사소하지만 중요한 문제였음은, 이렇게 보면 충분히 납득할 수 있게 된다. 여기에서 문제가 되는 것은 가난 같은 것이 아니라 주체의 자긍심이기 때문이다. 사실무근인 일이 사실처럼 통용되고 있는데, 정작 글을 쓴 당사자는 세상을 떠나고 없는 마당이다. 그래서 장차 수정되기를 기약할 수 없고, 그 자신의 텍스트 역시 최종점을 향해 나아가고 있음을 느낌 직한 때이기도 하다.

하지만 이청준의 그런 절실함과는 무관하게, 한글세대 문학의 두 대표 주자를 바라보고 있는 김윤식에게는 그런 우스꽝스러운 사건의 사실성 여부가 중요할 이유가 없다.[10] 4·19세대의 두 문학 정신을 바라보고 있는 김윤식에게 중요한 사실은 따로 있다. 이청준이라는 작가를 키워낸 것이 극심한 가난이었다는 점, 그리고 그것이 김현과 이청준 사이에 놓여 있는 생래적인 차이라는 점이다.

김윤식이 보기에, 이청준과 김현은 새로운 문학적 흐름을 만들어낸 주역들이고, 문학적 입장에서는 흡사 쌍생아라 할 만큼 닮아 있다. 그리고 이것은 어느 정도까지는 사실이기도 하다. 그 둘은, 다른 대중매체와 구분되는 문학의 특별한 윤리적 지위를 강조했고 경우에 따라서는 실존적 삶의 무게와 문학을 등치시켰으며, 또 무엇보다도 집단이 아니라 한 사람의 개성과 내면적 진실을 강조하면서, 그것을 드러낼 수 있는 성찰적 매체로서 문학을 특별하게 취급했다는 점에서 그러하다.[11] 그럼에도, 김윤식이 보기에 이청준과 김현을 구분시켜주는 것은 절대적이라 할 만큼 극심했던 가난 체험이다. 그래서 김현이 이청준을 따라잡기 위해서는 '참기름 사건' 같은 작품 바깥의 텍스트를 동원해야 했다고 김윤식은 쓴다.[12]

---

10 이청준이 두 번(더 정확하게는 세 번이다)이나 밝혔음에도, 김윤식은 2009년에 발표된 글에서 다시 그 참기름 사건을 거론한다. 〈(그의 가난이 얼마나 심했는지 나는 정확하게 모른다)고 하면서도 김현은 대학 시절 참기름 사건을 언급했고 이청준이 깊이 감추고 있는 무서운 비수를 이렇게 지적한 바도 있었다. 〈그 비수는 양날을 가지고 있다. 한편 날은 가난의 날이고 또 한편 날은 문학의 날이다.〉" 그러니까 김윤식에게는, 김현이 그런 이야기를 했다는 것이 중요하지 참기름 사건의 사실성 같은 것은 별로 중요하지 않았던 셈이다. 김윤식, 『전위의 행로』, 문학과지성사 2012, 43쪽.

11 이런 유사성은 김현의 「이청준에 관한 세 편의 글」 자체에서 풍부하며, 또한 이청준의 초기 장편 『조율사』나 단편 「지배와 해방」 등에서 이청준과 김현이 생각을 주고받은 흔적들은 어렵지 않게 확인될 수 있다.

12 김윤식, 「미백의 사상 또는 이청준 글쓰기의 기원에 대하여」, 68쪽.

그런데 이런 사실이 왜 중요한가. 이청준의 장편 『당신들의 천국』 (1975)이라는 소설을 두고 두 사람 사이에서 벌어진 드라마에서, 가난이 매우 중요한 역할을 한다는 김윤식의 판단 때문이다.[13] 그에 따르면, 김현에게 중요한 것이 문학이라면 이청준에게 중요한 것은 가난이다. 『당신들의 천국』에서 펼쳐지는 한센인들과 비(非)한센인 집단 사이의 드라마에서, 이청준은 차별받은 사람들의 운명에 함께 할 수 있지만, 김현은 아니라는 것이다. 그런데 김윤식 자신은 어떨까. 그는 이청준의 가난 체험에 대해, 김현은 이해할 수는 있었지만 공감할 수는 없었다고 했고, 그것이 김현으로 하여금 『당신들의 천국』이라는 매우 이례적인 소설 앞에서 말을 더듬거리게 했다는 것인데, 그렇다면 김윤식 자신은 그런 가난 체험에 공감할 수 있다는 것인가.

대답을 듣지 않더라도 우리는 어느 정도 짐작할 수 있다. 1992년의 글에서 그 자신도 『당신들의 천국』에 대해, "이 작품을 두고 쫓고 쫓기는 관계를 20여 년이나 지속해온 김현이 〈뛰어난 소설이다. 이 글을 끝내면서 내가 할 수 있는 마지막 말은 그것뿐〉이라 했을 때, 그는 비평가이기를 포기한 것인가 아니면 이청준 문학에서 주인 노예의 변증법의 초극 현상을 예감한 발언일까. 나는 이 의문을 풀지 못

---

13 이 점은 『작가세계』 특집 이후 17년 만에, 김윤식이 이 두 사람에 대해 훨씬 더 정돈된 형태로 다시 한번 쓴 글에서 선명하게 표현된다. 김윤식, 「선험적 문학과 선험적 가난 — 자생적 운명의 시선에서 본 김현과 이청준」, 『문학의 문학』 2009년 가을호. 이 글은, 김윤식, 『전위의 기원과 행로』(문학과지성사, 2012)에 수록된다. 인용은 이 책에 따른다.

하고 있다."(76쪽)라고 쓰고 뒤이어, "『당신들의 천국』은 물론 뛰어난 소설이다. 그러나 나는 이 작품에 관해 할 말이 많다. '자생적 운명'이 과연 주인·노예 변증법의 초극일 수 있는가에 자신이 서지 않기 때문이다. 공부가 모자라는 탓이리라."(76쪽)라고 쓰고 있기 때문이다.

　이청준만큼이나 겸사에 능한 김윤식이지만, 이것이 단순히 겸사로 보이지 않는 것은, 김현만이 아니라 김윤식도 말을 잃을 만큼, 이청준의 세계 속에서『당신들의 천국』은 매우 특이한 자리에 놓여 있기 때문이다. 김현은 이를, "이청준이『당신들의 천국』에서 조백헌을 이상욱보다 더 중요한 인물로 제시하고 있는 것은 그의 소설적 분위기에 젖어 있는 독자들에게 야릇한 반응을 일으키게 한다."[14]라고 완곡하게 표현하고 있거니와, 이런 대목에서 김윤식이 당황한 김현의 모습을 볼 수 있었던 것은 그 자신 역시 그런 당황의 한가운데 있었기 때문이라고 해야 하지 않을까. 그와 김현의 차이라면, 가난에 관한 세 겹의 수치심이 표현되고 있는, 「키 작은 자유인」의 '게자루 일화'에 대해 한 사람은 읽고 쓸 수 있었던 반면에 다른 한 사람은 그럴 수 없었다는 점,[15] 그래서 김윤식은 이청준의 가난 체험 속으로 좀더 깊이 들어가볼 수 있었던 점이라고 해야 하겠다.[16]

　하지만 이런 사실에도 불구하고, 작가 이청준의 세계를 알고 있

14　김현, 앞의 책, 256쪽

15　김현의 사후에 출간된 독서 일기의 1989년 분에도 이청준의 「키 작은 자유인」에 관한 기록은 나와 있지 않다. 읽고도 써두지 않았을 수는 있으나 확인하기는 어렵다. 김현, 『행복한 책 읽기』, 문학과지성사 1993.

던 많은 사람들에게 그랬듯이, 『당신들의 천국』이 특이한 소설이라
는 사실은 달라지지 않는다. 1992년의 김윤식이 그 소설을 이해하
기 위해 의존한 틀은, 코제브식으로 이해된 헤겔의 주인과 노예의
변증법이다(이것은 김윤식이 가장 잘 구사하는 소설 분석의 틀이기도 하다).
『당신들의 천국』이라는 소설이, 극심한 차별 속에서 절망감에 빠져
사는 한센인들과 그들에게서 새로운 희망의 가능성을 만들어내려
는 병원장의 대립을 주된 골격으로 삼고 있다는 점을 고려한다면,
둘 사이에 주인과 노예의 설정은 가능해 보인다. 그런데 여기에는
그 어떤 변증법이라 할 만한 것, 주인과 노예의 상호 관계에서 생겨
나는 전도나 재전도가 없다(「병신과 머저리」 등에서처럼 아이러니가 있어
야 이청준적인 것, '음험'한 글쓰기라 할 수 있다. 『당신들의 천국』의 서사는 투
명하고 단선적이어서 '음험'하지 않다. 이상욱 과장의 기이한 행동 정도가 서사
의 고른 평면에 약간의 주름을 만들고 있을 뿐이다). 대규모 간척 사업으로
한센인들을 소록도라는 감옥으로부터 탈출시켜 새로운 자유의 근
거를 확보해주겠다는 강렬한 의지가 소설 전체를 이끌어가며, 반성
적 지식인의 회의주의와 한센인들의 골수에 사무친 원한을 넘어 최
종적인 승리를 거두고 있기 때문이다. 요컨대 이 서사에는 드라마를
위한 굴곡은 있어도 역전이나 재역전은 없다. 그런데도 어떻게 변증

---

16 「선험적 문학과 선험적 가난」에서 이청준을 이해하기 위해 그가 제시한 가장 뚜렷한 예가 이청준
이 쓴 '게 자루 일화'이다. 그는 「키 작은 자유인」이 발표된 직후에 단평을 쓰기도 했으나, '게 자루 일
화'의 중요성이 부각되는 것은 그로부터 20년(김윤식, 「고백체와 소설 형식 ─ 이청준의 근작 읽기」,
『외국문학』 21호, 1989. 12)이 지난 후에 나온 「선험적 문학과 선험적 가난」에서이다.

법이 가능하다는 것일까. 주인은 시종일관 주인이고, 노예 역시 그
럴 뿐이다. 제대로 된 진정한 주인이 있는 한 노예는 어떻게 해도 노
예일 뿐인데, 그런데도 변증법이 가능하다는 것인가.

　이런 점을 감안한다면, 1992년의 김윤식은 『당신들의 천국』에
대한 김현의 반응 속에 모종의 당황이 있다고 썼지만, 그런 당황에
관한 한 그 자신도 마찬가지였다고 해야 하겠다. 이청준의 가난에
대해 좀더 자세히 쓸 수 있었던 2009년의 글 「선험적 문학과 선험
적 가난」에서도 사정은 마찬가지이다. 여기에서 김윤식은 '게 자루
일화'에 담긴 이청준의 참담한 심정을 읽은 후에 이렇게 쓴다.

　　이 참담한 가난과 부끄러움의 체험은 김현이 결코 공유할 수 없는 부
　분이다. 목포에서 기독교인으로 약종상을 하며 목제, 남농, 의제, 소전
　까지 사귀며 산수화 수집에도 나아간 집안(김현, 『두꺼운 삶과 얇은 삶』, 나
　남출판 1986, 134쪽)의 4남 1녀의 넷째로 태어난 김현으로서는 저 가난의
　'자생적 운명'에 결코 동참할 수 없었다.

　　그것은 조백헌과 이상욱의 경우에 엄밀히 대비될 만하다. 성한 자와
　환자 사이의 아득한 거리감이 거기 늪처럼 둘을 가로막고 있었다. '자생
　적 운명'을 『당신들의 천국』을 통해 제시함으로써 작가 이청준은 그의
　맞수인 비평가 김현과의 분명한 선을 그은 형국이었다. 논리적으로 이
　'자생적 운명'의 의미를 명민한 김현이 알아차리지 못했을 이치가 없지
　만 동시에 '자생적 운명'의 비논리적 측면이 있음을 알아차렸을 터이다.

　(48쪽)

김윤식은 이와 같은 방식으로 이청준과 김현을 맞세워놓음으로써 『당신들의 천국』의 문제성을 우회해버린다. 가난한 집 출신의 작가-문학주의자와 부잣집 출신의 평론가-문학주의자 사이에 놓인 생래적인 공감 불가능성이라는 틀을 만들어놓고 거기에서 한 걸음도 더 나아가려 하지 않는다는 것이다. 그래서 바로 그 자리, 『당신들의 천국』이라는 소설이 놓인 자리는, 김현만이 아니라 김윤식 자신도 걸음을 멈춰버린 장소라고 해야 할 것이다.

그렇다면 김윤식이 한 걸음 더 나아가야 했던 지점은 어떤 곳일까. 위의 인용문에서 김윤식이 "'자생적 운명'의 비논리적 측면"이라는 표현으로 적시한 마음의 영역은, 단지 김현과 이청준이 서로 어긋나는 지점 정도에 그치는 것이 아니라 집단적으로 작동하는 무의식적 의지나 정동(affect)의 층위에 해당하며, 그래서 그것은 "비논리"라기보다는 오히려 현실적 윤리를 넘어서 있다는 점에서 몰윤리의 측면이라고 함이 좀더 온당해 보인다. 한두 개인의 문제가 아니라, 김윤식 자신까지 포함한 그 세대 자체의 잠재적 역량 혹은 집단적 의지와 연관된 영역이기 때문이다. 그것이 이상하다면 김현이나 김윤식만이 아니라 이청준에게도 마찬가지이고, 그럼에도 그것의 존재를 승인한다면 그들 모두 마찬가지라고 해야 한다. 차이가 있다면, 논리를 다루는 평론가와 미메시스를 하는 작가의 차이가 있을 뿐이다. 한쪽은 충동을 통제하면서 분석해야 하되 다른 한쪽은 그 충동의 힘을 극대화하면서 그것과 동화되어야 한다.

이들을 아우르는 세대의 관점에서 말한다면 그들이 공유하는 마음의 구도는, 국권 상실과 일제강점기의 역사를 거쳐오면서 강하고 억세게 단련된 상징 권력(네이션=민족정신)과 자기 통치력을 충분히 갖추지 못한 빈곤하고 허약한 현실 권력(스테이트=국가)의 대립으로 규정될 수 있겠다. 국민과 국가 사이의 이처럼 극적인 불일치(물론 이 둘 사이의 불일치는 늘 있는 법이지만 문제는 그 간극이 둘 사이의 관계를 지탱할 수 없을 정도로 커질 때 생겨난다)야말로 이들의 세계를 규정하는 가장 큰 특징이다. 그래서 한편에서는 더욱더 강조되어야 할 주체로서의 자긍심으로 인해 윤리적 과잉이 넘실거리고(물론 이 경우 과잉윤리는 그 자체가 윤리적이다. 과잉 없이는 윤리도 없기 때문이다), 다른 한편에서는 또 남들이 뭐라고 하든 일단 열악한 현실과의 싸움에서 이겨내야 한다는 식의 몰윤리가 사람들의 마음을 결집시킨다. 현실적 사건으로 말하자면 '너무 윤리적인 4·19'와 '너무 공리(功利)적이어서 몰윤리적인 5·16'이 이 두 극단을 재현하고 있다. 이청준이라는 작가와 그의 세대의 마음은 바로 그런 시대의 산물이다. 그렇다면 어떨까. 『당신들의 천국』이라는 작품의 존재를 과연 이상하다고 말할 수 있을까. 그것이 이상하다면, 내 안에 있으면서 나 자신이라고 할 수 없는 것으로서의 충동을 바라보는 심정과 유사한 것이 아닐까. 갑자기 드러나버린, 자신에게도 감추어진 충동을 바라보고 있는 주체라면, 김현처럼 말을 잃을 수도, 혹은 김윤식처럼 공부가 더 필요하다고 생각할 수도 있을 것이다.

4·19와 5·16 사이, 『당신들의 천국』

　이청준의 대표작이라 평가되는 장편 『당신들의 천국』은, 소설의 얼개가 5·16과 박정희 예찬의 알레고리로 읽힐 가능성이 다분하다는 점에서 문제적이다. 큰 줄거리를 보자면, 이른바 '조국 근대화'의 의지가, 비판적 지식인과 전통적 민중에 의해 제어되면서도 결국에는 승리에 도달한다는 이야기이다. 이런 소설을, 다른 사람도 아니고 이른바 '4·19세대'를 대표하는 작가 이청준이 썼다는 점이 문제가 된다. 게다가 이 소설은, 5·16 직후 군사정부 소속의 군의관이 겪었던 실화를 토대로 한 작품이다. 이청준은 어쩌자고 박정희 예찬의 알레고리로 읽힐 수 있는 소설을 썼을까. 그것이 김현과 김윤식만이 아니라 많은 사람들을 당황시킨 문제의 핵심이다. 간단하게 소설의 내용을 살펴보면서 이 문제에 접근해보자.

　소설 속에서 이야기의 초점은 소록도 병원 인근에 있는 득량만 간척 공사에 맞춰진다. 1961년 5·16정변 직후 조백헌 대령은 군사정부의 일원으로 소록도 병원에 병원장으로 부임한다. 그는 절망감 속에서 무기력하게 살아가는 한센인들에게 섬을 벗어나 보통 사람처럼 살 수 있는 생활의 근거를 마련해주고, 또한 동시에 자활을 위한 정신적 동기를 심어주기 위해 간척 사업을 기획한다. 현재 병을 앓고 있는 환자들이 아니라, 이미 완치되어 병리학적으로는 '건강인'(소록도에서는 비-한센인을 이렇게 지칭한다)과 다를 바 없지만 소록도 바깥으로 나갈 수 없는 한센인들이 있다. 신체에 남아 있는 병의 흔적과 병력에 대한 '건강인'들의 비합리적인 기피심 때문이다. 이들에게 제대로 된 삶의 근거가 보장되어야 한다는 데에는 누구도 반박할 여지가 없다. 조 대령이 대규모 간척 사업을 통해 해결하고자 하는 것이 바로 그 일이다.

그런데 조백헌 대령이 이 사업을 진행하는 데는 두 개의 걸림돌이 있다. 첫째는 어려운 환경에서 대규모 사업을 진행하고자 하는 병원장의 의도에 대해 소록도 사람들이 가진 의구심이다. 병원장 자신의 야심과 영달을 위해 한센인들에게 무고한 희생을 강요하는 것이 아니냐고 의심하는 비판적 지식인(병원의 보건과장 이상욱)과 소록도 토박이 한센인(황희백 장로)의 시선이 그것을 대표한다. 둘째는 부당한 차별과 원치 않은 희생의 짧지 않은 역사 속에서 자기 자신과 타인에 대한 신뢰를 상실해버린 소록도 한센인들의 자포자기한 마음이다. 이것이 조 대령의 사업 추진에 결정적 장애가 된다.

결과적으로 보자면 조백헌 대령은 자신이 만들어내고자 했던 그림을 완성한다. 역설적이게도 그것은 간척 공사의 성공이 아니라 실패를 통해 이루어진다. 소록도 한센인들에 의한 간척 공사가 완수되지 못하고, 그 결과 섬 밖의 이주지를 확보하고자 했던 당초의 의도가 달성되지 못하게 된 것은 조백헌 대령의 능력 바깥에서 벌어진 일이다. 그래서 그 결과는 그의 의지의 순결함을 훼손하지 않는다. 『당신들의 천국』의 서사에서 중요한 것은, 조백헌 대령이 위에서 지적한 두 개의 결정적인 난관을 극복한다는 점이다. 제대로 된 지도자가 제대로 된 전망을 제시하여 비판적 지식인과 민중적 지혜인 모두를 설득해내는 것이다.

실제로도 그러했거니와, 소설 속의 소록도 한센인들은 이렇다 할 장비도 없는 척박한 환경에서 앞날을 기약하기 어려운 공사에 임하고(실제로 공사가 완수된 것은 1989년이다), 또 태풍 같은 자연재해와 개펄 매몰 공사 자체가 지닌 지형적 난관으로 인해 적지 않은 희생과 좌절을 겪는다. 그런 좌절감이 절정에 달해 한센인들의 절망과 분노가 폭동 직전까지 갔을 때 그들을 질타하고 설득하여 다시 공사장으로 끌어내는 것은 비판적 지식인 이상욱의 힘이다.[17] 득량만 매몰 공사가 이 소설의 핵심 서사라는 점을 고려한다면, 바로 이런 갈등과 해소 과정이야말로 소설의 절정에 해당한다. 그런 이상욱의 행위에 대해 한센인 대표 격인 황희백의 인정과 칭찬이 이어지지만, 공사를 매듭짓지 못한 채로 조백헌 대령은 병원을 떠나게 된다. 그리고 공사 자체도 외부인들의 손에 넘어가게 된다. 당초의 의도로 보자면 간척 사업은 실패로 끝난 것이다. 그러나 그런 실패야말로 조백헌 대령이 지녔던 의지의 진정한 승리가 된다. 조백헌 대령이 진정으로 원했던 것은 간척 사업의 성공이 아니라 간척 사업 자체가 표상하는 것, 즉 소록도 주민들이 스스로의 의지로 무기력 상태에서 벗어나 자긍심의 주체가 되는 것이기 때문이다. 그것은 간척 사업이 제 궤도에 오르는 순간, 그 사업의 성패와는 무관하게 이미 달성된 셈이다.

---

17   이청준, 『당신들의 천국』, 문학과지성사 1976, 251쪽.

이런 과정에서, 이상욱도 황희백도 모두 조백헌 대령의 의지가
지닌 순결성을 확인한다. 외적 요인으로 조 대령이 소록도 병원장으
로 있기 힘들어지고 또 간척 사업이 다른 사람 손에 넘어갈 지경이
되었을 때에도, 이미 그가 원했던 집단적 의지의 승리는 실현된 것
이라고, 간척 사업을 그의 업적으로 만들지 않는 것이야말로 그 승
리의 표상일 것이라고 말한 사람이 이상욱이다(그 후에 이상욱이 보여
준 그로테스크한 탈출 사건은 『당신들의 천국』이라는 소설의 증상이거니와, 3
부에서 어색하게도 이정태 기자가 시점인물로 나올 수밖에 없는 이유가 된다).
게다가 조 대령은 소록도를 떠난 지 7년 만에, 자기에게 주어진 직
업적 경력까지 포기해버린 채 한 사람의 보통 시민 자격으로 소록
도에 귀환한다. 이런 과정을 통해 조 대령은 자기의 사심 없음을 보
여주고 의지의 순결함을 검증해내는 것이다.

그런데 이와 같은 서사를 어떻게 보아야 할까. 조 대령이 지닌 의
지의 순결성은, 그것을 제어하기 위해 배치된 이 과장과 황 장로의
비판적 시선까지 집어삼켜버릴 정도로 압도적이다. 이런 유의 이야
기라면 평범한 사람을 다룬 소설이 아니라 영웅의 서사시에 가까운
것이 아닌가. 물론 이 소설이 실제 사건에 바탕을 둔 때문이라는 간
단한 답이 제시될 수도 있다. 실존 인물 조 대령(조창원 대령)의 경우
와 대조해보면, 소설 쪽이 좀더 극적이고 이상적으로 그려지지만,[18]
그럼에도 실의에 빠진 소록도 사람들을 독려하여 거대한 공사를 시
도한다는 서사의 큰 골격에서 본다면, 실제와 허구가 크게 다르지
않다고 해야 하겠다. 그 힘이 한 인물의 뛰어난 품성에서 비롯된 것

이건, 아니면 5·16 군사정부의 힘에서 비롯된 것이건 간에 사정은 마찬가지이겠다. 그래서 여전히 문제가 되는 것은 왜 이청준이 이런 이야기를 소설로 만들었는가이다. 그것도 실제보다 미화된 모습으로.

네이션의 욕망, 스테이트의 충동

김현과 이청준이라는 두 거인을 맞세워놓고 둘 사이의 긴장 관계를 추적하던 '천하의 김윤식'이 이 소설 앞에서 말을 잇지 못한 채 근대=헤겔주의 대 '자생적 운명'이라는 틀을 만지작거렸던 것도 근본적으로는 이런 의문 때문이라고 해야 하겠다. 그가 보기에, 김현과 최인훈은 근대-헤겔주의 편에 있고 이청준은 '자생적 운명' 편에 있다. 헤겔-루카치적 틀에 입각하여 부르주아의 서사시로 소설을 받아들인 김윤식의 관점에서 보자면, 『당신들의 천국』은 소설이 아니다. 영웅 서사시가 소설일 수는 없기 때문이다. 그리고 이런 점은, 『당신들의 천국』의 작가 이청준 자신에게도 마찬가지이다. "우리가

18 실존 인물인 조창원 원장은 1961년 9월에 부임하여 1964년에 소록도를 떠났다가 1970년 3월에 다시 소록도 병원장으로 부임하여 1974년까지 재임한 것으로 되어 있다(조창원, 『외길도 제 길』, 명경 1998, 120~1쪽). 이청준이 조창원 원장을 만나 취재를 한 것은 두 번째 재임기 때였다. 조창원 원장은 지도력을 발휘한 의사이지만 공무원이라는 직업적 한계 내에서 그러했다. 이에 비해 소설 주인공 조백헌 대령은 소록도로 오기 위해 공무원 신분을 포기함으로써 자신의 사심 없음을 증명한 것으로 되어 있다.

살고 있는 현실 질서와의 싸움에서 패배한 자가 그 패배의 상처로부터 자신을 구해내기 위한 위로와 그를 패배시킨 현실을 자기 이념의 질서로 거꾸로 지배해 나가려는 강한 복수심"[19]에서 비롯된 것이 문학이라는 이청준 자신의 언명과 정반대되는 것이 바로 『당신들의 천국』이기 때문이다.

따라서 『당신들의 천국』은 그 존재 자체가 작가 이청준에게도 일종의 자기부정일 수밖에 없다. 이청준의 소설 전체를 하나의 텍스트로 본다면, 이 소설은 그 자체가 하나의 커다란 증상에 해당한다. 그러니 이청준을 따라 읽어온 독자들도 그 앞에서는 당황하지 않을 수 없겠다. 『당신들의 천국』의 줄거리를 간추린 후 뛰어난 소설이라는 말밖에 더 할 말이 없다고 한 김현이나, 그 말을 받아서 뛰어난 소설인 것은 틀림없다고 해버린 김윤식이나, 모두 동일한 함정에 빠져버린 셈이 아닐 수 없다. 그들의 '비평가로서의 직무유기'는 그 함정 속에서 벌어진 일들이다. 물론 『당신들의 천국』이라는 소설은 실화를 바탕으로 한 인간 승리의 드라마이며, 일관성 있는 서사가 박진감을 자아내는 잘 만들어진 작품이다. 그러나 그 이상일 수는 없다. 광복 후에 교육받은 세대로서 그들이 추구하는 문학의 가치가 '잘 빚어진 항아리'를 원하는 수준은 아니었지 않은가. 이청준은 어쩌자고, 권총을 찬 현역 대령이 군복 차림으로 등장하여 놀라운 의지와 지도력으로 집단적 승리의 신화를 만들어내는 이야기를 소설

19　이청준, 『작가의 작은 손』, 열화당 1978, 217쪽.

쓰기의 대상으로 선택한 것일까.

　이에 대해서라면 이청준은 그 자신의 입으로 밝혀놓은 바 있다. 조창원이라는 실존 인물 속에서 그는 두 개의 형상을 보았다. 존경받아 마땅한 조 원장의 모습이 한편에 있고 그 반대편에 독재자가 되어버린 박정희의 모습이 있다. 그래서 "순교자적 사랑과 용기가 일방적 독선에 흐르지 않고 서로 조화롭게 화동하여 그 섬 안에 '강요된 환자들의 천국'이 아니라 그들 스스로 선택하고 함께 건설해 갈 공동 운명의 '보편적 인간 천국'을 실현해가는 과정"[20]을 그리고자 했던 것이라고. 조창원 원장의 회고록이 나온 후 그에게 보낸 편지에서 표명된 내용이다. 하지만 이런 정도로 족한 것일까. 그의 이런 의도와는 무관하게 소설에서 가장 우뚝한 것은 군복 입은 사람이 보여준 놀라운 의지와 그 의지의 순결성이 아닌가. 그것도 5·16 직후의 군사정부 시절을 주된 배경으로 하여.

　여기에서 거듭 상기해야 할 것은, 이청준 자신이 4·19세대의 일원으로 스스로를 규정한다는 사실이다. 그 점에 관한 한 그는 시종일관이다. 그가 4·19세대의 일원으로서 어떤 자부심을 지니고 있었는지는 초기 장편들인 『조율사』와 『씌어지지 않은 자서전』 등에서 풍부하게 확인할 수 있으며, 후기의 저작과 대담 등에서도 4·19세대로서 5·16에 느끼는 거부감과 위화감은 크게 달라지지 않는다.[21] 그렇다면 이런 이청준의 모습을 어떻게 이해해야 할까.

20　이청준, 「당신들의 천국 ― 살아 있는 주인공 조창원 원장님께」, 『이청준 깊이 읽기』, 363쪽.

이처럼 모순되게 보이는 작가 이청준과 소설 『당신들의 천국』의 관계에서 우리가 새삼 확인하게 되는 것은, 5·16이 조금 늦게 태어난 4·19의 이란성 쌍생아일 수도 있으리라는 사실이 아닐까. 한 살 터울이니 이부형제(異父兄弟) 정도로 해두어도 좋겠다. 새롭게 정부가 만들어진 지 이제 겨우 10년을 넘긴 나라, 그것도 엄청난 규모의 '국제적 내전'을 자기 땅에서 치러내야 했던 나라, 너무 강한 네이션과 너무 약한 스테이트의 기형적 결합체가 1960년대 대한민국의 모습이다. 4·19와 5·16은 모두 그런 기형성이 돌출해 나온 것이라고 해야 할 것이다. 사건이란 단지 눈에 보이는 현상이자 결과일 뿐이고 그것을 만들어낸 힘은 이미 그 안에 축적되어 있기 마련이다. 이런 점에서 보자면, 1년을 격하여 등장한 4·19와 5·16은 근본적으로 동일한 힘의 소산이라 해야 한다. 그 둘의 바탕에는 국가적 차원의 자기 통치 역량의 허약함이 있고, 그 위에 사회 전체의 불균형과 미숙성이 놓여 있다.

이런 관점에서 다시 『당신들의 천국』을 들여다보면 어떨까. 장준하나 송건호 같은 인사들이 지지 선언을 했던 때의 5·16의 이상적인 모습, 그러니까 차후에 노출되어버린 추악한 실상으로서가 아니라 4·19의 계승자를 자처하며 쿠데타를 감행한 군부 엘리트들이 내세운 명분으로서의 5·16, 그 안에 잠복해 있던 제대로 된 세상에

---

21 이를테면 이청준은 5·16을 자기 세대가 받은 "시대적 상처"라고 하며(『오마니』, 151쪽), 또 5·16 세력들이 인간 개조를 해야 한다고 했을 때 그 자신이 느꼈던 "분노와 모멸감"(『머물고 간 자리, 우리의 뒷모습』 문이당 2005, 27쪽)을 잊을 수 없다고 쓴다.

대한 열망이 이청준의 소설에서 터져 나온 것이라면, 그것도 유신
체제의 수립으로 5·16의 명분이 마침내 괴물 같은 모습으로 변해
버린 시점에 그랬던 것이라면, 그것은 작가 이청준의 손에서 나옴
직한 것일 수 있지 않을까. 소설의 그런 모습과 또 그것을 만들어낸
힘이란, 도회지에 나와 수모를 당한 한 가난한 시골 소년으로 하여
금 복수심에 불타게 만들었고, 그것도 "떳떳하게 복수하기"[22]를 실
천하기 위해서 문학을 선택하게 한 힘과 다르지 않은 원천에서 생
겨난 것이기 때문이다.

　이렇게 보면 1976년, 『당신들의 천국』이 환기시키는 1960년대의
마음, 즉 4·19와 5·16을 탄생시킨 파토스는 과장된 자긍심과 자기
혐오가 회오리치며 만들어내는 힘의 산물이라 할 수 있겠다. 네이션
의 자긍심은 너무나 강렬하지만 현실 속에 정박할 곳이 없고, 허약
한 통치성으로 인한 스테이트의 자기혐오는 "인간 개조"와 "사회 정
화"(5·16 군사정부의 구호들이다)라는 자해의 수준으로까지 나아간다.
어떤 방식으로건 일단 국가적 빈곤 상태로부터 탈출해야 한다는 생
각이 초래하는 몰윤리성과, 가난한 처지이기 때문에 그런 식의 천박
함을 더욱 견딜 수 없어 하는 과잉윤리가 서로를 휘감아 돈다. 이청
준이 내용과 어울리지 않게 '당신들의 천국'이라는 냉소적인 제목을
붙였던 것, 그리고 무엇보다도 소설의 2부 마지막에서 이상욱 과장
으로 하여금 소록도 탈출이라는 이상한 소동을 만들어내게 한 것도

22　이청준, 『잃어버린 말을 찾아서』, 문학과지성사 1981, 115쪽.

그런 에너지가 개입한 탓이라 하겠다.

　이청준의 소설 속에는 과잉윤리와 몰윤리가 이처럼 한 덩어리로 얽혀 있으되, 이 둘을 구분하여 말한다면 과잉윤리는 의식이나 의지의 차원에서, 반대로 몰윤리는 자기가 의식하지 못하는 몸의 차원에서 작동한다고 할 수 있다. 욕망하는 네이션의 과잉윤리와 충동적인 국가의 몰윤리, 그러니까 마음의 차원에서 작동하는 4·19와 몸의 차원에서 움직이는 5·16은 서로 맞부딪침으로써 이청준의 텍스트 속에서 특이한 증상들을 만들어낸다. 이것은 그의 글쓰기가 지닌 또 하나의 특이한 모습, 한 개인의 진실을 강조하면서도 그 진실을 종국적으로는 집단 주체의 수준으로 끌어올리는 모습(이청준은 이 둘을, "개인적 진실"과 "사회적 공의"라고 명명하며 자기 문학을 감시하는 두 개의 "전짓불"이라고 한다[23])에서 다시 한번 확인된다.

과잉윤리를 통한 주체화가 지나온 길

　지금까지 보아온 바와 같이, 이청준이 가난을 버리려 하지 않았던 것은 자긍심을 지키기 위함이다. 삶의 방식으로 문학을 선택하는 것은 그에게 입신출세의 길과 반대편에 놓여 있다. 그에게 운명이나 '원죄'처럼 주어진 가난은 그 자체가 자긍심을 키워낼 밭이다. 그의

23　이청준, 『키 작은 자유인』, 문학과지성사 1990, 51쪽.

소설이 과잉윤리로 가득한 것은 그 때문이다. 『당신들의 천국』의 이
상욱 과장이 감행한 기이한 "배반"이 그 대표적인 예이며, 「키 작은
자유인」에서 모욕당한 소년의 이야기도 마찬가지이다. 둘 모두, 힘
든 트라우마를 유발하는 현실에 맞서 주체의 자리를 지키고자 하는
사람의 기이한 과잉윤리를 보여준다. 그리고 그 점에서는 「병신과
머저리」의 형도 마찬가지이겠다.

　가난의 문제에 관한 한, 5·16으로 표현된 의지는 매우 단순한 대
답을 내놓는다. 가난은 극복하면 그만이고 그것이 자긍심을 지키는
길이라고 주장한다. 그 의지가 순정하게 말 그대로만 실현될 수 있
다면 기꺼이 동의할 수 있는 것이겠으나, 결과적으로 그 의지가 먼
저 극복해버린 것은 가난이 아니라 자긍심이었다. 이청준이 5·16에
대해 "분노와 모멸감"이라고 표현하는 것도 바로 그 같은 주체의 '극
복당한' 자긍심과 연관되어 있다. 무엇보다도, 4·19세대들에게 굴
욕적인 것으로 받아들여졌던 1965년의 한일협정이 그 상징이다.[24]

　4·19세대로서 이청준은, 그 자신도 동의할 수밖에 없었던 현실적
의지가 출발점을 벗어난 후로 이른바 유신체제에 이르기까지 망가
지고 깨어져 괴물이 되는 모습을 지켜봐왔다. 그 끝에 나온 것이 바
로 『당신들의 천국』이다. 소설 속의 사건은 소록도에서 실제로 있었

24　『조율사』나 『씌어지지 못한 자서전』 같은 이청준의 초기작에 등장하는 단식투쟁하던 대학 시절
에 대한 기억, 그리고 그 자신의 가난했던 유년의 기억이 겹쳐지면서 쾌감으로 상기되는 허기도 그런
심정의 표현으로 읽힌다. 그 어떤 명분으로도 자긍심을 포기하는 것은 이청준으로서는 차마 할 수 없는
일인 셈이다.

던 사건에 비해 극적이고 이상적으로 형상화되고 있다. 무엇보다도 하나의 공동체가 버젓하고 품위 있는 주체로 정위된다는 점에서 그러하다.

앞에서 지적한 바와 같이, 이청준의 소설 세계 전체를 염두에 둔다면 『당신들의 천국』의 이런 모습은 생경하고 기이하다. 이청준에게 문학은 무엇보다도 세상에서 패배한 사람이 지니고 있는, 세상에 대한 열렬한 형태의 과잉윤리이기 때문이다. 『당신들의 천국』이 이청준에게 일종의 문학적 일탈이라는 사실을 인정한다면, 그것은 그 자신이 극구 부정했던 무당과도 같은 작가의 모습(무당이 아닌 지식인으로서의 작가의 모습은 『조율사』에서 강조되고 있다)이 자기 안에서 드러난 것이라고, 그러니까 어떤 악행도 덮어버릴 정도로 강렬했던, 산업화를 통한 국가적 빈곤 극복이라는 한 시대의 의지가 소설가로서의 그의 신체를 통해 드러난 것이라고 해야 하겠다.

그것이 또한 그의 세대와 함께 현재의 우리 자신이 목도하고 있는 시대적 차원의 몰윤리의 모습임은 두말할 나위가 없겠다. 『당신들의 천국』의 배면에서 울려나오는 '잘살아보세'라는 1970년대의 대표적인 노랫말은, '억울하면 출세하라'라는 1950년 이후의 처세훈이 국가 차원으로 집단화된 모습이며, 이들의 근저에 놓여 있는 것은, 무한경쟁과 서바이벌리즘(survivalism)으로 표상되는 근대성 자체의 구조적 몰윤리이기 때문이다. 어떤 성공이냐가 아니라 성공서사 그 자체를 반성적으로 살필 수 있기 위해서는 1990년대 이후를 기다려야 한다. 신경숙의 『외딴방』(1995)과 천명관의 『고래』(2004)

같은 장편들이 그런 서사의 한 전형이거니와, 이와는 반대되는 형태의 서사로서 『당신들의 천국』이 이청준의 세계에서 매우 예외적이면서 동시에 대표작으로 우뚝 솟아 있는 것은 그 세계의 주름의 존재를 보여주는 것이기도 하겠다.

자연인 이청준에게 가난은 원죄이지만 작가 이청준에게 그것은 선물이다. 그는 그 선물을 자기 혼자 누리려 하지 않는다. 이청준이 사용하는 문학 언어는 네이션 속의 개인을 단위로 하여 공동체의 차원에서 소통된다. 물론 그것은 이청준만이 아니라 한 세대나 한 시대가 공유하는 것이다. 그 흐름이 변곡점에 이른 것을 보기 위해서는, 산업화와 민주화라는 두 과제가 어느 정도 수준에 도달한 시대의 감수성, 김영하의 『검은 꽃』(2004)을 필두로 하는 초국적 주체들을 기다려야 할 것이다.

보론: 세 개의 '전짓불' 삽화와
4·19세대 문학의 의미

이청준의 소설 쓰기에서 현저한 것은, 자신이 직면한 문제를 공적 영역으로, 공동체와 집단의 것으로 고양시키고자 하는 의지이다. 이 점에 관한 한, 그 방향은 다르지만 『당신들의 천국』만이 아니라 그의 모든 소설이 그렇다고 해도 좋겠다. 그리고 서사 구성의 이러한 감수성은 이청준만이 아니라 그의 세대 전체가 기본항으로 공유하고 있다. 이들에게 제대로 된 소설거리가 되기 위해서는 당대의 정치적 현실이나 사회적 상황과 연동된 것이라야 한다. 그렇지 않은 소설은 제대로 된 소설이 아닌 것이다. 김현에게 김승옥의 「무진기행」이 통속소설에 불과한 것은 그 때문이다. 「병신과 머저리」의 방식으로 말하자면 전쟁의 상처는 소설이 될 수 있지만 실연의 상처는 그럴 수 없다.

이청준의 소설에서 문학에 대한 이와 같은 감수성을 매우 인상적으로 보여주는 것이, 「소문의 벽」에서 화려하게 등장하는 전짓불 모티프이다. 이 소설에 나타나는 세 종류의 전짓불 중 가장 널리 알려진 삽화는 다음과 같다.

ⓐ 어렸을 때 겪은 일이지만 난 아주 기분 나쁜 기억을 한 가지 가지고 있다. 6·25가 터지고 나서 우리 고향에는 한동안 우리 경찰대와 지방 공비가 뒤죽박죽으로 마을을 찾아드는 일이 있었는데, 어느 날 밤 경찰인지 공빈지 알 수 없는 사람들이 또 마을을 찾아들어왔다. 그리고 그 사람들 중의 한 사람은 방문을 열어젖혔다. 눈이 부시도록 밝은 전짓불을 얼굴에다 내리비추며 어머니더러 당신은 누구의 편이냐는 것이었다. 하지만 어머니는 그때 얼른 대답을 할 수가 없었다. 전짓불 뒤에 가려진 사람이 경찰대 사람인지 공비인지를 구별할 수 없었기 때문이었다. 대답을 잘못했다가는 지독한 복수를 당할 것이 뻔한 사실이었다. 하

지만 어머니는 상대방이 어느 쪽인지 정체를 알 수 없는 채 대답을 해야 할 사정이었다. 어머니의 입장은 절망적이었다. 나는 지금까지도 그 절망적인 순간의 기억을, 그리고 사람의 얼굴을 가려버린 전짓불에 대한 공포를 생생하게 간직하고 있다.[25]

이 삽화가 지닌 강렬함은, 특히 한국인들에게는, 이청준의 소설 전체를 통틀어 가장 인상적인 것이라 해도 과언이 아니다. 분단 이후로 지금까지 한국판 매카시즘이, 부침을 거듭하면서도 매우 유력한 정치적·이데올로기적 영향력을 행사해왔던 것이 역사적 사실이기 때문이다. 이 삽화에서 전짓불은 그것을 바라보는 사람을 모두 피의자로 만들어버린다. 그런 정도만으로도 힘들 터인데, 그 뒤의 심문자의 정체를 알 수 없다면, 게다가 그 심문의 결과가 자기 목숨과 연관되어 있다면 참으로 공포스러운 일이 아닐 수 없다. 이 삽화는 권위주의적인 체제에 맞서 개인의 진실을 지키고자 하는 이청준 문학의 핵심으로 널리 일컬어지며, 그로부터 18년이 지난 후에 발표된 단편에서 다음과 같은 구절의 "제 목숨을 건 진실"이라는 비장한 명제로 완결된다.

ⓐ 내 개인적인 체험에 불과한 일이기는 하지만, 저 혹독한 6·25의 경험 속의 공포의 전짓불(다른 곳에서 그것에 대해 쓴 일이 있다), 그 비정한

---

25 이청준, 『소문의 벽』, 민음사 1972, 351쪽.

전짓불빛 앞에 나는 도대체 어떤 변신이나 사라짐이 가능했을 것인가. 앞에 선 사람의 정체를 감춘 채 전짓불은 일방적으로 '너는 누구 편이냐'고 운명을 판가름할 대답을 강요한다. 그 앞에선 물론 어떤 변신도 사라짐도 불가능하다. 그리고 그 대답이 빗나가 편을 잘못 맞췄을 땐 그 당장에 제 목숨이 달아난다. 불빛 뒤의 상대방이 어느 편인지를 알면 대답은 간단하다. 그러나 이쪽에선 그것을 알 수 없다. 그것을 알 수 없으므로 상대방을 기준하여 안전한 대답을 선택할 수가 없다. 길은 다만 한 가지. 그 대답은 자신의 진실을 근거로 한 선택이 될 수밖에 없다. 그것은 바로 제 목숨을 건 진실의 드러냄인 것이다. 그 밖의 다른 길은 없는 것이다.[26]

그런데 이 유명한 삽화를 한발 떨어져서 본다면 어떨까. 비록 큰 소리는 아니지만, 이 삽화 자체의 논리적 허점이 우리에게 말을 하고 있지 않은가. 전짓불로 인해 공포에 떨고 있는 엄마와 소년이 아니라 그 반대편에 있는 심문자의 자리로 시선을 옮겨보자. 총과 전짓불을 쥔 심문자들에게, 저 무기력한 존재들에게 누구의 편이라고 묻는 것이 어떤 의미가 있을까. 그들은 공포에 질려 있고 그들에게서 나올 대답은 정해져 있다. 우리가 무엇을 알겠느냐, 아무것도 모른다, 목숨만 살려달라 등등이 예상 가능한 대답이다. 상대가 누구인지도 모르고 잘못 말했다가는 목숨을 잃을 판인데 누가 도박을

---

26 이청준, 「전짓불 앞의 방백」, 『키 작은 자유인』, 22~3쪽.

하려 할까. 게다가 그 도박의 기댓값은 극악하기조차 하다. 틀리면 목숨을 잃고 맞춘다고 해도 본전일 뿐이다. 그러니 누가 그런 내기에 들어가려 할까. 이것은 따져보지 않더라도 누구나 직감적으로 알 수밖에 없다. 그런 경우엔 그저 아무것도 모른다는 식의 회피와, 잘못했으니 목숨을 살려달라는 애원이 정답임을 누구나 본능적으로 알게 된다. 그들이 설사 넋을 놓아 자기가 어느 편이라고 말을 한다 한들, 그것이 진실일 수 없음은 자명할 것이다. 전짓불과 총을 든 사람이라고 해서 이런 이치를 모를 리 없다. 이것 역시 생각을 해서가 아니라 직감적으로 그러할 것이다. 단지 그가 정말로 그 현장에 있기만 하다면.

요컨대 이 삽화는 매우 인상적이기는 하지만 비현실적이다. 전짓불을 들고 밤에 민가를 쳐들어온 무장한 남자들이라면, 식량이든 찾는 사람이든 뭔가 구체적인 것을 내놓으라고 요구하거나, 이미 상대의 정체를 알고 혹은 모르더라도 무작정 폭력을 가하겠다는 결심으로 쳐들어온 경우일 것이다. 그런 사람의 입장에서 보자면, 여자와 어린아이에게 누구 편이냐고 묻는 것은 우스꽝스럽다. 진정으로 상대가 누구 편인지를 알아야 할 이유가 있다면, 이 소설에 나오는 또 다른 삽화처럼, 그리고 임철우의 단편 「곡두운동회」에서 충격적으로 그려지고 있듯이, 짐짓 상대방의 복식으로 위장하고 시험하는 쪽이 훨씬 나은 선택이다. 그것은 물론 그 자체가 반인간적인 행위이고, 그런 꾀를 낸 사람의 입장에서 보더라도 자기편까지 다치게 하거나 다수의 애매한 사람들을 적으로 모는 바보 같은 행위이지만,

그래도 그런 손해를 무릅쓰고서라도 피아를 구분해야 한다면, 그쪽
이 여기 나오는 전짓불 삽화보다는 훨씬 더 현실적인 선택이다. 짐
승 같은 전투원들의 입장에서도 그렇다는 것이다.

이와 같이 따져보면 논리적으로 우스꽝스럽고 또한 비현실적이
기도 한 삽화가 어떻게 이청준 문학의 대표적인 상징이 되었을까.
나머지 두 개의 전짓불 삽화와 함께 살펴보자. 이 둘은 Ⓐ에 뒤이어
나온다. 핵심 구절은 다음과 같다.

Ⓑ 아마 이건 제가 국민학교 4학년쯤 되었을 때의 일 같군요. 국민학
교 4학년 때라면 그러니까 6·25전란으로 마을 청년들이 한창 군대들
을 나가던 때였지요. 한데 그 무렵 순경들은 마을로 들어와서 징집영장
을 받지 않은 청년들도 마구 붙잡아다 입영을 시키는 수가 있었어요. 그
때문에 마을에서는 가끔가다 한번씩 소동이 일어나곤 했지요. 쫓고 쫓
기고 하느라고 말예요. 그러던 어느 날 밤이었습니다. 어머니와 내가 막
안방에서 잠을 자려고 불을 끄고 있는데 집 뒷쪽 골목에서 갑자기 퉁퉁
거리는 발소리가 들려오기 시작했어요. 발소리에 뒤따라 우리 집 뒷마
당에서 쿵 하고 뭐가 떨어지는 소리가 들려왔어요. 그런데 그 쿵 소리는
다시 발소리가 되어 앞으로 돌아오더니 후닥닥 우리가 자고 있는 방문
을 열고 다짜고짜 방 안으로 뛰어드는 것이었어요. 아주머니 접니다, 지
금 순경에게 쫓기고 있어요. 그러면서 그는 숨도 돌릴 사이 없이 다락으
로 기어 올라가는 것이었어요. (중략) 또 하나의 발소리가 뚜벅뚜벅 다
가오더군요. 그러더니 그 발소리는 바로 우리들 방문 앞에서 딱 소리를

멈추는 것이었어요. 실례합니다, 날카롭고 재촉스런 소리와 함께 백지 창문에 불빛이 번쩍거렸읍니다. (중략) 열어젖힌 문밖에선 갑자기 무시무시하게 밝은 전짓불빛이 방 안으로 가득 쏟아져 들어오는 것이 아니겠읍니까.(355~6쪽)

ⓒ 대학 시절의 이야기를 하지요. 입학식을 하고 나서 나는 집을 정하지 못하고 있었어요. 천상 가정교사를 구해 들어가야 할 형편이었는데 그게 곧 구해지지 않았거든요. 그래서 저녁이 되면 전 일찍 국수를 하나 사 먹고 수위가 문을 채우기 전에 강의실로 숨어 들어갔어요. 그러고는 날이 어서 어두워지기를 기다리는 것이었읍니다. 밤이 되면 저는 책상을 몇 개 모아서 자리를 만들고 그 위에 누워서 기다리는 것이었읍니다. 저는 아직 잠이 들어버려서는 안 되었으니까요. 교사 안을 순찰하러 나온 수위에게 들키면 두말없이 쫓겨나게 되거든요. 저는 그러고 기다리고 있다가 수위가 다가오는 기색이 있으면 재빨리 그 수위가 다가오는 쪽 창 창턱 밑으로 가서 납짝 엎드린 채 그가 지나가기를 기다렸읍니다. 그러면 수위는 그때 손전짓불로 교실 안을 획획 둘러보는 것이었어요. 그 수위의 불빛이 얼마나 무서운 것이었는지 모릅니다. (364~5쪽)

ⓑ와 ⓒ의 전짓불은 ⓐ와 비교하면 훨씬 더 현실적이다. 그래서 극적이거나 절박한 느낌이 적다. 먼저, 대학 시절의 일을 다룬 ⓒ는 극도의 궁핍한 처지를 그리고 있음에도 절박하지는 않다. 목숨이 달

린 일이 아니기 때문이다. 수위의 전짓불이 무서웠다고 하지만 그런 정도를 Ⓐ에 비길 수 없다. 또한 Ⓑ는 Ⓐ와 마찬가지로 전쟁 때 일이라도 절박함의 강도는 Ⓐ보다 훨씬 떨어진다. 생명이 직접 위협당하는 경우가 아니기 때문이다.

그런데 소략한 Ⓐ의 서사와는 달리 Ⓑ는 훨씬 더 묘사적이고 더러는 요설적이기조차 하다. 비슷한 때의 일인데도 Ⓑ는 "국민학교 4학년 때"라는 구체적 시기까지 적시되면서 장면이 상세하게 묘사된다. 그래서 Ⓑ는 직접 체험한 것이고 Ⓐ는 그렇지 않은 것이 아닌가 하는 생각을 하게 된다.[27] 이것은 확실하게 확인되지는 않은 것이어서, Ⓐ는 Ⓑ를 과장되게 극화한 것이라 생각할 수도 있겠다.

그럼에도 여기에서 중요한 것은 그것이 허구인지 아닌지가 아니라, 세 개의 전짓불 중에서 Ⓐ가 전짓불 삽화를 대표하게 되었다는 점이다. 독자들에게도 그러하고, 또한 Ⓐ의 문장에서 보이듯이 이청준 자신에게도 마찬가지이다. '이청준의 전짓불'이라고 하면 그냥 Ⓐ를 지칭하는 것일 뿐이다. 무엇 때문인가. 삽화의 성격 자체가 그러하기 때문이겠다. Ⓑ는 특별한 이야기이기는 하지만 그 절박함을

---

27 이청준의 자전적 경험을 담은 『씌어지지 않은 자서전』에도 전짓불 일화가 나온다. 여기에 나오는 일화는 Ⓑ와 ⓒ 둘뿐이다. Ⓑ는 산문 「백정시대」(『아름다운 흉터』, 열림원 2004)에서도 약간 변형된 채로 등장한다. 이청준의 여러 텍스트에서 거듭 나오는 Ⓑ와 ⓒ는 작가의 직접 체험을 반영한 것으로 판단된다. Ⓐ의 경우는 간접 체험이거나(「백정시대」에는 이 체험이 있었음을 암시하는 문장 — "그 여름 이미 얼굴 없는 취조자로 나를 몇 차례나 진저리치게 했던 그 전짓불!"(86쪽) — 이 있다) 허구적인 것으로 판단된다. Ⓐ의 첫 문장에 "기분 나쁜 기억"이라는 표현은 매우 이상하다. 이런 일을 실제로 체험한 것이라면 기분 나쁜 정도가 아니라 끔찍한 공포와 충격으로 트라우마 수준이어야 마땅하다. 그리고 그런 절박한 상황은 어떻게 해소되었을까. 그 결과에 대해서는 왜 말이 없을까.

공감할 수 있는 사람들이 Ⓐ에 비해 제한적이다. 그리고 Ⓒ는 매우 가난한 처지였던 한 대학생이 겪었던 특이한 체험에 관한 이야기일 뿐이다. 그러나 Ⓐ는 다르다. 그것은 설사 이청준과 그의 가족이 실제로 겪어야 했던 공포스러운 체험일 수도 있겠으나(그 가능성은 크지 않아 보인다), 설사 그렇다 하더라도 그 고통은 그들에게만 국한되지 않는다. 오직 그들만이 그런 이상한 꼴을 당했다고 가정한다 해도, 그들은 분단과 전쟁과 전후, 그리고 유신 시대를 거쳐온 한국인들의 대표로서 그러했다고 해야 한다. 매카시즘의 비인간적 칼날이 분단 이후 한국인들의 마음을 옥죄어왔고, 또한 권위주의 정권의 압제가 국민들에게는 위협적인 심문자로 존재해왔던 것이 엄연한 현실이기 때문이다.

위에서 삽화 Ⓐ의 논리적 허점에 대해 지적한 바 있거니와, 그렇다면 그런 허점이 있음에도 불구하고 그것이 이청준의 문학을 대표하는 상징이 될 수 있었다는 것인가. 당연히 그렇다고 해야 한다. 한 발 더 나아가, 그런 허점이야말로 오히려 삽화 Ⓐ의 문학적 가치를 높여주었다고 해야 한다.

그러니까 전짓불로 자신의 정체를 감춘 채로, 바보가 아니라면 답할 수 없는 질문을 하는 사람은 대체 무엇을 하고 있는 것인가. 분명한 것은, 그가 지금 원하는 것이 피아를 구분하고자 함은 아니라는 것이다. 이런 행동은 심문이 아니라 고문이며, 적을 찾는 것이 아니라 적을 창조해내는 것, 국민을 향한 증오의 실천이자 폭력일 뿐이라고 해야 하겠다. 그리고 그러한 비현실적인 폭력성이야말로 해방 이후로 1987년에 6월에 이르는 동안 한국인들이 지녀온 국가권력의 이미지 자체라고 해야 하겠다.

이렇게 보면 「소문의 벽」에 등장하는 세 개의 전짓불 삽화 중에서 ⓐ가 대표성을 지니게 된 것은 너무나 당연해진다. 비현실적 폭력성의 한복판에 우뚝하게 놓여 있는 것이 유신 정부로 상징되는 국가의 모습이기 때문이다. 그런 국가의 국민으로 살아야 했던 이청준과 그 세대들에게 문학, 즉 공적 자리에서 행해지는 사적 진술이란, 개인적이고 내밀한 것이되 어디까지나 그 진술이 공동체의 성원 모두가 경청할 만한 것이라야 한다. 한 개인의 상처나 부끄러움이나 죄의식 같은 것들이 모두 공적 차원에서, 집단 주체의 차원에서, 특이한 한 개인이 아니라 네이션의 심장을 공유하고 있는 한 개인의 차원에서 그려져야 한다는 것이다. 그럴 때 문학은 목숨과도 맞먹을 수 있는 대단한 가치를 지닌 것이 될 수 있으며, 이들에게는 바로 그런 '목숨 건 진실'의 자리가 문학의 자리였다고 하겠다. 김현이 『당신들의 천국』을 쓴 이청준에게 거리낌 없이 "존경심"을 표하고 싶다고 할 때, 그가 그 작가에게서 보았던 것이 바로 그런 문학의 자리였다고 하겠다.

하지만 중학 3학년 때부터 고학을 해야 했던 작가 이청준에게 문학을 하는 일이란, 그 자신이 즐겨 썼던 표현을 빌리자면 "소설질"이다. 그것은 손익을 헤아리는 속물은 물론 할 수 없는 일이지만, 민족의 미래를 걱정하는 지사도 할 수 있는 일이 아니다. 그것은 오로지 자기 일밖에 모르는 장인이나 직인의 일이기 때문이다. 그래서 그가 기꺼이 목숨을 걸고 진실을 말한다고 할 때 그 일은, 진리의 수호자 (이것은 성자의 일이다)로서가 아니라 진실을 소통하는 매체의 수호자 (이것은 장인의 일이다)로서의 일이다. 그것은 한 개인이 지닌 세상에 대한 복수심의 발현일 수도 있고 또「소문의 벽」의 표현을 빌리자면 "자기 구원의 몸짓"일 수도 있다.

그럼에도 여기에서 강조되어야 할 것은, 그가 소설의 장인이기 전에 이미 네이션의 부분으로서 스스로를 정립하고 있었다는 것, 그 것이 그의 소설에서 과잉윤리를 통한 주체화 방식으로 드러나고 있다는 것, 그것이 스스로를 4·19세대로 자처하는 사람들이 공유하고 있는 주체 구성의 핵심이라는 것이다. 지금까지 살펴본 이청준의 글쓰기가 그 증거이거니와,『당신들의 천국』과「소문의 벽」에 표현되어 있는 심정은 단순히 그만의 것이 아니라 절대 빈곤 상태에서 출발하여 민주화와 산업화라는 이중의 과제를 짊어지고 살아온, 한 어린 나라의 국민들이 대부분이 공감할 수밖에 없는 것이기 때문이다.

제4부

죄와 책임의 일치, 시민 주체의 탄생

제7장 1980년대적 주체의 탄생

임철우의『백년여관』을 중심으로

1980년대적인 것과 죄의식

20세기 한국의 정신사에서 1980년대와 죄의식이 병치되는 것은 자연스럽다. 그 시대의 첫머리에 놓여 있는 것이 1980년 5월의 광주항쟁이기 때문이다. 광주에서의 저항과 죽음은 많은 사람들에게 죄의식의 세례를 베풀었다. 부산의 미국문화원을 방화한 혐의로 사형 판결을 받았던 문부식[1]은 그 시절을 회고하면서 이렇게 썼다.

1980년대와 1990년대의 거의 20년을 나는 한 사건에 붙들려 있었다. 나의 기억 속에는 지금도 20년 전 부산 송도의 바닷가 한쪽 구석에

1　　그는 1982년 3월 18일, 광주항쟁 유혈 진압 및 독재정권 비호에 대한 미국의 책임을 묻겠다는 취지로 부산 미국문화원에 방화했다. 1983년 3월 대법원에서 최종 사형 판결을 받았고, 특별사면을 통해 무기징역으로 감형되었다.『경향신문』, 1982년 3월 8일 7면 및 3월 15일 7면.

쭈그리고 앉아 울던 초라한 신학생 하나가 있다. 높은 역사의식이 있었
던 것도 아니고, 그 시대의 여느 대학생들에 비해 비판적 사회의식이 확
고한 것도 아니었던, 그저 평범한 신학생에 불과한 내가 그때 왜 그렇게
몸살을 앓고 있었던 것일까? 비록 한번도 가본 적 없는 곳이지만 내가
살고 있는 나라의 한 도시에서 수많은 사람들이 억울하게 죽어갔다는
사실 앞에서, 1980년의 다른 영혼들이 그러했듯이 나 또한 깊은 상처를
받았기 때문에 그랬을 것이다.[2]

여기에서 그는 자신을 평범한 신학생이었다고 하지만, 그가 한
일을 감안해보면 평범하다고 하기는 어렵다. 그가 감당하고자 했던
광주항쟁에 대한 죄의식이나 부채감이 남다른 윤리적 감수성의 소
산일 수 있다는 말이다.

그렇다면 광주항쟁 20주기를 기리기 위해 드라마『오월의 신부』
를 쓰고 연출했던 시인 황지우는 어떨까. 2000년 5월 18일부터 27
일까지 10일 동안 공연되었던 드라마『오월의 신부』에서, 사건 자체
의 비극성과 거룩함을 감싸 안는 것은 살아남은 자들의 죄의식이자
부끄러움이다. 그런 정서가 황지우 자신의 것이라는 점은 두말할 필
요가 없다. 물론 이것 역시, 그가 해남 태생으로 광주에서 청소년기
를 보냈다는 점을 감안한다면 일반적이라기보다는 조금 특별한 것
이라 해야 하겠다. 실제로 지역 정서가 그 안에서 움직였다는 말이

---

2   문부식,「광기의 시대를 생각함」, 임지현 외,『우리 안의 파시즘』, 삼인 2000, 252쪽.

아니라 그의 경우가 매우 일반적이라 주장할 수는 없겠다는 말이다.
하지만『오월의 신부』라는 책 말미의 해설에 있는 다음과 같은 문장
이라면 사정이 좀 다르다고 해야 할 것이다.

> 『오월의 신부』가 염원의 형식으로 짜놓은 광주의 운명 뒤에 있는 것
> 은 1980년 5월 광주의 죽음의 명단에 "소위, 양심이 직업인 사람이 단
> 한 사람도 없었"다는 부끄러운 사실이다. 성(聖)의 성채에 이미 진입한
> 사람들, 아래로 다시 내려갈 일 없는 사람들은 아무도 그 자리에 없었
> 다. 그런데 나는 어디에 있었던가? 너는 서울역에서 돌아와 고교 야구
> 를 보고 있지 않았던가? 너는 석사 논문을 써야 한다는 핑계로 하숙방
> 에 처박혀 있지 않았던가? 그 물음이 계속 나를 찌른다.[3]

이 같은 자기 심문의 내용과 형식은, 황지우처럼 지역적 연고와
도 무관하고 또한 문부식처럼 특별히 예민한 윤리적 감수성의 소산
이라고 보기도 어려워서 비교적 일반적인 것이라 해도 좋을 것이다.
이것은 물론 광주항쟁으로부터 20년 후의 기록이기는 하지만, 20년
전으로 당긴다 하더라도 정서의 강도가 오히려 더 강해질 수는 있
을지언정 더 약해지기는 어렵겠다. 시간을 거슬러 올라가는 것은 불
의 핵심으로 다가가는 일이기 때문이다. 요컨대 시공간적으로 멀지
않은 곳에서 생겨난 역사적 비극은 그 자체가 강한 윤리적 감응력

---

3   정과리, 「신부(神父)에서 신부(新婦)로 가는 길」, 황지우, 『오월의 신부』, 문학과지성사 2000,
298쪽.

을 지니며, 정과리의 진술은 그에 대한 비교적 일반적인 경우라 판단해도 좋을 것이다.

우리는 지금 세 사람의 예를 들어 광주항쟁과 죄의식의 연관성에 대해 살펴보고 있는 셈인데, 그 근거는 물론 분명한 지표나 수치로 제시할 수 있는 성격의 것이 아니다. 그런데도 죄의식의 존재에 대해 말할 수 있고 또 말해야 하는 것은 무엇 때문인가. 그것은 주체 형성의 기제로서의 죄의식이 광주항쟁이라는 사건 자체의 속성과 밀접하게 연관되어 있으며, 그것이 또한 1980년대의 정신적 기축으로 존재하기 때문이다. 1980년 5월 사건의 발생 이후 광주항쟁의 상징적 지위와 그것이 획득되고 변화되어온 과정 자체가 이런 사정을 뚜렷하게 보여준다.

1988년, 한국 정치사에서 매우 이례적으로 '여소야대'의 상황이 된 13대 국회에서 이른바 '광주 청문회'가 열리기 전까지, 그리하여 '광주민주화운동'이라는 이름이 국가 문서에 등장하기 전까지,[4] 공론장에서의 광주항쟁의 공식적 지위는 불순분자들의 사주와 선동에 놀아난 폭도들의 난동이었다.[5] 계엄 사령부와 5공화국 정부에

---

4   현재 광주항쟁의 공식 명칭은 '광주민주화운동'이다. 이것은 6공화국 출범 직후, 1988년 4월에 출범한 13대 국회 때부터 시작된 이름이며, '광주민주화운동 관련자 보상 등에 관한 법률'(1990. 8. 6)과 '5·18 민주화운동 등에 관한 특별법'(1995. 12. 21)에 의해 재차 확인되어 공식 명칭으로 자리잡았다. 두 법령의 입법 과정과 그에 관련된 정치적 정황 및 역사는 김재균, 『5·18과 한국 정치』(에코미디어 2010)에 상세하다.

5   1980년 5월 25일자 계엄사의 발표에 따르면, 소요 사태는 "타 지역 불순 인물 및 고정간첩들"이 유포시킨 악성 유언비어와 선동에 의해 폭도화된 군중들의 소행이었다. 『경향신문』, 1980년 5월 26일, 1면.

의해 언론이 통제된 상황에서, 어떤 사람들은 광주의 진실을 알리기 위해 목숨을 바치거나[6] 감옥에 갔다. 이에 대해 문부식은 "1980년대에 우리 중 적지 않은 사람들이 광주를 이야기하다 감옥에 가거나 죽기도 했다면, 그 이유는 어떤 커다란 역사적 소명 때문이 아니라, 우리 모두가 1980년 5월 광주로 달려가지 않았고 또 침묵했다는 사실 때문이었다."라고 썼다.[7] 그러니까 1980년대에 광주항쟁의 문제가 단순히 국가 폭력과 그것에 대한 저항이었던 것은 아닌 셈이다. 오히려 좀더 문제가 되는 것은 그것이 은폐되고 호도되어온 과정과 역사이며, 그로 인해 촉발되는 매우 복잡한 정서의 세계라 해야 할 것이다. 광주항쟁과 연관하여 죄의식에 대해 말할 수 있는 것은 그 때문이다.

국가 폭력은 물론 그 자체만으로도 많은 논의의 가능성을 내포하는 독특한 현상이며, 라캉적 '실재'(the real)의 차원에 존재하는 국가의 본질을 드러내준다는 점에서 증상적인 것이다. 국가의 성립과 유지의 역사 자체에서 알 수 있듯이, 그 바탕에는 공권력의 지위에 오르고자 하는 원초적 폭력성의 의지가 잠재해 있기 때문이다. 그러나 그와 같은 '국가의 실재'로서의 폭력이라는 차원이 아니라, 법절 있는 세계에서 통용되는 공식적인 룰의 차원에서 보자면, 국가 폭력은

---

6   광주항쟁 직후에 있었던 김의기와 김태훈이 대표적이다. 서강대생 김의기(1959~80)는 광주의 참상을 목격한 후 이를 알리기 위해 1980년 5월 30일 기독교회관 5층에서 투신했고, 서울대생 김태훈(1959~81)은 전남도청 진압 작전 1주기였던 1981년 5월 27일, 서울대 도서관 6층에서 투신했다.

7   문부식, 앞의 글, 240쪽.

국가가 자기 자신을 공격하는 기이한 행위이다. 이 같은 국가의 자해 행위는, 자기가 누구인지도 모르고 자기 자신을 공격하는 암이나 면역계 질환과는 달리 의식적인 공격 행위라는 점에서 자해공갈단의 행위와 유사한데, 그러나 위협 대상이 자기 자신이라는 점에서 그 기이함은 그들의 경우를 훨씬 능가한다. 비유하자면, 공갈배가 거울 앞에서 자기 자신을 위협하면서 자해 행위를 하는 것과도 같은 것이 국가 폭력이다.

물론 국가 폭력의 안으로 좀더 들어가보면, 그 그로테스크함은 더욱 현실적인 것이 될 수도 있다. 국가 폭력의 기본 형태는 현실 권력을 가진 국가(state)가 주권의 소유자인 국민(nation)에게 폭력을 가하는 것이다. 국가가 지닌 권력은 국민이 부여한 것이지만, 어느 순간 자립적인 것이 되는 권력은 자신이 지닌 현실적 힘의 유래와 정당성의 근거를 망각해버린다. 그리하여 자립적인 것이 된 현실 권력이 상징 권력에게 가하는 폭력이 국가 폭력이다. 이것 역시 비유하자면, 자신의 심장을 공격하는 팔다리와 다를 게 없어서 기이하기는 마찬가지이다. 그래서 공식적인 차원에서 볼 때 국가 폭력은 반드시 은폐와 호도 혹은 책임 전가와 합리화 과정을 거치지 않을 수 없다. 이를 거치지 않는다면 국가는 자신이 매우 특이하게 미친 존재임을 자인하는 꼴이 될 것이기 때문이다.

광주항쟁의 경우도 마찬가지였다. 1995년에 가까스로 기소된 전두환은 대법원에서 무기징역을 선고받았지만, 수사와 재판 과정에서도 시민들에게 발포하라고 명령한 책임자는 끝내 밝혀지지 않았다. 없었던 일이거나 모르는 일, 혹은 매우 비정상적인 상황에서 벌어진, 누구도 책임질 수 없는 일이라는 것이 종국적으로 사법부를 통해 표명된 국가의 입장이었다. 그런 입장에 설 때 국가는 자신이 미친 존재임을 공식적으로 자인하지 않을 수 있으니, 자신의 광증에 부끄러워하는 수줍음 많은 국가의 입장을 이해해주자면 그렇게 못 할 것도 없다. 그러니까 국가 폭력으로 촉발된 매우 특별한 감정 세계에 관한 한, 광주항쟁도 예외일 수 없을뿐더러 오히려 그 극적 성격으로 인해 매우 강렬한 정서적 에너지를 지니고 있다고 해야 할 것이다.

광주항쟁은 일차적으로 불순분자들의 유언비어와 폭도들의 무장난동이라는 정부의 공식 규정 속에서 왜곡되고 은폐되고 호도된 어떤 것으로 출현했으며, 그에 맞선 울분과 분노, 복수심 등의 정서적 필터를 통과하여 드러난 것으로서, 결과적으로 이중의 비틀림을 통해서만 비로소 존재할 수 있는 사건이었다. 그러니까 광주항쟁이라는 사안에 대해, 당시 나는 사건의 진상을 전혀 몰랐다거나 그런 사건이 있었는지조차 몰랐다고 태연하게 말할 수 있는 사람은 있기 어렵다. 항쟁으로부터 도피했거나, 이런저런 이유로 항쟁에 뛰어들수 없었다거나, 진상을 알면서도 침묵했다는 것은 물론이고 진상을 적극적으로 알려 하지 않았다거나, 어떤 이유에서건 진상을 제대로 알지 못하고 있었다는 사실 자체도 비윤리적인 것이 되게 하는 매우 특별한 사건, 그것이 1980년대에 광주항쟁이 지닌 독특한 윤리적 지위였기 때문이다.

두 죽음 사이의 윤리: 윤상원과 박관현

1980년 5월의 광주항쟁과 함께 1980년대의 정신을 상징하는 또 하나의 사건이 1987년의 6월항쟁이라는 점에는 별 이론의 여지가 없을 듯하다. 하나가 출발이라면 다른 하나는 완성이고, 하나가 죽음이라면 다른 하나는 부활이다. 두 사건 사이의 시간 간격은 7년이다. 6월항쟁은 7년 전에 있었던 광주항쟁의 비극을, 박종철(1964~87)과 이한열(1967~87)의 죽음으로 다시 한번 재연한다. 물고문으로 사망한 부산 출신 서울대생 박종철의 죽음은 의문사한 유령들이 어떻게 태어났는지를, 그리고 시위 도중 경찰이 쏜 직격 최루탄을 머리에 맞고 사망한 광주 출신 연세대생 이한열의 죽음은 1980년대의 반정부 항쟁이 지녔던 치명적 속성을 보여준다. 그리고 이 두 개의 죽음이 하나로 겹쳐지면서 매우 강력한 '두 죽음 사이의 공간'이 출현한다.

1987년에 발생한 두 사람의 죽음은 6개월의 시차가 있다. 이 시차가 두 죽음 사이의 공간을 만들어낸다. 그 공간은 팽팽하게 긴장된 윤리적 장력으로 가득 차 있다. 그것의 의미는, 두 번째 죽음이 첫 번째 죽음의 자리에 들어서면서 그 첫 번째 죽음의 의미를 반추하는 순간 매우 뚜렷하게 확인된다. 1980년대의 해방 정치가 자기 동력을 윤리적 파토스로부터 끌어왔다면, 그 핵심에는 바로 이 '두 죽음 사이의 공간'[8]에서 만들어지는 윤리적 장력이 있다. 라캉의 용어법에서 이 공간은 상징적으로 안정되지 않은, 그래서 정서적 격동이 잠재해 있는 공간이다. 그 격동 속에 있는 주체는 자기 자신을, 이미 와버린 죽음과 아직 오지 못한 죽음 사이의 공간에 들어서 있는 것으로 느낀다. 아직 오지 않은 죽음의 주체들이 느끼는, 이미 와버린 죽음에 대한 부채감이 그 정서의 핵심에 놓여 있다. 그러니까 1987년 1월 박종철이 죽는 순간 이한열은 아직 살아 있는 박종철이 되었던 셈이고, 박종철의 죽음을 자기의 것으로 생각하거나 최소한 남의 것으로 생각하지 않는 사람에게 그 공간(어떤 상징적 존재의 죽음으로 시작하여 아직 실현되지 않은 죽음을 자기 뒤에 가지고 있는 공간)은 숭고한 장소가 된다. 이 글에서 두 죽음 사이의 윤리라 부르는 것은 바로 그러한 이중성, 실현되어버린 죽음과 아직 완결되지 않은 그 죽음에 대한 상징적 배치 사이의 공간이 지닌 윤리를 뜻하는 것이다.

　이런 뜻에서, 두 죽음 사이의 윤리는 한국의 1980년대를 이끌어

8　라캉-지젝의 용법에 따르면 두 죽음 사이의 공간은 실제 죽음과 상징적 죽음 사이의 간격으로 인해 만들어지는 공간을 뜻한다. 한 존재의 죽음은 그것에 대한 상징적 등록을 필요로 한다. 그 죽음이 상징적으로 등록되는 순간, 그는 비로소 그 공동체 내에서 죽은 존재가 되고 그의 죽음은 상징적으로 안정된 지위를 획득한다. 라캉은 이를 일러 모든 사람은 두 번 죽는다고 했다. 두 죽음 사이의 공간은 두 번째의 죽음, 즉 죽음의 상징적 등록이 완결되지 않았을 때 생겨난다. 몸은 죽었지만 아직 그 죽음이 공동체에서 승인되지 않은 존재들의 공간 혹은 아직 지상을 떠나지 못한 유령들의 공간 등이 그런 예이다. 따라서 두 죽음 사이의 공간에는 숭고함과 기이함이 함께 존재한다. 이 글에서 나는 이 개념을 실제로 발생한 두 개의 서로 다른 죽음 사이의 공간으로 바꾸어 사용한다. 두 번째의 실제 죽음이 첫 번째 죽음이 지닌 정서적 힘과 요동하는 상징적 지위의 불안정한 에너지를 뚜렷하게 드러내준다는 점에서, 이 경우는 라캉이 썼던 본래의 의미를 훨씬 더 증폭된 형태로 보여준다. 이런 점에서 이 경우는 증강된 두 죽음 사이의 공간에 해당한다. 라캉적 의미의 두 죽음 사이의 공간에 대한 자세한 것은 특히 지젝, 『이데올로기라는 숭고한 대상』, 이수련 옮김, 인간사랑 2001, 4장을 참조할 것.

온 가장 큰 정신적 동력이라 해야 한다. 그것은 이미 1980년 5월 광주항쟁을 통해 매우 현저한 형태로 마련되어 있었다. 1987년이 1980년을 반복했다고 하는 것도 바로 두 사건의 상호 관련성을 뜻하는 것인데, 광주항쟁과 관련하여 2년의 시차를 두고 발생한 두 청년의 죽음, 윤상원(1950~80)과 박관현(1953~82)의 죽음이 그것이다. 이는 광주항쟁의 윤리적 동력을 대표하는 섯일뿐더러, 1980년대 전체를 두 죽음 사이의 공간으로, 이미 죽은 윤상원과 아직 죽지 못한 박관현의 공간으로 만들어놓는다. 그 공간을 자기 것으로 받아들이는 주체는 누구나, '아직 죽지 못한 박관현'의 자리를 지니게 되며, 그것이 1980년대의 윤리적 파토스의 모형이 된다. 그러니까 1980년의 광주항쟁이 윤상원의 자리에 놓여 있다면, 1987년의 박종철과 이한열은 모두 박관현의 자리에 서게 된 사람들이고, 그렇게 연장되는 두 죽음 사이의 공간은 최종적으로 전두환과 노태우 등 군사 쿠데타 세력이 반란과 내란 수괴 등의 혐의로 기소되어 법정에서 유죄판결을 받는 지점에까지 이어져간다.

광주항쟁 당시 시민군 지도부의 한 사람(시민군 대변인)으로서 전남도청을 사수하던 윤상원이 1980년 5월 27일 계엄군의 총에 죽는 순간, 5·18이 시작되기 직전 예비검속을 피해 도피해야 했던 전남대 학생회장 박관현은 이미 죽은 목숨이었다.[9] 1980년 광주에서 박관현은 대학생 그룹의 대중적인 리더로서, 1979년 10월 26일 박정

9 윤상원과 박관현의 삶과 이력에 관해서는 박호재·임낙평, 『윤상원 평전』, 풀빛 2007/1991과 최유정, 『박관현 평전』, 사계절 2012 참조.

희의 피살 이후 만들어진 민주주의의 공간을 가장 화려하게 장식했던 인물이었다. 그는 당시 전남대 학생회장이었을 뿐 아니라 뛰어난 웅변 실력으로 도청 앞 광장의 대중 집회를 주도하면서 '광주의 아들'로 불리며 광주 지역에서 일약 민주화 운동의 상징이 되었다. 반면에 윤상원은 광주 지역 청년 운동권에서 매우 중요한 인물이기는 했지만 대중적인 리더 집단에 속했던 것은 아니었다. 1980년에 그는 대학생도 아니었고 또 1970년대를 지나오면서 체포나 투옥을 경험한 적도 없었다. 그러니까 1980년 5월 17일 24시를 기해 비상계엄이 전국으로 확대되고 전국 주요 대학의 학생회장단을 비롯한 학생과 정치인, 재야인사 들이 영장 없이 구금될 때 그는 체포 대상이 될 이유가 없었고, 또 투옥 등의 전력으로 인해 공식적으로 주목받는 선배 그룹도 아니었으니 구속 사태를 피해 도피해야 할 이유도 없었다. 그래서 그는 광주에 남아 있었고 광주항쟁의 한복판에 들어서게 되었으며, 마침내는 항전 최후의 날 역사의 현장을 지키다 계엄군의 총탄에 사망함으로써 그 비극을 증언하는 기념비가 되었다.

　하지만 탱크를 앞세운 중무장한 정규군이 도청을 떠나지 못한 3백 명의 시민들에게 들이닥쳤던 1980년 5월 27일 새벽, 다른 곳도 아니고 항쟁의 상징적 장소인 도청에서 이 비극적 사건의 기념비이자 증언자로서 누군가 자신의 목숨을 내놓아야 한다고 생각했다면, 그 사람은 윤상원이 아니라 박관현이어야 했다. 물론 이것은 어디까지나 주관적 결단의 차원에서, 박관현의 관점에서 보았을 때 통용될 수 있는 말이다. 그의 관점에서라면 그럴 수 있다. 게다가 윤상원과 박관현은 특별한 사이였다. 그들은 단지 전남대 동문 선후배였던 것만이 아니라, 윤상원이 주도하던 야학 활동을 통해 민주화 운동에 뜻을 같이하던 동지였다.

사정이 이렇다 보니, 박관현에게 윤상원의 죽음이 어떤 의미를 지니는지는 그의 위치와 입장을 감안한다면 누구라도 짐작할 수 있는 일이다. 박관현은 2년을 채 못 채운 도피 생활 끝에 1982년 4월 5일 체포되었고 그해 10월 12일 옥중 단식 끝에 사망했다. 그의 그런 죽음은 그가 윤상원의 죽음을 어떤 의미로 받아들였는지를 상징적으로 보여준다. 그의 옥사는 이미 장부에 기입되어 있던 자신의 죽음을 현실로 옮긴 것에 다름 아니었다. 그러니까 그 2년이 채 안 되는 동안, 살아 있으면서도 죽어 있던 박관현과 죽어 있으면서도 살아 있던 윤상원은 두 죽음 사이의 공간에 나란히 함께 존재했던 셈이다. 물론 그런 공간을 만든 것은 박관현의 의지이거니와, 그 두 죽음 사이의 공간은 그런 점에서 분리된 신체와 영혼이 기이한 형태로 공서하는 기이하면서도 숭고한 공간이었던 셈이다.

광주에서 사람들이 죽어갈 때, 또한 도청에서 윤상원이 죽었음을 알게 되었을 때, 체포를 피해 잠행 중이던 박관현은 스스로를 그 공간에 가두어버렸다. 윤상원의 자리를 자기 자리로 느꼈던 박관현에게 그것은 당연한 일이었지만, 동시에 그것은 박관현에게만 그런 것이 아니었다. 박관현에게 옥중 단식을 통해 죽음에 도달하는 것은 살해당한 윤상원의 죽음과 한 덩어리가 되는 것이며 미루어둔 부채를 청산하는 것이므로 꺼릴 만한 것이 아니다(자수는 아니었지만 그는 순순히 체포되었고, 자살은 아니었지만 죽음을 향해 가는 길을 마다하지 않았다). 민주주의를 정당한 가치로 인정하는 1980년대의 한국인들에게, 윤상원으로 대표되는 1980년 광주항쟁의 희생자들은 고르게 부채감과 죄의식의 세례를 베풀었다. 많은 사람들이 자기에게도 이 죄의식의 세례가 베풀어졌음을 깨닫게 된 것은, 1988년 전두환이 대통령직에서 물러난 후로 재갈이 풀린 언론을 통해 광주항쟁의 진상이 공개된 이후의 일이었다.

그러니까 박관현의 죽음으로 두 죽음 사이의 공간이 사라지는 것은 아니라는 것이다. 두 번째 죽음, 곧 박관현의 죽음으로 사라지는 공간은 오로지 박관현만의 것일 뿐이다. 죄의식의 세례를 받은 사람들은 누구나 바로 그 공간에 갇히게 되고 자기 자신에게 고유한, 오지 못한 죽음의 몫을 지니게 된다. 수많은 유령들의 공간이 만들어지는 것이다. 1987년의 박종철과 이한열도 모두 자신의 방식으로 박관현의 자리를 가졌던 사람이었고, 그사이에 유명을 달리한 김의기와 김태훈 같은 청년들도 모두 박관현의 자리를 거쳐 윤상원의 자리에 도달하게 된 영혼들이었다. 그러니까 1980년대의 윤리적 영토 위에서 보자면, 이미 죽은 사람들은 두 죽음 사이의 공간이 만들어낸 자기 부채를 청산한 존재들이고, 아직 살아 있는 사람들은 자기 장부에 기입된 죽음을 유예한 존재로서 '아직 죽지 못한 박관현'과 같은 자리를 차지하고 있었던 셈이다. 그러니까 바로 그 자리, 윤상원 되기를 유예하고 있는 박관현의 자리, 아직 살아 있는 시체의 자리가 지닌 인력이야말로 1980년대 한국의 윤리적 파토스의 핵심

이었던 셈이다. 그러니까 그 시대를 살아 있는 몸으로 통과한 사람
은 모두 '아직도 살아 있는 윤상원'인 것이다.

죄의식과 공포: 임철우와 한창훈

　1980년대에 광주항쟁의 진실은 금단의 열매 같은 것이어서 진상
을 아는 것은 그 자체로 위험한 일이기도 했다. 금단의 진실은 사람
들에게 물었다. 그때 너는 어디에 있었느냐. 1988년 이후 광주항쟁
의 진실이 대중매체에서 공개되고 난 다음에 이 질문은 더 큰 무게
로 사람들을 압박했다. 이 질문에 어떤 식으로든 알리바이를 대야
한다는 것이, 살아남은 사람들의 윤리적 곤경이었다. 시인 황지우가
「윤상원」이라는 시에서, 죽어가는 윤상원의 입을 빌려 했던 마지막
말은 "좀 있다 보세"[10]였다. 그 말은 총을 맞고 죽어가는 윤상원이
살아남은 사람들에게 남긴 말이라고 되어 있지만, 그것은 어디까지
나 시인 황지우의 상상력일 뿐이다. 그러니까 황지우는 죽어가는 윤
상원의 입을 빌려 거꾸로 윤상원에게 말하고 있는 것이다. 기다리라
고, 금방 윤상원 당신을 따라갈 것이라고. 요컨대 여기에서 황지우
는 정확하게 '아직 죽지 못한 박관현'의 자리에서 발언하고 있는 셈
이었다.

10　황지우, 『겨울 - 나무에서 봄 - 나무에로』, 민음사 1985, 124쪽.

황지우는 윤상원 및 박관현과 같은 세대이자 광주에서 고등학교
를 나왔다. 그가 광주항쟁을 어떤 무게로 받아들였는지는, 정치적
압제가 가혹했던 시절 발표한 「묵념, 5분 27초」라는 시를 들어두는
정도로 충분할 것이다. 이 시의 제목 밑은 텅 빈 공백이다. 그러니까
제목만 있는 시이다. 이것이 미학적 아방가르드로 오해되어서는 곤
란하다. 그것은 도청이 함락되던 날짜, 즉 5월 27일이라는 뜨거운
숫자들을, 자유로운 표현이 통제된 상황에서 암호와 같은 방식으로
라도 표현하고 싶었던 것이라 이해되어야 한다. 학생회장 박관현이
윤상원의 빈자리가 남긴 호명에 학생운동가의 방식으로 응답했다
면, 황지우는 시인의 방식으로 그렇게 했던 셈이다.[11]

광주에 대한 이런 부채 의식이 비단 황지우만의 것일 수는 없다.
1980년대 한국문학이라 통칭할 수 있는 문학작품들 모두에 스며 있
는 것이 바로 그 부채 의식이라 해도 지나친 말은 아닐 것이다. 물론
그 부채 의식의 스펙트럼은 넓어서, 극단적인 죄의식에서부터 부끄
러움과 복수심, 그리고 그것들에 대한 반발로서의 냉소주의에 이르
기까지 매우 다양하지만 그로부터 자유롭기는 힘들었다. 그것은 문

---

11 광주항쟁 20주년이 되던 2000년, 『오월의 신부』를 예술의전당 특설 야외무대에서 20년 전 열흘
동안의 시간에 맞춰 공연했던 것도 그 연장에 있다. 『오월의 신부』의 두 주인공은 윤상원과 박관현(극
중에서는 김현식과 강혁)이었고 둘은 사랑의 경쟁자로 설정되어 있었다. 한 사람은 그 한복판에서 죽었
고 다른 한 사람은 살아남아 괴로운 지경에 빠지게 되었다. 광주항쟁의 불구덩이에서 실성해버린 영혼
의 고통과 거기에서 살아남은 자의 부끄러움이 두 사람을 둘러싼 대립 앞뒤에 배치되어 있으니, 드라마
의 기본적인 시선이 무엇인지는 자명하겠다. 죄의식을 가진 살아남은 사람들이 순결한 혼례의 형식으
로 망자들을 위해 바치는 제사, 거기에서 더도 덜도 아닌 것이 『오월의 신부』였고, 그것은 시인 황지우
가 살아남은 자의 윤리로서 스스로에게 부여한 책임의 몫이었을 것이다.

학으로 표현된 1980년대적 정신의 핵자를 이루고 있었기 때문이다.

소설가 임철우가 주목되는 것은 바로 이런 점 때문이다. 그는 물론 시인 황지우와 더불어 광주 문제를 가장 먼저, 그리고 가장 본격적이고 집요하게 형상화했던 문인이다. 1980년대에 그가 쓴 소설들도 그러했지만 무엇보다 1998년에 완간한 다섯 권짜리 장편『봄날』이 그 증거이기도 하다. 이 소설은 광주항쟁 열흘 동안의 기록을 세 가지 시선으로 잡아냈다. 광주 시민과 대학생, 그리고 계엄군의 입장에서. 그리고 그 핵심에는 스스로 죽음을 향해 나아가는 윤상원(소설에서는 윤상현으로 나온다)의 시선이 놓여 있다. 임철우가 이 소설의 마지막에서 윤상원의 죽음을 그릴 때, 그 자신은 아직 죽지 못한 목숨인 박관현의 자리에 있었다. 황지우가 시인으로서 그랬듯이 임철우도 박관현의 자리에서 소설가로서 무언가를 해야 했고, 그가 자신에게 부여한 일은『봄날』과 같은 소설을 쓰는 것이었다. 그래서 그는『봄날』이 끝난 직후 '자전소설'이라는 매우 특이한 형식으로 마련된 자리에서 다음과 같이 고백할 수 있었다.

㉮ 자, 이 누추하고 너저분한 고백을 마저 요약하고 끝내야 할 것 같다. 그 열흘 동안 나는 아무 일도 하지 못했다. 내 친구들과 동료들이 불길의 한복판에 있었을 때, 나는 목숨이 아까워서 두 번씩이나 뒷걸음질을 쳤다. 최후의 새벽, 그 엄청난 총성과 도와달라는 그 여학생의 피맺힌 절규를 들으면서도, 난 방 안에서 이불을 뒤집어쓴 채 울기만 했다. 그날 이후 나는 나 자신을 끝끝내 용서할 수 없었다. 화해해줄 수도, 위

로해줄 수도 없었다. 그렇다. 바로 그 죄의식이, 부끄러움이 『봄날』을 쓰게 만들었다. 나는 그걸로 보상하고 싶었던 것일까. 스스로 구원받기 위해서, 용서받기 위해서, 끊임없이 내 자신을 학대해가며 그렇듯 편집광처럼 지독스레 매달려왔던 것은 아닐까…….[12]

이 대목의 맥락을 이해하기 위해서는 약간의 우회로가 필요하다. 이 글은 『봄날』이 완간된 직후인 1998년 봄에 한 계간지에 실린 단편소설의 일부이다. 주목할 것은 이 단편소설이 실린 '자전소설'이라는 난의 특이한 형식이다. 특집의 대상이 되는 작가에게 마련된 '자전소설'란은 제도화된 고백의 자리이다. 그러니까 강요된 고백의 자리가 만들어져 있는 셈인데, 그런 이상한 자리의 압력을 작가가 어떻게 솜씨 있게 개성적으로 대처하는지가 독자로서의 흥밋거리이다. 그런데 여기에서 임철우는 위의 인용에서 보이는 것과 같은 매우 진솔한 발성으로 그 자신의 광주 체험과 관련된 매우 뜨거운 내용을 털어놓았다. 그의 고백은 매우 치명적이고 뜨거워서 포(E. A. Poe)의 표현을 빌리자면 "이글거리는 펜이 지나가는 자리마다 종이가 불타오를 수도 있"을 만한 내용이었다. 그것의 강렬함이 지닌 속성은 광주항쟁 당시 현장에 있었던 또 다른 작가 한창훈의 다음과 같은 묘사와 맞세워놓을 때 좀더 분명해진다.

---

12   임철우, 「낙서, 길에 대하여」, 『문학동네』, 1998년 봄호, 66쪽.

㉯ 우리는 그를 부축하며 걸었다. 그는 멍하니 나와 청년이 미는 대로 터벅터벅 걷기 시작했다. 나는 아직까지 뭐가 어떻게 된 건지 알지 못했다. 그는 조금씩 고개가 숙여졌다. 아주 천천히, 슬로우비디오처럼 고개가 숙여졌고 내가 목을 잡았다. 내 쪽으로 고개가 돌아왔다. 잘해야 중삼이나 고등학교 일학년 정도. 동그란 얼굴에 안경을 쓴, 아주 순해 뵈는 아이. 아, 그는 나와 어깨를 비비고 있었던 아이였다. 총알이 날아온 각도는 구십도 옆. 총알은 나를 스치고 나와 어깨를 맞대고 있는 그의 어깨와 등이 만나는 부분을 파고든 것이다. 나는 몸을 떨기 시작했다. 그때였다. 그의 눈이 나와 마주친 게. 힘이 풀린 눈빛 속에는 아무것도 없었다. 그 어떤 것도 없이 풀린 동공만이 거기에 있었다 아니 어쩌면 아무것도 없다라고 말 되어질 것들로, 알 수 없는 그 무엇으로 가득 차 있는 것인지도 몰랐다.

나는 뛰기 시작했다. 사람들이 도로에 길게 들어서 있고, 여전히 총소리와 화염에 휩싸인 자동차에서는 검은 연기가 하늘을 타고 오르는데 그것들은 아주 오래된 사진처럼 비현실적으로 보였다. 수천 발의 총알이 하늘을 뒤덮고 있었다. 총알들은 일정한 거리를 유지하면서 날아가더니 한순간에 방향을 바꿔 나에게 덤벼들기 시작했다.

그것은 착각이면서도 현실이었다. 극도의 공포에 휩싸여 걸음이 잘 걸어지지가 않았다. 나를 바라보는 저 많은 사람들이 다 총알 같기도 했고 모두 이미 죽어 저승의 문이 열리기를 기다리는 혼령들 같기도 했다. 골목에는 사람들이 없었다. 이제 나와 총알만 가득했다.

하숙집은 여전히 텅 비어 있었다. 방문을 닫아걸고 이불을 뒤집어썼다. 그러나 총알은 계속 따라왔다. 드디어, 환난을 일종의 재미로 받아들이는 사춘기의 철없음이 얼마나 속없는 것이었는가. 뼈가 저리기 시작했다. 이제 죽음이 눈앞에 다가온 것이다.

누군가 노크를 했다. 덜덜 떨며 문을 열었다. 총알이었다. 총알이 퓌웅, 귀를 스치며 벽에 박혔다. 이 세상에는 나와 총알뿐이었다. 내 심장과 머리를 겨누는 저 번뜩이는 총구. 나는 살충제를 맞은 벌레처럼, 우악스런 발에 밟혀 몸뚱이 한쪽이 뭉그러진 벌레처럼 꾸물댔다.[13]

이 단편소설 역시 『문학동네』의 '자전소설'란에 실린 것이다. 이에 따르면 한창훈은 광주항쟁 당시 광주에서 학교를 다니던 고등학교 2학년 학생이었고, 그곳에서 피와 죽음의 경험을 맛보았다. 여기에서 그가 털어놓는 것은 죽음의 공포이다. 수컷 기질이 왕성한 피끓는 청년이 살육이 벌어지는 판에 멋모르고 끼었다가 날것으로 맞이한 죽음의 공포가 곧 그것이다.

그러니까 특이하게도, 『문학동네』의 '자전소설'란에는 1년의 시간차를 두고 광주항쟁의 경험에 대한 두 편의 고백이 나란히 실린 셈인데, 둘 모두 그 경험의 강렬함이라는 점에서는 일치하고 있다. 보통 사람들이 겪을 수 없는 매우 특별한 경험이 그 한복판에 존재한다. 하지만 임철우에게는 그 존재가 너무나 분명하고 또렷하지만 한창훈에게는 존재하지 않는 것, 그것은 곧 죄의식과 부끄러움이다.

---

13 한창훈, 「변태」, 『문학동네』, 1999년 봄호, 119~20쪽.

그것의 자리를 한창훈의 경우는 공포가 채우고 있거니와, 그것은 한
창훈이 항쟁 당시에 피가 튀고 사람들이 죽어가는 가장 앞 선에 나
가 있었다는 말에 다름 아니기도 하다. 그러니까 한창훈의 기록은
비록 공포에 대한 표현이라 하더라도 그 원천은 부끄러움이라기보
다 오히려 당당함에 가깝다고 해야 할 것이다. 요컨대 한창훈은 그
보다 여덟 살 많은 나이로 광주를 체험한 임철우와는 다른 경험의
질을 지니고 있었던 셈인데, 그 경험을 향한 주체의 태도로 보자면
이 둘은 서로 상반되는 것이라 해도 좋을 정도이다.

　　임철우와 한창훈은 '자전소설'에 나타난 모티프를 가지고 각각 장
편소설을 쓴다. 임철우의『백년여관』(2004)과 한창훈의『꽃의 나라』
(2011)가 그것이다. 한창훈에게『꽃의 나라』는 광주항쟁을 다룬 유
일한 장편이지만, 임철우의『백년여관』은『봄날』(1998)의 연장에, 좀
더 정확하게 말하자면 1981년부터 시작된 그의 작가적 이력 전체의
연장에 놓인 작품이다. 이런 차이를 놓고 두 작품의 질적 우열을 논
할 수는 없다. 둘은 서로 다른 방향성을 지닌 텍스트이기 때문이다.
하지만 각각의 작품에 실려 있는 작가로서의 존재의 무게가 다르
다는 점은 지적해도 좋겠다. 그 둘의 차이는 그들이 광주를 경험했
던 시기의 차이라 해도, 그러니까 10대 후반의 철없고 용감했던 전
사 한창훈과, 창졸간에 자기에게 다가온 실존의 무게를 견디지 못해
현장에서 도피했던 20대 후반의 비겁자 임철우의 차이라 해도 좋을
것이다. 그 비겁함이 죄의식을 낳고, 그것이 그로 하여금 광주에 관
한 기념비적인 작품들을 토해놓게 만들었다면, 그것은 또 다른 차원

의 것이라 해야 할 것이다. 문제는 용기냐 비겁이냐가 아니라, 어떤 순간의 경험이 만들어놓은 자리를 채워내는 사후적인 행위이다. 그것이 윤리의 차원이다.

㉯에서 한창훈이 묘사한 죽음의 공포는 10대 후반 청년이 겪을 수 있는 성감의 문제로 연결되어 있다. 그는 이 소설의 제목을 다소 위악적으로 '변태'라고 붙여놓기도 했다. 이 소설에서처럼 죽음의 공포와 에로티시즘이 만나는 것은 예술적인 충동에 가까워서 윤리와 다른 차원에 존재한다. 하지만 ㉮에서 임철우가 "두 번씩이나 뒷걸음을 쳤다"라고 표현했던 사안에서는 곧바로 윤리가 문제가 된다. 그는 자신의 비겁을 진솔하게 털어놓고 있기 때문이다. 그 사연은 자전소설 「낙서, 길에 대하여」와 장편소설 『백년여관』에서 동일한 서사로 개진된다. 그 경개를 보자면 이러하다.

소설의 화자(자전소설에서는 임철우, 『백년여관』에서는 이진우이다)는 친구(전자에서는 P이고, 후자에서는 케이)를 두 번 배신했다고 했다. 항쟁 당시 시민들의 격렬한 저항으로 계엄군은 도청에서 물러났고 광주 시내는 잠시 동안 해방구가 되었다. 시민군 활동을 열정적으로 하고 있던 친구는 화자를 찾았다. 화자는 번민이 많았다. 친구의 부름에 응한다는 것은 시민군으로서 총을 잡는다는 것인데, 잔인했던 계엄군에 대한 분노는 하늘을 찔렀지만 그렇다고 해서 총을 잡고 자국의 군인에게 총부리를 겨누는 것은 또 다른 문제였다. 한편 친구가 찾는데 응하지 않을 수도 없었다. 두 사람이 처음에 만나기로 했던 장소는 서점이었고, 마지못해 나간 그 자리에 친구는 약속 시간이 한참 지났는데도 오지 않았다. 집으로 들어가라는 선배의 강권에 그는 피신처로 돌아왔다. 친구가 오지 않은 것이 다행이라고 생각하면서. 다시 두 번째 연락이 왔고 만날 약속을 했다. 이번에는 사람들이 많은 회관 앞이었다. 그는 마음을 비우고 담담하게 거기로 갔다. 사람들 속에 섞여 앉아 친구를 기다리는 동안 그의 마음은 또다시 갈등으로 착잡해졌다. 그런네 약속 시간이 한참 지나 마침내 친구가 들어오고 있었다. 지프차를 타고서. 두 편의 소설에서 그 장면은 다음과 같이 묘사되고 있다.

ⓓ 나는 어느새 또 한번의 배신을 준비하고 있었다. 그렇게 수없이 많은 질문과 대답을 혼자 반복하고 있노라니, 어느덧 약속 시간이 두 시간 가까이 지나고 있었다. 바로 그때 저만치서 지프 한 대가 다가오는 게 보였다. 거기 앞자리에 P의 모습이 보였다. 뒷자리엔 두 명의 청년이 총을 움켜쥔 채 앉아 있었다. 운집한 시민들 때문에 지프는 더 이상 다가오지 못하고 정지해 있었다. 녀석은 아마도 나를 찾고 있는 듯, 주위를 잠시 두리번거리는 눈치였다. 그러더니, 지프는 이내 방향을 돌려 길모퉁이를 돌아 사라지고 말았다.

지프가 서 있던 자리는 나하고는 불과 이삼십 미터 정도의 거리였다. 아아, 그런데도 끝내 나는 그의 이름을 부르지 않고 그 자리에 앉아 있기만 했던 것이다. 그 몇십 초의 짧은 시간 동안, 나는 무슨 생각을 하고 있었을까. 녀석이 나를 발견하고 다가오기를 난 기다렸던 것일까? 아니, 사실은 그 반대가 아니었을까? 결국 그날도 나는 혼자서 집으로 되

돌아오고 말았다. 그것이 P에 대한, 그리고 나 자신에 대한 두 번째 배신이었다.[14]

㉺ 약속 시간이 두 시간이나 지났을 때, 군용 지프 한 대가 건물 앞 광장에 나타났다. 앞좌석엔 연한 밤색 점퍼 차림의 케이가, 뒷자리엔 총을 쥔 청년 둘이 앉아 있었다. 운집한 인파 때문에 지프는 더 이상 전진하지 못하고 정지했다. 케이는 엉거주춤 일어나 한동안 주위를 두리번거리며 당신을 찾고 있었다. 당신과의 거리는 불과 몇십 미터. 그런데도 당신은 그의 이름을 부르지 못했다. 팔을 쳐들어 보이기만 했어도 케이는 당신을 발견했을 터이지만, 당신은 어째서인지 그 자리에 꼼짝없이 앉아 그를 지켜보고만 있었던 것이다. 그사이, 찾기를 단념한 듯 케이는 자리에 앉았고 지프는 방향을 돌려 오던 길로 사라져버렸다.

어째서일까. 일이 분? 아니 삼사십 초 정도의 그 짧은 순간에 무슨 생각을 하고 있었는지, 당신은 지금까지도 전혀 기억하지 못한다. 그가 당신을 발견하고 다가올 때까지 당신은 차라리 기다렸던 것일까? 아니, 사실은 그 반대가 아니었을까?[15]

두 소설 모두, 정황상 명백한 것은 친구가 자기를 발견하지 못하기를 바랐다는 점이다. 자기를 발견한다면 그것은 어쩔 수 없는 일이라 생각하면서. 그러니까 '자전소설'의 화자인 임철우 혹은 『백년

---

14   임철우, 「낙서, 길에 대하여」, 『문학동네』, 1998년 봄호, 64쪽.
15   임철우, 『백년여관』, 한겨레출판사 2004, 309쪽. 이후 이 책에 대한 인용은 본문에 쪽수만 밝힌다.

여관』의 중심인물 진우는 이중으로 비겁했다. 대의에 목숨 걸지 않았으면서 또한 동시에 자신의 도덕적 알리바이까지 만들었다는 점에서 그러하다. 그러니까 작가 임철우는 자기에게 부여한 가장 중요한 사명이었던 장편소설 『봄날』을 완성한 직후에 자기의 비겁을 털어놓고 있었던 셈이다. 그리고 그로부터 6년 후, 똑같은 이야기를 다시 한번 반복했다. 이번에는 장편소설의 형식으로.

　물론 ㉓와 ㉘의 차이는 눈에 보이는 것과 같다. 잡지의 마감 시간에 맞춰 씌어진 ㉓보다는 ㉘ 쪽이 표현상으로 더 세련되어 있다. 그럼에도 여일한 것은 인물들의 비겁과 그것을 바라보는 시선에 서린 죄의식이다. 이런 점에서만 보자면, 2인칭 화자를 등장시킴으로써 윤리적 심문의 형태를 취하고 있는 ㉘ 쪽의 죄의식이 더 강화되어 있다. 비겁한 행동이라는 사실은 변하지 않았지만 그것을 바라보는 시선이 좀더 엄격해져 있는 것이다. 자기 자신을 향한 심문의 가혹함이 강화되었다는 것, 이것은 반대로 그가 어떤 윤리적 탈출구를 발견했다는 것이기도 하다. 그것은 곧 윤리적 심문의 심연 속에서 자기 고유의 주체화의 방식을 찾아냈다는 것을 뜻한다. 이 점에 대해서는 다음 절에서 좀더 상세히 서술되겠지만, 일단 이 지점에서 우리는 여기에서 묘사된 '비겁한 행동'에 대해 이렇게 반문해둘 수 있다. 그런 비겁이 임철우만의 것이냐고.

　국가 폭력에 대한 의로운 항쟁의 역사를 아무 일 아니었던 것으로 돌릴 수는 없노라고, 누군가 항쟁의 기념비가 되기 위해 죽어야 한다면 내가 그 일을 맡겠노라는 각오로 계엄군의 총알받이가 되겠다고 결심하는 것(이것이 임철우의 『봄날』에 등장하는 윤상현의 마지막 독백의 내용이었다)이 오히려 특별한 것이 아닌가. 단순히 죽음의 공포로 인한 것이든, 아니면 그런 죽음의 덧없음에 대한 자각 때문이든 혹은 자국 군대를 향해 방아쇠를 당겨야 한다는 이율배반적 상황에 대한 갈등 때문이든 간에, 그 살육의 대열로부터 한발 물러나 있는 것, 도청을 공격하는 계엄군의 새벽 총소리를 들으며 자기혐오와 죄의식으로 고통스럽게 눈물을 흘리는 것이 오히려 일반적인 것이 아닌가.

　물론 이런 식의 논리 역시 제3자의 것일 뿐이다. 중요한 것은 그가 그런 자신의 행위를 비윤리적인 것으로, 비겁으로 느꼈다는 것이고, 그 비겁을 온전히 자기 책임으로, 자신의 고유한 죄의식으로 받아들였다는 것이다. 따라서 작가 임철우에게는 바로 그 죄의식이야말로, 대의의 부름에 제대로 응답하지 못했다는 부끄러움이야말로 주체가 태어나는 모태이자 에너지가 되고 있다. 죽음의 공포를 원초적 삶의 충동 속으로 끌고 갔던 한창훈을 1990년대적인 감수성이라 한다면, 죄의식의 공간을 떠나지 못하고 있는 임철우는 1980년대적인 감수성의 한 전형이라 할 수 있을 것이다. 두 죽음 사이의 공간에 끈질기게 붙어 있는 것에 관한 한, 누구도 임철우를 능가하기는 어려울 것이다. 그가 보여주는 윤리는 충동의 차원에 존재하기 때문이다.

죄의식을 통한 주체화: 임철우와 박효선

임철우가 자신의 죄의식에 대처하는 방식은, 20세기 후반 한국 역사의 몇 가지 상처들을 하나로 꿰어내는 『백년여관』의 독특한 구성을 통해 드러난다. 자신의 죄의식에 몰두해 있는 사람에게는 자신의 상처만 있을 뿐 그 너머의 세계가 존재하지 않는다. 자기 상처를 통과하여 그 너머의 세계를 바라보게 될 때 그 시선의 주체는 일상적인 세계 속을 걸어 다니는 무수한 상처들, 죄의식과 부끄러움과 허접함 들을 발견하게 된다. 그가 기꺼이 그들 중 하나가 될 때 비로소 그는 한 세계의 주체가 된다. 이 관점에서 보자면 모든 죄의식은 "터무니없는 죄의식"(319쪽)이지만, 바로 그 '터무니없음'이야말로 자신을 움직이는 주체됨의 핵심이 된다. 죄의식의 터무니없음과 그것의 불가피성을 깨닫는 순간 주체는 세계와의 화해를 향해 나아가고, 자기 상처가 이미 치유되었음을, 그러니까 상처는 자기가 바라보는 순간에만 상처인 '터무니없는' 것이었음을 자각하게 된다.

그러나 그런 깨달음은 면벽 수도 같은 고독한 정관(靜觀)을 통해서가 아니라 한 개인의 의식 차원에 있던 죄가 책임이라는 행위의 차원으로, 곧 사회적 차원으로 옮겨감으로써 비로소 가능해진다는 점을 간과해서는 안 된다. 『백년여관』이 보여주는 주체의 서사는 바로 이 같은 주체의 서사에 바탕해 있다. 작중인물인 소설가 이진우의 소설 쓰기가 임철우의 소설 『백년여관』과 연결될 수밖에 없는 것도 그 때문이다.

『백년여관』의 서사는 세 개의 사건을 상징하는 세 인물을 중심으로 구성된다. 1948년 제주도 4·3항쟁의 희생자 가족 강복수, 1950년 8월 보도연맹원 학살 사건의 희생자 가족 김요안(본명은 이재동), 그리고 1980년 광주항쟁의 피해자이자 소설가 이진우, 이 셋은 모두 불행했던 역사로 인해 깊은 내상을 입었다. 4·3항쟁 희생자의 아들로서, 사법시험에 합격하고도 연좌제 탓에 법관의 길을 갈 수 없었던 강복수는 승려와도 같은 삶을 살아야 했다. 1950년 보도연맹원 학살 사건 당시 어머니가 처참하게 욕을 보고 살해당하는 꼴을 목격해야 했던 김요안은 전쟁고아로 미국으로 보내졌지만 정신적 외상으로 인한 기억상실증에 더하여 신경증적 발작에 시달려왔다. 그리고 이 소설의 중심인물인 소설가 이진우는 광주항쟁 당시에 적극적으로 참여하지 못하고 친구를 배반했다는 깊은 죄의식으로 괴로워했다. 이 셋에 의해 만들어진 역사적 피해의 기억이 행렬을 이룬 가운데, 월남전에서 저지른 가해의 기억과 부상의 후유로 고통스러운 삶을 살아가는 허문태가 가해자의 모습으로 추가되어 있다.

이들은 모두 1999년 12월 한반도 남해안의 영도라는 가공의 섬에 모인다. 강복수와 허문태는 처남매부지간으로 영도에서 백년여관을 운영하고 있다. 이 여관에, 잃어버린 기억을 찾고자 하는 김요안과 속죄를 위해 친구의 발자취를 확인하고자 하는 소설가 이진우가 찾아온다. 김요안과 이진우를 영도의 백년여관으로 이끌어들이는 힘은 무엇인가. 평범한 삶의 세계에서라면 그냥 우연이라고 해야 할 것이다. 하지만 장편소설에서는 그럴 수 없다. 그들은 시애

틀과 서울에서 똑같이 어떤 목소리를 들었다. 시간이 됐으니 돌아오라는 메시지였다. 이들이 듣는 환청과 영도를 둘러싸고 벌어지는 초자연적인 현상들, 그리고 소설의 마지막에 위치한 무당 조천댁의 해원굿이 바로 그들을 불러들이는 힘의 자리에 존재한다. 마술적 리얼리즘과 샤머니즘이 결합된 이런 요소는 물론 서사적 의장에 불과하다. 서사를 추동하는 좀더 근본적인 동력은 다른 곳에 있다. 이 소설의 프롤로그와 에필로그를 구성해낸 힘, 곧 작중 소설가 이진우의 죄의식과 그것을 벗어나는 방식으로서의 소설 쓰기가 그것이다.

소설 속에서 세 명의 주요 인물 중 이진우가 등장하는 대목은 2인칭 화자의 시선으로 개진된다. 2인칭 시점은 이진우가 지닌 죄의식이라는 내용과 결합할 때 매우 강렬한 심문의 시선이 된다. 그 심문의 내용은 앞에서 언급했듯이 친구 케이에 대한 이진우의 죄의식이다. 여기까지는 앞에서 언급했던 임철우의 자전소설 「낙서, 길에 대하여」와 동일하지만, 『백년여관』은 여기에서 한발 더 나아간다. 그러니까 임철우(혹은 이진우)는 광주항쟁 때 친구에게 비겁한 짓을 했다는 누구에게도 말 못할 죄의식을 지니고 있었고, 광주항쟁에 관한 5권짜리 장편을 쓴 후 마치 고해를 하듯이 조용하게 자전소설을 발표했다. 그 친구가 읽어주리라는 기대를 하면서. 그렇다면 이제 남은 것은 그 친구에게 사죄하고 용서를 얻는 일이다. 그런데 그런 속죄의 순간이 오기도 전에 그 친구가 세상을 떠나버렸다면 어떻게 되는가. 『백년여관』의 소설가 이진우는 바로 이런 상황에 직면하게 되었다. 친구 케이는 광주항쟁 당시 전면에 나서서 활동했고, 살아남아 도피 생활을 했고, 또 체포당해 중형을 선고받았고, 특사로 풀려난 후로는 연극을 통해 광주의 진실을 알리기 위해 애를 썼었다. 그런 그가, 다섯 권짜리 광주에 관한 장편이 나온 해에 암으로 세상을 떠나버렸다.

소설가 이진우가 백년여관을 찾은 것은 바로 이 친구에 관한 기억 때문이라고 설정되어 있다. 친구 케이가 세상을 떠나기 전에 들렀던 곳이 바로 영도의 백년여관이었던 것이다. 물론 그곳을 찾는다 해도 케이가 이미 세상을 떠난 마당에 용서를 받을 사람이 없기는 마찬가지이다. 그것을 알면서도, 그러니까 자기를 용서해줄 사람이 없다는 것을 알면서도 그 자리를 찾아가는 것, 그것은 그의 죄의식의 진정성을 보여주는 것이고, 그 죄의식이 자기 진정성의 극점에 도달하는 순간은 이미 그 자체로 용서가 이루어지는 순간이 된다. 구원은 언제나 예상할 수 없는 곳에서 한밤의 도적처럼 나타나기 때문이다.

『백년여관』에서 주목되는 것은 바로 이와 같은 자기 구원의 드라마이다. 그것은 죄의식을 통한 주체화가 이루어지는 과정이기도 했다. 케이의 흔적을 따라 영도에 내려갔던 이진우는 케이의 비밀과 맞닥뜨리게 된다. 이진우는 케이의 호명에 제대로 응답하지 못했다는 사실 때문에 괴로워했다. 그런데 그와 똑같은 괴로움과 죄의식을 케이도 지니고 있었다는 사실을 알게 된다. 영도에서 만나게 된 순옥이라는 여성을 통해서였다. 케이는 광주항쟁 때 앞장서서 활동했지만 도청으로 탱크를 앞세운 진압군이 몰려들던 그날 밤, 십여 명의 어린 여학생들을 이끌고 사지를 빠져나왔다. 순옥은 20년 전 케이에게 이끌려 그 현장을 빠져나온 여학생 중 하나였고, 순옥에게서 이진우는 그 사실을 듣게 된다. 친구의 흔적을 찾아 내려온 영도에서, 자기에게 죄의식을 안겨준 케이가 자신과 다르지 않은 죄의식으로 얼마나 고통스러워했는지를 알게 된 것이다. 순옥에게 케이의 이야기를 들으면서 이진우는 이렇게 내뱉었다.

> 아아, 그랬었구나. 도대체 네가, 네가 왜 터무니없는 죄의식을 가져야한단 말이냐. 모두들 저리도 당당하게 등 돌리고 멀어져가는데, 정작 위로받아야 할 고귀한 정신들이 어째서, 거꾸로, 우리들 대신에, 죽는 순간까지 고통을 떠맡아야 한다는 것이냐……(319쪽)

이진우의 이런 탄식이 터져 나온 시점은, 내란과 반란 혐의로 무기징역을 선고받았던 전두환 등이 특별사면을 받아 감옥에서 풀려나온 후의 일이다. 이런 사실을 염두에 둔다면, 이 말은 케이를 향한 것일 뿐 아니라 종국적으로는 자기 자신을 향한 것이기도 하다고 해야 한다. 이런 점에 대해 따져보자면, 이제부터는 작중인물인 소설가 이진우가 아니라 『백년여관』의 소설가 임철우의 차원에서 말해야 한다.

임철우는 이 소설의 작가 후기에서 마지막 문장을 이렇게 썼다. "이 소설을, 앞서 간 친구 고 박효선의 영전에 바친다."(344쪽) 소설

안팎의 정황으로 볼 때, 박효선이란 「낙서, 길에 대하여」에서는 P로 나왔고 『백년여관』에서는 케이로 나온 인물의 실명으로 보인다. 그는 '들불야학'과 극단 '광대'의 핵심 멤버로서 광주항쟁의 한복판에서 윤상원 등과 함께 '투사회보'를 만들어 활동했고, 시민군 지도부가 구성되었을 때 홍보부장을 맡았었다. 현장에서 살아남아 도피 생활을 했고, 재판에서 실형을 받고 사면을 받아 출옥한 후에는 극단 '토박이'의 리더로서 「금희의 오월」, 「모란꽃」, 「그대에게 보내는 편지」 등을 통해 광주의 진실을 알리는 일에 앞장섰던 연극인이기도 했다. 그는 1998년 9월 10일 44세를 일기로 세상을 떴다. 병명은 간암이었다.[16] 그가 P이자 케이였다는 점은 임철우의 소설 여기저기에서 확인할 수 있으며, 그 스스로 "1979년 가을, 그 무렵 친구 P가 활동하고 있었던 '광대'라는 마당극 단체에 합류해서 「돼지풀이」 공연에 단역을 맡기도 했는데, 그것을 계기로 본격적으로 문화 운동에 뛰어들겠노라 작정하고 부모의 허락도 없이 혼자 휴학을 결정했던 것이다."(「낙서, 길에 대하여」, 61쪽)라고 밝히고 있는 대목에서 뚜렷하다.

이 지점에 이르면 우리는, 대의를 위해 목숨을 걸었던 사람의 상징으로서 윤상원의 존재와 다시 한번 맞닥뜨리게 된다. 현장으로 나가지 않았던 임철우는 현장에서 그를 호출했던 박효선을 바라보고 있었지만, 현장에서 살아남은 박효선은 도청을 지키다 죽어간 윤상원을 바라보고 있었던 셈이다. 이런 점을 고려한다면 우리가 맞닥뜨

---

16 『한겨레신문』, 1998년 9월 18일, 18면; 박효선, 『금희의 오월』, 한마당 1994.

린 것은, 윤상원의 죽음이 만들어놓은 두 죽음 사이의 공간과 그 공
간에 스스로를 가둔 사람들의 모습, 그리고 그런 가둠을 통해 만들
어지는 두 죽음 사이의 윤리라고 해야 할 것이다. 박관현도 박효선
도 임철우도 모두 그들이고, 김의기와 김태훈, 박종철과 이한열도
모두 그들이다. 그들은 서로 다른 방식으로 자기 책임의 자리를 지
키고자 한 박관현이었던 셈이다. 그리고 그들이 서 있는 자리는, 민
주화를 원했고 그것으로 대표되는 1980년대적 정신을 자기 것으로
생각했던 모든 사람들의 것이었다.

　『백년여관』의 마지막은, "섬이 하나 있다. 그림자의 섬, 영도, 그
것은 결코 환상도 허구의 이름도 아니다……."(341쪽)라는 문장으로
끝이 난다. 이 문장은 이진우가 쓸 소설의 첫 문장이며, 또한『백년
여관』의 첫 문장이기도 하다. 그러니까 이진우가 쓸 소설은 임철우
가 이미 쓴 소설『백년여관』인 셈이다. 이진우는 영도에서 그의 친
구 케이가 또 한 명의 자기 자신임을 발견하게 되었지만, 그것은 이
미 그 자신이 만들어온 소설가로서의 이력, 임철우와 유사하게, 광
주에 관한 소설을 끝없이 쓰고, 왜 아직도 그런 소설을 쓰느냐는 주
변의 핀잔이 뼈아프게 다가오는 것에 분노하면서도 여전히 쓰고 있
는 자기 자신의 행적이 있어 가능했던 것이다. 그들이 지니고 있던
죄의식은 그들로 하여금 광주에 관한 소설과 드라마를 쓰고 만들게
했다. 임철우의『봄날』은 윤상원의 마지막 독백에서 정점에 도달했
고, 박효선은 희곡과 연출 작업 이외에도 다큐멘터리「시민군 윤상
원」(1996, 광주문화방송)을 만들었으며 암으로 투병 중일 때에도 광주

항쟁의 상처를 추적한 영상물 「붉은 벽돌」을 만들고 있었다. 꼭 윤
상원에 관한 이야기가 아니더라도 광주에 관한 이야기는 무엇이건
결국은 윤상원에 관한 이야기이자, 그가 남겨놓은 바로 두 죽음 사
이의 공간에 관한 것이었다.

  그러므로 그들이 만들어놓은 것들은, 아렌트의 용어로 말하자면
밥벌이를 위한 '노동'이자 예술가로서의 '작업'의 산물임과 동시에
무엇보다도 그들의 죄의식이 만들어낸 윤리 – 정치적 주체로서의
'행위'의 산물이었다. 그런 행위 속에 있을 때 그들은 이미 죄의식의
노예가 아니라 자기 삶의 주체였다. 『백년여관』에서 이진우가 행한
것은 그가 이미 그런 주체화의 행정 속에서 주체로서 움직이고 있
음에 대한 확인 행위였을 뿐이다. 외부자의 시선으로 보자면 그들
이 품고 있는 죄의식은 '터무니없는' 것이지만, 그 터무니없는 것을
끌어안고 있을 때에만 그들은 주체일 수 있다. 『백년여관』은 그처럼
죄의식을 통해 주체화가 이루어지는 생생한 현장을 우리에게 보여
주고 있는 것이다.

죄와 책임의 일치: 1980년대적 주체

  주체화의 과정에서 중요한 것은 죄나 죄의식이 아니라 책임이다.
책임을 지는 자리에 서고자 하는 순간 죄도 죄의식도 비로소 의미
있는 것으로 존재하게 된다. 한 사람의 마음속에서 죄란 소급적인

역행 과정을 통해 반복적으로 추인함으로써 비로소 존재하게 되는 어떤 것이다. 그러니까 죄를 만들어내는 것은 책임이라고, 스스로 자기 삶의 주체이고자 하는 의지라고 해도 좋을 것이다.

　이런 관점에서 20세기 한국의 정신사를 놓고 보자면, 광주항쟁으로 표상되는 1980년대적 정신은 주체화를 위한 하나의 완성점이라 할 수 있겠다. 그 정신은 커다란 죄의 공간을 만들어놓았고, 그로 인해 무수히 발아할 수 있는 주체와 책임의 들판이 마련되었다. 광주항쟁은 시민들이 자국의 군대를 향해 총구를 겨눈 유일한 사건이다. 그것은 현실 권력으로서의 스테이트를 향한 네이션이라는 상징 권력의 저항이었다. 그래서 그것은 현실적 의미에서는 반란이고 이념적 차원에서는 혁명이 되는, 어느 쪽에서건 죄를 만드는 위반의 의미를 지닌다. 또한 국가 폭력의 치명적 힘 앞에 자기 몸을 던진 사람들의 거룩함이 그 배면을 이루고 있다. 한 사회가 공유할 수 있는 거룩함 위에 주체의 책임의 영역이 만들어져 있다는 것은 주체화에 임하는 사람들에게 행운이 아닐 수 없다. 죄 없이 책임의 자리를 갈구했던, 지난 시대의 몇몇 두드러진 사례를 떠올린다면 광주항쟁의 이런 특성은 더욱 현저하게 부각될 수밖에 없다.

　앞에서 논의해왔듯이, 20세기 한국소설에서 표현된 매우 특이한 양상은, 죄를 향한 혹은 책임을 향한 갈망이라고 지칭될 수 있는 어떤 것인데, 이는 이광수의 『유정』(1933)이나 최인훈의 『광장』(1960) 같은 장편소설에서 매우 분명한 표현 형태를 얻는다. 이 두 소설의 남성 주인공들은 모두 죽음을 향해 가며, 죽는 데 성공한다. 그런데 문제는 그 이유이다. 그들은 죽어야 할 합당한 이유가 없음에도 자기 처벌의 형식으로 자기에게 죽음을 선물한다. 자기 처벌로서의 자살은 책임윤리의 매우 강렬한 표현이다. 그런데 문제는 그들이 책임져야 할 제대로 된 죄가 없다는 사실이다. 또한 장용학의 『원형의 전설』(1962) 같은 경우에도 죄가 될 수 있는 행위는 많지만 제대로 된 죄의식이 없어 책임의 윤리가 들어설 자리가 없다. 오히려 태연하게 죄를 향해 나아가는 신화적 힘, 혹은 위반을 향한 열망이라 할 만한 힘이 매우 폭력적인 방식으로 드러난다. 요컨대 문제는, 죄를 향한 갈망이건 책임을 향한 갈망이건 간에, 책임지는 자리에 서고자 하는 욕망이 식민지 치하와 전후의 한국문학에서 매우 두드러지게 등장하고 있었다는 사실이다. 이광수와 최인훈에게서 그것은 '죄 없는 책임'이라는 매우 역설적인 모습을 띠기도 했다.

그런데 『백년여관』은 어떠한가. 다른 어떤 것이 아니라, 너무나 뚜렷하여 당당해 보이기까지 하는 죄가 여봐란듯이 버티고 있다. 그리고 그것에 합당한 책임의 자리가 뒤이어진다. 소설 속의 인물 이진우에게 그것은 광주와 자신의 죄의식에 관한 소설 쓰기였고, 극작가 박효선, 학생운동가 박관현 등도 모두 자기 영역에서의 행위로 그 책임의 몫을 감당하고자 했다. 책임지는 자리에, 그러니까 행위의 주체의 자리에 서고자 하는 사람들의 모습은 예나 이제나 다름없지만, 죄의식의 구체적인 내용과 그것에 대한 의식이 너무나 번듯하게 존재하고 있다는 점에서 이들은 이전과 구분된다. 물론 죄와 책임 사이에는 근본적 불일치가 존재하며 그것이 인간이라는 동물을 주체로 만드는 근본적 동력이기도 하다. 하지만 문제는 죄의 내용성이다. 그것이 제대로 확보되지 않으면 주체화의 행정은 70여 년 전 이광수에게서 보듯이 기이한 일탈의 길로 빠져버릴 수 있다. 임철우의 『백년여관』에서 적실한 표현을 얻고 있는 '두 죽음 사이의 윤리'는, 죄의식의 구체적인 내용을 만나 자신의 책임의 자리를 찾아간 대표적인 예에 해당한다. 그리고 그것은 우리가 1980년대적인 것 혹은 1987년 6월항쟁을 통해 표현된 민주화를 향한 집단적인 열망과 나란히 놓여 있다. 행위로 이행해간 윤리의 모습은 20여 년 넘게 '두 죽음 사이의 윤리'에 매달려 있던 한 작가의 집요함에 의해 포착된 것이겠으나, 그것은 또한 동시에 임철우를 통해 구현된 한국의 1980년대의 마음, 그 집단적 의지와 열망의 표현이기도 할 것이다.

제8장 광주의 복수를 꿈꾸는 일
2013년의 김경욱과 이해경

김경욱과 이해경

2013년에 출간된 두 편의 장편소설, 김경욱의 『야구란 무엇인가』
와 이해경의 『사슴 사냥꾼의 당겨지지 않은 방아쇠』[1]는 1980년 5
월의 광주항쟁과 개인적 복수를 연관시키고 있다는 점에서 문제적
이다. 광주항쟁 그 자체도 그렇지만 그것이 복수의 형식으로 표현되
고 있다는 것이 더 문제적이다.

시대에 따라 그 사회적 의미가 다르기는 하나 어쨌거나 복수는
사적인 응징이며, 그것의 존재는 그 자체가 이미 공권력과 정의 사
이의 불일치와 간극을 드러내는 지표이다. 그런 의미를 지닌 복수
의 형식이 광주항쟁과 결합된다는 것은 그 자체가 증상적이며 심상

1　김경욱, 『야구란 무엇인가』, 문학동네 2013; 이해경, 『사슴 사냥꾼의 당겨지지 않은 방아쇠』, 문
학동네 2013. 이해경의 책은 『사슴 사냥꾼』으로 약칭하고, 두 책을 인용할 경우 본문에 쪽수만 밝힌다.

치 않은 윤리적 뒤틀림을 내포하고 있다. 그런 양상은 아마도, 이명박 정부를 거쳐 박근혜 정부의 출범을 보아야 하는 마음의 현실을 반영하고 있다고 해도 좋겠다. 그 마음속으로 자맥질해 들어가고자 한다면 어떨까. 아마도 이렇게 물어야 하지 않을까. 무엇이 그런 뒤틀림을 만들었고, 그 뒤틀림은 어떻게 작동하고 있는가. 이런 질문으로부터 우리는 죄의식과 복수심의 차이에 대해, 혹은 분노와 증오 사이의 대극(對極)성에 대해 사유할 수 있게 될 것이다. 좀더 나아간다면, 너무나 현대적이어서 탈현대적인 우리 시대와 그 시간의 한복판을 가로지르는 저 고대인의 윤리적 감각에 대해, 그것의 불가능성에 대해, 그 불가능성을 사유하고자 하는 서사적 의지와 그 의지의 절망감과 그 절망감의 윤리에 대해.

흔들리는 기호로서의 광주항쟁

광주항쟁이라는 사건이 여전히 아직도 문제적이라는 사실은 그 자체로 불행한 일이다. 광주항쟁이라는 단어가 이념적으로 안정된 등록소에 기입되었다면, 그래서 한국인들의 절대 다수가 그것을 기리는 데 거리낌이 없고, 아무런 저항감이 없는 것은 물론이고 오히려 당연한 존경심으로 5·18 기념가 「임을 위한 행진곡」을 부르는 시절이라면, 우리는 박솔뫼의 단편 「그럼 무얼 부르지」[2]의 젊은 여성 주인공처럼 매우 쿨하게 이렇게 말할 수 있을 것이다. '나 광주 출신의 청춘인데 한 삼십 년쯤 전에 내 고향에서 무슨 일이 있었다면서? 근데 나는 가만있는데, 외국 사람들, 당신들이 왜 그래? 이미 다 지난 일을 가지고. 그러는 게 뭐 그리 나빠 보이지는 않지만 말이야.' 그러나 다른 한편으로, 아직도 광주항쟁이 안정적으로 등록되지 않은 기호라는 것은 얼마나 다행인가. 전두환이 아직 살아 있다는 것이, 누군가 복수를 하겠다고 덤빈다는 것이, 혹은 대중적인 서사의 영역에서 그런 이야기들이 만들어지고 있다는 것이.

아직 안정되지 않은 기호로서의 광주항쟁은 무정형의 집단적인 힘으로서 광주가 지키고자 했던 것이 무엇인지를 묻게 만든다. 민주주의? 자존심? 자위권? 인간다움? 공동성? 정의? 그것이 무엇이건 간에, 살육과 저항의 현장을 상기하는 순간, 혹은 계엄군과 시민군이 서로에게 총구를 겨누는 장면을 그려보는 순간 저런 추상명사들은 단지 추상적인 것이 아니라 매우 구체적이고 생생한 보편성의 형식을 지니게 된다. 우리가 사람다울 수 있기 위해서는 어떻게 해야 하는가. 광주항쟁의 현장은 그 어떤 추상적 덕목도 내세우지 않으면서 이렇게 말한다. 다른 것이 아니라 바로 저 군인의 곤봉질과 총질을 막는 것이다, 총을 맞고 쓰러져 있는 저 사람을 이쪽으로 부축해오는 것이다, 박두해오는 죽음을 바라보고 있는 저 사람 곁을 지키며 저 사람과 함께 죽음을 맞이하는 것이다. 그것은 그저 아름답기만 한 추상명사들의 승천을 막을 수 있는 길, 헤겔의 용어를 빌리자

---

2   박솔뫼, 「그럼 무얼 부르지」, 『작가세계』, 2011년 가을호.

면 구체적 보편성의 차원이다. 매우 구체적인 행위와 세목의 수준에
서, 이것이냐 저것이냐의 양자택일 앞에서 구체적인 선택이나 행위
로서 작동하지 않으면, 선이나 정의 같은 보편적인 덕목들은 허공으
로 증발해버린다. 안정되지 않은 기호로서의 광주항쟁은 그 자체로
이런 구체성을 위한 도구이지만 그것에 관한 담론의 영역에서도 구
체적 보편성을 위한 매우 생생한 척도가 된다.

　그러므로 우리 사회가 공유할 수 있는 의미의 등록소에서 매우
중요한 역할을 하는 기호 하나가 안정되지 않았다는 것은, 물론 그
자체가 바람직하다 할 수는 없지만 우리 사회 전체가 공유하는 상
징체계의 제대로 된 작동(어쩌면 작동이 아니라 작동의 정지나 고장이라
고 하는 것이 더 정확할지도 모르겠다)을 위해서라면 전적으로 나쁘다고
할 수도 없다. 고장이 나지 않으면 체계의 작동은 자명한 것이 되고,
질문과 반문이 없어지면 죽어버린 대답과 추상적 보편성만이 무기
력하게 널브러지게 된다. 고장이야말로 작동이고, 그로 인해 지속적
으로 제기되는 질문과 그것에 대한 대답은 의미를 만들고 확인하고
변형한다. 그와 같은 의미의 생산이 상징체계에 활기를 부여하고 그
것을 살아 있게 만든다.

　광주항쟁이라는 기호의 경우, 의미가 부여되고 변형되는 과정은
현실 정치의 역학과 밀접한 관계가 있었다. 만약 이명박, 박근혜 정
부 대신 우리가 정동영, 문재인 정부를 갖게 되었다면 어땠을까, 광
주항쟁은 1988년부터 이어져온 '광주민주화운동'이라는 매우 안정
된 등록소에서 4·19와 마찬가지로 안정된 상징적 지위를 누리게

되었을까. 이런 질문에 쉽게 답할 수 없는 것은 광주항쟁이라는 사건 자체가 지닌, 또한 거기에 의미를 부여하고 새롭게 규정했던 시선의 역사와 과정이 보여주는 예민한 현실 정치적 속성들 때문이다.

광주항쟁의 이런 현실 정치적 속성과 그로 인해 생겨나는 의미의 긴장(그러나 이런 긴장은 본질적이기를 포기한 상태에서 생겨나므로 그 자체로 얼마나 한심한 것인가!)을 배경으로 할 때, 박솔뫼의 단편이 지닌 새로운 세대의 쿨함도 유효한 미적 자질일 수 있으며, 김경욱과 이해경의 두 소설이 만들어내는 복수의 공간 역시 주목할 만한 가치를 지닐 수 있게 된다. '광주사태'를 일으킨 전두환과 노태우 등은 이미 법적 절차를 통해 반란과 내란 행위에 대한 책임을 치른 사람들이다(1997년 12월, 그들에 대한 사면 복권 후에 남게 된 것은 추징금뿐이었다). 그런 사법 절차에 현실 정치가 개입했던 것은 매우 명확한 일이었을뿐더러(1997년 12월, 당시의 대통령 김영삼은 차기 대통령 당선인 김대중의 동의를 받아 그들에 대한 사면권을 행사했다), 기소에서 사면에 이르는 사법 절차 자체가 정치적인 것이었다고 할 수 있을 정도였다. 그래서 문제가 남는다. 그들의 행위에 대한 사법적 책임 추궁이 그 자체로 정당한가, 성공한 쿠데타를 처벌할 수 있는가 하는 의견에서부터, 사형 판결을 받지 않았던 그들의 양형이 과연 적절한가, 게다가 사면 복권까지 받게 한 사법적·정치적 절차가 과연 용인할 수 있는 수준인가, 그런 것을 정의와 공평함이라고 할 수 있을까 등의 의문에 이르기까지. 그러고도 또 남는 문제들이 있다. 이해경과 김경욱의 소설들과 강풀의 웹툰 「26년」, 그리고 그것을 원작으로 한 조

근현의 동명의 영화 등이 상기시켜주듯이, 그들을 자연사하도록 감옥 밖에 내버려두는 것이 과연 옳은 일인가, 법이 구현하지 못한 정의는 사적인 경로를 통해서라도 실현되어야 하는 것이 아닌가 하는 생각들이 있다.

모든 사법 절차가 끝나버린 후에도 좀비처럼 태연하게 자기 자리를 지키고 있는 전두환이라는 인물은 리빙데드외도 같다. 아직 살아 있는 전두환은, 그의 기묘한 웃음과 참을 수 없게 만드는 그의 늙음과 대통령이었던 시절의 사람 좋아 보이는 초상화 속 미소와, 그 젊음과 추함과 터무니없는 당당함이 뒤섞여 어떤 괴물스러운 감정들의 공간을 만들어낸다. 전두환 자신이 대표하는 국가 폭력과 그 하수인들, 자기가 해야 할 일을 제대로 했을 뿐이라고 주장하는, 출옥 후의 이근안 같은 사람들로 인해 촉발되는 분노와 허탈과 배신당한 정의와 균형을 잃은 공평함, 이런 상황과 현실에 대한 냉소, 또한 스스로를 역사와 동일시하는 사람들이 느끼는 모멸감 같은 감정들이 뒤죽박죽인 채로 그 공간을 채우고 있다.

이런 일그러진 감정의 공간을 배경으로 놓는다면, 이해경과 김경욱의 소설의 의미에 대해 미리 말해볼 수 있을 것이다. 『사슴 사냥꾼』은 참회록이고, 『야구란 무엇인가』는 제문이다. 하나는 너무 늦게 왔고 다른 하나는 너무 일찍 왔다. 하지만 오히려 그래서 제시간에 왔다고 해도 좋겠다. 문학은 언제나 그런 것이니까. 너무 일찍 오거나 너무 늦게 오는 것이니까. 무언가 제시간에 왔다면 그것은 문학이 아닌 것이니까.

광주항쟁 상징화의 짧은 역사

광주항쟁이 지닌 상징적 지위의 불안정성은 그 자체에 내포된 거
대한 전도 과정과 현실 정치적 역학에서 말미암는다. 그로 인해 법
과 정의의 불일치가 만들어지고 복수심의 공간이 생겨난다. 광주항
쟁이 상징화되어온 짧은 역사 정도는 여기에서도 반추해볼 가치가
있다.

현재 광주항쟁의 공식 명칭은 '광주민주화운동'이다. 이것은 6공
화국 출범 직후, 1988년 4월에 출범한 13대 국회 때부터 시작된 이
름이며, 그 후로 약칭 '광주보상법'(1990)과 '5·18특별법'(1995)이라
는 두 개의 법령에 의해 재차 확인되어 공식 명칭으로 자리잡았다.[3]
민주화를 갈망하는 영혼들의 비극적 성지였던 망월동 묘역은 새롭
게 조성된 국립 묘역으로 옮겨졌다. 거룩함이 공식화되면 생생한 비
장함은 사라지기 마련이다. 하지만 현재 광주항쟁은 그렇다고 보기
도 어렵다. 아직도 여전히 그 상징적 지위가 안정되어 있지 않기 때
문이다.

1980년 5월 당시 항쟁에 대한 공식 명칭은 '광주사태'였다. 1980
년 당시의 '신군부'와 그들의 통제 아래 있던 언론에 의하면, '광주
사태'는 '불순분자들과 그들의 사주를 받은 폭도들에 의해 만들어진

3　두 개의 법령 '광주민주화운동 관련자 보상 등에 관한 법률'(1990. 8. 6)과 '5·18민주화운동 등에
관한 특별법'(1995. 12. 21)의 입법 과정과 그에 관련된 정치적 정황 및 역사는 김재균, 『5·18과 한국
정치』(에코미디어 2010)에 상세하다.

난동'이었다. 사태라는 말은 중립적인 용어이지만, 신군부와 5공화국 정부에 의해 이런 의미로 사용됨으로써 '광주사태'는 이데올로기적 비칭이 되었다(하지만 그것은 반대 방향에서 보아도 '광주사태'일 수 있다. 군사반란과 내란을 통해 불법적으로 정권을 찬탈하기 위해 이른바 '신군부'의 정치군인들이 계획적으로 저지른 만행이라는 점에서. 『사슴 사냥꾼』의 이해경은 이런 관점에서 계엄군과 정치군인들을 '폭도'라 지칭한다. 이런 반어적인 측면에서도 '광주사태'라는 용어가 비칭이기는 마찬가지다). 그와 반대편에서, 광주의 진실을 알리고 그 의미를 선양하고자 했던 사람들이 썼던 대표적인 단어는 '광주민중항쟁'이었다. 13대 국회에서 광주 청문회를 시작하면서 국회에서 공식적으로 채택한 '광주민주화운동'은 정확하지는 않지만 그래도 후자 가까이에 있는 단어였던 셈이다.

'광주사태'라는 공식 명칭이 '광주민주화운동'으로 변한 것은 그 자체로 엄청난 사건이었다. 그 폭발력은 한때 한국에서 제왕적 지위에 있던 전두환이 올림픽 개막식에도 참석하지 못한 채 망명을 하듯 백담사로 피해가야 할 정도로 위력적이었다. '폭도'라는 단어의 내용도 정반대로 뒤집어졌다. 5·18이 '광주사태'였을 때에는 계엄군에 저항했던 광주 시민들이 폭도였지만, 그로부터 15년이 지난 후에는 신군부의 우두머리였던 전두환과 노태우가 군사 반란과 내란의 수괴로서 '폭도'가 되었다. 물론 12·12가 군사 반란이 되고 5·18이 내란이 되기까지는 다단한 정치적 힘의 작용이 있었다. 1995년 김영삼 정부의 검찰이 전두환과 노태우에게 불기소 처분을 내렸을 때 그 명목은, 성공한 쿠데타는 처벌할 수 없다는 것이었다.

하지만 전임 대통령 노태우의 비자금 문제가 국회에서 터져 나오고 전두환의 신당 창당 움직임이 노출되면서,[4] 그들을 법정에 세울 수밖에 없었던 김영삼 정부의 발걸음도 빨라졌다. 국회에서는 '5·18 특별법'이 제정되었고, 그들을 기소할 수 없다고 했던 바로 그 검찰에 의해 두 명의 전직 대통령은 법정에 서게 되었다. 재판을 통해 한 사람은 무기징역을, 또 한 사람은 징역 17년 형을 받았다.

이런 과정이 보여주는 현실 정치의 역학은 시간을 좀더 거슬러 올라가도 마찬가지다. '광주사태'가 국가적인 단위에서 '광주민주화운동'으로 바뀌게 된 결정적 계기는 1988년 13대 국회에서 열린 광주 청문회였거니와, 그것은 거저 얻은 것이 아니었다. 1988년 4월 총선에 의해 만들어진 여소야대 정국이 아니었더라면, 노태우 정부와 여당이 국회에서 광주 청문회가 열리는 것을 순순히 받아들였을 까닭이 없다. 또한 광주 청문회를 통해, 그동안 대중 언론에 노출될 수 없었던 사실들이 드러나고 그 과정에서 국민적인 분노가 축적되지 않았다면, 88올림픽 개최권을 따냈던 전두환의 올림픽 개막식 불참과 백담사 도피행도 있을 수 없었다. 청문회로 생겨난 불씨가, 채 10년이 지나지 않아 노태우 자신이 반란과 내란의 주모자로 17년 형을 언도받는 사태로 이어질 것을, 당시 대통령이자 여당의 수장이었던 그가 정확하게 예상할 수는 없었을 것이다. 하지만 설사 미래를 알고 있었다 해도 그조차 어쩔 수 없는 일이었을 것이다. 문

---

4   김재균, 앞의 책, 28쪽.

제는 정치적 힘의 우열이었기 때문이다.

광주항쟁을 의미 체계 안에 등록하는 일이 이 같은 정치적 역학 관계의 산물이었다는 점, 그러니까 대립과 타협과 절충의 산물이었다는 점은 이미 광주항쟁의 상징적 지위의 운명을 보여주고 있다. 현실 정치의 역학은 광주항쟁이 지닌 의미에 새로운 에너지를 공급하고 그로 인해 생겨난 유동성이 의미의 안정화를 방해한다.

광주항쟁의 피해자와 주체들이 지속적으로 요구했던 첫 번째 사항은 진상 규명이었다. 시위대에 대한 초기의 유혈 진압과 그 뒤에 이어진 시민들을 향한 발포가 어떻게 계획되고 어떤 경로를 통해 집행되었는지를 밝히라는 요구였다. 책임자 처벌과 배상, 명예 회복 같은 것은 모두 후순위였다. 그것은 이치로 보아 당연한 것이다. 진상만 제대로 규명된다면 나머지는 저절로 따라오기 때문이다. 이런 사정은, 사태를 일으킨 신군부의 입장에서 보더라도 마찬가지가 된다. 그러니까 진상을 공개하지 않는다는 것은 아무리 수세에 몰리더라도 결사적으로 지켜야 할 마지막 보루와 같은 것이다. 광주 청문회로 달아오른 여론에 대해, 이른바 3당 합당을 통해 민자당을 창당하여 다시 정국의 주도권을 잡은 1990년의 노태우 정부가 내놓은 것은 '광주민주화운동 관련자 보상 등에 관한 법률'이었다. 배상도 아니고 보상이었으니 사태의 진상은 덮어두고 몇 푼 안 되는 돈으로 해결하자는 것이었다.

김영삼 정부에서도 기본적인 입장은 마찬가지였다. 발포 책임자와 사태의 진상은 검찰 수사와 재판 과정에서도 끝내 밝혀지지 않았다. 정의의 자리는 정해져 있으되 그 자리를 채우는 것은 현실 권력의 위력이라는 것, 그 권력의 향배에 따라 정의의 내용이 유동한다는 것은 우리가 현실에서 자주 확인하는 것이지만, 광주항쟁도 예외가 아니었던 셈이다.

그래서 복수가, 공적으로 이루어지지 않은 정의에 대한 사적 실현의 욕망으로서 복수심이 문제가 된다. 특히 광주항쟁의 경우, 1997년 12월의 사면을 통해 법적 부담을 덜어버린 후의 전두환과 그를 둘러싼 일군의 '소신 있는 사람들'의 행태가 문제였다. 그는 추징금 납부에 매우 천연덕스러운 태도로 응하지 않았고, '그렇게 멋진 유머감각을 가진 사람'과 그를 둘러싼 다양한 행태와 사건들, 합천에 만들어졌던 '일해'라는 이름의 공원과 인터넷에 출현한 '전사모', 자랑스러운 동문으로 그를 기리고 그의 동상을 만들어 공개한 대구공고의 관계자들, 육사에서의 열병식 사건 등은 광주항쟁의 상징적 지위에 지속적인 교란 요인을 공급했다. 그들의 영역 안에서라면 전두환은 반란과 내란의 수괴가 아니라 고난을 받은 정치적 위인이자 북괴의 남침 위기에서 국가를 구해낸 구국 영웅이었다. 그리고 광주항쟁은 북괴의 공작 및 그들을 추종하거나 그들의 농간에 놀아난 불순분자와 폭도 들의 무장 난동이었으니 살상을 통한 진압은 국정 책임자로서 당연한 책무가 된다. 하지만 그런 힘이 발호할수록 그에 상응하여 증강되는 에너지가 있다. 어이없음이 분노가 되는 순간 발생하는 힘은 법적 정의 너머를 향해 나아가고, 복수심과 증오라는 매우 일그러진 마음의 풍경이 그곳에서 돌아 나온다.

김경욱의 『야구란 무엇인가』와 이해경의 『사슴 사냥꾼』은 모두
광주와 관련된 복수에 초점을 맞추었다. 좀더 정확하게는 복수가 아
니라 복수의 불가능성이라 해야 할 것이며, 좀더 나아간다면 단지
특정한 복수의 불가능성이 아니라 복수 자체의 불가능성이라고까
지 할 수도 있겠다. 김경욱의 소설에서는 복수라는 행위로 가까스
로 끌어올려진 형해화된 감정이, 이해경의 소설에서는 매우 일그러
진 형태로 출렁거리며 사람을 이끌어가는 정서적 에너지로서의 복
수심이 문제가 된다. 둘 모두 복수의 문제는 광주항쟁과 연관되어
있다. 김경욱에게서는 계엄군으로 광주에서 한 소년을 죽게 만든 폭
행의 당사자를 대상으로 하고 있고, 이해경의 소설에서는 1980년
대 국가 폭력의 수뇌였던 전두환을 직접 겨냥하고 있다. 그들은 모
두 법의 힘이 미칠 수 없는 곳에 있다. 그들에 대한 응징이 필요하다
고 생각하는 사람들에게는 개인적인 응징의 형식으로서의 복수 말
고는 다른 대안이 있기 어려웠을 것이다. 그러나 그것이 정말 복수
란 말인가.

서사가 사랑하는 복수

김경욱과 이해경의 소설이 보여주듯이, 복수는 결코 쉬운 일이
아니다. 순간적인 감정의 격발로서의 복수심은 분노의 소산이다. 그
것은 예나 이제나 얼마든지 있을 수 있는 보편적인 것이고, 게다가

복수와 달리 분노와 복수심은 큰 정신적 에너지의 지출을 필요로 하지 않는다. 하지만 분노의 감정이 구체적인 행위로 옮겨지는 것으로서의 복수는 복수심과 매우 다른 어떤 것이다. 그것은 감정이 아니라 감정의 바깥에서 행해지는, 냉정함과 계산과 계획의 산물이며 거기에서 작동하는 감정이 있다면 그것은 분노 같은 뜨거운 것이 아니라 깨끗하게 육탈되고 철저하게 단련되어 그 원래 모습을 짐작하기 어려운, 그 어떤 결정(結晶) 같은 것으로서의 증오이다.

분노가 타오르는 불이라면 증오는 투명한 얼음이다. 땔감이 사라지고 나면 불은 꺼지기 마련이지만, 상온에서 녹아 없어지기로는 증오도 마찬가지이다. 그러므로 증오를 장기간 보관하고 유지시키기 위해서는 매우 특별한 장치와 조치가 필요하다. 우리 모두가 경험으로 알고 있듯이, 미운 사람을 보는 것보다 더 힘든 것은 마음속에 품은 미움을 유지하는 것이다. 그래서 증오는 망각에 매우 취약하다. 매일 밤 땔나무 위에서 고통스러운 잠을 자고 매일 아침 쓸개를 핥으며 정신을 차려야 가까스로 유지할 수 있는 것이 증오의 속성이자 복수의 의지이다. 아버지의 원수를 갚고자 했던 오나라 왕이나, 패배의 치욕을 씻고자 했던 월나라 왕만 그런 것이 아니다. 이런저런 복수 이야기의 많은 주인공들이 다 그랬다. 대의를 위해 목숨을 거는 행위라는 외관은, 그 자체의 격렬함으로 인해, 복수를 매우 뜨거운 마음의 산물로, 이를테면 순간적인 분노의 뜨거운 격발에 의해 만들어지는 것으로 착각하게 한다. 하지만 사태의 진상은 오히려 정반대이다. 몽테크리스토 백작이 그랬듯 복수란 매우 계획적이고 계산된 차가운 행동들이다. 복수를 위해 스스로 거세하고 옻칠을 하여 얼굴을 바꾸며 숯가루를 삼켜 목소리까지 바꾼 중국 사람 예양의 행위는, 목표를 향한 절도와 절제와 인내가 얼마나 그로테스크한 차원으로까지 올라갈 수 있는지를 보여준다. 그것은 복수라는 행위 자체가 지닌 그로테스크의 표현이라 해도 좋을 것이다. 또 죽은 주군을 따라 죽는 순사라는 행위가 사실은 어떤 형식적 질서와 동기에 의해 만들어지는지를 그려낸 모리 오가이의 「아베 일족」 같은 소설을 보면, 뜨거운 윤리적 외관 속에 얼마나 차가운 알맹이가 숨어 있는지 알 수 있다.

  하지만 여기에서 재차 강조되어야 할 것은, 복수의 서사가 기본적으로 전(前)자본주의적 윤리 감각의 산물이기는 하지만, 어디까지나 자본제적 윤리의 시선에 의해, 매우 현대적인 시선에 의해 포착된 고대적인 감각이라는 사실이다. '눈에는 눈'이라는 고통의 등가성은 근대가 기초로 하고 있는 등가교환의 경제 원리와 거리가 멀뿐더러 오히려 정반대의 의미를 지닌다. 고통의 교환은 시장경제가 토대해 있는 등가교환과 달리 결코 균형점에 도달할 수 없다. 그것은 상품과 화폐의 교환이 아니라 기본적으로 선물의 교환, 곧 순차적으로 반복되는 증여이자 포틀래치(potlatch, 인디언들이 서로 선물을 주고받는 축제)의 형식이기 때문이다. 『베니스의 상인』의 샤일록의 경우가 보여주듯이, 보복 폭력은 언제나 너무 많거나 너무 적어서 등가교환의 대상이 될 수 없다. 아버지의 원수 앞에서 머뭇거리고 주저하는 햄릿도 마찬가지였다. 아버지의 원수인 백부에게 아버지가 겪은 것과 정확하게 같은 양의 고통과 불행을 되돌려주는 것은 불가능에 가깝다. 그러니까 그런 의미에서의 복수라면 원천적으로 불가능한 것이다. 따라서 한번 감행된 복수는 또 다른 불균형을 만들어내고 이로 인해 그 어떤 초월적인 균형점(거기에 도달하는 것은 불가능하다)을 향해 가는 흐름이 만들어진다. 그리고 그 흐름은 어떤 윤리적 결단에 의해 중단되지 않는 한 어느 한쪽의 힘이 완전히 소진될 때까지 무한 반복을 향해 나아갈 수밖에 없다. 그것이 복수의 속성이다.

그것은 기본적으로 죽음을 친구로 삼는 전사들의 윤리에 기초해 있기에, 거기에 소요되는 비용이나 결과나 효용 같은 것을 계산하고 따지는 관점과는 매우 거리가 멀다. 그러니까 등가교환이라는 자본제적 자유 시장의 시선으로 보자면, 복수는 너무나 많은 비용이 지불되고 궁극적으로 파산이라는 결과를 초래하는 바보들의 게임인 것이다. 그러나 복수를 자기 존재의 이유라고 생각하는 고대 정신의 전사들이라면 이런 말을 하는 시장의 상인들을 벌레처럼 여길 것이다. 말하자면 복수담이 지닌 고대적인 것의 우람함은 자본제적 근대의 현실주의적이고 효용론적인 윤리 감각을 배경으로 했을 때에만 자신의 본모습을 제대로 드러낼 수 있다는 것이다.

이런 점에서 보자면, 우리 시대의 대중 서사가 복수담을 사랑하는 것은 너무나 당연한 일이다. 그것은 대중 영화가 낭만적 깡패와 조폭을 사랑하는 것과 마찬가지이다. 복수담이 지닌 낭만적 윤리는 기본적으로 낭비와 과잉에 기초해 있으며, 대의를 위해 목숨을 거

는 사람들이 보여주는 윤리적 영웅주의는, 한 푼의 잉여를 아까워하
는 냉정한 교환자의 시선에서 보자면 더없이 이질적이고, 그래서 또
한 매력적인 것이 아닐 수 없다. 수많은 무협 서사에서 인물들을 추
동하는 가장 기본적인 동기는 가문과 스승의 복수이거니와, 한번 생
겨난 분노가 자연스럽게 복수 행위에 이르기까지 지속된다는 것은
말할 것도 없이 낭만적 환상이며 비현실적이다. 분노에서 증오를 추
출해내고 그것을 상하지 않게 유지하기 위해 있어야 할 비인간적인
노력들이 생략되어 있기 때문이다. 그러니까 그런 생략이 장르의 문
법이라고 생각할 때 그것은 B급 서사가 되고, 그런 B급 정서는 일종
의 캠프(camp)적 감수성의 공간을 창출해냄으로써 타란티노나 박찬
욱의 복수 시리즈 영화들 같은 매우 세련된 문화적 감각으로 다가
올 수 있다. 그것은 등가교환의 윤리라는 근대의 정신적 삶을 배경
으로 삼음으로써만 발현될 수 있는 빛과도 같지만, 좀더 극단적인
지점에 이르면 선과 악, 피해와 가해가 분절되지 않은 채 뒤엉키는
어떤 윤리적 감각의 블랙홀을 드러내기도 한다. 그로 인해 표면화되
는 것은 폭력 그 자체의 허무함과 유한한 삶의 무의미성이며, 그것
이 근대성의 윤리와 쌍방향으로 교신한다. 우리 시대의 복수담이 지
닌 이질성과 매력은 근대성 자체의 구성적 결락과 샴쌍둥이처럼 결
합되어 있는 셈이다.

　그렇다면 광주항쟁은 어떨까. 광주항쟁이 복수담과 만나는 것은
매우 낯설다. 1980년 5월 이후로 광주는 한 시대를 가로질러온 이
념적 혹은 윤리적 상징이었고, 현실 정치의 역학이 만들어낸 의미의

불안정성 속에서 여전히 대전(帶電)되어 있는 기호이기 때문이다. 그래서 광주의 정서가, 임철우의 장편『백년여관』(2004)에서처럼 죄의식과 연관되는 것은 자연스럽다. 내면적인 것으로서의 죄의식은, 구체적 행위로 드러날 때는 책임의 문제로 전환되고 그 결과 주체의 정체성을 규정하는 윤리적 골격을 만들어낸다. 국가 폭력의 잔혹함과 그에 대한 저항 정신의 아름다움이 결합된 광주항쟁은 1980년대적 정신에게 주체 형성의 정신적 기둥 역할을 하는 데 적실한 기호였으며, 죄의식은 그것과 잘 어울리는 짝이었다. 복수담이 지닌 B급 정서와 어울리는 수준이 아니었다는 것이다. 그런데도 김경욱과 이해경은 그런 일을 감행했던 셈이다.

광주항쟁만이 아니라 1980년대적인 정신을 포괄적으로 지칭하여 말한다면, 그것과 복수담의 의미 있는 연결이 없었던 것은 아니다. 양귀자의『희망』(1991)과 김영현의『풋사랑』(1993) 같은 장편소설들이 예거될 수 있겠다.『희망』에서는 퇴직하여 사기꾼이 된 전직 고문 기술자가, 또『풋사랑』에서는 여성을 무자비하게 폭행했던 노조 파괴 전문가가 칼을 맞았다. 칼을 휘두른 사람은, 전자에서는 운동권 청년이었고 후자에서는 운동권인 동생의 복수를 대신하고자 했던 허무주의자 청년이었다. 둘 모두 공권력이 하지 않는 응징을 사적으로 대신하는 형식이었던 셈이다.

그로부터 20여 년이 지났고, 우리 앞에는 두 개의 복수담이 놓여 있다. 어떤 점이 어떻게 바뀌었는가. 가장 현저한 대조는, 앞의 두 소설이 복수에 성공하는 이야기임에 반해 이해경과 김경욱의 소설은 복수에 실패하는 이야기라는 점이다. 성공하는 복수담은 소설의 주변부에 배치되어 있고 실패하는 복수담은 소설의 한복판에 버티고 있다는 점 또한 대조적이다. 이치로 보자면 그럴 수밖에 없겠다. 주변부에 배치된 삽화이기 때문에 복수는 성공한 것일 수 있고, 또 복수 자체에 시선이 집중되면 그 복수는 필연적으로 실패한 것일 수밖에 없다. 복수라는 행위 자체는 성공한 것일 수도 있겠지만 성공하는 순간 복수는 이미 그 자신이 실패한 것임을 알게 되기 때문이다.

1990년대 초반에 출현한 복수 이야기들은, 앞에서 언급했던 방식으로 분류하자면 주체의 입장에서 포착된 치밀한 복수 서사가 아니라 순간적으로 폭발한 분노의 표현에 해당한다. 여기에서는 복수 자체의 방법이나 의미에 관한 질문들, 이를테면 어떤 과정을 통해 어떤 마음으로 사람의 몸에 칼을 꽂게 되는지의 문제 같은 것들이 생략될 수 있다. 단지 어떤 대상에 대한 분노와 그것의 표현만이 외부의 시선으로 포착된 경우이기 때문이다. 소설의 중심적인 시선에서 보자면 이들의 복수담은 매우 먼 거리에 있는 우발적인 사건인 것이다.

하지만 2013년에 나온 두 소설은 이와 사뭇 다르다. 여기에는 복수가 서사의 한복판에 있고, 또 복수하고자 하는 사람의 마음이 소설 속에 전면적으로 노출되어 있다. 단지 순간적인 분노나 복수심의 문제가 아니라는 것이다. 『야구란 무엇인가』와 『사슴 사냥꾼』에서도 복수의 도구로 등장하는 것은 칼이다. 오랫동안 준비된 칼이기도 했고, 또 한쪽에서는 날을 잘 세운 군용 대검이기도 했다. 하지만 두 개의 칼은 결국 사람의 몸에 다가가지 못한다. 복수를 위해서건 아니면 다른 어떤 이유에서건, 사람의 몸에 칼을 박는 행위 자체의 물질성은 자기 고유의 목소리를 지니고 있다. 그것은 복수나 정의의 문제만큼이나 묵직한 문제이다. 칼을 쥔 손의 입장에서 그런 문제를 거론하는 것이란, 먼 거리에서 남의 이야기인 양 살인에 대해 말하는 것과는 매우 다르다. 이해경과 김경욱은 모두 복수를 감행하고자 하는 마음의 핵심에 대해, 그 마음 자체의 자리에서 이야기하고 있다. 만약 칼이 실제로 몸에 들어갔다면 그 칼을 받아내는 몸의 저항과 그 저항을 느끼면서 생겨나는 또 다른 마음의 중량감은, 오히려 복수 에너지를 능가했을 수도 있다. 그들의 이야기가 단순한 복수 이야기가 아니라 실패한 복수 이야기가 되는 것, 복수와 증오의 불가능성에 관한 이야기가 되는 것은 이런 견지에서 보자면 당연하다.

그 지점에 도달하는 길에 관해 말하자면, 김경욱의 『야구란 무엇인가』는 직선적이고 이해경의 『사슴 사냥꾼』은 우회적이다. 복수의 실패가 놓인 맥락이 다르기 때문이다. 하지만 둘은 동시에, 실패한 복수야말로 오히려 복수의 성공임을 보여준다. 그것은 작중인물이 아니라 작가의 차원에서 규정되어야 할 것인데, 이들의 서사가 구현하고 있는 기억과 회감(回感)이야말로 새로운 복수의 형식이라 해야 할 것이다.

복수의 또 다른 문법: 김경욱

김경욱의 『야구란 무엇인가』의 서사적 틀은 매우 간명하다. 1980년 5월에 어린 동생을 비참하게 죽게 만든 인물이 있다(소설에서 그는 '염소'라 불린다). 주인공인 형은 그의 소재를 알고 있다. 어떻게 해야 할 것인가. 물론 궁극적인 차원의 답은 정해져 있다. 용서해야 한다는 것, 그가 뉘우치고 있다면 당연히 용서해야 하고 뉘우치지 않는다 해도 용서해야 한다는 것, 그것이 정답이다. 하지만 우리 삶은 언제나 정답대로만 되지는 않는다는 점이 문제이다. 또한 용서의 방식도 천차만별이어서 용서라도 어떤 용서인지가 문제가 된다.

소설의 주인공은 여덟 살 난 자폐아 아들을 둔 50대 남자 김종배이다. 아내와는 이혼했고, 어린 아들을 돌봐주던 어머니마저 세상을 떴다. 출가한 누이들을 제외하면, 이제 가족이라고는 어린 아들 하나만 남았다. 어머니의 장례를 치른 그가 30년 전에 죽은 동생의 복수를 하겠다고 나섰다. 오래전부터 별러왔던 일이고 이미 몇 차례 시도했던 것이기도 했다. 당시 교련복을 입을 나이였던 동생은 계엄군에게 시비성 검문을 받았고 잔인한 폭행을 당해 죽게 되었다. 김종배는 동생이 폭행을 당하고 죽어가는 전 과정을 생생하게 목격했다. 동생이 그렇게 살해당한 후 집안도 풍비박산이 되었다. 아버지는 땅을 처분하고 법원 앞에 구멍가게를 차렸다. 법에 호소하여 군인들을 처벌하기 위해서였다. 그것이 통할 수 없는 것은 당연했다. 정의를 세우는 일에도, 아들의 원한을 푸는 일에도 실패한 아버지는 화병으로 죽었고 이제 모든 짐은 김종배, 그에게 남겨졌다. 어떻게 해야 하는가.

소설은 김종배의 어머니의 죽음에서부터 시작하여, 아들을 태우고 '염소'를 찾아 복수 길에 나선 그의 행로를 따라 나아간다. 자폐아인 아이와 소통하려 노력하면서, 거처를 옮긴 '염소'의 행방을 추적하는 김종배의 이야기가 서사의 기둥이 되고, 30년 전에 있었던 국가 폭력과 그로 인해 생겨난 사연들이 그 사이에 마블링되어 있다. 추적자와 표적 사이의 거리가 가까워질수록 '염소'의 악행과 김종배 집안의 불행은 두드러지기 마련이고, 서사 전체의 긴장감도 고조된다. 하지만 김종배가 종국에 확인하게 되는 것은 코마 상태에 빠져버린 '염소'의 육체, 한발 더 나아가면 악질 사채업자들에게 쫓겨 장기도 사라지고 껍데기만 남은 '염소'의 죽은 몸, 그의 딸마저 수습을 거부한 '염소'의 시체이다. 그렇다면 이제 어떻게 할 것인가. 너무 일찍 죽어 복수할 기회조차 걷어가버린 원수의 무덤을 찾아내서 부관참시를 했던 오자서의 예를 따를 것인가.

김종배가 선택한 것은 죽은 '염소'의 시신을 수습하고 장사하여 그의 마지막을 지키는 일이었다. 복수를 위해 나선 길이 결과적으로는 용서에 도달하는 길이 된 셈이다. 물론 '염소'는 김종배 앞에서 참회한 적이 없고 김종배도 또한 그를 용서한 적이 없다. 그러나 그들의 행적이나 마음 상태와는 무관하게, 자식에게조차 버림받은 '염소'의 시신을 수습하여 장사하는 김종배의 행위는 그 자체로 용서의 실천이었고, 또 모두에게 버림받은 꼴이 되어 자기가 죄지은 사람에게 지상의 마지막 순간을 의탁한 '염소'의 처지는 그 자체로 인과응보이자 시적 정의(poetic justice)의 표본이 된다. 그들의 본심이나 속마음과는 무관하게 그들의 행위와 사태 자체가 그런 의미를 지니게 된다는 것이다. 복수의 길은 궁극에서 용서로 이어져 있는 셈이다.

그런데 과연 이런 방식으로, 복수와 용서의 궁극적 동일성을 말하는 것으로 충분할까. 그것은 추상도를 너무 높이는 것이 아닌가. 그 수준에서라면 그 어떤 행위도 용서가 되는, 의미 규정의 과도한 관용에 빠져버리는 것은 아닌가. 오히려 실패한 복수가 아니라 제대로 성공한 복수야말로 용서라는 수준에서 말하는 것이 옳지 않을까. 이런 식의 의문은 우리로 하여금 『야구란 무엇인가』의 복수담을 작중인물 김종배가 아니라 작가 김경욱의 차원에서 사유하게 한다.

김종배가 '염소'의 시신을 수습하는 지점에서 그의 여로를 거꾸로 되짚어보면 어떨까. 김종배는 과연 복수에 실패했는가. 그가 '염소'를 죽이지 못했을뿐더러 오히려 그의 시신을 수습하는 결과에 이르렀기에 그 복수는 실패한 것이라고 할 수도 있다. 그러나 그것은 어디까지나 '염소'를 죽이는 것이 복수라는 전제 하에서이다. 오히려 작가 김경욱이 김종배에게 원했던 복수의 방식은 그와는 다른 어떤 것이라 해야 하지 않을까. 소설 속에서 김종배는 무엇을 했는가. 소설의 처음서부터 끝까지 그가 한 것은 사라진 '염소'의 행적을 집요하게 추적하는 것, 그 과정에서 빚을 지고 악질 사채업자들에게 쫓기며 살아왔던 '염소'의 처참한 삶을 낱낱이 확인하는 것, 그리고 그 마지막 가는 길을 지켜보는 것이다. 김종배의 시선이 소설에서는 유일한 카메라 역할을 하고 있기 때문에, 독자들도 김종배가 만들어내는 추적의 흐름을 따라 '염소'의 지난 행적들을 초저속으로 전송되는 사진처럼 단계적으로 바라보게 된다. 그러니까 소설 속에서 김종배가 실제로 어떤 행위를 했다면, 그것은 복수도 용서도 아니고 오히려 추적이자 응시라고 해야 할 것이다. 그것은 잊지 말아야 할 대상을 시선이 미치는 곳에 잡아두는 것이고, 그 대상에 지속적으로 시선을 투여해 넣는 일이며, 그럼으로써 그 대상이 잊혀지는 것에 저항하는 일이다.

　그렇다면 성공한 복수로서의 살인도 실패한 복수로서의 방치도 아닌 이러한 추적과 응시야말로, 그들이 한 짓을 끝까지 잊지 않고 있음을 지속적으로 상기시키는 것이야말로, 작가가 김종배에게 진정으로 원했던 것, 그러니까 작중인물이 아니라 작가의 수준에서 규정되는 복수라 해야 하지 않을까. 그렇다면 사실 이 소설은 실패한 복수담이 아니라, 오히려 원수를 죽일 수 없었기 때문에, 그러면서 동시에 그의 마지막까지를 내내 지켜보았기 때문에 제대로 성공한 복수담이라 해야 하지 않을까.

　『야구란 무엇인가』의 구성적 취약점은 복수의 동기에 관한 문제이다(이 점은 『사슴 사냥꾼』도 마찬가지이다). 30년도 넘은 마당에 김종배는 왜 갑자기 복수의 길을 떠나고자 하는가. 어머니마저 죽고 이제는 부양 책임으로부터 홀가분해진 탓인가. 하지만 그에게는 홀로 남겨질 아들이 있지 않은가. 칼과 주사위와 청산가리를 지니고 출발

하는 복수의 길은 그 자신의 죽음으로 통하는 길이기도 했다(셋 중
청산가리는 김종배 자신을 위한 것이라고 했다). 그렇다면 아들도 함께 데
리고 가겠다는 것인가. 대체 왜 느닷없이 복수란 말인가. 이런 질문
에 대해 소설의 대답은 '계시'라는 말이었다. 하늘의 계시처럼 복수
의 여로가 환기되었다는 것이다. 소설에 따르면, 김종배가 복수의
길을 떠난 것은 자폐아인 아들의 입에서 아무렇지도 않게 나온 "화
내지 말고 복수하라고 했어."라는 말 때문이었다. "사내는 핏줄에 전
기가 흘러들어온 것처럼 찌르르 떤다. 고압전기로 송신된 계시 같
다. 광야의 선지자가 황야에서 우뚝 선 채 고압 송전탑처럼 소리 없
이 외친다. 화내지 말고 복수해라. 복수해라."(75쪽)라는 표현이 뒤이
어진다. 그리고 등장하는 것은 다음과 같은 장면이다.

　　얼핏 의식의 정전 구역을 더듬거리던 사내는 화들짝 눈을 뜨고 전봇
대를, 아니 천장을 노려본다. 천장 너머에서 들려오는 소리 때문이다.
쿵쿵쿵. 천장을 때리는 발소리. 잠잠하다 싶더니 또 시작이다.
　　쾅쾅쾅. 소음은 더 또렷하고 거대해진다. 하늘에서 신발들이 떨어진
다. 5월의 고요한 하늘에서 얼룩무늬 강철 군화가 쏟아진다. 강철 군홧
발이 부드러운 5월의 땅을 얼룩덜룩 폭격한다. 일분일초라도 빨리 내려
오기 위해 강철로 군화를 빚었을까? 땅속에 묻어놓은 거대한 자석 위에
철컥 내려앉도록 강철 군화를 신은 걸까. 비둘기라면 얼룩무늬 강철 군
화가 따라올 수 없는 세상으로 날아가버릴 텐데. 사내에게는 날개가 없
어서 강철 군홧발의 얼룩덜룩 쇳소리 위에서 부들부들 흔들린다. 저 소

리 좀 멈춰줘요. 누가 제발 저 얼룩무늬 미친 소리 좀 멈춰줘요.

(……)

사내는 위를 올려다본다. 쾅쾅쾅. 발을 구르는 소리는 여전하다. 저 먹먹한 하늘 위에서 누군가 발을 동동 구르고 있다. 강철보다 파란 피 울음이 양철 구름을 두드리고 있다. 억울하다고, 억울해서 억장이 무너진다고. 운동화를 던져 쫓아낸 회색 비둘기 떼는, 회색의 전기 비둘기 떼는 사내의 심장으로 날아들었다. 사내의 붉은 심장이 회색 전기로 벌렁거린다. 콧구멍도 벌렁거린다.(76~8쪽)

김종배의 정신적 외상이 표현되고 있는, 그러니까 그의 복수에 대한 의지의 원인으로서 상기되고 있는 이런 대목이야말로 이 소설의 증상이라 할 만하다. 소설의 심장부에 파고들어와 있는 시이자 이 소설의 파토스가 종국적으로 수렴되는 지점이기도 하다는 점에서 그러하다. 만약 이 장면 때문에 김종배가 '염소'를 죽이러 나섰고, 그래서 '염소' 죽이기로서의 복수에 성공한다면, 그것은 억지일 수밖에 없다. 이 증상을 이해할 수 있는 유일한 길은 복수의 수준을 작중인물 김종배가 아니라 작가 김경욱 수준에서 사유하는 것이다. "나는 너희가 한 짓을 아직 잊지 않고 있다." 실패함으로써 성공한 이 역설적인 복수담의 가장 밑바탕에서 울려오는 소리는 바로 이런 문장일 것이다. 그 문장이 상기시키는 기억을 유지하고 보존하는 것이야말로, 그것을 생생하게 회감하는 것이야말로 작가의 수준에서 행해지는 복수의 모습임을, 이 소설의 증상이 우리에게 말해주고 있다.

자해하는 국가와 시민의 망상: 이해경

이해경의 『사슴 사냥꾼』은 1980년대를 20대로 보내야 했던 네 젊은이의 삶을 다루고 있어, 일견 평범한 성장소설처럼 보이기도 한다. 하지만 이 소설은 매우 특이한 한 인물의 삶을 도입함으로써 그런 평범함을 비틀어놓았다. 그 비틀림은 다음 세 가지 점으로 요약될 수 있다. 첫째는 중심인물 한수에 대한 초현실적인 설정, 둘째는 소설 전체의 일그러진 시간 구조, 셋째는 중심 화두로 자리잡고 있는 복수담으로서의 전두환 죽이기. 이 셋은 결국 한수라는 인물의 설정으로 초점이 모아진다. 그는 왜 평범한 성장 과정으로부터 벗어나 독특한 체험과 결의의 세계로 나아가는가.

서사를 이끌어가는 네 명의 젊은이 중 셋은 대학생이 되었고, 중심인물 한수는 고등학교를 중퇴한 후 취업을 했다. 소설은 이들이 고등학교 1학년이었던 1979년부터 1988년까지 약 9년 동안 일어났던 일들을 다룬다. 그 시간 동안 그들은 모두 자기가 가야 할 길을 갔다. 장충동 부잣집의 잘생긴 민호는 6개월 석사 장교로 군 복무를 마치고 미국에 MBA를 받으러 유학길에 오른다. 또 검사 아버지와 의사 어머니를 둔 우진은 부모의 기대에 저항이라도 하듯이 대학 시험에 실패하고 군대에 갔다 온 후 신학도가 된다. 초등학교 교장인 홀어머니 밑에서 자란 둘째 딸 소영은 불문과에 진학하여 소설가를 꿈꾼다. 그리고 평범할 수도 있는 이들의 모습에 비틀림을 만드는 존재, 이들의 친구이자 소설의 초점인물인 한수가 있다.

한수는 상습 절도범의 의붓아들로서 부모의 제대로 된 후원과 보살핌을 받지 못했다. 대학 진학을 포기한 후, 미장원을 하는 의붓누나 한숙과 함께 각자의 독립적인 삶을 꾸려 나간다. 제화점 직원과 카페 종업원, 막노동 등의 직업을 전전하며 9년 동안의 삶을 버텨낸다. 이런 한수와 한숙 남매의 삶, 그들이 학교에 다니고 직업을 얻고 사람을 만나 연애하는 이야기가 소설의 기둥이 된다. 그리고 여기에 한수의 세 친구 이야기가 덧붙여지면서 소설의 육체가 만들어진다. 그들이 겪었던 1980년대 한국의 정치적 경험들이 서사의 배경이 되고, 놀기 좋아하는 그 또래 서울내기들이 공유했을 법한 생활사와 문화적 경험들이 그 세목을 이룬다.

이 같은 소설의 줄거리에서 이미 알 수 있듯이, 한수의 인물 설정의 특이성은 일단 가족 관계에서 드러난다. 의붓아버지는 플롯 시간의 대부분을 교도소에서 보내는 상습 절도범이다. 하지만 그는 단지 절도가 직업일 뿐 폭력적이지는 않고, 그래서 아버지로서도 의붓아버지로서도 최악이라고 할 수는 없다. 오히려 아들에게 자유를 주었다는 점에서, 자기 길을 강요했던 우진의 검사 아버지보다는 낫다고 해야 한다. 무슨 사연인지 밝혀져 있지 않지만, 의붓아버지를 떠난 한수의 친어머니가 한수를 그에게 남겨두고 갈 정도였다면, 그는 양육자로서 신뢰받을 수 없는 존재는 아니었던 듯싶다. 실제로 그는 아내가 버리고 간 의붓아들 한수를 8년 동안이나 친아들처럼 키우기도 했다.

한수에게 정작 문제는 그의 친부모들이다. 한수의 친어머니는 어린 그를 남겨둔 채 의붓아버지를 떠나 친아버지에게로 갔고 그들은 1980년 5월에 친아버지의 고향인 광주에서 사망했다. 한수의 어머니가 왜 어린 아들을 남겨두고 친아버지에게 갔는지, 또 광주에서의 그들의 죽음은 무엇 때문이었는지에 대한 구체적인 정황이나 사연은 밝혀져 있지 않다. 한수가 다녔던 학교의 폭력적인 교사가 한수를 '폭도'의 자식이라 욕하는 것으로써 대략 짐작할 수 있는 정도이다.

소설 속에서 표현되는 한수의 특이함은 초현실적 요소가 도입됨으로써 좀더 확실하게 부각된다. 그는 어느 날 갑자기 유령과 대화를 나누고 죽은 자들의 세계를 보았으며 아무렇지도 않게 미래에 대해 예언하기 시작했다. 이런 모습은 그가 전두환 죽이기를 삶의 당면 과제로 삼는 일과도 연관되어 있다. 한수가 스스로에게 내세운 이유는 사랑하는 여자 친구 소영과의 만남을 전두환이 방해하고 있기 때문이라는 것이다. 그러니까 여자 친구와의 만남을 방해하기 때문에 전두환 죽이기에 나섰다고? 이것은 누가 보더라도 제대로 된 이유가 될 수 없고, 또 그런 생각을 하는 한수 역시 제대로 된 정신 상태일 수는 없다. 게다가 그는 언제부턴가 죽은 사람의 영혼과 대화하기 시작했다. 그 영혼은 연탄가스로 사망한 같은 학년 여학생 미자의 것이었다. 미자의 영혼은 흡사 수호령처럼 한수 주변을 맴돌며 한수의 삶을 지켜보고 그와 대화를 나눈다. 객관적인 시점에서 보자면, 눈을 깜박이지 않은 채로 보이지 않는 누군가와 대화를 나누듯 혼잣말을 하는 한수가 정상일 수는 없다. 그런 그가 여자 친구와의 관계를 지키기 위해 전두환을 죽이겠다고 나섰다는 것이다.

　이런 인물 설정과 함께 이 소설이 지닌 또 하나 매우 특이한 점은 소설 전체의 비대칭적인 구성이다. 이 소설의 플롯 시간은 1979년 10월 27일에 시작하여 1988년 11월 23일에 끝나는 것으로 되어 있다. 그뿐 아니라 이 소설은 이 9년여 동안의 시간의 흐름에 대해 매우 예민하게, 날짜까지 정확하게 적시하여 기술한다. 그 날짜들의 대부분은 특별한 역사적 정황과 연관되어 있다[5]. 이런 감각은 『사슴 사냥꾼』의 서사 전체를 바라보는 작가 이해경의 시선이 어떤 지점에 있는지를 짐작할 수 있게 한다. 요컨대 그는 한 시대의 시간을 하나의 전체로 조망하는 자리에 스스로를 위치시켰던 셈이다. 그런데 소설 전체를 놓고 보자면 다른 장들은 초두에 지정된 시간에서 매우 조금씩 나아가면서 이전의 일들이 회고되는 방식인 데 반해, 전체 분량의 절반을 차지하는 4장에서는 앞의 세 장을 포함한 이야기 전체가 한수의 시선을 중심으로 한 회상에 의해 다시 반복된다. 앞의 세 장에서 한수의 모습은 약간 특이할 수는 있어도 특별히 비정상적일 것까지는 없었다. 그런데 4장에서는 확실하게 비정상적인 인물로 등장한다. 유령과 이야기를 나누고 죽은 사람들의 세계를 겪으며, 전두환을 죽이겠다고 작정하여 그것을 위해 구체적인 준비를 하는 인물이 된다.

5　소설의 첫 번째 날은 박정희가 살해당한 다음 날이고, 마지막 날은 전두환이 백담사로 이주하는 날이라는 식이다. 그리고 그 중간에도 여러 가지 구체적인 날짜들이 적시된다. 통행금지가 해제된 날, 서울올림픽 유치에 성공한 날, 올림픽 개막식이 열린 날, 건대 점거 농성이 있었던 날 등등.

　왜 이런 구성이 나온 것일까. 소설의 내부에 국한하여 말하자면, 한수에게 생긴 모든 문제의 출발점은 1980년 5월의 어느 날, 광주에서 사건이 터지고 난 후 나흘째 되는 날로서 처음으로 그 사건이 언론에 공개된 날이었다. 친구 집에서 놀다 지쳐 혼자 빠져나온 한수는 길가의 가게에서 광주 문제를 다루는 TV 뉴스를 보게 되었다. 한수의 몸은 이 TV 뉴스에 격렬하게 반응했고 몸과 마음이 진정되는 그다음 순간부터 그는 죽은 미자의 영혼과 소통하기 시작했다. 그것은 그 자신에게도 놀라운 일이었다. 그러니까 4장의 초두에 해당되는, 1979년과 1980년으로 돌아간 바로 이 부분부터 소설은 사실상 다시 시작되는 셈이며, 앞에서 나왔던 3장까지의 이야기는 모두 4장의 배경이 되어버린다.

　그렇다면 여기에서 우리는 다시 질문을 하게 된다. 무엇 때문에 이런 설정이 만들어진 것일까. 한수가 전두환 죽이기를 결심하고 준비하는 과정은 할리우드 영화 「택시 드라이버」를 닮아 있고, 작가 이해경과 주인공 한수 역시 당연히 그것을 의식하고 있었다. 그러니까 그런 유사성은 일종의 맥거핀(MacGuffin, 작품 줄거리에는 영향을 주지 않지만 관객의 시선을 의도적으로 묶어둠으로써 공포감이나 의문을 자아내게 만드는 영화 구성상의 장치) 구실을 하는 셈으로, 서사의 주된 동력이라는 점에서 보자면 오히려 부차적이다. 그렇다면 이 소설의 진짜 이야기는 무엇인가. 폭압적인 세계 속에서 외롭게 미쳐가는 한 남자와 그 남자를 사랑하는 한 여자의 이야기, 그러니까 한수와 소영의 연애담이 그것이겠다. 권희철은 이 소설의 혼란스러운 시간 구성에 대해, 독자들이 느낄 수 있는 "그 어지럼증이 젊음의 체험 내용"이고 또 "혼란스러운 서술 방식이 순수함의 형식"이라고 적절하게 지적해주었다.[6] 여기에 미쳐 있는 시대라는 요소를 추가해보면 어떨까.

　이 소설의 배꼽에 해당하는 부분은, 1988년 퇴임한 전두환을 죽이기 위해 대검 한 자루를 가슴에 품고 연희동에 갔다가 체포된 한 남자의 이야기이다. 소설 속에서 이 사건은, "대검 한 자루를 가슴에 품고 연희동 어느 골목의 삼엄한 경비망을 뚫으려 했던 한 남자의 소식이 한수에게 전해질 수는 없었을 것이었다. 그는 중곡동 국립 서울병원에 강제수용되었다."(286쪽)라는 문장으로 다소곳하게 등장해 있다. 소설 바깥에서 바라본다면 바로 그 사람이 한수임을 알아채는 일은 어렵지 않다. 그러니까 『사슴 사냥꾼』의 작가 이해경은 바로 그 사람의 시선으로 그들의 9년 동안의 삶을 되돌아보았던 셈이다. 대검을 사서 날을 세웠던 수많은 한수들이 있었지만, 그중 한 사람의 한수만이 행동으로 옮겼다. 물론 전두환의 집 가까이에는 가지도 못한 채 체포되기는 했을지라도. 그리고 이 소설의 주인공 한수는 그것을 결행하지 못했던 수많은 한수들의 대표 단수였던 셈이다.

　이 지점에 이르면 우리는 이해경이 이렇게 시간을 특이한 방식으로 뒤틀면서 서사를 만들어낸 까닭을 짐작하게 된다. 그러니까 비틀어져버린 시간은 한수만의 것이 아니라 시대 자체의 것이었던 셈이다. 반어적 의미에서 '광주사태'라 지칭될 수 있는 국가 폭력(그러니

6　권희철, 「부디 너의 젊음이 한시 바삐 지나가기를」, 『사슴 사냥꾼』, 308쪽.

까 이해경에 따르면 공권력을 손아귀에 쥔 '폭도'들이 그 권력의 진짜 주인인 국민에게 폭력을 행사한 것으로서의 '광주사태')이란 손과 발이 심장에다 폭력을 행사한 것이고, 그런 방식으로 자해 소동을 벌인 국가란 곧 미친 국가에 다름 아닌 셈이다. 그렇다면 어떨까. 자해 소동을 벌이는 미친 국가와 거대한 망상에 사로잡힌 그 시대 젊음의 대표 단수로서 한수의 모습은 너무나 어울리는 짝이 아닌가. 비대칭적으로 일그러진 시간 구성도 오히려 일그러져 있기 때문에 그 시대의 실상과 부합하는 것이 아닌가. 그 공간의 광기를 버텨낼 수 있는 것이 있다면 다만 하나, 사랑하는 두 젊은이가 여관방에서 숨어 서로의 몸을 확인하며 만들어내는 작은 평화의 공간이라고 이해경은 말하고 있는 것이 아닌가.

죄의식과 복수

광주에 관한 이 두 개의 복수담을 역사적 맥락에 놓고 볼 때 인상적으로 다가오는 것은 복수라는 행위 자체의 시대적 의미이다. 1980년대적 정신의 윤리적 기축으로서 광주는 거대한 타자였고 그것은 모든 주체들에게 죄의식이라는 세례를 베풀었다. 그 사건은 사람들에게 질문했다. '광주에서 사람들이 죽어갈 때, 너는 어디에 있었느냐?' 1980년대를 거쳐오면서 조금씩 드러났던 광주의 진상은 그것을 하나의 사건으로 받아들였던 사람들에게는 예외 없이 두 죽음 사이의 공간을 만들어주었다. 마지막까지 도청을 지키다 사망한 윤상원이 원점이었고, 당국의 수배를 피해 도피 생활을 하던 당시 전남대 학생회장 박관현이 그 반대편에 있다. 죽은 윤상원과 죽지 못한 박관현(그 역시 체포당한 후 단식 끝에 옥중에서 사망했다) 사이의 공간, 그러니까 죽은 윤상원의 자리를 자기 것으로 느끼는 박관현의 마음이 만들어낸 공간이야말로 1980년대 윤리의 핵심을 이룬다. 그것은 박관현만이 아니라 윤상원의 죽음을 자기 것으로 받아들였던 모든 사람의 것이며, 1987년 죽은 박종철과 살아 있는 이한열 사이에서, 그리고 다시, 죽은 이한열과 죽지 못한 사람들 사이에서 재차 반복되기도 했다.

두 죽음 사이의 공간이 만들어내는 윤리로서의 죄의식이 가장 상징적으로 표현된 것은 임철우의 『백년여관』이었다. 이 소설에서 임철우 역시 죽은 윤상원의 반대편에서, 죽지 못한 박관현의 자리를 자기 것으로 받아들이는 사람의 대표적인 모습을 보여준다. 그로부터 다시 9년이 지나 나온 김경욱과 이해경의 소설은 이제 죄의식이 아니라 복수에 대해 말하고 있다. 죄의식도 타자의 시선에 의해 생겨난 것이지만, 복수 역시 마찬가지이다. 법을 대신하는, 정의의 사적(私的) 구현 행위로서의 복수는 반드시 타자의 시선에 의해 확인을 받아야 유효한 것이 된다. 복수하는 상대에게 확인을 받거나, 저 하늘 어디에선가 나를 내려다보고 있는 죽은 영혼에게 혹은 어떤 신성한 존재에게 혹은 일반적인 공중의 시선에게서라도 확인을 받아야 복수는 복수가 된다. (그것이 복수와, 은밀한 정치적 행위로서의 암살

이 구분되는 점이다. 암살에서는 표적의 죽음이 중요하지만, 복수에서 중요한
것은 표적이 죽어야 할 이유이다.) 그럼에도 복수와 죄의식이 다른 점이
있다면, 죄의식에서 타자는 한 개인의 내면에 존재하는 데 비해 복
수에서의 타자는 개인의 내면 너머에, 그가 속해 있는 집단이나 공
동체에, 인륜성 속에 있다는 점이다. 이런 점에서 죄의식이 칸트적
이라면 복수는 헤겔적이다.

　하지만 이 둘의 거리가 멀지 않다는 점을 상기할 필요가 있겠다.
칸트는 단지 자기가 이미 헤겔임을 의식하지 못하고 있다는 점에서
칸트적이다. 죄의식이 고개를 바깥으로 돌리는 순간 그것은 이미 복
수가 된다. 죄의식이 복수로 변할 때, 책임은 한 개인의 마음 밖으로
뛰쳐나와 그가 상상하는 공동체의 영역으로 이행해간다. 복수라는
행위 자체가 이미 그것의 불가능성을 함축하고 있기도 하지만, 단순
한 앙갚음이 아닌 것으로서의 복수는 광주항쟁이나 1980년대적 의
식과 관련되었을 때 종국적으로 단 하나의 정언명령으로 이어질 수
밖에 없다. '잊지 말고 기억하라.' 그것은 김경욱과 이해경의 소설이
일깨워주는 것으로서, 여기에서는 죄의식과 복수와 용서가 모두 동
일한 지점으로 휘감겨든다. 단순한 앙갚음으로서의 복수는 어떤 의
미에서건 살아가야 할 궁극적 이유의 자리를 차지할 수는 없다. 우
리에게 삶의 이유를 만들어주는 것은 단 하나, 사랑일 뿐이다. 복수
가 아니라 기억이 중요한 까닭은 그 때문이다.

　앞에서 나는 이유를 달지 않은 채 좀 난폭하게, 김경욱과 이해경
의 소설을 두고 때이른 제문이고 뒤늦은 참회록이라고 했다. 김경

욱의 『야구란 무엇인가』는 복수의 불가능성을 확인하는 것, 그러니까 분노와 복수심의 종말에 대한 일종의 제문이고, 이해경의 『사슴 사냥꾼』은 국가 폭력이라는 국가의 자해 행위 앞에서 스스로 손발을 묶어버린 채 방관할 수밖에 없었던 사람들의 때늦은 참회록이라는 의미에서였다. 제문이 이르다는 데에는 이론의 여지가 있을 수도 있으나 참회는 확실히 늦게 왔다. 전두환이라는 일그러진 형상에 가려져 한수의 복수심이 채 미치지 못했던 곳이 있다. 그런 대목을 묘사하는 작가 이해경의 손은 이미 알고 있었을 것이다. 그의 뉘우침이 무엇을 향한 것인지를. 1979년 10월 27일, 고등학교 1학년 한수를 향한 주번 교사의 아름다운 언행을 묘사하는 다음 대목을 끝으로 글을 맺어두자.

　　너 자세가 이게 뭐야. 선생님 앞에서 삐딱하게. 똑바로 못 서. 주번 교사 완장을 찬 사내가 한수의 뒤통수를 때리면서 말했다. 학생들은 그를 불독이라고 불렀다. 한수는 똑바로 섰고 불독은 투덜거리며 자리에 앉았다. 실내화를 다시 신기든지 해야지, 카악. 불독은 재떨이에 가래를 뱉었다. 먼지를 하도 마셨더니 이거, 교실이고 복도고 흙 천지야. 불독의 시선이 한수의 발 쪽을 향했다. 어라, 너 학생이 이런 구두 신어도 되는 거야? 동네 제화점에서 맞춘 한수의 구두는 제비족이 즐겨 신는 스타일이었다. 어쭈, 바지는 당꼬네다. 한수의 발목을 감싼 바지 밑단의 폭은 육 인치 반이었다. 불독은 한수의 교복 윗도리를 들췄다. 노벨트에, 그렇지 주머니는 사십오 도로 트고. 이건 또 뭐야. 누가 교복 안

에 와이샤쓰 입고 다니랬어. 게다가 색깔이 이게…… 이 새끼 완벽한 날
라리네. 한수가 아버지에게 물려받은 보라색 셔츠를 학교에 입고 온 것
은 그날이 처음이었다. 다음부턴 입고 오지 마. 스마일 씨는 웃어넘기려
했지만…… 무슨 소리야. 벗어. 압수야. 불독은 쉽게 놓아주지 않았다.
한수는 가만히 서 있었다. 안 들려? 당장 벗으라니까. 한수는 교복 윗도
리만 벗고 다시 가만히 서 있었다. 니 이 새끼 개기는 거야? 빨리 안 벗
어! 저만치서 독일어 교사가 돌아보며 눈살을 찌푸렸다. 한수는 주춤거
리며 말했다. 안에 아무것도 안 입었는데요. 그것은 영만이 아들에게 가
르쳐준 옷차림 예절의 기본이었다. 하, 이놈 봐라. 아주 골고루 다 하는
구만. 이 새끼 빤쓰도 안 입은 거 아니야. 안 되겠군. 따라와 새끼야. 한
수는 학생부로 끌려갔다. 스마일 씨는 난처한 표정만 짓고 앉아 있었
다.(20~1쪽)

성공서사와 미학의 정치

제9장 1990년대의 마음
신경숙의 『외딴방』의 의미

정상국가로 가는 마음의 길

한국의 1990년대는 정상국가로의 전환 과정이 비로소 가시화되기 시작했다는 점에서 특징적이다. 여기에서 정상국가라는 것은 그 말 자체가 그렇듯 대단한 것이 아니다. 보통 사람들의 상식이 통용되는, 나라 같은 나라라는 뜻 정도이다.

그렇다면 1990년대 이전의 한국은 정상적이지 않은 나라였다는 것인가. 당연히 그렇다고 해야 한다. 1987년 이전의 체제, 5공화국과 유신체제의 비정상성은 길게 말할 필요 없이 그 두 개의 헌법이 규정한 주권 행사의 방식을 보는 것으로 충분하다.[1] 유신 헌법과 5공화국 헌법은 연방제도 아닌 나라에서 최고 실권자인 대통령을 간접선거로 선출하게 했다. 대의 절차가 지닌 불가피한 왜곡 과정을 염두에 둔다면, 그 '한번 더'의 선거는 민주주의냐 아니냐를 가르는

실질적이고 결정적인 선이다. 두 번의 왜곡을 거치면서도 국민의 뜻
이 투명하게 재현되기를 바라는 것은 두 번의 기적이 겹치기를 원
하는 것에 다름 아니다. 전두환의 5공화국이 새 헌법을 만들어 새
로운 시대를 표방하면서도 결코 포기할 수 없었던 것이 대통령 간
선제였다는 점, 또한 1987년 6월항쟁의 핵심 구호가 대통령 직선제
쟁취였다는 점은 이런 이치로 보면 당연한 것이다.

　1972년 이후 1980년대로 이어지는 이 같은 상황에서, 제대로
된 나라를 향한 사람들의 마음에 결정적 타격이 가해진 것은 1980
년 5월의 일이다. 1980년대 마음의 시계는 바로 그 순간 멈추어버
렸다고 해야 한다. 한 도시의 시민들이 자국 군대의 손에 피살당했
던 1980년 5월 이후로 시간은 흐르지 않았고, 그 사실을 접하게 된
사람들은 1980년대의 매 순간을 1980년 5월의 시간으로 살았다.
1987년 6월항쟁 이후로도 근본적인 상황은 변하지 않았을뿐더러
오히려 더 기이해졌다고 해야 한다. 박종철과 이한열 같은 청년들의
가슴 아픈 희생이 기폭제가 되어 새로운 헌법이 만들어졌지만, 그
헌법에 따르는 첫 번째 대통령으로 노태우가 선출되었다는 사실이
그런 상황의 기이함을 웅변한다. 법정에 서야 할 사람이 국가의 수
반으로 있는 역설적 상황에서 1991년에도 여전히 강경대와 김귀정

1　대의제 민주주의가 지니는 정당성은, 주요 정책 결정에서 주권자의 자기 결정권이 얼마나 투명하
고 왜곡 없이 행사되는지를 기준으로 측정될 수 있다. 작년 12월 9일 대통령 탄핵 소추안 국회 심의에
서 탄핵에 찬성한 국회의원의 비율이 78퍼센트로 그날 발표된 갤럽의 국민 여론조사 결과와 비슷한 수
치라는 것은 현재의 대의 형태를 고려하면 기적에 가까운 일이다. 그러나 그 기적은 연인원 1천만에 육
박하는 시민들이 두 달여에 걸쳐 주말을 반납함으로써 이루어진 것임이 적시되어야 한다.

같은 젊은이들이 폭력적 국가권력의 희생자가 되어야 했다. 1987년 6월항쟁의 결실로 시계는 다시 움직이기 시작했지만 시간은 여전히 흐르지 않는 기이하고 역설적인 상황이, 1980년대 후반과 1990년대 초반의 5년 사이에 자리잡게 되었던 셈이다.

1990년대를 두고 환멸의 시대라 부를 수 있다면 그것은 바로 이 5년 동안의 이 같은 시간들에 주로 해당하는 말이겠다. 노태우 정부 출범 이후 전개된 여소야대 국면에서 이른바 '3당 합당'을 통해 민자당이라는 거대 여당이 생겨나고, 소련과 동구권이 몰락함으로써 대안적 사유의 현실적 거점이 사라졌던 것이 1990년대 벽두의 일이다. 유신 정권 이래로 이어져오던 반정부 혹은 반체제 운동의 흐름이 재편될 수밖에 없었던 것도 이 공간에서의 일이다. 학생과 시민의 힘으로 무언가를 이뤘는데 정작 바뀌어야 할 핵심은 그대로 남아 있는, 분명히 싸움에서는 이겼는데 손에 잡힌 것은 하나도 없는 상황, 야만이 아니라 교활의 시대, 피아가 뒤섞이며 적이 사라졌는데 사실은 없어진 것이 아니라 다만 보이지 않게 된 시대라고 부를 수밖에 없는, 이상주의의 격렬함이 사라지고 난 다음의 허탈 상태, 청산되어야 할 사람들이 여전히 권좌에 버티고 있는 상태, 분노와 피로감이 교차하며 마음의 풍경을 이룬 시간들이 곧 1990년대 초엽의 시대적 경험을 규정한다.

이런 뜻에서 1990년대는 1993년에야 비로소 시작되었다고, 좀더 정확하게는, 내란을 통해 불법적으로 국권을 장악했던 신군부의 수뇌들이 법정에 세워졌던 1995년에 제대로 시작되었다고 해야 한다.

그것은 김영삼의 '문민정부'가 출범과 동시에 '하나회' 숙정을 시작하고 전격적으로 금융실명제를 시행함으로써 만들어낸 성과이다. 1980년 5월에 멈춰버린, 정상국가를 향한 마음의 시간이 다시 흐르기 시작한 것은 그때부터였다고 해도 좋을 것이다. 그것은 단지 군사 반란으로 정권을 탈취했던 몇 사람을 처벌하는 일에 그치는 것이 아님은 물론이다. 징치군인들에 의해 유린되었던 군의 정치적 중립성과 조직 내부의 공정성을 제자리로 돌려놓고 정치자금을 둘러싼 정경 유착의 고리를 끊어내기 위한 최소한의 제도적 조치로서, 그 두 개의 작업은 정부 수립 후 30년이 넘는 동안 국가 차원에서 채 이루어지지 못한 자기 통치의 성숙성과 합리성을 향해 첫발을 떼는 것에 해당한다. 성공한 쿠데타도 처벌될 수 있다는 것, 전직 대통령 둘이 나란히 법정에 선 것은 그런 발걸음의 대표적 상징이라 해야 하겠다.

이런 시간들 속에서 발표된 소설이 신경숙의 장편 『외딴방』이다. 이 소설은 1994년 겨울 『문학동네』 창간호에 게재되기 시작하여 이듬해 가을호까지 네 차례에 걸쳐 연재된다. 사회사의 시계로 말하자면, 1994년 성수대교가 무너진 후에 첫 회가 나와서 1995년 삼풍백화점 붕괴의 대참사가 발생한 후에 종료된다. 그사이에는 내란죄로 고발된 전두환, 노태우 등에 대해 성공한 쿠데타는 처벌될 수 없다는 검찰의 발표가 있었다. 『외딴방』의 독특함은 바로 그런 시간 속에서 움직이던 마음들을 특이한 방식으로 포착해낸다는 점에 있다. 그 방식의 특이함이 우리로 하여금 많은 시간을 거슬러 올라가게 한다. 『외딴방』이 포착하고 있는 것은 일차적으로 지난 시대를 바라보는 1990년대의 마음이고, 거기에 직접적인 대상으로 설정된 것은 1978년부터 1981년까지, 유신 정부에서 전두환 정부로 옮겨가는 시기의 일이다. 하지만 박근혜가 탄핵된 2017년 벽두의 관점에서 바라보면, 신경숙의 『외딴방』이 내장하고 있는 것은 소설이 직접 다루고 있는 시간 경험에 그치지 않는다. 근대성의 출발점으로부터 연원한 훨씬 더 많은 마음의 풍경들이 압축되어 있다. 그것이 이 소설을 문제적으로 만들었겠지만, 1990년대 문학의 특성을 살피는 데 『외딴방』이 주요한 텍스트로 소환되어야 할 하나의 이유이기도 하겠다.

『외딴방』의 이중 서사

『외딴방』이라는 장편소설은, 매우 단순하게 말한다면 시골에서 자라던 한 소녀가 상경하여 고생한 끝에 작가가 되는 이야기이다. 이런 줄거리는 전형적인 성장소설의 틀거리를 지니고 있다. 또한 『외딴방』은 고생 끝에 작가가 된 시골 소녀가 험했던 서울살이를 돌아보는 이야기라고 축약될 수도 있다. 그렇다면 이것은 환멸소설의 전형에 가까워진다. 여기에서는 자기가 버려두고 온 것들에 대해, 이제는 돌아갈 수도 돌이킬 수도 없는 시간들에 대해 느끼는 회한이 핵심이 된다.

성장과 환멸이라는 두 개의 서사는 상반된 방향성을 지니고 있지만 전적으로 배치되는 것은 아니다. 성장이란 몸이나 마음이 자라나는 것이고 거기에는 시간 변화에 따르는 심신의 반응이 수반되기 마련이다. 자라나면서 꿈은 어떤 방식으로건 깨어지게 되어 있고 깨어진 꿈에는 반드시 환멸이 뒤따른다. 또 한편으로, 이상이 사라지고 현실이 드러나는 것으로서의 환멸 역시 반드시 성장 혹은 변화를 전제로 한다. 안 보이던 것들이 보이기 위해서는 눈높이나 시각 혹은 시력이 달라져야 한다. 요컨대 성장도 환멸도 모두 한 사람이 어른이 되어가는 과정에서 혹은 성숙해가는 과정에서 생겨나는 이야기의 원형에 해당한다고 말할 수 있겠다. 긍정적인 방향이면 성장이고 부정적인 방향이면 환멸일 것이되, 이것은 오직 어떤 시선으로 포착되는지의 문제이다.

그런데 『외딴방』을 논하는 자리에서 왜 이런 원론적인 이야기를 하는가. 그것은 이 소설의 매우 독특한 형식 때문이다. 그 형식이 『외딴방』의 서사를 성장도 아니고 환멸도 아닌 매우 특이한 지점에 자리잡게 한다. 바로 그런 특이성이야말로 신경숙적인 것 혹은 1990년대적인 것이라 부를 수 있을 터인데, 이를 논의하기 위해서는 먼저 이 소설의 독특한 형식이 거론되어야 한다.

잘 알려져 있는 대로, 『외딴방』의 서사는 현재와 과거가 특이하게 교직됨으로써 만들어진다. 그 특이성으로 인해 『외딴방』은 소설이라는 장르가 지닌 제도화된 허구라는 속성의 경계를 넘나든다. 이 점은 『외딴방』이 네 번에 걸친 연재를 통해 발표되었다는 점과 밀접하게 연관되어 있다. 소설이 창작된 시간은 1990년대 중반의 1년여이고, 소설이 대상으로 삼는 시간은 1978년 봄부터 1981년 겨울에 이르는 4년여이다. 이처럼 두 개의 시간이 뒤섞여 있는 것 자체가 특별하다 할 것은 없다. 현재와 회상이 뒤섞이는 일은 소설에서 자주 있는 일이다.『외딴방』의 독특성은 4회에 걸친 연재 형식 속에서 드러난다. 첫 회를 발표한 후의 이 연재분에 대한 반응이 2회에 공개되고, 다시 2회 발표분에 대한 반응이 3회에 반영되는 식이다. 소설은 사실이 아니라 허구로서 제도화되어 있는 양식인데,『외딴방』의 이런 형식은 그 같은 전제를 뛰어넘어 소설 속 이야기가 허구가 아니라 사실임을 강조하고 있다. 허구의 탈을 쓴 사실 같은 것도 아니고 그냥 그 자체가 사실이라고 매우 직접적으로 말하고 있는 것이다.

　물론 작가는 소설의 첫머리와 마지막에서 "사실도 픽션도 아닌 그 중간쯤의 글"[2]이라는 표현으로 이 소설을 지칭하고 있지만, 그것은 작가의 말일 뿐이다. 1978년 가리봉동에서 함께 살던 큰오빠로부터『외딴방』연재에 관한 신문 기사를 읽었다는 전화가 오고, 그런 오빠의 말에 예민하게 반응하는 작가의 모습이 그다음 회에 등장한다든지, 또 주인공 소녀가 다녔던 영등포여고에서 현재도 여전히 운영 중인 산업체특별학급 교사의 편지가 소설에 공개될 때, 그리고 그 교사의 존재와 이름이 실제임이 신문 기사를 통해 알려질

2　신경숙,『외딴방』, 문학동네 2014, 511쪽. 이하 이 책의 인용은 본문에 쪽수만 밝힌다.

때, 『외딴방』은 자전적인 소설이라기보다 오히려 소설이라는 이름
을 빌린 자전이나 고백록처럼 독자들에게 다가가게 된다. 실제 사실
을 바탕으로 쓰인 소설은 드물지 않지만, 이런 방식으로 사실임을
거리낌 없이 적시하고 순간순간 그것을 드러내 강조하면서 연재된
소설은 매우 드물다.

　소설기가 1인칭 화자로 나와 자기 체험을 있는 그대로 드러내는
것, 약간의 허구적 윤색을 가하거나 인명과 지명 등을 변형함으로써
자기 이야기를 하는 것은 자주 있는 일이다. 양적 측면을 떠나 소설
이라는 장르에서 차지하는 비중만으로 생각한다면 이러한 1인칭 소
설은, 허구적으로 구성된 남의 이야기로서의 3인칭 소설과 함께 근
대소설의 두 개의 본령을 이룬다고 할 만큼 큰 무게감을 지닌다. 여
기에서 허구성을 덜어내거나 사실성을 강화하여 고백의 밀도를 높
이는 방식이나, 또한 그런 고백의 양식 자체가 지니는 힘을 바탕으
로 유희성을 강화하여 아이러니의 공간을 만들어내는 방식 역시 이
상이나 다자이 오사무 같은 작가들에게서 독특한 장르적 성과로 확
인되기도 한다. 이런 방식은 특히 소설 쓰기 자체의 자기 지시성이
강화된 것으로서, 여기에서 소설 창작의 기법이란 단지 표현 방식의
수준을 넘어 표현하기 그 자체의 의미에 관한 존재론적 수준에까지
도달하게 된다.

　소설 쓰기 자체의 문제성을 소설로 표현하는 방식은, 1987년 이
후 5년 동안에 한국문학에서도 중요한 문제로 제기된다. 양귀자의
중편 「숨은 꽃」을 필두로 하는 이른바 '소설가 소설'의 유행이 대표

적이다. 앞에서 거론했던, 이 시기가 지닌 이념적 지형의 기형성은, 6월항쟁 및 1987년 대선 이후의 환멸감과 함께 뒤섞이며 소설가에게는 방법론적 전환을 요구하는 압력이 되고, 좀더 일반적으로는 이념이나 실천이 아닌 윤리적 압박감으로 다가온다. 이와 함께, 계몽이나 이념의 집단적 지향성과 밀접하게 연관된 미학의 문제는 점차 힘을 잃어가고, 문제의 초점은 한 개인의 내면이나 윤리로 옮겨간다. 이전 시기에는 그려야 할 대상이나 창작의 방향성이 정해져 있어 그것을 어떻게 표현할 것인지가 문제가 되었음에 비해, 방향 상실의 시대에는 그려야 할 대상을 선택하는 것과 그 이유 자체가 문제시되는 것이다. 그런 점에서, 이 시기의 '소설가 소설'에 등장하는 소설 쓰기의 자기 지시성은 모더니즘적 소설의 자기 지시성과도 구분된다. 소설 쓰기의 자기 지시성이 미학적 차원이 아니라 윤리적 차원에서 작동한다는 점에서 그러하다.

신경숙의 『외딴방』은 기본적으로 소설사의 이런 흐름 속에 놓여 있다. 소설가가 고백을 통해 자신의 내면을 드러내는 형식을 취하고 있다는 점에서 그러하다. 그런데 『외딴방』은 여기에서 한발 더 나아간다. 이 점에 『외딴방』만의 고유성이 있다고 해야 할 터인데, 그것은 두 가지 요소의 복합의 산물이다. 첫째는 서사가 지닌 윤리적 차원의 자기 지시성이 노동자로서의 체험과 연관되어 있다는 점, 곧 시대성을 지니고 있다는 점, 둘째는 서사의 양식이 새로운 전환기가 맞이하고 있던 충동 차원의 윤리, 곧 윤리적 무의식의 문제를 건드리고 있다는 점에서 그러하다. 그런 무의식이 현실적 위력으로 작동하는 것이 바로 1990년대적 특성이라 할 것인데, 이에 대한 본격적 논의에 앞서, 먼저 『외딴방』의 서사가 지닌 얼개와 그 이중적 속성을 간단히 정리해보자.

중학을 졸업한 한 시골 소녀가 서울 생활을 하기 위해 상경을 했고, 고학을 하는 오빠와 함께 생활비를 벌어가며 살아야 한다. 무엇을 어떻게 해야 하는가. 직입훈련원을 거쳐 구로공단의 전자회사에 위장취업을 한다는 것이 『외딴방』에 주어져 있는 답이다. 여기에서 위장취업이란 1970, 80년대의 대학생들이 노동운동을 하기 위해 학력을 속이고 공장에 취업했던 것과는 전혀 다른 것이다. 그것이 이념형 위장취업이라면, 『외딴방』의 경우는 생계형 위장취업이다. 16세의 나이로 공장에 취직하는 것이 어려웠기 때문에 나이를 속이고 이름을 바꿔 공장에 나간 것, 학력을 낮춘 것이 아니라 나이를 높인 위장취업이다. 서울에서 고학을 하며 대학에 다니는 큰오빠가 있어 '나'는 서울행을 결행할 수 있었다. '나'가 원하는 것은 작가가 되는 것이지만 그런 것이야 열여섯 살 소녀가 꿈꿀 법할 막연한 꿈에 지나지 않는다. 매우 빠른 속도로 산업화와 도시화가 진행되고 있는 이촌향도의 분위기에서 서울 생활을 꿈꾸는 것은 누구에게라도 그렇게 낯설지 않다. 시골집을 떠나와 서울행을 하는 사람들의 이야기도 이청준과 김승옥의 시대부터 이미 한 전형을 이루고 있다. 이 소녀도 이런 예에 해당된다.

『외딴방』의 소녀의 이야기는 이처럼 두 가지 성격을 함께 지니고 있다. 하나가 1970, 80년대 구로공단 저임금 노동자의 이야기라면,

다른 하나는 꿈을 이루기 위해 결사적인 마음으로 상경한 꿈 많은 미성년의 이야기이다. 그래서 이 소설은 1980년대적 의미에서 '노동소설'이기도 하면서 또한 '출세한 촌놈들'의 성공담 혹은 회한이 담긴 '성장소설'이기도 하다.[3] 전자가 1980년대 한국의 특수성을 담고 있다면 후자는 한국만이 아니라 근대적 서사 일반의 틀이다. 『외딴방』의 경우를 보자면, 서사적 과거의 문제를 다루는 대목에서는 전자의 성격이 우세하고, 그것을 술회하는 현재 시점의 이야기에서는 후자의 성격이 우세하다.

『외딴방』에서 '노동소설'과 '성장소설'은 서로를 자신의 거울로 맞세우면서 매우 집요하게 대화를 나눈다. 우리가 종국적으로 문제삼아야 할 것은 바로 그 집요함이거니와, 소설을 연재하고 있는 현재의 '나'는 묻는다. 나는 왜 이런 이야기를 쓰고자 하는가. 혹은 나는 왜 이런 이야기를 쓰지 않으려 했는가. 내가 쓰지 않으려 했던 것은 맞나. 쓰지 못했던 것이 아닐까. 그렇다면 그것은 무엇 때문인가. 이런 질문들이 개입하면서 서사의 호흡은 느려지고, 그 시절을 채우고 있던 사람들의 이야기에 주름이 생겨 디테일의 입체감이 말을 하기 시작한다. 두 개의 서사 사이의 대화가 깊어지면서 서사의 핍진성과 정서적 울림이 강화되는 것이다. 바로 그 울림 속에서 드러나는 것은 충동의 윤리이다. 입이 없어 말하지 못하는 충동 수준의 윤리가 저도

---

3   백낙청의 「『외딴방』이 묻는 것과 이룬 것」(『창작과비평』 1997년 가을호)은 전자의 측면을, 남진우의 「우물의 어둠에서 백로의 숲까지─신경숙의 『외딴방』에 대한 몇 개의 단상」(『외딴방』 1995년판 해설)은 후자의 측면을 대표한다.

모르는 사이에 드러난다고 해야 하겠거니와, 그 순간 우리는 성장소설은 아니고 노동소설도 아닌 매우 낯선 서사 하나를 확인하게 된다. 성공서사의 반면, 반(反)성공서사라 부름 직한 것이 곧 그것이다.

서사 1: 1990년대식 노동소설로서의 『외딴방』

『외딴방』은 구로공단 여성 노동자의 삶을 다룬다는 점에서 일차적으로 1980년대 '노동소설'과 맥을 같이한다. 그러나 여성 노동자의 삶이 회고와 고백의 양식으로 형상화된다는 점에서 그것과 구분된다. 또한 1인칭으로 서술되는 체험에 대한 직접적 진술이라는 점에서 노동자들의 수기문학과 같은 궤에 놓여 있다. 그러면서도 회고하는 방식과 회고하기 자체, 그리고 무엇보다도 회고하는 자기 마음에 대해 성찰적이라는 점에서 그것과 구분된다. '노동문학'과의 이러한 연관에서 보면, 『외딴방』의 주인공을 표상하는 가장 압도적인 이미지는, 전자회사 스테레오 조립 라인 컨베이어 위에 『난장이가 쏘아올린 작은 공』을 올려놓고 필사하고 있는 한 여성 노동자의 모습이다.

산업화 시대 노동자들의 삶을 다룬 서사에 등장하는 가장 두드러지는 제재는, 열악한 노동환경 및 노동자들의 단결권을 둘러싼 대립과 갈등이다. 노동 집약형 제조업이 수익을 단기적으로 극대화할 수 있는 가장 효과적인 방법이 무엇인지는 분명하다. 낮은 임금으로 생산 비용을 낮추고 장시간 노동으로 생산량을 늘리는 것이 그것이다. 최저생계비 수준을 밑도는 저임금에 잔업과 철야 같은 열악한 노동 조건이 문제가 되는 곳에서 노동자들의 저항이 생겨나는 것 또한 당연하다. 노동자들은 제대로 된 노조를 원하고 사용자들은 막으려 한다.

구로공단의 전자회사에 취직한 『외딴방』의 소녀가 마주하는 상황도 여기에서 예외이기는 어렵다. 동남전기 스테레오과 생산부 A라인 1번으로 일하게 된 여성 노동자가 가장 먼저 직면하는 갈등도 노조의 설립과 활동을 둘러싼 것이다. 작가의 꿈을 따라 서울에 왔지만, 생활비를 벌기 위해 공장에 다니는 '나'는 너무나 당연하게 노조에 가입한다. 정상적 조건에서라면 누구라도 그럴 것이다. 그것이 옳고 당연한 일이니까. 더욱이 노조 일을 주도하는 사람들은 이타적이고 정의롭기까지 하다. 그럼에도 기업은 현실적 힘을 지니고 있는데다 정부까지 기업 편이다. 게다가 '나'는 산업체특별학교에 다닐 수 있는 특혜를 회사로부터 받고 있던 터라 결국 노조 탈퇴서를 회사에 제출한다. 그것만으로도 수치스러운 일인데 '나'를 더 부끄럽게 만드는 것은 그런 자기 자신을 따뜻하게 감싸주는 노조 사람들, 노조 지부장과 윤순임과 미스 리 같은 사람들이다. 주인공을 바라보는 그들의 시선은 후배 노동자를 바라보는 선배의 시선일 뿐 아니라 나이 어린 동생을 바라보는 언니나 오빠의 시선이기도 했다. 그것 또한 당연한 일일 것이다. 정상적인 사람이라면 누구라도 그럴 것이고, 그들은 정상적인 사람들이니까.

　이런 점에서 『외딴방』이라는 소설이 작가에게는 일종의 커밍아
웃에 해당한다. 소설의 첫 장에서부터 작가는 스스로를 심문의 대상
으로 삼는다. 너는 왜 지금껏 자신의 과거에 대해 말하지 않았는가.
이제는 말할 때가 되었다는 것이고, 그것을 말하기 위해서는 매우
많은 정신적 에너지를 동원해야 한다는 것이다. 그것은 소설가가 보
여주는 제대로 된 삶에 대한 결의와도 같아서 소설 전체를 매우 진
지하고 심각한 고백의 분위기로 감싼다. 그렇다면 무엇이 고백의 진
짜 대상인가. 이 질문에 대한 대답이야말로 앞에서 미뤄두었던, 충
동 수준의 윤리가 작동하는 1990년대적인 특성과 연관되어 있지만,
한번 더 미뤄두자. 이보다 먼저 거론되어야 할 것은 『외딴방』이 지
닌, 쇠락기에 접어든 시기에 출현한 1990년대식 '노동문학'으로서
의 성격이다.

　『외딴방』이 지닌 시대적 성격은, 방현석의 「새벽 출정」(1989) 같
은 1980년대식 '노동소설'과 대조해보면 좀더 분명해진다. 인천 자
기공장 여성 노동자들의 파업 농성을 다루고 있는 이 중편소설의
포인트는, 힘겨운 파업을 이어 나가는 노동자들 간의 동지적 연대
감이고 또한 그들의 정당한 권리를 부당하게 제한하려 하는 사용자
측에 대한 분노이다. 소설은 조합원 한 명이 농성장을 떠나는 장면
으로 시작한다. 파업이 백 일을 넘어 장기화되면서 견디지 못한 사
람들이 생겨난다. 떠나는 사람인 윤희는 순옥과 함께 산업체학교 학
생으로 학생 조합원들의 지도자 역할을 했던 인물이다. 3학년생 윤
희는 졸업 후 돌아오겠다는 약속을 남기고 아쉬운 얼굴로 떠난다.

2학년생인 순옥은 떠나고자 했으나 차마 떠나지 못한 채 농성장을 지킨다. 둘 모두 길고 힘든 싸움에 열심으로 임했었다. 그렇다면 이후에는 어떤 이야기들이 전개될까. 농성장을 지키고 끝까지 투쟁에 나서는 순옥의 시선과 목소리가 그 뒤의 이야기를 펼쳐놓는다. 사측의 다양한 형태의 탄압, 장기 농성 자체의 힘겨움, 그것을 넘어서고자 하는 조합원들의 희생정신, 그리고 정밀기계 공장 남성 노동자들의 협력과 동지애, 이런 것들이 함께 어우러지면서, 투쟁하는 노동자들의 자기 긍정의 드라마로 서사는 귀결된다. 여기에 농성장을 떠난 윤희의 시선은 개입할 여지가 없다. 물론 이 소설은 중편이고 그래서 노동 정신의 드라마가 만들어내는 시적 순간을 포착하는 일이 더 중요했기 때문이라고 해야 할 것이다.

그렇다면 『외딴방』은 어떨까. 학교를 포기하고 농성장을 지킨 사람의 시선이 소설에서 중심적인 것이라 할 수 없는 것은 물론이지만, 아쉬워하면서 농성장을 떠난 「새벽 출정」의 윤희 같은 인물의 시선이 지배적이라 할 수 있을까. 좀더 본질적인 수준에서 말하자면 여기에서 한발 더 나아가야 하는 것은 아닐까. 『외딴방』의 소녀 '나'가 산업체학교에서 만난 급우들이 있다. 이들을 대표하는 인물은 '나'의 오른쪽 짝, '헤겔을 읽는 미서'라 해야 할 것이다. 미서가 교실에 앉아 이해도 되지 않는 헤겔의 책에 머리를 박고 있는 이유는 단 하나이다. "오랜 후, 열일곱의 나와 친해진 미서가 헤겔에 대해서 말한다. 이 책을 읽고 있을 때만 내가 너희들하고 다른 것 같아. 나는 너희들이 싫어."(192쪽) 그러니까 미서는 노동자로서의 자기 긍정 같은 것과는 거리가 멀 뿐 아니라, 그 자신이 노동자라는 사실을 끔찍해하고 있다는 점에서 오히려 그와는 정반대편에 있다. 그에게 헤겔의 책은 노동자의 운명을 막기 위한 일종의 부적인 셈이다.

『외딴방』의 주인공 소녀는 '헤겔을 읽는 미서'와 다르다고 할 수 있을까. '나'는 학교에 가기 위해 조합을 탈퇴해야 했고 이를 부끄럽게 생각한다. 그런 점에서 '나'는, 미안해하며 농성장을 떠난 윤희 정도의 마음을 가지고 있다고 해야 할 것이다. 그럼에도 본질적인 점에서 보자면, '공순이'가 되지 않기 위해 헤겔의 책에 코를 박고 있는 미서와 다르지 않다고 해야 한다. 사진작가가 되겠다는 외사촌도 그렇고, 고등학교를 마치고 전화 교환원이 되어 은행에서 근무하고 싶어하는 희재 언니도 마찬가지다. 힘겨운 공장 생활을 하면서도 야간 고등학교에 등교하는 사람들의, 전부라고 하면 지나치겠지만 거의 모두의 꿈이 공단을 떠나는 것, '공순이' 소리를 듣지 않는 것이다. '나'도 마찬가지다. 구로공단에서 공원 노릇을 하는 것은 작가가 되기 위해 불가피하게 잠시 택한 임시방편일 뿐이다. 가능하다면 하루바삐 여기를 떠나야 한다. 공장 컨베이어 위에 조세희의 『난장이가 쏘아올린 작은 공』을 펼쳐놓고 필사하는 '나'는, 헤겔의 책에 코를 박고 있는 미서와 하나도 다르지 않다.

이와 관련하여 또 하나 흥미로운 대조가 되는 것은, 홍희담의 중편 「깃발」(1988)에 등장하는 한 장면이다. 이 중편은 광주항쟁 이야기를 직접적으로 서사화한 최초의 작품이라는 점에서, 또한 1988년 봄, 8년 만에 복간된 『창작과비평』에 실렸다는 점에서 화제가 되었다. 그런 소설이 쓰일 수 있었던 것도, 계간지가 살아날 수 있었던 것도 모두 1987년 항쟁의 결과물이기도 했다. 이 소설에서 인상적인 대목은, 야학에 다니는 노동자 두 사람이 대화를 나누는 장면이다. 글쓰기에 대해 말하는 도중 한 사람이 『난장이가 쏘아올린 작은 공』을 보며 말한다. 우리들에 관한 이야기인 것 같은데 무슨 말을 하는지 잘 모르겠다고. 그러자 의식 있는 야학생 노동자 형자가 말한다. "이게 바로 글재주라는 거야. 우리 얘기를 이상하게 써놓았잖아. 우리 얘긴 우리가 써야 되지 않겠니?"[4]

「깃발」의 이 장면과 『외딴방』을 맞세워놓고 보면, 조세희의 장편 『난장이가 쏘아올린 작은 공』을 두고 벌어지는 대립이 선명하다. 「깃발」에 등장하는 광주의 노동자들이 그 소설에 대해 비판적인 이야기를 나누던 그 시간대에, 『외딴방』에 등장하는 구로공단의 노동자는 바로 그 소설을 필사하고 있었던 셈이다. 소설 속의 시간으로 보자면 둘 모두 1980년의 일이지만, 「깃발」의 대화는 1987년산 허구 속에서 등장한 것이고, 『외딴방』의 필사는 1995년산 비(非)허구 속에서 진행된 일이다.[5]

이와 같은 대조가 상기시켜주는 것은 1980년대를 거쳐오면서 어

4　홍희담, 「깃발」, 『창작과비평』, 1988년 봄호, 187쪽. 소설집 『깃발』(창비 2003)에 수록된 판본에서는 소폭 개고되면서 『난장이가 쏘아올린 작은 공』이라는 책 제목이 사라진다.

5　『외딴방』의 '나'가 그 책을 얻게 된 것은 산업체학교 학생들의 존경을 받는 한 선생님(그는 산업체특별학급을 만들어준 대통령께 감사해야 한다는 교장의 훈시에 대해, 감사를 받아야 할 분은 여러분들의 부모님이라고 일갈했다)으로부터였고, 그 책만이 아니라 소설가가 되고 싶어하는 '나'에게 무크지 『실천문학』 창간호도 건네준 소설 속의 최홍이 선생님은 소설 밖 현실에도 존재하는 실제 인물이기도 했다.

느 사이에 이루어진 미학의 변화, 좀더 정확하게 말하자면 이념적 진영 논리와 연관되어 있던 감각 정치의 변화이다. 1980년대식 미학의 특정한 관점에서 볼 때 조세희의 『난장이가 쏘아올린 작은 공』이 문제적일 수 있다면, 한편으로는 노동자와 도시 빈민의 아픔을 대상으로 하면서도 또 한편으로는 모더니즘적인 표현 양식을 지니고 있다는 점 때문이다. 여기에서 모더니즘은 비(非)리얼리즘이라는 말이고, 단순하게 표현하자면 지나친 세련성을 뜻한다. 세련성이 지나쳐서 문제라는 것인가. 너무 세련되면 어려워지고 유식자 지식인이나 유한계급들에게나 어울리는 것, 곧 민중들과 함께 나눌 수 없는 것이 되어서 문제라는 것이다. 그렇다면 기층 민중은 그런 세련성을 수용하거나 이해할 수 없는가 하는 반문이 바로 나올 수 있겠으나, 이념과 결합된 미학의 틀에서는 더 이상의 논의는 쇄말적인 것이 된다. 「깃발」의 노동자가, '우리 이야기인 것 같은데 잘 모르겠다'는 식으로 말하는 것은 이런 식의 문제 설정에 입각해 있고, 그런 것이야말로 노동자들의 욕망과 취향에 관한 지식인의 관념성과 역설적 순진함이 드러나는 대목이겠다.

그런 관념성 혹은 순진함이 「깃발」의 작가에게만 해당하는 것이 아님은 물론이다. 이 중편에 국한하여 말하자면 1987년 6월항쟁에서 승리한 직후의 뜨거움이 반영된 결과라고 이해할 수 있겠으나, 좀더 근본적인 수준에서 보자면, 1970년대 이후로 이어져온 계몽적 전통, 민족주의에서 민중주의, 사회주의로 이어져온 감각 정치의 흐름이 본류로 자리잡고 있다. 여기에서 중요한 것은 민중적 건강함과 그런 정신을 표현하는 도구로서의 꾸밈없는 질박함이다. 서구적인 것이나 기법적 세련성 같은 것은 거부되어야 한다. 재즈나 팝이 아니라 민요나 판소리여야 하고, 단정한 무대극이나 유화보다는 현장에 어울리는 마당극, 탈춤, 판화, 걸개그림이어야 한다. 노동자들의 이야기는 노동자들이 써야 한다는 위의 진술에는 이런 감각 정치가 미학적 전제로 놓여 있다. 이런 요구에 대한 응답은 박노해의 시집 『노동의 새벽』(1984)에서 충격적으로 실현된 바 있거니와, 그로부터 10년 후에 나온 『외딴방』 역시 그에 대한 또 다른 응답의 방식이라고 해야 하겠다. 황혼의 양식인 소설답게 느리게 나온, 1990년대 마음의 응답.

『노동의 새벽』을 썼던 1980년대의 박노해는 노동자이면서 시인이었지만, 『외딴방』을 쓰는 1990년대의 신경숙은 노동자가 아니라 작가이다. 『외딴방』의 작가는 15년 전의 노동자 시절 그가 필사했던 소설보다 한발 더 나아간다. 표현되어야 할 것이 미리 있고 그것을 어떻게 표현할지를 고민하는 수준이 아니라, 표현에 대한 고민이 표현할 대상을 만들어내는 수준으로 나아가고 있기 때문이다. 거기에는, 한 개인의 능력이나 의지를 시대적인 것으로 만들어내는 힘이 개입해 있다.

신경숙은 지난 20여 년을 이어온 미학적 주류가 다시 한번 크게 굽이치는 곳에서, 작가로서는 매우 특이하다고 해야 할 '공순이' 시절의 경험을 힘들게 끄집어낸다. 그러자 그 힘에 끌려 올라온 것은 이전 시대의 '노동소설'에서는 좀처럼 찾아보기 힘들었던 것, 이념

형으로서가 아니라 다채로운 결을 지닌 노동자의 삶이었다. 커밍아
웃 수준의 고백 양식이 지닌 정서의 힘이, 소설에 표현된 삶의 결에
신뢰성을 부여하고 디테일에 생동감을 불어넣었다. 그 차이는 조금
단순하게 말한다면, '이념형 위장취업자' 출신 작가 방현석과 '생계
형 위장취업자' 출신 작가 신경숙의 차이라고 해야 할 것이다. 혹은
노동 집약형 제조업의 시대와, 바야흐로 금융자본 전성시대를 목전
에 두고 고부가가치 산업의 발전을 외치던 시대의 차이라고 할 수
도 있겠다. 그런 차이를 읽을 수 있는 것이 『외딴방』이라는 텍스트
와 신경숙이라는 작가가 지닌 시대적 의미일 것이나, 이것은 아직
절반이다. 우리가 추적해보아야 할 나머지 절반이 남아 있다.

이음매: 부끄러움 너머의 부끄러움

『외딴방』의 서사가 지닌 시간 구조의 특이성, 앞에서 언급한 것처
럼 현재와 과거가 지속적으로 섞이며 피드백되는 방식이 단순히 형
식만의 문제가 아닌 것은, 그것이 윤리적 질문과 연관되어 있기 때
문이다. 그 핵심에 놓여 있는 것은 부끄러움의 문제이다. 여기에서
부끄러움은 한 차원에 그치지 않는다는 점에서 더욱 문제적이다. 부
끄러움 너머에 또 하나의 부끄러움이 있고, 그 밑에는 훨씬 더 조용
하게 움직이고 있는 죄의식이 있다. 그것이 『외딴방』의 독특한 형식
미학을 만들어내는데, 여기서 미학이란 기법이 아니라 존재론적 차

원의 것이다. 정해져 있는 것이 아니라 스스로를 의심하고 순간순간 변개되면서 만들어지는 것이라는 점에서 그러하다.

이미 언급했듯이 『외딴방』이라는 소설은, 공장에서 일하던 소녀가 작가가 되는 이야기가 절반이고 그 시절의 이야기를 어떻게 소설로 표현할 수 있을지 고민하는 이야기가 나머지 절반의 비중을 차지한다. 앞의 것은 노동소설의 틀을 취하고 있으되, 뒤의 것은 애매하다. 기본적으로는 성장소설의 틀을 지니고 있지만 그것이 전부라고 할 수는 없다. 그 나머지, 성장소설의 그림자나 잉여라 할 만한 것이 움직이고 있어 문제가 된다.

이제 우리가 문제삼아야 할 것은, 이 같은 『외딴방』의 이중 서사를 결합시켜주는 두 개의 모티프이다. 하나는 고교 동창생 하계숙의 전화이고 다른 하나는 희재 언니의 죽음이다. 죽음은 13년 전 과거의 것이고, 전화는 소설을 쓰기 직전 현재 시점의 것이다. 첫 장편소설을 낸 후로 유명해진 작가에게 전화가 온다. 산업체학교 시절의 지각쟁이 동급생 하계숙의 전화였다. 졸업하고 헤어진 지 13년 만인 데다 뜻밖의 전화라서, 작가는 하계숙이 자기를 설명할 때까지 누구인지 알아채지 못한다. 그 전화를 기점으로 그 시절의 기억과 기억 속의 사람들이 봇물처럼 터져 나온다. 그리고 산업체학급 동급생들로부터 전화가 뒤이어진다. 사람들에게 제대로 인정받지 못하는 산업체 야간 고등학교 출신 사람들에게 동급생이 유명한 작가라는 것은 너무나 번듯한 자랑거리이다. 옆에 있는 사람들에게 말한다. 저 소설가가 내 동창생이라고. 우리는 같은 학교를 나왔다고. 그렇게 기억의 둑이 무너진 후, 하계숙은 작가에게 말한다. 너의 소설을 읽어보았는데, 우리 얘기는 없더라고, 너는 우리와 다른 삶을 사는 것 같더라고. 그리고 묻는다. "혹시 네게 그런 시절이 있었다는 걸 부끄러워하는 건 아니니?"(37쪽) 이 질문이 작가에게는 비수가 된다. 소설이 끝날 때까지 지속적인 심문의 대상이 된다. 그런 심문과 그 결과가 『외딴방』이라는 소설이다. 이런 점에서 보자면, 고교 동창생 하계숙의 질문과 그에 대한 대답은 『외딴방』이라는 소설의 모든 것이라고 해도 좋을 것이다.

그런데 작가는 정말 자신의 지난날을 부끄러워했을까. 하계숙의 질문에, '나'는 그게 무슨 말이냐고 곧바로 부인하지 못했다. 그렇다면 정말 부끄러워했던 것일까. 만약 그랬다면 그것이 문제가 될까. 혹시 부끄러움은 사실이되 그 대상은 다른 것이 아니었을까. 다음 세 개의 인용문을 보자.

㉮ 그렇지 않아, 라고 하계숙에게 대꾸해주었으면 내 마음은 편했을까. 하지만 난 그러지 못했다. 아니야, 라고 하지 못했다. 자랑스럽다고 여긴 적도 없었지만 부끄러워하지도 않았다. 모르겠다. 순간순간 부끄러웠을지도. 그러나 그런 생각은 심각하지 않았다. 아니 그런 생각을 골똘히 하고 있을 틈이 없었다고 해야 알맞은 표현일 것이다. 내게 주어진 상황들이 어렵다거나 고통스럽다거나 그런 생각도 못했다. 하루하루 생각하는 게 아니라 하루하루 살아가야 했으니까.(37쪽)

㉯ 편안한 잠을 자고 깬 후면 어김없이 그녀의 목소리는 얼음물이 되어 천장으로부터 내 이마에 똑똑똑 떨어져 내렸다. 너. 는. 우. 리. 들. 얘. 기. 는. 쓰. 지. 않. 더. 구. 나. 네. 게. 그. 런. 시. 절. 이. 있. 었. 다. 는. 걸. 부. 끄. 러. 워. 하. 는. 건. 아. 니. 니. 넌. 우. 리. 들. 하. 고. 다. 른. 삶. 을. 살. 고. 있. 는. 것. 같. 더. 라.(47쪽)

㉰ 봄과 여름 동안, 얼음 물방울이 된 하계숙의 목소리가 내 이마 위에 똑똑똑 떨어지던 어느 날부턴가 나는 원인 없이 몸이 아프기 시작했다. 처음엔 뜨겁디뜨거운 숯덩이가 가슴 복판에서 타고 있는 것 같더니 나중에 그 숯덩이는 불쑥불쑥 목젖까지 치받쳐 오르며 입을 통해 바깥으로까지 나오려다가 다시 내려가곤 했다. 속은 타는데 이마에선 식은 땀이 배어 나왔다.(73쪽)

㉮는 하계숙과의 전화를 끊고 난 다음의 반응이다. 아마도 이런 정도가 정답이 아닐까 싶다. 현재의 작가로서는, 구로공단 공원 출신이라는 것이 특별히 자랑스럽지도 않지만 그렇다고 특별히 부끄러울 것도 없을 것이다. 자기 또래의 다른 작가들에 비해 가난했고 그래서 유별난 경험을 했다는 정도일 것이다. 약간의 힐난이 섞인 친구의 전화였다 하더라도 그런 정도로 생각하고 말 일이다. 그리고 그 시절의 이야기를 전혀 쓰지 않았던 것도 아니다. 단편 「외딴방」은 단지 하계숙이 잘 찾을 수 없는 곳에 있었을 뿐이다. 그러니까 별다른 느낌 없이 아니라고 부정하면 그만인 일이다.

그런데 문제는 하계숙의 말이 계속해서 작가를 사로잡고 있다는 사실이다. 위의 ㉯와 ㉰가 그것을 보여준다. ㉯에서 표현되는 스타카토의 음절들이 밖으로부터 날아오는 얼음 화살들이라면, ㉰에서는 그것들이 한데 엉긴 불이 되어 몸 안에서부터 솟구쳐 나온다. ㉮가 정상적인 수준의 반응이라면, ㉰의 수준으로까지 표현되는 강렬함은 이해하기 쉽지 않다. 그의 몸속에서 타오르며 꿈틀거리는 것이 어떤 이야기이기에 그것을 견딜 수 없어서, "하계숙의 목소리를 외면하기 위해, 나는 아예 가방을 꾸려 집을 떠나버린다."(74쪽)라고 쓰고 있는가.

이 질문에 대한 대답으로 가장 표면에 있는 것은 하계숙이 말하는 '부끄러움'이다. 그는 자기들에 대한 부끄러움이 아니냐고 했지만, 위에서 언급한 것처럼 그렇기는 힘들다. 그것은 그저 13년 전에 신다 버린 구멍 난 양말과도 같은 것이라서 이제는 부끄러울 것도 없을뿐더러 그것을 부끄러워하는 것이 오히려 부끄러운 일이다. 어려운 형편을 이겨내고 유명 작가가 되었다는 이야기는 자수성가했다는 것과 마찬가지니 부끄러움이 아니라 자랑거리여야 마땅하다.

그런데도 끈질기게 작가를 쫓아오는 부끄러움이 있다면 그것은 무엇 때문인가.

　　뚜껑을 닫아버리는 것으로만은 되지 않아 이렇게 집을 도망쳐왔으나 하계숙은 끈질기게 여기까지 따라와서 내 이마에 얼음물을 똑똑똑 떨어뜨리며 속삭인다. 뭐라고 변명을 해도 너의 진심은 부끄러움에 있는 거야, 우리를 부끄러워하는 거야. 밤 어선을 내다보며 닫아버린 뚜껑을 열어보는 지금도 자신감은 회복되지 않는다.(80~1쪽)

이 인용문에 따르면, 작가는 자기 마음속에 부끄러움이 있다는 사실은 인정하는 분위기이다. 하지만 그것이 그 시절 사람들에 대한 부끄러움일 수 없음 또한 분명하다. 위에서 살펴본 대로 32세의 작가가 그래야 할 이유가 없기 때문이다. 그렇다면 여기에서의 부끄러움이란, 그 사람들에 대한 부끄러움이 아니라 그들이 환기시키는 부끄러움일 수는 있겠다. 그 시절 자기가 행한 어떤 일들에 대한 부끄러움.

이런 눈으로 텍스트를 보면 두 개의 부끄러움이 선명하다. 이 중에서도 좀더 우선적인 것은 노조 활동과 관련된 것이다. 학교를 다니기 위해 노조 활동을 제대로 하지 못했고 마침내는 탈퇴서를 쓸 수밖에 없었을 때 느낀 부끄러움이다.

앞의 부끄러움이 속물적이라면 이것은 윤리적이다. 전자에서는 부끄러워하는 것 자체가 부끄러움이고, 여기서는 부끄러워하지 않는 것이 부끄러움이다. 심지어 '나'는 노조 지부장을 배반했다는 죄책감까지 느끼고 있다. 부드러운 목소리와 거친 손을 가지고 있던 노조 지부장은 작가에 의해 이렇게 표현되었던 사람이다. "따뜻한 사람, 그러나, 내가 배반한 사람."(106쪽) 그것이 배반이라면, '나'가 배반한 사람이 노조 지부장만이 아님은 말할 것도 없다.

또 하나의 부끄러움은 훨씬 더 사적인 것이다. '나'가 열여덟 살

이던 1980년 가을, '서울의 봄'이 된서리를 맞은 채 사라지고 다시
엄혹한 상황이 된다. 회사에서 임금 체불이 장기화되었을 때 '나'는
돈을 훔친다. 탈의실에 있던 다른 사람 옷에서 고액권이 든 봉투를
자기도 모르는 사이에 꺼내 들고 집에 와버린다. 추워서 다른 사람
의 옷을 걸쳤다가 생긴 일이다. 그리고 회사에도 학교에도 가지 못
한 채 '나'는 혼자 앓는다. 봉투의 주인 윤순임 언니는 미스 리와 함
께 노조 활동에 열심이었던, 따뜻하고 사려 깊은 사람이었다. 사태
는 가장 다행스러운 모습으로 해결된다. 봉투의 주인이 꼭 필요한
돈이니 돌려달라는 편지를 '나'에게 보낸다. 봉투는 아무 일 없었던
것처럼 주인에게로 돌아간다. 고개를 들 수 없는 '나'는 공장에도 학
교에도 가지 못하고, 큰오빠의 꾸지람을 듣자 부산행 열차를 타버
린다. 그런 '나'를 다시 공장과 학교로 끌어내준 사람이 윤순임 언니
이다. 자기도 고등학교 때 그런 경험이 있었다고 하면서, 수치심 때
문에 다시는 학교로 돌아가지 못했고 그래서 결국 고등학교를 마칠
수 없었다고 하면서 '나'를 다시 공장과 학교로 이끌어내준다. 돈을
훔친 사실을 비밀에 부쳐준 것은 말할 것도 없다.

이런 두 개의 부끄러움이라면 어떨까. 32세의 작가가 다시 보고
싶어하지 않을 만큼 끔찍한 것이라 할 수 있을까. 두 번째의 부끄러
움은 오히려 미담 수준이라고 해야 할 것이다. 그렇게 따뜻하고 사
려 깊은 사람들과 한 공간에서 지냈다는 것이 다행한 일이라고 회
고해야 마땅할 수준이다. 그렇다면 첫 번째 부끄러움은 어떨까. 이
부끄러움 역시 32세인 현재 시간까지 여전히 지속되는 것이라 할

수 있을까. '나'가 원했던 것은 대학에 진학하여 작가가 되는 것이었
고, 노조원들의 입장에서 보더라도 야간학교에 나가기 위해 어린 동
료들이 노조에서 빠져나가는 정도는 양해 사항이었다고 해야 할 것
이다. 윤순임이나 미스 리 같은 노조의 주축인 언니들은 실제로 '나'
와 외사촌에게 그렇게 대해주었다. 기특한 어린 동생들처럼. 그것은
그들의 호의였고, 이제는 그때의 그들보다 나이가 든 32세의 작가
라면 그 호의를 고맙게 받아들여도 좋을 것이다. 그것을 이마에 떨
어지는 얼음 물방울로 느낄 이유는 없을 것이다.

그렇다면 이 수준을 넘어서는 부끄러움, 혹은 직면하기 싫은 압
박감이나 끔찍함이 또 있을까. 32세의 작가로 하여금 그 시절의 기
억에 뚜껑을 닫고 외면하고 싶게 만드는 것, 그런 것이 또 있다는 것
일까. 그렇다면 그것은 저런 정도의 부끄러움이 아니라 좀더 근본적
인 차원에서 움직이는 것이겠다. 마음의 가장 밑바닥에서 조용히 움
직이고 있는 것, 무의식적 차원에 자리잡고 있는 죄의식 같은 것.

서사 2: 죄의식, 성공서사의 나머지

1981년에 있었던 이런 장면을 들여다보자. 5공화국, 폭정의 나날
이 이어지던 시절에 노조 지부장은 사라져버린다. 경찰에 잡혀갔던
미스 리는 다리가 골절되어 누워 있다. 손발이 묶인 채로 계단에서
떨어뜨려졌다고 한다. '나'는 윤순임 언니와 함께 비밀리에 병문안

을 간다. 병문안 간 사실이 회사에 알려지면 안 되기 때문이다. 윤순
임은 왜 하필 '나'를 데려간 것일까. 미스 리가 '나'를 보고 싶어했기
때문이라고 한다. "나를 보고 싶어했다고? 나는 부끄러워져 고개를
숙인다. 나는 언제나 미스 리가 하는 일의 반대편에 있었다. 노조에
서 잔업 거부를 할 적에도 나는 컨베이어 앞에 앉아 있었으며, 노조
에서 자신의 권리를 찾읍시다, 라는 리본을 나눠줘도 나는 주머니에
넣어두었었다. 그런데 보고 싶었다고?"(424~5쪽) 미스 리는 말한다.
컨베이어에 노트를 내려놓고 글을 쓰는 모습이 흐뭇했었다고. 그리
고 병문안 온 '나'의 머리를 쓰다듬으며 말한다. "나중에 글 쓰는 사
람이 되거든, 우리들 얘기도 쓰렴."(427쪽)

　회상 속의 이 장면은 훈훈하고 부드러워 강한 감정이 얽혀 있지
않다. 하계숙의 목소리가 얼음 물방울인 데 반해 미스 리의 목소리
는 봄 햇살 같다. 그러나 바로 그런 따뜻함이야말로 진짜 압박감의
근거라 한다면 어떨까. 32세의 작가의 마음으로 다시 하계숙의 말
을 들여다보면 가장 큰 압박으로 다가왔음 직한 문장을 발견하게
된다. "우리 얘기는 쓰지 않더구나."(36쪽)가 그것이다. 그렇지 않다
고, 쓴 적이 있다고 작가는 물론 혼자서 답했었다. 신경숙의 첫 소
설집 『겨울 우화』의 말미에 실린 단편 「외딴방」이 그것이다. 그러나
제대로 쓰지는 못했다고, 정말 써야 할 것들을 써내지 못했다고 스
스로에게 덧붙였었다. 이런 시선으로 다시 미스 리의 말을 읽어보면
어떨까. 하계숙의 말이 아프게 다가오는 것은 바로 저 문장, "나중에
글 쓰는 사람이 되거든, 우리들 얘기도 쓰렴." 때문이 아닐까. 하계

숙의 말은 낚시의 미늘일 뿐이고 그 말이 건져 올린 압박감의 진짜 원인은, 착하고 따뜻했던 사람들로부터 선물처럼 자기에게 주어졌던 호의와 당부, 거기에 호응하여 어린 '나'의 마음속에서 움직이고 있었던 결의나 다짐 같은 것이 아니었을까.

　이것은 물론 우리의 추측일 뿐이지만 그런 생각을 하게 하는 것은 이 소설이 지닌 성공서사의 외관 때문이다. 이것은 노동소설과 성장소설이 결합되는 순간 생겨난다. 어떤 방식이건 작가로 성공한 '나'가 구로공단 시절의 이야기를 꺼내는 순간 그것은 성공서사가 되지 않을 수 없다. '나'는 모진 고난과 시련을 딛고 마침내 자신의 꿈을 이룬 성공서사의 주인공이 되는 것이다. 1990년대 중반이면, 바야흐로 '무한 경쟁'이라는 단어가 유행어가 되고, '마누라와 자식만 빼고 다 바꿔라'라는 삼성그룹 회장의 말이 화제가 되던 시절이다. 한국에서도 바야흐로 신자유주의의 흐름이 솟구쳐 오르고, 문학과 인문학의 위기론이 제기되고 있을 때이기도 했다. 그런 시대적 분위기는 차치하더라도, 자수성가 이야기로서의 성공서사는 그 자체가 자본제적 근대의 최고 서사이자 다른 사람들과의 경쟁에서 승리한 이야기이다. 『외딴방』의 작가가 그런 성공서사를 만들고 있다는 것인가.

　그러나 그것은 우리가 알고 있는 『외딴방』의 작가가 차마 할 수 없는 일이다. 그런 것이라면 노동자들에게 정당하게 지급해야 할 쥐꼬리만 한 급료조차 주지 않고 재산을 모은 동남전기의 사장, 그리고 어린 노동자들을 협박해서 노조에서 탈퇴시키고 보기에도 민망한 수단으로 조합원과 탈퇴자 모두를 정신적으로 조리돌림시킨 동남전기 상무에게나 어울리는 것이 아닌가. 우리는 성공서사의 주인공들에게 묻는다. 당신은 어떤 부끄러운 짓을 했는가. 주인공은 답할 것이다. 나는 정당하게 경쟁에서 승리했다고. 용기와 지혜 운운하며, 혹은 남 잘 때 자지 않고 놀 때 놀지 않고 열심히 노력해서 성공한 것이라고. 그러나 그런 노력을 한 사람이 당신뿐인가. 어쩌면 당신은 어떤 부끄러운 짓도 하지 않았다고 생각할 수도 있겠다. 하지만 그것이 착각임을 깨닫는 데는 그리 긴 시간이 필요하지 않을 것이다. 게다가 좀더 근본적인 부끄러움은 그런 경쟁 체제 자체를 자기 것으로 받아들여버렸다는 점에 있다. 그러니까 경쟁에서 승리했다는 것은 무언가 부끄러운 짓을 했다는 말이다. 경쟁이라는 틀 자체가 부끄러움을 만드는 공장이기 때문이다. '기울어진 운동장'에서 부자가 되었다는 것은 다른 누군가에게 가야 할 몫을 자기가 챙겼다는 뜻인 것처럼. 부끄러운 짓을 한 적이 없다고? 잘 찾아보시라, 반드시 발견할 것이다. 그런 점에서, 성공서사는 그 자체가 부끄러움과 죄의식을 만드는 기계일 수밖에 없다.

생각이 여기에 이른다면, 우리는 비로소 왜 『외딴방』의 작가가 자신의 과거 이야기를 저토록 망설이면서 힘들게 꺼내놓는지를 이해할 수 있게 된 것이 아닐까. 작가는 그것이 부끄러움 때문이라고, 혹은 희재 언니의 죽음이 준 충격 때문이라고 하지만, 그 밑바닥에서 움직이고 있는 것은 성공서사에 대한 거부감, 그런 구도 속으로 들어가고 있는 자신의 글쓰기에 대한 거부감이라고 해야 하지 않을까.

그것을 한 작가의 무의식 속에서 움직이고 있는 죄의식이라고 말한 다면 어떨까. 『외딴방』은 말하자면 그 죄의식에 대한 작가 자신의 응답이라고 한다면 어떨까. 『외딴방』의 작가에게 과거의 기억을 담아둔 병의 마개 역할을 하는 것이 희재 언니의 죽음이다. 하계숙의 전화와 함께 이 소설을 만들어낸 두 개의 동기 중 하나이다. 『외딴 방』에서 희재 언니의 죽음 이야기는 소설의 후반부까지 계속 미뤄진다. 그 이야기가 나오기 직전에 등장하는 다음 구절을 보자.

> 비바람에 수런거리는 밤 숲을 보고서 단 한번도 가슴이 서늘해진 적이 없다면 그건 죄가 없다는 뜻이리라. 나는 무섭다. 무서운데도 밤마다 집 안의 불을 다 끄고 의자 위에 앉아 숲을 바라다 보았다. 무서울 때마다 몸을 반듯하게 하며 팔을 창틀에 얹어놓았다.(457쪽)

이런 구절을 두고, 무의식 수준의 죄의식이 슬쩍 모습을 보인 경우라고 할 수는 없을까. 그런 마음이야말로 성공서사가 결코 담아낼 수 없는 나머지, 그로 인해 성공서사가 스스로를 이반하게 만드는 어떤 것이 아닐까. 정말 무서운 것이 어둠이나 산짐승이나 귀신 같은 것일 수는 없다. 내가 채 알지 못하는 내 안의 어둠, 내가 모르는 사이 저질러버린 나의 죄행과 그 결과들, 우리가 자기도 모르는 사이에 편승해 있는 악행들, 너무 괴로워서 내가 내 기억 속에서 지워버린 것들, 그것들이 움직이는 것으로서의 저 어둠. 그것을 무엇이라 부르건 간에, 여기에 이르러 분명해진 것은 『외딴방』이 바로 그 어둠의 힘에 대한 응답이라는 것이다.

거식과 단식, 죄의식과 원한

『외딴방』의 작가만이 아니라 이제는 우리도 희재 언니의 죽음에 대해 이야기할 때가 되었다. 서른일곱 가구가 함께 사는 벌집의 이웃이자 산업체학교에 다니던 봉제공, 15세 때 봉천동 가방 공장에서 재봉 일을 시작했고, 의붓아버지 밑에 있는 동생을 위한 돈 마련 때문에 학교에 나가지 못한 채 주야로 두 개의 회사에서 미싱을 돌리는 여성 노동자, 이런 정도가 소설 속에 밝혀진 희재 언니의 신상이다. 희재 언니는 자살을 했다. 함께 살던 남자와의 사이에 아이가 생겼는데 남자가 지우자고 했다. 헤어지자는 것이 아니라 좀 미뤄서 아이를 갖자고 했다는데 희재 언니는 덜컥 자살을 해버렸다고 했다. 물론 이것은 그 남자의 말이기에 그 뒤에 또 어떤 사연이 있는지는 알수 없다. 그런 희재 언니의 죽음이 『외딴방』의 주도 동기가 되는 것은 그가 '나'와 친자매처럼 가까웠다는 점, 그리고 '나'가 그 죽음에 개입해버렸다는 점 때문이다. 희재 언니는 죽음을 결심하면서 '나'에게 부탁했다. 자기는 시골에 가니 대신 자기 방문을 걸어달라고. '나'는 아무 생각 없이 자물쇠를 걸어주었고, 그 갇힌 방 안에서 희재 언니는 죽어갔다. 주검이 발견된 것은 부패한 몸에서 풍겨나는 냄새 때문이었고, 열아홉 살의 '나'는 그 끔찍한 모습을 보아버리고 말았다.

'나'가 벌집의 이웃이자 같은 학교 학생으로서 희재 언니와 나누었던 애정과 교감은, 함께 살던 외사촌이 질투할 정도였다. 그런 사람이 자살을 했고, 또 그 부패한 몸을 보아버렸으며, 게다가 그 죽음에 자기 손이 개입해 있음을 알게 되었다. '나'는 그 충격적인 순간 그 집을 떠나와 다시는 돌아가지 않았다고 한다. 그러니 그것이 어느 정도의 충격이었을지 대개는 짐작할 수 있을 것이다. 『외딴방』이라는 소설 자체에서도 희재 언니의 죽음은 서사적 절정의 자리에 있다. 그의 죽음이 준 충격과 화해하는 것이 소설의 결말이다. 하계숙의 전화가 지속적으로 반복되는 동기라면, 희재 언니의 죽음은 소설 곳곳에 흩어져 있다가 절정의 그날을 향해 모여드는 모습을 하고 있다. 게다가 '나'에게 그 죽음은 그 시절의 기억을 가두어둔 일종의 봉인 같은 것이었다.

사정이 그렇더라도, 희재 언니의 죽음이 지니는 트라우마적 성격은 이해할 수 있는 일이지만, 『외딴방』이라는 소설 전체의 구도에서 본다면 그것이 클라이맥스 자리에 놓이는 것은 합당한 일일까. 희재 언니의 죽음에 대해서라면 이미 단편 「외딴방」에 썼고, 고백을 통해 트라우마를 치유하는 것이라면 그런 정도로 충분하지 않은가. 우리가 이런 질문을 던지게 되는 것은 희재 언니의 죽음이 서사적으로 불균형한 것이 아닌가 하는 생각 때문이다. 구로공단 시절에 관한 '나'의 이야기에서 윤리적으로 큰 비중을 차지하는 것은 노조의 문제였다. 누군가가 죽는다면, 그래서 그 시절 삶의 곤고함을 좀더 극적인 방식으로 표현하고자 한다면 그 대상은 노조나 파업 혹은 정

치적 탄압 등과 관련된 사람이어야 하지 않았을까. 방현석의 「새벽
출정」에서처럼.

　아마도 『외딴방』의 작가라면 이렇게 대답할 듯싶다. 그런 이야기
는 잘 모르겠고, 희재 언니의 죽음은 그저 사실이기 때문이라고, 내
가 도망치듯 그곳을 떠나온 것이 그 때문이고 시간 순서로 보더라
도 그 죽음이 그 자리에 놓이는 것은 당연하지 않느냐고. 더욱이 이런
질문에 대해서라면 신경숙 자신이 이미 대답을 마련해놓았다고 해
야 하겠다. 그의 초기 소설들, 첫 소설집에서는 「밤길」, 두 번째 소설
집에서는 「직녀들」과 「멀리, 끝없는 길 위에」 등에서 등장하는 이숙
이라는 인물의 죽음이 그것이다. 특히 세 번째 소설은 전체가 그의
죽음에 바쳐져 있으며, "나는 이 글을 그때 있었던 일 그대로 쓰고자
한다. 그녀와 이 지상에서 맺고 있던 사 년의 세월에 대해서"[6]라는
식의 기술 방식은 희재 언니를 다룬 대목과 겹쳐져서, 그런 형식의
측면에서라면 「멀리, 끝없는 길 위에」는 작은 『외딴방』이라고 해도
좋을 정도이다.

　이숙은 작가와 동갑내기 대학 동급생으로 스물네 살의 나이에 죽
었다. 우울증과 거식증 때문이었다. 작가에게 그 죽음이 어떤 충격
이었는지는 친구에게 바쳐진 세 편의 소설 자체에 잘 드러나 있다.
작가를 뼈아프게 만드는 것은 친구가 아무도 모르게 홀로 죽어가고
있었다는 것이다. 작가가 친구의 죽음을 안 것은 6개월 후였다. 친

6　신경숙, 「풍금이 있던 자리」, 문학과지성사 1993, 235쪽.

구가 죽어가고 있을 때 자기는 1987년 이한열의 장례식으로 시청 앞에 모인 백만 인파 속에 있었음을 떠올려내고, 또 마지막으로 그 친구가 자기를 찾아왔던 때를 기억해낸다. 사무실에 불쑥 찾아온 친구에게 많은 시간을 내줄 수 없었다. 마감에 쫓기며 원고를 작성하는 중이었기 때문이다. 그때에도 친구는 몸이 음식을 받지 않아 점심으로 먹은 것을 모두 토해냈었다. 그런 친구를 보며 작가의 입에서 나온 말은, '치마 버리겠다'는 것이었다. 그런 기억 하나하나가 후회와 자책의 대상이 된다.

이렇게 보면, 신경숙에게 친구 이숙의 죽음은 이한열의 죽음과 맞서 있는 셈이다. 온 나라 사람들이 애도했던 한 청년의 죽음이 아니라, 어떤 슬퍼함도 받지 못하고 홀로 죽어간 친구의 죽음이 그에게는 문제가 된다. 그러니 『외딴방』의 서사에서 희재 언니의 죽음이 차지하는 자리가 이상하다고 말할 수 있을까. 오히려 사적 친밀성이 공적 대의에 맞설 만한 중요성을 갖는다는 것이야말로 신경숙적인 것, 혹은 1990년대적 서사의 감각이라고 해야 하지 않을까. 희재 언니가 자살한 이유는 정확하게 알려져 있지 않다. 다만 분명한 것은 밖으로 잠긴 방 안에 스스로를 가두고, 그것도 친자매처럼 지내던 '나'에게 그런 악역을 맡긴 채 홀로 죽어갔다는 것이다. 절친한 친구 이숙의 죽음이 '나'에게 지니는 의미도 마찬가지라 해야 할 것이다. 슬퍼할 여지를 주지 않고 고독 속에서 홀로 떠나가버렸다는 점에서 그러하다. 떠난 사람은 당연할지도 모르지만 남은 사람은 그럴 수가 없다.

신경숙이 만들어놓은 서사 속에서 이들의 죽음이 이채로운 것은
그 사건들에 대해 작가가 보여주는 높은 감도의 공명이 있기 때문
이다. 죽은 사람과 산 사람이, 그들의 마음이 아니라 몸이 함께 움직
인다고 해야 할 정도이다. 「멀리, 끝없는 길 위에」의 작가는 죽은 친
구를 느끼고, 소설을 쓰는 『외딴방』의 작가는 희재 언니와 대화를
한다. 앞의 인용문 ㉮의, 작가의 몸이 보여주는 격렬한 반응은 하계
숙의 말에 대한 것이 아니라 희재 언니의 죽음에 대한 것이라 해야
합당해 보이는 것은 그 때문이다.

이숙을 죽음으로 몰아간 거식증 역시 몸의 반응이다. 그것을 단
식과 맞세워보면 어떨까. 이청준의 『조율사』(1967)와 『씌어지지 않
은 자서전』(1972) 등의 초기 장편에서 단식이나 단식하는 인물이 화
제가 되었던 것은, 1965년 한일 수교 반대 데모에서 벌어졌던 대학
생들의 단식투쟁 때문이다. 단식과 어울리는 것은 남자 대학생, 그
리고 투쟁이라는 단어이다. 민족의 자존심을 훼손하면서 일본과 수
교하는 것을 반대하기 위함이라는 명분과도 잘 들어맞는다. 그로부
터 30년 뒤에 등장한 거식증은 그 반대이다. 이숙이라는 인물에서
보이듯, 여성, 우울증, 말더듬증, 그리고 무엇보다도 증상이라는 단
어와 어울린다. 1987년의 광장이 비극적 공동체의 정서로 뜨거울
때, 사람들 눈에 띄지 않는 치악산 산록의 외진 곳에서 홀로 죽어간
젊은 여성과 거식증은 잘 맞는 짝이다. 욕망이나 의지나 정신 같은
것이 아니라, 몸과 충동의 차원에 존재하는 것이라는 점에서 그러하
다. 그러니 그로부터 또 15년 정도가 흐른 후에 그 힘이 한강의 『채

식주의자』(2007)로 연결된다고 해도 이상할 것이 없겠다. 여기에서
도 문제가 되는 것은 채식이 아니라 거식이다. 몸이 음식을 거부하
는 것, 생존과 그것을 위해 필요한 세계 자체를 거부하는 것이다. 이
청준의 단식과 한강의 거식을 양극단에 놓고 보면, 그사이에 이미
세상은 두 번쯤 바뀌어, 이른바 '먹방'이 티브이 예능의 새로운 유행
이 되고 요리사들이 '대세 연예인'이 되어 있다. 그러니까 신경숙의
거식증과 희재 언니의 죽음은 20여 년 전에 이미 그런 세계를, 그
세계의 핵심에 놓여 있는 서바이벌리즘과 성공서사의 어두운 그림
자를 부정하고 있었던 셈인가.

먹(지 않)기와 관련된 이 두 개의 항목에 성별을 부여해보면 어떨
까. 남성 정신의 단식과 여성 신체의 거식, 이 둘 사이에서는 의지와
충동의 차이가 작동하고 있다. 최근에 『외딴방』을 다시 읽은 한 평
론가는 『외딴방』에 존재하는 글쓰기 자체의 충동에 대해 말해주었
다. 희재 언니의 죽음에 대해 말하는 것으로 서사는 사실상 종결되
었고 작가 자신도 더 이상 할 말이 없다고 하면서도, 작가가 소설을
맺지 못한 채 그 지점에서 두 걸음을 더 나아간 것을 두고 했던 말
이다. 그가 지적하는 것은 두 가지 이유이다. 첫째 걸음은 노출되어
버린 자신의 상처를 아물리기 위한 것이고, 둘째 걸음은 글쓰기 자
체의 충동 때문이라고 했다.[7] 둘 모두 희재 언니의 죽음과 연관되어
있거니와, 여기에서 충동이란 한 지점을 떠나지 못한 채 맴돌고 있

7   권희철, 「끝낼 수 있는 이야기와 끝낼 수 없는 이야기」, 『외딴방』, 531~6쪽.

는 모습으로 표현된다고 하면 어떨까. 그 맴돌기의 중심점에 해당하는 것은 물론 희재 언니의 죽음이지만, 떠나지 못하고 맴돌았던 또 하나의 중심은 이숙의 죽음이기도 하다. 신경숙의 서사로 하여금 이 둘의 죽음을 포착하고 그곳을 좀처럼 떠나지 못하게 하는 힘, 그것을 원한이라고 하면 어떨까. 모더니티를 향한 남성적 의지에 의해 유린된 여성 신체의 고통과 분노가 표현의 통로를 찾지 못해 생겨난 것으로서의 원한, 그것은 좀더 근본적인 수준에서 무의식적 죄의식을 움직이는 힘이라 해야 하지 않을까.

반(反)성공서사

1917년, 그러니까 지금부터 정확하게 백 년 전, 모더니티와 결합된 남성적 대의에 무참하게 유린당한 여성의 신체가 있었다. 한국 최초의 근대 장편소설『무정』의 여주인공은 몇 겹의 치욕을 당하면서도, 죽지도 못한 채 민족적 대의명분의 자리에 끌려 나간다. 그것을 음모하고 결행한 남성들이 부끄러워하거나 몸을 사릴 때 혹은 멋진 명분을 내세우며 그것을 덮어버릴 때, 유린당한 여성 신체의 원한은 그 밑으로 잠복할 수밖에 없다.

여성의 욕망이 스스로를 드러내고, 남성 관리직원들에게 욕을 보는 '공순이'와, '바람난' 몸이 자기 고유의 목소리로 말을 하기 시작하는 것은 바로 그 원한의 자리 위에 올라섰을 때라고 해야 하지 않을까. 원한의 자리가 사라지면 욕망 앞에 '여성적'이라는 한정어가 붙을 이유가 없다. 까닭을 알 수 없는 희재 언니의 죽음도, 이숙의 거식증도 역시 바로 그 원한의 자리에 놓여 있는 것이라 해야 하지 않을까. 1990년대 초반에 한 여성 작가가, 거식증으로 죽어간 친구의 이야기를 세 번에 걸쳐 쓰고 있을 때, 그리고 자기 방에 스스로를 가둔 채 세상과 다른 모든 유대로부터 자신을 격리시켜버린 한 여성의 기억을 힘들게 떠올리고 있을 때, 그는 이미 그 원한의 자리 위에서 서성거리며 같은 자리를 맴돌고 있었던 것이라 하면 어떨까. 신경숙이 내장하고 있던 작가로서의 몸은, 그때 이미 10년, 20년 후에 써낼 소설들을 알고 있었다고 해도 좋겠다. 「종소리」(『종소리』)나 「그가 지금 풀숲에서」(『모르는 여인들』)에서처럼 마음과 상관없이 움직이는 몸의 언어를 포착해낼 테고, 또한 '리진'이라는 인물을 통해서는, '대원군에 맞섰던 여걸 정치가' 혹은 '비극적으로 산화한 조선의 국모'라는 남성적 상징화의 양자택일적 틀에 갇혀 있는 명성황후를 엄마의 이름으로 살려낼 것이며(『리진』), 『엄마를 부탁해』에서는 치매에 걸린 엄마의 마음속에서 사랑에 빠진 여성이 흘러나오게 할 것이다. 그 모든 것들을, 자기도 모르는 사이 원한의 장소에 들어서 있던 작가의 몸은 이미 알고 있었다고 주장해도 좋겠다. 이들을 바라보는 지금 우리의 시선은 이 모든 일들이 벌어진 이후에 있기 때문이다.

그러니까 1990년대 초중반, 30대 초반의 한 여성 작가가 두 여성의 죽음을 그렸을 때, 한국문학이 문득 자신의 성별을 깨닫기 시작했다고 하면 어떨까. 물론 여기에서 신경숙이라는 작가나 『외딴방』
이라는 소설은 가을을 알리는 오동잎 같은 것이다. 분명한 것은, 한
국 현대소설 100년사라는 관점에서 볼 때 마지막 30여 년을 남긴
지점에서 커다란 전환이 시작되었고, 반(反)성공서사로서의 신경숙
의 『외딴방』은 그런 전환이 본격화되는 자리에 놓여 있다는 점이다.

제10장 문학의 윤리와 미학의 정치

한강의 『소년이 온다』와 성석제의 『투명인간』

새삼스럽게, 문학의 윤리

한강과 성석제의 장편 『소년이 온다』와 『투명인간』[1]이 상기시켜 주는 것은 새삼스럽게도 문학의 윤리이다. 이 문장에 '새삼스럽게도'라는 말이 삽입된 것에 대해서는 좀더 부연이 필요하겠지만 나중으로 미뤄두자. 먼저 지적되어야 할 것은, 여기에서 사용된 윤리라는 단어에 두 개의 계기가 결합되어 있다는 점이다. 작품 생산자로서의 장인의 윤리와 정치적 행위자로서의 시민의 윤리.

한강과 성석제는 모두 첫 글을 발표한 지 20년이 넘었을뿐더러, 그 짧지 않은 시간 동안 꾸준한 작품 활동으로 자기 세계를 견실하게 구축해온 현재 한국 문단의 발군들이다. 비슷한 시기에 간행된

---

1 두 소설의 서지는 다음과 같다. 한강, 『소년이 온다』, 창비 2014; 성석제, 『투명인간』, 창비 2014. 두 책에 대한 인용은 본문에 쪽수만 밝힌다.

이들의 장편소설이 지금까지의 경향과는 다르게 짙은 사회성을 띠고 있다는 사실은 그래서 예사로울 수 없다. 한강의 『소년이 온다』는 광주항쟁을 다루고 있고, 성석제의 『투명인간』은 한국형 베이비부머가 겪어온 역사의 파란만장을 매우 압축적인 방식으로 보여주고 있다. 일단은 이런 제재를 취한다는 것 자체가 주목할 만하지만, 또한 그 제재를 다루는 방식 또한 평범하지 않다. 물론 서사 자체의 분위기를 만들어내는 데는 제재 자체의 속성이 결정적이다. 이를테면 광주항쟁은 사건 자체의 비극적 성격이 절륜하여 이를 다른 분위기로 다루기란 쉬운 일이 아니다. 하지만 이런 점을 감안하더라도 독특하게 다가오는 것은, 두 장편 모두 하나의 서사를 위해 여러 개의 시선이 동원되었다는 사실이다. 말을 바꾸면, 여러 개의 시선이 하나의 서사를 분절하고 있다고 해도 좋을 터인데, 『소년이 온다』에서는 일곱 개의 시선이 소환되고, 『투명인간』에서는 70여 개로 분절된 장을 위해 20여 개의 시선이 참여한다.

그래서 우리는, 지금까지의 작품과는 현격하게 구별되는 이 두 편의 주목할 만한 소설을 놓고 묻게 된다. 한강과 성석제에게 무슨 일이 있었던 것일까. 혹시 그들을 둘러싼 세상에 무슨 일이 있었던 것일까. 그들은 또 왜 집합적 화자들을 등장시킨 것일까. 그냥 단순하고 공교로운 우연인가. 아니라면 무슨 그럴 만한 사연이 있는 것일까. 혹시 제대로 된 장례식이 필요하다는 것인가.

하나의 죽음을 바라보는 복수의 시선들

『소년이 온다』는 1980년 5월 광주항쟁 당시의 한 소년의 죽음을 다룬다. 에필로그를 포함하여 일곱 개의 장으로 이루어진 소설은 항쟁 당시에서 시작하여 현재로 다가오는 시간 구성을 지니고 있다. 주인공 소년의 이름은 강동호. 광주항쟁 당시 중학교 3학년 학생이었고 당시 사망자들의 시신을 임시로 안치했던 도청 앞 상무관에서 자원봉사를 했다. 그가 했던 일은, 신원이 확인되지 않은 시신들의 인상착의와 인도된 시간과 날짜 들을 기록하고 관리하는 일 등이었다. 중학생 소년이 그런 일을 하게 된 것은 그의 집에 세 들어 살던 동갑내기 친구 정대와 그의 누나 정미 때문이었다. 계엄군에 의한 폭력 사태가 자행되던 험한 날에, 일을 하면서 야학에 다니던 정미가 집에 들어오지 않았다. 돌아오지 않는 누나를 찾으러 나간 정대는 동호가 보는 앞에서 총탄에 맞아 쓰러졌고 그 몸은 군인들에 의해 치워졌다. 그렇게 정대 남매는 생사를 모르는 채로 행방불명이 되고, 강동호는 병원과 영안실로 사라진 정대 남매를 찾아 나섰던 것인데, 이 과정에서 동호는 시신들을 수습하는 데 힘을 보태게 되었다는 것이다.

이런 정황과 이야기가 소설의 첫 장에서 강동호를 초점인물로 하여 서술된다. 임시 시체 안치소로 쓰이던 상무관에서 동호가 만난 사람들, 처참하게 일그러지고 망가진 시체들을 수습하는 일을 하는 여고 3학년생(은숙)과 23세의 양장점 미싱사(선주), 그리고 도청에서 상무관을 오가며 상황실 일을 했던 청년(김진수) 등이 소설의 첫 장에 등장한다. 그리고 이들은 모두, 뒤이어지는 장에서 화자나 초점인물이 된다. 2장의 화자는 죽은 정대의 넋이고, 3장의 초점인물은 출판사에 근무하는 1980년대 중반의 은숙이다. 4장에서는 도청에서 살아남아 투옥되었다가 10여 년 후 숨진 김진수가 초점인물로 등장하고(화자는 김진수 및 강동호와 함께 마지막 닐 도청에 남아 있던 청년이다), 5장의 화자는 시민단체 활동을 하고 있는 선주가 담당한다. 그리고 6장은 현재 시점에서 행해지는 강동호의 모친의 독백이고, 마지막으로 에필로그에서는 작가가 육성으로 등장한다.

그러니까 소설에서는 강동호 자신을 포함하여 그와 직간접으로 연결된 사람들이 모두 강동호와 관련이 있는 자기 이야기를 하고 있는 셈이다. 그리고 이들이 배열된 이야기 속의 시간은, 1980년 5월에서 시작하여 점차 현재를 향해 다가온다. 강동호가 직접 등장하는 1장과 정대의 죽은 넋이 말을 하는 2장은 모두 1980년 5월 당시의 시점이고, 검열 때문에 혹독한 경험을 치르는 3장은 5공화국 치하의 1980년대 중반, 김진수가 사망한 4장은 1990년대 초반이다. 이런 식으로 소설 속의 시간은 점차 현재를 향해 이동해온다. 그리고 그 끝에는 소설을 마무리한 작가의 육성이 자리잡고 있다.

이렇게 보면, 『소년이 온다』는 전체가 항쟁 당시 상무관에서 희생자들의 시신 처리를 맡았던 사람들의 이야기이고, 그것도 당시에서부터 현재에 이르기까지 시간순으로 늘어서 있는 모양새인데, 이 모든 이야기는 단 하나의 화소를 연결 고리로 지닌다. 중학교 3학년생

강동호의 죽음이 그것이다. 말하자면 강동호의 죽음은 이 소설의 심
장부에 해당하는 셈이다.

　소설에서 강동호는 항쟁 마지막 날 도청에서 죽은 것으로 되어
있다. 그 죽음의 순간은 항쟁 당시의 모습을 담고 있는 2장을 비롯
해 다양한 형태로 증언된다. 항쟁으로부터 5년 후의 회상인 3장을
보자.

　　마침내 도청 쪽에서 총소리가 들렸을 때 그녀는 잠들어 있지 않았다.
귀를 틀어막지도, 눈을 감지도 않았다. 고개를 젓지도, 신음하지도 않았
다. 다만 너를 기억했다. 너를 데리고 가려 하자 너는 계단으로 날쌔게
달아났다. 겁에 질린 얼굴로, 마치 달아나는 것만이 살길인 것처럼. 같
이 가자, 동호야. 지금 같이 나가야 돼. 위태하게 이층 난간을 붙들고 서
서 너는 떨었다. 마지막으로 눈이 마주쳤을 때, 살고 싶어서, 무서워서
네 눈꺼풀은 떨렸다.(92쪽)

이것은 1980년대 중반의 시점으로, 출판사 직원이 되어 있는 은
숙, 그러니까 항쟁 당시 강동호와 함께 시신을 관리했던 여고 3학년
생의 회상 속에서 등장하는 장면이다. 항쟁의 마지막 날 은숙은 다
른 여학생들과 함께 도청을 빠져나왔다. 마땅히 갈 곳이 없었던 은
숙은 동료의 인도로 대학 병원 병실에서 그날 밤과 새벽을 맞았다.
도청에 남은 사람들을 지켜달라는 선무 방송 소리를 들었고, 그러면
서도 움직일 수 없었고, 그리고 박자를 맞춘 군홧발 소리와 장갑차

소리를 들었고, 마침내 터져 나오는 총소리를 들었다. 자기보다 세 살 어린 동호는 도청에 남았고, 그리고 죽었다. 죽기 위해 남은 것은 아니었지만 결과적으로 그렇게 되었고, 그래서 그의 죽음은 은숙을 비롯한 많은 사람들에게 죄의식의 원천이 되었다. 그 죄의식은 이어 지는 4장과 5장에서 두 명의 인물들에 의해 매우 격렬한 방식으로 반추된다.

4장의 화자는 마지막 날 도청에 남아 있다 살아남은 당시 23세의 청년이다. 복학생이었던 그는 중학생 강동호와 속눈썹이 고운 청년 김진수와 함께 항쟁의 마지막 밤을 지켰다. 소년은 죽고 두 청년은 살아남는다. 하지만 함께 있던 사람들이 죽는 것을 보았으니 살아남 은 청년들 역시 정상적으로 살기는 어려웠다. 그들은 모두 체포되어 고문을 받았고, 중형을 선고받고 투옥되었으나 이내 특사를 받아 석 방된다. 속눈썹이 고운 청년 김진수가 자기 삶을 버텨낸 것은 사건 이 일어난 후 10년 정도였다. 죽은 그가 유서와 함께 지니고 있었던 것이 중학생 강동호의 최후를 보여주는, 도청 앞마당에 일렬로 늘어 서 있는 시체들의 사진이다. 그런 모습이 어떻게 생겨났는지는, 김 진수와 그 자신을 포함하여 그 자리에 있던 사람들만이 알고 있다. 그러니까 그 사진의 의미에 대해 알고 있는 사람, 김진수가 왜 죽을 수밖에 없었는지를 알고 있는 사람, 마지막까지 살아남은 사람이 일 단 통과해야 하는 것은 죄의식과 욕됨이라는 마음의 감옥이다.

나는 싸우고 있습니다. 날마다 혼자서 싸웁니다. 살아남았다는, 아직

도 살아 있다는 치욕과 싸웁니다. 내가 인간이라는 사실과 싸웁니다. 오
직 죽음만이 그 사실로부터 앞당겨 벗어날 유일한 길이란 생각과 싸웁
니다. 선생은, 나와 같은 인간인 선생은 어떤 대답을 나에게 해줄 수 있
습니까?(135쪽)

이런 마음의 감옥에서 벗어나는 길은 5장의 초점인물 임선주가
보여준다. 강동호와 함께 상무관에서 시신을 수습했던 당시 23세의
양장점 미싱사 임선주 역시 항쟁 이후의 삶을 버텨내기가 힘들었다.
선주는 광주에 오기 전에는 서울에서 공장에 다녔고, 노동조합 운동
을 하다가 경찰의 무자비한 폭행에 졸경을 치르기도 했었다. 하지만
광주항쟁 이후 선주의 삶은 완전히 바뀌어버렸다. 계엄군이 쳐들어
오던 항쟁의 마지막 날 선무 방송을 하기도 했던 선주는, 그전의 노
동운동 경력까지 합해져 '빨갱이년' 취급을 당했고 '멋진 그림'을 만
들고자 하는 기관원들에 의해 혹독한 고문을 받았다.

그리고 1년 동안 수감 생활을 했다. 출옥 후의 임선주 역시 김
수 등의 청년들이 그랬듯이 정상적인 생활을 하는 것은 불가능다.
살아남은 자의 죄의식과 절망감이 그 앞에 놓여 있었다. 서 죽
기로 결심하고 광주로 다시 갔을 때 선주가 본 것은 중 동호의
사진이었다. 그리고 선주는 살아났다. 그 장면은 이 사된다.

너는 도청 안마당에 모로 누워 있었어. 총격 로 팔다리가 엇
다리는 벌어진 채
갈려 길게 뻗어가 있었어. 얼굴과 가슴은

땅을 향하고 있었어. 옆구리가 뒤틀린 그 자세가 마지막 순간의 고통을
증거하고 있었어.

숨을 쉴 수 없었어.

어떤 소리도 낼 수 없었어.

그러니까 그 여름에 넌 죽어 있었어. 내 몸이 끝없이 피를 쏟아낼 때,
네 몸은 땅속에서 맹렬하게 썩어가고 있었어.

그 순간 네가 날 살렸어. 삽시간에 내 피를 끓게 해 펄펄 되살게 했어.
심장이 터질 것 같은 고통의 힘, 분노의 힘으로.(172~3쪽)

그러니까 임선주가 강동호의 죽음을 받아들인 방식은 다른 사람
들과 조금 달랐던 셈이다. 죄의식과 자책의 강렬한 에너지가 새로운
방향을 찾는 순간, 주체를 죽음으로 몰아넣던 바로 그 힘은 살아야
할 이유를 만들어낸다. 이런 점에서 5장의 임선주는 6장에 등장하
는 강동호의 둘째 형, 동생을 죽음으로부터 건져내지 못했다는 자책
감을 가지고 있으면서도 동생을 죽인 자들에 대한 분노와 복수심으
로 가득 차 있는, 혹은 그 어머니에게 그런 모습으로 보이는 인물과
동일한 위상을 지니고 있다.

항쟁 시의 상황을 다루는 1장과 2장을 제외한다면, 강동호의
죽음은 많은 사람들의 마음속에서 이와 같은 방식으로, 죄의식
과 분노, 복수심 같은 매우 격렬한 정서들의 형태로 표현되고
있다. 매우 강력한 동력과 지향성을 가진 이런 강렬한 정서들의 존재
는 그 자체로 문제이다. 이를테면 원한과 분노를 사적인 차원에서

해결하고자 하는 복수심이란 그 존재 자체가 공적 정의의 부재를 나타낸다. 2014년의 시점에서도 여전히 광주항쟁과 관련하여 복수심이 문제가 되고 있다는 것은 그 자체로 문제적이다. 이런 관점에서 볼 때 『소년이 온다』의 정서적 위상은, 2013년에 출간된 광주 문제를 다룬 두 편의 장편소설, 김경욱의 『야구란 무엇인가』와 이해경의 『사슴 사냥꾼의 당겨지지 않은 방아쇠』와 동일한 수위를 지니고 있다. 공적 차원에서 실현되지 않은 정의를 사적 차원에서라도 추구하고자 하는 마음이 그 내부에서 꿈틀거리고 있다는 점에서 그러하다. 그러니까 단순히 정서적 층위에서만 보자면, 이 세 편의 장편소설은 광주항쟁이 정부에 의해 합법적인 민주화 운동으로 공인되었던 1995년 이전으로, 그러니까 '5·18 특별법'이 제정되었던 순간 이전으로 돌아가 있는 셈이다.

한강과 성석제가 소설을 발표하기 시작한 1990년대 중반 이후로 김대중, 노무현 정부 시대를 거쳐오는 동안 한국의 민주주의는 진보의 일로를 걸어왔다. 그런 흐름은 1987년 이후로 거스를 수 없는 추세였다. 물론 신자유주의 경제정책으로 인해 경제민주주의의 상태가 후퇴했다든지 투표율로 표현되는 정치적 관심이라는 점에서 민주주의가 내용적으로 퇴보했다든지 하는 지적은 있을 수 있다. 그러나 공적 차원에서라면 민주주의의 진보라는 흐름은 불가역적인 것으로 보였다. 그런 정신적·정서적 추세와 함께 있었던 것이, 한강과 성석제의 문학이 주역을 담당했던 1990년대와 2000년대의 문학이라고 해도 좋을 것이다. 그런데 그런 흐름이 불가역적이지 않음이,

그러니까 퇴보할 수도 있다는 사실이 드러나기 시작한 것은 이명박 정부 때부터였고, 박근혜 정부에 들어서 그런 퇴보 경향은 명백한 사실이 되었다. 한동안 문학에 관한 담론의 영역에서 수면 아래로 잠복해 있던 문학과 정치의 문제가 다시 떠오르던 것도 그런 정치적 경향과 함께였다.

하지만 장편소설은 정오가 아니라 황혼의 양식이다. 문학과 정치의 문제에 기민하게 반응할 수 있는 것은 소설이 아니라 시이고, 문학과 정치의 문제가 서정 양식을 중심으로 논의되었던 것도 당연한 것이라 할 수 있다. 시는 형태 자체의 저항치가 낮아서 주변 환경에 훨씬 기민하게 대처할 수 있다. 정치적 변혁의 시기이기도 했던 1980년대가 시의 시대이자 비평의 시대로 지칭되는 것은 그 때문이다. 하지만 서사 양식 중에서도 장편소설은 특히 발이 느리다. 무언가 흐름이 바뀌더라도 그런 변화가 가장 나중에 투영되는 것이 장편소설이라는 양식이다.

한강의 『소년이 온다』와 성석제의 『투명인간』 같은 소설들이, 그리고 좀더 거슬러 올라가자면 김경욱의 『야구란 무엇인가』와 이해경의 『사슴 사냥꾼의 당겨지지 않은 방아쇠』 같은 소설들이 예사롭게 다가오지 않는 것은 이 때문이다. 출발점이라는 측면에서 보자면 이 소설들은 임철우의 『봄날』(1998)은 물론이고 『백년여관』(2004)과도 전혀 다르다. 모두 광주에 관한 소설이지만, 임철우의 소설들의 정서적 시계는 1998년도 2004년도 아니고 1980년에 맞춰져 있다. 그는 세기가 바뀐 후에도 여전히 그곳을 떠나지 않고 있으며 그런 점에서 임철우는 충동 수준에 존재하는 윤리를 보여주고 있다. 그에게 그것은 일종의 운명과도 같은 것이라 해야 할 것이다. 하지만 광주의 문제를 비슷한 관점에서 다룬다 하더라도, 한강과 김경욱, 이해경 등의 소설들은 그렇다고 보기 어렵다. 제재는 다르지만 성석제의 『투명인간』도 역시 마찬가지이다. 작가들의 실제 나이와는 상관없이, 이 소설들을 산출해낸 감각이 기본적으로 민주화 이후 세대의 것이라는 점에서 그러하다.

　　새삼스럽지만 우리가 문학의 윤리에 대해 말해야 하는 것은 그 때문이다. 한강의 『소년이 온다』의 심장부에 한 소년의 죽음이 놓여 있는 것은 이런 점에서 당연한 설정으로 보인다. 그런데 그것을 바라보고 있는 여섯 개의 시선은 무엇인가. 이런 설정은 왜 필요했던 것일까. 이런 의문은 시선이 20여 개로 훨씬 더 잘게 분할되어 있는 성석제의 『투명인간』에도 동일하게 해당한다.

분노, 자책, 죄의식

　　한강의 『소년이 온다』에는 작가가 화자로 등장하는 짧지 않은 에필로그가 있다. 여기에서 주의할 점은 에필로그도 소설의 일부이기 때문에 작가의 육성이 등장한다 해도 소설의 일부로 읽어야 한다는 점이다. 설사 그 내용이 사실로 주장되거나 확인된다 해도 사정은 마찬가지이다. 그 사실은 허구의 자리에 놓여 있는 사실일 뿐이다. 『소년이 온다』에서 작가는 강동호의 죽음이라는 화소를 이어받아 그 자신의 방식으로 변주하고 있거니와 그 방식이 독특하다. 작가 자신이 소설 속으로 들어감으로써 이야기를 둘러싸고 있는 액자를 슬쩍 열어놓았다. 이런 점에서 『소년이 온다』는 김영하의 『너의 목소리가 들려』(2012)의 구성과 유사한 방식을 취하고 있다. 소설을 감싸고 있는 액자의 일부를 개방함으로써 허구와 실제의 경계를 흐려놓았다는 점에서 그러하다. 그런데 『소년이 온다』의 독특성은 이런 열린 액자의 형식을 통해 작품 자체의 윤리적 성격이 강화된다는 점에 있다.

앞에서도 언급했지만, 『검은 사슴』(1998), 『채식주의자』(2007), 『희랍어 시간』(2011) 같은 장편소설에서 보여주었던 한강의 작풍을 염두에 둘 때 『소년이 온다』와 같은 소설은 매우 이례적이다. 왜 갑작스럽게 광주인가. 물론 소설 자체가 그 대답일 것이지만, 이 질문에 대해 작가 자신이 매우 자각적이었음이 에필로그를 통해 공개된다. 어릴 적 그는 광주에서 살았고, 그가 열 살 때였던 1980년 초에 서울로 이주했다. 그해 5월, 쉬쉬하면서 주고받는 집안 어른들의 말을 듣고 광주에서 난리가 난 것을 알게 되었다. 그들이 살던 광주 집에 새로 들어온 식구들 중에서 두 명의 중학생이 죽었다는 것이다. 그러니까 그때의 그 경험이 『소년이 온다』라는 소설이 되었다는 것이며 작중인물 동호와 정대가 그들이라는 것이겠다.

독자의 입장에서 보자면, 이것이 사실인지 설정인지 확인하기 어렵다. 아마도 사실에 가까울 것으로 생각하는 것이 보통일 것이다.

이 소설을 준비하고 쓰는 과정이 에필로그에 공개되어 있기 때문이다. 하지만 좀더 구체적으로 들어가보면, 이를테면 작가가 동호의 중학교 학적부를 찾아보고 또 동호의 형을 만나고 하는 과정이 밝혀져 있는데, 이 가운데에서 어디까지가 실제인지 판단하기는 쉽지 않다. 인물 설정에 허구적 요소가 가미되어 있음이 소설 속에 드러나 있기 때문이다. 그러나 이 모든 사정에도 불구하고, 여기에서 중요한 것은 강동호라는 인물이 실제인지 허구인지, 어디서부터가 허구이고 어디까지가 실제인지 같은 것이 아니다. 그보다 중요한 것은 작가가 광주에 대해 써야겠다고 느꼈다는 것, 광주에서의 한 소년의 죽음에 대해 쓰고자 했다는 것, 그리고 그런 작업을 자기가 맡아야 할 몫으로, 자기 책임으로 받아들였다는 사실 자체, 또한 그런 동기와 의도를 매우 직접적인 방식으로 표현하고 있다는 것이다. 작가의 육성 형식으로 표현된, 이를테면 다음 구절에 배어 있는 정서가 그런 생각을 웅변한다.

　　너무 늦게 시작했다고 나는 생각했다.
　　이곳의 바닥이 파헤쳐지기 전에 왔어야 했다. 공사 중인 도청 건물 바깥으로 가림막이 설치되기 전에 왔어야 했다. 모든 것을 지켜본 은행나무들의 상당수가 뽑혀 나가고, 백오십 년 된 회화나무가 말라 죽기 전에 왔어야 했다.
　　그러나 이제 왔다. 어쩔 수 없다.
　　점퍼의 지퍼를 끝까지 올리고, 해가 질 때까지 여기 있을 것이다. 소

년의 얼굴이 또렷해질 때까지. 그의 목소리가 들릴 때까지. 안 보이는
마룻장 위를 걸어가는 그의 뒷모습이 어른어른 비칠 때까지.(200쪽)

에필로그의 이와 같은 지점에 도달하게 되면, 소설이 뒤에서부터
하나의 전체로 조망되면서 왜 한강이라는 작가가 이런 형식의 소설
을 쓰게 되었는지가 좀더 분명해진다. 변한 것은 작가가 아니라 시
대와 풍조이니까. 지금 우리는 바로 그 시간 속에, 한국 민주주의 역
사에서 퇴보의 시기로 기록될 시간 속에 살고 있는 것이니까. 무슨
일이라도 해야 한다는 절박한 마음이 점점 더 커지고 있음을 많은
사람들이 느끼고 있으니까.

그렇다면 이 소설에 왜 일곱 개의 시선을 도입해야 했는지에 대
해서도 이제는 말할 수 있는 것이 아닐까. 광주에서 벌어진 강동호
의 죽음을 증언하기 위해, 그를 2인칭 대명사로 지칭하는 다섯 명의
인물, 그리고 작가 자신이 동원되었다. 이들은 모두 1980년대에서
부터, 1990년대와 2000년대 그리고 두 개의 현재 시점을 대표하고
있다. 그러니까 강동호의 죽음을 바라보고 있는 것은 여섯 명의 서
로 다른 인물이기도 하지만 그 여섯은 저마다 하나씩의 시대이기도
하다는 것이다. 이런 점을 염두에 둔 채 소설을 반추해보면 가장 선
명하게 부각되는 구절이 있다. 3장의 다음 한 구절이다.

……동호야.
그녀는 아랫입술 안쪽을 악문다. 색색의 만장들이 일제히 무대 천장

에서 내려오는 것을 본다. 무대 아래 네발짐승처럼 모여 있던 배우들이
별안간 꼿꼿이 허리를 편다. 노파가 걸음을 멈춘다. 업힌 아이처럼 바싹
붙어 걷던 소년이 객석을 향해 몸을 돌린다. 그 얼굴을 바로 보지 않기
위해 그녀는 눈을 감는다.

> *네가 죽은 뒤 장례식을 치르지 못해, 내 삶이 장례식이 되었다.*
> *네가 방수 모포에 싸여 청소차에 실려간 뒤에.*
> *용서할 수 없는 물줄기가 번쩍이며 분수대에서 뿜어져 나온 뒤에.*
> *어디서나 사원의 불빛이 타고 있었다.*
> *봄에 피는 꽃들 속에, 눈송이들 속에. 날마다 찾아오는 저녁들 속에.*
> *다 쓴 음료수 병에 네가 꽂은 양초 불꽃들이.*

    뜨거운 고름 같은 눈물을 닦지 않은 채 그녀는 눈을 부릅뜬다. 소리
없이 입술을 움직이는 소년의 얼굴을 뚫어지게 응시한다.(102~3쪽)

    이 대목은 3장의 초점인물인 은숙이 연극을 보고 있는 장면이다.
3장의 마지막 단락이기도 하다. 검열을 받아 삭제되었던 희곡 속의
구절들이 연극 공연 때는 배우의 입에서 흘러나왔다. "*당신이 죽은
뒤 장례식을 치르지 못해, 내 삶이 장례식이 되었습니다.*"(99쪽)라는 문
장이 그 핵심에 있다. 연극에서 펼쳐지는 장례식을 보며 은숙은 죽
은 동호를 떠올린다. 위 인용문의 이탤릭체는 희곡의 바로 그 문장
이 은숙의 마음속으로 들어와 만들어진 것이며, 동호의 죽음을 명정

(銘旌)처럼 감싸고 있어 이 책 전체의 심장이라 할 만하다. 여기에서 은숙은, 왕의 금지 명령에 맞서 죽은 오라비의 시신을 제대로 매장 하고자 했던 안티고네의 자리에 있다. 사람됨의 도리를 지키려는 안 티고네의 충실성은, 오라비의 시체를 매장해서는 안 된다고 했던 왕 의 명령 너머를, 그러니까 실정법이 규정하는 현재의 법적 질서 너 머를 향하고 있다. 또한 그것은 한 개인의 차원에 존재하는 슬픔이 나 윤리의 문제가 아니라 한 공동체가 궁극적으로 지켜내야 할 정 의의 문제와 연관되어 있다. 안티고네가 지키고자 했던 사람됨의 도 리는 실정법이 지켜내지 못하는 보편적 정의의 원리를 상기시켜주 기 때문이다. 제대로 치러지지 못한 동호의 장례식에 대해 은숙이 느끼는 슬픔은 바로 그런 차원에 있다.

죽은 자들이 누려야 할 합당한 애도와 기억의 의례가 행해지지 못했다는 사실에 대한 분노, 혹은 살아남은 사람들의 몸과 마음을 죄의식의 사원으로 만들어버린 자책감이 은숙과 같은 어떤 한 사람 의 것일 수는 없다. 살아남은 자들의 부끄러움과 죄의식은 '광주 이 후'를 살아야 했던 세대들의 정신의 핵자이며, 그 파토스야말로 새 로운 책임과 행위의 유대로 나아가게 하는 원동력이었기 때문이 다. 1987년 7월 시청 앞 광장을 가득 메웠던 이한열의 장례 행렬이 1980년대 정신의 대표적인 상징이 될 수 있는 것은 이런 연유에서 이다. 1980년대식 민중극의 바탕이 장례식의 형식이자 양식화된 애 도였다는 것도 이런 점에서 보자면 당연하다 하겠다.

그렇다면 『소년이 온다』의 형식이 지닌 의미가 좀더 분명해지는 것이 아닌가. 중요한 것은 장례식이라고, 제대로 치러지지 못한 장례식이자 이제라도 제대로 치러져야 할 장례식이라고 『소년이 온다』는 말하고 있는 것이 아닌가. 그러니까 죽은 소년 강동호를 기억하고 반추하는 다섯 개의 시선은 장례식과 추도의 형식에 다름 아닌 것이다. 요컨대 『소년이 온다』는 소설 전체가 강동호의 장례식인 셈이다. 그 죽음에 한번도 제대로 된 추도의 마음을 바치지 못한 사람들을 위해, 그런 시대를 위해, 다시 한번 치러져야 할 장례식, 거듭 반복되어야 할 추도의 의례로서의 장례식, 혹은 세월호를 위한 장례식.

구체적 보편자, 사람의 불행

이렇게 보면, 소설 전체가 70여 개의 단장으로 만들어진 『투명인간』의 구성도 이해될 수 있는 것이 아닐까. 성석제의 『투명인간』은 1950년대 후반에 3남 3녀 중 넷째로 태어난 한 남자, 김만수의 이야기를 다루고 있다. 70여 개의 단장으로 그에 관한 이야기를 만드는 데 20여 개의 시선과 목소리가 동원되었다. 김만수의 모친에서 시작하여, 그의 조모와 조부, 부친을 거쳐 그의 형제자매들, 그리고 친구와 직장 동료 들, 아내와 자식들이 두루 동원된다. 그리고 그런 증언들이 시간 순서로 늘어서 있다.

소설 전체에서 주인공 김만수가 화자로 등장하는 것은 단 하나의

장이다. 소설의 액자 구실을 하는 첫 장과 마지막 장을 제외한다면
사실상 마지막 장이고, 어쩌면 액자의 일부라고 할 수도 있는 대목
이기도 하다. 더욱이 그 시점은 김만수가 이미 '투명인간'이 되고 난
다음의 일이다. 여기에서 '투명인간'이란 세상에 없는 사람 혹은 없
는 것이나 다름없는 사람을 뜻하므로, 투명인간이 되어버린 김만수
의 목소리란 사실상 유령의 것이나 다름없다. 따라서 유령의 목소리
가 들려오는 한 장을 제외한다면 소설 전체가 김만수라는 한 인물
의 삶을 기억하고 증언하는 데 바쳐진 셈이다. 그러니 이것 역시 장
례의 형식이 아닐 수 없다. 이제는 이 세상에 없는(혹은 없는 것이나 다
름없는) 한 사람에 대한 기억들의 집합체라는 점에서.

　주인공 김만수는 희생의 천재이자 타고난 무수리이다. 가족과 동
료 들을 위해 자기가 가진 모든 것을 바친다. 물론 성석제의 소설 세
계에서 김만수와 같은 인물은 낯설지 않다. 다른 사람들이 무슨 말
을 하건 간에 자기 길을 끝까지 가는 인물, 이를테면 「황만근은 이
렇게 말했다」의 주인공 같은 인물은 성석제의 소설 세계를 대표하
는 유형이다. 김만수도 그런 유형의 한 대표자로 등장한 셈이다. 하
지만 김만수는 황만근 등과는 달리 장편소설의 주인공이다. 단편소
설이라면 시적 세계의 빛나는 계기로 족할 것이나, 장편소설의 주인
공은 디테일이 갖추어진 구체적인 현실의 바다에서 헤엄쳐야 한다.
황만근 같은 심성을 지닌 사람이 20세기 후반의 한국 역사 속에 내
던져졌다면, 그리하여 오늘날에 이르렀다면 어떤 모습일까. 성석제
의 『투명인간』은 말하자면 이런 질문에 대한 대답인 셈이다.

김만수는 산골 화전촌의 6남매 중 넷째이자 둘째 아들로 태어났다. 위로 큰형(백수)과 두 누나(금희와 명희)가 있고, 아래로는 남동생(석수)과 막내 여동생(옥희)이 있다. 그의 조부는 경상도 상주쯤 되는 곳, 소설에서는 상산군이라 지칭되는 곳의 만석꾼 집안에서 태어난 똑똑한 3대독자였다. 일제 치하에서 경성제대를 다녔지만 유물론자라는 것이 문제가 되어 시국 사건으로 옥살이를 해야 했다. 심신이 망가져 출옥한 김만수의 조부는 가혹한 일제의 경찰과 협잡꾼 들로 인해 가산을 탕진하게 되었고, 결국 솔가하여 궁벽진 산골 화전촌으로 이주하기에 이르렀다. 그 덕에 한국전쟁이라는 뜨거운 불구덩이를 피할 수 있었다. 하지만 그 아들, 그러니까 김만수의 부친은 만석꾼 살림을 탕진하고 맥없이 영락한 자기 아버지에게 강한 반감을 가진 채로 자랐다. 산골에서도 여전히 지식인 노릇을 하는 조부와는 달리 화전촌에서 상농사꾼 대접을 받는 전형적인 촌부로 스스로를 규정하는 사람이 김만수의 부친이다. 하지만 김만수의 형제들은 또 달랐다. 여섯 남매 모두 똑똑하고 출중하여 남들의 이목을 끌 만했다. 단 한 사람, 우리의 주인공 김만수만 제외하고.

소설에 펼쳐지는 김만수를 포함한 6남매의 이력은 그 자체가 20세기 후반 한국사의 한 종단면이 된다. 큰형 백수는 똑똑하고 책임감 강한 장남의 길을 간다. 그는 화전촌이 낳은 수재였다. 학교에서 수석을 놓치지 않는 빼어난 지적 능력과 맏이다운 인품을 갖춘 백수는 어려운 형편이었지만 서울로 대학 진학을 할 수 있었다. 힘없는 부모로 인해 힘들게 고학을 하면서도 동생들을 거두며 장남 구실을 했다. 막노동과 매혈을 해야 했던 생활이 견디기 힘들었던 백수는 월남 파병에 자원했고, 그 월급으로 재봉틀을 사 보내 집안의 살림 밑천을 마련했지만, 고엽제로 월남 땅에서 사망했다. 김만수 집안에서 가장 밝게 빛났던 희망은 그렇게 사라졌다.

김만수의 두 누나, 금희와 명희는 집안의 남자 형제들을 위해 희생해야 했던, 똑똑하지만 가난한 집안의 딸들이 걸어야 했던 길을 갔다. 딸들에게 상급 학교 진학을 허락하지 않았던 산골의 부모로 인해 속앓이를 하다가, 결국 가출하여 여공이 되는 길이 그것이다. 큰딸 금희는 부모 몰래 가출하여 서울에서 공장을 다녔다. 금희는 산업체 부설 학교 등을 다니며 좀더 나은 삶의 길을 향해 갔고 둘째 딸 명희도 언니와 비슷한 길을 걸었다. 다른 딸들과 달랐던 것은 그들에게는 죽은 오라비가 월남에서 사 보낸 재봉틀이 있다는 것이었다. 이 자매에게 불행은 형제들끼리 살던 집에서 당하게 된 연탄가스 중독 사고였다. 재봉 일을 하며 동생들의 생계를 감당하던 큰딸 금희는 결혼을 앞두고 있었고, 유난히 똑똑했던 둘째 딸 명희는 공장에 다니며 공무원 시험을 준비하고 있었다. 둘 모두 연탄가스 중독으로 위독한 상태가 되었지만, 응급처치를 할 수 있는 고압 산소 탱크는 한 자리뿐이었다. 결국 산소 탱크에 먼저 들어갔던 금희는 살아났고, 제때 응급처치를 받지 못한 동생 명희는 뇌손상을 입어 평생을 침 흘리는 백치로 살아야 했다. 문제는 그 결정을 해야 했던 사람이 김만수였다는 것이다. 그래서 김만수는 작은누나 명희의 삶을 자기가 책임져야 한다고 생각했고 또 그렇게 했다.

김만수의 두 동생, 남동생 석수와 막내 여동생 옥희는 모두 명문
대에 진학할 수 있었다. 번듯한 외모에 공부를 잘했던 석수는, 볼품
없는 체수에 머리가 둔한 형 만수에게 어릴 적부터 형 대접을 하지
않았다. 막내 옥희도 언니들과는 달리 이기적이었다. 김만수는 그런
동생들에게 헌신적이었다. 의무경찰로 입대해서는 교통경찰 보조
로 일하면서 운전자들의 뒷돈을 챙겨서까지 동생들의 뒷바라지를
했고, 회사에 취직해서는 짠돌이 소리를 들어가면서 돈을 아껴 동생
들의 학비를 댔다. 국립대학 학생이었던 석수는 노동운동을 위해 공
장에 들어갔지만 체포되었다. 고문을 받았고 전향하여 체제를 수호
하는 세력의 일원이 되었으며, 이런저런 소문을 남긴 채 소설의 전
면에서 사라져버린다. 행방불명이라는 것이 그에 관한 공식적인 정
보였다. 노동운동을 하던 당시 만났던 여성에게 아들 하나를 남긴
채로였다. 소설 속에서, 오로지 자신만을 위해 살겠다고 결심했던
석수는 이야기의 마지막에야 등장한다. 그것도 김만수와 같은 투명
인간의 모습으로.

그리고 막내 옥희 역시 비슷한 길을 갔다. 명문대에 입학한 옥희
도 노동운동에 뛰어들었고, 속빈 강정 같은 남자를 만나 고생했지만
기사식당을 해서 부자가 되었다. 오빠 김만수의 도움이 결정적이었
지만, 이 막내 여동생 역시 오빠에게 합당한 대접을 하지 않았다.

김만수는 이런 형제들 속에서 자랐다. 가난하지만 잘나고 똑똑한
형제들 속에서 혼자만 뒤처지고 못난 모습으로. 그러면서도 가족의
희망이었던 형이 세상을 떠난 후로는 맏아들 노릇까지 해야 했고,

남동생 석수가 사라진 후로는 그가 남긴 조카 태석을 양육했으며, 또 바보가 된 누이의 최종 보호자 역할을 맡았다. 한때 김만수도 성공적인 사회생활을 하는 듯했다. 인문계 고등학교 대신 5년제 공업전문학교에 들어간 김만수는, 자동차 부품을 만드는 중소기업에 취직하여 노무 담당 관리직 사원으로 능력을 발휘했다. 타고난 겸손과 부지런함으로 관리직과 생산직, 상하급 직원들의 신임을 한 몸에 받았다. 하지만 문제는 회사의 경영 환경이 나빠져 흑자도산으로 사주가 돈을 빼돌릴 때에도, 여전히 사장의 말만 믿고 채무단에 맞서 공장을 지키고자 했다는 것이다. 대의도 명분도 없는 일에 사재를 털어가며 헌신하다가 결국은 소송을 당해 거액의 채무자가 되었고, 자기 가족의 생계를 위험에 빠뜨렸다.

물론 김만수의 삶 전체를 놓고 본다면 그런 경제적 어려움은 대단한 것이 아니다. 돈 없이 살아야 할 상황이란 어렸을 적부터 수없이 경험했던 것이고, 타고난 근면으로 극복해온 것이기도 했기 때문이다. 실제로 그는 10년 동안을, 하루 네 시간씩만 자면서 세차, 배달, 청소 용역 같은 몸 쓰는 일로 가족의 생계를 꾸리고 채무를 변제해 나갔다. 그런 방식으로 살아가는 것은 그에게 전혀 문제가 아니지만 살아야 할 이유를 확보하는 것, 그것은 문제일 수 있다. 김만수가 자식도 갖지 않은 채 친아들처럼 키웠던 동생의 아들, 자폐증을 앓던 중학생 태석이 학교 폭력 때문에 유서를 남기고 4층에서 뛰어내려 투명인간이 되었을 때, 그의 삶은 결정적으로 흔들렸다. 그리고 그도 투명인간이 되었다. 보이지도 않고 들리지도 않는, 살아도

산 것이 아닌 사람.

이런 줄거리의 끄트머리에서 김만수라는 인물을 본다면 어떨까. 낙천적이고 긍정적이고 천진하기조차 한 김만수에게 세계는 너무나 난폭하고 감당하기 힘든 폭력이지 않았을까. 그 극단에 놓여 있는 것은 이런 장면이다.

　　하지만 담임은 만수가 나오기까지 기다리지 않았다. 만수가 있는 자리까지 군홧발을 쿵쾅대며 달려왔다. 엉거주춤 서 있던 만수의 배를 담임의 정권이 강타했다. 헉, 하고 쓰러지는 만수의 턱에 강력한 어퍼컷이 꽂혔다. 고개가 공중으로 들어올려졌다가 풀썩 주저앉는 만수의 등짝에 팔꿈치 가격에 이어 발뒤꿈치 공격이 가해졌다. 그런 동작을 할 때마다 담임은 말을 한마디씩 절도 있게 끊어 이유를 설명했다.
　　─그러니까, 내가, 진작에, 나오라고, 했잖아, 새꺄, 좋은, 말로, 할 때, 용서해, 준다고, 했을 때, 나올 것이지. 사람 말이, 말 같지 않냐, 개놈의, 새, 끼.(174~5쪽)

이 대목은 고등학교 시절의 김만수가 담임이었던 교련 교사에게 폭행당하는 장면이다. 담임은 복도 창틀에 놓인 고무나무에 칼질을 한 사람이 누구인지 자수하라며 학생들을 다그치던 중이었다. 칼질을 한 사람이 자기 반 학생이라는 근거도 없는데, 학생들에게 올바로 사는 법을 가르치겠다며 무작정 자수하라고 했다. 범인이 나올 때까지 아무도 교실 밖을 나갈 수 없다고, 화장실도 갈 수 없다고 했다. 그런 상태가 참을 수 없는 수준이 되었을 때 김만수가 범인을 자처했고 이런 상황이 벌어졌다. 이것은 1970년대 한국의 고등학교 교실에서 어렵지 않게 목격되었음 직한 장면이거니와, 폭행을 당한 후 김만수의 모습을 묘사해놓은 대목은 예의상 생략해두자.

이 같은 직접적인 폭력성도 문제이지만, 좀더 근본적인 것은 김만수를 둘러싸고 있는 세계 자체의 폭력성이다. 다음은 김만수를 형 대접하지 않았던 동생 석수의 생각을 묘사하고 있는 대목이다.

인간은 태어나면서부터 한정된 자원이라는 생존 조건 속에서 치열한 경쟁을 벌이지 않을 수 없다. 누군가의 몫을 내가 빼앗기 위해서는 배신, 속임수, 회유나 설득을 위한 정치 기술을 사용하고 폭력이나 살인 같은 범죄조차 불사해야 한다. 그런 인간만이 적자로 생존할 수 있다. 우리의 피에는 그러한 적자의 유전자가 들어 있다. (……) 이제 나는 고향이며 가족처럼 내가 선택하지 않은 족쇄에 속박되지 않을 것이다. 우연과 운명, 내가 만들지 않은 신념 따위는 거부한다. 나는 낡고 누추한 새 둥지 같은 과거로, 집으로 돌아가지 않을 것이다. 모든 것은 내가 선택한다. 내가 선택한 새로운 나, 나의 가족은 환경에 지배당하지 않고 환경을 지배할 것이다. (……) 나는 오로지 내 길을 갈 것이다. 나는 언제나 내 편일 것이다. 세상이 모두 망한다 해도 나는 살아남을 것이다. 혼자만이라도 끝까지 누구보다 오래 살아남음으로써 이기리라. 그것이 나를 괴롭히고 힘들게 한 쓰레기들에 대한 복수일 것이다. 맹세한다. 나는 매일 맹세로 하루를 시작하고 맹세한 뒤 잠이 든다. 꿈에서도 나는

쓴다. 나는 너희 중 누구보다 오래, 드러나지 않으면서 힘을 가진 채로
살 것이다. 살아남음으로써 이기리라.(244~6쪽)

　석수가 이런 생각을 하고 있었던 때는 1980년대로, 위장취업을
했다가 대공수사단에 체포되어 전향을 하고 난 다음이었다. 그가 대
공 문제로 혐의를 받았던 것은 여자 문제 때문에 생긴 우연이었을
뿐이고, 전향이라고 했지만 자기가 아는 동료들에 대한 정보를 누설
한 것에 불과하다. 당초 사상이라 할 만한 것이 없었기 때문에 전향
도 있을 수 없었지만, 어쨌거나 전향한 석수는 입대하여 보안사령부
쯤에서 근무했고, 그리고 사라져 나타나지 않았다. 그가 자라오면서
자기보다 모자라 보이는 김만수를 형이라고 불렀을 때는 김만수가
군대 생활을 하면서도 뒷돈을 모아 생활비를 만들어왔을 때뿐이었
다. 김만수는 석수가 자기를 형이라고 불러준 것만으로도 감격했지
만 석수는 그 순간에도 냉정했다. 석수는 그런 인물로 나온다. 이기
적이고 때로는 기회주의적인 모습으로.
　그럼에도 석수의 이런 독백에는 그 어떤 거인스러움이 있다. 그
것은 그가 대단해서가 아니라 그의 생각의 배후에 놓여 있는 그 어
떤 힘, 석수가 자진하여 그 일부가 되기를 원하는 힘의 거대함 때문
이다. 물론 그런 힘으로 충만한 세계는 저런 결심 따위는 하지 않는
다. 이미 그 자체가 현실적 위력이기 때문에 그럴 필요가 없다. 다만
자기의 본성을 세계에 실현하면 그뿐이다. 게다가 그 힘은 과학적
원리 같은 자연필연성의 외관을 지니고 있다. 그 속에서, 약육강식,

우승열패, 무한경쟁, 승자독식의 원리들은 거대한 수레바퀴처럼 거역할 수 없는 힘의 모습을 하고 있다.

이런 관점에서 보자면 김만수는 전형적인 '루저'기 아닐 수 없다. 자진하여 만인의 낙타가 되고 노새가 되었던 김만수의 모습과 그것을 바라보는 시선의 관계는 흡사, 지상에서 허덕거리며 살아가는 한 가련한 인간의 모습과 그 모습을 무감하게 바라보는 올림포스 산정의 신들의 시선과도 닮아 있다. 그러나 그런 불쌍한 인간 김만수에게 발언권을 준다면 어떨까. 아마도 그라면 이렇게 반문하지 않을까. 나는 게임에 들어간 적이 없으므로 잃을 승부가 없다고. 그런 게임은 관심 없으니 댁들이나 잘들 하시라고. 나는 나를 행복하게 만들어주었던 그 기억과 함께할 것이라고. 왜 망한 회사를 떠나지 않은 채 남은 사람들과 함께 공장을 지키려 했는지에 대한 그의 답은 "내가 무식해서 정치도 모르고 법 같은 건 잘 몰라도 정의가 뭔지는 알아. 아, 이렇게 하는 게 맞다는 게 그냥 느껴지더라고."(302쪽)였다. 이런 정도의 대답이라면 자연필연성이라는 신의 시선을 맞받을 수 있다. 그것은 지행합일이 직관적으로 가능한 윤리적 천재의 수준에 있는 것이기 때문이다.

이런 방식으로 김만수라는 저 한심하고 그래서 무구한 거울은 세계의 폭력성을 되비춘다. 그 세계에서 그는 유일한 인간이며, 구체적 보편자로서의 인류이다. 그의 불행은 인류의 불행이고, 그를 불행하게 만드는 세계가 있다면 바로 그 세계가 지옥이다.

좀비와 유령

성석제는 『투명인간』의 서사에 매우 두툼한 액자를 둘러놓았다. 그림 속에서는 사라졌던 김만수의 동생 석수가 액자 속에서 등장한다. 자전거를 타고 한강변을 달리는 자칭 투명인간이, '자살 다리'로 유명한 마포대교를 배회하는 한 남자, 그러니까 우리의 주인공 김만수를 목격한다. 이 목격자가 소설의 첫머리와 마지막에 설치되어 있는 액자의 화자이다. 그는 마포대교를 배회하는, 머리 크고 볼품없는 체수의 50대 사내가 김만수임을 바로 알아차린다. 그리고 그와 대화를 나눈다. 자칭 투명인간은 온몸과 얼굴을 자전거 라이딩 복장과 선블록으로 감추고 있기에 그가 누구인지 김만수는 알지 못한다. 그러나 그는 김만수를 잘 알고 있다. 이 소설 속에서 김만수를 형이라고 부르는 사람은 그가 유일하다. 투명인간인 김만수가 그나마 있던 종적조차 감추는 모습을 절망적으로 바라보던 화자의 말은 이렇게 끝난다.

마음속에서 무엇인가 뚝, 하고 부러지는 소리가 났다. 나는 자전거에 다시 올라 미친 듯 페달을 밟았다. 다리를 더 이상 움직일 수 없을 정도가 되었을 때 형이 했던 말이 떠올랐다.

—죽는 건 절대 쉽지 않아요. 사는 게 오히려 쉬워요. 나는 포기한 적이 없어요.

형. 만수 형.(369쪽)

이 문장들은 소설의 마지막이기도 하거니와, 여기에서 자칭 투명
인간인 액자의 화자가, 비장한 결심의 변을 남기고 소설 중반에 사
라진 석수였음을 알게 되는 순간, 우리는 동일한 인물이 등장하는
소설의 첫 장면으로 돌아가지 않을 수 없다. 그리고 소설을 감싸고
있는 두툼한 액자의 존재를, 그 액자를 만들어내는 석수의 시선을,
그리고 그 시선이 머금고 있는 김만수를 향한 깊은 애정을 알아차
리게 된다.

석수는 스스로 투명인간으로 자처했으며, 또 김만수를 만나는 순
간 그의 형 역시 투명인간임을 알아차렸다. 이 소설 속에서 투명인
간이라는 말은 단순한 비유와 소설 속 현실 사이를 오간다. 요컨대
사실이면서 사실이 아닌 것이고, 알레고리이지만 열린 알레고리인
것이다. 그러니까 자기 가족 모두가, 4층에서 투신한 아들과 그 아
들의 신장을 이식한 아내와, 그리고 자기 자신이 모두 투명인간이라
고 김만수가 말했을 때, 투명인간이라는 말은 비유와 실제 사이를
오가고 있다. 이에 따르면, 소설 속에서 투명인간은 최소한 세 종류
가 있다. 죽어서 몸이 없기 때문에 투명해진 인간(죽었지만 사람들이
보내지 않았기 때문에 지상에 묶여 있을 수밖에 없는 존재), 살아 있지만 존
재가 없어 투명인간 취급을 받는 투명인간, 또 그 존재가 자명하고
거대하여 사람들에게 보이지 않아 투명해진 인간. 각각 죽은 태석과
그의 양부 김만수와 친부 석수이다.

석수와 김만수가 대화를 나누는 소설 액자의 대목들은 그러니까
투명인간이 서로 말을 나누고 있는 장면이기도 하다. 물론 투명인간

이라고 해서 동등한 것은 아니다. 김만수는 첫 번째와 두 번째 투명인간 사이를 오가고 있고, 석수는 아마도 세 번째 투명인간이라고 해야 할 것이다. 앞의 둘이 유령 같은 투명인간이라면 세 번째 것은 좀비 같은 투명인간이다. 김만수 같은 존재를 투명인간으로 취급하는 시선의 집합체이면서, 전체 규모를 키우면서 동시에 빈부 격차를 심화시키는 정치경제의 체제이기도 하고, 사람들의 심성을 속속들이 사로잡고 있어 자명한 것으로 여겨지는 자유경쟁이라는 부자유의 원리인 것, 그것이 곧 석수의 시선이 표상하는 세 번째 투명인간이다. 소설 속에서는 세계의 액자를 이루고 있는 그 거대한 시선이 묻고 바보 같은 김만수가 답한다. 그러니까 그것은 좀비의 질문과 유령의 대답, 세상이 돌아가는 이치가 자명하여 자동기계처럼 반응하는 좀비-투명인간과 그런 세계를 버텨낼 몸을 갖지 못해 작은 혼의 자리에서 맴도는 유령-투명인간의 대화에 다름 아니다.

　물론 좀비는 대답만을 알 뿐 질문은 모른다. 그러니까 청년기에 헤어졌다 다시 만난 형의 영혼에게 이것저것 물어대는 동생 좀비는 이미 좀비가 아닌 셈이다. 좀비로 하여금 질문하게 만드는 힘은 오로지 김만수 같은 기이한 유령-투명인간이 지니는 힘이다. 성석제는 이처럼 투명인간이라는 장치를 매우 자의적이고 규격 없이 제멋대로 구사함으로써, 희비극이 교차하는 상황을 두 번 세 번 비틀어 놓았다. 그것이 『투명인간』에서 확인하게 되는 성석제의 윤리적 감각일 것이다.

정치가 되는 윤리

새로운 세계에 대한 희망은, 세상이 돌아가는 이치가 그런 것임을 알지만 그럼에도 그것을 도저히 받아들일 수 없다는 한 개인의 무능력에서, 그러므로 받아들이지 않겠다는 사람들의 결의에서 출발한다. 성석제의 책에서 다음과 같은 문장을 발견하는 것은 이례적이다. 그는 작가 후기에 이렇게 썼다.

> 현실의 쓰나미는 소설이 세상을 향해 세워둔 둑을 너무도 쉽게 넘어들어왔다. 아니, 그 둑이 원래 그렇게 낮고 허술하다는 것을 절감하게 만들었다.
> 소설은 위안을 줄 수 없다. 함께 있다고 말할 수 있을 뿐. 함께 느끼고 있다고, 우리는 함께 존재하고 있다고 써서 보여줄 뿐.
> 이 소설의 첫 문장을 쓰기 시작한 이후 깨달은 것은 이것이다.(370쪽)

책의 말미에 붙어 있는 이 구절은 『투명인간』이라는 책이 2014년 4월 16일 세월호 참사 이후에 나온 것임을 알려주고 있다. 한강의 『소년이 온다』에서 강동호가 죽는 장면에서도 세월호 참사의 영향이 말을 하고 있는 듯싶은데, 이 짧은 작가 후기가 소설 전체에서 차지하는 의미는, 『소년이 온다』에서 에필로그가 차지하는 의미와 다르지 않다. 성석제도 한강도 모두 소설 쓰기에 대해, 그러니까 장인의 기율에 대해 말하고 있는데 그들의 말은 어느덧 공동체의 어떤 사건을 책임지고자 하는 시민의 언어로 번역되어 있다는 점에서 그러하다. 그들은 자기가 써야 한다고 느끼는 것을 향해 나아갔는데 그것은 우리가 함께 귀 기울여야 할 것이 되어 있다. 그들의 출발점은 장인의 윤리였지만 어느덧 시민의 윤리에, 곧 공동체의 정치에 도달해 있는 것이다. 그것이 미학으로 하여금 정치에 이르게 하는 윤리의 힘일 것이다. 윤리는 한 개인의 영역에 속하지만, 윤리적 의식을 가진 그 개인이 특정한 상황에 한정된 존재가 아니라 다른 사람과 소통할 수 있는 보편성을 지닌 개인이 되면 윤리는 정치가 된다. 내 마음속에서 불타는 어떤 심정의 힘은 더 이상 나 혼자만의 것이 아니기 때문이다. 성석제의 말처럼 "우리는 함께 존재하고 있"기 때문이다.

최근에 나온 두 편의 소설이 기나긴 장례 의례로 느껴지는 것은 아마도 올해 봄 세월호 참사가 촉발시킨 심정 때문일 것이다. 또한 그 심정이 새삼스럽게 환기시킨, 지난 10여 년 동안 한국에서 누적되어온 정치경제적 변화 때문이기도 할 것이다. 장례는 제사가 그렇듯 가족이나 가문이나 공동체 같은 집단의 의례이다. 그래서 그것은 윤리의 차원을 넘어선다. 장례에 임하는 사람들 각각의 마음은 윤리적인 것이라 할 수 있지만 장례 의례는 집단의 일이며, 따라서 거기에는 윤리 대신 정치가 있다. 여기에서 슬픔과 고통은 한 사람의 마음속에 감추어져 있는 것이 아니라 자기 자신과 다른 사람에게 표현되는 것이고, 그리하여 여러 사람들에게 공유되는 것이다.

서두에서도 언급했지만 한강과 성석제의 두 장편소설은 지난 20

년 동안 축적되어온 그들의 작풍에서 보자면 이례적이다. 민주화 이후 세대 작가로서 그들은, 문학과 정치의 직접적 결합태로부터의 원심적인 경향과 흐름을 같이하면서 자기 세계를 구축해왔다. 그런 작가들이 소설을 통해 시민적 행위의 영역으로, 한 개인이 아니라 공동체가 지켜야 할 기율과 정의의 영역으로 돌아왔다면, 그래서 그것을 정치의 영역이라고 일컬을 수 있다면, 그것은 그들이 문학의 윤리 깊은 곳까지 도달했던 장인으로서의 작가이기 때문일 것이다.

장인과 시민의 결합은 미학과 정치의 결합이되, 따로 떨어진 두 요소의 결합이라기보다 오히려, 윤리의 강한 인력으로 말미암아 휘어진 미학이 정치적인 것의 형태로 나타난 것이라 해야 하겠다. 그러니까 결합이라면 결과적인 결합인 셈이다. 예술에서의 정치란 당초 그런 것이다. 작품 밖에서 미리 마련된 의도나 특정한 의식으로서의 정치는 미학의 필터에 걸리지 않을 수 없다. 외적 요소로서의 정치가 작품 속으로 제대로 삼투되기 위해 필요한 것은 작가의 차원에 작동하는 어떤 특별한 계기이다. 윤리적 힘도 그런 계기의 하나일 것이다. 작가의 마음으로부터 용출하는 정서적 힘으로서의 윤리는 작품의 질서 자체가 지닌 저항치를 떨어뜨려 정치를 위한 파이프라인을 만든다. 정치가 예술 속으로 삼투될 수 있는 것은 그런 계기를 통해, 객관적 힘으로서의 미학이 휘어질 때이다. 바꿔 말하자면, 예술의 정치란 그 자체가 미학의 영역 밖에 별도로 존재하는 것이 아니라 윤리가 미학을 휘어버리는 순간 새롭게 생겨나는 것이라 할 수 있다.

그래서 한강과 성석제의 작품 속에서 상기되는 것은 새삼스럽게
도 윤리이다. 이 경우 윤리란 당연히 문학의 윤리이다. 윤리적 미학
이나 도덕적 문학 같은 것이 아니라 오히려 그 반대로 뒤집혀 있는
것, 문학이 자기 자신에 대해 유지해야 하는 충실성으로서의 윤리,
그것이 곧 문학의 윤리이자 미학의 윤리이다. 또한 그것이 바로 문
학의 정치임을, 곧 문학의 정치는 자기 충실성을 향해 가는 윤리적
과정의 결과물에 다름 아님을 이 두 작품이 상기시켜준다.

그것은 작가나 문학만이 아니라 직업을 가진 시민들 모두의 일임
을 새삼스럽지만 지적해두자. 두 소설에 등장한 이 끝없는 장례의
행렬을 우리 역시 뒤따를 것이다. 이들의 책을 읽은 독자의 한 사람
으로서, 제대로 된 세상에서 제대로 된 나라 꼴을 보며 살고자 갈망
하는 시민의 한 사람으로서.

책을 맺으며

부끄러움과 죄, 그 너머의 원한

　사람은 무엇으로 사는가. 프로이트는 실러를 인용하여 말했다. "세상을 움직이는 것은 굶주림과 사랑이다." 여기에서 굶주림은 개체의 보존, 사랑은 종족의 보존과 연관된다. 프로이트는 이것을 출발점으로 하여 에로스와 죽음 충동이라는 이분법으로 나아갔지만, 여기에서 문제삼아야 할 것은 사람이 지닌 기본적인 충동만이 아니라, 그 너머에 관한 것이다.

　목숨을 부지하고 삶을 유지하는 일은, 모든 살아 있는 것들이 가장 맹렬하게 추구하는 것이다. 유기체의 일차 목표는 생존 자체이다. 사람이라고 예외일 수는 없으나, 그것만으로는 충분치 않다. 생존의 절박함으로부터 한숨 돌리는 순간 나타나는 이완과 성찰의 시간이 문제이다. 최소한 사람에게는 그러하다. 그 시간은 사람들에게, 아등바등 살아남아야 할 이유에 대해 묻는다. 이 질문에 답할 수 없다면 그는 살아 있어도 이미 죽은 목숨이다. 프로이트는 그 대답

을 사랑이라고 했으나, 꼭 사랑이라는 말이 아니더라도, 굶주림의
영역에 속하는 것이 아니라면 어떤 단어도 그 자리에 올 수 있다. 삶
의 보람이나 의미, 이유나 대의나 이념 같은 것들. 이런 단어들이 놓
여 있는, 굶주림 반대편의 자리를 보람의 자리라고 한다면, 죄의식
도 부끄러움도, 또한 그 너머의 원한도 바로 그 자리에서 생겨나는
감정이다. 그리고 바로 그 보람의 자리에 서 있을 때 비로소 인간-
동물은 인간-주체가 된다. 주체란 무엇보다도 자기 생각과 행동에
책임을 짐으로써 생겨나는 것이기 때문이다.

  사람들은 종종 그 자리를 위해 목숨을 버리기도 한다. 그런 이유
로 존경과 우러름의 대상이 되기도 하고, 그 반대로 경멸과 혐오의
대상이 되기도 한다. 프로이트의 논리 속에서 사랑이 종국적으로 죽
음과 연결되는 것은 바로 그런 이유 때문이다. 굶주림과 사랑이라는
이항대립 속에서 사랑은, 생존주의나 공리주의의 언어로 표현되지
않는 모든 것을 뜻한다. 아무런 이해관계도 없는데 그 사람이 왜 그
런 일을 했는지 이해할 수 없다면, 그건 사랑 때문이다. 미움도 원한
도 증오도 모두 사랑 때문이다. 여기에서 사랑 때문이라 함은, 곧 보
람의 자리를 지키기 위함이라는 말과 같다.

  지난 백 년 동안, 한국인에게 죄의식과 부끄러움이 어떻게 주체
형성에 기여했는지는 지금까지 살펴본 바와 같다. 한 시대의 마음
과 접속한 소설들은 허구와 사실의 경계를 넘나들면서, 자기 시대
가 지닌 고유성(singularity)을 포착해낸다. 서장에서 언급한 바와 같
이 그 안에는 최소한 세 층위의 윤리적 감정들이 응축되어 있다. 한

국의 근현대사가 지닌 특수성, 자본제적 근대성이 지닌 일반성, 그리고 문명의 발생 자체가 지닌 보편성의 층위이다. 이들은 각각 부끄러움, 죄의식, 원한으로 구분될 수 있으며, 이 감정들이 강한 힘으로 터져 나올 때는 분노의 형태가 된다. 시간의 흐름을 바탕에 놓고 보자면, 직접적 식민지 상태였던 20세기 전반기에는 죄의식이, 그리고 새로운 국가를 건설해온 후반기에는 부끄러움이 큰 동력으로 작용했다. 주권 없는 상태로 살아야 하는 사람의 처지는 욕되고, 식민지의 욕된 현실에 왜냐는 질문이 개입하면 원죄 의식과 과잉윤리가 생겨난다. 그로부터 탈출하고자 하는 동력이 강력하게 솟아나오고 그 힘의 실현을 위한 현실적인 지반과 주권 확보의 모델이 확보되면, 죄의식이 아니라 부끄러움이 큰 소리로 말을 한다. 원한이 등장하는 것은 그다음의 일이다. 원한은 마음을 일그러뜨려 그늘을 짙게 하며 분노를 거칠게 만든다.

　1990년대 이후의 한국소설, 좀더 정확하게는 1987년 이후의 마음을 반영하고 있는 소설 속에서 표현되기 시작한 새로운 정동은 부끄러움이 아니라 원한이다. 새롭게 고개를 들기 시작한 원한은, 일그러지고 구겨져서 제대로 표현되지 못한 마음의 주름들 속에 깃들어 있던 것들이다. 그것은 강렬함이라는 점에서는 부끄러움보다는 죄의식에 가깝고, 정신이 아닌 신체, 욕망이 아닌 충동의 언어로 표현된다는 점에서 낯설고 기이함이 죄의식을 넘어선다. 원한이 기형적일 수밖에 없는 것은 억압을 뚫고 솟아나온 것이기 때문이다. 원한은 앞에서 언급한 것처럼 문명 자체의 출현과 관련된 것으로 보아야 하겠으나, 그것은 발원점이 그렇다는 것일 뿐 스스로를 드러내는 과정에서는 자기 시대의 육체를 빌리지 않을 수 없다. 그런 점에서, 지난 시대 우리가 해결해야 했던 난제가 식민지 근대성이라는 이름으로 통칭된다면, 이제 새롭게 감당해야 할 원한의 발원지는 남성적 근대성(masculine modernity)이라고 해야 하겠다.

백 년 전의 소설 『무정』에서, 무참한 꼴로 제거되었으면서도 어떤 애도도 위로도 받지 못한 채, 식민지의 내셔널리즘과 근대화라는 대의에 질질 끌려온 한 여성의 깨어진 마음이 바로 그 원한의 자리를 대표한다. 원한의 장이 열리면 모든 것이 일그러진다. 그곳에서 부끄러움은 자기 성찰의 기제에서 타자 혐오의 무기로 바뀌고(그것은 부끄러움이 아니라 수치심이라고 하는 편이 좀더 정확하겠다), 그런 거친 힘이 작동하면 원한의 장은 더욱 깊어진다. 우리가 이제 그런 세계에 직면해 있음을 동시대의 문학작품들이 보여주고 있다.

또 한편으로, 백 년의 시간이 지나는 동안, 과잉윤리를 낳던 기이한 원죄 의식은 사라져갔고, 부끄러움을 생산했던 열등감과 자책도 엷어졌다. 이제는 태연하게 자기 책임을 바라보는 시대가 되었다. 그 책임이란 국민이 아니라 시민의 것이다. 민족애와 국민 윤리를 가슴에 품은 네이션-스테이트의 일부로서가 아니라, 윤리적 보편성과 차별 없는 세계를 향한 시민의 한 사람으로서 감당할 책임이라는 뜻이다. 시민은 물론 국적을 지니지만 그의 헌신과 봉사가 향하는 곳은 국가가 아니라 국경 너머이다. 자기 나라의 경계 밖을 넘어설 수 있는 힘만이 시민이 꿈꾸는 국가를 만들 수 있음을, 다른 사람이 아니라 시민 자신이 알고 있기 때문이다.

이와 같은 시민 윤리의 영역 안에서라면 어떨까. 입이 없어 온몸이 비틀려버린 원한도 마침내 새로운 발성기관을 얻어 스스로를 열어놓을 수 있지 않을까. 긍정적인 가능성을 찾아내는 것은 언제나 희망의 소관이거니와, 문제는 마음이기 때문에 새로운 가능성의 단서를 찾는다면 결국 마음의 기록들을 살펴야 할 것이다. 그러니 어떤 사람이 있어, 지난 백 년 한국소설이 포착해낸 마음의 연대기야말로 바로 그런 장이라고, 그런 가능성의 일단은 바로 그 마음의 텍스트 속에서 확인할 수 있다고 주장해도 그리 크게 타박받을 일은 아니겠다.

참고 문헌 및 인용 작품

가라타니 고진(柄谷行人), 『트랜스크리틱』, 송태욱 옮김, 한길사 2005.

고모리 요이치(小森陽一), 『나는 소세키로소이다』, 한일문학연구회 옮김, 이매진 2006.

권오룡 엮음, 『이청준 깊이 읽기』, 문학과지성사 1999.

권희철, 「부디 너의 젊음이 한시 바삐 지나가기를」, 『사슴 사냥꾼의 당겨지지 않은 방아쇠』, 이해경 지음, 문학동네 2013.

_____, 「끝낼 수 있는 이야기와 끝낼 수 없는 이야기」, 『외딴방』, 신경숙 지음, 문학동네 2014.

김경욱, 『야구란 무엇인가』, 문학동네 2013.

김남혁, 『파라텍스트 이청준』, 케이북스 2015.

김동인, 「춘원연구」, 『김동인 전집』 16, 조선일보사 1988.

김영찬, 『근대의 불안과 모더니즘』, 소명출판 2006.

김윤식, 『이광수와 그의 시대』 1~3, 한길사 1986.

_____, 「고백체와 소설 형식—이청준의 근작 읽기」, 『외국문학』 21, 1989. 12.

_____, 「미백의 사상 또는 이청준의 글쓰기의 기원에 대하여」, 『작가세계』, 1992년 가을호.

_____, 「선험적 문학과 선험적 가난—자생적 운명의 시선에서 본 김현과 이청

준」, 『문학의 문학』, 2009년 가을호.

_____, 『전위의 기원과 행로』, 문학과지성사 2012.

김재균, 『5 · 18과 한국 정치』, 에코미디어 2010.

김지미, 「한국전쟁 체험의 문화적 생산: 「병신과 머저리」와 「장군의 수염」의 매

　　체 전환 과정을 중심으로」, 『대중서사연구』 19, 2013. 6.

김현, 「사랑의 재확인: 『광장』의 개작에 대하여」, 『광장/구운몽』, 최인훈 지음, 문

　　학과지성사 1976/1992.

_____, 『문학과 유토피아』, 문학과지성사 1980.

_____, 『행복한 책 읽기』, 문학과지성사 1993.

나쓰메 소세키(夏目漱石), 『마음』, 서석연 옮김, 범우사 1990.

_____, 『문』, 유은경 옮김, 향연 2004/2009.

_____, 『산시로』, 최재철 옮김, 한국외국어대학교출판부 2005/2010.

나카무라 미쓰오(中村光夫), 『일본 메이지 문학사』, 고재석 · 김환기 옮김, 동국대

　　출판부 2001.

남진우, 「우물의 어둠에서 백로의 숲까지—신경숙의 『외딴방』에 대한 몇 개의

　　단상」, 『외딴방』, 신경숙 지음, 문학동네 1995.

_____, 『숲으로 된 성벽』, 문학동네 1999.

니체(Friedrich Nitzsche), 『도덕의 계보』, 박준택 옮김, 박영사 1981.

문부식, 「광기의 시대를 생각함」, 임지현 외, 『우리 안의 파시즘』, 삼인 2000.

박솔뫼, 「그럼 무얼 부르지」, 『작가세계』, 2011년 가을호.

박유하, 『내셔널 아이덴티티와 젠더』, 김석희 옮김, 문학동네 2011.

박호재 · 임낙평, 『윤상원 평전』, 풀빛 2007/1991.

박효선, 『금희의 오월』, 한마당 1994.

백낙청, 「『외딴방』이 묻는 것과 이룬 것」, 『창작과비평』, 1997년 가을호.

_____, 『통일시대 한국문학의 보람』, 창비 2006.

베네딕트(Ruth Benedict), 『국화와 칼』, 김윤식 · 오인석 옮김, 을유문화사 1991.

서영채, 『사랑의 문법: 이광수, 염상섭, 이상』, 민음사 2004.

_____, 『아첨의 영웅주의: 최남선과 이광수』, 소명 2011.

_____, 「텍스트의 귀환: 『무정』『적과 흑』『금색야차』를 통해 본 텍스트 생산의 주체와 연구의 윤리」, 『한국현대문학연구』 33, 2011.

_____, 「둘째아들들의 서사: 염상섭, 소세키, 루쉰」, 『민족문학사연구』 51, 2013.

서은주, 「최인훈 소설 연구」, 연세대 박사 논문, 2000.

성석제, 『투명인간』, 창비 2014.

시가 나오야(志賀直哉), 『암야행로』, 김환기 옮김, 아름다운세상 1999.

시마자키 토손(島崎藤村), 『파계』, 노영희 옮김, 문학동네 2010.

신경숙, 『풍금이 있던 자리』, 문학과지성사 1993.

_____, 『외딴방』, 문학동네 2014.

아렌트(Hannah Arendt), 『인간의 조건』, 이진우 외 옮김, 한길사 1996.

오자키 고요(尾崎紅葉), 『금색야차』, 서석연 옮김, 범우사 1992.

유민영, 「〈금색야차〉와 〈장한몽〉」, 『금색야차』, 오자키 고요 지음, 서석연 옮김, 범우사 1992.

윤동주, 『정본 윤동주 전집』, 문학과지성사 2004.

이광수, 『이광수 전집』, 전10권, 삼중당 1973.

이수형, 『1960년대 소설 연구』, 소명출판 2013.

462

_____, 『이청준과 교환의 서사』, 역락 2013.

이청준, 『소문의 벽』, 민음사 1972,

_____, 『당신들의 천국』, 문학과지성사 1976.

_____, 『작가의 작은 손』, 열화당 1978.

_____, 『잃어버린 말을 찾아서』, 문학과지성사 1981.

_____, 『키 작은 자유인』, 문학과지성사 1990/2015.

_____, 「내 허위의식과의 싸움」, 『작가세계』, 1992년 가을호.

_____, 『한국소설문학대계』 53, 동아출판사 1995.

_____, 『오마니』, 문학과의식 1999.

_____, 「이 나이의 빚꾸러미」, 『이청준 깊이 읽기』, 권오룡 엮음, 문학과지성사 1999.

_____, 『머물고 간 자리, 우리의 뒷모습』, 문이당 2005.

_____, 『병신과 머저리』, 문학과지성사 2010.

_____, 『조율사』, 문학과지성사 2011.

이혜경, 『사슴 사냥꾼의 당겨지지 않은 방아쇠』, 문학동네 2013.

임철우, 『봄날』 1~5, 문학과지성사 1998.

_____, 「낙서, 길에 대하여」, 『문학동네』, 1998년 봄호.

_____, 『백년여관』, 한겨레출판사 2004.

임홍빈, 『수치심과 죄책감』, 바다출판사 2013.

장사흠, 「최인훈 소설의 정론과 미적 실천 양상」, 서울시립대 박사 논문, 2005.

장용학, 「감상적 발언」, 『문학예술』, 1956. 9.

_____, 『현대한국문학전집』 4, 신구문화사 1965/1981.

_____, 『한국소설문학대계』 29, 동아출판사 1995.

_____, 「장용학」, 『한국 전후 문제작품집』, 신구문화사 1963.

정과리, 「신부(神父)에서 신부(新婦)로 가는 길」, 『오월의 신부』, 황지우 지음, 문학
과지성사 2000.

정영훈, 『최인훈 소설의 주체성과 글쓰기』, 태학사 2008.

정현기와의 대담, 「이청준의 생애 연표를 통해 본 인문주의적 사유와 새로운 교
육 문화를 위한 이야기들」, 『오마니』, 문학과의식 1999.

조창원, 『외길도 제 길』, 명경 1998.

주판치치(Alenka Zupancic), 『실재의 윤리』, 이성민 옮김, 도서출판b 2004.

지젝(Slavoj Žižek), 『이데올로기라는 숭고한 대상』, 이수련 옮김, 인간사랑 2001.

_____, 『그들은 자기가 하는 일을 알지 못하나이다』, 박정수 옮김, 인간사랑
2004.

_____, 『라캉 카페』, 조형준 옮김, 새물결, 2013

차미령, 「최인훈 소설에 나타난 정치성의 의미 연구」, 서울대 박사 논문, 2010.

최원식, 「장한몽과 위안으로서의 문학」, 『민족문학의 논리』, 창작과비평사 1982.

최유정, 『박관현 평전』, 사계절 2012.

최인훈, 『현대한국문학전집』 16, 신구문화사 1967/1981.

_____, 『최인훈 전집』 1~12, 문학과지성사 1980.

_____, 「세계인」, 『유토피아의 꿈』, 문학과지성사 1980/1992.

_____, 『한국소설문학대계』 42, 동아출판사 1995.

칸트(Immanuel Kant), 『실천이성비판』, 최재희 옮김, 박영사 1975/2003.

테일러(Charles Taylor), 『헤겔』, 정대성 옮김, 그린비 2014.

프로이트(Sigmund Freud), 「인간 모세와 유일신교」, 『종교의 기원』, 이윤기 옮김, 열린책들 1996.

_____, 「토템과 타부」, 『종교의 기원』, 이윤기 옮김, 열린책들 1996.

_____, 『문명 속의 불만』, 김석희 옮김, 열린책들 1997.

한강, 『소년이 온다』, 창비 2014.

한기, 「『광장』의 원형성, 대화적 역사성, 그리고 현재성」, 『전환기의 사회와 문학』, 문학과지성사 1991.

_____, 「분단시대의 소설적 모험: 최인훈론」, 『전환기 사회와 문학』, 문학과지성사 1991.

조중환, 「장한몽」, 『신소설전집』 10, 을유문화사 1968.

한창훈, 「변태」, 『문학동네』, 1999년 봄호.

_____, 『꽃의 나라』, 문학동네 2011.

홍희담, 「깃발」, 『창작과비평』, 1988년 봄호.

_____, 『깃발』, 창비 2003.

황지우, 『새들도 세상을 뜨는구나』, 문학과지성사 1983.

_____, 『겨울-나무에서 봄-나무에로』, 민음사 1985.

_____, 『오월의 신부』, 문학과지성사 2000.

『경향신문』, 1980. 5. 26.

_____, 1982. 3. 8, 3. 15.

_____, 1993. 10. 6.

『동아일보』, 1968. 3. 23.

『한겨레신문』, 1998. 9. 18.

참고 문헌 및 인용 작품 465

作田啓一, 『恥の文化再考』, 筑磨書房 1967

_____, 『価値の社會学』, 岩波書店 1972.

Žižek, Slavoj & John Milbank, *The Monstrosity of Christ: paradox or dialectic?*,
Cambridge, MA: MIT Press 2009.

Freud, Sigmund, *The Standard Edition IV*, 1958.

Piers, Gerhart & Milton B. Singer, *Shame and Guilt: Psychoanalytic and a
Cultural Study*, Springfield IL: Chales C. Thomas 1953.

초벌 원고 발표 지면

이 책의 각 장은 다음 원고를 저본으로 수정되었다.

제1장 「죄의식, 원한, 근대성: 소세키와 이광수」, 『한국현대문학연구』 35, 2011
    년 12월.

제2장 「자기희생의 구조: 이광수의 『재생』과 오자키 고요의 『금색야차』」, 『민
    족문화연구』 58, 2012년 12월.

제3장 「최인훈 소설의 세대론적 특성과 소설사적 위상: 죄의식과 주체화」, 『한
    국현대문학연구』 37, 2012년 8월.

제4장 「가해자의 자리를 향한 열망과 죄책감: 「병신과 머저리」가 한국전쟁을
    재현하는 방식」, 『한국현대문학연구』 50, 2016년 12월.

제5장 「이청준의 소설에 나타난 가난과 부끄러움의 윤리성」, 『민족문학사연
    구』 62, 2016년 12월.

제6장 「과잉윤리와 몰윤리 사이의 문학: 이청준의 '참기름 사건'과 『당신들의
    천국』」, 『근대문학연구』, 2017년 10월.

제7장 「죄의식과 1980년대적 주체의 탄생: 임철우의 『백년여관』을 중심으로」,
    『인문과학연구』 42, 2014년 9월.

제8장 「광주의 복수를 꿈꾸는 일: 김경욱과 이해경의 장편을 중심으로」, 『문학
    동네』 78, 2014년 봄호.

제9장 「신경숙의 〈외딴방〉과 1990년대의 마음」, 『문학동네』 90, 2017년 봄호.

제10장 「문학의 윤리와 미학의 정치: 한강의 『소년이 온다』와 성석제의 『투명인
    간』에 대하여」, 『문학동네』 80, 2014년 가을호.

찾아보기

상세 목차

제5부 성공서사와 미학의 정치